CENSURADO

Darlis Stefany

CENSURADO

TRADUÇÃO
Mário Félix

ubook ubk
Publishing House

Publicado mediante acordo com Ediciones Selectas Diamante, México. Edição original do livro, *Censurado*, publicada por Ediciones Selectas Diamante.

ubook ubk
Publishing House

COPIDESQUE	William Bastos
REVISÃO	Larissa Salomé | Rafael Ottati
PROJETO GRÁFICO	Bruno Santos
CAPA	George Lima
CRÉDITOS DE IMAGEM	Capa: Irkeyn | Quarta capa: Ana Maria Moroz

Dados Internacionais de Catalogação na Publicação (CIP)
(Câmara Brasileira do Livro, SP, Brasil)

Stefany, Darlis
Censurado / Darlis Stefany ; tradução Mario Felix. -- Rio de Janeiro : Ubook Editora, 2019.

Título original: Censurado.
ISBN 978-85-9556-137-3

1. Ficção espanhola I. Título.

19-30433 CDD-863

Ubook Editora S.A
Av. das Américas, 500, Bloco 12, Salas 303/304,
Barra da Tijuca, Rio de Janeiro/RJ.
Cep.: 22.640-100
Tel.: (21) 3570-8150

Prólogo

Dylan me deixou. Ele realmente me deixou.

E não me deixou por uma vagabunda qualquer. Ele me trocou pela minha prima.

A merda da minha prima russa.

Tomo outro gole da garrafa de vodca enquanto Dina tenta me mostrar o lado bom de não ter mais um namorado como o Dylan.

— Ele é jovem demais e não tem barba — enumerou Dina. — Além disso, certamente tem um pinto pequeno. Não é inteligente e nem um pouco atraente…

Ela continua a falar, mas eu só a observo.

Minha prima russa conseguiu dormir com o meu Dylan, a relação mais longa que já tive. Nós não tínhamos nem chegado a transar, mas ela, dentro de uma semana, já o tinha de joelhos. Literalmente.

Tomo outro gole de vodca. Fico ainda mais irritada.

Estou revoltada com Dylan porque, merda, eu me insinuei ao longo dos últimos meses para que ele me tocasse, e ele não entendia. Mas entendeu muito bem a mensagem da minha prima, que fala inglês com um sotaque russo fortíssimo.

— Os dedos dele não são tão longos, Anabell, e ele não era nada divertido.

Outro gole de vodca e a vontade de fazer xixi aumenta.

— Segura a lista, Dina, eu preciso mijar.

Enquanto caminho para o banheiro do meu quarto, percebo que posso estar bêbada. Certo, eu estou muito bêbada.

Fecho a porta e olho para o meu reflexo no espelho.

O que mais me surpreende em ter flagrado a minha prima e meu namorado transando é o fato de eu não ter derrubado uma lágrima nem armado uma cena digna de novela.

Não. Eu apenas sorri, antes de me virar e sair da casa do meu ex-namorado.

Apoio minhas mãos na pia enquanto me observo no espelho. Sob a luz forte, até mesmo as pupilas dos meus olhos estão brilhantes.

— Ele não sabe o que perdeu.

Esqueço a vontade de fazer xixi. É verdade, ele não sabe o que está perdendo, mas eu posso mostrar. Tiro o telefone do bolso da minha calça, deixo sobre pia e começo a tirar a minha camisa.

Olho novamente para o espelho. Não, ainda estou vestindo muita coisa.

Tiro o meu sutiã roxo de renda e sorrio, porque, bem, meus seios são maravilhosos.

Eu devo estar muito bêbada para fazer isso.

Pego o celular e aponto a câmera para o espelho. Com a mão livre, mostro o dedo do meio e sorrio.

É uma foto sexy, que ao mesmo tempo diz "vá à merda".

Fui uma namorada tão boa que sei até o número de telefone dele de cabeça.

Estou certa de que a russa não é assim. Isto é o que você está perdendo. Gosta do que vê, Dylan?

Ainda sorrio enquanto envio a foto. Agora a vodca me trouxe um pouco mais de segurança.

Espero pacientemente pela resposta enquanto faço xixi. Lavo minhas mãos e volto a sorrir maliciosamente quando vejo meu telefone tocar.

Eu não conheço nenhuma russa. Não sou o Dylan. Mas gosto do que vejo, boneca.

Meus olhos estão arregalados de surpresa. Algo está errado. Algo está muito errado. Verifico o número e percebo que coloquei um zero no lugar de um oito.

Merda.

Capítulo 1

Uma ciumenta patológica, uma garota histérica e uma foto

Jared

A garota no corredor diagonal não faz nada além de me olhar. Eu pisco para ela, que sorri, sedutora.

Por que mulheres gostam de meninos fáceis? Eu não sei, é uma pergunta ardilosa. Não me parece, a princípio, uma questão complicada, mas, se você analisar o panorama geral, percebe que a resposta é difícil de entender: as mulheres são complexas. E eu não gosto de decifrá-las. Até porque, como todo homem, gosto do que é fácil, rápido e descomplicado.

— Ela está comendo você com os olhos — sussurra Jocelyn, apertando os lábios.

Qual o pior erro que eu poderia ter cometido na minha vida? Sair com Jocelyn.

Tudo bem, talvez não seja o maior erro que cometi, mas é um dos quais vou me arrepender.

Sabe aqueles gatinhos que são uma fofura quando os acariciam, mas mostram os dentes e arranham quando tentam dar um banho neles? Bem, é exatamente assim que Jocelyn é.

Ela é bem atraente: loira natural, doces olhos cor de mel, altura mediana. Tudo em Jocelyn grita que ela é uma boa menina. Mas foi aí que me enganei.

Quando ela chegou para trabalhar na loja de CDs, mostrou-se uma pessoa ótima. Nós flertamos por meses e, finalmente, eu a convidei para sair.

O começo? O começo foi ótimo. Os beijos, bilhetinhos e flertes.

No segundo mês já estávamos transando e, por algum motivo, isso começou a enlouquecê-la. Sem perceber, Jocelyn se tornou o pior pesadelo de um homem: a namorada ciumenta.

Tudo começou com pequenas coisas: mensagens todos os dias, visitas frequentes. Pouco a pouco a loucura crescia até que a flagrei, um dia, bisbilhotando meu celular.

Quando notei os sintomas do que poderia se tornar um relacionamento doentio, terminei o namoro. Só que aí ela montou um grande barraco quando me viu conversando com uma velha amiga numa festa e, cara, por um momento tive medo de que ela fosse atirar em mim, ou até mesmo cortar as minhas bolas fora.

Então eu resolvi ter uma conversa pacífica com Jocelyn. Bom, pelo menos eu era o lado pacífico. Ela era a histérica que chorava, dizia que sentia muito e que mudaria. Mas já era tarde demais: eu tinha medo dela.

Jocelyn pareceu aceitar numa boa. Quer dizer, nós só saímos por três meses, mas agora, toda vez que ela nota uma garota olhando para mim, dá a impressão de que vai cometer um assassinato. Ela não conhece o conceito de agir como uma ex-namorada saudável.

— Eu não posso impedir que olhem para mim — digo enquanto checo os códigos de alguns CDs.

— Ela poderia ao menos não agir como uma vadia.

— Jocelyn, por que você não vai dar uma volta? — intervém Mark, meu colega.

— Para que Jared possa transar com essa puta?

— Não — responde ele calmamente. — Para que você possa assimilar que Jared não é mais nada seu. Para superar isso.

Jocelyn ficou vermelha, e eu seguro a minha vontade de rir, porque comentários como esse são os motivos pelos quais sempre gostei de trabalhar com Mark. Não somos grandes amigos, mas nos damos bem durante nossas horas de trabalho.

Jocelyn morde os lábios enquanto pega o CD solicitado por uma senhora. Olho para Mark e apenas movo os lábios dizendo "obrigado", sem som.

A garota que olhou para mim aparece com dois CDs e um sorriso largo no rosto enquanto se dirige ao caixa em que estou. Eu sorrio de volta. Ela é muito fofa e não parece louca, mas Jocelyn também não parecia no começo.

— Você acha que estes CDs são bons? — pergunta ela, mostrando alguns álbuns do Bruno Mars.

— Acho que você sabe escolher muito bem seus CDs.

Ela sorri ainda mais para mim e se inclina para apoiar os cotovelos no balcão enquanto ajeita o cabelo. Eu conheço esse jogo.

— Jared — diz ela lendo a minha identificação bordada na camisa verde da loja. — É um nome bonito.

— Cadela — sussurra Jocelyn, e eu reviro os olhos. A menina percebe a sua presença, mas apenas encolhe os ombros.

— Obrigado. E qual é o seu nome?

— Dina. É um prazer conhecê-lo, Jared. — Ela me estende a mão. — Embora eu tema que a garota ao seu lado esteja prestes a me morder.

Eu não posso deixar de rir enquanto Jocelyn sibila novamente. Dina sorri. Não é o meu tipo, mas vai ser bom conversar com ela.

— Também é um prazer conhecer você, Dina. Jocelyn não está de bom humor hoje. Apenas ignore.

Antes que ela pudesse responder, alguém entra na loja gritando o nome de Dina em tom de repreensão. Dina suspira. Eu levanto uma das minhas sobrancelhas enquanto a dona do grito vem em nossa direção.

Bem, claro, Dina é linda, muito linda, mas a garota histérica parece bastante atraente. Mesmo que aqueles olhos verde-claros não estejam olhando para mim, não posso deixar de notar que são muito bonitos.

— Por que você está demorando tanto? — pergunta, sacudindo Dina. — Dylan deve estar esperando por mim.

— Anbe, não é um bom momento — responde Dina, olhando discretamente para mim.

A garota histérica franze a testa, olha para mim e, o que me deixa totalmente surpreso, ofega enquanto arregala seus olhos.

Minha aparência física é ótima, atestada pelas mulheres com quem eu costumo sair. Isso aumenta a autoestima de qualquer homem. Eu também me exercito e gosto de correr em maratonas.

Tenho 22 anos e geralmente gosto de sair com garotas da minha idade. As duas na minha frente aparentam ser alguns anos mais novas, mas, porra, a de olhos verdes é maravilhosa.

E, agora que está olhando para mim, posso estudá-la com a mesma liberdade. Seu cabelo é castanho, comprido, e tem lábios vermelhos provocantes. Por um momento, imagino que aquela boca poderia fazer muitas coisas por mim.

Cruzo meus braços e espero que a menina histérica, que poderia muito bem ser uma amiga de Jocelyn, pare de me observar como um brinquedo sexual. Seu olhar fixo em mim me faz imaginar que esteja imaginando nós dois transando. Só que pensar sobre isso me faz imediatamente ficar duro. Droga!

— Vou levar esses dois CDs, Jared. — Dina interrompe o momento, visivelmente desconfortável com o silêncio de sua amiga. E nem isso a fez parar de me olhar.

— Cadela — repete Jocelyn em um sussurro audível dessa vez, e a garota histérica parece se distrair da cena sexual que fantasiava em sua mente. Ela fecha a cara para Jocelyn.

— Sim, eu gosto de latir — responde a menina, e começa a imitar um cachorro. Eu deixo escapar uma risada.

— Garota, cuidado... — ameaça Jocelyn, colocando a mão sobre o meu braço de maneira possessiva.

— Jocelyn, para! — digo, retirando a mão dela. A menina histérica ofega, e eu acho que ouço Dina rindo — Nós já conversamos sobre isso.

Registro os CDs sob o olhar atento de Dina, embora seja a atenção de sua amiga que me faça sorrir um pouco.

Anuncio o preço, e Dina procura o dinheiro enquanto a garota histérica arrisca outro olhar em minha direção. Eu levanto uma das sobrancelhas, e ela faz o mesmo.

— Eu gosto dos seus olhos — elogio. — De verdade, você tem olhos lindos.

— E eu gosto de tudo em você.

A resposta me pega de surpresa. Acho que até ela está um pouco impressionada.

— Anabell! — exclama Dina, rindo e pegando a bolsa que estendo para ela.

A menina histérica, cujo nome é Anabell, se recupera de sua surpresa e se retrai.

— É verdade. Se eu não tivesse namorado, eu te daria meu número.

— Bem, se eu não soubesse que você tinha um namorado, eu te pediria.

— Obrigada, Jared — agradece Dina.

— Eu que agradeço por um momento tão agradável.

Dina sorri para mim e Anabell só me observa. Ela suspira e se vira para a saída. Sim, ela também tem uma bela bunda. Seu namorado é um cretino sortudo.

— Precisava? — questiona Jocelyn, cruzando os braços e fazendo com que meus olhos caiam em seu decote. Eu rapidamente os desvio antes que ela encontre nisso um motivo para reatarmos.

— Eu sou um cara solteiro que viu uma menina bonita e quis flertar. Não tenho culpa nisso. Agora fique aqui enquanto coloco essa pilha de CDs em ordem.

Jocelyn murmura alguma coisa, mas não dou ouvidos. Eu a suporto menos a cada dia.

— Alguém se deu ao trabalho de lhe dizer que as férias são feitas para curtir?

— Não estou de férias. Tranquei o semestre, seu imbecil — respondo a Ian, o idiota a quem eu chamo de melhor amigo.

— De qualquer maneira, você deveria estar por aí fodendo, arrancando calcinhas e mordendo mamilos.

— Que nojo, Ian! — exclama Jocelyn ao passar perto dele.

— Ciumenta — retruca Ian, rindo.

Balanço a cabeça enquanto me alongo. Já estou com sono, foi um dia pesado. O único evento interessante foi o que houve com aquela garota histérica, Anabell.

— Eu vou sair por um momento. Jocelyn, avise ao Mark.

Não espero por uma resposta e saio imediatamente após Ian. A loja geralmente conta com mais dois funcionários, mas houve alguma confusão hoje e os dois ganharam o dia de folga.

Já do lado de fora, saco um cigarro do maço. Eu quero largar o vício, mas fumo algumas vezes só para liberar a tensão. Acendo e inalo a fumaça.

— Dia difícil? — pergunta Ian. Ele sabe que eu não fumo frequentemente.

— Nem me fale. Eu queria estar na faculdade, Ian. Só tinha mais dois malditos semestres para terminar. Papai tem que dar um jeito nessa merda e superar isso. Eu não posso me encarregar dessa loja por toda a minha vida.

— Cara, deve ser difícil.

— Você acha? — pergunto, com ironia. — Estou interrompendo meus estudos por ele, droga. Perdi um semestre inteiro! Não vou me formar com meus colegas. Quero ser engenheiro, não o encarregado de um dos negócios do papai. Já larguei um trabalho que me fazia feliz, tranquei o semestre e estou cuidando desta loja. Do que mais eu preciso abrir mão, merda?

Dou uma longa tragada no cigarro. Ian balança a cabeça. Ele é o amigo mais antigo e leal que tenho, sei que me entende.

— Ele age como se Landon tivesse morrido, mas todos nós sabemos que não é bem assim.

— Sim…

— Landon não morreu. Landon é apenas gay e é a vida dele, entendeu? Se meu irmão é feliz transando e amando homens, então que bom para ele! Papai não pode agir como se Landon o tivesse traído, como se o odiasse. É o filho dele.

— Jared, o problema é que seu pai é antiquado. Ele acredita que ser gay é uma aberração…

— É um homofóbico. Eu não tenho vergonha de Landon, tenho vergonha da atitude de meu pai — digo, franzindo a testa. — Agora está se comportando como se tivesse novamente vinte e poucos anos, trazendo estranhas para foder em casa, mulheres que podem ter a minha idade. Como se transar com toda a Manchester mudasse a realidade.

Eu dou outra tragada. Aprecio esses momentos de desabafo com Ian.

— Cara, estou atrasando a minha vida porque meu pai está agindo como um idiota, descuidando dos negócios e da sua saúde. Eu seguro as pontas para ajudar Landon, mas às vezes é demais e ainda tenho Jocelyn para foder a minha cabeça. Ela está se tornando um grande pé no saco. Chama de puta todo mundo que olha pra mim, é dissimulada e mal-humorada com os clientes.

— Sua ex-namorada é um pé no saco, Jared. É como uma piranha faminta. Tenho medo de que vá atirar em você um dia dizendo "se você não é meu, não é de mais ninguéééém".

— Obrigado pelo conforto, Ian. Como se eu já não tivesse medo suficiente disso.

Ian ri enquanto termino de fumar. Eu me alongo novamente e solto um suspiro.

— Mais do que fazer isso pelos negócios do papai, faço isso por Landon. Eu me preocupo com meu irmão e farei tudo que estiver ao meu alcance para aliviar a barra dele.

— Eu sei, ele sabe, até seu pai sabe, mas você não pode parar sua vida, Jared. Assim como você também não tem de aturar a piranha da Jocelyn. Sim, vocês saíram, transaram, mas ela não deve agir da maneira que age. Parece que é um repelente, espanta todas as garotas.

— Eu não quero demiti-la para que todo mundo ache que eu estou fazendo isso porque me incomoda trabalhar com a minha ex.

— Que se fodam os outros. É a merda da sua loja, e todos nós sabemos que ela age como uma psicopata louca ao seu redor.

— É melhor eu voltar antes que Mark a enforque.

Nós não falamos mais sobre Landon, sobre papai ou Jocelyn. Continuo trabalhando até o fim do dia.

Respiro fundo enquanto termino de estacionar o carro. Aqui vamos nós.

Eu costumava amar a minha casa. Antes de minha mãe morrer, meu irmão mais novo se declarar gay e papai enlouquecer. Antigamente parecia um lar, agora é apenas um calvário.

Sem poder adiar mais, saio do carro, não sem antes tirar o CD do Green Day que eu trouxe para casa. Pego a chave da porta para abri-la.

Mal entrei em casa e já quero sair.

Não é a primeira vez que me deparo com uma cena como esta ao chegar em casa: papai atracado em alguma desconhecida enquanto ela geme. Mas não significa que não fique enojado e me aborreça toda vez que passo por isto.

— Pensei que você faria a contabilidade do restaurante hoje — digo, fazendo-o notar a minha presença. Ele está tão surpreso quanto a desconhecida embaixo dele.

Eu assobio ao notar que a estranha é realmente jovem, apesar de toda a maquiagem que está usando. Acho que é a mais nova com quem eu já o vi. Ela parece realmente envergonhada.

Não é uma surpresa que ela tenha caído nessa. Meu pai é atraente, tem lábia e dinheiro. Todas caem.

— Ela é maior de idade, pai? — pergunto, observando a garota se vestir.

Antes que Logan, como meu pai se chama, pudesse responder, subo as escadas diretamente para o meu quarto. Mas antes pego as contas do restaurante que, tenho certeza, ele não fará.

A primeira coisa que faço quando chego ao meu quarto é colocar o CD do Green Day para tocar. Em seguida tomo um banho e procuro ficar confortável.

Quando já estou de moletom, descalço e na cama, abro o livro da contabilidade do restaurante. Que merda, eu não só devo cuidar da loja de música, como agora também faço as contas do restaurante? Se eu me descuidar um pouco, a academia de dança também cairá nas minhas costas, e minha carreira de engenheiro ficará ainda mais distante.

Felizmente sou bom em números, então avanço rapidamente pelas contas, até que uma mensagem chega no meu celular. Eu desbloqueio a tela e aperto meus lábios.

Merda. Jocelyn conseguiu meu número novo.

Agora que estou sozinha no meu quarto, só consigo pensar em você e nas suas mãos. Eu sinto sua falta, Jar, e você deve estar sentindo a minha também.

Apago a mensagem sem responder. Não quero mudar de número mais uma vez. Quem passou o meu contato a ela acaba de dificultar a minha vida.

Uma nova mensagem chega. Jocelyn é rápida.

Ver uma foto minha te excitaria?

Estou chegando ao meu limite:

Não, eu só quero que você pare.

Depois de alguns minutos sem resposta, relaxo e continuo as contas. Só que uma mensagem multimídia chega, e eu só estou rezando para que Jocelyn não tenha me enviado nenhuma foto. Espero que seja Ian, mas ele só manda mensagens por WhatsApp.

Pego novamente o celular e estranho o número desconhecido, além da legenda da foto:

Estou certa de que a russa não é assim. Isto é o que você está perdendo. Gosta do que vê, Dylan?

Rapidamente percebo que a mensagem não é para mim, mas a palavra "russa" e a pergunta final despertam a minha curiosidade. Coloco os papéis de lado e clico para ver a foto.

O sinal, por algum motivo, começa a ficar lento, então a imagem demora a aparecer. Olho para o teto, esperando que seja algo que valha a pena.

Quando olho para o telefone novamente, perco o fôlego e arregalo os olhos. A primeira coisa que me chama a atenção são dois lindos, firmes e deliciosos seios. São duas coisas preciosas que nós, homens, amamos ver.

Agora só consigo me concentrar naqueles mamilos pequenos de auréolas rosa-pálido. Sem perceber, levanto uma das mãos e tateio o ar, imaginando se um daqueles peitos lindos caberia nela. Eu acho que sim.

Estou impressionado, porque o peito esquerdo tem um sinal que parece a forma de uma meia-lua.

Eu não sei quem é Dylan ou como é a russa, mas, caramba, esses são seios que não deviam ter sido deixados de lado. Eu quase sinto pena do que Dylan sentirá falta.

Tento ignorar que a minha virilha está pressionada e começa a doer. Qualquer homem teria uma ereção diante da beleza extraordinária contida nesta foto.

Depois de morder os lábios, passo a notar os outros detalhes da foto. Percebo o seu dedo do meio levantado. Sim, ela estava chateada.

O flash da câmera do celular escondeu parte do seu rosto, mas alguns detalhes são visíveis. Uma parte do seu cabelo castanho cai sobre um dos seios enquanto o resto se esconde em suas costas. Quase como uma deusa. É fascinante. Além disso, o olho que consigo ver é incrivelmente marcante, um verde muito claro que...

Minha testa fica enrugada por um momento. Eu toco a tela e aproximo a imagem. Por um momento, o seio da menina preenche a tela, mas logo me forço a arrastar a imagem de volta para a parte visível do seu rosto.

Suspiro profundamente e sinto minha ereção crescer ainda mais quando reconheço aquele olho. Nossa, benditas sejam as mensagens erradas!

Hoje mais cedo a menina histérica era linda, mas agora...

Agora Anabell, além de bonita, é gostosa, sexy e quente como o inferno, e também a mulher com os peitos mais lindos que já vi.

Percebo que estou com calor. Tudo isso acontece em apenas dois minutos, mas levo ainda uns trinta segundos para decidir o que fazer.

Sorrio enquanto respondo com a maior sinceridade:

Eu não conheço nenhuma russa. Não sou o Dylan. Mas gosto do que vejo, boneca.

Envio a mensagem ainda com um sorriso no rosto.

Começo a tirar conclusões. Então o namorado de Anabell está de rolo com uma russa. Eu me delicio com a imagem mais uma vez enquanto minha mão toca de leve a minha virilha para aliviar o desconforto.

Anabell não responde. Suponho que, àquela altura, já tenha percebido o seu erro. Um erro que, bem, fez com que o meu dia de merda ficasse melhor.

Não quero que ela fique envergonhada. Para falar a verdade, queria que ela entrasse na brincadeira, agora que despertou este meu lado.

Sorrindo, decido abrir a câmera do meu telefone e aponto para a minha virilha, coberta pelas minha calça. Seguro meu pau com uma das mãos para que ela entenda a minha intenção. Continuo sorrindo enquanto digito:

Prova de que gostei do que vi. Não sou o Dylan, mas não acho que a russa seja melhor que você nem que me excite tão rápido.

Não posso deixar de rir enquanto envio a mensagem. Olho para a minha calça e decido tomar outro banho de água fria. No entanto, não sinto vontade de me masturbar, preferiria que fossem as mãos da garota histérica, mesmo sem saber como é o seu toque.

Só penso na foto quente e reveladora e, por isso, o banho frio não ajuda muito. No entanto consigo diminuir a ereção até um nível tolerável.

Eu me visto novamente e pego meu celular. Outra mensagem multimídia chegou, mas fico decepcionado ao ver que é de Jocelyn. Incomodado, abro a imagem. É uma foto dela deitada em sua cama mostrando alegremente seus peitos. Sua boca tem aquela careta que muitas garotas usam e que as fazem parecer um pato.

Não é a primeira vez que vejo seus seios, mas não me interessam ou excitam. Além disso são pequenos e com mamilos muito grandes. Logo apago a foto. Mas a de Anabell? A dela está bem guardada e, assim que lembro dela, minha ereção retorna com mais força.

Eu preciso me masturbar. Se não o fizer, vou explodir.

Só espero que cheguem mais imagens como essa.

Capítulo 2
Eu não sou russa

Anabell

Existe algo pior do que seu namorado te trair com a sua prima? Que a sua prima seja russa.

Existe algo pior que desespero? Ressaca.

Existe algo pior do que mandar uma mensagem para um estranho com seus seios de fora? Receber uma mensagem do membro dele em resposta.

Quando percebi que digitei um zero e não um oito, era tarde demais. Além do mais, eu estava bêbada e o fato de o cara desconhecido gostar do que viu me fez sentir orgulho das minhas gracinhas.

Então, como a boa pervertida que sou, fiquei excitada ao ver a imagem da sua mão sobre a virilha. De repente, eu me peguei massageando meu seio, me tocando só por ver uma imagem de um pau coberto por um pano.

A maior vergonha aconteceu logo depois, quando Dina, vendo que eu estava demorando, entrou no banheiro e se deparou com essa cena, enquanto eu olhava para a tela do celular e suspirava. Isso foi muito embaraçoso.

E a situação ficou pior quando gritei: "Eles colocaram o nome de Kattia porque significa pura, e a cadela se joga no meu namorado. Onde está a pura?" E, então, vomitei.

Sim, esse foi o meu pior momento.

Ontem à noite a resposta da mensagem aumentou minha autoestima, mas e hoje? Agora que amanheceu, estou apenas impressionada com a imagem que enviei e com a que recebi de volta.

O pior é que ver a foto me dá um frio na barriga. Sua mão marca muito bem um pau enorme e, Deus, eu me sinto uma total depravada. Poderia muito bem ser a virilha de um estuprador, algum velho nojento... Ou algum cara atraente. Só que as chances de ele ser um cara atraente são nulas.

Ou, bem, poderia ser um desses garotos virgens que fazem experiências em laboratórios.

Solto um gemido de dor. Ontem foi uma merda.

Bem, o começo foi muito bom. Conheci o cara mais sexy que já vi na vida: Jared.

Eu o sequei descaradamente por alguns minutos, mas a culpa não é minha. Ele é um pedaço de paraíso.

O cabelo escuro em contraste com aqueles grandes olhos azuis, cheios de malícia, as feições viris de seu rosto e aqueles lábios cor-de-rosa pálidos... Tudo nele me deixou delirante.

Além de ser alto, bem alto, a camisa verde apertada da loja denunciava que ele tem um corpo de lamber os dedos e ainda repetir. Além disso, a atitude descontraída só tornava a oferta melhor.

Naquele momento, no meio do sexo mental selvagem que envolvia Jared, eu me lembrei de Dylan. Uma namorada exemplar, sempre. Na verdade, eu fui à loja buscar Dina e seguir a caminho para encontrar com ele, com o qual eu estava muito feliz. Mas, ah, esse bombom chamado Jared eu certamente não poderia dividir com ela. Quer dizer, amo minha amiga, mas Jared é simplesmente... inatingível.

Era, inclusive, inatingível para a cadela loira que não fez nada além de rosnar e nos chamar de vadias.

Tudo estava muito bem até esse ponto. Aliás, eu me dei a oportunidade de suspirar apenas quando saí da loja. Eu me vi tentada a falar: "Viverei pensando em você, Jared", mas disse a mim mesma que seria mais fácil deixar os pensamentos tórridos com Jared para lá e me concentrar em meu objetivo, que já estava levando muito tempo para acontecer: Dylan finalmente havia me chamado para transar.

Dylan, meu relacionamento mais longo. Eu não sou virgem, mas a primeira vez havia sido um fiasco e a segunda com um americano que eu gostava. Aproveitei bem, mas foram apenas umas poucas vezes. E, meu Deus, eu queria que meu namorado me tocasse. Será que é pedir muito? Todo cara ficaria feliz em ter uma namorada gostosa pronta para foder.

Bem, acontece que não foi o caso com Dylan. Quando cheguei em sua casa, a mãe dele abriu a porta para mim e me avisou de que ele estava em seu quarto com uma visita. Sorri para ela e subi as escadas.

Abri a porta do quarto com o meu melhor sorriso sedutor quando ouvi as palavras "vai, isso" pronunciadas com um sotaque russo que eu conhecia muito bem.

Meu namorado estava lá, de joelhos, com a cabeça enterrada entre as pernas de uma mulher russa nua e de pé.

Não era uma russa qualquer, era a minha prima.

Acho que ofeguei um pouco, porque os dois me notaram.

Kattia foi a primeira a reagir, dizendo em russo: "Ah, não, não é o que você está pensando." Eu entendi o que ela disse, porque minha mãe também é russa, e é por causa dela que entendo o idioma.

Dylan apenas me observou com um milhão de emoções refletidas em seu rosto jovem. Então eu agi como uma adulta mostrando meu polegar, disse que Dylan não significava nada para mim e saí com a cabeça erguida.

Fui até o supermercado mais próximo para comprar uma garrafa de vodca e chamei a minha melhor amiga, Dina. Jessie está viajando, mas tenho certeza de que se ela estivesse aqui, teria ficado bêbada comigo.

O resto da história você já sabe, mas vou resumir: enviei a foto dos meus peitos para um estranho.

Observo novamente a imagem enviada em resposta no meu celular e me irrita não querer apagá-la. Alguém bate na porta do meu quarto, mas eu não respondo. No entanto, Kattia entra mesmo assim.

Eu a fuzilo com o olhar. Não é possível que ela seja tão cara de pau. Seus olhos cinzentos me fitam com cautela, enquanto os lábios rosados fazem um beicinho ridículo. A cabeleira laranja avermelhada invejada por muitas pessoas está amarrada em um rabo de cavalo, enquanto seu short expõe as pernas esbeltas. Essa maldita é linda.

Eu não sou feia, mas não pareço ter ascendência russa. Puxei mais o estilo inglês, sabe, cabelo castanho-escuro, liso, feições delicadas e olhos verdes pálidos, que eu odeio. Eu sou atraente, sim, mas Kattia é exótica e bonita.

— Kattia, acho que seria melhor se você saísse do meu quarto.

— Ah, querida, eu *sentir* muito... Eu não *saber* o que ia acontecer. Eu só...

Kattia veio morar conosco há cinco meses e, por alguma razão, esse sotaque russo me incomodou desde o começo. É como se ela matasse e esquartejasse o meu idioma em sua boca. Sua voz é doce, mas as frases saem secas, como se estivesse cuspindo. Uma questão de idioma, suponho.

Apesar de o nome de Kattia significar "pura" em russo, essa desavergonhada não tem uma gota de pureza.

— Dylan estava ajoelhado com a boca na sua vagina, e você estava nua. Você não sabia mesmo o que ia acontecer? — pergunto com ironia. — Ele nunca fez sexo oral comigo!

— Ele não *ser* tão bom assim, prima...

— Merda, Kattia, cala a boca! A única razão pela qual eu não acerto a sua cara agora é porque estou de ressaca. O que você estava fazendo na casa dele?

Ela aperta os lábios e desvia o olhar. Vagabunda, vadia, cadela, prostituta, rameira, biscate. Eu poderia continuar a lista, mas percebi que nenhuma das palavras era novidade.

Eles estavam me fazendo de babaca, uma corna.

— Você estava pegando meu namorado pelas minhas costas? — pergunto, sentindo um aperto no peito. Até agora eu não havia sentido a dor da traição, só a raiva.

— Sinto muito... Aconteceu e *sentir* muito por isso...

Aperto meus lábios com força.

— Pare de assassinar a minha língua com esse seu sotaque maldito! — grito, em russo. Grito tão alto que mamãe aparece na porta do meu quarto.

— O que aconteceu? — pergunta ela, sem resposta. — Bell? Kattia?

— Nada, mamãe — digo finalmente. Esse problema é meu, não da minha mãe. — Eu só quero que Kattia saia do meu quarto.

Mamãe me olha surpresa, mas convida Kattia a sair.

Eu deito e enterro meu rosto no travesseiro, sem lágrimas, apenas raiva. A revolta e a dor me consomem. Sinto vontade de castrar Dylan. De cortar o cabelo de Kattia. Mas nada disso me fará sentir melhor. Não. Na verdade, faria, sim, mas seria difícil de executar.

De repente, tenho uma ideia. Pego meu telefone e busco a foto do desconhecido mais uma vez.

Por que não?

Eu também posso fazer minhas loucuras.

Como estou vestindo um short curto, a única coisa que faço é colocar a mão na parte superior da minha coxa. É uma imagem superinocente e provocante ao mesmo tempo, e desta vez meu rosto não estará visível. Tomara que quem tenha visto meu rosto na foto anterior seja de qualquer lugar do país, exceto de Manchester.

Minha mão poderia ter sido a sua ontem.

Sorrio um pouco, porque, apesar de tudo, continuo sendo a mesma pervertida. Volto para a cama e, cinco minutos depois, recebo uma resposta.

Eu solto uma gargalhada: é a imagem de um lubrificante.

Se você as tivesse lambuzado com isto, gata, então esse toque teria sido muito mais suave e prazeroso para mim.

Entende o que eu quero dizer quando falo que sou uma pervertida? Só essa mensagem já acendeu o meu tesão.

Eu não sei como será a minha fase pós-término, mas, neste momento, estou no meu quarto com um pote de sorvete, ignorando as ligações de Dylan. Suas tentativas de contato chegaram tarde demais.

Kattia está em algum lugar da casa, provavelmente se sentindo como a cadela que é. Eu tomo meu sorvete enquanto ouço todas as músicas de fossa que tenho. A tristeza do término não é por perder Dylan, mas porque perdi um ano e dois meses da minha vida com um menino que dormia com minha prima e que parecia ter um pinto muito pequeno.

O mais longe que cheguei com Dylan foi um carinho nos seios e me esfregar em sua virilha, mas tudo isso aconteceu porque eu praticamente o obriguei.

Um dia, quando sua mãe não estava em casa, tirei a minha camisa e fiquei apenas de sutiã. Peguei uma de suas mãos e a coloquei no meu peito. Ele realmente parecia fascinado com a ideia de acariciar meus seios.

Mas a má notícia é que eu não havia gostado.

Suas mãos pareciam desconfortáveis, e até um pouco brutas. Só que eu disse a mim mesma que durante o sexo tudo seria diferente. Por isso, comecei a me esfregar em sua virilha, e Dylan gemeu um pouco.

Nós nos tocamos por um tempo. Depois, ele me beijou rapidamente e disse "isso foi muito bom", e eu olhei para ele sem entender. Achava que iríamos mais longe que aquilo. Nem sequer havíamos chegado a um orgasmo.

Por um momento fico tentada a perguntar à Kattia como ela convenceu Dylan a se ajoelhar e fazer um oral nela, mas tiro a ideia da cabeça rapidamente.

Neste momento, meu celular toca. É a Jessie.

Dina já lançou a bomba. Eu te disse que sua prima russa é uma mosca morta. Todos os russos são loucos (exceto você e sua mãe). Dina me disse que Dylan tem pinto pequeno, vamos nos concentrar nisso e sermos felizes com o fato de que aquele pintinho nunca tocou em você. Eu te amo, Anab.

A mensagem me arranca um sorriso sincero. Meu nome já resultou em uma série de apelidos criados por diversas pessoas, mas o mais idiota certamente é o de Dina: "Anbe". Eu realmente o odeio, mas ela me batizou com ele há tantos anos que agora dificilmente será esquecido.

Pequeno? O pau dele é do tamanho do meu mindinho. Pelo menos eu não passei pelo horror de transar com aquilo... Sinto sua falta, Jessie.

Checo as horas no meu telefone e percebo que deveria estar na minha aula de dança, mas não quero me levantar. Quero ficar deitada, comer meu sorvete e zombar do pênis do Dylan à exaustão.

Mas não é que o meu coração esteja partido, é o meu orgulho que está ferido. E, no momento, o meu orgulho quer se levantar. Então, no último minuto, decido ir à aula e continuar vivendo.

Enquanto faço o meu alongamento na academia, lembro do medo nos olhos de Kattia enquanto eu descia as escadas. Ela estava realmente aterrorizada, e isso me deu prazer, porque significa que ela não quer confusão. A única vez que saí no tapa com alguém foi aos catorze anos, e não me saí muito bem.

Estico os braços para trás. Isso livra as minhas costas de toda a tensão acumulada. Costumo dançar para espairecer. É algo que amo e me diverte. Eu costumava fazer minhas aulas em outra academia, mas não estava gostando e decidi mudar. Todo mundo fala muito bem sobre a Dance Rochester, então eu me mudei para cá há duas semanas.

Melanie, uma morena extrovertida e simpática, começa a se esgueirar para o meu lado.

— Um dos filhos do dono da academia está aqui! E dizem que o outro também virá — conta Melanie enquanto lambe os lábios. Ela parece em êxtase.

— Eles são celebridades, ou algo assim? Você está pulando de alegria.

— São homens magníficos, lindos, não parecem deste mundo. Dizem que o mais novo é gay, mas eu não me importaria de mostrar a ele como é transar com uma mulher para fazê-lo mudar de lado.

O comentário me faz rir enquanto prendo meu cabelo com uma fita.

De fato, todas as alunas parecem muito animadas. Algumas estão até mesmo passando maquiagem, o que é estúpido, considerando que, dentro de alguns instantes, todas estarão suando como porcas.

Eu sou uma pessoa movida a hormônios. Você certamente me encontrará pensando em sexo durante algum momento do dia, mas sei bem como disfarçar. Já as meninas daqui não são tão discretas.

— Olha, eles devem ser muito atraentes para você querer transformar um cara gay em hétero — comento, rindo.

O burburinho aumenta e, antes que Melanie possa me dizer mais alguma coisa, nosso professor de hoje, Jaime, aparece acompanhado pelo que poderia ser um modelo de revista.

O garoto parece desconcertado ante tantos suspiros, mas, merda, até eu caio nessa, porque ele é lindo. Aquele cabelo preto ondulado praticamente pede para que eu o acaricie, enquanto os seus intensos olhos azuis observam a turma.

Ele é muito alto. Eu quero chorar, não sei de onde tantos caras atraentes com cabelo preto e olhos azuis estão saindo, mas este é quase tão bonito quanto Jared, o vendedor de CDs.

— Muito bem, meninas. Formem pares, pois hoje dançaremos a *caliente* salsa latina — anuncia Jaime, com entusiasmo.

Jaime é loiro, jovem e atraente, mas também é gay. Muito gay, daqueles que pintam as unhas, o que é fantástico. Eu até penso em alguma tática para transformá-lo em meu melhor amigo, ainda que o homem deva ter, sei lá, uns trinta anos.

Melanie olha para mim.

— Eu até quero que você seja minha parceira de dança, mas não sei se o seu sangue russo te permite requebrar com a salsa.

— Não sei se você notou, Melanie, mas eu não tenho nada de russa, apenas o meu sobrenome. E, aliás, você deve ter notado que danço incrivelmente bem.

Melanie ri enquanto buscamos um lugar na sala. É difícil para Jaime ter a atenção das meninas, já que todas estão apenas babando com o garoto sexy e misterioso que veio com ele. O homem nos observa com a expressão fechada. Talvez não goste de chamar a atenção.

— E um, dois, três, quatro! — Jaime faz a contagem.

Melanie e eu não nos saímos mal. Depois de quatro passos, conseguimos entrar no ritmo latino da salsa e, pouco depois, sorrio ao dançar e liberar toda a tensão do meu corpo.

— Agora passem sob o braço esquerdo da sua parceira. Não, não, não! Assim, não — corrige Jaime. — É como a russa está fazendo.

Cerro os meus dentes ao ouvir isso. Não gosto que me chamem de russa porque:

1. Eu não sou russa. Tenho ascendência e nacionalidade russa, além da inglesa, mas não nasci na Rússia;
2. "A russa" é como eu chamo minha prima-comedora-de-namorados;
3. Nada em mim diz que eu sou russa.

O menino, filho do dono da academia, o senhor misterioso, levanta uma das sobrancelhas em minha direção. Posso até ouvir os seus pensamentos enquanto me observa: "Ela não tem cabelo laranja ou loiro. Não é exótica, não pode ser russa." Eu crispo a minha testa para ele, e a magia acontece. Imediatamente um sorriso aparece em seu rosto e — céus! — é um sorriso incrivelmente perfeito. Ele se assemelha a Jared, e lembrar de Jared me excita. A foto que recebi do estranho no celular também vem à minha cabeça, o que só aumenta a minha excitação.

Graças a Deus eu não tenho um pênis ou passaria por uma situação muito desconfortável agora. É um daqueles dias em que sou grata por ser mulher.

Tudo isso acontece enquanto eu danço e Jaime dá uma bronca na maioria da turma.

— Vocês podem observar como a russa faz? — pede Jaime, mas muitas continuam perdidas.

Jaime, frustrado e aborrecido, suspira. Ele sabe que a desatenção é causada pelo garoto lindo, que rouba a cena. Com passos decisivos, ele caminha em minha direção.

— Permita-me um momento com a russa, Melanie — pede Jaime educadamente. Melanie obedece e se afasta. Jaime, então, olha para o rapaz. — Landon, por favor, pare a música.

Landon, o cara misterioso, para a música. Acho que todas nós concordamos que seu nome é tão bonito quanto ele próprio.

Jaime coloca a sua mão na minha cintura e pega a minha mão com outra. Ele me lança um sorriso, que me deixa tentada a perguntar: "Você quer ser o meu melhor amigo gay?" Fico quieta, porém. Meus dezenove anos me ensinaram ao menos a ter bom-senso. Bom, nem sempre, mas pelo menos hoje, sim.

— Observem como a russa e eu fazemos — instrui Jaime. — Vamos, querida, do jeito que você estava fazendo com Melanie. E um, dois, três, quatro!

Dançar com Jaime é maravilhoso. Ele é latino, então tem o ritmo no sangue. Ele me rodopia, me traz de volta, ginga com estilo. Tenho a impressão de que também está gostando de dançar comigo.

De repente ouço gemidos e um alarido. Quero saber o que está acontecendo, mas Jaime não me deixa perder a concentração.

— Landon, repita a música. A russa e eu vamos dançar novamente — pede Jaime.

— Eu não sou russa.

— Seu sobrenome é Kabakova… — começa.

— Apenas o segundo.

— Sua mãe é russa e você fala russo. Isso faz de você uma russa, na minha opinião — conclui ele.

Reviro meus olhos e a salsa recomeça. Não sei quem é o cantor. Só sei que canta em espanhol e é viciante. Estampo um sorriso no rosto ao dançar com Jaime. Melanie grita algo como "assim que se faz, russa!" Eu quero gritar que eu não sou russa, mas estou me divertindo tanto que não me importo. Apenas continuo seguindo o ritmo.

Por um momento precioso, esqueço de tudo em relação a minha prima e a Dylan, mas não tiro Jared da minha cabeça. Também não consigo me esquecer da foto que o estranho me enviou. Sinto o tesão voltar ao me recordar dela.

Eu dou um giro, dois, três e, então, Jaime anuncia que devo rodopiar assim que ele me soltar. A ideia me deixa apavorada, mas eu digo "sim".

As voltas começam enquanto Jaime ainda segura minha mão. Uma volta, duas voltas... Cinco voltas! De repente, sem querer, a minha mão desliza e se solta da dele. As meninas, dramáticas como só elas podem ser, ficam ofegantes, como se fossem todas cair de um precipício.

Não é para um precipício que estou indo, mas direto para a face dura do chão, porque sinto que perdi o equilíbrio. Paro de girar, mas fico tão tonta que cambaleio para o lado.

Está certo, eu vou me arrebentar no chão.

— Peguei você — diz, subitamente, uma voz rouca, agarrando-me com os seus braços fortes.

Até este momento eu não havia notado que mantinha meus olhos bem fechados. Percebo como continuo zonza quando os abro.

Abri-los foi a melhor coisa que já fiz na vida. Dois olhos azul-claros me encaram de cima, e lábios se desenham em um sorriso logo abaixo deles. Um sorriso que me faz querer beijá-lo ali mesmo.

Jared parece ainda mais sexy e — ai, meu Deus — está me tocando. Seus braços me envolvem, e seu rosto está tão perto que posso notar que o maldito tem cílios mais longos que os meus.

Aqueles lábios rosados estão praticamente gritando "venha aqui e me morda". Jared é provavelmente o homem mais atraente que verei em minha vida. Bem, ele e Landon, que, aliás, é muito parecido com Jared.

Jared ainda está sorrindo enquanto inclina a cabeça para um lado. Ele não me solta, e, por um breve momento, penso que seus olhos se detêm no pequeno decote da minha camisa. Rapidamente volta a atenção para o meu rosto.

— Tudo bem, boneca?

Sua voz inspira sexo, tudo nele inspira sexo. A maneira como a palavra "boneca" sai de seus lábios...

Espere! Ele me chamou de "boneca"? "Boneca", como o cara da foto?

— De que você me chamou? — questiono, com olhos arregalados de surpresa.

— Eu te chamei de boneca, e gostei do que vi.

Ah, Deus...!

Capítulo 3

Garota misteriosa + a russa = Anabell

Jared

Vejo você na academia?

Eu não tenho que pensar duas vezes para lhe dar uma resposta.

Estarei lá, irmão.

Assim que envio a mensagem, sinto um bafo quente na minha nuca. Com o susto, viro imediatamente apenas para descobrir uma Jocelyn ruborizada.

Fecho a cara imediatamente. Acredito que todo ser humano tem um limite, mas quase posso imaginar as minhas mãos apertando o pescoço da menina enquanto rezo para que ela me deixe em paz.

— Jocelyn, por favor, vá fazer o seu trabalho — peço rispidamente, e acho que ela entende que a minha paciência está acabando.

Outra pessoa que está testando a minha paciência é Savannah. Savannah foi contratada há um mês na loja de CDs e, desde então, sorri para mim o tempo todo e age como se eu fosse famoso. Ela sempre tenta tocar os meus braços e ri quando vou falar com ela, o que faz Jocelyn ficar vermelha de raiva. A tensão me faz querer cortar a cabeça das duas.

Não lembro exatamente em que ponto a minha vida se tornou tão complexa.

Ao menos tenho Mark e Steven. Steven é um verdadeiro *nerd*, alguém com quem eu posso conversar, além de conhecer boa música. Todo mundo sabe que sou inteligente, não fico fingindo que sou um cara rebelde.

Quis ser engenheiro durante toda a minha vida. Sabia que deveria ser aplicado em números e cálculos. Além disso, não concordo em estar apenas na média. Eu me tornei exemplar no que faço, e gosto de estar com pessoas que sabem usar o cérebro para analisar as coisas.

Seja qual for a idade, as meninas tendem a gostar de caras fora da linha. Mas eu sinto muito. Em mim encontrarão apenas um fumante controlado, um homem que usa a cabeça e que, antes de levá-las para a cama, as leva a um encontro.

Eu quebro os estereótipos.

Se você vir minhas poucas tatuagens, provavelmente dirá: "Ele deve ser igual aos outros." Mas, se me der cinco minutos para falar sobre alguma questão relevante para o mundo, dirá em seguida: "Bem, ao menos ele usa o cérebro."

Sempre achei que a beleza é uma faca de dois gumes: você pode conseguir o que quer, mas também gera preconceitos.

— Ei, Mark! — grito, ignorando olhar de Savannah. — Vou me encontrar com Landon e resolver alguns problemas na academia. Você está no comando.

— Por que eu não estou no comando? — questiona Jocelyn.

Mark solta uma risada seca. Ele a odeia.

— Porque você é uma mulher louca e psicopata que quer matar todas as outras que entram nesta loja — responde ele, enquanto caminha em direção ao caixa. — Vá tranquilo, Jared. Vou fechar a loja e deixar o inventário no fim do dia.

— Obrigado.

Eu confio no Mark. Ele trabalha aqui desde que eu tinha dezessete anos, quando minha mãe estava viva. Todos esses anos garantiram-lhe essa confiança.

Sinto calafrios ao sentir os olhares de Jocelyn e Savannah em minha nuca quando saio. Jocelyn poderia me matar, e Savannah me sequestrar.

Acendo o cigarro do dia e me encaminho para o carro. Massageio as minhas têmporas e penso que Logan provavelmente não pagou as contas de água e luz da academia. Sei que, apesar disso, poderei contar com a ajuda de Landon sem que meu pai perceba. É o único lugar em que isso seria possível para o meu irmão.

Recosto na lateral do carro e fumo em silêncio. É um dos poucos momentos em que posso relaxar em paz. Por nenhum motivo aparente, uma imagem surge na minha cabeça. Já sorrindo, retiro meu celular do bolso traseiro da calça.

Seleciono a última mensagem recebida e meu sorriso aumenta. Devo admitir que foi uma surpresa recebê-la durante a manhã. Eu estava concentrado em esquecer os belos e perfeitos seios de Anabell, a menina histérica, mas ela acabou me mostrando um pouco mais de sua pele. Sinto a luxúria invadir meus pensamentos imediatamente...

Posso jurar que meu pênis nunca havia ficado duro tão rápido. Foi algo de outro nível, que me deixou impressionado. Não é muito normal ficar tão excitado apenas com uma pequena amostra de uma coxa feminina, mas seria melhor que me internassem se eu não tivesse ficado.

Acho que a mensagem junto à imagem também teve algum efeito. Eu quase posso imaginá-la com o mesmo olhar sedutor que me lançou naquele dia na loja.

Por um momento devo admitir que julguei a sua falta de prudência, porque, bem, ela enviou uma nova foto para um estranho que poderia ser até mesmo um estuprador, ainda que, dessa vez, ela não revelasse o seu rosto. Só que o estrago já estava feito, eu a havia reconhecido na primeira.

Dou uma última tragada no cigarro e o jogo na lixeira mais próxima. Entro no carro e tiro a imagem da garota da cabeça, porque agora eu devo me concentrar no meu irmão.

Saio do carro e assim que coloco os pés na academia, os funcionários logo me cumprimentam. Talvez eles saibam que vim para cuidar dos problemas, já que não foram pagos este mês.

Ao entrar, me dirijo à Beth, a doce recepcionista que me viu crescer. Trocamos sorrisos sinceros.

— Como está a mulher mais linda que já vi neste mundo?

— Feliz, porque meus dois charmosos Rochester estão aqui — exclama Beth, enquanto dou um beijo em sua bochecha, ruidosamente. — Que bom que está aqui, Jared.

— Desculpe-me. Acabei me atrasando, mas estava cuidando dos outros negócios. Você pode me fazer um relatório com os principais problemas para resolver?

— Claro, querido. Vai ficar pronto em um instante.

— Obrigado, Beth. Darei uma olhada nisso em uma hora. Tudo bem? — Ela assente e lança o sorriso maternal que tanto amo. — Você sabe onde está Landon?

— Na aula de salsa com Jaime, certamente deixando as garotas malucas.

— Ele gosta de tentá-las — respondo e pisco para ela. Assim como a mamãe, Beth foi uma das primeiras a saber da preferência sexual de meu irmão, e o acolheu. Ambas mantinham o segredo a salvo. Por esse motivo, foi uma bomba para o papai quando Landon tornou o assunto público.

— Eles estão na sala quatro — completa ela.

— Obrigado, Beth. Até logo.

Ando pelo corredor largo da academia para observar as aulas em andamento. Em uma das salas, os professores ensinam o flamenco, que minha mãe me mostrou certa vez. A aula ao lado é de tango. Paro em frente à sala de balé.

As meninas que praticam balé sempre me deram a impressão de ser pequenas bonecas de tão lindas, e seus movimentos são hipnotizantes. Olho para uma menina magra no meio da aula que não é exceção. Ela é morena e tem cabelo escuro. Está se equilibrando na ponta dos pés, os lábios, apertados, concentrada. Ela faz um rodopio.

Parece frágil e forte ao mesmo tempo.

E esse é um dos muitos aspectos maravilhosos que o balé oferece.

Minha mãe era uma grande bailarina que sabia como se apresentar em diferentes áreas do mundo artístico. Gostava de experimentar, e logo aprendeu a lidar com muitos ritmos. Ela havia trabalhado duro para criar esta academia, quando eu tinha apenas seis anos, e Landon, três.

Das três empresas familiares que estão caindo sobre os meus ombros, esta é a minha favorita. É a que guarda mais recordações de minha mãe. Minha esperança é que meu pai nunca deixe o quarto empreendimento sob minha responsabilidade: a oficina mecânica.

Só percebo que estou olhando fixamente para a morena quando ela sente a minha atenção e deixa a sola do pé esquerdo tocar no chão. A instrutora, a quem chamo de "Ditadora", franze as sobrancelhas ao olhar para mim, percebendo que eu fui o motivo da quebra de concentração da aluna.

— Você se importaria de se retirar, sr. Rochester? — pergunta ela, tentando parecer amável, mas me assustando ao mesmo tempo.

— Sinto muito pela interrupção — desculpo-me. Sigo o meu caminho sentindo que a morena me acompanha com os olhos.

Paro em frente à sala quatro, que, apesar do número, é a décima do corredor. Abro a porta e, imediatamente, ouço suspiros. Reviro os olhos rapidamente e sorrio para Landon em seguida.

Landon está bem ao lado do aparelho de som. Seus braços estão cruzados, e sua careta suaviza um pouco assim que me vê.

Eu me aproximo e abraço o meu irmão. Não o vejo há duas semanas. Tenho certeza de que pareço um pai verificando a sua aparência, certificando-se de que ele está bem. Eu poderia doar qualquer órgão do meu corpo se Landon precisasse. Faria qualquer coisa por ele.

— Jar, você estragou de vez a concentração. Sério, elas são como gatas no cio. Todas estão me violando com seus olhares.

Solto uma gargalhada contida e dou tapinhas nas costas do meu irmão. Jaime dança com uma garota que veste um macacão esportivo justo, que destaca uma bunda linda e espetacular.

— Jaime disse que ela é russa — murmura Landon, seguindo o meu olhar. — Não tem cabelo laranja ou loiro, mas é muito bonita.

— E você me diz isso por...?

— Porque você está comendo a bunda dela com os olhos, Jar.

Solto outra risada breve, porque é exatamente isso que eu estou fazendo. Além disso notei que ela possui ritmo. Não achei que russos pudessem dançar tão bem música latina.

— Landon, repita a música. A russa e eu vamos dançar novamente — pede Jaime.

Landon faz o que Jaime pede e, bem, tudo fica mais sensual a partir daí.

A russa desliza seu corpo contra o de Jaime enquanto dançam, e, por um momento, eu me pergunto como Jaime não fica duro com isso. Quer dizer, sim, ele é gay, mas essa doçura está com o corpo colado ao dele. É impossível não se excitar.

— Assim que se faz, russa! — grita uma garota, e Landon ri.

Eu me aproximo deles porque quero observar de um ângulo melhor. Jaime começa a rodopiá-la. Acho que dar tantas voltas assim não terminará em boa coisa. Eu me aproximo um pouco mais.

E ainda bem que fiz isso, porque ela acaba de soltar a mão de Jaime e cambalear, tonta, enquanto todas as garotas da turma se encolhem.

Eu me divirto em vê-la tropeçar, mas meu lado bom se precipita para apará-la antes que caia direto no chão. Tá, eu a seguro principalmente porque quero colar o meu corpo ao dela. E o meu corpo está muito interessado nisso.

Ela respira fundo. Mesmo de olhos fechados, sinto a ótima surpresa de reconhecer aquele rosto. Sei muito bem quem é.

— Peguei você — digo. A respiração dela está muito agitada.

Suas pálpebras tremem antes que seus olhos verde-claros olhem para mim. Sinto ela ofegar baixinho. Esse pequeno barulho é muito agradável de ouvir.

Anabell me olha como se, em sua mente, estivesse fodendo selvagemente comigo, como se estivéssemos nus, os corpos suados um contra o outro. Se ela pensou nisso, então consegue ler a minha imaginação.

Meu olhar rapidamente é atraído dos traços bonitos e delicados de seu rosto para o pequeno decote apertado, de onde seus seios firmes se projetam. A imagem deles nus invade a minha cabeça. Minha vontade é de rasgar sua roupa para admirar essa perfeição viva e direta. Sorrio diante do pensamento.

Levanto meus olhos rapidamente e percebo que ela me observa com surpresa enquanto o ritmo de sua respiração aumenta.

Penso se devo ou não dizer que o destinatário de suas fotos sou eu. Certamente estou em vantagem.

— Tudo bem, boneca?

Anabell ofega mais uma vez ao ouvir a minha voz. A tentação de beijá-la é enorme, porque ela faz a minha temperatura subir, como se não houvesse mais ninguém no mundo.

Seus olhos se abrem de surpresa. Noto que uma interrogação se forma em seu rosto.

— De que você me chamou?

Tomo minha decisão. Ela saberá quem eu realmente sou.

— Eu te chamei de boneca, e gostei do que vi.

Seus olhos se arregalam ainda mais, agora em estado de horror. Anabell apenas me observa. Sim, ela é esperta, conseguiu entender.

Por um breve momento há apenas silêncio, mas subitamente ela me empurra para longe e engasga quando aponta para mim com o dedo indicador em riste.

— Seu pervertido! — grita, exasperada. Ótimo, outra maluca. — Você viu os meus peitos!

— Na verdade, boneca, você me enviou uma foto deles.

Anabell solta um gritinho agudo e volta a apontar para mim. Sim, ela pode ser louca, mas ainda é linda.

— Eu não enviei uma foto dos meus peitos para você!

— Bom, eu estava quieto, na minha, quando, adivinha? Seus peitos apareceram na tela do meu celular. Você sabe o que eu fiz em seguida?

A sua expressão é de total perplexidade. É claro que não pode se sentir ofendida, já que a culpa pelas fotos é dela. Afinal, ela me enviou duas delas.

— Você se masturbou olhando meus peitos!

— Não, eu fiz isso com a foto dos seus peitos — corrijo, e seu nariz fica vermelho. Não as bochechas, mas especificamente a ponta do nariz.

— Russa, talvez seja melhor... — sugere Jaime.

— Eu não sou russa! — grita a garota enquanto esfrega as mãos no rosto e volta a apontar para mim: — Você é um pervertido!

— A pervertida é você. Você enviou a foto em primeiro lugar.

— Que tal continuarmos esta discussão em outro lugar? — interrompe Landon, com um sorriso que o fazia parecer estar prestes a cair na gargalhada. Só então percebo que todas as garotas estão interessadas na discussão. Anabell também parece notar agora.

Toda a turma já sabe que, de alguma forma, eu vi os peitos de Anabell, mesmo que não saibam como.

Anabell sai da sala pisando forte. Landon e eu vamos atrás dela. No meio do corredor, ela se vira, volta até mim e lança a palma da mão contra a minha bochecha, deixando nela uma sensação de ardência. Abro minha boca, surpreso, enquanto Landon solta um assobio baixinho.

— Você acabou de me bater!

— Claro que sim — Anabell diz, furiosamente. — Você viu meu rosto, me reconheceu e ainda assim me mandou uma foto do seu pênis.

— Eu não lhe enviei uma foto do meu pênis — respondo, agora irritado com o fato de ter recebido um tapa por um erro que não cometi. — Enviei, sim, uma foto da calça de moletom cobrindo o meu corpo.

— Você se masturbou com a minha foto!

— Eu tenho certeza de que você pode compreender que meninos se masturbam quando veem uma garota nua. Você me mostrou os seus peitos. Além disso, você me enviou outra foto esta manhã, a da sua coxa, e o que insinuou foi bastante sugestivo.

Ela abre e fecha a boca como um peixe, sem encontrar nenhum argumento que valesse a pena gritar. Ainda estou processando o fato de que Anabell me deu um tapa sem motivo aparente. Eu só atraio mulheres loucas.

— Foi um erro. A foto não era pra você.

— Obviamente, mas parece que a segunda foi.

— Ela te mandou uma foto dos peitos dela? — indaga Landon, e eu confirmo.

— Não foi para ele!

— Bem, russa, de qualquer forma enviar uma foto dos seus peitos para qualquer homem não me parece muito inteligente. Você não sabe que essas fotos podem vir à tona depois? — repreende Landon, erguendo uma das sobrancelhas. Anabell parece envergonhada.

— É que...

Landon e eu esperamos que ela continue, mas Anabell balança a cabeça negativamente. Quando seus olhos levantam, eu me sinto confuso, porque estão úmidos, repletos de lágrimas. Esse olhar de tristeza consegue me desmontar.

— Olha, eu sinto muito pelo tapa. Você está certo, não é sua culpa — diz enquanto gesticula com as mãos. — Só que eu estava com raiva e bêbada. Digitei o número errado. Mas está certo. Eu não devia ter enviado uma foto minha naquela situação. Sinto muito.

Meu irmão me lança um olhar que parece dizer "e agora?". Só que eu não sei qual é o protocolo correto a seguir quando os seios de uma estranha acabam acidentalmente em meu celular.

— Tá, você não pode reclamar. Sua foto acabou no telefone de Jared, uma pessoa que mulheres costumam considerar sexy e, aparentemente, ele gostou do que viu. — Landon procura quebrar o silêncio e contornar a situação de uma forma engenhosa, o que faz Anabell sorrir um pouco. — Aliás, tenho certeza de que ele gostaria de ver mais.

— Lan...

— Mais uma vez, sinto muito ter batido em você, Jared.

— Não tem problema, boneca — asseguro, respirando fundo.

Anabell olha para o final do corredor, onde está a sua sala.

— É melhor eu voltar para a aula...

— De acordo.

Quando ela passa ao meu lado, sinto que devo dizer algo.

— Ei, boneca! — Anabell para e olha para mim. — Eu falei muito sério em minhas mensagens. Gostei do que vi e não acho que a russa de que você estava falando seja melhor que você.

Consigo arrancar um pequeno sorriso dela com o comentário. Antes de me virar, também volto a sorrir e passo novamente a mão em meu rosto.

— Bem, ao menos esta tem um grau aceitável de loucura — comenta Landon.

— O que você quer dizer?

— Eu te conheço. Você está dando todos os sinais de que quer ir atrás dela. Então, boa sorte em sua perseguição.

Solto uma gargalhada enquanto bagunço o cabelo do meu irmão mais novo. Não há necessidade de mentir. Anabell, além da atração sexual, também desperta a minha curiosidade.

— Vamos falar com a Beth e depois ir a algum lugar para comer. Assim poderemos conversar.

Landon assente com a cabeça enquanto caminha ao meu lado. Há certa semelhança entre nós dois, não há dúvidas nisso.

Eu conheço meu irmão muito bem. Sei que ele quer perguntar sobre Logan. Mas ainda é muito difícil para ele.

Depois de um tempo, porém, ele acaba cedendo:

— Como vai o nosso pai?

— Um desastre — respondo. — Ele está deixando os negócios nos meus ombros, fodendo com toda a Manchester e sendo um idiota.

— Sinto muito, Jared. A culpa é minha.

Interrompo a caminhada para tomar o rosto de Landon em minhas mãos. Seus olhos estão marejados. Landon é apenas um menino de dezenove anos que busca o apoio de sua família. E ele merece isso, porque é uma ótima pessoa.

— Ele age assim porque quer, Lan. Você não tem de se culpar por nada. É a sua vida.

— Acha que um dia ele vai me perdoar? — pergunta. Odeio ver a dor em sua expressão.

— Você não precisa do perdão dele, já que não fez nada de errado. Eu acredito que um dia ele vai cair na real, entender quem você é e a sua maneira de viver a vida. E, além disso, eu sempre vou estar do seu lado, meu irmão. Sem hesitar.

— Sinto falta de nossa mãe, Jared.

— Eu também, Landon. Mas temos de seguir em frente. Sei que ela estaria muito orgulhosa de você. Eu nunca teria permitido que você se escondesse por mais tempo, nem que Logan te tratasse daquela maneira.

— Só que ela não está mais aqui.

— Mas você tem a mim.

Mamãe e eu sabíamos da orientação sexual de Landon desde o início, mas nunca o julgamos, como papai. Pelo contrário, sempre o apoiamos, ajudando-o também a se aceitar e a esconder o seu segredo. Por esse motivo, ele tinha muito mais afeição por nós.

— Agora vamos resolver os problemas e comer um belo hambúrguer depois.

— Sim — assente Landon. — A propósito, Jar, acho que a russa é uma boa escolha. Eu gosto dela.

— Também acho, Landon. Também acho. Parece que estou gostando dessa gata.

Capítulo 1
Eu o vi primeiro

Anabell

Estou ofegante e suando intensamente ao fim da aula de salsa com Jaime. Mas não sou a única. Dirijo-me imediatamente ao bebedouro e, com um gemido exagerado, começo a saciar a minha sede. No início da aula, o meu corpo estava relaxado, mas, depois de topar com Jared e descobrir que ele era o destinatário das minhas fotos, toda a tensão retornou. Além, é claro, do tesão.

Eu devia ficar envergonhada por me excitar tanto por um menino, mas, ei! Homens se excitam. Por que mulheres também não deveriam?

Seco o meu suor com uma toalha enquanto respiro fundo. Estou exausta. Totalmente exausta e acabada.

Sinto alguém tocar as minhas costas e encontro Melanie assim que me viro. Não tenho a menor ideia de como ela faz isso, mas todo o seu suor evaporou. Ela já está até passando maquiagem novamente. Acho isso tão repugnante e anti-higiênico que faço uma careta de desagrado.

— Que cara é essa, russa? — pergunta Melanie, passando continuamente o corretivo sob as pálpebras.

— Nada, é que... Como você consegue passar maquiagem depois de ter suado tanto?

Surpresa, ela olha para mim. Eu nunca consigo evitar ser tão franca e direta. Digo o que penso constantemente, como se não houvesse um filtro entre meu cérebro e minha boca.

— Não dou a mínima para isso. Os filhos do dono da academia estão aqui, você os viu. Eles são incrivelmente sexy! Só não consegui me decidir qual deles eu vou pegar.

Olho para Melanie com visível desagrado, como se quisesse gritar "eu vi primeiro!". Estou falando de Jared, é claro. Ele é absolutamente incrível, como um desses caras por quem você tem um amor platônico e, ao mesmo tempo, acha difícil que existam de verdade. Eu já estava bancando a vadia egoísta que não aceita a ideia de Melanie tendo um caso com Jared.

— Se bem que o último que chegou... Ele tem uma aura que me excita. Eu preciso desse homem — continua Melanie.

— Eu acho que não — digo, sem pensar. Melanie franze a testa.

— Por que não?

— Porque... não. — Dou de ombros em seguida. — Ele não é para você.

— Mas é para você só porque mostrou os peitos para ele? — questiona, e por um momento tenho a impressão de que ela está realmente irritada comigo. Imediatamente sinto medo, já que sou péssima em brigas.

— Eu não mostrei os meus peitos para ele — respondo na defensiva. — Você não sabe o que realmente aconteceu.

— Então ninguém mais pode ficar com ele porque você o quer só para você? Eu não me importo com a sua ascendência russa. A disputa tem que ser justa.

— Que disputa?

— Eu quero ficar com ele. Ponto final.

— Você nem sabe o nome dele. Além disso, eu também vi o pau dele. Ele é meu.

Nós duas nos surpreendemos com as minhas palavras. É claro que eu não vi exatamente o pênis dele, mas me surpreende o fato de ter dito "ele é meu". Essa ideia faz a adrenalina correr em minhas veias.

Melanie fecha a cara e se vira para ir embora, esbarrando propositalmente no meu ombro. Eu não sei o que Jared tem, mas, pelo visto, muitas garotas ficam malucas por causa dele. Inclusive eu.

Dou de ombros e pego uma barra de cereais para me alimentar. As últimas garotas estão indo embora. Jaime está esperando por mim na saída.

— Excelente dança hoje, russa — parabeniza, ao fechar a porta atrás de mim. Uma covinha aparece em seu queixo. Ele é atraente, mas infelizmente é gay.

— Obrigada, Jaime. Estou ansiosa para saber qual será a sua próxima aula.

Ele sorri para mim enquanto caminha ao meu lado. Eu me contenho novamente em perguntar se ele gostaria de ser o meu amigo gay. Eu me contento apenas em andar animadamente ao seu lado, como se ele fosse alguma celebridade, e eu, uma fã insistente.

— Com quem você terá aula amanhã?

— Com a Ditadora. — Jaime ergue as sobrancelhas, confuso. Imediatamente me dou conta de ter usado o apelido que alguém na academia criou para a professora. — Desculpe-me, eu quis dizer com a srta. Lara, você sabe, da aula de balé.

— Eu não sabia que você gostava de balé, russa.

— Gosto de quase todos os tipos de música. Aliás, eu estava pesquisando na internet: você sabia que na América e na Espanha existe uma dança chamada *reggaeton*?

— Eu sou latino, russa. Conheço esse tipo de música.

— É o tipo de ritmo que deixa os homens excitados — comento distraidamente, e Jaime solta uma risadinha. — Eu gostaria de dançar com você um dia. Para ver como é.

— Vou preparar uma aula de *reggaeton* para você conhecer, então — promete ele, e apoia a mão sobre o meu ombro.

Céus! Que patético, eu quero abraçá-lo, implorar por sua amizade!

— Seria ótimo, e...

— Jaime, você poderia conversar comigo e com Landon por um momento? — Uma voz nos interrompe.

E é uma voz que me faz ter de segurar a minha calcinha, porque, merda, é rouca, áspera... Quase como uma lenda urbana.

É a voz de Jared.

Jaime e eu nos viramos. Eu, porque sou uma fofoqueira. Consigo avistar Landon recostado na parede, concentrado em seu celular. Nossa, os pais desses meninos sabem fabricar filhos.

— Você está suada — nota Jared, arqueando as sobrancelhas. Minha vontade é de dizer "jura?", mas, em vez disso, digo outra coisa:

— Estou parecendo uma porquinha. — E emito grunhidos, como uma porquinha mesmo. Jared começa a rir da minha imitação. Landon desvia a atenção de seu celular e sorri para mim.

Eu realmente não tenho vergonha nenhuma, e isso me preocupa.

— Está realmente muito suada — repete, brincando com os papéis em suas mãos enquanto me observa com seus olhos azul-claros.

— Eu fico bem de várias maneiras.

— É, dá para notar. — concorda Jared, lançando uma piscadela para mim. E então a temperatura começa a subir.

Jaime pigarreia e coça o queixo para chamar a atenção. Jared volta o olhar para ele.

— Você disse que precisa conversar comigo.

— Ah, é, sim. Vamos apenas esperar pela Ditad... — Jared se interrompe. — Quero dizer, a srta. Lara.

No mesmo instante, a Ditadora aparece acompanhada de uma morena magra, pequena e bonita que mal se controla na presença de Jared.

Este é o problema com caras atraentes: todo mundo quer um pedaço.

E quão exaustivo deve ser ficar com um homem que todo mundo quer? Sim, deve ser muito exaustivo. Mas acho que ter Jared compensaria.

— Gretta, você deve praticar um pouco mais. Trabalhe os seus giros, por favor — repreende a Ditadora. — Você pode se retirar.

Antes de sair, Gretta lança um olhar repleto de desejo a Jared, que apenas lhe retorna um sorriso educado. No entanto, isso é o suficiente para fazê-la a mulher mais feliz do mundo.

É, ter um cara como Jared deve deixar qualquer pessoa louca. O homem atrai mulheres como se fossem moscas... moscas desagradáveis.

Sempre achei Dylan muito atraente, mas um atraente comum. Jared, pelo contrário, tem magnetismo e, muito mais que atraente, ele é monumental.

— Muito bem, srs. Rochester. Estou aqui. Podemos começar a reunião. — A Ditadora me dirige um olhar de esguelha. — Claro, em um local reservado.

Eu me sinto um pouco ofendida. Sim, sou uma fofoqueira, mas não há necessidade de jogar na cara. No entanto, apenas dou de ombros e começo a me virar para sair.

— Espere, boneca. — A voz de Jared me detém.

Controlo a vontade de sorrir automaticamente e me volto para encontrá-lo mais próximo. Ele traz um sorriso enviesado no rosto.

— Você sabe que eu não vou parar de te mandar mensagens, certo?

Minha vontade de sorrir desaparece imediatamente. Achei que, depois da conversa no corredor, o próximo passo seria fingir que as fotos nunca existiram.

— O que te faz pensar que vou continuar enviando fotos minhas? — Cruzo meus braços, fazendo os meus peitos sobressaírem um pouco. Jared não consegue evitar olhar. É, eu sei que sou gostosa.

— Eu não sei, mas sei o que eu vou fazer. — Ele se aproxima e inclina-se um pouco, seus olhos fixos em mim. — Vou ligar para você. Todas as noites, depois de cada foto. Eu quero ouvir a sua voz sexy, quero imaginar os seus lábios se movendo enquanto fala cada palavra.

Uau! Bem, este cara é um profissional. Ele vai me causar taquicardia apenas com o seu tom de voz. Se alguém tem uma voz sexy aqui, esse alguém com certeza é ele.

— Você é que tem uma voz sexy — respondo. Jared solta um riso baixo.

— Bem, as obrigações me esperam. Tenha um ótimo dia, boneca.

— O mesmo para você, Jared.

— Tenho certeza de que será. — Ele pisca para mim e caminha para onde seu irmão está.

E, devo dizer, ele também tem uma bela bunda. Mas era de se esperar, não é?

O que mais quero ao chegar em casa é tomar um banho. Ainda estou completamente suada por causa da aula de dança. No entanto, o meu desejo desaparece quando noto o carro de Dylan estacionado na rua.

Ah, mas eu não pretendo fugir. Reúno toda a minha dignidade e continuo meu caminho a passos firmes.

A única coisa que detesto em minha casa é o cheiro adocicado forte típico de alguns perfumes russos. Anastasia, minha mãe, é uma típica russa puro sangue e, somada à Kattia, a quantidade de perfume forte no ar poderia ser capaz de enfastiar qualquer estranho que não estivesse acostumado ao odor.

Mamãe adora o aroma e faz questão de continuar usando os perfumes. Ela costuma dizer que o cheiro é "maravilhoso". Só que, para mim, é como cheiro de maresia. No entanto, acho que estou me adaptando a ele, pois, afinal, já faz quase vinte anos que tento me habituar.

E quer saber outro aspecto ridículo sobre a minha casa? Não importa que horas sejam, minha mãe e Kattia sempre estarão arrumadas, como se estivessem prestes a ir a uma boate. Maquiadas, vestindo ótimas roupas e equilibrando-se em armadilhas mortais que elas chamam de "sapatos de classe".

Pode-se dizer que alguns russos sejam extravagantes nesse sentido. Papai adora chegar em casa e encontrar a minha mãe vestida como uma estrela de cinema, mas, para mim, é cansativo. Eu pareço uma empregada doméstica já que ando o tempo todo de pijama.

Minha mãe tentou de todas as maneiras fazer com que eu me apegasse a esses hábitos. Só que tenho uma preguiça enorme de usar maquiagem, salto alto e unhas postiças, que mais parecem garras. Além disso, acabaria intoxicada se tentasse usar um daqueles perfumes fortíssimos.

Desse modo, Anastasia desistiu de tentar impor esses costumes a mim. Talvez comece a aceitar em breve que sua única filha tem mais modos ingleses que russos.

Assim que fecho a porta atrás de mim, o cheiro adocicado invade as minhas narinas.

Logo fecho a cara, pois Dylan e Kattia estão sentados muito próximos no sofá. Kattia, é claro, está arrumada como se estivesse indo desfilar em uma passarela. Não consigo ouvir o que estão murmurando, mas sinto aversão ao ver a mão da minha prima pressionando continuamente a virilha do meu ex.

— Ah, que ótimo ver como Kattia está quase masturbando você no sofá da minha casa, Dylan! Maravilha! — exclamo, e ambos se sobressaltam.

O rosto de Dylan fica vermelho como um pimentão enquanto ele se levanta e tenta se recompor atrapalhadamente.

Dylan é um menino loiro, alto e com olhos cor de mel. Ele é o perfeito estereótipo de um menino doce, só que a parte doce dele sumiu desde que colocou um par de chifres em mim.

Ele é uma pessoa extremamente mimada por seus pais. Sempre tentei ignorar esse fato, porque, afinal, o meu relacionamento era com Dylan e não com eles, embora a mãe fosse um grande pé no saco para mim. Eu a tolerava por causa dele.

Ao menos sinto um grande alívio sabendo que não voltarei a vê-la.

— Ana, precisamos conversar...

— Sério, Dylan? — pergunto, sarcasticamente. — Você estava se divertindo com a Kattia. Não tenho nada para conversar com você. Eu sei o que vi e estou satisfeita com o término. Siga o seu caminho, e eu sigo o meu.

— Prima, *escutar* ele, porque… — O meu olhar é suficiente para interromper o péssimo sotaque de Kattia.

Solto um longo suspiro e passo a mão sobre a minha testa suada, que está um nojo.

— Dylan, estou muito feliz por ter superado tão rápido que você andava fodendo com a minha prima. Eu não vou voltar com alguém que foi capaz de fazer isso, nem com alguém que tenha um pau tão minúsculo como o seu. Que não sabe nem como mexer nos meus peitos. Não, muito obrigada.

Dylan abre e fecha a boca repetidamente, enquanto Kattia me observa e balança negativamente a cabeça. Não suporto os dois. Minha vontade é de esfaqueá-los, mas não quero ir para a cadeia por isso. Eu apenas sorrio quando ouço o baquear de saltos que anunciam a chegada da minha mãe.

— O que está acontecendo? — pergunta ela. Eu quero amassar a cara de Dylan por ficar novamente vermelho.

Anastasia é linda, uma beleza russa típica: cabelo loiro acinzentado, reto e longo. Seus olhos são da mesma cor que os meus, mas combinam com ela, já que são tão claros quanto o cabelo. Além disso, ela é alta. Parece uma modelo.

Da minha mãe eu só puxei os olhos, a altura e o temperamento. Não tenho do que reclamar, sou bastante atraente. Só que, se eu me parecesse um pouco mais com a minha mãe, passaria de “bastante atraente” para “deslumbrante”.

— Não está acontecendo nada, mamãe. Só estou esclarecendo a Dylan o fato de que não vamos voltar a ter algo nunca mais.

Mamãe apenas nos observa. Em seguida, dá de ombros e volta para a cozinha. Claramente não quer se envolver em “confusões de adolescente”, como ela mesma chama.

— Boa sorte fodendo a Kattia — digo, mostrando meu dedo do meio e caminhando até a escada. Em seguida me detenho e me dirijo a ele novamente. — A propósito, eu lamento muito.

— Lamenta pelo quê?

— Lamento que seu pau seja suficientemente minúsculo para que eu ria dele o resto da minha vida. — Pisco um olho e rapidamente subo as escadas.

Quando chego ao meu quarto, fecho a porta atrás de mim e deixo a minha alegria transparecer com um sorriso de ponta a ponta.

Eu estou com um puta orgulho de mim.

Aqui estou eu, a menina que pegou o namorado de um ano e dois meses fazendo um oral em sua prima, confrontou os dois e não derramou uma única lágrima.

E não estou nem segurando a vontade. Eu não sinto mesmo vontade de chorar, não sinto como se tivesse perdido alguém importante, não estou com o coração partido ou com o mundo em pedaços.

Apenas o meu orgulho e minha dignidade estão feridos. Mas, aos poucos, estou me recuperando graças ao Jared.

Graças ao gostoso do Jared.

O relógio sobre a mesa de cabeceira indica que são onze da noite. Estou deitada na minha cama quando meu celular vibra. Acabo de receber uma mensagem multimídia.

Ah, meu Deus! Minha mente pervertida já imagina o que estou prestes a ver.

Quando eu abro a imagem, sorrio.

Ele aparece sentado em uma calçada, com as pernas e um dos seus braços perfeitos esticados. Ele segura um cigarro com a mão livre.

Não há nada malicioso na foto, mas ela é, de alguma forma, quente e provocativa. Eu gosto dela. A foto veio com uma mensagem, que diz:

Sabe, ver uma garota bonita dançar e não fazer nada é frustrante. Mas ver você se mexer daquele jeito só me enche de vontade de te tocar.

Respiro profundamente e aperto o celular contra o peito. Sinto um formigamento vagar pela minha pele ao ler a mensagem. Não conheço praticamente nada sobre Jared, mas ele consegue mexer comigo.

Eu abro a câmera frontal do telefone e me enquadro de forma que apenas a minha boca apareça. Mordo meu lábio inferior e tiro a foto.

Não posso acreditar que estou flertando com Jared. Tá, certo, posso acreditar. Eu só não posso crer que estou fazendo isso com um cara cuja palavra "sexy" fica aquém de descrevê-lo.

Adorei o que vi.

Dois minutos intermináveis passam sem nenhuma resposta. No entanto, o meu telefone começa a vibrar em seguida. Aborrecida, pego meu telefone e solto um grito abafado quando vejo uma chamada de Jared na tela.

Minha calcinha fica úmida ao pensar a que essa chamada pode levar.

Capítulo 5

Uma doce, lenta e deliciosa perdição

Jared

Deixei meu pai transar com a garota dentro de casa. Volta e meia dou outra tragada no meu cigarro. Admito que nos últimos meses venho fumando um pouco mais do que deveria, mas só um pouco mais.

Sinto-me como um idiota ao sorrir para a tela do meu celular, preenchida agora pelos lábios doces e bonitos de Anabell. Tão deliciosos que poderia mordê-los.

Fui claro com ela: não pararia com as fotos. E agora que sei como é a sua voz, uma entonação um pouco rouca e baixa, penso em ligar para ouvi-la novamente.

Dou um último trago no cigarro antes de apagá-lo no asfalto e digito o número de Anabell. Esta será a nossa primeira ligação.

Fico surpreso por ter de esperar quatro toques antes de ouvir um "olá" entre uma respiração profunda.

— Olá, Anabell.

— Olá, Jared — responde ela, lentamente. Não sei se faz de propósito, mas ela arrasta o "e" do meu nome em sua entonação.

— Você não esperava a minha ligação, não é?

— Não. Eu também não esperava uma foto sua... Não sabia que você fumava.

— Você tem algum problema com isso?

— Não, nenhum.

Permanecemos em silêncio por alguns segundos. Em seguida, ouço alguns murmúrios em uma língua que desconheço, mas que soa exasperado.

— Anabell?

— Sinto muito, Jared. Estava falando com a minha mãe. Ela está com raiva — conta. Estou prestes a responder, mas ela entra no modo "menina histérica" e as palavras saem em um atropelo de sua boca. — Você acredita no que a minha prima russa fez? Ela disse à Anastasia que a estou tratando como uma merda! Mas eu apenas a estou tratando do jeito que ela merece!

— Quem seria Anastasia?

— Quem mais poderia ser, Jared? Minha mãe! — retruca Anabell, como se fosse a coisa mais óbvia do mundo. Eu sorrio um pouco enquanto me disponho a escutar. — Kattia, a minha prima russa, disse a ela que eu a estava tratando como lixo, mas é normal, não? Quer dizer, eu a encontrei transando com meu namorado.

— Espera, espera. Com seu namorado?

— Tá, com o inútil do meu ex-namorado. Você acredita que eu o encontrei de joelhos entre as pernas da minha prima? — Eu respondo algo, mas ela continua falando. — Passei meses tentando fazer com que aquele imbecil me tocasse, e minha prima, sem se esforçar muito, conseguiu fazer isso. Mas dane-se. Quando o vi, percebi que o pau dele era minúsculo. Sério, era muito pequeno.

— Acho que esse é apenas o exagero de uma ex-namorada ressentida.

— Não, não, não. Eu juro que ele tem um pinto pequeno. Fico feliz por ter terminado. — Ela suspira e depois ri. — Além disso, naquele mesmo dia, fui à loja de música em que você trabalha.

Eu coço o meu queixo. Noto, distraidamente, que alguns pelos começam a crescer.

— Naquele dia que você disse que tinha namorado? Foi quando terminou com ele?

— Sim. E já sabemos o que aconteceu mais tarde. Fiquei bêbada e acabei enviando uma foto comprometedora de uma certa área do meu corpo para você.

— Uma área muito sexy, que me deixou muito duro.

Ela engasga, respira fundo e silenciosamente espera que eu diga alguma coisa.

— Você acabou de falar algo um pouco sujo, Jared.

— E isso te excita? — pergunto meio brincando, meio a sério.

— Eu não vou responder isso. Não quando a sua própria voz me faz pensar em sexo.

Eu rio um pouco mais alto ao ouvir isso. De repente, ouço a porta da minha casa abrir. Parece que Logan não terá companhia hoje.

— Bom, já que estamos falando disso, seus peitos não são a única parte excitante do seu corpo. Você tem uma boca incrível. Além disso, a sua voz é capaz de deixar qualquer homem duro.

— Uau, você realmente está falando sacanagem comigo. A única coisa que falta é começar a se masturbar.

— Eu faria isso se estivesse no meu quarto e não na calçada de casa porque meu pai está transando com uma garota da minha idade no sofá.

— Ah, bem, isso é… hmm…

— Relaxa. Não precisa dizer nada. Só estou explicando por que não estou me masturbando agora.

— Eu não acho que você precise disso. Muitas mulheres certamente usariam as mãos por você. Um exemplo disso é aquela loira da loja que não parou de nos chamar de vadias.

— Ah, não! Por favor, não fale de Jocelyn. Sem brincadeira, não quero que ela toque no meu pau novamente.

— Então ela já tocou...

— Ela é a minha ex. A pior ex de todos os tempos. Não ligue se ela te chamar de puta, pois, para ela, todas as pessoas que olharem para mim serão putas.

— Bem, então a puta raivosa é ela.

— Você é sempre assim? É como se você não tivesse filtro.

— Eu sou espontânea.

— É verdade. E gostosa também.

— Sim, eu também sou.

Nós dois rimos. Passo a mão no cabelo, desejando ver Anabell enquanto ela fala.

— Então, você é russa?

— Pode-se dizer que sim... — Tenho a impressão de que ela lamenta um pouco, com desgosto. — Minha mãe é nativa, então possuo a cidadania russa em primeiro grau. Isto é, meus filhos poderão herdar a minha nacionalidade. Bem, isso se eu decidir tirar algo tão grande da minha vagina...

— Você é tão sutil.

— Resumindo, sim, tenho nacionalidade russa, mas não me considero. Nada em mim diz que eu sou.

— Bem, acredito que há algo, sim — respondo. — Você tem olhos de um verde que eu nunca vi igual, são até um pouco exóticos. Seu cabelo castanho é muito bonito. Você é alta e magra como uma modelo. Além disso, tem um sorriso que melhora ainda mais a sua aparência. Você é muito mais bonita que uma russa típica, mas também não tem nada de britânica.

Ela fica em silêncio e, por um momento, eu me preocupo de tê-la assustado, mas, então, lembro-me de que essa é a garota que me enviou fotos e relaxo. Espero que ela fale algo.

— Acha mesmo?

— Claro que sim, Anabell. Até o seu nome é lindo.

— Ah... obrigada...

— Você não sabe como receber elogios?

— Sim, eu sei. Mas é raro que um garoto incrivelmente gostoso diga algo diferente de "você é atraente". Não sei. Você não é comum. Eu me surpreendo com você.

— Eu não sigo estereótipos. Não posso ser um cara idiota, porque tenho muitas responsabilidades para viver uma vida de cara mau ou galã. O que você vê é o que eu sou. Não gosto de usar máscaras, porque, sinceramente, não tenho tempo.

— Bem, você soou como se estivesse me repreendendo. — Ela ri, baixinho. — Eu me senti repreendida, Jared.

— Eu não queria soar assim, boneca. Apenas gosto de ser honesto.

— Já que você é tão sincero, quer me dizer por que me chama de "boneca"?

Deslizo meu polegar pelos lábios. A verdade é que o apelido surgiu sozinho, eu nem sequer tive que pensar sobre isso. Costumo chamar as meninas de adjetivos fofos, bonitos ou similares, mas com Anabell foi instantâneo.

— Porque você parece uma. É delicada e bonita, como se fosse de porcelana. Eu falo muito sério quando digo que você é linda. Realmente é uma boneca, uma gata. E, se você me perguntar, é a única garota a quem eu chamo assim.

— Acho que você só diz isso porque quer outra foto dos meus peitos — brinca ela, rindo.

— É claro. Estou contando com isso.

Anabell ri mais uma vez enquanto continuamos alternando entre assuntos interessantes e coisas sem nenhum sentido. Gosto de ouvir sua voz suave.

Decido que gosto de Anabell, que amo essa boneca. Uma boneca em edição limitada.

Antes que eu me dê conta, já sei o suficiente sobre ela: não está estudando, mudou de curso na faculdade duas vezes. Seu pai é dono de uma empresa de eletrônicos e sua mãe é uma dona de casa que vive de salto e toda arrumada. Sua casa cheira ao perfume doce e enjoativo da mãe. Dylan foi seu relacionamento mais longo. Tem dezenove anos e detesta sua prima, a russa.

Já não sei mais por quanto tempo estamos falando, mas em algum momento Logan aparece na porta e grita meu nome seguido por um "eu preciso de você aqui".

— Ei, boneca, eu preciso desligar, Logan está me chamando.

— Quem é Logan?

— Meu pai.

— Pensei que ele estivesse transando no sofá da sala.

— Sim, mas isso foi há horas atrás, já são... — Eu olho para o relógio e fico surpreso ao ver a hora. — Merda, já é uma e meia da manhã, gata, estamos conversando há horas.

— Isso significa que você tem bastante dinheiro, já que a ligação vai custar caro.

— Isso é uma das qualidades do homem dos seus sonhos?

— Eu não tenho um homem dos meus sonhos. Mas, se eu tivesse um, há uma qualidade que não poderia faltar, Jared.

— Qual seria?

— Que soubesse transar. Que fosse capaz de me dar diversos orgasmos e que a química sexual fosse constante.

Eu permaneço em silêncio, alucinado pela maneira como meu pênis fica duro de uma hora para a outra. É surpreendente.

— Jared? — pergunta ela, com dúvida. — Eu estava apenas brincando.

Limpo minha garganta enquanto tremo desconfortavelmente. Minha calça de repente fica muito apertada.

— Bem, mesmo que seja brincadeira, posso atender às expectativas dessa exigência.

— Jared, você está me oferecendo sexo selvagem?

— Não. Antes do sexo eu peço encontros, gata.

— Ah, certo.

A porta da casa se abre novamente, e Logan grita meu nome mais uma vez.

— Eu preciso ir, boneca. Tenha bons sonhos.

— Você também, Jared.

E com meu nome soando muito sexy em seus lábios, Anabell encerra a ligação. Levanto do meio-fio da calçada sorrindo. Mas o sorriso logo vai embora, porque as minhas pernas estão totalmente doloridas devido às horas em que eu estive sentado.

Meu humor também muda repentinamente, porque sei o que Logan quer de mim: fazer as contas de algumas das empresas dele.

Deus, meu pai é um imbecil. Ainda assim, eu o amo.

Respiro fundo enquanto estou na frente de Jocelyn e Savannah, basicamente implorando a alguém que me dê um pouco mais de paciência.

Mesmo com a minha cara fechada, elas têm a audácia de se entreolhar com ódio. Seus cabelos estão uma bagunça, e acho que Jocelyn tem várias unhas quebradas.

Uma briga. Elas se puxaram pelos cabelos e fizeram uma prateleira de CDs cair no chão. Isso está indo longe demais.

Eu não sei exatamente o que houve, mas Mark, Steven e eu não somos idiotas. Sabemos que o problema de alguma forma envolve o meu nome.

— O que há de errado com vocês? Como vocês são capazes de brigar na loja e na frente dos clientes? Vocês danificaram vinte CDs — repreendo, extremamente nervoso.

— Vinte e seis para ser exato, Jared — corrige Steven. Eu massageio minhas têmporas.

— Não sei o que há de errado com vocês. Mas não vou tolerar que se estapeiem na minha loja. Se vocês tiverem algum problema em respirar o mesmo ar, então a porta da rua é a serventia da casa.

— Jar... — começa Jocelyn.

— Nada de "Jar", Jocelyn! Não me chame assim. Não sou o seu namorado, eu sou o seu maldito chefe e quero que você comece a se comportar como uma funcionária e não como uma ex-namorada maluca. Se não consegue fazer isso, então pode ir para o olho da rua.

Jocelyn se cala, assustada. Eu nunca lhe dirigi a palavra rispidamente porque, acima de tudo, respeito as mulheres e gosto de tratá-las gentilmente. Só que essas duas atingiram o meu limite. Savannah solta uma risada abafada.

— E você, Savannah. Contratei você para trabalhar, e não para flertar e brigar aqui dentro. Eu não estou interessado em você. Quero que acalme seus hormônios e se comporte como uma funcionária decente. Não vou tolerar essas atitudes de merda que só prejudicam a loja. Entendido?

Ambas assentem, entendendo a mensagem. Respiro fundo e fico um pouco aliviado por isso, mas a paz acaba quando as duas voltam a soltar faíscas pelos olhos ao notarem alguém tocar as minhas costas com a mão.

— Jared? — Uma voz rouca e suave me faz virar imediatamente.

Quase grito de alegria ao me deparar com os olhos verde-claros de Anabell. Ela sorri para mim de maneira franca. Ao mesmo tempo, não posso acreditar que ouço murmúrios às minhas costas: Steven e Mark estavam devorando Anabell com os olhos.

Mas eu não posso culpá-los. Anabell usa calça lilás incrivelmente justa com uma camisa folgada que expõe um de seus ombros, além de um rabo de cavalo. Com ele, seu rosto fica incrivelmente chamativo.

Os murmúrios às minhas costas aumentam. Anabell olha para Jocelyn e Savannah sem compreender nada. Em seguida, volta a olhar para mim.

— Eu acho que cheguei em um momento ruim...

— Não! — Eu a interrompo.

— Sim, cadela — sibila Jocelyn.

Anabell franze a testa enquanto cruza os braços e, para a surpresa de todos, começa a latir, assim como fez no dia em que a conheci. Jocelyn parece desconcertada, enquanto Savannah a avalia. Anabell para de latir e sorri para ela.

— Pelo menos eu sou uma cadela sensata. Não posso dizer o mesmo sobre você, cadela raivosa — afronta, erguendo o queixo em desafio. Mark solta uma gargalhada, maravilhado com o insulto.

— Eu pensei ter sido claro, Jocelyn. Quero que você se comporte como uma funcionária. Você não vai chamar de cadela ninguém que entrar por aquela porta, muito menos a boneca.

— Boneca? — pergunta Savannah como se a palavra fosse veneno queimando em seus lábios.

— Eu. Eu sou a boneca a que Jared se refere — diz Anabell com um grande sorriso e, por um momento, também quero rir, porque ela está claramente se divertindo.

— Se você não melhorar sua atitude, serei forçado a demiti-la. Agora vá arrumar aquele desastre e começar a trabalhar. — Faço uma pausa de frente dos CDs quebrados no chão. — Aliás, cada uma vai pagar por treze CDs e, claro, limpar esta bagunça.

Elas parecem hesitantes em sair e me deixar com Anabell, mas eu levanto as sobrancelhas como se as desafiasse. Resmungando, elas se retiram para o banheiro. Eu me concentro em Anabell, que segue avaliando as meninas.

Pigarreio para chamar a sua atenção. Seu rosto, então, se ilumina com um sorriso, enquanto coloca as mãos nos quadris.

— Você fica sexy assim, todo autoritário, embora eu não seja submissa.

Mark começa a rir enquanto Steven fica vermelho. Eu apenas sorrio, porque essa garota fala antes de pensar.

— Você é o chefe? — pergunta ela curiosamente.

— Logan é o dono.

— Merda, Jared, o seu pai é da máfia? — pergunta Anabell em tom de brincadeira, enquanto inclina a cabeça.

Mark e Steven ainda parecem fascinados por ela, então eu pigarreio novamente.

— Mark, Steven, esta é a Anabell.

— Um prazer — dizem eles, estendendo as mãos. Anabell corresponde à apresentação com um sorriso que ameaça fazê-los babar, embora eu ache que Steven não demonstre tanto.

— Aliás, "minha boneca".

— Sua? — questiona ela. Eu levanto uma das minhas sobrancelhas.

— Minha.

De uma maneira quase desconfortável, meus colegas de trabalho se retiram para a caixa registradora, como se lhes doesse me deixar sozinho com Anabell.

— É uma surpresa ter você aqui.

— Vim atrás de um CD.

— Apenas um CD? — pergunto. Anabell ri.

— Tudo bem, um CD e outra coisa...

— O que poderia ser esse algo mais?

— Leve-me ao CD que estou procurando e posso responder.

— Diga-me o nome e eu te levo até ele.

Anabell mostra um sorriso torto enquanto abaixa as pálpebras. Eu mordo o interior da minha bochecha. Ela é muito gostosa, e só posso dizer que essa mulher será a minha ruína.

Uma ruína doce, lenta e deliciosa.

Capítulo 6

A vadia russa me bateu!

Anabell

Ninguém pode me culpar por rir ao ver a menina do "são todas umas cadelas" se dando mal. Mas ela também não pode me chamar de "cadela" sempre que quiser, até porque não estou agindo como uma.

Tampouco sou culpada por sorrir ao olhar para Jared. É inevitável. Se você tivesse a chance de sorrir para um cara tão sexy como ele, acredite em mim, você o faria. Eu só quero tocar a pele dele com a ponta dos meus dedos, porque ele não parece nem um pouco real.

Estou sendo descarada, sim. Apenas o observo fixamente enquanto espera que eu diga o CD que eu supostamente vim comprar. "Supostamente" porque, bem, está muito clara a razão de eu ter vindo novamente à loja de CDs de Jared. Eu queria ouvir a voz dele em pessoa.

— Boneca, vai me dizer o CD que você quer?

Volto à realidade, pigarreio e olho ao redor. A loja é um ótimo lugar, com uma atmosfera agradável. A família de Jared deve ter muito dinheiro. Não que eu me importe com isso, mas os negócios devem render grandes lucros.

Mark e Steven, os caras que Jared me apresentou há alguns minutos, estão me analisando de trás do caixa. Isso faz com que eu me sinta estranha, já que sei que seus olhos estão focados em determinadas partes do meu corpo. Exceto Steven. Ele parece querer perceber algo a mais.

— Ah, é, o CD… — respondo a Jared, ainda olhando em volta.

— Sim, o CD, gata.

Mordo meu lábio tentando achar qualquer coisa ao redor. A verdade é que eu definitivamente não vim com a intenção de comprar um CD. Havia me esquecido de pensar nessa parte. Mas um problema como esse merece uma solução desesperada. Além disso, será ótimo ter um CD novo. Posso começar uma coleção com ele.

— Pode ser que vocês não tenham este, Jared.

— Diga-me qual é e, se tivermos, eu o mostrarei a você.

— É o segundo do BG.5. Você conhece?

— É claro que conheço. Eu não vivo debaixo de uma pedra — exclama Jared. — Nós temos esse CD, sim. Venha comigo.

Ir com ele? Eu o seguiria para qualquer lugar sem que me pedisse duas vezes. Só que ele arruína minhas esperanças de admirar o seu corpo ao me deixar tomar a dianteira do caminho, o que é meio estúpido, já que é ele quem deve me indicar onde está o CD.

Jared parece ler meus pensamentos. Ele me guia pelo caminho pressionando os meus cotovelos gentilmente com seus dedos. Talvez nós tenhamos mesmo algum tipo de conexão, afinal.

Não vou falar merda nenhuma sobre sentir um frio na barriga, mas a minha pele se arrepia com seu toque e eu só consigo pensar "ele está me tocando!".

Isso é absurdo. É ridículo como eu me comporto como uma adolescente excitada, mas nunca me senti tão física, sexual e emocionalmente atraída por um homem. É, Jared não é só um garoto. É um homem. E que homem!

— Aqui está. — Ele tira a mão do meu cotovelo e pega um CD entre os dedos, que, aliás, são muito longos. Você sabe o que dizem sobre dedos longos...

Passo alguns segundos olhando para seus dedos. Eu o ouço rir, então levanto meus olhos apenas para perceber que ele me observa com os olhos semicerrados.

Estico minha mão para pegar o CD, mas ele o esconde atrás das costas, fora do meu alcance. Eu levanto as sobrancelhas e cruzo os braços. Não gosto que brinquem comigo, embora eu possa perdoar Jared.

— Você disse que, quando encontrássemos o CD, diria qual é a "outra coisa" que veio procurar — lembra Jared com um sorriso torto que cai muito bem nele.

Aqui está o meu dilema: flertar ou não flertar. Uma pergunta não tão difícil, mas definitiva.

Será que quero usar Jared por despeito a Dylan? Não, Jared não é o tipo de cara que se usa dessa maneira e claramente não me sinto despeitada. Aliás, quem é Dylan?

Eu gosto de Jared o suficiente para querer flertar com ele? Droga, é claro que gosto. A pergunta correta seria: quem não gosta de Jared?

O fato de Jared ter visto os meus peitos é relevante? Talvez, especialmente considerando que ele gostou do que viu.

Então, partiu flertar, porque, bem, Jared vale a pena!

— Acho que você é um cara inteligente, Jared. Depois de tudo que estudou em Engenharia, deve ser fácil saber o que eu quero.

— Não me sinto muito inteligente agora, boneca. Quero ouvir de você o motivo que a trouxe até aqui.

Solto uma risada divertida e tento pegar o CD que está atrás de Jared, mas ele me impede de alcançá-lo. A impressão é de que estou me jogando para cima dele. Vontade não me falta, mas não foi bem essa a intenção.

— Jared! — exclamo, e continuo rindo enquanto tento alcançar as mãos dele.

— Boneca! — Jared também sorri com a brincadeira.

Quando meus dedos finalmente tocam o CD, percebo que estou muito mais próxima dele. Eu respiro fundo e me pergunto qual perfume ele está usando, porque o cheiro é maravilhoso. Talvez o aroma de sabonete e loção pós-barba seja até mesmo natural.

Meus pensamentos sobre o cheiro de Jared somem quando sinto um toque quente em minhas mãos. Jared colocou-as convenientemente atrás de suas costas, enquanto me fita com seus olhos azuis, divertidos e curiosos.

— Diz o que é essa "outra coisa", boneca.

Por que existem caras como Jared? Você sabe, homens incrivelmente sexy, que não são idiotas e têm a capacidade de derreter alguém com a sua personalidade. Não é justo que esses caras nos enfraqueçam, ou, de qualquer forma, não é justo que Jared, um homem que eu conheço há menos de uma semana, me enfraqueça, que cause mais reações em mim do que Dylan jamais causou. Não é justo.

Mas a verdade é que a vida é uma vadia que não acredita em justiça.

— Eu vim te ver. Essa é a "outra coisa" — digo sem hesitar, e sorrio um pouco enquanto olho direto em seus olhos, fingindo que, neste momento, eu sou mais uma gelatina do que uma pessoa.

O sorriso de Jared cresce ao ouvir isso. Seus olhos encolhem um pouco, mas seus cílios enormes não são capazes de esconder o azul-claro que irradia. O maldito tem cílios maiores do que os meus, deveria usá-los para fazer comerciais de maquiagem.

— Acho que gosto do fato de você não pensar no que diz — confessa ele em voz baixa, fazendo suas palavras parecerem suaves.

— Merda, Jared, você devia pensar em trabalhar em algum serviço de atendimento ao cliente. Que voz deliciosa você tem, deixa qualquer uma melada — respondo, piscando continuamente. Jared explode em gargalhadas, mas ainda mantém minhas mãos atrás das suas costas. Talvez ele devesse abaixar minhas mãos um pouco mais.

— Então a sua calcinha está melada por minha causa?

— Não é a única coisa que está melada...

É, talvez eu deva me esforçar para não dizer exatamente tudo o que penso. Mas, ainda assim, eu gosto do jeito que as pupilas de Jared se dilatam ao ouvir o que eu disse. Isso deve ser um bom sinal, certo?

— Você é realmente incrível, gata...

— Jar, este... ah, desculpe interromper, irmão, mas eu preciso falar contigo. — Uma voz quase tão cativante quanto a de Jared nos interrompe.

Apesar da interrupção, Jared não solta as minhas mãos. Na verdade, ele continua sorrindo enquanto olha diretamente nos meus olhos. Parece que não precisa se virar para saber quem é. Nem eu preciso; vozes como as de Jared e Landon não são esquecidas facilmente.

— Só um minuto, Lan. Você já conhece a minha boneca, não é? — pergunta, sem parar de olhar para mim. Apenas as nossas mãos se tocam, mas o mais louco é que isso é o suficiente para me deixar eufórica.

— Claro, como poderia me esquecer? Só não sabia que era a "sua boneca". — Landon ri um pouco. — Qual é o seu nome? Desculpe se não me lembro.

— Anabell. Meu nome é Anabell.

— Ah, vejo que você concorda em ser a boneca dele. É até engraçado, você tem um nome parecido com o daquela boneca demoníaca...

— Landon... — intervém Jared.

— Eu só disse que o nome é parecido, não que ela é a boneca! Você é linda, Anabell.

— Só um minuto, Lan, e te encontro já, já.

— Tudo bem. Vou esperar com Mark e o Steven. Eles estão fascinados com a sua boneca.

Assim que Landon se retira, Jared sorri para mim novamente. Sinto o CD lentamente deslizar para as minhas mãos, enquanto Jared as segura ao mesmo tempo.

Ele inclina a cabeça um pouco para a esquerda enquanto solta as minhas mãos. Não quero parecer uma *stalker*, mas ele não facilita para mim.

— Aqui está o seu CD. Espero que goste.

Balanço a cabeça e limpo a garganta. A minha temperatura está elevadíssima. Parece que Jared também está fervendo, porque com o dedo ele descola o tecido da camisa em volta do pescoço.

— Na próxima vez, não precisa comprar um CD, boneca. Ficarei feliz apenas em te ver. Posso até mesmo assistir a suas aulas de dança.

— Isso não é meio estranho? Quer dizer, eu só te conheço há alguns dias.

— Eu não me importo. Você é doida, mas de um jeito bom. Posso lidar com a sua loucura, e acho que você pode lidar comigo.

Não sei o que dizer sobre isso. Então apenas me ponho na ponta dos pés e beijo a sua bochecha, como se quisesse me deliciar com a suavidade do contato dos meus lábios contra a sua pele.

— Até mais, Jared.

Ele deve ter dito alguma coisa, mas não consigo ouvir. Eu me dirijo ao caixa e noto Steven com as mãos um pouco trêmulas ao tomar o meu CD. Finjo não notar seu nervosismo porque não quero sentir vergonha.

Landon e Mark me observam, o primeiro encostado em uma prateleira e o segundo de seu lugar no caixa. A cadela loira e a outra menina — que adotou uma atitude "não te conheço, mas já te odeio" — estão limpando uma pilha de CDs quebrados no chão, sem parar de olhar para mim.

Jared está agora atendendo um cliente que entrou não sei quando, mas tira um momento para piscar para mim. E eu? Eu estou feliz, porque alguém ouviu minhas preces.

Alguém escutou as orações que fazia toda vez que lia um livro em que o protagonista era gostoso. Finalmente, depois de tantos anos de leitura, o meu homem gostoso dos livros chegou, mas a diferença é que eu não sou a heroína altruísta e boa que se faz de tonta. Não, eu sou muito diferente.

— Algo me diz que nos veremos com mais frequência, Anabell — comenta Landon com um sorriso que tem muito de Jared.

— Vamos torcer para que sim, Landon. — Pisco para ele enquanto pego meu recibo e meu CD. Landon ri e caminha em direção ao irmão.

Uma semana depois...

— Por que estou prestes a fazer isso mesmo? — pergunto a Dina, enquanto prendo meu cabelo em um rabo de cavalo alto.

— Porque em algum momento você terá de agarrar o cabelo da russa que vive em sua casa, e como não quero que você leve a pior, preciso que aprenda a dar uns socos. Além disso, Dylan também merece alguns.

— Tá, isso eu entendo — concordo, parando na frente dela —, mas não é melhor ir a uma aula de boxe do que aprender com você?

— Bobagem. Vamos começar.

Aprender a me defender com Dina não me parece uma boa ideia, mas eu dou o braço a torcer, porque ela e Jessie sempre me seguiram nas minhas loucuras.

Enquanto Dina tem cabelo escuro, pele bronzeada, olhos castanhos e um jeito delicado, Jessie tem olhos azul-claros, pele pálida e é muito forte, até mesmo um pouco rude com as palavras. É como se elas tivessem personalidades opostas. Eu amo as duas.

Jessie foi viajar pelos Estados Unidos por um mês, e sinto uma saudade louca dela. Não podemos ser apenas duas. Nesta amizade, devemos ser três.

É por isso que eu não me sinto confortável ouvindo Dina me pedir para bater nela. Não posso golpeá-la sem motivo. Bom, a verdade é que eu não sei como lutar e sinto pânico teatral de ver um punho vindo em minha direção. Eu não tenho culpa por não querer acabar em um vídeo vergonhoso no YouTube em que eu recebo uma surra. Talvez essa seja até a verdadeira razão por que nunca briguei, exceto quando saí realmente machucada.

— Porra, Anbe, você deve me bater — grita Dina após os oito minutos em que eu me recusei a bater nela. — Bata em mim!

— Estou em pânico, Dina.

— Anbe, bate em mim — grita novamente, e me empurra. Eu a olho assustada e surpresa. — Bata em mim, eu sou a sua consciência. Bata, vadia. Vadia russa! Bata em mim!

Seus empurrões estão me fazendo tropeçar para trás. Certo, agora a minha melhor amiga está me assustando. Ela sabe como lutar, já fez isso diversas vezes na escola.

— Cadela russa escrota, defenda-se! — Ela desfere um tapa na minha bochecha. Fraco, mas ainda assim dói um pouco e isso certamente me incomoda, mas não o suficiente para que eu revide.

— Dina, eu não acho...

— Você é tão vadia e puta quanto a Kattia.

— Como se atreve? — reclamo, desferindo-lhe um soco no estômago.

Dina engasga enquanto se curva para baixo. Estou paralisada porque acabei de bater nela. Acabo de dar um soco em um ser humano porque fiquei nervosa. Talvez eu tenha entrado em um mundo paralelo onde bater em alguém não me faça sentir medo, porque não sou assim.

Só que ela me comparou a Kattia, e isso já é demais para mim. Ouço Dina arquejar e decido deixar o meu momento "nossa, eu bati em alguém" de lado para verificar se não machuquei a minha amiga.

— Dina, você está bem?

— Merda, Anbe, sorte das garotas que te deixaram com raiva e não receberam um soco seu, porque, porra, você me acertou para valer.

Eu sorrio de alegria. Em pouco tempo poderei acertar Kattia e dar um chute nos ovos de Dylan. Sim, essa será minha motivação.

— Podemos fazer de novo, Dina?

— Só não acerte o meu rosto ou meu estômago de novo! Vamos praticar, mas sem golpes reais. Você não sabe lutar, mas bate forte.

Escovo meu cabelo enquanto Dina, de calcinha, caminha pelo seu quarto. Depois de uma longa aula de luta, decido dormir na casa dela.

É uma sorte que muitas das minhas roupas estejam aqui, afinal, somos amigas há muitos anos.

Visto meu robe violeta curto, que mais parece uma camisa longa e justa. Eu gosto, é confortável e leve.

— Vi Allan com sua nova namorada. Eu estava prestes a dizer para a pobre menina fugir. Aquele homem não sabe beijar, foi o pior beijo da minha vida — comenta Dina, passando uma camisa sobre a cabeça. É uma camisa masculina que, claro, não é dela ou de seu irmãozinho. Olho para ela levantando uma das minhas sobrancelhas. — Ah, a camisa? É de Jackson, ele a deixou aqui em uma noite dessas. Mas nós não transamos...

— Ah, não? — pergunto e cruzo meus braços. Dina se embola em suas palavras enquanto tenta achar uma desculpa convincente. — Você e Jackson formam o pior casal de ex-namorados que existe. Por que vocês simplesmente não assumem? Vivem fazendo sexo, passam noites juntos e não saem com mais ninguém. Mas, segundo você, são apenas ex-namorados.

— E nós estamos felizes assim.

— Você é louca. Vou te dizer uma coisa... — Eu me interrompo porque meu celular toca e rapidamente vou atrás dele.

Não me desaponto quando vejo uma mensagem com a identificação de "Jared <3" na tela. Sim, eu registrei o nome dele na agenda com um coração porque sou muito madura. E daí?

Sorrio como uma idiota porque é uma foto dos seus belos olhos azuis. É uma foto linda e, digamos, artística.

Tenho notado que temos uma espécie de dinâmica: às vezes eu envio uma foto sexy e ele responde com outra. Outras vezes, um de nós envia uma foto provocante, mas a resposta é uma imagem inocente. Nós somos loucos, no entanto estamos sendo loucos juntos. É brega e clichê, mas eu não me importo.

Eu tenho uma ideia absurda: a de que, se eu enviar uma foto dos meus olhos, eles podem ver o que eu não posso.

Essas palavras correm através de mim. Pode ser uma imagem inocente, mas Jared sabe como temperá-la com suas palavras.

Eu não vejo Jared há cinco dias, mas as mensagens não pararam. À noite, em três ocasiões, nos falamos um pouco pelo telefone. Certo, talvez tenham sido horas, mas foram bem agradáveis.

Percebo que estou demorando para responder. Então jogo o meu telefone para Dina e me sento em sua cama. Inclino-me um pouco para trás, estendo uma das pernas e flexiono a outra por cima.

— Não dá pra ver a minha calcinha, né? — pergunto, enquanto Dina me observa, confusa.

— Não, você parece sexy mesmo.

— Beleza! Tire uma foto e não me pergunte o porquê. É para ver uma coisa.

— Para ver o quê?

— Para ver como fico desse jeito. Anda!

Dina revira os olhos e desiste de fazer perguntas. Temos muitos anos de amizade para ela saber que estou mentindo, mas que, em algum momento, vou lhe contar a verdade.

Inteligente, ela sobe na cama e fica acima de mim, fazendo com que eu olhe para cima. Segundo ela, o ângulo é favorável.

— Não, não sorria. Deixe o rosto sem expressão — pede Dina. — Certo, aham. Assim mesmo, Anbe.

— Não pense que você é uma fotógrafa profissional, cachorra. Tira logo a foto!

Dina ri enquanto captura a foto. Ela a analisa por um momento antes de me mostrar.

— Ficou sexy. Se eu tivesse um pênis não teria me aguentado.

— Obrigada. Sempre tão romântica — respondo, pegando meu celular e olhando a foto.

Esta pode ser uma das melhores fotos que eu já tirei. É sexy, inocente e insinuante ao mesmo tempo. É perfeita.

Escrevo rapidamente "Seus olhos veem isso?" e envio. Mordo meus lábios mais uma vez enquanto espero por uma resposta. Meu celular toca depois de alguns momentos.

Eu franzo a testa para a imagem do que parece ser o chão do seu quarto, mas depois rio com as suas palavras:

É aí que estou depois de desmaiar com uma foto tão incrível. Você é linda e muito gostosa. Eu adorei.

Ah, bem, ele disse que adorou.
Ótima reação.

Capítulo 1

Eu quero foder com você agora!

Jared

Fico muito surpreso quando Ian aparece na porta do meu quarto. Já faz uma semana que não o vejo.

— Pensei que teria notícias suas apenas quando anunciassem o seu funeral — digo, sem deixar de prestar atenção no livro de contabilidade do restaurante.

— Você é o merda que sumiu. Não tenho notícias nem de Landon — replica, enquanto apanha um punhado de batatas que estão ao meu lado. Isso é típico de Ian: pegar sem pedir.

— Estou até o talo com os negócios. Alguns problemas com o distribuidor de carne bovina do restaurante. Tenho que resolver isso agora.

— Com todo o respeito, Jared, mas seu pai é um idiota. Enquanto ele está com a mão debaixo da saia de uma garota da nossa idade, você está aqui esquentando a cabeça.

— Sei que Logan é uma desgraça como pai. Mas não vou deixar que as empresas afundem. Elas eram importantes para a mamãe e fazer isso me permite ajudar Landon.

— Não gosto mais do seu pai, Jar. Ele não merece um filho como você.

Eu respiro profundamente. Sinto uma queimação dentro de mim por saber que Ian está certo. Ele é o meu melhor amigo e consegue ver toda a merda que acontece na minha família, e não está mentindo. No fim das contas, sei que Logan não é um bom pai, especialmente com Landon.

— Você quer fazer uma pausa para tomar uma cerveja?

— Tudo bem, preciso de ar — aceito, depois de um suspiro.

Acho que preciso de mais do que um pouco de ar, mas, por enquanto, vou me contentar em ser capaz de respirar longe de Logan.

— Você está me dizendo que gosta de alguém? — questiona Ian, enquanto bebe sua cerveja. Nós estamos em um bar bem tranquilo onde podemos conversar.

— Estou dizendo que eu amo alguém. Se você a visse, entenderia por quê.

— Pensei que tivesse dito que, depois de Jocelyn, passaria ao menos um ano sozinho. Sem contar que sua ex vive em cima de você. Aposto que ainda te manda *nudes*! Está desesperada para ter você de volta.

— Jocelyn é passado, um passado insuportável. Esta nova garota está me conquistando, Ian. Eu nem tento resistir. Estou deixando rolar.

— Essa menina deve ser muito gostosa.

— Acredite em mim, é muito mais do que gostosa. Além disso, posso manter um bom papo com ela. Landon a acha engraçada.

— Qualquer um que se dê bem com Landon já tem pontos extras com você — brinca Ian. E é isso mesmo. Landon sempre estará em primeiro lugar.

— Aposto que ela é doida de alguma maneira. Você sempre acaba atraindo garotas descontroladas, Jared. Só espero que não seja tão louca.

— Não julgue meus gostos. Eu sei que você curte garotas grudentas e enjoativas.

— Bem, Jared, não vamos jogar merda no ventilador. Conte mais sobre essa garota que está fazendo meu bom amigo cair de quatro.

Massageio minhas têmporas com força, lutando contra o desejo de gritar. Mas não posso. Logan apenas me olha com altivez.

— Eu quero Landon fora dos negócios da academia.

— Se você o quer fora de lá, então eu também vou sair. Estou falando muito sério, Logan.

Papai aperta os lábios. Sinto meu celular vibrar no bolso de trás, mas agora não é uma boa hora. Sinto tanta raiva que desejo bater em meu próprio pai.

Ele está dando esse show na frente de Beth, da Ditadora e, o que é mais doloroso, na frente de Landon.

— Não foda comigo, Jared. Eu quero ele fora.

— Você poderia ao menos falar isso para mim — diz Landon, levantando a voz. Sei que isso dói nele. Ninguém quer ouvir seu pai falar como se você fosse lixo.

— Eu não me permito perder meu tempo. — É a resposta de Logan. Sinto mais raiva se acumular em mim.

— Deve ser difícil odiar alguém que saiu do seu próprio escroto de merda. — Landon consegue fazer Beth ofegar. Ele sempre foi doce e muito educado com as palavras, mas está ferido e precisa expor o que sente. Eu não pretendo contê-lo. — Deve ser muito difícil você se levantar e se olhar em um espelho, ver o lixo que se tornou e como minha mãe iria odiar o homem que você é hoje...

— É melhor você ter cuidado — adverte Logan.

— Por quê? Não suporta que o seu filho gay lhe diga que tipo de escória humana você se tornou? É melhor ser gay do que ser um velho decrépito que transa com garotas com idade suficiente para serem suas filhas. É melhor ser gay do que ser um homofóbico que vira as costas para o filho logo depois de ter perdido sua mãe. Eu cansei de implorar por sua simpatia, Logan. Preferiria ser órfão do que ter você como pai.

Eu olho fixamente para Logan. Não entendo para onde foi o pai que nos criou. Sempre soubemos que ele era correto e exigente, mas não esse tipo de pessoa.

— Se Landon for embora, eu também vou — repito. — Mamãe apoiava a ideia de que tocássemos esta academia e, se você vai impedir que uma das pessoas que ela mais amava entre neste lugar, então eu não tenho mais nada a fazer aqui. Vou deixar você sozinho com todas as suas contas e negócios.

Logan cerra os dentes enquanto me observa de perto. Eu não vou dar o meu braço a torcer. Ele não pode simplesmente ferir Landon sempre que quiser.

— Que merda de vida, que… — Ouço uma voz que estou aprendendo a reconhecer. Todos nós nos viramos para ver.

Anabell arregala os olhos, surpresa. Ela parece envergonhada. Seu cabelo está uma bagunça e ela está suada, mas parece estar tudo bem.

— Ah… Desculpe, eu estava falando sozinha e…

— Srta. Anabell, você pode se retirar — dispara a Ditadora. Anabell imediatamente fecha a cara enquanto nos observa.

— Com todo o respeito, está é uma área livre. Como pago a minha mensalidade em dia, posso perfeitamente andar à vontade pelas áreas comuns, como este lobby.

Solto um riso abafado enquanto Anabell encara a Ditadora com ar de desafio. Para ser honesto, Lara também não devia estar aqui. Nós deixamos Beth participar porque a consideramos parte da família, mas, secretamente, acho que a nossa professora de balé gosta mesmo é de uma boa fofoca.

Noto que papai observa Anabell com interesse e isso me deixa tenso. Anabell se encaixa nos padrões que Logan parece ter buscado em suas companhias nos últimos meses.

— E você, senhorita, é…? — pergunta Logan.

— Eu me chamo Anabell Brown Kabakova. E o senhor é…?

— Rochester. — Não gosto de ver a mão de Logan apertar a de Anabell. Acho que Landon também não, a julgar pela maneira que enruga a testa. — Há quanto tempo você está aqui, linda?

Anabell olha para ele com perplexidade enquanto retira a sua mão. Acho que o tratamento de Logan a incomoda. Ela olha para mim como se quisesse perguntar alguma coisa.

— O suficiente para conhecer os seus filhos, senhor.

— Você quer dizer o meu filho, Jared.

— Não, eu quis dizer os seus filhos, Jared e Landon, sr. Rochester.

Logan ignora o comentário. Eu pigarreio e volto a olhar feio para ele.

— Landon fica, pai. Sou eu que administro esta empresa, e a palavra final é minha. Você pode se aposentar, se quiser. Como sempre, eu vou cuidar de tudo — informo, chamando a atenção de volta ao assunto principal.

Por um momento penso que ele responderá algo, mas talvez prefira manter as aparências com Anabell. Ele apenas se despede em seguida com um sorriso agradável para ela, que só responde com um aceno. Logan nem sequer olha para Landon.

— Eu vou voltar ao trabalho, pessoal — manifesta Beth com uma voz triste. Ver a família que mamãe construiu com tanto esmero e carinho desmoronar por culpa de quem deveria nos proteger a afeta profundamente.

A Ditadora decide se retirar para fazer o seu trabalho. Landon e eu permanecemos com Anabell. Ela nos observa com curiosidade, enquanto tenta consertar o seu cabelo com os dedos. Não imaginava que um cabelo tão liso quanto o dela pudesse ficar tão desgrenhado, mas Anabell parece levar tudo a outro nível.

— Você é gay? — pergunta ela de repente a Landon, que levanta as sobrancelhas, surpreso. Minha reação é assobiar com uma pergunta tão direta.

— Nossa, boneca, sutileza realmente não faz o seu estilo.

— Sim, eu sou. Você tem algum problema com isso? — responde Landon.

— Por que eu teria um problema em você ser gay?

— Você é russa. Todos nós sabemos que a maioria dos russos e gays não se misturam.

Agora quem está surpresa é ela. Indignada, posiciona as duas mãos sobre os quadris. Esta menina é muito difícil de decifrar.

— Eu já disse que não sou russa. Tenho apenas ascendência e nacionalidade de primeiro grau, mas nasci em Manchester e não tenho nenhum problema com homossexuais. Aliás, eu quero que você seja o meu melhor amigo.

— O quê...? — Landon parece surpreso ao observá-la entrelaçar o braço dela com o dele.

— Tirei uma carga dos meus ombros! Queria perguntar a mesma coisa a Jaime, mas você é exatamente como eu sempre sonhei que um melhor amigo gay fosse.

— Qual o seu problema? — pergunta Landon seriamente. — Jar sempre escolhe meninas esquisitas.

— Ei, não seja rude, melhor amigo — retruca Anabell.

— Boneca, eu me pergunto se você realmente tem algum senso de racionalidade — comento, rindo. — Você não pode simplesmente decidir que meu irmão é o seu melhor amigo.

Anabell revira os olhos e lança um sorriso lindo para Landon. Meu irmão retribui o sorriso. É evidente que Anabell gosta dele.

— Eu tenho que conquistar você para que seja o meu melhor amigo? Diga-me o que devo fazer, Landon.

— Você está falando sério? — pergunta Landon, agora realmente surpreso. Ele deve ter pensado que Anabell estava brincando.

— É verdade! Tão verdade quanto Kattia ser a maior puta de todos os tempos...

— E quem é Kattia? — indaga Landon.

— A prima russa dela — respondo, recordando cada má palavra que Anabell disse sobre Kattia. Ela foi a principal razão porque acabei com uma foto dos peitos de Anabell no meu celular, para começar. Uma bela foto, aliás.

— E essa é uma boa maneira de se referir a sua prima? — Meu irmão estranha. O erro de Landon é tentar entender Anabell. Ela é impossível de se entender.

— Eu a peguei transando com o meu ex, então, sim, eu me sinto no direito de chamá-la de cadela, puta, vagabunda, prostituta, rameira...

— Acho que Landon entendeu, boneca.

Landon apenas olha para Anabell e, para minha surpresa, começa a gargalhar tão alto que chega a se curvar. Ela o observa, confusa, enquanto ainda se agarra ao seu braço, como se temesse que Landon fugisse.

— Agora eu entendo por que o meu irmão escolheu você para ser a boneca dele — declarou, ainda rindo. — Vamos fazer assim, Anabell. Eu serei o seu melhor amigo, contanto que você mantenha as garotas desta academia longe de mim.

— Você é o tipo de gay que ainda não saiu do armário?

— Não, eu já me assumi, mas as garotas daqui acham que podem me fazer mudar.

— Ah, claro, aquelas vadias gananciosas. Fique tranquilo, eu as manterei longe.

— Então somos amigos, Anabell, a boneca de Jared.

— Ah, agora que somos amigos... Talvez você possa me passar o número do seu irmão sexy... — brinca Anabell.

Eu sorrio enquanto balanço a cabeça. Minha boneca é o tipo de pessoa que faz você sorrir sem nem pensar. Ela é cheia de vida e alegria.

— Acho que isso não é necessário. Você tem mais do que o meu número de telefone, gata.

— O que me leva a crer que, como somos melhores amigos agora, você precisa me contar sobre como o meu irmão acabou com uma foto dos seus peitos no telefone dele. Vamos tomar um café.

— Claro que sim! Ótimo, já posso riscar da minha lista o item "tenha um amigo gay".

— Existem coisas assim na sua lista? — pergunto, antes que Landon e ela saíssem da academia.

— Imagine. Fazer sexo por telefone também é uma delas.

Meu pau não se contém diante dessa ideia. Tento disfarçar a ereção observando-a se perder nas ruas de Manchester de braços dados com o meu irmão.

Eu tenho um saco de pancadas pendurado em um canto do meu quarto. Uma vez ou outra eu o utilizo para dar uns socos enquanto ouço My Chemical Romance. É o que faço agora.

A música está alta o suficiente para abafar os gemidos de Logan e alguma outra garota no andar de baixo. É tão audível que talvez ele esteja transando com ela no corredor ou nas escadas.

Eu bato cada vez mais forte.

Sinto falta da faculdade. Sinto falta de ter uma vida em que os negócios dos Rochester não fossem minha responsabilidade. Sinto falta de sonhar acordado com a graduação, de conseguir o meu diploma de engenheiro.

Tenho saudades de fritar o meu cérebro com os vários exercícios de cálculo e matemática.

Sinto falta de ter Landon no quarto ao lado, a apenas uma porta de distância, onde ele pintava ou lia. Sinto falta de ouvir passos contínuos da minha mãe no corredor.

Eu sinto falta da minha vida.

Desfiro golpes e mais golpes no saco até cada poro do meu corpo secretar suor. Isso é o que me mantém em forma e saudável. Ajuda a liberar a tensão.

Retiro as luvas finas que calcei nas mãos. Os nós dos meus dedos estão bem vermelhos. Enquanto bebo um gole de água, pego o meu telefone e noto que há três mensagens, claro, de Anabell.

Também vejo que tenho mensagens no WhatsApp, o que me leva a perguntar por que Anabell e eu nos enviamos mensagens multimídia. É, eu acho que não somos nada convencionais.

A primeira foto mostra sapatos de salto alto com a bandeira dos Estados Unidos neles. Levanto as sobrancelhas e rio quando leio o assunto.

Mamãe é louca. Ela é a única nacionalista russa do mundo que compra sapatos do inimigo político do seu país. Ainda se fosse para dizer "estou pisando nos imperialistas!", mas não, ela fala que são

fofos e combinam com o seu batom vermelho. Os russos são loucos, Jared, até mesmo a minha mãe.

A imagem seguinte é a de uma banana entre as suas mãos. Isso, sim, consegue prender a minha atenção.

Cara, como é bom pegar em uma banana...

Engulo em seco quando abro a terceira foto. Sinto que preciso guiar a minha mão diretamente ao meu pênis para aliviar minha tensão. Anabell colocou a porra da banana próxima à boca, prestes a comê-la. Ela é uma grandessíssima pervertida, e vai me levar para o mesmo lado.

Eu como a banana? Lol

— Respire fundo, Jared, respire fundo — ordeno a mim mesmo.

— Vai, mais forte! — Ouço a garota gritar do andar de baixo. Aumento ainda mais o volume da música. Eu não quero ouvir essa mulher ser fodida por Logan.

Meu celular vibra. É uma nova mensagem multimídia. Abro a foto: são os lábios tentadores de Anabell fazendo beicinho.

Cadê as suas respostas? Quero imagens, Jared.

Tiro uma foto do saco de pancadas e envio para ela.

Eu estava praticando.

Em seguida, tiro uma foto dos meus dedos vermelhos.

Isso me distrai um pouco.

E então, só por ela ter me excitado tanto a ponto de ter de me masturbar, tiro a minha camisa. Estou totalmente suado, mas isso não importa.

Eu me viro para o espelho de corpo inteiro. Fico de pé, parado de lado, minha calça folgada exibe meus quadris, mas não s levanto. Capturo a imagem.

Estou todo suado. Acho que vou tomar banho. Quer vir me ensaboar, gata?

Espero pacientemente por uma resposta, que não leva muitos minutos para chegar. É uma foto dela com a mão cobrindo a boca e os olhos verde-claros bem abertos.

Ah, meu Deus. Puta merda, meu Deus! Deus, eu vou ter um orgasmo. Você é muito gostoso. O seu abdômen é tão definido, com gominhos que parecem tabletes de chocolate... Eu vou te lamber... não, eu quero foder com você agora!

Eu começo a rir enquanto passo a mão no meu cabelo curto e úmido.

Anabell devia saber que não precisa se afobar. Eu já estou mais do que disposto a levá-la a um encontro e, bem, vamos ver o que rola depois...

Capítulo 8
Minha menina russa

Anabell

— Jessie, sua cachorra vira-latas! — exclamo ao abrir a porta e ver a minha outra melhor amiga parada na porta.

— Que ótima maneira de me receber, sua vadia russa. — Ela ri antes de me abraçar com força. — Chega a ser estúpido o quanto senti falta da sua estupidez.

— É estúpido você dizer "estúpido" e "estupidez" em uma única frase — respondo.

Eu a guio para dentro da minha casa. Jessie torce o nariz para o habitual cheiro de perfume adocicado que impregna o ar, enquanto tira o casaco e observa ao redor.

— E então? Cadê a puta chupadora de pintos pequenos?

— Está…

Mal começo a falar quando Kattia desce a escada da casa como uma modelo em um concurso de Miss Universo. Ela usa uma calça jeans incrivelmente apertada que — merda! — fica ótima nela.

Kattia parece surpresa, e depois assustada, quando percebe a presença de Jessie. Minha prima russa tem medo das minhas melhores amigas, e isso me deixa feliz. Ela também deve estar com medo porque aprendi a lutar, e posso acabar com a raça dela se eu quiser.

Eu não vou sentar o cacete nela por ter transado com o meu ex, mas por ter tido a coragem de fazer isso com alguém da família. Não se chupa o pau do namorado da sua prima. Não, isso não se faz.

— Oi, vagabunda comunista — sibila Jessie, depreciativamente. Kattia apenas aperta os lábios pintados de rosa.

— Você *ser* arrogante, deveria ser mais amável.

— Ah, inferno, a merda do seu sotaque continua cagando e arruinando o meu idioma — continua Jessie. Nota-se que, ao contrário de Dina, Jessie é muito mais rude. — Mas, de toda forma, eu quero agradecer por ter roubado o micropênis de Dylan para você. Acabou evitando que Anabell perdesse o seu tempo com uma coisa tão minúscula. Então, obrigada.

Kattia aperta os lábios e vai para o jardim dos fundos, não posso deixar de rir enquanto vejo Jessie segui-la com os olhos.

— Você acha que ela é comunista? — pergunto, chamando sua atenção. — Está mais para capitalista.

— Eu acho que ela é só uma puta que brotou na sua família, Anab.

— É, também acho — concordo, fazendo beicinho. Dizem que não se escolhe a família. Eu nunca teria escolhido Kattia.

— Agora, conte sobre o cara gostoso. Dina não para de falar nisso, mas eu quero todos os detalhes, vadia russa.

Sorrio imediatamente. Você entende? É só alguém se referir a Jared que eu sorrio imediatamente. O que esse garoto está fazendo comigo?

Lanço um olhar de descrença ao papai, que chora sentado no sofá enquanto mamãe o conforta. Ele sabe como derramar lágrimas.

Gosto de vê-lo chorar. Não porque sou uma filha insensível, mas porque meu pai chora por absolutamente tudo. É um homem extremamente sensível e, somado a isso, minha mãe ainda possui a grande habilidade de levá-lo às lágrimas. E posso dizer a mesma coisa de mim.

— Por que papai está chorando? — pergunto e rio baixinho, ganhando um olhar ferino da minha mãe de volta.

— Não seja indelicada, Bell. Seu pai está um pouco triste hoje.

— E por que está triste?

Papai crava os olhos em mim. Ele é extremamente bonito. Acho que sua aparência física foi o que fez uma russa vir para Manchester com ele. Eu amo a minha mãe, mas, para mim, é claro que a primeira coisa que ela notou em meu pai foi sua atratividade. Cabelo castanho como o meu, olhos cor de mel, feições viris e corpo atlético.

Meus pais são um pouco jovens. Pode-se dizer que eles "comeram o bolo antes da festa". É uma boa maneira de dizer que eles me tiveram cedo, aos vinte anos.

Gael, como ele se chama, enxuga suas lágrimas enquanto lança um olhar penitente a mim. Eu apenas o observo, agora realmente confusa.

— Sinto muito, minha menina russa — desculpa-se ele. Eu não me incomodo que ele me chame de "menina russa" apenas porque é meu pai. — Acabo de descobrir que quebraram seu coração, e eu não fiz nada para protegê-la.

— Como é, papai?

Tenho certeza de que meus olhos estão bem abertos enquanto papai recomeça a soluçar. Ele foi atingido pela loucura de minha mãe, que o conforta e limpa suas lágrimas. Isso é loucura total.

Isso tudo tem o dedo da minha mãe. Enquanto papai chora e ela o conforta, eu penso que Anastasia devia ter enfeitado a história de modo que a ruptura com Dylan virasse uma epopeia. Ela certamente afirmou que eu não estava me alimentando, que chorei horrores e me arrastei escada abaixo quando, na verdade, eu estou vivendo a melhor época da minha vida.

A situação toda me faz rir. Meus pais olham para mim com perplexidade.

— Ah, minha menina russa, você está tão magoada que começa a enlouquecer! — lamenta Gael.

— Papai, dá um tempo — respondo, ainda rindo. — Sim, Dylan e eu não estamos mais juntos, mas eu estou bem. Sério.

— Negar não é saudável, Anabell.

— Pai, estou muito bem, de verdade. Eu me sinto livre e estou ótima. Dylan era mais um incômodo do que um namorado.

— O que ele realmente fez, Bell? Ou talvez a pergunta correta seja... o que você fez? — questiona mamãe. Ela parece chateada, porque deixei o perfeito Dylan escapar. Se soubesse que ele tem um pênis pequeno com certeza estaria feliz por mim.

— Eu não fiz nada, mãe. E é vergonhoso que você me culpe. Ele me traiu, o Dylan perfeitinho me traiu. Muitas vezes e com a mesma pessoa, e talvez continuasse fazendo isso se eu não tivesse descoberto.

— Eu me recuso a acreditar que...

— Com quem esse degenerado enganou a minha menina? — Papai nos interrompe. Minha mãe se cala e aperta os lábios.

Eu gostaria de dizer a ele só para colocar Kattia em apuros, mas não quero que a casa se torne um campo de batalha. Posso fazer justiça com as minhas próprias mãos, e a última coisa que queremos é que meu pai comece a chorar porque minha prima me sacaneou.

— Não importa, pai.

— Você está mentindo, Bell! Por que não quer admitir a sua culpa?

— Anastasia, vá fazer um suco. Deixe-me falar com Anabell a sós.

Mamãe bufa, fazendo com que uma mecha loira pálida levante. Logo depois ouvimos o eco de seus saltos indo para a cozinha.

Papai me pede para sentar ao seu lado, e eu o obedeço. Imediatamente ele me pega em seus braços. Ao contrário da minha mãe, o cheiro dele é ótimo. Eu admito que puxei mais a ele que a minha mãe.

— Você está bem mesmo, querida? Ou devo fazer algo sobre isso?

— Estou bem, pai. Você não precisa chorar. Eu realmente estou mais feliz agora.

Papai sorri enquanto beija a minha testa. Eu lhe devolvo o sorriso.

— Talvez você deva se preocupar mais com a mamãe, que está na fase de comprar camisas e sapatos com a bandeira dos Estados Unidos — digo, e papai suspira. — Diga a ela que nacionalistas russas não vestem roupas alusivas ao país inimigo. Isso pode irritar outros nacionalistas.

— Só a sua mãe faria algo assim.

— Eu sei.

Eu estou eufórica por estar em uma lanchonete com Landon. E nem precisei chamá-lo: ele mesmo mandou uma mensagem perguntando se eu queria beber alguma coisa.

É oficial: eu tenho um melhor amigo gay. Um que eu não preciso assediar.

— Por que você está sorrindo assim? — indaga Landon.

— Como?

— Eu não sei, você está olhando para mim de uma forma estranha. — Ele ri enquanto toma seu milk-shake de morango. Landon ama milk-shakes de morango, como fiquei sabendo assim que fez o pedido. — Vejo que você é uma menina que curte doces.

— Eu gosto muito de chocolate.

— Tenho uma novidade para você, Anabell. Ah, eu sou um ótimo amigo.

Olho para ele com curiosidade. Landon me lança um lindo sorriso, que me faz sentir muito por todas as meninas apaixonadas por ele. Mas todas sabemos que ultimamente quase todos os caras gostosos e atraentes são gays.

— E que novidade é essa, Landon?

— Um encontro. Consegui um encontro com Jared para você.

Surpresa, arregalo os olhos enquanto sinto um formigamento estúpido no estômago e minha garganta seca. Ah, mãe santa! Um encontro com o gostoso do Jared Rochester! A vida está sorrindo para mim.

Landon é um anjo, um sol, um deus. Landon é a melhor pessoa que já pisou neste mundo infeliz e ganancioso.

— Um encontro? Ele sabe?

— Claro que sabe. Ele está muito confortável com a ideia de um encontro com você antes de, você sabe, mandarem ver. Sabia que Jar sempre vai a encontros antes do sexo?

— Não sabia. Ou, bem, ele mencionou algo assim.

— Então um encontro será ótimo para acalmar os seus hormônios.

— Eu não sou feita só de hormônios.

— Querida, sinceramente, se você tivesse um pênis, ele viveria duro. Você não pode negar isso.

Eu rio, porque é verdade. Landon já tem uma imagem minha. Já estou até imaginando coisas como tatuagens de "amigos para sempre", de tão animada que estou em ser a sua amiga. Além disso, ele me conseguiu um encontro com seu irmão.

Quero dizer, seu irmão gostoso.

— Eu gosto da ideia de você e Jar ficarem juntos. Acho que vou gostar de fazer o papel de cupido.

— Não posso te imaginar como um cupido.

— Então você, Anabell, tem uma péssima imaginação.

Sorrio ante a imagem de um Jared sonolento digitando "Eu sonhei com você" em uma mensagem. Deve ser uma cena linda.

Eu me posto na frente do espelho e levanto um pouco a camisa para tirar uma foto. As aulas de dança mantêm meu corpo em forma, e eu agradeço por isso, porque o de Jared é maravilhoso.

Sonhe com isso na próxima vez, Jared.

E envio a foto. Dois minutos depois, decido ligar para ele. Não demora muito para ele atender.

— Olá, gata sexy.

— Oi, garoto gostoso. — Ele ri em resposta.

— Você tem um abdômen incrível, mas é claro que todo o seu corpo é ótimo.

— Obrigada.

Jared me faz rir como uma colegial. Deito em minha cama enquanto brinco com uma mecha de cabelo. A que ponto cheguei.

— Então temos um encontro, boneca.

— Sim, parece que temos...

— Estou ansioso para isso acontecer.

— Claro... Landon me disse algumas coisas.

— O que o meu irmão disse?

— Disse que os encontros vêm sempre antes de outras coisas...

Permanecemos em silêncio. Inferno, eu definitivamente sou muito hormonal.

— Ele só disse a verdade. Mas não tenha medo, gata. Nós vamos chegar onde você quer.

— Bem, neste caso, vou te dizer que quero ir a muitos lugares, Jared.

— Eu também, eu também. E todas essas partes que eu quero alcançar formam o seu corpo.

Caralho! Isso foi muito bom de ouvir. Jared e eu temos um futuro promissor.

Capítulo 1
Que romântico!

Jared

— O que você está fazendo na merda do meu quarto? — interpelo Logan ao descobri-lo mexendo nas prateleiras onde guardo meus documentos e projetos.

— Preciso das contas do mês passado da academia.

— Para quê?

— Me diga onde estão as contas, Jared.

— Você não deveria estar fodendo uma menor de idade por aí, pai?

Logan respira fundo, como se estivesse rezando e clamando por um pouco de paciência. Não é possível que ele acredite que eu vou facilitar o lado dele. Meu pai não merece uma vida fácil. Eu o amo, mas sou justo ao tentar devolver-lhe na mesma merda tudo o que ele joga em cima de Landon.

— Jared, você pode me dar o que eu estou pedindo?

— Não estão aqui — minto. — Entrego para você na segunda-feira.

— Por que você não pode procurar agora mesmo?

— Porque eu tenho planos. Esperar não dói, certo?

Logan respira fundo, acena brevemente com a cabeça e se retira. Eu sorrio por dentro. Vai demorar muito para ele pôr as mãos nessas contas.

E, sim, eu tenho planos. Planos que incluem certa boneca russa histérica que não sai da minha cabeça.

Anabell. A linda e surpreendente Anabell.

Meu celular toca. Suspiro ao ver que é Mark, que hoje está no comando da loja.

— Más notícias? — pergunto enquanto retiro minha camisa e enfaixo as mãos. Decidi praticar um pouco de boxe.

— A ciumenta possessiva disse que está doente...

— E o que há de errado nisso?

— Ela veio para cá. Notou que você não estava e começou a agir de forma estranha. Então, simplesmente disse que não estava se sentindo bem e foi embora.

De repente, passo a prestar mais atenção ao que Mark está dizendo. Termino de enfaixar a mão esquerda.

— O que você quer dizer?

— Se eu fosse você, olharia para os lados ao sair de casa. Não sabemos do que essa maluca é capaz.

Eu solto uma risada. Se dependesse de Mark, Jocelyn estaria internada agora em um centro psiquiátrico. Ele realmente acha que algo não está certo nela.

— Eu estou apenas te alertando, Jared.

— Beleza, ficarei atento. Obrigado, Mark. No mais, está tudo bem por aí?

— Tudo ótimo. Savannah é um pouco mais normal. Não muito, mas já é alguma coisa.

Rio mais uma vez e me despeço de Mark. Embora ache graça na situação, eu me esgueiro pela janela e olho para a rua à procura de algo estranho. Como não vejo nada de mais, dou de ombros, conecto o iPod aos fones de ouvido e, com One Republic tocando no último volume, caminho até o saco de boxe.

Aplico um pouco de loção no meu pescoço e visto uma jaqueta jeans sobre a camisa branca. É, pareço decente para um primeiro encontro.

Tudo bem, Jared. Vamos ao primeiro encontro. E, depois, para algo mais.

Pego a minha carteira e as chaves da casa e do carro. Sinto alívio por Logan não estar fodendo ninguém no andar de baixo. Ele não está em casa, na verdade.

Tudo está muito silencioso. Um silêncio que eu nem sabia ser possível por aqui.

Tranco as portas de casa e caminho até o meu carro, detendo-me na metade do caminho com a sensação de estar sendo observado. Olho ao redor, mas tudo é silêncio, o que só torna a situação mais arrepiante.

Volto a me dirigir ao carro. Ligo o motor, acendo as luzes e...

Mas que inferno?!

Jocelyn surge na frente do carro de repente, quase me matando de susto.

Eu levo uma das minhas mãos ao peito para ter certeza de que ainda estou vivo. Depois do susto, logo vem a raiva. Imediatamente saio do carro para encará-la.

— O que você está fazendo na minha casa? — esbravejo, obviamente irritado. Esta mulher está perdendo a linha e acabando com a minha paciência.

Ela me lança um olhar irritado. Que audácia.

— Você está indo encontrar alguma vadia?

— É sério, Jocelyn? Sério mesmo? — exclamo, levando minhas mãos à cabeça. Minha vontade é de sacudi-la para fazê-la entender. — Você não é a minha namorada!

— Por que você me deixou, Jared? Você e eu somos perfeitos juntos.

— Não existe "você e eu" — lembro a ela enquanto aponto para nós. — Deixe-me em paz!

— Jared, eu só...

— Você está ou não está doente? — interrompo.

— O quê?

— Eu perguntei se você está doente ou não — grito, assustando-a. — Responda!

— Não, não! Eu estou bem, por quê? Quer fazer alguma coisa?

— Não — respondo firmemente. — Você está demitida. Disse que estava doente ao Mark, mas aqui está você, totalmente saudável. Adeus.

— Jared...

— Acabou! — grito mais uma vez. Dou as costas a Jocelyn e bato com força a porta do meu carro assim que entro.

Eu a observo através da janela. Estou tão puto que não consigo nem sentir pena dela.

— E pare de rondar a minha casa ou Logan vai ver você. E te garanto que você não vai gostar que ele te veja.

Engato a marcha e saio dali, tentando me tranquilizar. O que aconteceu não pode arruinar a minha noite. Não, eu tenho muitas expectativas para este encontro. Jocelyn não vai estragar tudo.

Sintonizo em uma estação de rádio e ouço música durante todo o trajeto até a casa de Anabell. A residência está localizada em uma área nobre da cidade, logo, a família de Anabell deve ter uma condição financeira favorável.

Não consigo ficar sério ao descobrir qual é a casa de Anabell naquela rua cheia de casas em tom pastel. As paredes externas foram pintadas com as cores oficiais da Rússia, que, aliás, são as mesmas utilizadas pelo Reino Unido. E na fachada há bandeiras dos dois países postas lado a lado. É uma visão cômica.

Não há como perder de vista uma casa como esta.

Antes que eu desça do carro, a porta da residência se abre e Anabell, linda, sai com uma mulher loira, esbelta e elegante. Minha intuição diz que é a sua mãe.

Anabell vai direto para a porta do passageiro e sobe com confiança. Em seguida abaixa a janela do carro e grita para a mulher na porta, que parece irritada.

— Eu te amo! Vou chegar tarde.

— Bell... Você não tem jeito — diz a mulher com um sotaque seco e cortante. Após dizer isso, dá a volta e entra.

Anabell suspira. Logo após se vira para mim com um sorriso aberto. Ela está muito bonita e animada. Não sou especialista em maquiagem, mas Anabell é sutil o suficiente para usar apenas um batom vermelho, o que me faz querer beijá-la. Eu não gosto de maquiagem em excesso. Adoro o fato de a sua camisa branca com botões estampada com borboletas azuis seja transparente a ponto de ser possível divisar com perfeita clareza o seu sutiã preto. Saber o que está por baixo desse sutiã me excita. Suas pernas compridas estão vestidas por uma calça preta superjusta que combina muito com Anabell. Aposto que terei uma bela visão de sua bunda quando tiver a oportunidade.

Ela continua sorrindo quando aponta seu dedo indicador para mim.

— Você está fantasiando, Jared?

— Claro que sim. — Ela ri. — E aí, não vai me cumprimentar?

— Ah, é verdade! Que mal-educada!

Anabell se inclina e deliberadamente pressiona seus lábios contra a minha bochecha. E que lábios maravilhosos.

Depois do beijo, volto a dirigir, agora sentindo o olhar dela em mim. Isto me faz sorrir. Eu sou um homem e, claro, gosto da ideia de agradar Anabell.

— A loira deslumbrante era a minha mãe. Você notou que ela estava vestindo uma camisa com a bandeira dos Estados Unidos?

— Notei. Você não exagerou quando disse que ela está passando por uma fase de usar roupas de países inimigos.

— Eu nunca minto, Jared... Bem, pelo menos eu não menti para você.

— Fico feliz em saber disso, boneca. — Olho para ela brevemente. — Sua mãe é linda, mas eu acho que você é ainda mais.

As bochechas de Anabell ficam encantadoramente ruborizadas. Então esta garota pervertida tem o seu lado inocente, como todas as outras.

— Aonde você está me levando, Jared?

— Eu não vou dizer. Quero que seja uma surpresa, para te aborrecer, porque você disse que odeia suspenses.

— Uau! Que romântico!

Assim que sentamos à mesa, ela olha ao redor, divertida. No palco, uma asiática canta com uma pronúncia péssima do inglês, mas a atmosfera é amena e divertida. No entanto, algumas pessoas parecem já ter passado da conta no álcool.

— Você me trouxe a um bar chinês com karaokê? — exclama Anabell.

— Para ser sincero, não sei dizer se são chineses, japoneses ou coreanos, mas são bons. O irônico é que a comida e a bebida são 100% londrinas.

— Gostei. Ótima escolha, Jared. Eu não conhecia este lugar.

O garçom, com seus olhos pequenos e puxados, aproxima-se da nossa mesa para anotar os pedidos com um grande sorriso.

— Eu quero um hambúrguer com batatas — diz Anabell, com determinação. — Adicione também queijo derretido e uma cerveja. Mas que seja uma ótima cerveja!

Eu apenas a observo. Não acredito na lenda de que todas as garotas comem apenas salada, mas uma menina que bebe cerveja com hambúrguer é algo curioso de se ver.

O garçom se volta para mim. Peço o mesmo que Anabell, mas em quantidade maior. Assim que o garçom se retira, trocamos olhares. A tensão sexual é tão evidente que quase posso tocá-la.

Agora, uma loira bonita, uma das poucas não asiáticas do lugar, está cantando no palco uma velha canção do Queen. Ela não canta nada mal, então Anabell e eu, sem planejar, começamos a animá-la, fazendo a garota sorrir enquanto canta.

Quando a música termina, Anabell e eu aplaudimos alto. A garota sorri novamente e murmura um "obrigada" quando passa ao nosso lado. Anabell movimenta as sobrancelhas para cima e para baixo olhando para mim.

— O quê?

— Ela gostou que eu a aplaudi, mas o que a deixou louca foi você ter lhe dado atenção. Você é como um ímã para as mulheres.

— Isso te incomoda? — pergunto, preocupado.

— Você está brincando? Adoro ser invejada por outras garotas. Eu amo sua personalidade, Jared, mas seu corpo com certeza me deixa doida.

— Isso que é sinceridade.

— Sempre serei honesta com você. Sempre.

Eu não duvido. Sei que Anabell é alguém que me dirá exatamente o que se passa em sua mente. Neste momento o garçom retorna com nossos pedidos, e imediatamente começamos a comer.

Depois de seis cervejas, Anabell continua sóbria. Noto isso com diversão enquanto rimos e conversamos sobre vários assuntos.

A cada hora que passa, fico mais encantado com Anabell. Além do mais, ela não é tão louca quanto eu achava que fosse. Bem, é um pouco, mas é uma loucura boa.

— Ela nunca soube que o xampu na verdade era lubrificante! — conta, rindo, enquanto toma um gole de sua cerveja. — Kattia nunca soube!

— Você é incrível — digo sem parar de rir.

— Nunca gostei de Kattia. Ela sempre quis ser perfeita e me inferiorizava. Embora passasse a imagem de uma menina doce, sempre suspeitei dela. E, no fim das contas, a minha intuição estava correta: acabou ficando com Dylan.

— O idiota do seu ex.

— Sim. Mas você não fica muito atrás. Agora eu tenho que latir toda vez que vejo sua ex, porque, aparentemente, eu sou uma cadela. — Ela revira os olhos, erguendo o tom de voz, competindo com outra pessoa que está cantando no palco. — Como é que você deixa a sua ex-namorada trabalhar em sua loja?

— Trabalhava. Eu a demiti. Você não precisará mais latir.

Anabell faz um gesto simpático com os lábios finos e sorri para mim. Depois, amavelmente aplaude o pobre asiático que teve a coragem de nos torturar por cinco minutos no palco.

Eu não estou bêbado, mas me sinto corajoso o suficiente.

— Que música você gostaria de ouvir?

— Talvez uma do... BG.5?

— Você é alguma fã maluca?

— O quê? Você não gosta deles?

— Eu estive em seis shows e tenho um autógrafo do Ethan Jones. É claro que eu gosto deles, mulher — digo, revirando os olhos.

— Espere! Você... droga! Você tem um autógrafo do Ethan?!

— Sim. Eu o conheci uma vez — revelo como se não fosse nada demais. Mas eu tinha dezoito anos, e foi algo importante, na época Logan ainda era um bom pai. — Landon tem mais autógrafos do que eu.

— Você é foda! Mamãe nunca me deixou ir a um show! Ela dizia que poderiam explodir uma bomba, ou coisas assim.

Eu começo a rir disso. Anabell me dá um empurrão, mas também acaba rindo, porque sabe que o motivo é insano.

— Bom, nenhuma bomba explodiu em nenhum dos seis shows em que estive presente. O único barulho parecido foi o da bateria.

— Não é justo — reclama Anabell. — Eu até escrevi uma *fanfic* sobre eles.

— Sério que você fez isso?

— Claro! E algumas eram eróticas. As cenas de sexo eram fabulosas.

— Tenho certeza de que sim. A sua imaginação é enorme.

— Eu quero vê-los — diz ela enquanto faz seu lábio inferior se destaca em um beicinho doce.

— Algum dia, gata. — Tomo outro gole de cerveja. — Então, qual das músicas você gostaria de ouvir?

— Uma das excitantes, com duplo sentido.

— Está certo.

Termino a minha cerveja e me levanto. Anabell me observa curiosamente enquanto ando em direção ao homem que comanda o karaokê para fazer papel de bobo.

Percorro o livro de músicas até encontrar a que estou procurando. Por sorte, a canção que lançou a banda à fama está aqui: "Garota do vestido".

Subo no palco e olho para uma Anabell incrédula. Limpo minha garganta e seguro o microfone com firmeza. As batidas iniciais começam, e eu sigo o ritmo até começar a cantar.

Andando pelas ruas,
explorando a cidade,
chegando à discoteca,
eu a vi dançar.
Movia seus quadris
de um lado para o outro.
Fazia movimentos que iam
da cabeça aos pés...

A reação dos presentes é positiva, mesmo daqueles que já estão bêbados.

Cada movimento que fazia
viajava para o sul,
chamando a minha atenção
e muito mais que isso.

"Esta festa vai começar!" várias pessoas gritam, e, cara, eu me sinto o próprio Ethan Jones ou talvez Andrew Wood em um show onde os outros completam a música.

Desce, desce, eu quero ter você,
estou desesperado para te ver.
Gira, gira, gira sem parar.
Seu vestido voa, me deixa delirante.
Eu te vejo toda, garota, vejo tudo que você esconde.
Estamos você e eu, então,
vá em frente, use seu vestido. Não pare.
O vermelho me envolveu,

a garota do vestido me tocou,
meu mundo caiu,
Ah, baby, continue indo para a direita,
desça muito mais.
Esta festa vai começar.
Uma imagem me diz mais que mil palavras.

Eu canto e observo sem tirar os olhos de Anabell, que bate palmas e ri. Ela se aproxima da pequena plataforma, e não é a única. Posso dizer que fiz minha pequena plateia.

Um olhar diz mais
do que uma boca pode dizer.
Você sente?
Sinta-me, este sou eu,
Essa é você.
Esse é o seu vestido, é você.
A garota do vestido.

Canto o refrão a plenos pulmões e deslizo até parar na frente de Anabell e me curvar diante dela o mais perto que posso. Ela olha para mim com aqueles olhos lindos e cativantes.

Diga-me onde, a hora e o lugar.
Diga-me como e você terá.
Esse vestido fará muito por você.
Venha aqui, vamos mais adiante.

Anabell acena com a cabeça. Eu pisco para ela mais uma vez e continuo me movendo ao redor do pequeno palco até ouvir os acordes finais da música.

Quando termino, todos aplaudem com fervor, e os bêbados assobiam. Eu continuo sorrindo enquanto me inclino. Anabell me mostra um sorriso.

Uau, este foi a flerte mais dedicado que já fiz. E Anabell entendeu a mensagem.

Minha boneca entendeu a mensagem.

Depois de estacionar o carro em frente à casa de Anabell, saio e a acompanho até a sua porta.

Não posso negar: estou ansioso por um beijo. Foi um encontro incrível, tão incrível que deixamos o bar às três da manhã. Ela olha para mim e sua boca desenha um sorriso doce.

— Eu me diverti muito, Jared.

— Eu também, gata.

— Aliás, você é um pouco desafinado, mas a sua voz ainda é incrível. Tornou a canção ainda mais especial.

Eu rio um pouco enquanto brinco com uma mecha do seu cabelo. Anabell morde o lábio inferior, e esse é o único sinal de que preciso. Eu me inclino devagar em direção a sua boca, minha intenção é óbvia. Estou ansioso por isso.

Faltando muito pouco para beijá-la, a porta da casa de Anabell se abre de repente. Merda, o cheiro é tão doce que eu preciso me virar rapidamente para espirrar.

Volto meus olhos para quem está à porta. Uma garota de cabelo alaranjado e dourado muito bonita me observa com uma mistura de fascinação e surpresa. Acho que ouço Anabell bufar.

— Ah, olá…! Eu não *saber* que você estava aqui e… Nossa… — Ela se atrapalha com as palavras. Eu a observo achando estranho. É como se a sua voz cuspisse, apesar de ser doce. Viro para Anabell, que está de cara feia por causa da interrupção.

— Qual o problema dela? — sussurro. Em resposta, Anabell ri, parecendo feliz com a minha pergunta.

— Ela é a minha prima russa.

— Ah, faz sentido… — Lanço um olhar de desculpas para a menina, mas, caramba, eu não tenho culpa por não ter entendido quase nada. De repente sinto a mão quente de Anabell envolver o meu pescoço, puxando-me para ela.

Seus lábios molhados pressionam os meus rapidamente. É só um selinho suave, mas isso não o torna menos especial. Isso o torna incrível.

— Obrigada pelo encontro. Dirija com cuidado — diz ela com um sorriso antes de soltar meu pescoço. Então, dirige-se para a sua prima — E você, entre. Ainda estou pensando em te dar uma surra.

Anabell sorri para mim mais uma vez antes de entrar em casa.

Ela é ardente. Conseguiu me surpreender apenas com um selinho.

Pouco antes de me deitar, assim que penso em chamar Anabell para um segundo encontro, vejo meu celular vibrando.

Obrigada pelo ótimo encontro. Desculpe-me por não termos nos despedido direito, mas, ei, você me animou ao cantar. Bons sonhos, Jared.

Abro a imagem que veio junto à mensagem e suspiro.

Esta é a foto mais reveladora que Anabell me enviou desde a primeira. Mas, desta vez, de uma maneira muito consciente. Ela está ajoelhada em sua cama com as pernas nuas ligeiramente separadas e uma das mãos cobrindo sua roupa íntima. A camisa que ela estava usando no nosso encontro está completamente aberta, revelando o sutiã de renda preta que cobre seus seios. Tudo na foto me excita. Eu gemo em protesto e tiro uma foto do meu rosto.

Vou ao banheiro para me masturbar pensando em você <3

Segundos depois, recebo a resposta com uma imagem do seu sorriso.

Que romântico.

Eu não aguento e começo a me aliviar na cama logo, usando a foto dela. É óbvio que vou marcar um segundo encontro.

Capítulo 10
Beijo quente

Anabell

— Então não teve beijo de língua? — pergunta Jessie mais uma vez enquanto estaciona o carro em frente à casa de Dina.

De nós três, Jessie é única quem tem carro. Eu reprovei três vezes no teste prático para tirar a carteira de motorista, embora sempre fosse aprovada na prova escrita. Uma chateação total.

Já a Dina, bem, ela não se importa, prefere ter Jessie como motorista.

— Estou te dizendo, Kattia apareceu justamente quando ele ia me beijar.

— Quando ela tem que estar com o pinto pequeno, não está — reclama Jessie, desligando o carro. — Essa russa é realmente um incômodo.

— Nem me diga. E ainda teve a audácia de o comer com os olhos. É um incômodo que quer tudo o que eu tenho ou quero ter.

— Eu não acho que ela conseguiria alguma coisa com Jared. Afinal, ele pensou que ela fosse doente quando a ouviu falar.

Nós duas rimos.

Estou sendo tão clichê quanto qualquer garota pode ser. Passei três dias analisando de ponta a ponta o meu encontro com Jared e isso só torna cada detalhe mais perfeito cada vez que recordo daquela noite. Sou uma idiota que não tira um cara da cabeça. É vergonhoso, mas Jared tem o seu charme, e ele me pegou.

— Você acha que eu sou uma puta?

— Qual é a dessa pergunta? Você quer dizer uma puta daquelas que transam com vários caras?

— Óbvio que não, porque eu não sou assim — rebato, revirando os meus olhos. — Quero dizer, saí de um relacionamento de um ano e três meses há apenas um mês...

— Não foi um ano e dois meses? — Ela me interrompe e, por um momento, fico confusa porque nem sei mais.

— Bem, um ano e sei lá quantos meses, e já estou saindo com um cara que faz minhas pernas tremerem como geleia. Isso faz de mim uma puta?

— Anab, vocês nem sequer deram um amasso, foi só um selinho — objeta Jessie. — E, de qualquer forma, o seu ex fez você de palhaça. Ele não te amava e acabou tirando um peso dos seus ombros quando fez aquilo. Você não é uma puta. E, se fosse, isso impediria você de continuar a ter contato com Jared?

— Claro que não. Eu seria uma puta feliz.

— Essa resposta tem mais a ver com você. Por um momento eu me assustei. Pensei que você estava se martirizando. — Ela desce do carro, e vou atrás dela.

Mal avançamos cinco passos no jardim quando vemos, incrédulas, Jack saindo da casa de Dina.

Jack, o ex de Dina. Um "ex-não-ex", porque eles agem como se ainda namorassem. Eles não saem com outras pessoas e são ciumentos. Ninguém entende que parte do "ex" eles não entendem ou porque não se assumem.

O fato de a camisa de Jack estar em sua mão e não cobrindo o seu corpo tatuado — Dina adora caras tatuados — me faz pensar que ele não estava lá exatamente para tomar chá. Além disso, seu cabelo embaraçado alerta que alguém os andou bagunçando.

Jack é incrivelmente atraente se você curte caras com cabelos compridos, loiros, tatuados e boêmios. Essa é uma boa maneira de descrever Jack. Ainda que ele não faça bem o seu estilo, você o achará atraente e encantador.

Assim que avista Jessie e eu, Jack leva uma das mãos ao peito, ofegante e assustado, como se temesse ser flagrado por alguém além de nós.

— Alguém transou hoje — sussurra Jessie enquanto vemos Jack se aproximar de nós vestindo a camisa.

— Olá, meninas.

— Olá, Jack — respondo com um sorriso zombeteiro. — A noite foi boa?

— Não só a noite, como a manhã também — completa Jessie. Jack passa a mão pelo cabelo, culpado.

— Bobas! Eu só vim procurar algo...

— E esse "algo" estava no meio das pernas de Dina? — continua Jessie, me fazendo rir.

— Bobagem — disfarça Jack, e olha para mim. — A propósito, ouvi dizer que você terminou com Dylan. Essa parada de pegar o seu ex fodendo sua prima é tensa. Se serve de consolo, soube pelo seu círculo de amigos que há algo muito pequeno nele.

— Não precisa se preocupar. Mas é bom saber que todos agora conhecem o pequeno segredo dele... — Eu não vou fingir que sou altruísta e que me sinto mal. De fato, estou calmíssima.

— Bem, eu... ah... Vou nessa. Vejo vocês depois.

Jack adentra apressadamente uns arbustos próximos. Acho que ele escondeu sua motocicleta dos olhos da mãe de Dina, poupando a pobre mulher de sofrer um ataque cardíaco.

A mãe de Dina nos recebe com seu sorriso perfeito quando batemos à porta. Ela poderia muito bem ser a melhor amiga da minha mãe: tão feminina quanto ridiculamente perfeita.

Mas, apesar de serem parecidas, embora a mãe de Dina seja normal e a minha seja especial, é melhor mantê-las separadas, ou pelo menos a minha mãe longe dela.

Anastasia acredita que Dana, mãe de Dina, é uma inglesa arrogante com um sotaque falso, pois nunca se interessa em conversar com ela. Secretamente, a mãe de Dina também não vai com a cara da minha mãe. A única coisa em que concordam é em não suportar a mãe de Jessie, Lana, que é bastante liberal.

Uma loucura de mães que não se dão bem.

Cumprimentamos educadamente a mãe de Dina. Somos gentis, educadas e respeitosas, nunca fomos grosseiras. Depois das formalidades, nos dirigimos ao quarto de Dina.

Entramos sem bater e encontramos Dina vestida apenas com jeans e sutiã, enquanto penteia o cabelo. Ela se vira e sorri como se dissesse "sou uma mulher feliz", o humor típico de Dina após alguns momentos com Jack.

— Nós encontramos o seu lorde boêmio lá fora. Acho que vi até uns arranhões nele — provoco, a instantes de me jogar em sua cama, mas me detenho antes. — Vocês não sujaram a cama, certo?

— Não seja idiota — resmunga Dina, vestindo uma camisa.

— Diga por que você e Jack ainda não se assumiram. Eu não entendo — cobra Jessie, sarcasticamente.

— Porque nós não nos entendemos.

— É sério? Na minha opinião, parece que vocês se entendem muito bem — comento, olhando para a mesa de cabeceira, sobre a qual estão três pacotes abertos de camisinha. — Três! Nada mal, Dina.

— Anbe, sem constrangimentos, por favor.

— Eu não seria a sua Anbe se não fizesse isso, Di.

Parecia uma boa ideia voltar à loja de CDs de Jared, mas a minha autoconfiança agora não me dá tanta certeza.

Cinco dias se passaram desde o último encontro, e trocamos apenas mensagens e ligações, estou louca para vê-lo.

Quero fazer uma visita porque não importa o quão picantes sejam as fotos que trocamos, eu gosto de curti-lo pessoalmente.

Continuo passando meus dedos no cabelo e ajustando a pequena jaqueta que visto sobre a minha camisa branca. Verifico se meus short está bom e digo a mim mesma que sou corajosa enquanto eu entro na loja.

McFly soa pelos alto-falantes, enquanto Mark está na caixa registradora repreendendo a outra menina que trabalha aqui. É ótimo lembrar de que não preciso mais latir para a ex de Jared.

Steven, o cara de óculos, me vê entrar e disfarçadamente cutuca Jared, que organiza alguns CDs. Quando os olhos de Jared se viram para mim, toda a incerteza vai embora. Só o olhar dele já vale a pena, e o sorriso que se desenha lentamente em seus lábios me mostra a sorte que eu tenho. Jared é um espetáculo.

Sorrio de volta enquanto ele se aproxima de mim. Um dia ainda vou passar a minha língua neste homem. Ah, se vou.

— Gata, mas que surpresa boa — murmura enquanto me dá um beijo na bochecha. Ele sabe o que está fazendo.

— Eu não estava de passagem, mas resolvi estar de passagem e vir para cá.

— Isso foi um pouco confuso, boneca.

— É, acho que sim.

Permanecemos em silêncio. Ele olha para mim divertidamente esperando que eu diga alguma coisa, enquanto só o admiro com vergonha. Jared merece ser admirado, simples assim.

— Gata, você vai ficar em silêncio ou dizer alguma coisa?

— Acho que prefiro uma terceira opção: apreciar a vista. Muito boa, aliás.

Jared sorri ainda mais com o comentário. Brincando, pega um chapéu que estava sobre uma das prateleiras, que não faço ideia de quem seja ou por que estava ali, e o coloca sobre a minha cabeça. Depois, se inclina para mais perto.

— Esse seu atrevimento não tem limites. Você não faz ideia do quanto me provoca.

— É, mas você está resistindo bem à tentação.

— Não tão bem — sussurra ele no meu ouvido, e logo se afasta. — Quer ver alguns CDs da loja?

Eu assinto, e Jared entrelaça os seus dedos aos meus. Percebo que a menina ao lado de Mark me observa com desprezo. Pisco só para provocá-la, e o olhar que recebo em resposta diz que tudo que ela quer é tirar cada fio de cabelo da minha cabeça com as mãos.

— Quem é a mocinha?

— Que mocinha? — Paramos na seção de música *indie*.

— Aquela que está quase me espancando com o olhar.

— Ah, a Savannah. Pode ficar tranquila, ela não é perigosa.

— Tem certeza? Eu ainda estou aprendendo a lutar, não quero correr riscos. — Ele ri enquanto ordena os CDs. — Aquela ex que você demitiu me odiava mais do que o normal. É o tipo de garota com quem você se envolve?

— Está querendo dizer que eu só me relaciono com malucas?

Confirmo, balançando a cabeça. Jared me olha de cima a baixo e ri. Entendo a insinuação.

— Eu sou louca no limite do aceitável.

— Eu sei.

— Mas a sua ex era pior. Nós, loucos, sabemos identificar outros, e ela parecia mais do que louca.

— Todos dizem o mesmo.

Digo a ele que, se estivesse em sua pele, ficaria preocupada. Se outros disseram a mesma coisa, talvez a garota não seja tão inofensiva. Quem sabe? Ironicamente, se ela não rosnasse com tanta frequência, poderia até mesmo ser adorável. Na verdade, ela é uma loira bonita e aparenta ser inteligente. Não parece plástica ou falsa, mas, como pude ver, é louca. Louquinha.

Enquanto observo Jared ordenar os CDs, penso que ele é um bom cara, um garoto de quem eu realmente gosto. Faz um tempo que eu não sentia isso por alguém. Gosto muito mais de Jared do que eu gostava de Joe Jonas ou Zac Efron nos meus tempos de fã maluca.

Mas não sei quem escolheria entre os membros do BG.5, no caso de um deles decidir fazer de mim a sua Kaethennis. Invejo aquela mulher. Também queria ser a musa de um deles.

A parada é que gosto de Jared. Gosto muito dele, o suficiente para participar do joguinho de fotos insinuantes e sexy. Mas sinto que, embora eu esteja com os hormônios à flor da pele, além de querer o corpo dele, também estou interessada em quem ele é.

Refiro-me àquela personalidade peculiar e envolvente que consegue te conquistar depois de cinco minutos de conversa. O magnetismo e o carisma que emanam dele me atraem muito.

Jared parece notar meu olhar, porque ele se vira e me observa de perto, como se estivesse decifrando a minha mente. Pela primeira vez não imagino uma fantasia quente sob esse olhar. Na verdade pensamentos profundos vagam pela minha mente, pensamentos sobre como eu realmente gostaria de descobrir tudo sobre Jared, muito além do seu corpo.

Talvez este seja o momento mais sério da minha semana. Como eu não tenho momentos profundos com tanta frequência, decido aproveitar.

— Jared, eu gosto de você. Gosto muito de você, e não apenas do seu corpo.

Minha declaração parece pegá-lo de surpresa, porque seus olhos aumentam de tamanho enquanto continuam fixos em mim. Ele se aproxima mais um pouco. Deve ser um bom sinal, certo?

— Eu estava tentando ir com calma… — Sua proximidade me desarma. Suas mãos viajam direto para a minha cintura, e, assim, volto a ser a pervertida de sempre. Que meu sério momento de maturidade descanse em paz. Jared me excitou com apenas um toque. Louvadas sejam as suas mãos. — Mas você dificulta as coisas. Agora eu só quero te beijar. Mas te beijar de verdade.

— Você está no trabalho — sussurro baixinho, embora eu realmente queira este beijo.

— Eu sou o chefe. Não trabalho sob regras.

Essa é a última coisa que ele diz antes de pressionar os lábios com firmeza contra os meus. É, agora eu poderia morrer feliz.

No início, o contato é apenas este, um toque firme de lábios fechados. Então a sua língua espreita e percorre o meu lábio inferior, e é aí que o verdadeiro beijo começa.

Seus lábios chupam e lambem os meus antes de eu começar a acariciá-lo e minhas mãos logo obrem até seu pescoço, onde me apoio.

Algo louco acontece. Eu suspiro, o que dá a oportunidade a Jared de deixar sua língua se aventurar e encontrar a minha. Isto está ficando cada vez melhor.

Suas mãos nos meus quadris acariciam a minha lombar e, em seguida, começam a descer em direção à minha bunda. As mãos de Jared guiam o meu corpo, fazendo com que minhas costas se choquem contra a prateleira de CDs. Sorte que nenhum deles cai no chão, porque, neste momento, nenhum de nós se importaria.

Eu não me importo com as mãos atrevidas apertando a minha bunda. Agarro seu cabelo com os dedos enquanto ele mordisca meu lábio inferior continuamente. Jared torna o ritmo mais intenso, como se fosse possível. O atrito de sua língua contra a minha me deixa louca. Jared sabe beijar, ah, se sabe.

Depois do que pareceu um minuto, os beijos diminuem um pouco de intensidade, me dando a oportunidade de respirar para continuar. Então, ouvimos alguém pigarrear ao lado.

— Sinto muito pela interrupção — disse um adolescente com um sorriso sem-graça. — Mas as suas costas estão bloqueando o CD que eu quero pegar.

Eu me dou conta da realidade enquanto Jared, ainda com as mãos nas minhas costas, me afasta da prateleira. Nós assistimos o menino pegar o CD dele sem nos desgrudarmos. O menino volta a sorrir, dizendo:

— Pronto, podem continuar.

— Obrigado — responde Jared, e me dá um selinho. — Segundo encontro.

— O quê?

— Vamos ter o segundo encontro, na minha casa.

Olho para ele e levanto uma das sobrancelhas, desconfiada. Ele ri baixinho enquanto coloca seus lábios contra o meu queixo.

— Por que na sua casa?

— Porque eu vou preparar um jantar, e também porque estaremos... relaxados.

— Certo. Segundo encontro. Quando?

— Sexta-feira — diz ele, ainda pressionado contra o meu queixo.

— Hoje é... quarta.

— Ansiosa, gata?

— Depois desse beijo, absolutamente ansiosa — digo sinceramente e com malícia. — Devo usar uma roupa íntima sexy?

Desta vez ele ri de verdade. Seus olhos ficam menores e duas linhas aparecem em sua testa. Eu sorrio para ele.

— Isso seria legal... — Ele respira profundamente. — Mas, agora, tenho de voltar ao trabalho. Adoro suas visitas inesperadas.

— Eu vou lembrar disso — respondo, e tiro minhas mãos do seu cabelo. — Acho que você precisa tirar as suas mãos da minha bunda e me deixar ir.

— Não consigo, é muito difícil.

— Mas não é impossível. Sei que você está adorando, mas precisa trabalhar, e eu... eu não sei, vou fazer alguma coisa.

— Tudo bem. — Ele beija o canto esquerdo da minha boca antes de me soltar. — Você e eu temos um encontro na sexta.

— Claro — concordo, mordendo meu lábio enquanto coloco minhas mãos nos bolsos traseiros do meu short. — Foi um beijo... quente.

— Devemos passar dos beijos quentes para os ardentes.

— Tenho certeza de que vamos fazer isso.

— Eu também tenho certeza disso, boneca.

Capítulo 11
Reggaeton

Jared

— Ela está mesmo chateada com você, Lan? — pergunto, avaliando o movimento do restaurante. Tudo vai bem por aqui.

— Sim, pois é! Ela disse que ficou ofendida. — Meu irmão ri, e eu também. — Acho que ela também achou graça, mas não quer admitir.

Eu rio mais uma vez. Estamos falando de Anabell, minha boneca. A boneca que Landon conseguiu irritar.

Landon achou que seria engraçado levar Anabell para assistir ao filme de terror *Anabelle*, o da boneca diabólica, no cinema, e fazer comentários de como as duas se pareciam ao longo do filme.

E, de acordo com as palavras de Anabell, Landon é um sacana de merda que não a deixava ver o filme, do qual ela também não havia gostado.

Duas versões de uma história que coincidem em um ponto: Landon irritando Anabell. Bem, ela não pode reclamar, já que, afinal, foi quem pediu para ser a melhor amiga do meu irmão, e eu sei que Landon sempre teve um senso de humor peculiar.

— Você acha que devo me desculpar? Porque, na verdade, foi bem divertido. Eu até mesmo paguei tudo como um bom cavalheiro!

— Acho que vai passar. Chamei Anabell para um segundo encontro, nesta sexta-feira.

— Hmm, vejo que está progredindo com a sua gata. Jar. Gosto dela, é autêntica. — Landon, então, faz uma careta. — Mas o que você vai fazer com Logan?

— Como assim?

— Anabell também me falou sobre o encontro, e me disse que você a convidou para a sua casa. Mas é para lá que Logan leva as suas amiguinhas, e isso não parece... bom.

— Ah, vou cuidar disso. Tenho grandes planos para este compromisso e Logan não vai estragar tudo.

— Eu não sei. Ele é bem conhecido por arruinar as coisas...

— Todas menos esta. Aliás, eu propus o encontro a Anabell hoje de manhã. Como vocês já estão fofocando sobre isso?

— Somos amigos íntimos.

— Sim, há uma longa semana e meia... Amigos muito próximos, com certeza — digo sarcasticamente.

— Não julgue o poder da nossa amizade.

Antes que eu possa responder, sinto um toque sutil no meu braço. Ao meu lado está uma morena baixinha e bonita, com as bochechas um pouco coradas. Sorrio curiosamente diante de seu silêncio. Ela estranhamente me faz lembrar alguém.

— Posso te ajudar em alguma coisa? — pergunto, na esperança de não receber nenhuma queixa àquela hora. Em poucas horas devo passar na oficina mecânica. Ainda não coloquei as minhas mãos nesta empresa e, sinceramente, nem quero. É o negócio favorito de Logan.

— Acho que você não sabe quem eu sou... — declara em voz baixa. Ela é muito bonita.

Coço a parte de trás do meu pescoço. Uma das razões pelas quais eu marco encontros com as meninas com quem eu durmo é precisamente para evitar o desprazer de ser um idiota e não me lembrar delas. Não me parece o caso. Eu não sei quem ela é, mas seu rosto me é familiar.

— Não se preocupe. Você só me viu dançando algumas vezes, parado na frente da sala da srta. Lara, e, bem...

— Sim! Eu me lembro de você agora — digo, interrompendo a menina e balançando a cabeça afirmativamente. — Você dança balé lindamente e tem coragem suficiente para suportar a Ditadora como sua instrutora fixa.

— Ela é muito boa no balé — responde a menina enquanto encolhe os ombros e sorri para mim. — Meu nome é Gretta.

— Prazer em conhecê-la, Gretta. Eu me chamo Jared, e este é o meu irmão, Landon.

— Claro, os irmãos Rochester. Todo mundo sabe quem vocês são na academia. — Suas bochechas coram ainda mais. — Bem, não vou mais tomar o tempo de vocês. Só passei para dar um "oi". Eu os vi quando cheguei. Vim jantar com o meu irmão.

Viro para a direção em que ela aponta o dedo. Um menino loiro acena para nós antes de olhar impaciente para Gretta.

— Bem, obrigado por vir dizer "oi", Gretta.

Ela cora mais uma vez, murmura um "até mais" e volta à mesa onde está o seu irmão. Faz tempo que eu não vejo uma garota tão tímida.

— Acho que é meu dever como irmão dizer que a doce Gretta tem uma queda por você — comenta Landon, chamando a minha atenção.

— Acho que não. Ela é apenas tímida e muito gentil.

— Confie em mim. Gretta tem uma queda por você. Você vai ver quando a timidez sumir.

Olho para a mesa onde Gretta está. Ela me observa e lança outro sorriso doce, que retribuo. Ela é realmente adorável. Então volto a minha atenção para meu irmão novamente.

— Bom, tanto faz. Não existe outra pessoa além de Anabell para mim agora.

— Exatamente. Eu sou time "Janabell". Mandarei até fazer uma camisa.

— Não seja idiota, Lan — digo, dando-lhe um empurrão. — Tenho muitos planos com Anabell.

— E aposto como esses "planos" incluem também preservativos.

Não afirmo nem nego as palavras do meu irmão. Quem sabe até onde esses planos me levarão?

É curiosa a forma como o tempo passa. Neste momento, os dias estão passando muito devagar. A sexta-feira nunca demorou tanto para chegar.

Talvez eu esteja exagerando. Afinal, ontem foi quarta-feira, o dia em que convidei Anabell para o encontro, e hoje já é quinta. Vai demorar apenas algumas horas. Porra, como eu queria que hoje já fosse sexta!

Dou outra tragada no meu cigarro e expulso a fumaça em seguida. Olho para a placa com o sobrenome "Rochester", que anuncia todos os nossos negócios. Muito bem, hoje não é sexta-feira, mas vim casualmente para a academia com o intuito de organizar a folha de pagamento dos instrutores. É bom não deixar o trabalho acumular, não é? Anabell não tem nada a ver com o fato de eu estar aqui. Não mesmo.

Levo o cigarro à boca mais uma vez enquanto ainda analiso a placa. Mamãe ficaria tão orgulhosa de como a academia cresceu nesses dois últimos anos. Dois anos sem ela aqui.

— Olá, Jared. — Ouço uma voz suave e alegre me cumprimentar. Reconheço Gretta ao me virar.

— Olá, Gretta. Atrasada para as aulas?

— Claro que não! Não é possível se atrasar com a srta. Lara. — Ela ri. Eu acredito. Ninguém gostaria de desafiar a Ditadora. — Ela mudou o meu horário de quinta-feira.

— Ah, sim! Tive pena de você por estar atrasada.

Ela ri mais uma vez. Dou mais duas últimas baforadas no cigarro antes de perceber que Gretta ainda está me observando de uma maneira curiosa, como se me analisasse ou alguma outra coisa assim.

Pego um pacote de chicletes no meu bolso de trás da calça. Sempre tenho um comigo, pois sei o quão desagradável é o cheiro do cigarro. Ofereço um gentilmente a Gretta e pego um para mim antes de acionar as travas do carro.

Aqui vamos nós, boneca.

Gretta é realmente muito tímida. Nós dois nos mantivemos quietos até entrarmos na academia.

Beth imediatamente abre um sorriso brilhante ao me ver da recepção. Eu amo essa mulher. É um dos maiores tesouros que mamãe nos deixou: a sua melhor amiga.

— Se não é a linda Beth! A mulher mais charmosa do mundo! — Eu me inclino sobre o balcão e dou-lhe um beijo caloroso em sua bochecha. — Como sempre, usando os melhores perfumes.

— Meu filho mais velho apareceu para alegrar o meu dia — responde ela com o mesmo entusiasmo, apertando meu nariz de leve. — E cadê o bebê Rochester?

— Lan está fazendo pesquisas. Ele conseguiu entrar na universidade — digo isso com orgulho.

De um jeito dramático e engraçado, Beth cobre a boca com as mãos. Mamãe teria reagido exatamente da mesma forma.

— Meus bebês já estão na faculdade!

— Bem, por enquanto apenas Lan... Você sabe que tranquei meus estudos...

— Eu não acho isso justo.

— É, a vida não é justa, Beth, mas tenha calma. Quando você menos esperar, eu terei o meu diploma de Engenharia e Landon será um grande literato.

— Tenho certeza disso. — Beth enfim nota Gretta, que parece um pouco desconfortável. — Ah, Gretta, querida, eu não vi você.

— Não se preocupe, sra. Bethany. Você parece muito animada.

— É o que acontece quando eu vejo um dos meus filhos. — Beth lhe dá uma piscadela. — A srta. Lara está esperando por você na sala quatro. Jaime pegou a sala três.

— Obrigada, sra. Bethany — murmura Gretta, dirigindo-se a mim em seguida. — Bem, até mais, Jared.

— Até mais, Gretta.

Eu a vejo desaparecer de vista. Em seguida me volto para Beth.

— Você disse que Jaime está na sala três, é isso?

Ela olha para mim, desconfiada.

— Sim. Ele dará uma aula sobre dança latina. Eu estou um pouco... surpresa.

— Bem, vou até lá dar um "oi" rápido e depois volto para me atualizar sobre a questão das contas, tudo bem?

— Algo me diz que você está tramando alguma coisa.

Eu apenas sorrio enquanto me dirijo à sala três.

Certo, ainda que a porta da sala esteja fechada, consigo notar várias coisas:

1. Um ritmo aparentemente latino pode ser ouvido através da porta;
2. A letra da música parece ser cantada em espanhol;
3. O ritmo é novo e diferente;
4. Algumas estrofes são uma estranha imitação de rap;
5. Há muitas risadas femininas;
6. Jaime está gritando "mexe para baixo".

Conclusão: fico imediatamente curioso para saber o que está acontecendo dentro da sala. Sem perder mais tempo, abro a porta e fico surpreso com o que vejo.

Há três garotas lado a lado, todas com as palmas das mãos encostadas na parede e os corpos arqueados para a frente, de modo que seus traseiros empinados pareçam extremamente atraentes.

A bunda empinada mais atraente da sala é a da minha boneca.

— Abaixem mexendo esses quadris. Melanie, não seja tão rude ao mexer os seus. — Jaime corrige uma das garotas. — É isso aí, russa, desça com movimentos circulares.

Acho que morri e não sei. Meus olhos estão fixos em Anabell, que desce girando os quadris com as mãos na parede. Não faço ideia de que ritmo é esse, mas sei os movimentos de Anabell fazem meu pau acordar dentro da cueca.

Anabell veste um top cinza justo. A calça justa de lycra ressalta a bunda maravilhosa com a qual ela foi abençoada. Quero comê-la agora mesmo.

Eu não posso ficar mais excitado que isso.

Ninguém parece ter notado a minha presença, então, fico na minha enquanto observo Anabell dançar. Sexy, muito sexy.

— Agora subam devagar. Continuem mexendo os quadris — grita Jaime, e Anabell obedece. Meu pau também sobe com a visão.

Por tudo que é mais sagrado, isto é excitante demais.

Algumas garotas que observavam a dança começam a murmurar, talvez percebendo a minha presença. Jaime olha para mim e sorri enquanto pede para as três garotas pararem e se aproximarem de mim.

Estou tão hipnotizado que mal noto o abraço breve, mas forte, de Jaime. Meus olhos permanecem fixos em Anabell, que sorri para mim. Sim, eu gosto disso.

— Jared? — Jaime chama a minha atenção.

— Oi, o quê...?

— Eu disse que é uma surpresa boa ter você por aqui. — Ele ri.

Pisco diversas vezes, voltando à realidade.

— Ah, eu só passei para dar um oi... — digo, ainda sem tirar os olhos de Anabell. Não estou sendo nada sutil, mas não me importo.

Eu sou muito depravado por tê-la imaginado nua na posição em que a encontrei há alguns momentos atrás? Ah, essa fantasia faz a minha cueca ficar ainda mais apertada por causa do meu pau duro.

— Eu precisava mesmo de alguém para tornar isso mais interessante...

— O quê? — pergunto, olhando para Jamie. — O que vocês estavam dançando?

— Esse, querido, é o *reggaeton*.

— Tenho certeza de que não consigo pronunciar essa palavra — aviso, sem nem sequer tentar. — Que palavra estranha!

— Todo latino curte esse ritmo.

— Quem estava cantando?

— Daddy Yankee. A música se chama "Gasolina" — informa Jaime com seu sotaque latino.

— Por que ele se chama "Daddy"?

— Ah, Jared, eu não conheço o cara, como eu vou saber por que ele se chama assim? — Jaime revira os olhos. — Preciso que você dance com uma das garotas, para fazer uma demonstração.

— Mas eu não conheço nada de *regg... reggae...* Essa merda que eu não sei pronunciar.

— Querido, tudo que você tem de fazer é encostar na parede e fingir que está mexendo os quadris. — Jaime olha para mim, pensativo. — Vai ser como fingir que você está fodendo devagar.

— Que porra é essa, Jaime?! — exclamo.

— Ah, Jared, mesmo que você fosse virgem, saberia como se faz. — Ele dá um tapinha no meu ombro e olha para as três meninas. Anabell fecha a cara quando nota que uma das meninas me examina de maneira ostensiva. — Certo, já tenho o cara para a demonstração: o meu querido Jared.

Uma garota bronzeada de cabelo castanho, a que me examinava com um olhar provocante, parece em êxtase. Anabell fecha ainda mais a cara. Por outro lado, a terceira garota, uma ruiva sardenta, parece intimidada pela minha presença. Ela não parecer querer dançar comigo.

— Deixe-me ver quem escolho... — pondera Jaime. — Tany, querida, que tal você?

— Desculpe-me, Jaime, eu não me sinto muito confortável. — A ruiva se esquiva e caminha em direção ao grupo de garotas, retirando-se. Jaime suspira dramaticamente.

— Restam então Melanie e a russa — murmura Jaime, apoiando o queixo com uma das mãos. — Vamos ver. Por que eu deveria deixar uma de vocês dançar com Jared?

Melanie estufa o peito enquanto levanta a mão. Jaime acena para ela.

— Porque acho que sou boa nisso e quero aprender, Jaime — diz, com um beicinho que faz Jaime e eu rirmos.

— Muito boa razão. E você, russa?

Anabell parece pensativa por um momento. Em seguida encolhe os ombros e solta um pequeno sorriso, um tanto provocante.

— Só consigo pensar em uma razão — murmura ela.

— E qual seria? — Jaime parece estar se divertindo.

— Eu o quero para mim.

Certo, tudo bem. Eu quero tirar a roupa dela agora. Quero fazer muitas, absolutamente muitas coisas com ela. Mais uma vez disse o que pensava sem se importar.

— A russa dança — anuncia Jaime, batendo palmas e pedindo que Melanie procure um lugar.

Jaime me arrasta para perto de Anabell, que não tirou o sorriso provocante do rosto. Não exagero quando digo que Jaime praticamente me jogou na parede. Ele parece em êxtase.

— Entendeu, Jared? É como foder lentamente — relembra Jaime, piscando para mim. — Faça como estava fazendo antes, russa.

Anabell assente, e Jaime caminha em direção ao aparelho de som. Já sinto o clima esquentar ao perceber que Anabell está impaciente pela música de Daddy Yankee começar.

— Sabia que a música tem um duplo sentido? A menina que canta usa gasolina para dizer que quer mais que sexo... Ela também quer sêmen — murmura Anabell em meu ouvido, o que me faz rir. — Pelo menos foi o que Jaime me disse. Eu não tenho a menor noção de espanhol.

— Eu também não.

O ritmo da música invade a sala novamente. A letra é cantada muito rapidamente. Não tanto quanto uma canção da Nicki Minaj, mas ainda assim é acelerada.

— Aqui vamos nós, Jared. Cuidado para não ficar de pau duro.

— Gata, eu estou com o pau duro desde que vi você rebolar.

— Então preste atenção onde você vai colocar — provoca ela antes de se abaixar na minha frente.

Anabell se inclina deixando uma visão clara do seu decote. Uma de suas pernas se arrasta perigosamente entre as minhas, bem próxima às minhas partes. Então ela começa a se mover lentamente e a se esfregar em mim de uma maneira muito comprometedora.

Suas mãos deslizam pelos meus braços. Ela agarra as minhas e as coloca ao redor de sua cintura. Eu respiro fundo.

— Tente me acompanhar, Jared. Pratiquei por duas horas. Lembre-se, é como foder lentamente.

Digo que sim, totalmente hipnotizado. Eu estou embasbacado agora.

Faço o que ela pede e tento segui-la, o que não é difícil, considerando que Anabell balança devagar. Se eu soubesse que acabaria dançando com ela dessa maneira, teria escolhido uma calça mais folgada, que não sufocaria meu pau como o jeans está fazendo.

A "tortura" de Anabell piora quando ela resolve se virar e esfregar a sua bunda contra os meus quadris. Ela realmente se esfrega neles.

— Gata…

Eu a ouço rir enquanto recua e gira a bunda. Jaime estava certo, parece que estamos fodendo, mas vestidos. Sinto a minha testa inundar de suor enquanto eu tentadoramente inclino meus quadris para frente. Não vou mentir, estou tentando pressionar ainda mais a minha pelve contra seu traseiro.

Anabell desce e descaradamente desliza as mãos pelas minhas pernas, assovia baixinho e sobe de volta, se certificando de arquear seu traseiro em direção ao meu pênis. Eu fecho os meus olhos com força.

Que tipo de tortura linda e excitante é esta?

Será que os pais latinos deixam suas filhas dançarem um ritmo tão sexual em público? É claramente uma insinuação de sexo picante e envolvente.

Sim. Estou basicamente fazendo sexo com Anabell, só que sem a necessidade de preservativo. Que lindo.

Anabell pressiona a bunda por pelo menos cinco vezes seguidas contra mim, e então a música termina. Eu estou suado e ofegante.

Jaime aplaude calorosamente, gritando que a dança foi perfeita, mas a minha visão está turva, meu corpo entorpecido, minha virilha dói como o diabo e minha pele está excessivamente quente.

Quando Anabell olha para mim, vejo que suas pupilas estão muito dilatadas e o lábio inferior está marcado, como se ela o tivesse mordido excessivamente. Até a respiração dela parece ofegante.

— Foi ótimo! — exclama Jaime, aproximando-se de nós. — Perfeito! E isso, minhas garotas, é *reggaeton*! A aula acabou, vocês podem ir agora.

Antes que Anabell se retire, eu a tomo pelo braço. Vejo que ela estava sorrindo sozinha. Esta pervertida estava claramente fantasiando.

— Você não pode imaginar como estou ansioso para amanhã, gata.

— Eu estou contando as horas. — É a sua resposta antes de se colocar na ponta dos pés e beijar o canto da minha boca.

Não consigo me aguentar e pressiono meu peito contra os de Anabell. Sei que certamente todos estão nos observando. Eu escondo minha cabeça em seu pescoço, onde alguns fios de cabelo estão espalhados.

— Você me fascina, boneca — sussurro contra o pescoço dela, sem a soltar.

Capítulo 12
Mais para baixo

Anabell

Sexta-feira. Hoje é sexta-feira. Eu me identifico muito bem com a mensagem que Jessie me enviou pelo celular: "Hoje é sexta-feira, e meu corpo sabe."

Um sorriso bobo aparece no meu rosto enquanto passo as fotos da galeria do meu telefone, especialmente as que estão escondidas para evitar embaraços. Todas as fotos que Jared me enviou estão ali. Estou naquela fase patética de quando se gosta de um menino, ou, nesse caso, de um homem.

De acordo com a contagem, recebi vinte imagens de Jared, variando entre excitantes e reveladoras até tenras e doces. Uma das minhas preferidas é a que ele me enviou logo nos primeiros dias, que enquadra os seus olhos lindos com cílios enormes.

A porta do meu quarto se abre. É minha mãe, que entra para deixar algumas roupas sobre a minha cama. Ela sorri para mim. Pode até ser louca, controladora, acreditar que eu estraguei tudo com Dylan e até que sou um caso perdido no que diz respeito ao nacionalismo... Mas, ainda assim, eu a amo e sei que ela me ama. Temos vários momentos mãe e filha, nos quais podemos conversar normalmente.

— Comprei isto para você — diz com seu sotaque seco e um tom agudo. — Combina com você, mas também se parece comigo.

Interessada, eu examino a peça e adoro o que vejo. É uma camisa xadrez com botões cinza, mangas compridas e, ao lado dela, um short de cintura alta branco. Eu irradio um sorriso largo para mamãe, que me olha com expectativa.

— Adorei! É perfeito para usar hoje.

Bato palmas de felicidade, o que faz mamãe me lançar um olhar perplexo. Então ela parece pensar em algo, pois sorri.

— Você vai usá-lo para o Dylan? — pergunta esperançosamente, o que me irrita.

— Não. Eu já te disse que Dylan e eu já não estamos mais juntos. Eu estou saindo com outra pessoa...

— Eu não gosto dele, Bell.

— Não pode dizer isso, mãe. Você nem o conhece! Quando conhecê-lo, vai ficar louca por ele, assim como eu estou.

— Não quero conhecê-lo.

— Isso é muito rude, Anastasia. Cadê a hospitalidade que você faz questão de ostentar?

— Olha, Bell...

— Obrigada, tia! — grita Kattia, e se joga nos braços de mamãe com entusiasmo.

A raiva me invade assim que ouço a voz de Kattia. Noto que minha prima segura um belo tecido azul em suas mãos: um vestido lindo, justo, provocante e provavelmente caro, que ela não demora para vestir.

Eu não tiro os olhos do vestido, que é maravilhoso. As duas percebem a minha atenção. Kattia, então, abre um daqueles sorrisos que me fazem querer apagá-lo do seu rosto a tapas.

— Não *ser* lindo, Ana? — pergunta, sem perder o sorriso. — É tão bonito! Titia *dar* para mim.

Eu fuzilo minha mãe com o olhar, incrédula. É óbvio que adorei as roupas que ela me deu, mas, em todo caso, poderia ter dado um vestido tão bonito quanto o de Kattia para mim também. Ela sabe que eu só uso vestidos simples. Mamãe disfarça com um sorriso amarelo. Estou enciumada.

— Eu o vi e pensei em Kattia — justifica. É como se me dessem um soco.

O fato de mamãe pensar em Kattia, e não em mim, ao ver um vestido desses me faz sentir como se enfiassem um alfinete na minha pele. Dou um sorriso falso e balanço a cabeça.

Anastasia é muito boa em perceber quando estou decepcionada com ela. Logo comenta algo sobre a cozinha e sai do quarto, deixando a vadia comigo.

Permaneço em silêncio esperando que Kattia também se retire, mas ela prefere se sentar em minha cama e suspirar, como se eu tivesse perdido a memória e me esquecido que ela me sacaneou profundamente.

— O que minha tia *comprar* para você *ser* muito bonito, Ana...

— Sim.

Minha resposta sai seca. Sei muito bem que ela está esperando que eu elogie o seu vestido fabuloso, mas me recuso a fazê-lo.

Eu me levanto para procurar sapatos que combinem com a roupa que minha mãe me deu, enquanto espero que Kattia se toque de que eu detesto que ela continue ali.

— Ah, caralho! — Eu a ouço exclamar em russo. Quando me viro, vejo que o meu telefone está em suas mãos sujas, e com a tela desbloqueada.

Meus olhos ficam vermelhos de raiva. Pulo na direção dela e arranco meu celular de suas mãos gritando: "Não toque nele!" Na tela, vejo uma foto que Jared me enviou há algum tempo: uma com ele sem camisa, na frente de um espelho.

Kattia está praticamente salivando. Eu me sinto inteiramente desconfortável.

— É o garoto que te trouxe para casa outro dia?

— Não é problema seu! Nunca mais toque no meu celular sem permissão. Nunca! — grito a plenos pulmões, e ela recua.

— Ele é lindo, prima! Eu gostaria...

— Sei bem do que você gostaria, sua filha da puta. — Eu me aproximo ameaçadoramente. — Vou te dizer uma coisa, Kattia. Você pode foder o Dylan do jeito que quiser. Mas não ouse nem olhar, tocar, falar ou se insinuar para Jared se não quiser me ver louca e muito disposta a te matar. Você entendeu ou quer que eu te diga em russo?

— O que está havendo aqui? — Mamãe reaparece na porta, preocupada e alarmada com os meus gritos.

— Você entendeu, Kattia? — repito, olhando diretamente em seus olhos acinzentados. — Se não, eu não vou hesitar em fazer você entender de outra forma.

— Bell, você está ameaçando Kattia? — Mamãe cruza os braços.

Não digo mais uma palavra.

Termino de abotoar a minha camisa nova enquanto converso com Dina, que folheia uma revista. Procuro pelo quarto o outro pé do sapato que escolhi.

— Então aquela dança latina louca é boa? — pergunta Dina, sem tirar os olhos da revista.

— Bem, eu não dançaria com ninguém, mas repetiria com Jared. Foi muito sexy, Dina.

— Aposto que sim. E ele ficou hipnotizado? — pergunta, olhando maliciosamente para mim. Eu rio dizendo que sim. — Não o culpo. Você leva jeito para dançar.

— Dons que me foram concedidos — brinco.

Encontro o sapato fechado de salto alto, que me faz parecer uns dois centímetros mais alta. Isso é bom: preciso que o visual seja simples.

— Olha só! Aqui diz que Andrew Wood foi visto com alguém — anuncia Dina.

— Quê?! — exclamo, franzindo a testa. — Quando os integrantes do BG.5 entenderão que nasceram para ficar solteiros para a felicidade das fãs?

— Acho que nunca.

Eu resmungo. A adolescente que aparentemente ainda vive em mim tem um enorme ciúme dos seus ídolos.

Termino de me vestir. Meu visual é comportado, porém estupendo. Aplico em seguida um pouco de rímel nos cílios e delineio os olhos com lápis marrom. Por fim, passo um brilho rosa-claro nos lábios. É uma maquiagem simples e discreta.

— Você está linda! Suas pernas parecem enormes. — Dina me avalia antes de dar um tapinha na minha bunda. — E esse short justo deixa a sua bunda maior. Está parecendo uma menina comportada, mas safada ao mesmo tempo.

— Acha que eu devo deixar meu cabelo solto ou mantenho essa trança?

— Solto — escolhe Dina. Ela desfaz a trança do meu cabelo e passa os dedos entre os fios para penteá-los. — Como ele estava preso, agora parece um pouco ondulado. Deixa você com um ar selvagem. Eu gosto.

Concordo com Dina: também gostei do jeito que ficou. Eu me viro e mostro um grande sorriso para ela.

— Não sorria tanto, parece que você vai gozar daqui a pouco — recomenda ela enquanto ri. — Vocês vão só se conhecer ou fazer algo mais…?

— Não sei…

— Anbe, você está bem mais safada que o comum. Esse cara te deixa incrivelmente louca! Mas não é para menos, ele é um bombom muito gostoso.

— Um bombom de chocolate delicioso que eu adoraria comer…

— Calma, gata! Eu entendi o que quer dizer. — Dina sorri. — Como você vai?

— Vou chamar um táxi.

— Certo. Espero que se divirta. Quer que eu te cubra?

— Se não conseguir chegar em casa por algum motivo, direi que estou na sua.

— Ok. Então, se você se der bem, sua mãe pensará que está na minha casa.

— Foi o que eu quis dizer, Dina.

Trato de olhar bem para Jared, que está na cozinha. Ele veste calça jeans preta que define a sua bunda, além de uma camisa de mangas compridas preta que o torna extremamente atraente.

Tomo um pequeno gole da taça de vinho que ele me ofereceu e olho o porta-retratos que descansa sobre um móvel. É a fotografia de uma mulher bonita de cabelo preto como os de Jared e Landon. Ela tem olhos verdes e é simplesmente linda. Estou curiosa para perguntar quem é, mas decidi não ser inconveniente pela primeira vez hoje.

Mas eu sou péssima para disfarçar. Jared segue os meus olhos e sorri para o porta-retratos.

— Essa é Janett, minha mãe — conta. — Ela faleceu há dois anos, em um acidente.

— Lamento muito, Jared. Não consigo imaginar o que é perder uma mãe — digo isso sinceramente. Minha mãe pode ser louca, às vezes negligente e até superficial, mas eu não suporto a ideia de perdê-la.

— Sim. Ela foi uma mulher incrível, que não se deteve por nada. Landon e eu tentamos seguir o que ela ensinou: tocar as nossas vidas do jeito que quisermos.

Sorrio para ele, e Jared me retribui antes de se lembrar de verificar o forno. Jared e Landon são homens admiráveis. O apoio mútuo deles é incrível.

Nunca tive o desejo de ter irmãs, mas a ligação entre Jared e Landon me faz pensar na ideia. Em seguida, lembro que tenho uma prima horrenda em casa e esqueço imediatamente o desejo.

A casa de Jared é ainda maior que a minha, e olha que eu acho a minha desnecessariamente grande. Sério, Jared parece ser um homem rico, com uma situação econômica muito confortável. E nem é possível dizer que ele é mantido pelo pai, como eu sou pelos meus, já que é ele quem cuida dos negócios da família. É incrível.

— Eu ainda estou irritada com Landon — comento, fazendo-o rir. — Não é engraçado ser comparada com aquela boneca feia e estúpida.

— Pode ficar tranquila, boneca. Você não tem nada parecido com ela.

— É estranho que você diga isso, mas continue me chamando de "boneca".

Jared apenas ri enquanto tira uma bandeja do forno. Eu brinco com meu copo de vinho e o vejo servir a comida que, para ser honesta, cheira bem e parece deliciosa.

Ao terminar de servir nossos pratos, ele se senta ao meu lado, sorrindo para mim. Prefiro que nós comamos no balcão da cozinha americana, entre risos, do que fazê-lo de forma pomposa na grande sala de jantar que eu vi quando entrei em sua casa.

— Eu te contei sobre a minha mãe, algo que eu não comento com muitas pessoas. Diga-me algo sobre você que poucas pessoas sabem.

Dou uma garfada na comida enquanto penso no que posso dizer. Apesar de sempre falar tudo o que penso, também tenho coisas que guardo só para mim.

— Eu não sei o que quero fazer da vida — revelo. Jared me olha atentamente enquanto mastiga. — Quando me formei, simplesmente não tinha ideia do que queria fazer ou da minha vocação. Esta é a razão pela qual não entrei em uma faculdade: tenho medo de tomar a decisão errada. Até hoje não sei muito bem o que quero, e quando tento trabalhar para não depender dos meus pais, minha mãe faz o possível para que me demitam. É frustrante. Eu odeio ser a garota mantida pelos pais. Sei que muitos diriam que sou muito jovem para me preocupar com isso, mas gosto da ideia de ser independente. É frustrante que minha mãe corte as minhas asas toda vez que tento seguir um rumo, e é ainda mais frustrante não saber o que eu quero fazer no futuro.

— Tenho certeza de que você tem muitas qualidades.

— Só espero que algum dia eu as descubra — respondo. — Embora eu saiba que sou boa em muitas outras coisas...

Jared imediatamente ri, entendendo a mensagem.

— É claro que você diria algo assim, boneca.

— Agora, me diga. Você me contou em nosso primeiro encontro que trancou a faculdade. Não sente falta?

— Você nem faz ideia — responde ele, parecendo angustiado. — Sempre soube que queria ser engenheiro, especificamente da área civil. Eu chorei de felicidade quando ingressei na Universidade de Manchester. Mas entendo que sonhos muitas vezes devem ser adiados. Agora eu tenho uma responsabilidade, gata, uma responsabilidade que devo cumprir. Contudo, sei que um dia serei um grande engenheiro. Acredito nisso.

— Eu também acho, Jared.

Ao contrário de muitas pessoas neste mundo horrível, Jared está esperando grandes coisas do seu futuro. Ele merece isso.

Conversamos alegremente enquanto comemos um delicioso bolo de morango e creme que Jared comprou. Quanto mais eu sei dele, maior o meu sentimento se torna.

Por vezes os seus dedos longos e másculos passeiam sobre a minha perna em carícias agradáveis. Nada desrespeitoso, são apenas toques esperançosos e sedutores.

Nós dois nos dedicamos a direcionar pequenos olhares que deixam as insinuações flutuando entre nós.

Tomamos pelo menos quatro taças de vinho. Adicione a isso a tensão sexual e alguns comentários no caminho. Então, eu pergunto, sem pensar:

— Por que você não me mostra a sua casa? — Jared me encara surpreso por um momento, mas logo sorri maliciosamente.

— Podemos fazer um pequeno tour, se quiser...

Eu me levanto imediatamente, torcendo para que o quarto dele esteja incluído.

— Posso ir descalça?

— Você pode ir até mesmo nua. Sinta-se em casa, gata.

— Mas que galanteador... — Eu rio enquanto tiro meus sapatos e pego a mão que Jared me oferece.

E lá vou eu ter a sensação idiota no meu estômago por estar segurando a mão dele.

Jared me guia para as escadas compridas. As paredes ao lado estão repletas de quadros com paisagens espetaculares, pinturas certamente caríssimas. Quanto dinheiro será que Jared tem? Pensar nisso chega a ser intimidador.

A voz rouca de Jared descreve cada lugar por onde passamos. Suas palavras e seu tom são de um anfitrião nato, o que me diverte um pouco. Seus dedos ainda estão entrelaçados aos meus.

Finalmente, paramos na ala esquerda da casa, em um longo corredor no segundo andar. Novamente um sorriso malicioso se forma em seu rosto, uma de suas marcas registradas.

— E este é o meu quarto.

— Não vou encontrar imagens de mulheres nuas coladas na parede?

— Eu garanto que não.

Ele abre a porta e deixa livre o caminho para que eu entre primeiro. O ambiente me agrada de cara.

É um quarto muito espaçoso. As paredes são pintadas de azul-marinho, de modo que o quarto parece luminoso e muito mais amplo. De fato, não há pôsteres de mulheres nuas ou de carros, mas, em vez disso, as paredes estão cheias do que parecem ser várias fórmulas matemáticas e alguns desenhos.

À esquerda do quarto há um saco de pancadas pendurado, e no chão várias luvas estão jogadas. Imaginar Jared praticando boxe me excita.

Algumas camisas estão jogadas no chão, o que denota um pouco de desorganização, mas nada exagerado. Ele tem dois notebooks: um sobre uma escrivaninha e outro sobre a mesa de cabeceira, além sobre uma pilha de livros e calculadoras.

Este não é um quarto de criança ou adolescente. É o quarto de um homem. Estou desejando um homem. Eu me superei. Ótima escolha, Anabell.

— Achei que você estava inventando quando disse que praticava boxe — comento, e caminho até o saco. Quando tento empurrá-lo, mal se move dois centímetros. — Caralho! Isto pesa muito.

Escuto Jared caminhar até mim. Ele pega luvas pretas e pede as minhas mãos. Eu as entrego, obedientemente. As luvas grandes cobrem a minha mão, mas basta ajustá-las um pouco.

— Vou te ensinar a bater um pouco, embora você tenha dito que Dina está te ensinando.

— Isto pode ser embaraçoso. — Ele se coloca atrás de mim, o que causa arrepios em todo o meu corpo. — Ou muito sensual.

— Sempre dizendo o que você pensa, gata. Eu amo isso.

Faço o possível para me concentrar e não me perder na sensação de suas mãos, que envolvem as minhas, indicando-me como golpear.

Não faço nenhum progresso com o saco. Na verdade, acho que nem sequer cheguei a movê-lo, o que, em outras circunstâncias, seria vergonhoso. Mas, agora, estou concentrada apenas no corpo quente de Jared colado ao meu, por trás.

— Sou uma causa perdida — reclamo.

— Eu não acho — sussurra, falando próximo ao meu ouvido. — Na verdade, é bastante confortável.

— É, eu acho que sim…

Estremeço quando sinto os lábios molhados de Jared deslizarem pelo meu pescoço. Começou.

Enquanto seus lábios beijam o meu pescoço, as suas mãos descem até as minhas. Ele retira as luvas e vira o meu corpo em seguida, sorrindo brevemente antes de segurar o meu rosto delicadamente e me beijar.

Sem timidez, sua língua delineia meu lábio inferior antes de entrar em minha boca. Eu fecho os olhos e me deixo levar enquanto sou beijada de uma maneira tão incrível que me faz suspirar.

Suas mãos saem do meu rosto e vão em direção à minha cintura, enquanto seus braços grudam cada centímetro do meu corpo ao seu. Sinto o pau de Jared crescer cada vez mais. Percebo que ele claramente não tem o mesmo "problema" de Dylan.

Minhas mãos gananciosas sentem cada músculo dos seus braços e abdômen, até que decidem ir um pouco mais longe e passar por baixo da camisa de Jared. Deslizo meus dedos em suas costas, que são bem largas.

Mas eu não sou a única atrevida aqui. Logo as mãos de Jared pressionam e apertam a minha bunda e, um tempo depois, desabotoam o meu short, que cai em seguida.

Jared está muito empenhado nisso, indo cada vez mais longe.

Um pouco tonta, jogo meu short para longe. Jared aproveita para acariciar a minha bunda lentamente, enquanto beija o meu pescoço com desejo.

Eu gemo baixinho.

Assim como ele, também cuido para que a sua camisa desapareça, revelando um torso e abdômen monumentais, que admiro por um breve momento antes que ele volte a colar a sua boca na minha.

Em meio a tantos beijos, consigo um momento para respirar e desabotoar a calça jeans que ainda está em seu corpo. Ao mesmo tempo, ele abre a minha camisa, e suspira de prazer com a visão do meu sutiã.

— Seu corpo é maravilhoso, gata — murmura, desenhando as bordas do meu sutiã com os dedos. — Isso está muito rápido para você?

— Eu não sei, mas neste momento não estou preocupada.

Minha resposta parece agradá-lo. Jared então ergue o meu corpo, forçando-me a entrelaçar as minhas pernas em sua cintura, e me leva para a cama.

Jared não age como outros caras, que atiram as mulheres na cama. Ele deita na cama e me deixa sobre ele, sem me largar, enquanto suas mãos deslizam e apalpam cuidadosamente meus seios por sobre a renda do sutiã. Minhas mãos puxam levemente o cabelo dele.

Nossos corpos geram um atrito que nos faz gemer. Jared deita a cabeça sobre um travesseiro, e eu me mantenho por cima dele, montada em seu corpo.

Ele abre as pernas, fazendo-me cair entre elas, e então eu estico as minhas. Nossos beijos se tornam mais lentos e duradouros enquanto suas mãos deslizam pelas minhas costas, sob a camisa aberta que ainda visto.

Sinto que meus lábios estão incrivelmente quentes e latejantes, mas de um jeito bom. As minhas partes baixas estão pressionadas contra o pau duro dele, o que me mostra que ele está tão excitado quanto eu.

Suas mãos voltam a acariciar lentamente a minha bunda, mas desta vez os seus dedos chegam à borda da minha calcinha.

Solto outro gemido quando sinto suas mãos se esgueirando sob o tecido. A sensação é incrível, e agora eu sei que vamos além.

Minhas mãos voltam a acariciar o seu delicioso abdômen, enquanto minha cabeça delira com o fato de que estou realmente fazendo isto com Jared.

Assim que ele começa a tirar a minha calcinha, o improvável acontece. Alguém está socando a porta do quarto, o que me assusta e acaba com o momento.

— Puta que pariu, isso não pode estar acontecendo — pragueja Jared, fechando os olhos com força.

— Jared, eu preciso das contas do mês passado do restaurante agora. Abra a maldita porta! — grita uma voz autoritária do outro lado.

— Agora não, Logan! Vá embora!

Eu congelo enquanto espero Jared me dizer o que fazer. Ele força um sorriso sem graça, mas tranquilizador, antes de lançar um olhar irritado para a porta.

— E com o que você está ocupado?

— Com a minha namorada — grita Jared, pegando-me totalmente desprevenida.

Ouço um resmungo frustrado antes dos passos começarem a se afastar. Eu engulo em seco enquanto minhas bochechas coram. Jared me direciona um olhar de desculpas.

— Acho que seria melhor se eu fosse...

— Não — intervém. Sua mão não saiu de onde estava antes da interrupção, ainda debaixo do tecido da minha calcinha. Ele se ajeita de forma que o meu corpo fique sob ele.

Jared beija meus lábios docemente e com uma das mãos tira uma mecha de cabelo do meu rosto.

— Vamos dormir um pouco. Ele não voltará a incomodar e, de qualquer forma, prometo que só vamos dormir.

Eu mordo meu lábio enquanto avalio minhas opções. Não quero fazer a caminhada da vergonha na frente de seu pai, muito menos quando ele parece tão chateado. E também não posso dizer que odeio a ideia de apenas dormir com Jared hoje.

Com esforço, deixo o calor de seus braços e caminho até o meu short. Sob o olhar atento dele, pego meu celular e rapidamente escrevo uma mensagem para Dina.

Não vou para casa hoje.

A resposta que ela me envia depois de alguns segundos me faz sorrir.

Não se esqueça dos preservativos, cadela russa. <3 Faça-o gozar até que esteja sem sêmen no corpo.

Abro um enorme sorriso para Jared enquanto ponho o celular de volta no bolso do short. Desabotoo o que resta da camisa e volto para a beira da cama. Ele parece admirar meu corpo, coberto apenas por roupas íntimas pretas.

— Parece que você precisa reservar um espaço da sua cama para mim hoje, Jared.

— Com prazer, boneca — diz ele, e estende os lençóis para mim.

Assim que meu corpo cai na cama, puxo Jared para lhe dar um beijo.

— Eu te disse que iríamos dormir, só não disse quando... — murmura ele perto dos meus lábios. — Mas prometo manter meu pênis dentro da cueca.

— Não foi o que eu pedi, mas parece bom para mim.

— Só não posso prometer que as minhas mãos vão ficar paradas. Elas são um tanto brincalhonas — diz, antes de pressionar os meus seios de um jeito bom.

— Eu posso lidar com mãos travessas.

— Aposto que sim, gata. E olha que as minhas estão dispostas a ir mais para baixo...

Capítulo 13

Com você, nunca será suficiente

Jared

— Tá, vamos ver se entendi. Jessie e Dina são as suas melhores amigas. Dina está solteira, mas vive se encontrando com o ex, Jack. E Jessie é uma "cadela seca, direta e solteira", de acordo com suas palavras. Correto?

— Muito bem, Jared — felicita Anabell, rindo sob o meu corpo. — Você entendeu direitinho.

— Eu mereço um prêmio.

— Estou usando só roupas íntimas. Não é suficiente?

— Não. Tenho a impressão de que com você nunca será suficiente.

Sinto seus dedos passearem entre os fios do meu cabelo enquanto seus olhos não param de olhar para mim. Talvez tenham se passado mais de quatro horas de troca de olhares intensos e muito mais tempo entre conversas, carícias e beijos.

Anabell me enche de curiosidade. Mesmo que ela expresse quase todos os pensamentos em palavras, seus olhos parecem dizer muito mais. Eu me sinto estúpido, de certa forma, por manter tal fascínio por uma mulher.

Antes que eu possa beijá-la mais uma vez, Anabell boceja. Seus olhos estão quase fechando. Olho para o relógio na mesa de cabeceira e percebo que já são quatro da manhã. Estamos acordados há muito tempo.

Não acredito que consegui me segurar durante todo esse tempo.

Nós nos deitamos de lado sobre a cama, de modo que podemos olhar um para o outro. Então ela abre um pequeno sorriso.

— Você sabia que podia ser tão romântico assim, Jared?

— Estou começando a notar.

— Normalmente muito romantismo me incomoda. Mas eu gosto disso com você. É fofo.

— Homens não gostam de ser chamados de fofos.

— Jared fofo, fofo, fofo!

— Ok, pode parar por aí, moça!

Anabell ri e boceja mais uma vez. Em poucos instantes, adormece. Eu retiro uma mecha de cabelo do seu rosto.

Que bom que ela enviou aquela primeira foto por engano. Foi um ótimo erro.

Um tempo depois de também pegar no sono, acordo com novas batidas à porta. A primeira coisa que noto ao abrir os olhos é que Anabell ainda dorme de bruços com as pernas enroladas nos lençóis. A visão de sua bunda faz o meu pau dizer bom-dia, mas eu me contenho.

É Logan que continua desferindo batidas à porta. Eu resmungo e rapidamente vou ver o que ele quer antes que Anabell desperte.

Abro a porta sem me importar de estar vestindo apenas cueca. Disfarçadamente Logan tenta olhar para dentro do quarto, mas fecho a porta atrás de mim e cruzo meus braços, impedindo a sua visão. Não quero que ele saiba que é Anabell quem está lá dentro.

Logan me olha de cima a baixo e ergue as sobrancelhas, também cruzando os braços.

— Estou vendo que esteve muito ocupado para fazer o que pedi. Que irresponsabilidade, hein?

— Achei que não soubesse o que significa o termo "responsabilidade", papai — retruco, e respiro fundo. — Eu não tenho o que me pediu aqui. Está no escritório do restaurante, você pode passar lá.

— Ou você pode fazer isso para mim, Jared.

— Considerando que estou salvando seu rabo ao cuidar de três empresas, acho que o mínimo que você pode fazer é pegar o seu próprio carro e ir atrás do que precisa, pai. Quer dizer, você ainda é um homem saudável e cheio de vitalidade, não?

— Jared, não queira passar dos limites comigo.

— Por favor, poupe-me da sua aula de moral. Eu estou seriamente ocupado.

— Eu notei... Você vai me apresentar a sua "namorada"?

Dou uma risada falsa antes de cerrar os dentes. Como se fosse um ótimo plano apresentar Anabell ao meu pai.

— Não, nós estamos indo com calma. Agora, se você me der licença, papai, eu vou voltar para o quarto.

Sem esperar uma resposta dele, fecho a porta atrás de mim. Anabell ainda dorme, agora abraçando o travesseiro de um jeito que me enche de ternura.

Vou atrás de uma toalha para tomar banho. Preciso de um pouco de água fria para acalmar os efeitos físicos que Anabell provoca em mim.

O banho ajuda a me refrescar. Saio da ducha e enrolo a toalha nos quadris. Minha barba já está crescendo novamente, mas posso raspá-la amanhã.

Ao sair do banheiro em busca de roupas para vestir, percebo Anabell sentada na cama com os olhos cheios de malícia colados mim, me examinando.

— Parece que você acabou de sair de uma fantasia erótica — murmura ela, sem tirar os olhos de mim.

— Eu digo o mesmo, boneca.

Anabell se espreguiça e, por um momento, quero me livrar da toalha, tirar sua calcinha e fazer muitas coisas prazerosas. Eu nem sequer entendo exatamente por que nós estamos nos segurando tanto, afinal os sinais são claríssimos.

— Você por acaso tem uma escova de dentes nova que possa me emprestar? — pergunta ela.

— Na gaveta, embaixo da pia, você encontrará uma — digo, começando a buscar minhas roupas.

— Posso tomar um banho?

Eu me viro imediatamente, enquanto Anabell levanta da cama e se espreguiça mais uma vez.

— Talvez eu devesse ter esperado você acordar para tomarmos banho juntos.

— Sim, concordo. Agora eu não sei como vou ensaboar minhas costas.

— Eu poderia ajudar — proponho, piscando para ela.

Anabell ri e entra no banheiro. Eu respiro profundamente. A intenção era ir aos poucos, mas parece que já estou apaixonado por esta menina peculiar.

Anabell está uma graça cantando "Welcome to my life", do Simple Plan, no carro. Ela não tem lá uma voz melodiosa, mas é divertido vê-la desafinar. Ainda é agradável aos meus ouvidos.

À medida que nos aproximamos de sua casa, ela repete algumas vezes que eu devo deixá-la pelo menos um quarteirão antes. Seus pais pensam que ela dormiu na casa de Dina.

— O Simple Plan tem músicas maravilhosas — comenta, suspirando.

— Eu sei. Tenho os CDs e fui a um shows deles.

— Que maldito! Você já foi aos shows de muitas das minhas bandas favoritas. Você é podre de rico, Jared, devia ter vergonha.

— Não seja cínica. Até onde eu sei, você mora em um dos melhores bairros da cidade. Mas tudo bem, vou sentir vergonha do meu dinheiro agora. Na verdade, farei um minuto de silêncio pela vergonha que estou sentindo.

Eu me calo em seguida. Anabell ri e me dá um soco suave no ombro, mas continuo em silêncio.

— Está bem! Já se passou um minuto, Jared.

— Agora que paguei pela minha vergonha, devo lembrar que a única razão pela qual você nunca esteve em um show é a sua mãe achar que haveria terroristas com bombas no meio dele.

— É verdade. Ela é um pouco paranoica.

— Aliás, não sei por quê, mas tenho a impressão de que a sua mãe não gosta de mim.

Anabell suspira teatralmente enquanto me pede para estacionar ao lado de uma casa pitoresca. Ela se vira e olha para mim.

— Não é que ela não goste de você, Jared, mas minha mãe geralmente julga antes de conhecer. — Ela suspira mais uma vez. — Além disso, ela ainda tem essa fixação em Dylan. Acha que ele é um bom menino e é perfeito para mim.

— Mesmo depois do que ele fez com você? — pergunto, ainda não entendendo sua mãe maluca.

— Ela ainda não sabe exatamente o que aconteceu, nem meu pai. — Consigo divisar a decepção no rosto de Anabell. — Kattia é a filha que ela sempre quis. Não queria transformar a traição em um drama familiar. Todos ficariam loucos, e se meu pai descobrisse, seria um mar de lágrimas e desapontamento. É claro que penso em contar muitas vezes, mas, como eu disse, é problema meu e não quero fazer disso um drama.

— Isto é, você aguenta vê-la andar livremente pela sua casa sem culpa?

— Sim, é exatamente o que eu faço.

— Uau! Eu a teria espancado há muito tempo. Se ela fosse um homem, é claro. Quanto a ele, no seu lugar, já teria dado um jeito de cortar o pênis dele fora.

— Acredite em mim, Dylan já tem problemas suficientes com o pênis dele. Deixa para lá, são coisas minhas.

— Uma das suas muitas coisas malucas.

— Bem, Jared, eu tenho de ir para casa. Tenho uma aula na academia em três horas — acrescenta, mordendo o lábio superior. — Você estará lá hoje?

— Acho que não, gata, daqui vou para a loja de música.

— Ah, tudo bem. A propósito, suas roupas são muito confortáveis.

Nós rimos enquanto Anabell se inclina e envolve o meu pescoço com uma de suas mãos de uma forma agradável. Embora ela não acredite, também tem os seus momentos de fofura.

Em seguida, ela pressiona os seus lábios nos meus, e nos beijamos por um longo tempo até que Anabell abre a porta do carro e segue para casa.

— A gente se fala depois, Jared. Tenha um bom dia. — Ela sorri. Saber que Anabell veste uma cueca minha por baixo de seu short mexe comigo.

— Tudo bem, eu te ligo mais tarde.

— Agora vai, vai logo, antes que eu pule de novo em você.

Rindo do seu comentário, dou-lhe um beijo de despedida e saio com o carro. Meu dia começou muito bem.

— O lugar está uma paz desde que Jocelyn saiu, não é? Ainda temos Savannah, mas ao menos ela consegue ser um pouco mais normal — comenta Mark, assistindo a Savannah atender um adolescente que parece querer mais do que CDs com ela.

— Você teve notícias dela? — pergunta Steven enquanto limpa os óculos e cumprimenta com um sorriso amigável um cliente mais velho que paga um disco de vinil.

— Não, e estou aliviado por isso.

— Ainda bem. Embora o silêncio também assuste um pouco — murmura Mark.

— Seu desgraçado sumido! — exclama Ian atrás de mim, aplicando uma chave de braço em volta do meu pescoço, só porque sabe que isso me incomoda. — Esteve tão ocupado com a russa que não se preocupou em procurar o seu melhor amigo?

— Merda, Ian! Me solta, seu pé no saco! — Eu me agarro em seus antebraços.

— Você me deixou triste, Jared. — Ian me solta e confessa, em tom triste. — Eu tenho tantas coisas pra te contar...

— Coisas como foder o tempo todo com mulheres que você gosta de conquistar? Se for isso, eu não perdi muito da sua vida.

— Como você adivinhou? — diz ele, com fingida surpresa. Steven e eu não conseguimos segurar o riso.

— Seu babaca. Landon me disse que te ligou outro dia. Você atendeu o telefone enquanto estava fodendo, seu pervertido sujo!

— Pois é, Landon até me incentivou gritando "vai com tudo, campeão!" Então desligou e não ligou mais.

Ian gargalha. É exatamente o que Landon faria.

— Quer ir comigo a um festival de bebidas em Londres? — Eu me viro para Mark e Steven. — Vocês também estão convidados. Uns alemães passaram no restaurante e deixaram um monte de ingressos. Se estiverem afim...

— É claro que vou! Vai ser incrível — pronuncia-se Ian, passando a mão pelo cabelo despenteado. — E tenho certeza de que Mark e Steven não vão querer perder isso, não é?

— Conte comigo, Jared — diz Mark, tocando o punho fechado com o de Ian, o que me irrita.

— E comigo — exclama Steven em seguida.

— Posso conseguir alguns ingressos extras para uns amigos? — pergunta Ian. Eu nego veementemente.

— Os ingressos restantes estão reservados para Anabell e suas amigas.

— E as amigas dela são gostosas?

— Tente não pensar sempre com a cabeça de baixo, Ian. Garanto que você seria mais inteligente se fizesse isso — provoco, deixando-o zangado.

— Como foi o dia na academia? — pergunto à minha boneca, pelo telefone.

— Jaime nos deu aulas de flamenco hoje. Foi divertido — responde Anabell. Estamos conversando há pelo menos vinte minutos.

— Jaime sempre quer ensinar coisas novas. Quando mamãe o contratou, ficou fascinada por ele. Acho que, em parte, ela também sonhava em ter um amigo como ele.

— Então isso apenas confirma que sua mãe foi uma mulher muito sábia.

Um sorriso nostálgico surge em meu rosto. De fato, minha mãe tinha muitas qualidades, e inteligência era uma delas.

Estou em casa, trancado no quarto. Ultimamente só tenho feito isso quando estou aqui. Estou prestes a ir dormir, usando apenas uma cueca.

— Você ficaria encantada em conhecê-la. Tenho certeza de que ela também adoraria conhecer você, gata.

— Fico feliz em ouvir isso. Eu me comportaria e seria uma garota boa e normal.

— Isso não seria necessário, porque ela amaria a sua loucura.

— Você é muito gentil, Jared. — Acho que a ouço suspirar. — Ei, não queria desligar, mas papai está me chamando para assistir a um filme que com certeza vai nos fazer chorar. Eu nunca nego, acho fofo quando isso acontece.

— Tranquilo, gata. Tenha uma boa noite.

— Você também, Jared. A propósito, você ainda não me enviou a imagem do dia.

— Espere, já te envio.

Eu me levanto, um pouco sonolento. Fico de lado, de forma a mostrar mais a minha bunda, sem mostrar o rosto.

Eu me sinto um imbecil tirando este tipo de foto, mas com Anabell é divertido.

Deito-me na cama e digito rapidamente:

Aqui está a sua foto.

Aguardo a resposta, que não demora nem um minuto para chegar.

Merda, Jared, que bundão você tem. Como eu gostaria de chicotear você... Tenha certeza de que vou tocar nessa bunda quando nos virmos, e se você não deixar, vou tocar do mesmo jeito.

Acho graça da mensagem. Neste momento, ouço risos no andar de baixo e sei que é Logan com outra garota. Suspiro e me viro para dormir. Meu pai não vai arruinar o ótimo dia que eu finalmente tive hoje depois de tanto tempo.

Capítulo 14
Meu Jared

Anabell

— Mas assim é mais divertido! — afirmo, e roubo uma das batatas fritas que mamãe está fazendo. Papai ri enquanto mamãe se zanga.

— Você sabe o quanto eu odeio que você pegue comida antes que eu termine de cozinhá-la, Bell — repreende mamãe enquanto vira os bifes.

— Não é minha culpa que a sua comida seja tão deliciosa — defendo-me. Papai ri mais uma vez enquanto preenche suas palavras cruzadas.

— Você não tem jeito, Bell. — Ela balança cabeça, frustrada, como se eu a estivesse irritando de verdade. Minha mãe pode me morder, mas meu pai sempre assopra.

— Minha menina russa é perfeita do jeito que é — diz papai, tirando os olhos das palavras cruzadas. — Venha cá me dar um abraço, Bell.

Como uma criança, eu me enrosco nos braços dele e beijo ruidosamente a sua bochecha, fazendo-o rir. Confesso que estou destinada a ser a "filhinha do papai", afinal, ele é meu defensor número um.

— Você consente demais — repreende minha mãe, mais uma vez. Papai faz caretas.

— Bem, Anastasia, você também não é exatamente um doce — dispara ele, escondendo-se atrás do meu cabelo.

Eu amo demais o meu pai. Tudo que ele diz me faz amá-lo ainda mais.

Mamãe bufa, mas decide voltar a mexer os bifes e a picar beterraba para a salada, ou o que ela diz ser uma salada russa. Papai e eu detestamos, mas comemos para não machucar o ego gastronômico de Anastasia.

O som de saltos martelando o chão se faz ouvir de longe. Automaticamente faço uma careta de desgosto porque sei que é Kattia. Ela aparece vestindo uma minissaia e uma camisa apertada que exalta os seus pequenos seios como por mágica. Maldita.

Meu pai desaprova com uma expressão mal-humorada. Mas, sinceramente, Kattia não parece mal. Não parece mal para uma prostituta de alta classe.

— Você pensa em sair desse jeito? — questiona papai, beijando a minha testa.

Kattia olha para si mesma e de volta para meu pai. Ela parece confusa, mas faz seu lábio inferior se sobressair em um beicinho estúpido que me irrita.

— *Parecer* bom para mim, tio. É lindo.

— Sim, lindo, mas muito... muito... inadequado — conclui ele, franzindo ainda mais o rosto.

— Gael, não faça isso com a garota. Ela está linda — intervém mamãe. — Deixe-a se expressar do seu jeito.

— Você deveria se lembrar dessas palavras quando me critica, mamãe — comento despreocupadamente, tirando algum pó inexistente de minha camisa.

Kattia se senta à mesa com suas roupas de prostituta, e papai balança a cabeça negativamente. Mamãe escolhe falar em russo com Kattia, o que é bem estúpido, considerando que tanto meu pai quanto eu compreendemos o idioma perfeitamente.

— Tia Kane parece estar casada com alguém muito importante... — comenta Anastasia animadamente, ainda em russo. Admito que a língua tem a sua beleza, e fico feliz em entendê-la.

— Talvez o noivo dela seja um czar — brinco.

Papai e eu rimos. Mamãe me fuzila com um olhar de advertência.

— Sério, Ana? — pergunta Kattia animadamente. Essa menina precisa de aulas de História.

— Kattia, o czarismo já acabou há muito tempo, inclusive é um tema delicado para os russos — explica papai pacientemente. — Não existe mais nenhum czar. Anabell estava apenas brincando.

— Sim, eu estava apenas brincando — reforço. Mamãe continua me olhando de uma forma ofensiva. — Não me olhe assim, mamãe. Não tenho culpa que Kattia não conheça a história do próprio país.

— Não queira bancar a esperta, Anabell. Isso não favorece a sua beleza.

— Minha menina russa não precisa ser mais bonita e bela do que já é — retruca papai, confrontando mamãe com o olhar, uma batalha que é logo interrompida pelo som da campainha.

— Eu abro! É para mim — brado, libertando-me dos braços do meu pai e correndo entusiasmada para a porta.

Um sorriso enviesado e um par de olhos azuis me saúdam quando atendo.

— Ah, a boneca demoníaca de Jared! — exclama Landon, abrindo os braços.

— Eu ia te abraçar até você soltar essa piadinha, Landon! Não sei nem se quero deixar você entrar na minha casa agora!

— Ah, vamos. Eu sou o seu "melhor amigo gay", portanto você deve perdoar tudo que digo — argumenta, com uma piscadela. — Não vai mesmo me abraçar?

Eu o abraço antes de deixá-lo entrar. Ele passa a mão pelo cabelo e espirra assim que entra na casa.

— Merda, que cheiro doce e... — reclama, torcendo o nariz. — E é impressão minha ou a sua casa tem as cores da bandeira da Rússia?

— Não, não é impressão sua.

Eu o levo à cozinha, onde minha família e Kattia estão. Acho graça de como ela assume um ar de interesse ao vê-lo. Kattia é muito homofóbica.

— Pessoal, este é Landon Rochester — anuncio. — Landon, esta é a minha mãe, Anastasia, e meu superpai, Gael.

Todos ficam em silêncio aguardando que eu apresente Kattia, mas finjo não notar. Landon ri baixinho.

— Bell...

— Ah, é, aquela é Kattia — digo secamente e indico um lugar à mesa para Landon. — A comida ainda não está pronta, mas vai encantar você.

— Você também sai com ele? — pergunta mamãe com desaprovação.

Meu Deus! Desde quando minha mãe me vê como uma vadia? O que a faz pensar que estou namorando dois caras ao mesmo tempo?

— Landon é o meu melhor amigo.

— Você tem um melhor amigo agora? — pergunta Anastasia, cética.

— Anastasia, querida, que tal você continuar cortando os legumes para a salada? — diz papai, interrompendo-a. — Prazer em conhecê-lo, sr. Rochester. Se não me engano, é o sobrenome de um velho conhecido meu.

— Pode me chamar de Landon, por favor. Sr. Rochester faz com que eu me sinta como meu pai.

Ele finge um arrepio e papai ri.

— É bom te conhecer, Landon. Ana não *contar* sobre você e... — começa Kattia.

— Eu não quero ser descortês, mas não entendo nada do seu inglês. — Landon a interrompe lentamente, como se falasse com uma criança de dois anos. — Você já tentou fazer um cursinho de inglês?

Nossa! Eu amo o Landon!

— Kattia não precisa fazer nenhum curso — rebate mamãe.

— Na verdade, Anastasia, eu estava mesmo pensando em inscrevê-la em um curso para facilitar a vida dela aqui — comenta Gael. — Há algum que você recomenda, Landon?

— Olá, família anglo-russa! — Um grito repentino sobressalta a todos. Uma Dina radiante aparece na sala acompanhada por Jessie.

— Como foi que vocês entraram? — pergunto, feliz em ver as minhas amigas. Dina estala um beijo molhado em minha bochecha.

— Parece que você deixou a porta aberta — justifica Jessie. — Vejo que chegamos a tempo para o almoço… Delícia!

Minha mãe desconta a raiva que está sentindo picando os legumes com mais força. Fico satisfeita em vê-la tão nervosa, e ainda mais feliz por não ter avisado que minhas amigas viriam.

Ela está sendo maldosa comigo, não é? Então eu posso devolver um pouco.

— Meninas, este é Landon. Landon, estas são Jessie e Dina.

— É um prazer. Anabell me contou muito sobre vocês — cumprimenta Landon com um sorriso incrivelmente atraente.

Dina geme enquanto leva a mão ao peito.

— Homem! Você é mais gostoso e mais atraente do que Anbe contou. — Dina suspira.. — Eu não posso acreditar que você é gay.

— Ele é o quê?! — grita mamãe, horrorizada, largando a faca.

Merda. É, Kattia não é a única homofóbica da família. Anastasia é muito mais.

— Gostos não definem a índole de uma pessoa, Anastasia. Por favor, pare com isso — implora papai. Eu estou com os meus braços cruzados, muito chateada.

— Não vou deixar Bell andar com um homem que se interessa por outros homens. Isso é errado. Não é normal!

— Landon é perfeitamente normal — defendo-o.

Depois da discussão, mamãe fica tensa durante todo o almoço. Sorri falsamente, mas todos percebemos o seu descontentamento.

Quando terminarmos de almoçar, passo uma ótima tarde com Dina, Jessie e Landon. À noite, todos saem, incluindo Kattia. E Anastasia despeja a sua indignação sobre mim.

— Landon não é anormal por ser gay. Ele é o meu melhor amigo.

— Ah, é? E desde quando, Anabell? Ou é outro dos seus caprichos? — questiona, com as mãos nos quadris.

— Landon é meu amigo e pronto!

— Anastasia, meu Deus, ele é um bom garoto! Você viu como é educado — argumenta papai.

— A homossexualidade é condenada na Rússia. Você já viu o que pode acontecer com um homossexual lá?

— Nós não estamos na Rússia! Estamos na porra de Manchester! — Papai perde a paciência.

— Você... você gritou comigo! — queixa-se mamãe, ferida e assustada. Neste momento eu a odeio porque sei que vai usar isso para ter vantagem emocional sobre o meu pai. — Eu não posso acreditar que você levantou a voz para mim. E agora? Vai me bater?

— Anastasia, querida, você sabe que eu nunca... — começa papai, arrependido.

— Sim! Você já disse que nunca gritaria comigo. Mas é exatamente o que você fez agora!

Os olhos do meu pai começam a lacrimejar ao ouvir essas palavras. Meu sangue ferve a tal ponto que me levanto, apontando um dedo para minha mãe.

— Olha, eu não me importo com a sua Rússia ou com o seu preconceito. Landon é e continuará sendo o meu amigo. Você não vai me dizer com quem eu ando, porque adivinhe só: esta é a minha vida! — esbravejo. — Por que você não vai consertar a vida de sua querida Kattia?

— Não há nada para consertar em Kattia.

— Ah, você tem certeza disso, mãe? — pergunto, sarcasticamente. — Talvez você não saiba, mas a sua sobrinha é uma puta!

— Anabell Brown Kabakova! — grita, pondo-se de pé. Eu entro em pânico imediatamente porque ela parece querer me bater, mas papai se coloca entre nós. A minha raiva não diminui, no entanto. — Nunca mais quero ouvi-la chamar Kattia desse jeito. Essas não são as palavras de uma senhorita!

— Vou dizer quantas vezes eu quiser! Ela é uma cadela suja e safada! — grito a plenos pulmões. Papai ofega. Sinto que estou perdendo o controle.

Papai se volta para mim e segura os meus ombros com suavidade. Meus lábios tremem e sinto que lágrimas estão prestes a sair dos meus olhos.

— Minha menina russa, acalme-se, por favor.

— Kattia é uma prostituta — repito em um soluço ainda sem lágrimas.

— Como você pode chamá-la assim? — reprova Anastasia.

— Se eu te dissesse o que ela fez, tenho certeza de que você diria o mesmo. Contando, é claro, que acredite em mim, para variar — digo, finalmente, e me desvio das mãos do meu pai.

Depois de ser atacada pela minha mãe e ter as minhas amizades questionadas, mereço uma saída triunfal e dramática. Por isso subo as escadas rapidamente e, já no topo, me viro novamente para ela e grito:

— Pergunte a Kattia, a pura, por que eu terminei com o Dylan. Ela sabe muito bem o que aconteceu.

Dito isto, bato a porta do meu quarto atrás de mim.

Kattia, a "Pura Puta". Está aí um ótimo nome para ela.

Não sei por quantas horas fiquei trancada no meu quarto. Parecia até que eu tinha terminado um namoro.

A grosseria de Anastasia me faz sentir tudo o que deveria ter sentido quando descobri a traição de Dylan. Irônico. É totalmente irônico.

Não seria minha mãe quem deveria me abraçar e dizer que vai ficar tudo bem? Não seria ela quem deveria estar feliz por eu não estar fragilizada por romper com um cara que me tratou daquela forma?

Mas esta é Anastasia. Uma mulher que diz me amar, mas, na primeira oportunidade, age como se eu tivesse vindo com defeitos de fábrica.

É claro que eu choro por isso! Que filha não choraria porque a própria mãe não a enxerga como seu bem mais precioso? Eu também quero que ela me ame! Quero que me diga coisas doces, como o papai. Quero que me dê presentes bons, que me aconselhe sobre os caras e ria das minhas piadas ruins.

Eu sei que não sou a filha que ela acha que merece ter, mas, porra, eu tento! Não sou uma pessoa ruim. Talvez seja um pouco cabeça dura, xingue demais e seja uma pervertida, mas não sou uma filha ruim. Quando eu tinha quinze anos, gastei todas as minhas economias com um colar supercaro que comprei para presenteá-la. Um colar que ela nunca usou.

A ausência de mensagens de Jared me deixa ainda pior. Eu me sinto extremamente envergonhada por minha mãe ter ignorado Landon daquele jeito. Como se não bastasse o próprio pai, ele ainda precisa lidar com uma russa maluca e homofóbica o menosprezando.

Sorte que minha TPM deste mês já passou. Do contrário, eu estaria ouvindo uma dessas baladas hispânicas melancólicas que não sei a letra e que acabam comigo, mas que adoro mesmo assim.

Um pouco mais tarde, meu celular toca e, com toda a relutância, seco minhas lágrimas para ler a mensagem. Eu nem sequer consigo sorrir ao perceber que se trata de uma imagem de Jared.

Pode sair?

A foto mostra o seu carro. Levo alguns segundos para perceber que a paisagem da foto é a da frente da minha casa. Eu levanto rapidamente e vou para a janela.

Não posso acreditar que ele está aqui, encostado em seu carro enquanto espera uma resposta no celular.

Tiro uma foto dele.

Não, eu não estou disponível porque estou ocupada observando um cara gostoso e atraente na frente da minha casa.

Limpo as minhas lágrimas e envio a resposta. Sei que ele a recebeu porque imediatamente começa a sorrir. Em seguida, Jared se aproxima da minha casa.

Eu apareço na janela para que ele saiba onde é o meu quarto.

— Posso subir, gata? — pergunta com um sorriso.

Assinto, mas nenhum de nós se move.

— Ah... Você vai subir?

— Primeiro você precisa abrir a porta, né?

— E o romantismo de subir até a minha janela? — Cruzo meus braços.

— Acontece que não vejo nenhuma árvore para facilitar, e eu não quero quebrar nenhum osso. Neste caso, você precisa abrir a porta.

— Tudo bem... Mas não faça barulho.

Descalça e na ponta dos pés, saio do meu quarto. A casa está em silêncio. Não tive nenhum impedimento em chegar à porta.

— Não faça barulho — repito, sussurrando e pegando a mão de Jared para guiá-lo até o meu quarto.

Nossos passos não produzem barulhos na escada, o que me tranquiliza. Não quero explicar por que um homem está indo para o meu quarto à meia-noite.

Trato de fechar a porta com cuidado. Jared arqueia as sobrancelhas para mim, enquanto me analisa da cabeça aos pés. Visto apenas um short justo de pijama e uma blusa.

— Você não está usando sutiã e está com frio — comenta, enquanto examina os meus seios.

Eu rio do comentário dele, mas, de repente, o riso parece sufocar até se tornar soluço novamente. Jared me puxa pelo braço e cola o seu corpo no meu em um abraço.

— Ei! O que houve? Por que minha gata está chorando?

— Minha mãe me odeia — lamento contra o pescoço dele, abraçando-o com força. Não estou chorando, só quero que ele me abrace porque me sinto magoada.

— Não acredito nisso. Você é adorável. Como alguém poderia te odiar?

— Eu não sou perfeita. E odeio alguns costumes russos — digo, e o sinto rir. — Ela realmente não gosta de mim do jeito que eu quero que ela goste.

— Bem, se ela não te ama da maneira que você quer, não concorda que há pessoas que gostam de você do jeito que você é?

Sei que ele se inclui entre essas pessoas. Um sorriso surge no canto da minha boca, e levanto o meu rosto para beijar os seus lábios suavemente. Jared gosta disso, e murmura algo que me faz rir.

— Mamãe foi péssima com Landon. Tenho vergonha dela.

— Infelizmente, muitas pessoas foram más com Landon, boneca. Até mesmo Logan. Isso tornou Landon imune à rejeição. — Ele me consola e afasta alguns fios de cabelo que caem sobre o meu rosto. — Tenho certeza de que ele não culpa você.

— Eu amo minha mãe, Jared. Mesmo com essa atitude, eu a amo, sabe?

— Entendo você. Meu pai também é um fodido, mas não consigo deixar de gostar dele. Entendo o que você está falando.

— Que mundo de merda. — Suspiro. — Mesmo depois de me ver chorar, você ainda quer levar minhas amigas e eu para o festival?

— É claro que sim. Mesmo que você tenha molhado um pouco a minha camisa.

Jared abre um sorriso tão lindo e sincero que, por um momento, eu apenas o observo. Que tipo de ser humano ele é? Meus peitos devem ser realmente bonitos para cativar um homem como ele. Rá! Chupa essa, Kattia-eu-não-tenho-peitos. Ela pode até ser muito bonita e sensual, mas, no que diz respeito a peitos, não saiu tão favorecida.

— Por que está me olhando assim?

— Porque você é muito doce, Jared. Fico pensando em como ainda não consegui arrancar todas as suas roupas e te jogar na cama, no chão, ou até na parede!

— Você sabe como excitar este doce garoto.

— Que ótima notícia!

— Eu estava querendo mesmo entrar na sua casa, vir para o seu quarto e me divertir um pouco com você.

— Eu gosto de como isso soa…

— Mas…

— Não, não, não, Jared, nada de "mas"!

Jared ri enquanto desliza o nariz pelo meu pescoço. O toque é tão incrível que eu suspiro.

— Deixe-me terminar de falar — pede ele, rindo. — Não podemos ir mais longe com você assim. Vou pensar que estou torturando você.

— Mas não estou mais chorando! — Eu também rio porque acho a situação divertida.

— É verdade. Mas podemos nos beijar e abraçar.

— Você quer ficar de conchinha?

— Sim, conchinha seria ótimo — murmura ele, dando-me um beijo delicioso e úmido.

— Certo. Apenas conchinha e beijos — confirmo, envolvendo meus braços em volta do seu pescoço. — Mas você pode me fazer um favor?

— Claro, me diga.

— Você pode ligar para Landon e perguntar se ele está chateado comigo?

Sorrindo, Jared ergue o meu corpo e me leva para a cama. Em seguida deita-se ao meu lado e cola o seu corpo no meu.

— Posso ligar para ele, mas garanto que Landon não está chateado com você — sussurra no meu ouvido.

— Ele é meu amigo.

— E o que eu sou, gata? — pergunta, beijando meus lábios brevemente.

— Você é… — Procuro por uma palavra que possa qualificá-lo da maneira correta. — Você é o meu Jared.

— Gosto de como isso soa.

— Eu também.

Capítulo 15
É hora de agir

Jared

— Ela os fazia dançar? — questiona Anabell, brincando com os dedos das minhas mãos. Estamos há pelo menos duas horas conversando na cama.

— Minha mãe era uma bailarina por natureza, boneca. É claro que ela tinha que ter dançarinos decentes em casa.

— Então você e Landon sabem dançar?

— Sim. Nós só não sabemos fazer acrobacias ou giros mortais e incríveis, mas podemos dançar de uma maneira aceitável.

— Então deveríamos dançar um dia desses para testar as suas habilidades, Jared.

— Até onde eu lembro, você me colocou em uma parede para dançar música latina. Não se lembra?

— É claro! — diz Anabell, e solta uma gargalhada. Em seguida, levanta o rosto para me observar. — Eu também lembro que o seu pau ficou durinho.

— Não foi minha culpa. A sua bunda estava me deixando maluco.

Ela ri, divertida. As lágrimas e a expressão de tristeza já não estavam mais em seu rosto. Estou tentando entender como a mãe de Anabell pode colocá-la abaixo da prima.

Acho que conversar com Landon ao telefone e ter a certeza de que ele não estava chateado também ajudou. Anabell tem bons sentimentos. Pude ver como estava preocupada em ter machucado Landon. Talvez ela seja um pouco louca, sem filtros e um pouco pervertida, mas certamente tem um lado nobre.

Eu sinto a mão de Anabell deslizar pela minha camisa e alcançar meu peito. Fico tenso, porque, merda, meu corpo reage imediatamente. É evidente que quero ser abraçado por uma mulher bonita que me atrai. E o jeito que ela me acaricia... fica difícil resistir.

Gentilmente, coloco uma das mãos sob a nuca dela antes de puxar a sua boca para a minha e começar a beijá-la. No início, são apenas movimentos suaves, mas, depois, o ritmo se intensifica, fazendo o beijo ficar muito mais profundo.

A minha mão livre percorre o seu ventre, acariciando a pele macia. Eu a ouço gemer muito baixo. Dou uma mordida de leve em seu lábio inferior e continuo a beijá-la.

Meus dedos continuam subindo, até encontrarem os seus seios nus. Porra! Ainda bem que ela está sem sutiã. É a primeira vez que eu a toco sem qualquer tecido no meio.

Sinto seu mamilo duro na palma da minha mão. Isso me faz grunhir um pouco. Os seios de Anabell são maravilhosos. Eu os pressiono levemente enquanto os massageio. Isso a faz gemer enquanto suas mãos agarram o meu pescoço.

Da boca de Anabell, passo a beijar o seu maxilar. Então desço para o seu pescoço, chupando a pele em movimentos de sucção, sem me importar com as marcas que possivelmente aparecerão ali em breve.

Continuo massageando o seu peito enquanto puxo de leve o seu cabelo. Suas mãos, então, passam por baixo da minha camisa para tocar as minhas costas. Em seguida, tentam desabotoá-la. Eu fico de joelhos sobre a cama e abro os botões, um a um.

Atiro a camisa em algum lugar do quarto. Anabell suspira e passa a língua sedutoramente pelo seu lábio inferior antes de me lançar um sorriso malicioso.

— Você é ótimo — murmura. — Adorei essa tatuagem no seu peito. Deixe-me lamber.

Eu suspiro enquanto a coloco de joelhos sobre a cama. Estou prestes a tirar a sua camisa, quando olho para ela buscando permissão. Anabell sorri e trata de tirar ela mesma a roupa por sobre a cabeça e depois atirá-la ao chão.

Aí está o belo par de seios que deram início a tudo que está acontecendo entre nós. Meus olhos estão fixos neles. É melhor vê-los ao vivo do que em uma foto. Retiro uma mecha de cabelo que cobre um deles para ter uma visão melhor.

Agora é hora de agir.

Tomo o rosto de Anabell em minhas mãos e a deito devagar enquanto volto a beijá-la. Eu me encaixo confortavelmente entre as suas pernas, o que me faz gemer.

Sinto suas mãos ainda percorrendo as minhas costas até encontrarem a minha bunda, forçando a minha pélvis para entre as suas pernas. Porra, que sensação incrível!

Passo minhas mãos do seu rosto até seus seios, massageando-os. Anabell geme de prazer com o movimento. Ela passa a beijar o meu pescoço de uma forma que me faz delirar.

— Finalmente posso fazer o que eu queria há muito tempo — sussurro. Seus olhos me observam de um jeito incrível.

— O que você vai fazer? — pergunta, entre suspiros.

— Beijar os seus peitos maravilhosos. — Começo a deslizar minha boca pelo seu pescoço em uma série de beijos e mordidas suaves, abrindo caminho até onde quero chegar.

Eu respiro fundo quando finalmente alcanço o meu objetivo. Movo minha língua entre os peitos dela antes de efetivamente começar a beijá-los.

Sinto Anabell se contorcer e gemer cada vez mais alto, então paro por um momento para dizer:

— Gata, não faça barulho. Não quero que ninguém nos interrompa.

Anabell morde o lábio inferior com força, e volto a atacar seus peitos. Sim, eu definitivamente amo os peitos dela, tão deliciosos quanto a sua boca.

Eu me entretenho por alguns minutos ali. Ouço Anabell falar algumas sacanagens. Ela deve ler alguns desses livros eróticos, porque sabe muito.

Assim que me satisfaço com seus peitos, volto à sua boca e minhas mãos tocam o short justo de seu pijama.

— Acho que vou tirar disso — aviso.

— Você pode pegar tudo que quiser.

Agarro o seu short junto com a calcinha e, sem pensar muito, abaixo os dois. Finalmente eu tenho Anabell nua sob mim, e isso é sensacional. É como realizar uma fantasia antiga.

O corpo inteiro dela se arrepia quando eu a acaricio. Então levo minha mão para onde realmente quero: para baixo.

Primeiro eu deslizo a mão pelo seu ventre até começar a descer vagarosamente. Meus dedos, então, encontram a sua vagina. Eu introduzo um deles em movimentos cadenciados, que a fazem se contorcer e gemer. Suas mãos arranham minhas costas.

Para intensificar o prazer, enquanto movimento meu dedo, passo a beijar um de seus peitos novamente, oferecendo a ela tanto quanto ela me permite.

Sinto que meus dedos estão completamente molhados. Ela passa a gemer mais intensamente com cada movimento que faço. Eu mordo o mamilo de seu peito mais uma vez e percebo que Anabell gozou. Sorrio quando percebo que seus olhos estão fixos nos meus.

Permanecemos em silêncio enquanto eu retiro minha mão. Ela respira profundamente.

— O que você quer agora, gata? — pergunto.

— Você, sem roupa, por cima de mim. É isso que eu quero.

Eu suspiro, aliviado. Confesso que, se ela tivesse dito algo como, "bem, obrigada pelo orgasmo, você pode ir", não sei onde enfiaria a cara.

Começo a retirar a calça e cueca sob o seu olhar atento. Eu me divirto quando ela assobia enquanto morde o lábio.

— Caralho, Jared... — exclama, os olhos fixos em meu pau ereto. — Minha nossa, como é grande.

— Quantos paus você já viu em sua vida?

— Sem contar os de filmes pornôs?

— Sim — digo enquanto retiro um pacote de camisinha do bolso da calça.

— Três. Dois normais e um pequeno — revela, sem tirar os olhos do meu. — Mas o seu supera todos. Deveria estar com medo de você colocar isso em mim.

— Isso é um elogio? — Deslizo o preservativo sobre o meu membro.

— Só estou tentando dizer o quanto eu adorei o seu pau.

Subo novamente sobre ela. É claro que Anabell teria de falar alguma coisa mesmo neste momento.

— Que ótimo saber que você adorou meu pau.

— O seu pau enorme — corrige.

— Você sabe como mimar o ego de um homem — murmuro e beijo seu queixo, aninhando-me entre suas pernas.

Deslizo minha mão por sua coxa antes de agarrar sua perna e enganchá-la na minha cintura. O ângulo quase me faz perder o controle, por isso eu fecho meus olhos.

Eu balanço um pouco, e ela geme enredando seus dedos no meu cabelo.

— A propósito, Jared. Eu sou virgem.

— O quê?! — Paro de repente, mas ela está sorrindo.

— Só estou brincando.

— Ah, que ótimo momento para brincar!

Anabell está prestes a dizer alguma coisa, mas eu me encaixo ao seu corpo com um único movimento. É delicioso.

— Ah, céus! — geme ela, agarrando-se às minhas costas.

Não penso em outra coisa senão em Anabell e a sensação de invadir o seu corpo. Então eu começo a me mover para dentro e para fora, em um balanço contínuo, segurando sua perna com uma das minhas mãos.

Sinto que deslizo com cada vez mais facilidade e profundidade, tornando nosso prazer cada vez maior. Anabell levanta os quadris, seguindo os meus movimentos, tornando a sensação muito mais agradável.

Já não sei onde começa o suor de Anabell e onde termina o meu, muito menos quais são os seus gemidos ou os meus.

Eu realmente espero que seu quarto esteja distante do quarto de seus pais, de modo que, se formos muito barulhentos, eles não acordarão.

Não paro de olhar para ela. Mesmo quando começamos a nos beijar, mantive os olhos ligeiramente abertos. Fico feliz que a cama de Anabell não seja daquelas que rangem ao menor movimento, porque os nossos estão cada vez mais profundos e constantes.

Depois de alguns minutos, sinto que o corpo dela se contrai e tensiona. Nós dois gozamos juntos desta vez.

Eu suspiro, deixando-me cair sobre o seu corpo com meu rosto enterrado em seu pescoço. Merda, isso foi intenso, sensacional.

A melhor transa da minha vida.

— Ter um pau grande é motivo de orgulho, Jared — diz, quebrando o silêncio depois de alguns instantes. — Mas ter um pau grande e saber o que fazer com ele deve fazer você se sentir como um rei.

Eu me viro na cama, gargalhando, e deixo o corpo dela parcialmente sobre o meu. Pego uma de suas mãos e dou-lhe um beijo.

— Ria baixo! Meus pais vão te ouvir — repreende Anabell, com um grande sorriso.

Dou uma lambida em sua mão. Anabell ri e a tira da minha boca, imediatamente dou outro beijo em sua boca.

— A culpa é sua — respondo.

Retiro o preservativo e o jogo na lata de lixo.

Ela leva uma das mãos para o meu pescoço e acaricia seu rosto com o meu.

— Então você fica fofa depois de transar... — comento.

— Você percebeu que só nos conhecemos há um mês e meio? — lembra Anabell, enquanto sussurra no meu ouvido.

— Percebi.

Por um momento, seu corpo parece tenso enquanto mantém o rosto contra o meu e a mão no meu pescoço. Com uma das minhas mãos eu agarro seu braço para mantê-la perto de mim.

— Um mês e meio — sussurra ela —, e acho que já te amo.

Capítulo 16

Copiando palavras

Anabell

— Então, depois de transar, você disse que o ama? — indaga Jessie, segurando uma xícara de chá.

— Sim, foi o que eu disse. Está surda?

— E o que ele respondeu?

— Antes que pudesse dizer qualquer coisa, minha mãe apareceu para pedir desculpas pelo ocorrido com Landon no outro dia. Ela disse exatamente: "Então, Bell, eu vou deixar você ter o seu amigo gay."

— Suponho que sua mãe não tenha flagrado vocês — deduz Jessie.

— Não, eu não abri a porta. Fingi que ainda estava com raiva — digo, dando um gole no meu chá. Como sempre, Jessie o deixou amargo e insípido. — Nossa, Jessie, como pode ser difícil para você fazer um chá? Isso está nojento, mulher.

— Não seja uma vadia caprichosa e termine de contar.

— Bem, logo depois que ela saiu, dormimos — continuo, alisando meu cabelo. — Ele acordou lá pelas cinco e meia dizendo que sairia antes que meus pais acordassem.

— Ele te deu um beijo de despedida?

— Um, não, dois. — Deixo escapar um sorriso.

— Então ele não ficou assustado com o que você disse.

— Se ficou, então é um idiota, Jessie.

— Diga-me uma coisa, Anab. Lembra-se de quando você levou dez meses para dizer um mísero "eu gosto de você" a Dylan e, mesmo assim, só porque ele sofreu aquele acidente?

— Isso faz de mim uma pessoa terrível.

— Terrível, não. Você só não queria mentir sobre os seus sentimentos. — Sorri para mim. — Não acha que dizer isso a Jared sem nem ao menos pensar pode significar alguma coisa?

— Eu não estou apaixonada. Só estou aprendendo a amá-lo, é normal.

— Sim, nisso você está certa. Você sente carinho e quer ficar com ele. — Jessie olha para mim com firmeza. — Não se incomoda mesmo de tê-lo assustado?

— Ele não teria saído da minha casa da forma que saiu se estivesse assustado. Foi realmente muito doce antes de ir embora.

Tomo outro gole de chá, mas não aguento, está muito ruim. Jogo o resto no ralo da pia. Jessie lança um sorriso travesso para mim.

— Olhe o desastre que está o seu cabelo, Anab. Ele te deu muito trabalho.

— Foi incrível.

— Melhor que o desastre que foi a sua primeira vez? E que o sexo casual com o garoto americano?

— Muito, muito melhor. Minha primeira vez não merece nem ser lembrada. — Finjo um calafrio. — E com o garoto americano foram só umas quatro vezes.

— Ah, valeu. Agora você vai dizer que era metade virgem antes de o pênis de Jared te penetrar. Claro, faz todo o sentido. — Jessie ri sarcasticamente.

— Cadela miserável. — Também rio. — Não, só quero fingir que ninguém veio antes de Jared. Chega a ser difícil lembrar que tive outras vezes antes dele. Jared é fantástico e olha que só transamos uma vez.

— Vocês usaram camisinha, não usaram? Porque eu não quero pequenos russos saindo de você.

— Claro que usamos — asseguro, e abaixo a gola da camisa jeans que estou usando. — Olha, ele deixou até uma marca.

— Ele te deu um chupão. — Jessie analisa a marca. — Isso está bem roxo. Jared gosta de chupar forte.

Rio do comentário dela. Ao mesmo tempo, ouvimos o irmão mais novo de Jessie falar com Dina na sala. Dina, como sempre, chegou atrasada.

— Desculpe pelo atraso, eu estava...

— Transando com o Jack. A sua aparência não diz que você dormiu em casa. Aposto que a sua desculpa foi que dormiu aqui na Jessie.

— Não vamos falar de mim, Anbe. Fale sobre você e a máquina de sexo chamada Jared.

— Eu amo Jared simplesmente por ele ter nos convidado para o festival. — Jessie pousa a mão sobre o meu ombro. — Você tem a minha bênção para foder e até se casar com ele.

— Obrigada, querida, eu precisava mesmo da sua bênção para foder — respondo, e olho para Dina. — Eu tenho a sua?

— Claro que tem. Na verdade, eu ordeno que o deixe seco quando transarem.

— Como vocês são depravadas — exclamo, sorrindo.

— Ah, Anbe, porque você é um anjinho, não é? — responde Dina, e nós três gargalhamos.

— Ana, por favor, pare e me escute. — Ouço sua voz implorar, mas continuo caminhando a passos firmes em direção à academia.

Dylan só pode ser muito cara de pau para tentar falar comigo, principalmente agora quando eu não dou a mínima. Ele corre atrás de mim enquanto ignoro a sua existência patética.

Minha raiva aumenta quando sinto seus dedos agarrarem meu braço. Eu fuzilo Dylan com o olhar, e ele me solta imediatamente.

— Ana, apenas me ouça.

— Que porra você quer que eu ouça? Que merda, Dylan, esquece. Eu não quero ouvir as suas desculpas porque não me importo. Vá atrás da Kattia e continuem fazendo o que vocês faziam enquanto me sacaneavam pelas costas.

— Você não entende. Eu te amo, Ana, e sinto muito por...

— Por ter fodido mais de uma vez com a minha prima? De ter sido pego fazendo oral nela? Ou de ter perdido uma grande mulher como eu? De qualquer forma, não me importo. Estou muito mais feliz agora. Eu me sinto livre, na verdade.

— Essa não é a maneira de...

Não ouço o que ele diz porque continuo andando. A academia já está a um quarteirão de distância, mas Dylan continua me perseguindo.

— Anabell, por favor, deixe de drama!

Abro um sorriso gentil a Beth assim que entro, mas a mão de Dylan me segura novamente.

— Deixe de drama! Agora você vai me ouvir, não podemos deixar o nosso relacionamento terminar.

O riso que solto é inevitável. "Nosso relacionamento"? Ele está delirando.

— Dylan, você pode ficar aí pedindo desculpas. Faça o que quiser. Talvez esteja até sendo sincero, mas "você e eu" não existe mais. Eu não te amo, não me importo e só tenho vontade de rir quando olho para você. — Dirijo um sorriso fugaz a ele. — Estou gostando de outra pessoa. Quase dois meses se passaram desde o que aconteceu. Acha mesmo que eu ainda quero alguma coisa com você?

— Você está saindo com alguém?

— Acha que eu não sei que Kattia te contou? — pergunto, cruzando meus braços. — Não sou uma idiota e quero que você me deixe em paz. Não quero explicação nem quero você de volta. Faça o que quiser, mas não me procure. Se dói tanto, devia ter pensado nisso antes de se enrolar com a Kattia. Ela definitivamente não é melhor que eu. Sabe o que mais ela não tem? Peitos. Os peitos dela são mínimos, mas você já sabe e deve ter posto a mão, muito mal, por sinal.

— Que ótima resposta, amiga. — Landon surge atrás de mim, envolvendo meus ombros com as mãos e medindo Dylan com o olhar. — Está tudo bem por aqui?

— Sim, Dylan já estava saindo. Certo?

— Não, nós estamos conversando — contradiz Dylan e aperta seus lábios finos.

— Já disse tudo o que tinha para dizer. Agora tenho uma aula para assistir. Por favor, vá embora — peço, tentando ser legal.

— Tudo bem, Ana. Mas ainda precisamos conversar.

Dylan lança um olhar enviesado para Landon antes de se virar e sair. Eu suspiro quando sinto Landon me apertar contra seu corpo.

— Quem era esse?

— Dylan, meu ex-namorado.

— Ah, o do pau pequeno?

— Esse mesmo — debocho.

— Você ainda precisa me explicar o que houve, mas agora está atrasada para a aula com a Ditadora. Suas colegas já estão na sala. — Eu estremeço. — Além disso, a aluna favorita dela está aqui para demonstrar algumas técnicas.

— Tá, já estou indo…

— Já vou avisando que essa menina compartilha certos gostos com você… — informa Landon, rindo.

— Como assim?

— Jared, querida. Jared — conta, e me empurra para o corredor.

Tem alguém a fim de Jared aqui. Meu Jared.

Tudo na garota é doce, até o sorrisinho cortês que ela abre depois de um elogio. É claro que não lhe dou nenhum, ainda que Gretta seja uma deusa no balé.

Ela é bonita, morena e parece uma princesa. Já a odeio.

Eu a odeio porque é perfeita. Eu odeio essa perfeição.

Observo como muitas das minhas colegas saem da aula com a toalha úmida de suor, enquanto eu apenas limpo o meu rosto. O balé não me faz suar tanto como nas aulas com Jaime ou Roxy, a professora de dança contemporânea.

Torço o nariz quando percebo Gretta se aproximar de mim, sorrindo. Certo, eu não preciso ser hostil. É normal que Jared tenha fãs, basta olhar para ele para deduzir isso.

— Você é boa no balé apesar de não se dedicar tanto — comenta, suavemente.

— Pratiquei balé por uns quatro anos quando era pequena. — Encolho os ombros. — Devo ter aprendido uma coisa ou outra.

— Sim. Você só precisa dançar de uma maneira mais limpa, mas não é nada mal.

— Isso é porque eu gosto de ser suja — brinco, mas ela não pega o duplo sentido. — Mas você é realmente boa nisso.

— Obrigada. O balé é a minha paixão e…

— Muito bom. — Uma voz sexy interrompe, chamando a atenção das duas.

Jared olha intensamente para mim antes de lançar um sorriso jovial para Gretta. "Não seja hostil", uma ova! As bochechas de Gretta coram e tudo ao olhar para Jared!

— Tudo bem, Gretta? — pergunta Jared.

— Muito bem, Jared. É bom ver você. — Ela sorri. — Chegou tarde para ver a aula.

— Não, eu estava ocupado. Só vim para ver a minha boneca — justifica, estendendo sua mão para pegar a minha.

Gretta parece confusa com o gesto. Não me sinto culpada. Na verdade, meu eu interior grita: "Olha, olha, ele é meu!"

— Ah, então você chegou bem na hora — responde Gretta, um tanto desconfortável. — Bem, eu tenho que ir. Até logo.

— Tchau, Gretta — dizemos Jared e eu ao mesmo tempo, vendo-a sair.

Assim que ela se retira, Jared me prende ao seu corpo. Ele sorri para mim antes de abaixar a cabeça e me dar um selinho. Hmm… Jared me beijou esta manhã antes de sair da minha casa, mas é ótimo ser beijada por ele novamente. O que Jared não faz bem? Ou, de qualquer forma: o que não é bom em Jared?

Ele pressiona as minhas costas contra a parede enquanto suas mãos descansam na minha bunda. Seus lábios beijam o meu pescoço, e ele respira fundo.

— Acho que deixei uma marca no seu pescoço — murmura ele, beijando o local de leve.

— Sim, percebi quando acordei.

— Gostaria de ter ficado mais tempo. — Outro selinho. — Mas seus pais enlouqueceriam se me encontrassem, especialmente sua mãe.

— Concordo totalmente — respondo, envolvendo meus braços em volta do seu pescoço e sentindo suas mãos ainda apertando minha bunda.

— Quer comer alguma coisa?

— Você estava me esperando?

— Claro que estava. Eu não precisava vir hoje. Vim por você.

— Como você é romântico!

— Só com você — murmura ele contra o meu queixo.

Desta vez sou eu quem começa a beijá-lo, bagunçando o seu cabelo. Este homem me deixa mais louca do que o normal. Isso por si só já diz muito.

— Espere — diz Jared. — Você me disse uma coisa ontem à noite, não é?

— Disse? — pergunto, fazendo-me de desentendida.

— Não tente me enganar. — Ele beija o meu nariz. — Você se deu conta de que só nos conhecemos há um mês e meio?

— Sim. — É, eu também disse isso ontem à noite.

— "Um mês e meio e acho que já te amo" — repete Jared. Eu sorrio.

— Você copiou o que eu disse!

— Acabei de dizer que acho que te amo e é nisso que você presta atenção?

— Sim. Agora você precisa pagar os direitos autorais da minha frase com sexo.

Jared ri de um jeito rouco.

— Eu sou encantado por você. Posso pagar quando você quiser.

— Então, achamos que nos amamos?

— Parece que sim.

— Quem será o primeiro a dizer apenas "eu te amo", sem "acho"?

— Eu não sei, gata.

— Tudo bem. Vamos comer uma pizza. Estou com fome.

— Teremos o nosso terceiro encontro, então — observa Jared.

— Já não é mais necessário contar os nossos encontros, Jared.

— É verdade — admite, enquanto entrelaça os seus dedos aos meus e carrega a minha mochila. — Se já não precisamos contar os encontros, então somos namorados.

— Namorados?

— Claro. Desde o primeiro encontro. — Ele ri.

— Como eu não percebi?

— Você estava muito ocupada pensando em transar comigo.

— Isso faz sentido — admito.

Capítulo 17
Saboreando

Jared

— O que você quer que eu faça? — questiona Logan, abrindo os braços.

— Sobreviva e cuide dos seus próprios negócios, pai — respondo ao terminar de arrumar uma mochila grande, e ofereço um sorriso falso. — Seja feliz. Você terá a casa inteira para foder sem que seu filho te atrapalhe.

— Odeio quando você tenta dar uma de esperto — resmunga, frustrado. Logan alisa o cabelo com as mãos.

— Tanto faz. Você terá que sobreviver sem mim por uma semana, ou até oito dias. Ponto final.

— Você não acha que está sendo um pouco irresponsável?

Eu fecho o zíper da mochila enquanto rapidamente abotoo minha camisa de mangas compridas.

— Acho que estou vivendo como um homem de 22 anos que quer se divertir com seus amigos, namorada e irmão.

— Ele não é seu irmão.

— Até onde eu sei, Landon nasceu de minha mãe tanto quanto eu. Pense o que quiser, ele tem o mesmo sangue que eu e o considero mais minha família do que você.

Minhas palavras parecem tê-lo magoado, mas não tenho tempo de sentir culpa. Uma mensagem de Landon chega no meu telefone.

Já estou aqui. Vamos logo, Jar.

Ponho o telefone no bolso da calça, pego a mochila e desço as escadas, instruindo Logan sobre o que fazer em minha ausência para evitar que ele leve as empresas à falência.

Ao abrir a porta, olho para Logan e noto que ele realmente parece inseguro e apavorado com a ideia de me ver longe. Esse não pode ser o comportamento normal de um pai.

Às vezes penso que Logan precise frequentar um psicólogo. Perder a esposa em um trágico acidente e saber que seu filho mais novo, seu favorito, é tudo o que ele considera de errado deve ter gerado algum trauma nele. Talvez por isso ele aja como um idiota.

Dou-lhe um breve abraço e um tapinha nas costas.

— Cuide dos negócios, pai. Estarei de volta em oito dias. Por favor, evite transar com menores.

Dou as costas a ele e me dirijo a Landon, que examina Logan. Eu acaricio o rosto do meu irmão para que ele pare de se torturar.

— Sinto falta dele — murmura, vendo a porta da casa fechar.

— Eu também, Landon. — Ele me olha, perplexo. — O homem que está aí dentro não é o mesmo que nos criou, o que pensávamos ser um herói. É apenas uma sombra.

— Será que o enterramos junto com a mamãe?

— Às vezes eu acho que sim — reflito, enquanto ando em direção à van de doze lugares, normalmente usada para transportar mercadorias.

— Foi uma boa ideia ter pego esta van. Nós somos um grupo grande — comenta Landon enquanto se acomoda na segunda fila de assentos.

— Por que você não se senta aqui na frente?

— Porque esse lugar obviamente está reservado para a sua boneca.

— É verdade — concordo. — Então, tudo pronto!

— Uma semana inteira… Vai ser louco!

Anabell sorri para mim e me dá um beijo entusiasmado assim que entra na van.

— Ah, Anbe, não seja egoísta — pede Dina do assento atrás dela.

Anabell ainda me dá outro beijo rápido antes de apertar o cinto de segurança. Ela parece muito animada. Jessie, sua amiga loira, lança um olhar mal-humorado a Ian, que está sentado atrás dela e acaba de puxar-lhe o cabelo de leve. Ian é louco por loiras.

— Nós voltamos ao primário? Não puxe o meu cabelo dessa maneira, entendido? — repreende Jessie. Ian sorri, divertido, mas volta ao seu lugar e coloca as mãos atrás da cabeça.

— Está certo — desculpa-se, piscando para ela. Jessie revira os olhos.

Mark puxa assunto com Landon, enquanto Steven permanece em silêncio. Ele sempre age assim quando conhece novas pessoas. Digamos que é um pouco tímido.

Eu engato a primeira marcha quando sinto a mão de Anabell pousar sobre a minha perna, muito perto da minha virilha. Ela me dá um sorriso antes de se inclinar para mim e largar um beijo no meu pescoço.

— Obrigada pelo convite — murmura, antes de se ajeitar e passar a mão para o meu joelho.

Ao olhar o espelho retrovisor, encontro Ian levantando o polegar. Ele parece aprovar Anabell, embora eu não precise nem pedir. É ótimo que eles pareçam ter simpatizado um com o outro.

— Por que eu tenho que dormir no mesmo quarto que elas? — pergunta Landon, olhando gentilmente para as amigas de Anabell. — Eu ouvi as duas planejando me seduzir. Com todo respeito às duas, mas estou fora.

Anabell franze a testa antes de bater em Dina. Ela tenta fazer o mesmo com Jessie, que se defende.

— Parem de agir como cadelas no cio. Deixem Landon em paz! — exige ela, com as mãos nos quadris.

— Tudo bem. Landon, nós nos rendemos, mas fique conosco — implora Dina, divertindo-se.

— Não pretendíamos fazer nada com você. Ou talvez sim… — ameaça Jessie com um sorriso, examinando suas unhas.

— Talvez eu possa trocar de lugar com Landon — oferece-se Ian.

— Parecer desesperado te deixa atraente — responde Jessie, ainda olhando as unhas. — Até que você é bonitinho. Trocar com Landon não seria tão ruim.

Passo a mão pelo meu rosto. Misturar tantas personalidades diferentes assim pode ser perigoso. O gerente do pequeno hotel nos observa com impaciência, indicando que estamos atrapalhando o fluxo no seu saguão.

— Landon fica com Jessie e Dina. Ian, deixe de ser babaca. Você fica com Steven e Mark — digo.

— Você se sente confortável assim só porque vai dormir com alguém — murmura Ian, retirando as chaves das minhas mãos. — Não se esqueça do "gorrinho", hem? Cubra-se bem, nós não queremos um mini Jared ainda.

Landon pega as suas chaves em seguida. Ele sussurra algo no ouvido de Anabell que a faz rir. Em seguida se dirige a Dina e Jessie.

— Se vocês se comportarem bem, talvez possamos até fazer um ménage. Não vejo uma vagina há muito tempo — graceja, fazendo-as rir enquanto caminham atrás dele.

O carisma de Landon certamente agrada a qualquer um. Balanço a minha cabeça e suspiro. Problema resolvido.

Eu me volto para Anabell, que me observa com atenção.

— Pensei que eles iriam tornar isto mais difícil, mas…

Anabell fica na ponta dos pés e toca os meus lábios com os seus. O beijo me pega de surpresa, mas não hesito em retribuir.

Enrosquei as minhas mãos em sua cintura, trazendo-a para mais perto de mim, beijando-a com a mesma intensidade que ela. Eu me certifico de chupar, morder e lamber, deixando-a ofegante. Ouço o pigarrear de algumas pessoas ao redor. Talvez o nosso beijo não esteja sendo bem-visto, principalmente porque minhas mãos estão sobre a bunda de Anabell.

Os olhos verde-claros dela me observam.

— Talvez devêssemos continuar isso no quarto — proponho.

— Sim.

A primeira coisa que fazemos quando entramos no quarto é jogar a nossa bagagem de lado antes de Anabell começar a tirar minha camisa. Eu também começo a tirar a sua roupa rapidamente, primeiro a blusa e depois o sutiã.

Paro um momento para apreciar a visão de seus seios nus. Em seguida, empurro-a para trás, em direção à cama. Quando ela cai na cama espaçosa, prendo ambas as mãos dela com as minhas antes começar a lamber o seu seio direito.

— Ah... — geme ela.

— Ah, sim... — suspiro, antes de sugar o bico do seu peito.

Dou atenção aos seus dois seios na mesma medida. Solto gemidos quando Anabell se move sob mim, esfregando-se em meu pau duro sob as roupas.

Minhas mãos seguem para remover o resto do que ela veste. Sorrio ao ter a vista esplêndida de seu corpo nu sobre a cama. Um pequeno rubor surge em seu rosto, apesar de Anabell não se sentir inibida por eu vê-la nua.

Ainda visto minha calça quando começo a beijar seu joelho. Acho que ela percebe a minha intenção, porque lança um olhar de incredulidade enquanto morde o lábio.

Eu continuo, deixando um rastro de beijos molhados e mordidas leves que a mantém emitindo sons agradáveis que me excitam cada vez mais.

Dou uma nova mordida e passo a língua na parte interna de sua coxa. Ela tenta involuntariamente fechar as pernas, mas eu a impeço.

Eu me aproximo de seus grandes lábios, respirando pela boca, o que a faz se contorcer.

— Pronta, gata?

— Ah, Jared, sim, por favor.

Finalmente me aproximo e começo o oral. Eu a ouço gemer e ofegar. Seus dedos se agarram ao meu cabelo. Ela parece murmurar alguma coisa, mas me concentro apenas em lhe dar prazer, levando-a em direção ao que promete ser um grande orgasmo.

Lamber, chupar, beijar e saborear, exatamente nessa ordem. De alguma forma, dar prazer a Anabell também me dá prazer.

Quando as coisas ficam mais intensas, incluo meus dedos ao ato.

Ela geme ruidosamente e se contrai com o toque. Quando a sinto mais calma, removo minhas mãos e a boca de sua pele, mas ela não fala nada. Após alguns minutos, retorna do seu devaneio com um sorriso preguiçoso.

— Você parece satisfeita — digo, inclinando a cabeça para ela.

— Certo, eu serei a primeira a dizer. — Não entendo imediatamente, mas ela continua. — Eu te amo.

Eu a olho com atenção enquanto as bochechas de Anabell ruborizam mais uma vez. Acho que estar vulnerável causa esse efeito nela.

Removo uma mecha de cabelo de seu rosto. Ela realmente parece uma linda boneca de porcelana, especialmente agora que alguns fios esparsos caem de sua trança.

Beijo o pescoço de Anabell suavemente antes de acariciá-la com meu nariz.

— Você está sempre um passo à minha frente — digo contra a pele do seu pescoço, ainda quente. — Eu te amo.

Suas mãos deslizam pelas minhas costas em carícias sugestivas que me fazem fechar os olhos com força.

— Gata, eu realmente quero terminar o que começamos, mas ficamos de encontrá-los em quarenta minutos e acho que já se passaram quinze... Não que eu me arrependa, mas podemos terminar isso quando voltarmos.

— Mas e você...

— Você não precisa me retribuir. Eu fiz porque quis. — Levanto meu rosto para observá-la. — Agora é melhor tomarmos um banho.

— Juntos? — pergunta, gracejando.

— Nós dois sabemos que tomar banho juntos significaria não sair...

— Que estresse! Só transamos uma vez... — Anabell revira os olhos. — Mas, bem, temos oito dias.

— Dias e noites — asseguro, piscando para ela antes de reunir toda a minha força de vontade para levantar. — Deixe-me tomar um banho frio primeiro. Preciso disso.

Jared, eu realmente tentei, tentei ficar longe de você, mas não consigo.

Eu me importo, e sei que sou importante para você também. Nós vivemos ótimos momentos juntos.

A gente se divertia tanto!

Quero que volte para mim, Jar. Meus dias sem você não são os mesmos. Tenho saudades. Sei que você está confuso, que nosso rompimento pode ter te afetado.

Você é meu vício, Jared, e vícios não podem ser abandonados.

Não vou deixar que me esqueça.

Eu te amo, não importa que esteja agora com qualquer vadia. Sempre serei sua, e você sempre será meu.

Sua Jocelyn, só sua.

— Merda! — exclama Ian quando termino de ler o e-mail que chegou à minha caixa de entrada. — Que filha da puta, isso soa assustador.

— Jared, isso não soa nada bem — concorda Landon, franzindo a testa e observando Anabell de longe, distraída, conversando com suas amigas.

Aliso o meu cabelo antes de guardar o celular. O e-mail veio enquanto eu tomava banho. Nós estamos na fila do restaurante.

— Acho que Jocelyn não entende...

— Acho que ela realmente é doente — interrompe Mark. — Jared, uma garota que diz que você é o vício dela não é nem um pouco normal. Você precisa dar uma trava nela. Uma ordem de restrição, que seja! E um psiquiatra. Talvez ela esteja apenas tentando chamar a sua atenção, mas deve te deixar em paz.

— Anabell é sua namorada. Jocelyn tem que parar — enfatiza Landon com uma carranca.

— Eu vou falar com ela — concluo, ao perceber Anabell se aproximar de mim com um sorriso.

— O que foi?

— O que foi o quê? — pergunto em resposta, e ela revira os olhos antes de entrelaçar os seus dedos aos meus.

— Você deve ser bom com orgasmos para deixá-la tão dengosa assim — diz Jessie, dando tapinhas nas minhas costas.

— Eu posso te mostrar como é — dispara Ian, piscando para ela.

— Você ainda parece desesperado — dispara Jessie, pousando a mão em seu ombro. — Seja mais sutil e talvez consiga.

Eu rio e abraço Anabell.

Oito dias em Londres. Oito dias em um festival e em um quarto.

Tantas coisas para fazer.

Capítulo 18
A cueca de Jared

Anabell

Passamos a noite toda visitando as boates de Londres depois de jantar, o que foi um pouco decepcionante. Tá, não foi decepcionante, mas é que voltamos tão tarde, às seis da manhã, que Jared e eu chegamos exaustos.

Não fizemos nada. Isso, sim, é decepcionante.

Não estou dando a entender que quero Jared apenas pelo seu corpo, embora esse seja um motivo forte. Eu só queria me perder nele mais uma vez.

Mas ainda temos sete dias. Hoje é o segundo.

Termino de escovar meu cabelo andando em um jeans justo e sutiã ao redor do quarto. Jared saiu há alguns minutos atrás para verificar como anda a loja de CDs.

A porta do quarto se abre de repente. Landon entra com um grande sorriso, seu cabelo escuro ondulado penteado para trás e preso em uma bandana.

— Como você entrou?

— Jar me deu o cartão de acesso lá fora. — Ele me olha de cima a baixo enquanto procuro uma camisa na mochila. — Dá para ver o motivo da obsessão de Jared com seus peitos. Elas são bem firmes, aposto que você nem precisa usar sutiã.

— Obrigada por elogiar minhas tetas, Landon — respondo, revirando os olhos. Em seguida visto uma camisa branca apertada com a frase "Morda com força" estampada na altura dos meus seios.

— Onde você compra camisas assim?

— Eu as desenho e mando bordar — respondo, torcendo o cabelo para o lado. — Tenho uma que diz "Lamba com força". Mamãe as odeia.

— Por que você não dá uma que diga "Chupo pintos" à sua prima? — pergunta. Eu solto uma gargalhada.

— Dei uma que dizia "Não falo inglês, mas sei foder", mas ela nunca usa.

— Bem, ela é uma ingrata.

— Como foi a sua noite dividindo um quarto com Jessie e Dina?

— Dina estava tão bêbada que, além de vomitar nela mesma, acabou dormindo em qualquer lugar. Acho que Jessie estava transando com Ian, não sei.

Termino de me arrumar e coloco um broche antes de passar um pouco de batom rosa nos lábios. Não acho que Jessie tenha transado com Ian, principalmente porque, para Jessie, transar com alguém que ela conhece no mesmo dia é um assunto delicado. Ela é capaz até mesmo de pedir exames de sangue. É claro que ela não é boba, mas só dormiu com um cara até hoje.

— Explique por que você acha que sua prima russa é mais bonita que você.

— Eu não acho que ela seja mais bonita. Mas Kattia é mais marcante e exótica, então a atenção sempre estará nela.

— Parece uma mulher normal e bonita. Quer dizer, outra mulher que é conhecida por ser bonita, nada demais.

— Você é tão fofo — digo e aperto suas bochechas.

— Deixe as bochechas de Landon. — Jared irrompe no quarto e me agarra por trás, colando minhas costas em seu peito. — Que cheiro delicioso.

— Esperem só eu comprar uma pipoca antes de o filme pornô de vocês começar. — brinca Landon, olhando para a porta.

— Você não vai nos ver fazendo sexo, pervertido — provoco, acariciando os braços de Jared agarrados à minha cintura. — Tudo tranquilo lá pela loja?

— Tudo bem. Podemos ir para o primeiro dia do festival.

— Você vai ficar bêbada? — pergunto à Dina, assistindo-a beber um copo cheio de vodca. Esse já é o terceiro copo entre diversas marcas da bebida.

— É um festival de bebidas, então eu tenho de experimentar a variedade — reclama, fazendo uma careta de aprovação. — Eles são muito bons. Você quer?

— Não, obrigada. A última vez que tomei vodca alguém acabou com a minha… — Acabo de notar que não mencionei nada às minhas amigas sobre a foto enviada por engano a Jared.

Não é que eu não confie nelas. É mais um segredo, algo íntimo entre Jared e eu. E Landon. E Jaime e as garotas da academia. Pensando bem, não é algo tão íntimo assim.

Mas só Jared e eu sabemos que continuamos trocando fotos, e eu gosto que seja assim.

— Eu só… não quero — digo finalmente. Jessie termina de fumar seu cigarro antes de tomar uma das bebidas em um gole. — Querida, vá com calma.

— Beleza — responde Dina, amarrando o cabelo em um rabo de cavalo alto.

— Tive um orgasmo com o amigo de Jared — anuncia Jessie de repente.

— O quê? Como assim?! — pergunto, rindo.

— Tive um orgasmo com o amigo de Jared — repete, observando suas unhas.

— Com a boca? Com a mão? — pergunta Dina, um pouco tonta da vodca. — Com o pênis? Com o pé?

— Com o pé?! Sério, Dina?

— Com os dedos — revela Jessie. — Ele pode parecer um pouco desesperado, mas é simpático e, bom, estuda alguma coisa de Administração.

— E quando você descobriu tudo isso? — pergunto cheia de curiosidade.

— Antes de deixá-lo colocar os dedos em mim, claro.

— Que sutil! E é por isso que você está toda elétrica?

— Estou só... relaxada — responde. — Ian é gentil, mas muito grudento. Queria ficar abraçado o tempo todo, estava me sufocando.

— Estou imaginando onde tudo aconteceu — divaga Dina, caminhando em direção à mesa de vinho branco. — Isso é muito injusto, vocês se dão bem e eu não.

— Verdade... Nós deveríamos ter trazido Jack, né? — provoca Jessie.

— Você é uma puta. — Dina bebe mais um gole.

Eu pego um copo pequeno de vinho branco para provar. Um pouco mais adiante está Jared com seus amigos, cercado por um pequeno grupo de meninas. Estreito meus olhos, mas então dou de ombros. Sei que Jared não vai quebrar a minha confiança da mesma forma que Dylan. Ou assim espero.

Sinto meu telefone vibrar no bolso. Largo o copo e vejo o nome do meu pai na tela.

— Alô?

— Minha menina russa! Como vai? Está comendo direito? Tudo bem?

— Calma, papai! Está tudo bem, estou bem — informo. — Fique calmo, ainda estou respirando e não aceitei bebida de estranhos... tecnicamente.

— Como assim, "tecnicamente"?

— Como você está? — Mudo o assunto repentinamente.

— Ah, bem, eu acabei de voltar da rua. Matriculei Kattia em um curso de inglês. Sua mãe está muito chateada porque fiz isso, mas é para o bem dela.

— Deixe-a, a raiva vai passar.

— Dylan esteve aqui. Mesmo sem você aqui, ele ficou conversando com a Kattia, o que achei estranho.

— Claro que sim, claro que ele iria...

— Espere um momento, querida. Anastasia quer falar com você. — Eu não tenho tempo de me despedir porque imediatamente minha mãe está ao telefone.

— Bell, você deve voltar aqui e conversar com Dylan. Ele está disposto a consertar as coisas...

— Oi, mãe. Estou bem, obrigada por perguntar — respondo sarcasticamente. — Dylan lhe disse o que deveria ser consertado?

— Não, porque é um cavalheiro e não queria prejudicar a sua reputação.

— Claro. — Reviro meus olhos. — Na verdade, não voltar com o Dylan é o que mantém a minha reputação.

— Você tem que voltar agora mesmo, Anabell.

— Sim, é claro que agora mesmo eu vou correr para Manchester. — Suspiro. — Mãe, eu te amo, mas agora você está arruinando o meu dia. Conversaremos depois. Diga ao papai que eu o amo.

— Anab...

Antes que ela diga algo mais, desligo o telefone. Ao me virar, solto um grito de susto quando percebo um par de olhos cor de mel e um grande sorriso muito próximos a mim.

— Caralho! Você me assustou! — exclamo, apontando para o estranho que ri um pouco.

— Desculpe-me, eu não pretendia te assustar — lamenta o estranho, com um sotaque que eu tenho escutado bastante neste festival: alemão.

O menino é loiro, tem um sorriso incrível, mas não é Jared. Ele me olha ardentemente, de cima a baixo, detendo-se na frase da minha camisa.

— Bonita camisa.

— Obrigado, cara sem nome.

— Ah, claro, eu sou o Thomas.

— Eu sou Anabell, Thomas, e é indelicado que você esteja apenas olhando para os meus seios enquanto finge ver minha camisa.

— Uma garota direta. Gosto disso.

— Sim, muitos gostam. — A voz de Jared surge atrás de mim, enredando o braço em volta da minha cintura. — Como, por exemplo, eu, o namorado dela.

Jared ciumento? Que interessante. Thomas apenas levanta ambas as sobrancelhas antes de se aproximar e deixar um cartão com o seu número na minha mão. Eu não sabia que alguns caras dão seus números em um cartão. Que raro.

Jared e eu o observamos ir embora. Então eu me viro e observo Jared, divertida.

Você cheira a ciúme, Jared — provoco. — Muito ciúme.

Jared finge se cheirar, o que me faz rir. Ele puxa meu corpo para o dele novamente.

— É, acho que sinto cheiro de ciúmes.

Eu giro o cartão em meus dedos, ainda me divertindo pelo fato de que o alemão entrega cartões com seu número. Eu o estendo a Jared.

— Você pode rasgá-lo, estou interessada apenas em alguém que me segura em seus braços agora.

— Ah, então você consegue ser romântica? — pergunta Jared, jogando o cartão atrás dele e me dando um beijo suave na boca.

— Eu posso, se quiser.

Jared assente antes de me beijar com força, sem hesitar em colocar a língua na minha boca. Uau, que intensidade!

Acho que suas mãos gostam de segurar a minha bunda, como se fosse o seu lugar favorito para estar.

Eu seguro seus braços e me deixo beijar sem reclamar. Ele pode me beijar o máximo que quiser. Parece que Jared e eu somos recém-casados.

Nós só transamos uma vez, mas é como se estivéssemos delirando por mais. Qualquer toque, roçada ou beijo nos inflama tanto que eu começo a acreditar que não somos adequados aos olhos do público.

— Você esteve bebendo vinho — murmura Jared antes de passar a língua pelo meu lábio inferior.

— E você, comendo doce.

— Eu estava mesmo comendo doces — confirma Jared, então esconde o rosto no meu pescoço enquanto me abraça. Seu nariz faz cócegas em mim. — Você cheira muito bem.

— É a minha essência natural. Tudo em mim é delicioso — brinco.

— Eu sei. Já tive sorte de experimentar...

Um calafrio percorre o meu corpo enquanto Jared passa a ponta da sua língua no meu pescoço e dá uma mordiscada. Em seguida, ele se afasta e pisca para mim.

— Vamos continuar passeando. Nós estamos indo para a exposição de comida alemã.

— Por que está tão vazia? — questiono, removendo a toalha do meu corpo e ficando só de biquíni.

Jared veste apenas uma sunga, o que é uma ótima visão. Quando me vê retirar a toalha, lambe os lábios, passando a mão descuidadamente pelo cabelo e bagunçando-o.

— Não sei, gata. Talvez porque sejam duas da manhã?

— Sim, pode ser por isso — assinto, olhando com desconfiança para a água. — Tem certeza de que está aquecida?

— Toda. Se quiser, eu entro primeiro.

— Acho uma ótima ideia.

Jared ri e entra na piscina. É bem parecida com uma *jacuzzi*. Enquanto o resto do grupo está em uma boate, Jared e eu decidimos fazer algo mais tranquilo, tirar um momento para nós.

Sob o seu olhar atento, entro na piscina e sorrio ao sentir a água quente entrar em contato com a minha pele. É relaxante, a altura da água vai até o meu umbigo. É agradável.

Vou em direção a Jared, que está apoiado na borda. Quando o alcanço, envolvo meus braços em volta do seu pescoço, sentindo seus dedos acariciarem minhas costas.

— O que você achou deste segundo dia?

— Incrível! — respondo, sentindo como ele me pega pela cintura. Em seguida me coloca sentada na beirada, e fica entre as minhas pernas.

Com os dedos, penteio o cabelo molhado dele para trás. Jared fecha os olhos. Como este homem é atraente, muito atraente.

— Estou gostando muito dessa viagem, gata.

— É bom saber disso.

Ainda penteando seu cabelo para trás, me inclino para ele. Chupo o lábio inferior de Jared antes de começar a beijá-lo de forma ardente. Inclino minha cabeça para o lado. Minhas mãos agarram seu cabelo, puxando-o mais para mim. As mãos de Jared acariciam minhas coxas antes de subir pelos meus quadris e acariciar minhas costas.

Sinto Jared desatar as tiras da parte de cima do meu biquíni, fazendo com que a peça caia na borda da piscina. Sem perder tempo, suas mãos começam a massagear meus seios nus, seus polegares estimulando meus mamilos.

Eu solto gemidos e pressiono meus calcanhares contra a sua bunda. Jared suga meu pescoço enquanto as minhas mãos apertam as suas costas com força.

— E se alguém vier? — pergunto, entre suspiros.

— Então temos que ser rápidos.

Jared, então, para um instante para tirar a sunga e deixá-la flutuar na água. Depois ele me puxa de volta, inclinando-se sobre mim, sua boca molhada reencontrando o caminho dos meus peitos.

Seus dedos desatam as alças da única peça que ainda visto e a joga em algum lugar. Sinto seu pênis maravilhoso em contato com a área certa do meu corpo enquanto minhas mãos gananciosas pressionam sua bunda.

— Caralho, espera, gata, espera — diz ele, de repente. — Deixe-me pegar um preservativo. Eu já volto.

Apoio meus cotovelos na borda da piscina enquanto o observo revirar a sacola que ele trouxe.

— Você trouxe camisinha?

— Algo me dizia que você gosta de correr riscos — justifica, estendendo a mão para mim.

Jared se ajoelha e começa a desenrolar o preservativo. Eu o observo, curiosa. Seu membro parece crescer ainda mais sob o meu olhar. Que surpresa!

Ele se deita e dá um tapinha em seu colo.

— Fica por cima, não quero que você machuque suas costas.

— O que você realmente quer é me ver nua em cima de você — digo, já sentada em seus quadris. — Porra, você vai me deixar molhada.

— Molhada de que maneira, gata? — pergunta maliciosamente com as mãos nos meus quadris.

— Molhar no sentido de… Ah, esquece, em todos os sentidos.

Jared ri enquanto, com as mãos sobre os meus quadris, me encaixa em seu corpo. Quando abaixo, fecho os olhos. Sinto a profundidade que ele consegue alcançar e suspiro.

— Sinto você aqui em cima, até mesmo além — aponto para a minha barriga com os olhos bem abertos. Jared solta uma risada rouca, me fazendo gemer com o movimento.

— Merda, você está sempre me fazendo sorrir.

Com as mãos nos meus quadris, ele me faz subir e descer sobre ele. É libertador, excitante e incrível.

Quando acreditamos que encontramos um ritmo ideal, suas mãos se entretêm com meus seios e as minhas se apoiam em seus ombros.

Jared não para de me olhar e fico surpresa em não me sentir constrangida com o quanto é intenso o jeito e a maneira como ele me observa. Na verdade, isso faz com que me sinta desinibida.

Chego a um ponto em que não sei se o que nos cobre é a água da piscina ou o nosso suor. Seja o que for, faz as nossas peles deslizarem uma contra a outra. Em algum momento nós gozamos, entre os nossos movimentos, gemidos e suspiros. Primeiro eu, e depois ele, logo em seguida.

Sempre me perguntei como os personagens dos livros chegavam ao orgasmo ao mesmo tempo. Suponho que seja uma investigação que devo fazer com Jared.

Eu me jogo sobre ele com a minha cabeça enterrada em seu peito. Suas mãos tocam as minhas costas. Jared está ofegante, e sua respiração alterada faz alguns fios do meu cabelo se moverem.

— Incrível — murmura antes de beijar minha cabeça. — Você já montou em um cavalo?

Eu rio ao ouvir o comentário dele. Então Jared me ergue com delicadeza, saindo de mim e pousando meu corpo ao seu lado. Ele retira o preservativo e o fecha com um nó. Seu olhar, então, recai no meu corpo despido.

— Você está com frio. Vamos para o quarto. — Nós nos levantamos, e Jared me abraça.

Receber um abraço de Jared nu é maravilhoso.

— Nunca fiz isso em uma piscina — murmura em meu ouvido.

— Sério? Eu nunca fiz isso em Londres... nem em uma piscina — revelo.

Não é como se eu fosse muito experiente no assunto também. Antes de Jared, eu só havia transado seis vezes, e só na terceira vez é que parei de sentir dores e desconforto.

— Esta viagem só fica melhor — comento, deixando-o me envolver em uma das toalhas.

Enquanto ele se seca, noto que a sua sunga azul flutua solitária na água.

— Jared, você esqueceu a sua sunga.

— Vamos deixar lá. Os visitantes e funcionários terão uma excelente manhã pensando no que aconteceu aqui durante a noite.

— As pessoas vão achar que tem sêmen na água — digo, rindo enquanto dou a mão a ele para subirmos as escadas.

A última coisa que queremos é ser flagrados usando apenas toalhas no elevador.

— Deixe que pensem isso. Vai tornar tudo mais divertido — assegura Jared.

— Eu gostava de como aquela sunga ficava em você.

— Relaxa. Tenho outra assim, só que preta.

— Coloque para mim, mas depois me deixe tirar.

— Isso soa como algo que podemos fazer quando entrarmos no quarto.

— Eu gosto da ideia.

— É claro que você gosta — diz ao chegamos à porta do nosso quarto, então vira-se para mim. — Você sempre gosta das minhas ideias.

— É porque você tem boas ideias.

— Que bom que seja assim.

Jared me dá um sorriso antes de abrir a porta e me deixar entrar primeiro. Mas ainda não é hora de dormir.

Capítulo 11

Troco Jared pelos dois

Anabell

Jessie finge não notar o jeito que Ian a observa, como se fosse um cachorro abandonado. Dina escuta atentamente o que Jared e Steven dizem sobre alguns cálculos e teorias que, aposto, ela não tem ideia do que seja, embora aparente entender.

Landon me observa de perto, então eu me viro para ele, que sorri.

— Ficou sabendo que encontraram uma sunga na pequena piscina do nosso andar? — pergunta com um sorriso travesso.

— Não, eu não sabia... Que loucura... — respondo despretensiosamente, enquanto dou uma garfada no meu café da manhã.

— Que loucura...

— Sim, loucura total.

— Quantos fluidos vaginais e sêmen você e meu irmão devem ter deixado lá?

Eu engasgo com um pedaço de torrada e começo a tossir. Landon dá palmadas nas minhas costas enquanto ainda sorri.

— Foi o que pensei. — Então ele se inclina para mais perto. — A sua boceta não arde de tanto levar?

— Céus! Cadê sua discrição?! — murmuro muito baixo. Landon parece se divertir.

— Você disse que éramos melhores amigos, certo?

— A sua língua é muito venenosa, Landon.

— Ótima metáfora, Anabell — concorda, rindo, e volta a se concentrar em sua comida.

Eu continuo rindo enquanto balanço negativamente a cabeça. É verdade que tive uma noite muito ativa e sinto algum desconforto em minha virilha, mas valeu a pena.

Este é o começo do terceiro dia do festival, que promete ser tão incrível quanto os dois anteriores.

— Sua mãe um dia destes vai queimar todas as suas camisas — opina Jessie, dando uma tragada no cigarro. Landon tira uma foto da camisa que estou vestindo. — "A língua foi feita para lamber e provar." Você é bastante criativa, na verdade.

Eu encolho meus ombros em resposta, sentindo a mão de Jared nas minhas costas enquanto tomo um vinho francês forte. Hoje, particularmente, há muitos franceses. Meu cérebro deduz que, todos os dias, há despensas e mais despensas de bebidas de países específicos.

— Eu gosto de suas camisas — comenta Jared, entrando na conversa.

— Sim, porque você provavelmente faz tudo o que elas dizem — provoca Jessie, terminando seu cigarro e estreitando os olhos para Ian, que conversa com uma francesa deslumbrante. Eu acho divertido o fato de que alguém aqui pareça com ciúmes.

— Só eu não me dou bem — murmura Dina, franzindo a testa, olhando para Ian da mesma maneira.

— Bem, eu não posso refutar isso, amiga — retruco, porque Mark e Steven estão de alguma forma flertando por ali com as garotas, embora Steven não pareça muito confortável.

— Se alguém te beijar, vai parar de choramingar? — pergunta Landon, passando a mão pelo cabelo dela para tirá-lo dos olhos.

— Sim, prometo.

— Muito bem — concorda Landon, pegando o queixo de Dina e pressionando sua boca na dela.

Eu suspiro com o susto. Landon beija Dina intensamente. Ouço Jared rir. Jessie e eu assistimos com surpresa e um pouco de inveja. Inferno! Eu amo Jared, mas qualquer uma quer beijar Landon mesmo que uma vez só, até eu mesma.

Depois de alguns instantes, Landon solta Dina. Ela, por sua vez, o observa, ainda impactada. Ele só encolhe os ombros antes de sorrir.

— Caralho! Você sabe usar a língua! — exclama Dina com alegria. — Merda, você sabe beijar.

— Obrigado, que bom que gostou de minhas habilidades — agradece Landon. — Agora que já recebeu um beijo nesta viagem, pode parar de choramingar e reclamar.

— Agora eu quero ter um pênis — continua Dina, rindo. — Ei, você não quer nem tentar com uma mulher?

— Dina, eu já fiz sexo com garotas — conta Landon, afastando-se de nós despreocupadamente.

— Porra, ele não pode soltar a bomba e fugir — reclama Dina, e o segue.

Eu me viro para Jared, com curiosidade.

— Landon é bissexual? — questiono, confusa.

— Não, Landon é curioso — responde ele, dando-me um breve beijo que acaba fazendo Jessie nos deixar sozinhos.

— Pensei que Landon era como um anjo.

Jared ri. Ele pega a minha mão e nos guia para as comidas. Notei que Jared come demais. Era para ele ser obeso.

Chegamos a uma barraca de comida nada saudável, mas com um cheiro delicioso. Esperamos para sermos atendidos. Jared larga pequenos beijos no meu pescoço enquanto isso e envolve seus braços por trás da minha cintura. Estamos sendo muito bregas?

— Já te falei que foi maravilhoso ontem à noite e hoje de manhã? — comenta Jared. Uma garota que está à nossa frente se vira para nos lançar um olhar de repreensão, com o rosto corado. É nisso que dá ser fofoqueira. Que tipo de mundo é este onde meu namorado e eu não podemos falar sobre sexo abertamente?

— Só porque eu estava sem roupa.

— É porque se tratava de você.

— Às vezes você é tão doce que me dá vontade de jogar vinagre para acabar com essa doçura toda. Mas aí eu percebo que adoro esse seu jeito e que te odeio por me fazer parecer uma tonta apaixonada.

— Você é tão gentil. — Jared transborda de sarcasmo, o que me faz rir. — Porra, essa fila não anda, estou morrendo de fome.

— Você está sempre com fome.

— Se eu não comer agora, vou precisar comer você. Talvez você fique até mais gostosa do que já é com um pouquinho de molho lá embaixo... — Jared mordisca o lóbulo da minha orelha. A menina novamente se vira para nos observar. Que fofoqueira.

— Hmm... Então, se você cobrisse o seu pau grande com chocolate, poderia ser a sobremesa, não é?

A menina começa a tossir, ofegante. Jared e eu nos divertimos com a ideia de escandalizar a intrometida.

— Claro, nós também podemos espalhar um pouco de chocolate nestes mamilos doces que eu amo tanto lamber e chupar — continua Jared.

— Ah, bem, então eu posso encher seu peito com creme, morder e lamber bem, do jeito que você gosta, enquanto minhas mãos cuidam do seu pau duro...

— Já que estamos assim, então também posso te colocar de quatro e meter com tanta força que...

A menina não aguenta mais. Antes de deixar a fila, ruborizada, ela nos lança um olhar rápido, respira com força e vai embora, andando um pouco esquisita.

— Acho que ela molhou a calcinha — cochicho, vendo-a se perder entre as pessoas.

— Eu acho que ela não foi a única que ficou excitada com a conversa — diz ele, pressionando seu pau na minha bunda. Eu rio.

— Uau.

— Degenerados — murmura uma mulher que aparenta ter quarenta anos à nossa frente. Ela certamente também ouviu toda a conversa. Eu olho feio para ela.

— Aposto que você tem cerca de sete irmãos e perdeu a virgindade aos catorze anos — ataco, olhando para as unhas.

— Rude, suja, pervertida...

— Calma, minha senhora. A vagina é minha e o pênis é do meu namorado. Gosto de exercitar a minha liberdade de expressão para poder falar sobre sexo o quanto eu quiser. Se fazer sexo e falar sobre isso me torna uma pervertida, então eu a convido a se juntar a nós. Seria uma pena se você não gostasse.

A senhora abre a boca como se não acreditasse no que acabei de dizer. Em seguida deixa a fila, afastando-se apressadamente.

— Desse jeito faremos com que todos saiam e cheguemos lá mais rápido — conclui Jared, avançando alguns passos.

— Seria um bom plano.

— Aposto que sim.

Em algum momento, conseguimos pegar os nossos hambúrgueres e comer. É ótimo não ter de fingir que sou uma mulher elegante que come como um passarinho na frente de Jared. Na verdade, gostamos de comer de pé, enquanto conversamos.

— Pensei que você não conseguiria comer o hambúrguer inteiro — diz Jared, terminando sua cerveja e esperando que eu termine de mastigar meu último pedaço.

— Você só queria roubar minha comida, maldito.

— Você deve ser uma das poucas mulheres que chamam seu namorado de maldito depois de tê-la trazido para comer um excelente hambúrguer. Obrigado, boneca.

— Sempre às ordens, Jared. — Pisco para ele enquanto limpo a minha boca com um guardanapo. — Você era tão galinha quanto o Ian é?

Minha pergunta parece pegá-lo de surpresa. Tomo um gole de cerveja esperando por sua resposta. Não vou montar uma cena, estou apenas curiosa.

— Não, quer dizer, eu tinha relações curtas ou encontros com amigas algumas vezes, mas não sou de me envolver com garotas por uma noite só. Não gosto de estar em lugares onde não sei quem mais esteve.

— Isso significa que você não gosta de colocar seu pau em uma vagina que você não sabe quem mais a conseguiu.

— Merda, gata, um pouco de sutileza, por favor — pede, rindo, e depois se aproxima para beijar meu queixo. — Você deve ter nascido sem filtro.

— Sou sincera. Você quer que eu fale filosoficamente? Posso me transformar em Platão, até Nietzsche, se você quiser.

— Você lê Nietzsche?

— Claro! Eu tenho meus momentos filosóficos.

— Você é uma gata muito inteligente.

— E quente — acrescento, movendo as sobrancelhas para cima e para baixo.

— Muito quente, eu diria.

Jared me dá um selinho e bebe a minha cerveja de um só gole. Eu não reclamo, estou mais entretida acariciando as suas costas.

— Você não vai me fazer comer uma salsicha de jeito nenhum, seu merda — amaldiçoa uma voz rouca e viril.

— Você perdeu a aposta! Morde a droga da salsicha, Dexter, faça isso agora!

Continuo acariciando as costas de Jared antes de me virar e me deparar com anjos voando, o canto de um coro e uma luz celestial, que acompanham dois deuses que se dignaram a pôr os pés na Terra e permitir que nós, mortais, os apreciem.

Eles podem colocar gorros e usar óculos, mas, para uma menina como eu, que passa boa parte de seu tempo como uma fanática babando por fotos na internet e fazendo as coisas mais sujas com elas, nada pode passar despercebido.

— Ah, puta merda! — exclamo, parando de acariciar as costas de Jared e deixando de abraçá-lo.

Jared ergue as sobrancelhas para mim, mas eu volto toda a minha atenção para a alucinação que estou tendo. Acho que ingeri drogas sem perceber, pois estou em uma nuvem de êxtase que só pode ser causada por substâncias ilícitas, exceto que eu não me lembro de tê-las consumido.

— Maldito, você me fez morder uma salsicha de merda. Nunca vou te perdoar por isso, Ethan, nunca. Babaca do caralho.

— Posso viver com isso, querido — responde Ethan, rindo.

— Boneca?

— Jared, cale a boca, estou vivendo um dos momentos mais bonitos da minha vida! Posso até ter um orgasmo apenas por testemunhar isso. Se eu morrer diga ao meu pai para não chorar por mim e à minha mãe que não queime minhas camisas. Você pode ficar com as minhas roupas e minhas fotos...

— O que você disse? — pergunta, rindo.

Contorno Jared temendo que eles desapareçam se eu não prestar atenção. Chego perto o suficiente para ouvi-los sozinha. Sou egoísta a ponto de não querer que ninguém mais os reconheça para que apenas eu aproveite este momento.

Sou, sim, uma maldita egoísta e não me sinto culpada por esse fato. Sinto-me orgulhosa. Tapinhas nas minhas costas, por favor.

— Dexter Jefferson e Ethan Jones estão ali. — Aponto para trás.

Jared observa e parece surpreso, não tanto quanto eu estou, mas me entende. Sem me importar com nada, me aproximo deles e me ponho no meio da discussão. Ambos me notam, e eu quase desmaio.

Um par de olhos verdes vívidos e outro como avelãs esverdeadas me observam curiosamente. Bem, eles estão usando óculos escuros, mas eu sei que essas são as cores dos seus olhos.

— Olá, querida. Precisa de algo? — pergunta Ethan com o sotaque sensual de Bolton.

— Preciso de preservativos e uma cama. — É a minha resposta inteligente.

— Gata! Pelo amor de Deus, nós realmente temos que trabalhar no seu filtro — cochicha Jared para mim. Ele parece se divertir, mas eu estou no céu.

— Eles são realmente gostosos — digo, observando-os de cima a baixo.

Estou surpresa que sejam ainda mais impressionantes em pessoa. Dexter morde o lábio inferior, escondendo seu piercing. Ah, alguém segure a minha calcinha, que está caindo. Porra, gostosos, gostosos, gostosos.

— Isso é bem peculiar — comenta Ethan com um sorriso, cruzando os braços. — Suponho que você seja uma Fiver, querida.

— Eu posso ser tudo que você quiser.

— Caceta! — exclama Ethan em um assobio. — Eu gosto de como você pensa.

— Podemos fazer algo por você? — pergunta Dexter, divertidamente.

— Você pode me fazer um filho.

— Anabell! Estou aqui, sou seu namorado, querida.

— Cale a boca, Jared. — Eu o espanto com a minha mão. — Posso trocar meu namorado por vocês dois. Não importa quão bom seja nosso relacionamento, eu troco, eu troco.

Dexter e Ethan começam a rir, Ethan chega a se dobrar sobre os joelhos, rindo alto. Jared parece achar graça. Ele deve achar que estou brincando, mas, sério, estou pensando em trocá-lo pelos dois.

— Quer uma foto? — oferece Ethan.

— Eu disse que quero tudo que você puder me dar.

— Sua namorada é espetacular, você realmente deve cuidar dela — elogia Dexter para Jared. — Eu poderia sequestrá-la.

— Você quer me sequestrar? Porra, eu iria sozinha. Aliás, tenho ascendência russa. Não é ótimo?

— É, agora você gosta de ser russa — reclama Jared, levantando as sobrancelhas.

— Jared, fofo, cale a boca — repreendo, acariciando seu peito distraidamente.

— Bem... Eu não sei o que dar, mas também não acho que posso te fazer um filho — diz Dexter. — Não seria legal com o seu namorado. Certo, colega?

— Obrigado! — É a resposta de Jared.

— Tenho tantas perguntas a fazer — digo, passando de atordoada para excitada e hiperativa. — Espere, o resto da banda está aqui? Ah, Deus! Poderia ser o momento para uma orgia.

— Hmm... Acho que não, somos só nós dois.

— Não importa, Ethan, é o suficiente com você. Ah, merda! Ethan, fale sacanagens pra mim. Já sei, diga que vai me bater com força. Não, não, não, melhor você dizer que me quer. Não, não, diga que me ama, mas diga algo com aquela voz sensual.

— Eu vou te bater com força, eu quero você e eu te amo — repete Ethan e, embora pareça mais uma pergunta, soa sensual. Eu quero me jogar sobre ele.

Este é o mal de ser uma fã do BG.5: não posso decidir de quem eu mais gosto.

— Como está o Harry? Os filhos de Harry? Não, conte sobre a cadela que apareceu no noticiário com Andrew. Ela não é apenas uma amiga? Ah, e Doug, meu Deus, o gostoso que uma vez respondeu um *tweet* meu. Um *tweet* do caralho!

— Ela é sempre assim? — pergunta Ethan para Jared enquanto tira os óculos. Deus, leve-me com você se isso significa que posso estar com Ethan.

— Ela não tem filtro, é por isso que eu a adoro — responde Jared. — É ótimo te conhecer. Nós viemos de Manchester, seu último CD realmente...

— Sim, um excelente CD, blá-blá-blá, seja o que for. Como vai o Jeff? Como ele está, Dexter? Eu juro que o amo. Juro!

— Calma, calma — pede Ethan, rindo. — Tudo bem, todos nós o amamos.

— A conversa está ótima, mas temos de ir, querida. — avisa Jared.

— Espere, Ethan, espere, tire uma foto comigo — peço.

— É claro…

É incrível quando eles me envolvem com seus braços e cada um beija minha bochecha. Que pervertida eu sou, fico até um pouco excitada e crio um cenário onde posso ter Ethan, Dexter e Jared ao mesmo tempo. Que gostoso.

Depois de tirar a foto, eles assinam a minha camiseta, que Dexter elogia. Os dois beijam minha bochecha novamente e, quando se viram para sair, dou uma beliscada na bunda de Dexter, que recua e ri.

Que momento maravilhoso!

— Quem é a puta sortuda que tem uma foto com dois de seus ídolos? Anabell! — digo, batendo palmas.

— Tenho duas coisas para relembrar deste evento: a primeira é que você admitiu a sua ascendência russa para si mesma, o que eu acho um pouco cínico. A segunda é que você me mandou calar a boca inúmeras vezes e se ofereceu para me trocar por eles — declara Jared.

— Ah! Bom…

— Espere, acabei de descobrir que há um terceiro ponto. Você se ofereceu para ter os bebês de Dexter Jefferson e beliscou sua bunda. Eu te amo, mas, sério, estou meio indignado por você ter tentado me trocar — diz em um tom engraçado. É óbvio que não está nem um pouco aborrecido.

— Querido, eu nunca trocaria você, foi apenas o calor do momento.

— Nem por eles dois?

— Hmm… Posso pular a minha resposta?

— Se você me compensar.

Não tiro os olhos do pênis de Jared, completamente ereto. Eu visto apenas calcinha e sutiã, e ele está nu debaixo do meu corpo. Nem sei por que ainda estou surpresa que seja tão grande.

Coloco minha mão em sua base e acaricio um pouco, me deleitando com a sensação e o gemido que escapa dos lábios de Jared.

Quão poderosa uma mulher pode se sentir em momentos como este? Homens são fáceis de se convencer com sexo. Jared queria uma compensação e, embora ele não tenha deixado claro que era em sentido sexual, é algo que nós dois não podemos evitar.

Porra, não tenho certeza se podemos manter nossas mãos longe dos nossos corpos. É como se estivéssemos descobrindo sexo pela primeira vez.

Embora nosso relacionamento não seja apenas baseado nisso, já que nos amamos, este é um dos benefícios de estarmos juntos. Algo que gostamos de explorar.

A química entre nós é impressionante, tanto na parte sexual quanto além dela. É tão forte que nos entendemos muito bem, até quando eu quero apenas silenciá-lo com beijos por ele ser tão inteligente e sabichão. Adoro quando isso acontece. Eu amo cada parte dele.

Eu tenho uma mente muito suja. Culpa de todos os livros para maiores de dezoito anos que li e de todos os personagens fictícios excitantes que me fizeram molhar a calcinha e aprender diversas técnicas sexuais que, certamente, fariam Jared pensar que sou uma prostituta de luxo se ele não acreditasse em minha inexperiência.

Nunca fiz sexo oral na minha vida. Ainda que seja possível apenas dizer coisas como "que pau grande", "que pau pequeno" ou "ei, amigo, que pau bonito" — ainda me arrependo de ter dito essa última frase ao menino americano, parece que não se pode falar "amigo" e "pau bonito" na mesma frase —, a verdade é que a ideia de ter um pênis perto do meu rosto e da minha boca nunca me animou, porque, bem, imagens do cara urinando vinham à minha mente e eu só pensava "isso não, eu não quero o seu pênis sujo na minha boca, sai". Mas com Jared eu quero explorar muitas coisas. Intencionalmente esperei que ele chegasse e tomasse um banho, porque o trauma de um pênis sujo ainda passa pela minha cabeça.

Jared me observa, esperando por algum movimento. Parece que me perdi em pensamentos por um longo tempo.

Sentada sobre suas pernas, lanço um sorriso para ele antes de abaixar a cabeça e, muito lentamente, passar a língua em seu membro.

Jared ofega, e então eu começo a lembrar de cada história, novela e conto erótico que li em minha vida. Aplico tudo o que pensei que em algum momento me serviria.

Eu devia tuitar ou escrever um blog para confirmar que ler esses livros efetivamente funciona, porque Jared está perdido entre suspiros, gemidos e palavras que eu não entendo. O homem está em alguma nuvem de êxtase, e eu o tenho sob meu poder.

Quão incrível é saber que todos os livros são educativos.

No entanto, não sigo o comportamento típico das mulheres dos livros: quando os homens ejaculam, elas não tiram a boca. Ao que Jared toca a minha cabeça e murmura "vou gozar", eu paro, deixo seu pênis fora da minha boca e continuo apenas com as mãos. Desculpem, heroínas literárias, mas não sinto vontade de engolir agora, talvez em outra oportunidade.

Quando Jared atinge seu orgasmo, sinto parte do seu sêmen pegajoso e quente cair na minha mão. Eu olho para o líquido com curiosidade, enquanto ele continua a respirar fundo. Como esses lençóis serão trocados, limpo a minha mão nele, rindo pelo fato de que as camareiras encontrarão esperma neles.

Continuo sentada, olhando distraidamente para a parede.

— Ei — chama Jared e dirige um olhar para baixo. Eu abro minha boca em surpresa.

— Nossa, você se recupera rapidamente.

— Eu acho que você se importa mais com o meu pênis do que comigo.

— Sorte então que seu pênis está preso ao seu corpo.

Jared ri e se vira me segurando debaixo de seu corpo. Então, começa a tirar meu sutiã e depois abaixa a minha calcinha.

Ele estica as mãos procurando a camisinha em algum lugar na cama. Quando ele a encontra, sorri para mim.

— Eu quero fazer você gozar duas vezes.

— Que sejam três! — respondo. Jared pisca para mim.

— Estou disposto a te dar quatro.

— Uau, temos um vencedor. Quatro orgasmos, dou-lhe uma! Quatro orgasmos, dou-lhe duas! Quatro orgasmos, dou-lhe três! — digo, imitando um leiloeiro. — Vendido para o homem sexy!

— Você é realmente fora da caixinha, gata. — Ele ri.

— É parte dos meus encantos.

— Eu sei, boneca, é por isso que não penso em te trocar.

Capítulo 20

Totalmente apaixonado por Anabell

Jared

— Você vai jogar a carta ou não? — questiono, olhando com diversão enquanto ela franze a testa.

— Acho que você me enganou, Jared.

— Acho que você não gosta de perder, boneca.

Anabell bufa e, para provar que estou certo, abaixa suas cartas, permitindo-me vê-las.

— Você viu minhas cartas! Isso é trapaça — reclama, com um sorriso de satisfação.

— Ótima tentativa, mas foi você quem me mostrou as cartas.

Ela faz um beicinho com os lábios apetitosos enquanto cruza os braços. Está usando apenas uma calcinha e uma camisa que roubou de mim horas atrás e, apesar de seu cabelo ser incrivelmente liso, agora está despenteado. Suas bochechas ainda estão um pouco coradas.

— Você trapaceou!

— Anabell, aconteça o que acontecer no seu futuro, gata, nunca estude política. Você adora acusar sem provas, sem que sua acusação seja real.

— Você está me ofendendo!

— Dramática — digo, embaralhando novamente as cartas.

Ela revira os olhos e olha para a pequena varanda. As janelas estão abertas, e lá fora a escuridão da noite de Londres se projeta, sem estrelas, muito embora o céu da cidade normalmente não ofereça mesmo a visão de muitas estrelas com o seu clima frio e nublado.

— O quinto dia está terminando... — Ouço-a murmurar, e então olha para mim. — Esta viagem foi absolutamente maravilhosa, Jared.

— Estou feliz que esteja gostando.

Anabell sorri para mim de uma maneira tão radiante e charmosa que, por um momento, não tenho nada a dizer. Pode ser que seu sorriso desperte a fome de sexo em mim, mas também há algo mais do que isso, como se com cada sorriso e cada palavra que escapasse de seus lábios, Anabell conseguisse me conquistar mais.

Estou tão encantado que parece irracional. Não é como os meus relacionamentos anteriores. Anabell é diferente à sua maneira. Pode ser que ela fale muitos palavrões, tenha uma mente ainda mais depravada que a minha e seja muito falante, mas essa é uma das coisas que eu mais gosto nela.

Anabell não tem medo de ser do jeito que é, não se esconde de mim. Ela se mostra. Isso me estimula a conhecê-la mais.

Anabell basicamente anda pelo mundo gritando com sua atitude: ame-me como sou ou vá se foder. Não é difícil entender por que ela agrada tanto a Landon.

— O que foi? Você vai ficar aí me olhando?

Eu sorrio enquanto pego as cartas e as deixo na mesa de cabeceira, apertando os olhos para ela.

Não é só sexo, não é apenas um corpo e não é apenas uma namorada com quem eu possa fazer isso muitas vezes. É minha boneca, a garota que mudou o meu mundo e que, quando não está comigo, não sai da minha cabeça.

Anabell merece muito. Merece tudo.

— Quer sair para jantar? — pergunto com entusiasmo. Anabell sorri, confusa.

— É o que temos feito desde que chegamos: sair para jantar...

— Sim, mas desta vez só você e eu, como um casal normal, saindo juntos com um pouco de roupa para variar.

Ela abre um sorriso e vai em direção à sua mochila, alegre. Que idiota eu sou, deveria tê-la convidado para jantarmos a sós desde que chegamos, não apenas mantê-la nua quando não estávamos no festival com nossos amigos ou comendo.

— O que eu devo vestir? — pergunta Anabell, olhando para mim. — Você não está brincando sobre sairmos só nós dois para comer, certo? Porque seria muito embaraçoso e me faria parecer desesperada e ansiosa.

— Não estou brincando. Acho que um vestido casual seria ideal.

Enquanto ela revira suas roupas, faço a anotação mental de que eu deveria levar minha namorada para jantar mais vezes.

Termino de fechar os botões da minha blusa de manga comprida violeta, que mostro sem medo. Sou o tipo de homem que usa cores desse tipo, porque não afeta nem um pouco a minha masculinidade. Eu corro minhas mãos pelo cabelo, que já está um pouco grande e não para de cair na minha testa.

Anabell já está há pelo menos vinte minutos cantando uma música desafinadamente no banheiro.

Vou até a porta e bato algumas vezes.

— Gata, falta muito aí?

— Estou acabando, sério.

— Tudo bem. Vou avisar a Landon e Ian que não vamos jantar com eles hoje.

— Ok. Quando você voltar, prometo que estarei pronta.

Eu rio e balanço a cabeça enquanto saio do quarto com as mãos dentro da calça preta. Digamos que estou um pouco arrumado, o suficiente para entrar em um bom e caro restaurante para dar a Anabell o jantar que ela merece.

Não tenho que andar muito, porque Ian e Landon estão no corredor no que parece ser uma conversa irrelevante, exceto que Landon franze um pouco o cenho fazendo Ian rir mais.

— O que houve?

Ambos observam detalhadamente as minhas roupas. Landon caminha ao meu redor, para na minha frente e arruma a gola da minha camisa.

— Não é tão difícil endireitar sua gola, Jar — censura, revirando os olhos. — Por que tanta elegância? Também devo vestir uma roupa mais elegante?

— Não, hoje é só a minha gata e eu.

— Uh, Jared ficou romântico — murmura Ian, levantando as sobrancelhas. — Porra, você parece um lindo bonequinho, sua camisa está perfeitamente passada. Você vai pedir a mão dela?

— Por que você é tão idiota? Por que você é meu amigo? Por que você usa mais o pênis que o cérebro? — pergunto.

— Essas são muitas perguntas que Ian não será capaz de responder. — Landon lança um olhar zombeteiro para ele. — Só não entendo por que você disse isso para Jar se quer a mesma coisa da amiga loira de Anabell.

— Porra! Por favor, não me diga que você transou com uma das melhores amigas da minha namorada.

Ian tem a ousadia de olhar para os sapatos, como se tivesse vergonha. Ian nunca se envergonha de colocar seu pênis em qualquer lugar! Eu levo minhas mãos ao rosto enquanto finjo chorar.

— Não é tão ruim assim, Jared.

— Não é tão ruim? Você transou com a amiga da minha namorada! Você sabe como as coisas podem ficar difíceis ou desconfortáveis se você fizer uma cagada na sua noite de sexo? Droga! Por que Jessie?

— Porque eu realmente gostei dela.

— Porra, você está corando, Ian? Jar, olhe, Ian está corando.

Landon não mente. Arregalo meus olhos ao ver o impossível acontecer. É ainda mais surpreendente do que a ideia de Anabell ter um filtro entre a boca e os seus pensamentos. Meu amigo, o mulherengo, aquele que mete em várias mulheres, está envergonhado, olhando para qualquer lugar, menos para Landon e para mim.

Encosto a palma da mão na testa de Ian, verificando se ele se sente bem.

Conheço Ian há dez anos e ele nunca, nunca havia corado antes, apesar de ser bem de leve.

— Sente-se bem?

— Pare, Jared — pede, afastando a minha mão. — Ela é uma garota incrível. Não estou dizendo que estamos saindo ou que isso vá se repetir. Só aconteceu, deixa estar.

— Eu não posso acreditar que você está tão sério — murmura Landon, os olhos fixos em Ian.

Sacudo a cabeça. Decido que não vou perturbar Ian por ora, rezando para que o fato de o meu amigo galinha, que dormiu com a sarcástica e direta melhor amiga da minha namorada, não vá alterar as coisas entre nós.

— De qualquer forma, vou levar Anabell para jantar. Não contem conosco hoje. Avisem a Dina e Jessie.

— Claro, irmão — confirma Landon. — Ela vai gostar, Jared. Você é diferente com ela.

— Ela te fisgou — atesta Ian, atrás de mim —, e só levou dois meses ou algo do tipo. Isso é brutal, homem.

Não comento nada sobre a insinuação de que estou apaixonado ou no processo de estar. Dou adeus a eles e volto para o quarto.

Abro a porta e respiro fundo. Visões como esta me lembram por que Anabell e eu não conseguimos manter nossas mãos quietas.

Ela usa um lindo vestido azul amarrado ao pescoço, que vai até os joelhos. Eu não sei o que ela fez em seu cabelo, mas não está mais liso. Os fios estão ondulados e os lábios que eu amo tanto estão pintados de carmesim.

Anabell está incrível. Ela dá uma voltinha com um sorriso em seu rosto.

— Você gosta?

— Por Deus, você está linda. Se estivéssemos em Las Vegas eu te levaria a uma capela para que um Elvis Presley nos casasse — confesso enquanto a observo, reparando em cada detalhe de seu corpo, que começo conhecer bem. Muito bem.

— Sério? — pergunta, andando em minha direção. Estou em transe. Assinto enquanto Anabell me puxa pelo colarinho antes de pressionar sua boca suavemente na minha.

— Eu faria qualquer coisa por você agora. — Balanço a cabeça em seguida. — Não, eu faria qualquer coisa por você, a qualquer momento, qualquer que seja, especialmente se te fizer sorrir e me olhar da maneira que está me olhando agora.

É verdade que existe desejo em seus olhos, mas também há confiança e mais alguma coisa que em algum momento descobriremos.

— Jared, você é tão... Você... Deus, sinceramente você me faz derreter, tudo em mim se transforma em nada quando você fala assim. — Seus dedos acariciam meu rosto enquanto ela sorri. — Então... vamos?

— Vamos.

— Que delícia! — exclama ela depois de uma mordida. — Que delícia divina.

— Sim, eu percebi que você gostou — confirmo, rindo.

Nós continuamos a comer. Rio dos comentários que Anabell faz. Ela tem uma personalidade que não pode ser controlada.

— Não é difícil, Jared?

— O quê?

— Tornar-se o responsável pela sua família. É admirável, mas às vezes me pergunto se não é muito altruísmo da sua parte se colocar sempre em último.

Respiro profundamente. Anabell não é a primeira a me dizer isso. Meus amigos da faculdade, Ian e até mesmo Landon já disseram algo parecido.

— Mesmo quando me afastei ou tentei não me preocupar com os negócios, não consegui. Minha mãe amava loucamente a academia e cada uma das empresas. Sinto que é meu dever cuidar de tudo... Se elas forem à falência, seria como se eu deixasse mamãe morrer de vez... — murmuro, sentindo um nó na garganta.

— Merda, eu sinto muito, Jared, desculpe. Não quis te entristecer.

Sua mão alcança a minha sobre a mesa e a acaricia.

— Não se preocupe, não fiquei triste. É só saudade. Antes de perder mamãe, minha vida era muito diferente, gata, mas eu tenho consciência de uma coisa.

— De quê?

Eu a olho fixamente. Não sei o que está acontecendo comigo hoje, mas é como se, para mim, Anabell fosse tudo que eu pudesse ver.

— Talvez, se ela ainda estivesse aqui, acho que você e eu não nos conheceríamos...

— Isso faz sentido. — Ela respira fundo.

— Talvez seja assim que as coisas devam acontecer. Talvez mamãe, de alguma forma, colocou uma garota louca no meu caminho, porque sabia que eu estava frustrado, prestes a enlouquecer. Que eu me encontrava em uma rotina insana e nostálgica. — Eu me inclino para a frente, tomando toda a atenção de Anabell. — Você chegou para criar novas lembranças comigo.

— Ah, droga! Você vai me fazer chorar. — Ela cobre o rosto com a mão. — Céus! Você realmente vai me fazer chorar.

— Ah! Isso é novo para mim. — Sorrio e puxo as mãos dela para o meu rosto. — Lágrimas de pena?

— Não. Acho que talvez, apenas talvez, eu deva a Kattia. Sem ela, eu não teria me embriagado, certo?

— Sim, faz sentido também. — Eu espreito ao nosso redor.

— Este lugar não é um pouco caro?

— E você diz isso só depois de comermos? — pergunto, rindo.

— É verdade que você é repugnantemente rico — desdenha de mim. — Mas me sinto culpada. Vamos dividir a conta? Eu não quero que você pense que estou com você pelo seu dinheiro.

— Gata, eu sei que essa não é a razão porque você está comigo.

— Que bom, porque...

— Eu sei que a razão está dentro da minha cueca. É o meu pau.

Anabell abre a boca fingindo surpresa e, dramaticamente, puxa a mão para o peito.

— Como pode dizer isso a uma dama?

— Hmm... bem, a senhorita foi quem me disse mais de uma vez que essa é a razão porque está comigo.

Anabell ri e franze os lábios, lançando um beijo. Ela é adorável.

— É linda — diz Anabell, olhando para a fonte à nossa frente. — Como é que não está no guia turístico como um dos locais para se visitar em Londres?

— Eu não sei, mas algo me disse que você gostaria.

A fonte lança suas águas para o alto enquanto várias pessoas tiram fotos, jogam moedas ou conversam. Eu pego a mão de Anabell e deposito uma moeda. Ela sorri para mim.

— Não sei o que eu poderia desejar. Admito que não sou boa em pedir desejos.

— Vem, vamos tentar. É a única moeda que tenho, então o desejo está literalmente nas suas mãos.

— Isso que é pressionar, Jared.

Rio enquanto a incentivo a jogar a moeda. Capturo uma foto no meu celular do momento em que ela fecha os olhos e joga a moeda na fonte. Uma foto muito bonita, angelical e doce, a única entre tantas fotos picantes que tenho da Anabell.

Ela me observa com um grande sorriso.

— Só espero que o desejo se realize.

— Vamos esperar — sussurro, puxando-a para junto do meu corpo.

Eu abraço sua cintura, olhando para seus olhos verde-claros. Percebo que, com um dos meus braços, posso cobrir a cintura dela. Então eu estico meu outro braço forçando o dela a se esticar para entrelaçar nossos dedos.

— Isto é encantadoramente brega — comenta Anabell.

— Muito nós?

— Muito, muito nós — murmura ao fechar suas pálpebras. Eu roço meus lábios contra os dela.

— Você me quer?

— Quero.

— Apenas pelo meu pênis?

Anabell ri suavemente abrindo os olhos.

— Seu pênis só me faz te amar mais, mas eu te amo porque você é um grande homem e porque você é o meu Jared.

— Você também pode ser brega.

— Só com você.

— Está copiando as minhas palavras? — brinco.

— Só isso fará você me beijar.

Eu aperto ainda mais o braço que mantenho em sua cintura antes de beijá-la.

Esses deliciosos lábios têm o mesmo sabor de Anabell: únicos, picantes, divertidos e apaixonados.

Agora entendo o olhar de Landon quando ele disse que Anabell realmente gostava de mim. Isto é muito mais do que atração.

Parece um tipo de adrenalina que assusta, mas que eu amo.

Se é assim que alguém se sente ao se apaixonar, então pode confirmar: eu estou totalmente apaixonado por Anabell.

Capítulo 21

Problemas se acumulam

Anabell

Depois de dois dias em casa após o fim do festival, sinto que quero voltar e reviver aqueles momentos divertidos. Melhor ainda, estar de volta às quatro paredes do quarto do hotel, onde Jared e eu não conseguíamos manter nossas mãos quietas.

Suspiro olhando para o teto do meu quarto. Posso ouvir mamãe e papai conversando enquanto caminham pelo corredor. Acho que eles descem as escadas porque os murmúrios somem ao longe.

Olho para o meu celular novamente. A imagem de um Jared sonolento deitado na cama vestindo apenas uma cueca é uma boa maneira de começar o meu dia.

— Ei, você precisa dizer ao tio que não quero ir para o cursinho de inglês.

Reviro meus olhos e me sento apenas para descobrir Kattia parada na porta do meu quarto com uma carranca, estragando seu rosto imaculado.

— Por que eu faria algo assim?

— Porque *ser* minha prima...

— Bem, esta será a minha boa ação do dia, Kattia. Você precisa seriamente aprender inglês se não quiser parecer uma mulher das cavernas e fazer algo da sua vida. — Sacudo minha mão como se não me importasse. — Meus pais não vão te sustentar por toda a vida. Você deveria estudar e não é exatamente o que tem feito. Certo?

Kattia aperta os lábios rosados e olha para as unhas, como se realmente chamassem sua atenção.

Respiro fundo. Nunca imaginei como foi para minha prima chegar a um novo país cujo idioma não conhecia, mas sei que isso não a impediu de me sacanear. Dylan não era o amor da minha vida ou o namorado perfeito, mas ela devia ter respeitado o meu relacionamento. Não estou dizendo que a culpa da infidelidade e toda essa merda é dela. Dylan é tão culpado quanto, mas só estou dizendo que Kattia poderia dizer não, poderia ter evitado.

Sim, o fato de que ela sempre tem a atenção e a idolatria de minha mãe fez que, desde o início, nós não nos déssemos bem como primas, Sempre houve olhares tortos, sarcasmo e, embora ela dê a impressão de ser um anjo e não compreender meu aborrecimento, tenho certeza de que tem uma veia competitiva e que sempre gostou de estar em vantagem, de tomar de mim o que eu quero, de me fazer infeliz.

Em seu olhar, em seu sorriso, em seu gesto e em sua atitude, em cada um desses aspectos posso ver como Kattia não gosta ou simpatiza comigo, como quer ficar à minha frente. Infelizmente para ela, não tenho vocação para carpete ou pano de chão, o que significa que não gosto de ser pisoteada, muito menos por ela.

— Não sei qual é a sua capacidade intelectual, mas, se eu fosse você, iria para essas aulas.

— Você não entende nada, Anabell. É uma prima má.

— Eu sou uma prima má? Porra, você é uma rameira, uma puta. Uma maldita chupadora de pintos pequenos, uma vadia, uma... uma...

Por sorte, a campainha toca e, com um olhar furioso, Kattia sai do meu quarto. Suspiro mais uma vez enquanto procuro o número de Jared.

Desde que chegamos, há dois dias, não conseguimos nos encontrar, principalmente porque ele tem se colocado em dia com os negócios da família, e eu tive que suportar uma bronca nada agradável da Ditadora que, sem o meu consentimento, cortou as minhas horas de dança contemporânea para alongar as de balé, alegando que eu tenho potencial, que sou uma adolescente movida a hormônios e indisciplinada que, por algum motivo desconhecido, foi abençoada com o dom para a dança. Ela quer me lembrar de todas as aulas que eu tive quando criança.

Não me importei. Acho que foi aos treze ou catorze que parei de praticar balé, porque fiz uma viagem de cinco meses com meus pais. Foi um pouco triste sair, mas não partiu meu coração.

Mas, agora, com a possibilidade de retomá-lo e apreciá-lo, não parece uma má ideia, considerando que mantive a minha flexibilidade, sei o básico e ainda consigo fazer os movimentos, não é ruim retomar algo que já foi parte da minha vida.

Jared respondeu a chamada que fiz em seu telefone. Ele me cumprimenta com um "alô".

— Olá.

— Boneca. — Eu o ouço murmurar em resposta.

— Como está a sua manhã?

— Está tentando ser uma namorada fofa?

— Eu sou uma namorada muito fofa. Achei que já tínhamos concordado com esse fato.

— Boneca, você é doce em várias áreas do seu corpo, especialmente quando tem um pouco de chocolate sobre você.

Mordo meu lábio ante às recordações, enquanto abano meu rosto quente com uma das mãos.

— Você me dá um calor.

— Meu pau fica duro contigo.

— Tão romântico — digo com um suspiro falso que faz Jared rir. — Então... Tudo em ordem com os negócios?

— Sim, tudo em ordem. Preciso providenciar o pagamento dos professores da academia e ver como meu pai emprestou dinheiro para uma loja falida. Fora isso, tudo bem.

— Seu pai não fez nada sério, certo? — questiono, preocupada.

— Não, boneca, não parece nada sério. Significa apenas que eu tenho que passar mais tempo colocando tudo em dia...

— Você acha que foi uma má ideia ter viajado por oito dias e deixado seu pai no comando?

Nós dois sabemos que, ainda que a pergunta soe inofensiva, vem carregada com muitos significados que a resposta pode me indicar.

— Acho que faço um esforço considerável e me sacrifico para servir às empresas que estão sob minha responsabilidade. Logan deve ser capaz de gerir os negócios em minha ausência. Além disso, não me arrependo por ter viajado durante oito dias com meus amigos e a minha namorada, com diversas oportunidades de lamber, chupar e meter em você. Sinceramente, gata, viajar com você nesses dias foi uma das melhores ideias que eu tive em um muito tempo. Além disso, eu ouvi o seu primeiro "eu te amo". Não é verdade?

— Sim... foi também a primeira vez que eu te fiz um boquete. Na verdade você conseguiu que eu fizesse o meu primeiro oral. Isso não é brega? — Minha voz fica aguda, fazendo-o rir.

— Muito, muito brega — brinca Jared. — Eu não me arrependo, só estou irritado porque me inteirar dos negócios não permite que nos vejamos.

— Sim, isso é triste...

— Embora...

— Embora? — pergunto, notando bastante ruído no andar térreo da casa ao mesmo tempo.

— Bem, você vai para a academia hoje?

— Sim. Hoje é a primeira aula oficial com a Ditadora.

— Podemos nos ver rapidinho.

— Você quer dizer nos ver rapidinho e dar uma rapidinha?

— Não fui eu que sugeri a rapidinha. Mas definitivamente gosto da ideia.

— Anabell! — grita papai, lá de baixo.

— Ei, eu preciso desligar. Vejo você na academia, certo?

— Sim, nem que seja por cinco minutos. Até mais, boneca.

Mantenho o celular no bolso detrás do meu short e desço as escadas. Ouço risos e conversas. Quando chego na sala, encontro a surpresa.

Minha avó e minha tia russa estão sentadas no sofá. Minha avó, a mulher rabugenta e conservadora que vive me desaprovando, e também a doce e adorável tia Katerina, mãe de Kattia.

— Ah! Anabell, olha como você cresceu — exclama tia Katerina, charmosa como sempre.

Estou bastante surpresa com a visita. Recebi um abraço entusiasmado da minha tia e, em seguida, um seco da minha avó, que silva um "você está mostrando muita pele" enquanto beija a minha bochecha por cortesia.

Sou forçada a me sentar ao lado de minha mãe. Percebo que Kattia está sentada em uma cadeira e parece tensa. Meu consolo é que minha avó não ama nenhuma de nós.

— Como Kattia tem se comportado? — pergunta Katerina com um sorriso doce, mas olhando atentamente para Kattia, pois, é claro, conhece sua filha.

Parece que minha mãe e tia Katerina trocaram de filhas. É estranho escutar um sotaque tão marcante quanto o de Kattia sendo que minha tia consegue falar perfeitamente bem o inglês. Já a minha avó fala muito pouco. O olhar que ela lança ao meu pai deixa claro que nunca esteve de acordo com o casamento dele com minha mãe.

Que família complicada.

— Eu tenho me saído muito bem, mamãe — diz Kattia. O idioma da conversa é o russo, então deixei de lado meu inglês para não estar fora. — Estou fazendo as coisas certas.

— Bem, filha, então explique por que ainda não está estudando.

— Irmã, não seja tão dura com a garota, ela está se adaptando ao país...

— Mamãe, Kattia está no país há quase um ano — observo, em resposta ela me dirige um olhar malvado que me faz respirar fundo para não virar os olhos.

— Anabell está certa — reforça minha tia. — Eu não mandei você para passear, senhorita, mandei você estudar e construir uma carreira profissional. E não gosto das roupas que está usando agora.

— Você parece uma rameira — censura minha avó e, quando percebe que estou rindo, lança a mim um olhar que faz meu sangue gelar. Santa Mãe, a mulher me odeia. — E você, não ria, porque, se ela se parece com uma prostituta, você se assemelha a um mendigo que contrai uma doença por abrir as pernas facilmente e morre como um rato...

— Sra. Kabakova, eu não permito que você... — Papai a interrompe.

— Não quero ouvir seu russo estúpido. Por que você não vai tomar um chá ou algo assim? Não é isso que homens ingleses sabem fazer? Ser paus-mandados de suas mulheres?

Tenho a impressão de que, enquanto papai aperta os lábios, segura o desejo de dizer a ela onde pode depositar as suas opiniões. De um jeito muito educado, é claro, ele se cala, desafiando-a e deixando claro que esta é a sua casa.

— Mãe, eu tentei fazer Bell ser... você sabe... melhor... — Minha mãe tenta atenuar. Eu levanto as sobrancelhas. Minha vontade é de falar "agora Bell se sente como um experimento". — Mas ela é muito peculiar, e...

— Acho que você salvou as pessoas erradas. Devia ter sido ela. — Minha avó a interrompe com uma voz dura.

Não sei o que acontece, mas papai parece aborrecido e tenso com essa afirmação. Nunca o vi tão chateado. Ele se levanta e puxa meu braço, envolvendo-me no dele.

— Não vou deixar que diga coisas como essa em minha casa. Anastasia não fez nada simplesmente porque era algo que escapava de nossas mãos. Se você veio para ditar a forma como educamos nossa filha, é melhor dar meia-volta e deixar suas reclamações na caixa de sugestões — intervém papai educadamente.

— Gael, calma — ordena minha mãe. Eu não entendo nada, só sei que minha avó me odeia um pouco mais do que odeia Kattia. — Mãe, acredite em mim, às vezes… às vezes me pergunto o que teria acontecido se não fosse Bell.

— Retire o que disse, Anastasia. É melhor que você se retrate agora mesmo. — Agora papai está irritado. Minha mãe o ignora.

Acho que a única a notar minha confusão é a tia Katerina, que pigarreia para chamar a atenção. Kattia permanece em silêncio, cheia de curiosidade.

— É melhor parar de agir desta forma — diz minha tia, seguindo a conversa em russo. — Mãe, somos convidadas na casa de Gael e Anastasia. Você deve respeitá-los, e eu não gosto que minha filha seja chamada de prostituta ou que insulte minha sobrinha de outras formas, certo?

— Eu perdi alguma parte desta conversa? Porque não entendo nada — advirto, frustrada, e papai beija minha testa.

— Não é importante, minha menina russa.

Nós todos permanecemos em silêncio, um silêncio muito tenso e desconfortável. Dá a impressão de que, sob os olhos da minha avó, mamãe em algum momento se jogará em seus braços para chorar. Porra, parece que é algo pior que uma ferida física.

Limpo minha garganta e olho para tia Katerina. Agora um sorriso se abre em meu rosto ao pensar em sua visita.

— Vocês vieram por causa de Kattia? — questiono com um entusiasmo nada disfarçado.

— Não, nós viemos por sua causa — responde Katerina com um sorriso.

Acho que vou desmaiar.

— Por mim?

— Você é surda? — pergunta minha avó.

Porra, ah… foda-se.

A Ditadora profere uma série de regras sobre como vamos trabalhar, mas mais uma vez estou perdida entre os meus pensamentos.

Bem, talvez as palavras corretas sejam: entre o meu aborrecimento.

Não posso acreditar que Anastasia fez algo assim. Não posso acreditar que ela tomou meu diploma, meus certificados, tudo que precisava para me matricular em um instituto na Rússia. Porra, quem disse a ela que eu quero deixar Manchester para morar na Rússia?

Não posso acreditar que meu pai assinou o formulário sem perceber. Merda, por isso minha tia e minha avó vieram por minha causa.

Quero bater a cabeça na parede, porque quando eu disse "merda, de jeito nenhum", além de a minha avó me chamar de vulgar, minha mãe disse algo como "vamos discutir isso mais tarde", o que se traduz em "não há nada a dizer". Maldita seja ela se acha que eu vou.

— Entendido? — pergunta a Ditadora. Afirmo com a cabeça, mesmo sem ter ouvido o que ela disse. — Você deve ter um collant branco e meia-calça, os sapatos impecáveis e o cabelo sempre preso.

— De acordo...

— Agora eu vou deixar você com Gretta. Aqueça-se com ela para descobrir em que ritmo eu trabalho. Acredite em mim, russa, o que fizemos há uma hora foram apenas histórias infantis. Este é o verdadeiro balé.

E, com essas palavras, a Ditadora sai da sala, deixando-me com o sorriso gentil de Gretta. Eu limpo minha garganta.

— Ei, Gretta... Quero te pedir desculpas se eu fui um pouco babaca com você na primeira vez em que nos encontramos ou nas vezes que esbarramos.

— Ah, não, tranquilo, não tem problema — atenua, com um grande sorriso no rosto. Penso que essa garota deve ser masoquista, já que não se importa que a tratem mal.

— Então, o que devo fazer primeiro? Perdi a prática nisso.

— Bem, vamos aquecer...

Eu realmente estou nos modos de boa pessoa, porque até dou um sorriso a Gretta antes de começar a me aquecer.

Depois de algumas palavras encorajadoras da Ditadora, caminho até o banheiro para jogar uma água no meu rosto e consertar o rabo de cavalo.

Seco meu rosto e saio da sala. Jared ainda não me escreveu para dizer onde devemos nos encontrar, mas quando me dirijo para um dos escritórios, percebo que a porta está aberta e que Landon está lá dentro.

— Olá, meu amigo favorito — cumprimento com um pouco de entusiasmo, mas os ombros de Landon murcham. Ele nem sequer se vira para me ver.

Ando até ele e, ao ficar na sua frente, percebo que seus olhos estão irritados e suas pálpebras, assim como seus cílios, têm um rastro de umidade. Landon estava chorando.

— Landon, o que há de errado? — indago, deixando minha mochila no chão e me ajoelhando na frente dele.

Landon aperta os lábios e balança a cabeça. Estou surpresa. Não parece o mesmo cara que estava comigo no festival.

— Sou sua amiga, pode me dizer qualquer coisa. Mas diga o que houve, Landon.

— Estou cansado desta merda — reclama, e olha pra mim. — Cansei de ser um menino órfão, que o homem que contribuiu para me dar vida não seja capaz de me olhar nos olhos. Ele me considera um monstro, dá para acreditar? Meu próprio pai me considera um maldito monstro.

— Ah, Lan...

— Sei que todos dizem que o fato de ele não me aceitar não deve me preocupar, que há mais pessoas que me amam, mas ninguém sabe como eu realmente me sinto. Esse homem é o mesmo que me ensinou a andar de bicicleta, que prometeu comprar um pônei quando eu lhe disse que queria um. Ele foi o primeiro a falar sobre sexo comigo e, depois de eu ganhar um concurso de literatura, gritou "este é meu filho". Ele pode ser um imbecil, Anabell, mas eu sei que em algum lugar desse imbecil meu pai ainda está lá. Todos nós enfrentamos a perda de alguma forma. Alguns se cortam, cometem suicídio, outros continuam suas vidas. Ser um idiota é o modo como ele a enfrenta. Eu sou uma merda, porque agora estou chateado com a mamãe.

— Por que você está chateado com Janet? — questiono e pego sua mão.

— Porque ela se foi, ela morreu e nos deixou aqui. Levou meu pai com ela, levou os sonhos de Jared e tomou parte do meu coração e muita da minha felicidade. Nós somos uma sombra, uma maldita sombra que eu não quero mais ser.

Levanto-me quando Landon cobre o rosto com a mão, recomeçando a chorar. Eu o envolvo por trás sem entender ou saber como dar conforto.

Há pessoas que sabem o que dizer no momento exato, mas acho que sou mais das pessoas que podem abraçar e calar a boca quando não sabem o que dizer.

Eu não perdi um pai, nem sou desprezada ou ignorada pelo meu e, embora seja marcada de perto pela minha mãe, nunca senti o desprezo que certamente Landon sente.

— Ela era o nosso motor — lamenta, com a voz trêmula. — Você quer saber onde Jared está? Agora ele está gritando no escritório, discutindo por minha causa, porque Logan simplesmente decidiu que hoje diria coisas piores como, por exemplo, que eu deveria deixar de existir.

— Merda. Isso não é verdade, Lan, você é uma ótima pessoa, a melhor pessoa. Ouça-me, eu não sou boa em dizer amenidades, mas acho que você é incrível, inteligente e encantador. Não importa se gosta de homens ou mulheres, isso não faz você ser menos ou mais, isso só faz você ser Landon, o Landon que se tornou parte da minha vida, que alegra a muitos, a motivação de Jared. Você é Landon e, para mim, Landon é sinônimo de ser incrível.

Ele ri um pouco e funga. Parece que só precisava desabafar. Eu continuo abraçando-o e beijo seu cabelo do jeito que papai faz comigo.

— Você é realmente uma grande amiga — murmura, levantando o rosto para que possa me ver. — Obrigado.

— Sempre que precisar. Você é o meu melhor amigo.

— Sim, seu melhor amigo gay. Eu concordo com você.

Nós rimos, mas alguém pigarreia atrás de nós. Ao nos viramos, encontramos um rosto que parece um pouco familiar para mim. Enquanto busco em minha mente, ela me lança uma careta de mau-humor. Essa careta me faz lembrar exatamente quem ela é.

A loira me ignora e olha para Landon.

— Onde é a sala seis, Landon?

— Por que você quer saber, Jocelyn?

— Porque tenho aulas lá. Estou matriculada na academia.

Landon abre a boca com surpresa. Ele parece horrorizado. Não entendo a reação, mas entendo o fato de que quero a ex-namorada loira de Jared bem longe daqui.

Ela não traz boas vibrações, e esse sorriso falso e presunçoso apenas confirma que ela definitivamente não será uma estudante exemplar da academia.

Capítulo 22
Perturbações explosivas

Jared

A primeira coisa que penso quando vejo Jocelyn com Anabell e Landon é: "Que porra é essa?" Depois eu só penso que há algum engano nessa merda.

Meu irmão olha para mim e parece fazer um sinal. Anabell franze a testa e Jocelyn me dá um sorriso normal, o que é ainda mais estranho. Lentamente, e com muita relutância, eu me aproximo dos três.

— Oi, Jared. — Jocelyn me cumprimenta com a mesma voz suave de quando nos conhecemos e os três meses em que saímos.

— O que você está fazendo aqui? — pergunto diretamente. Até onde lembro, eu a despedi e Jocelyn ainda me seguia de maneira louca. Não posso agir como se não fosse precavido com ela estando tão perto.

— Eu sou uma aluna nova.

— O quê? — Meu grito assusta Anabell. Ela olha para as unhas, como se isso fosse mais interessante, ainda que esteja tensa. — Você não pode.

— Como não posso? Eu já paguei e estou matriculada. — Suspira. — Jar, entendo que terminamos um pouco mal.

— Um pouco? — Landon a interrompe. — Pesquise no dicionário "ex-namorada maluca" e você encontrará sua foto, querida.

— Não seja rude. Se você não se importa, esta é uma conversa entre Jared e eu — retruca Jocelyn para Landon, mas, por alguma razão, olha para Anabell com pretensão.

— Eu não tenho nada para conversar com você, exceto que você não pode entrar no meio do ciclo da academia. — Jocelyn, então, me mostra o seu papel de matrícula.

Leio cada ponto de registro e, claro, está tudo em ordem. O depósito, o carimbo e a maldita assinatura de Logan ao lado da assinatura do coordenador da academia.

— Está tudo em ordem, não é?

— Merda — murmuro baixinho, observando a ficha de registro sem acreditar.

— Você pode devolver minha ficha, Jar? — pede Jocelyn com um beicinho ridículo. Eu estendo sua folha. Seus dedos acariciam brevemente a minha mão, mas eu a recolho logo.

— Neste caso, é melhor você ir para a sua aula, Jocelyn — ordeno em um tom formal. — Esta é uma academia séria e há regras que eu espero que saiba cumprir.

— Duvido que ela sequer saiba dançar — cochicha Landon, olhando-a de cima a baixo.

Jocelyn se retira com um sorriso gigante. Reviro os olhos e me viro para Anabell, que tem os olhos semicerrados.

— O quê?

— O que o quê? — pergunta em resposta.

— Por que me olha assim?

— Eu não entendo de que maneira deveria olhar para você.

Anabell encolhe os ombros e pega sua mochila, pronta para sair.

— Você ficou chateada?

— Não. Por que eu estaria chateada?

— Merda, é claro que você está.

— Eu não estou — rebate, franzindo a testa e cruzando os braços.

— Claro que você está — repito. Sinto que estou descontando a minha raiva. — Por que diabos você está chateada comigo?

— Uau! Calma. — Anabell levanta a voz. — Estou chateada, mas não necessariamente com você.

— Então me diga.

— Jared... — murmura Landon, perplexo comigo.

— Você está sendo um idiota. Está brigando comigo por algo absurdo. Não estou brava com você, ou pelo menos não estava até que começasse a gritar comigo.

— Caralho, o que está acontecendo? — exclamo, cobrindo meu rosto com uma das mãos.

— O que está acontecendo com você? — pergunta Anabell. — Eu não dou a mínima se a sua ex estúpida e louca está na academia. Tenho problemas muito mais importantes do que esse.

— Como o quê? Como ser russa? — zombo, cruzando meus braços.

Anabell arregala os olhos, surpresa, e julgando pela maneira que olha para mim, parece que quer me socar. Aliás, eu tenho a impressão de que Landon também quer.

Sabia que este dia chegaria. O dia em que a frustração e a fadiga de cuidar de assuntos que não são minha responsabilidade foderiam a minha vida. Só não esperava que a minha namorada se envolvesse nisso.

— Você é um idiota, um imbecil. Enfie seu aborrecimento no...

— A propósito, Jared, eu encontrei algumas cuecas que você deixou há um tempo lá na minha casa. — Jocelyn interrompe Anabell, entrando na sala novamente.

— O que você fez com elas? Você as cheirou até cansar porque é uma louca fodida? — pergunta Anabell.

— Você é uma cadela que...

Jocelyn para de falar quando Anabell se aproxima dela.

— Olha, minha rainha, eu sou uma cadela, sim. E, como uma boa cadela, vou te morder se você não aprender a enfiar essa língua onde mais te apetece. Você não me conhece. Pare de me chamar disso, se não quiser saber do que sou capaz — silva Anabell. Fico muito surpreso.

Ela, então, se vira para mim. — Eu não quero falar com você. Quando deixar de ser um idiota, então, talvez possamos conversar.

Tendo dito isso, ela se retira e tenho certeza de que, se pudesse, teria fechado a porta bem mais forte.

Merda, o que aconteceu? Em que ponto eu fiquei tão chateado a ponto de irritar Anabell?

— Jar...

— Cale a boca, Jocelyn. Vá para a aula. — Eu a interrompo, saindo da sala. Sinto os passos de Landon me seguindo.

— Que merda, Jared. O que aconteceu com você? De onde veio esse comportamento estúpido?

— Agora não, Landon, eu preciso falar muito sério com Logan — retruco, passando do lado de Beth e indo em direção ao estacionamento.

— Ah, me desculpe, lamento roubar o seu tempo.

Eu me viro para Landon e aperto seus ombros.

— Você nunca toma meu tempo. Você é quem eu mais amo no mundo, Landon. Mas agora preciso falar seriamente com Logan, por favor, entenda. Sim, agi como um idiota com Anabell e estou disposto a consertar, mas agora eu preciso falar com Logan.

— Tudo bem — murmura ele baixinho e assente. — Você também é quem mais importa para mim neste mundo horroroso.

Abro um breve sorriso antes de ir para o meu carro.

Entro no escritório da oficina mecânica sem retornar as saudações que os funcionários me dão. Logan está sentado atrás da mesa e me observa com surpresa e curiosidade quando fecho a porta atrás de mim.

— Jocelyn Preston.

— Como? — pergunta, perplexo, observando-me de sua mesa.

— Jocelyn Preston.

— Quem seria essa?

— Essa é a louca obsessiva que você deixou entrar na academia, pai.

Ele pondera. Finalmente sorri e assente, reconhecendo o nome. Eu quero sacudi-lo com força.

— Sim, eu sei de quem você está falando.

— Ah, que bom! Agora me explique como você a deixou entrar na academia.

— Não discriminamos ninguém na academia, filho.

— Engraçado *você* falar de discriminação. Como você me diz que a academia não discrimina ninguém enquanto nem consegue olhar o seu filho nos olhos? Você é maluco?

— Mais respeito, Jared! — Logan passa a mão pelo rosto. — Eu não sei o que você quer! Você me faz exigências o tempo todo, vive me recriminando em tudo. Apenas me dê um tempo! Vai acabar me sufocando.

— Eu te sufoco?! Droga! Você está me sufocando. Tem alguma ideia de como é pesado carregar todas as suas merdas? Eu sou o seu filho, não o seu maldito pai. Você aceitou uma louca na academia e, pior, no meio do curso. Isso não pode ser feito!

— Ela sabe convencer.

Minha boca se fecha rapidamente enquanto o observo. Logan se assusta quando bato meu punho na mesa, derrubando alguns lápis e calculadoras.

— Você fodeu com ela! — grito furiosamente. — Você fodeu a maldita louca da minha ex. Qual é a porra do seu problema? Por que você fez isso?!

— Eu... eu não sabia que era sua ex...

— Mesmo assim! É uma menina! Ela tem apenas vinte anos, pelo amor de Deus! Você tem mais que o dobro da idade dela. Você tem 47 anos! Por que você faz isso? Quem é você?

— Filho... — Logan tenta me tocar, mas eu me afasto.

— Não me toque! Você me dá nojo. Já estou cheio de você, dessa vez foi longe demais — exclamo entredentes. Inferno, sinto até mesmo meus olhos úmidos. — Não posso mais justificar os seus atos, não posso. Eu me recuso a acreditar que você é o mesmo homem que amava minha mãe. Não posso nem deixar você me tocar. Eu não te reconheço mais. Não posso assistir enquanto você se submete a essa autopunição. Você quer ser odiado? Bem, você conseguiu. Estou muito cansado, não posso mais cuidar de você.

— Jared, filho...

— Eu não posso, não posso. — Levo as mãos à cabeça. — Uma coisa é cuidar dos negócios, mas cuidar de você é impossível. Você não quer ser cuidado, quer se destruir. Quer entrar de novo e de novo na mesma merda. Quantas mulheres você vai foder antes de aceitar que isso não te ajuda a superar a morte da mamãe? Quantas vezes você vai rejeitar Landon para convencê-lo a acreditar que ser gay é errado? Quantas vezes devo resolver suas merdas justificando o fato de que eu te amo? Não posso!

— Você acha que eu não me odeio? O que eu não odeio nessa merda toda, Jared? Acha que eu não odeio estar perdido, sem Janet? Que eu não odeio o fato de que meu bebê, meu Landon, é o que é e não poder aceitá-lo? Há algo em mim que não me permite aceitá-lo!

Mais uma vez eu nego com a cabeça. Não estou disposto a passar mais tempo aqui.

— Você está doente, pai. E eu não vou te salvar.

Eu me retiro da sala. Não vou abandonar as empresas, mas não vou mais passar panos quentes nas atitudes de Logan. Finalmente o fiz entender que, quando perdi minha mãe, também perdi meu pai.

Respiro profundamente. Desligo o carro, observo a peculiar e pitoresca casa de Anabell. Não sei se foi uma boa ideia deixá-la passar o dia todo ontem remoendo sua raiva antes de finalmente pedir desculpas.

O atraso ocorreu porque passei a maior parte do resto do dia batendo no saco de pancadas. Quando resolvi que isso não era suficiente, fui com Ian ao ginásio. Neste momento, todos os músculos do meu corpo estão doendo. Parece que eles queimam a cada movimento, mas isso serviu para abstrair a frustração. Ainda carrego um pouco dela, mas posso controlar.

Desço do carro e caminho até a entrada da casa de Anabell. Só espero que sua mãe, que parece me detestar sem me conhecer, não corra nem feche a porta na minha cara.

Assim que toco a campainha, ouço uma discussão por trás da porta. Estou quase indo embora, mas a porta se abre e a mesma beleza de cabelo avermelhado e loiro que apareceu no fim do primeiro encontro com a minha boneca aparece. A prima russa de Anabell.

Ela é linda, sem dúvidas, mas prefiro a beleza de Anabell. Não a trocaria.

A prima me analisa de cima a baixo e lambe os beiços, fazendo-me sentir desconfortável. Seus olhos cinzentos se abrem enquanto ela enrola os dedos em uma mecha de cabelo.

A menina é uma especialista em seduzir homens. É uma sorte que eu conheça esse tipo de brincadeira. Não vou cair nessa.

— Desculpe-me, Anabell está?

— Ah... Ana está ocupada. Você e eu poderíamos... conversar?

— Não acho que podemos conversar, mas eu gostaria de...

— Seria interessante... Você e eu...

— Sai fora — diz a voz de Anabell, crescendo atrás de sua prima. — Kattia, entra.

A prima de Anabell faz uma careta me deu um olhar estranho.

— Seria melhor se você entrasse agora, Kattia.

Kattia bufa e volta pisando duro para dentro de casa. Anabell a segue com os olhos antes de se virar para mim.

— O que você quer?

— Nossa, essa doeu — reclamo, mas ela não sorri. — Certo, quero me desculpar por ter agido como um idiota e despejar a minha frustração em você. Eu realmente sinto muito.

— O que me incomodou foi que você tentou me irritar. Queria me provocar para discutir.

— Eu sei, e sinto muito.

Anabell respira fundo, fecha a porta atrás de si e se senta na pequena escada de madeira em frente à porta. Eu me sento ao lado dela.

— Só queria que você me desse um abraço, Jared. Meu dia estava uma merda absoluta, e a única coisa que parecia boa era a ideia de te ver depois de não fazer isso por dois dias.

— E eu estraguei tudo.

— Acho que você está explodindo. Não pode conter toda aquela merda que está sentindo. Eu quero que você desabafe, mas não contra mim.

Coloco um braço em volta dos ombros dela enquanto Anabell pressiona o rosto contra o meu peito. Talvez nossa discussão tenha algo a ver, mas, de certa forma, ela parece desanimada.

— Eu não odeio ser russa, ter sangue russo é algo de que eu deveria me gabar — murmura. — O que eu odeio é o tipo de família que eu tenho. Juro que às vezes eu realmente me sinto mal a ponto de sentir ódio deles. Eles me tratam como lixo, Jared, e eu sinto que é compreensível me sentir assim.

— Você não é um lixo.

— Diga isso a minha avó. Ela não parou de me insultar desde que chegou. Há alguns minutos me chamou de lixo inglês, e minha mãe não diz nada, ela se cala e não me defende — continua em um tom de voz muito baixo. — Às vezes sinto que realmente a odeio. Odeio que ela faça eu me sentir assim.

— O que há de errado com sua mãe, gata? Por que sua família materna é assim com você?

— Eu não sei. — Anabell levanta os olhos para mim. — Às vezes sinto como se estivessem escondendo alguma coisa. Não me refiro a ser adotada, porque eu, obviamente, tenho alguns traços de minha mãe. Mas a maneira como ela me olha, como se me amasse, mas me detestasse ao mesmo tempo... como se não suportasse me ver. Às vezes ela olha para mim como olha para um pedaço de merda.

— Como se olha para um pedaço de merda? — pergunto. Anabell sorri.

— Algo assim. — Ela faz uma careta enojada e bastante estranha que nos faz rir. — Talvez devêssemos ficar em Londres, comprar um apartamento decente e criar Landon como nosso filho.

Nós dois rimos. Então eu levanto o queixo dela para beijar seus lábios lentamente, parando para prová-los com a minha língua, mas um beijo não é suficiente.

— Por que Landon como filho?

— Porque eu quero um filho atraente para que eu possa ficar de olho em suas namoradas.

— Ou namorados — interrompo, fazendo-a rir.

— Você nunca se incomodou com a ideia de Landon ser gay?

Pondero sua pergunta, recordando o dia em que, depois de enterrar nossa mãe, Landon teve uma crise muito forte de gritos e choro. Eu me lembro de Logan tentar acalmá-lo. E também me lembro claramente de quando ele disse "eu gosto de homens, desculpe-me, desculpe-me, eu gosto de homens, desculpe-me".

Lembro-me tão claramente que mesmo agora posso ver a maneira como Logan parou de abraçá-lo e se afastou, como uma tia lhe disse que Landon estava apenas delirando. Mas ele me encarou com olhos assustados, e eu soube que não estava mentindo, foi sincero.

— Quando Landon tinha catorze anos, ele me confessou que uma amiga da escola o havia deixado tocar seus seios, mas ele não sentiu nada. Aos quinze anos ele foi desafiado a beijar um garoto e, sem se importar, fez isso. Algo em mim percebia esses pequenos sinais, mas sempre amei meu irmão. Ele era discreto em se envolver com garotas. Sempre agiu como hétero, amava esportes e fazia comentários afiados. Essa sempre foi a sua personalidade, e talvez ninguém esperasse, mas o dia que ele revelou aquilo, uma parte muito profunda de mim já esperava. Isso não significa que ele parou de me surpreender, e nem por um segundo passou pela minha cabeça julgá-lo ou fazê-lo acreditar que estava errado.

Passo a mão pelo meu rosto e olho para Anabell.

— Eu o abracei e disse que estava tudo bem, que não deveria ter medo. Ele estava tremendo, boneca. Não conseguia nem falar, porque não queria decepcionar ninguém. Landon era apenas um menino de dezesseis anos, prestes a completar dezessete, sendo corajoso o suficiente para mostrar quem realmente é.

— Eu admiro a maneira como vocês se protegem — comenta Anabell. — Isso que é amor.

— Eu posso te proteger — sussurro em seu ouvido.

— Esse é um código para me dizer que você pode me amar?

— Mais do que um "eu posso".

Anabell balança um pouco antes de morder o lábio e olhar para a cima.

— Você sabe como recuperar documentos de uma universidade estrangeira?

— Por que você quer saber disso?

— Porque eu preciso ir à Rússia para me graduar. Mamãe me matriculou em uma universidade sem me consultar. Nem mesmo me inscreveu em um curso do meu agrado.

— Você vai? — pergunto, ouvindo os alarmes soarem na minha cabeça.

— Não, eu não tenho que fazer isso. Sou maior de idade e tomo minhas decisões. Mas não posso deixar meus documentos na Rússia. Preciso deles em minhas mãos, sob o meu poder.

— Parece que teremos que viajar para a Rússia, né?

— Teremos?

— Claro. Vamos pegar esses documentos. Eles não virão sozinhos até nós.

— Você é louco. Você é mesmo um louco de merda.

— E ainda assim você gosta de mim.

— Não duvide nem por um segundo — diz, um segundo antes de começar a me beijar.

Capítulo 23
Fotografias

Anabell

— Cadela, volte para o canil! — exclama Dina, esfregando as cartas na minha cara. Eu franzo a testa para ela.

— Não seja chata! — digo, e peço as cartas de volta. Dina e Jessie me analisam.

— Anab, você está preocupada, ou algo assim? Não está sendo a mesma cadela divertida de sempre — aponta Jessie enquanto acende um cigarro. Eu deveria dizer a ela que mamãe odeia que fumem dentro de sua casa, mas deixo para lá.

— Não, eu só estou naqueles dias — minto. Bom, estou mesmo de TPM, não que isso me afete muito, não chego a ficar louca, mas é uma boa desculpa para não revelar o motivo da minha falta de ânimo. — Eu quero que vovó volte para a Rússia o mais rápido possível.

— Aquela velha é o capeta em forma de pessoa — dispara Jessie. — Eu não entendo como você está aguentando essa velha há uma semana.

— Não é fácil — concordo. Nenhuma delas está em casa, e papai está trabalhando. — Estou cansada de ouvi-la me chamar de lixo inglês.

— Ei, nós, ingleses, não somos lixo — reclama Dina. — Na verdade, somos pessoas sofisticadas.

Solto uma risada do sotaque britânico exagerado que Dina imita.

— Além disso, todo mundo quer que seus filhos tenham nomes e sobrenomes anglo-saxônicos, onde quer que estejam — continua Dina.

— Onde você aprendeu o que a palavra "anglo-saxão" significa? — pergunta Jessie.

— Às vezes você é tão maldita que eu quero te apunhalar com uma colher de chá — resmunga Dina. Jessie e eu rimos dela. — Mas falando sério, Anbe, é só você pedir, e eu posso acabar empurrando ela da escada. Posso facilmente fingir que foi um acidente.

— Ou eu a sufoco com um travesseiro enquanto dorme — oferece Jessie. — Ela é uma mulher muito indelicada, não dá nem para dizer que é uma velhinha gordinha adorável. Quantos anos tem essa velha?

— Cinquenta e oito — digo. — Por algum motivo meu avô a deixou e fugiu com uma ginasta.

— Não julgo seu avô. Pobre dele. Aposto que essa velha era o tipo de mulher que vivia dando ordens durante o sexo, como "coloque direito", "enfia como homem", "faça-me gozar, maldito inútil", "você não sabe onde fica o meu maldito ponto G? Procure, lixo branco". — Jessie adquire ares autoritários, fazendo-nos rir. — Imagine como deve ter sido traumático para o seu avô.

— Eu te diria o quanto é traumático imaginar meus avós transando, mas você sabe que eu não conheço meu avô. Ele fugiu antes de eu nascer.

— Moral da história: é só você nos dar o sinal, e desapareceremos com ela sem levantar suspeitas — propõe Dina, piscando para mim.

— Obrigada, mas, por enquanto, só vou esperar ela voltar.

Dina e Jessie vão embora duas horas depois, deixando-me sozinha em casa. Eu como um sanduíche de geleia de morango com refrigerante de laranja.

O silêncio e a quietude do lugar começam a me deixar doente. Por isso, tiro a minha camisa, deixando meu torso nu, pego meu celular e, com uma das mãos, cubro um dos meus seios, tiro uma foto e a estudo.

É realmente incrível que, sem planejar, a luz que vem não sei de onde, não exponha completamente o seio que minha mão tenta cobrir. Gosto da foto.

Um pouco de inspiração para esses dias de merda. Sorria, meu gostoso.

Eu envio a foto com um sorriso. Como eu senti falta de mandar essas fotos picantes para o Jared. Coloco minha camisa de volta.

Enquanto espero pela resposta dele, vou para o outro andar e entro no quarto dos meus pais. Por mais estranho que pareça, o quarto deles é um lugar que raramente visito. Não me sinto confortável nele.

Cantarolo uma música enquanto espalho os perfumes da mamãe, comparando seus aromas. Acabo tossindo com o cheiro doce. Em seguida, pego um de seus cremes que cheiram como frutas agradáveis.

Quando abro a caixa de joias, sacudo a cabeça: essa mulher, sim, tem joias. Papai a mima, ainda que mamãe seja má com ele às vezes.

Meu celular toca. Uma imagem da mão de Jared pressionando sua virilha através do jeans aparece na tela. Eu mordo meu lábio ao ler suas palavras.

Alguma coisa está começando a se levantar.

Rio e guardo meu telefone. Logo responderei.

Abro uma das gavetas e encontro roupas íntimas que poderiam pertencer a uma modelo. Mas, de qualquer forma, mamãe parece mesmo uma modelo. Abro outra gaveta, encontrando cuecas desta vez. Eu a fecho imediatamente. Argh, não quero ver as cuecas do meu pai.

Pouco a pouco me torno cada vez mais curiosa e desobediente ao verificar todas as gavetas, até chegar na de recibos e pagamentos importantes. Faço de conta que não descobri uma gaveta com vibradores e brinquedos sexuais. Preciso tirar esta imagem da minha cabeça.

Vasculho a mesa de cabeceira com curiosidade.

— Hmm... fotos — digo animadamente. Retiro a gaveta e a coloco sobre a cama.

Até onde eu sei, tenho poucas fotos de quando era criança. Minha mãe dizia que eu não era uma garota bonita, mas meu pai me mostrou uma em que eu estava definitivamente linda.

Encontro fotos de minha mãe grávida e, em algumas delas, surpreendentemente, encontro palavras doces escritas em sua caligrafia no verso. Eu sorrio, especialmente com uma que se parece o registro de um ultrassom.

Hoje descobrimos que você é uma menina, meu amor. Estamos esperando por você, Anabell. Minha Bell.

— Olha, parece que ela me amava — murmuro, passando todas as fotos de sua gravidez. Anastasia, ao que parece, sempre foi uma mulher bonita.

Começo a encontrar uma série de fotografias de quando eu era pequena. Modéstia à parte, fui um bebê que daria de dez a zero em qualquer outro. Eu era adoravelmente bonita.

— Ah, mas que linda a pequena Anabell! — digo, rindo e olhando a foto de perto. Meu cabelo estava mais claro, mas eu parecia uma bonequinha.

As fotos começam a ficar escassas e algumas parecem cortadas ou reduzidas. Eu franzo as sobrancelhas porque há uma em que se supõe que cantávamos parabéns para uma garota com apenas metade do corpo visível.

As fotos do meu segundo ano são estranhas. Todas parecem modificadas, mas meus pais estão felizes.

Encontro fotos minhas aos seis anos. Todas contêm lindas descrições de Anastasia sobre esses momentos. Embora minha avó sorria nas fotos em que aparece, não há uma única em que ela me carregue no colo.

— Olha só, se não é a Kattia. — Rio ao ver uma menina de uns oito anos usando óculos de grau e aparelho nos dentes. — Foi isso que ajudou você a ser bonita hoje, prima.

Estou surpresa por não me lembrar de nenhum desses momentos. Entendo que eu era pequena, mas seria bom recordar. Mas não estão em minha memória. Encontro uma foto minha tirada por volta dos meus seis ou sete anos. Estou em um canto abraçando minhas pernas, chorando.

— Então mamãe também tirou fotos minhas chorando — murmurei, achando divertido. Virei a fotografia para ler.

Hoje você tirou a minha felicidade. Você não é mais a minha Bell, não é mais a minha filha. Você tomou parte do meu coração. Eu não posso te ver com os mesmos olhos.

Por que você? Por quê, Anabell?

Você devia ser luz, não escuridão.

Você não é o que eu queria, nunca será o que eu quero.

Não posso te ver do mesmo jeito que via antes. Tiro a venda e enquadro esta cena em que suas lágrimas não representam nem um pouco da dor que eu carrego.

Você não é minha menina russa, você não é minha Bell.

Deixo cair a foto das minhas mãos enquanto sinto meu coração bater com força. Por alguma razão que desconheço, começo a derramar lágrimas. Merda, isto parece ressentimento.

Minha garganta queima com soluços diante daquela fotografia tirada por Anastasia. Vejo tanto ódio em suas palavras. Elas são muito diferentes das palavras doces das fotos anteriores.

Volto a pegar a foto com as mãos trêmulas. A data indica que era abril do ano em que eu fiz sete anos. Minha mãe me odeia desde que eu tinha sete anos. Ela sente todo esse ódio por mim desde os meus sete anos.

Atordoada, começo a guardar as fotos. No meu desespero de apagar aquelas palavras da minha cabeça, deixo a gaveta cair no chão.

— Merda — xingo com um nó na garganta. Eu só quero chorar.

Eu me abaixo para recolher tudo, disposta a jogar cada fotografia dentro, mas percebo que as bordas da gaveta se abriram com a queda. Delas, caíram três novas fotos.

A primeira é uma fotografia de mim mesma. Talvez eu tivesse uns dois anos, e minha boca estava coberta com uma mecha loira de cabelo pertencente a alguém que não se pode ver.

A segunda é a mamãe beijando meus pezinhos e acariciando os pés de uma criança um pouco maior. Estou certa de que é Kattia. Vê-se que ela já a amava.

A última foto tem três garotas. Eu consigo me reconhecer e, é claro, a sorridente Kattia, mas há uma outra menina loira fazendo uma careta.

Ouço minha mãe estacionar o carro lá fora e, rapidamente, começo a guardar as fotos. Se ela descobrir que mexi em suas coisas, estou morta. Além disso, não quero vê-la depois de descobrir o que ela sente sobre mim desde que eu tinha apenas sete anos de idade.

Recoloco a gaveta da melhor maneira que posso no mesmo momento em que a porta se abre. Eu me viro rapidamente para reconhecer a minha avó, de pé. Escondo minhas mãos atrás de mim. Não guardei a fotografia, merda.

Escondo a foto no bolso detrás da calça, amassando-a para que ela não fique visível.

— O que faz aqui? Está procurando dinheiro para comprar suas drogas? — pergunta a velha odiosa.

Eu me levanto, ainda com um nó na garganta. Sem dizer nada, eu me preparo para sair, mas, no último momento, decido responder.

— Meu namorado fornece de graça a única droga na qual sou viciada — respondo. Ela se vira para me analisar, e eu lhe dou um sorriso arrogante. — E essa droga se chama sexo.

Posso ver a expressão severa se desenhando no rosto de minha avó antes de eu me virar e me dirigir ao meu quarto. Fecho a porta e aperto os lábios com força.

— Minha mãe realmente me odeia — sussurro baixinho, as lágrimas se derramando pelo meu rosto.

— O que é isso? — pergunta Jared ao ver a foto enrugada.

— É uma foto que encontrei na minha casa. Eu não sabia dela — murmuro. — Adivinha quem sou eu?

— Isso é fácil. Você não é loira nem tem cabelo loiro avermelhado, então definitivamente é a bela menina de cabelo castanho com laço rosa — diz com um sorriso.

Estamos em seu quarto. Acabamos de chegar, e é por isso que ainda estamos vestidos.

— Eu era muito linda, né?

— Correção: você ainda é linda. — Jared beija meu pescoço e sinto que me excito pouco a pouco.

— Sim. Esta é a Kattia. Você acredita que ela usava óculos e aparelho?

— Ela parecia adorável. Mas, é claro, não mais do que você. E essa de cabelo loiro e olhos cinzentos?

— Eu não sei — respondo. — Tenho notado que não me lembro muito da minha infância. Lembro de algumas coisas, como cantar parabéns em aniversários, ou brincar de correr, ou até alguns jogos infantis. Mas não me lembro de tudo. Não me lembro dos meus amigos de infância.

— Que estranho. Eu não me lembro muito de quando era pequeno, mas lembro de muitas brincadeiras que fiz — conta Jared, rindo. — A descrição da foto não lhe diz alguma coisa?

— Descrição?

— Sim, está aqui no verso.

Eu pego a foto e leio em voz alta:

— "Minhas três princesinhas doces e perfeitas. Dizem que o coração não pode ser dividido, mas o meu é dividido em três: Anabell, Analise e Abba." Abba é o primeiro nome de Kattia. Mas não sei quem é Analise.

Aproximo a foto dos meus olhos para perscrutar melhor a menina loira. Ela tem muitas características da minha família materna. Tem os olhos de Kattia, o cabelo loiro claro da mamãe e até mesmo feições finas, como as minhas e as de todas as mulheres da minha família materna.

— Ela parece um pouco com sua prima — comenta Jared.

— Sim, Kattia se parece fisicamente com a minha avó — confirmo. — E se for uma irmã perdida, ou algo assim?

— Quantos filmes você tem assistido, gata? — pergunta, divertido. Eu rio ao lado dele. — Não será prima? Ou talvez uma vizinha, eu não sei, algo assim.

— Ei, seria épico imaginar que é minha irmã. Quero dizer, seria um ótimo drama.

— Aposto que Analise era uma pessoa muito melhor que sua prima Abba.

— Ela não gosta de ser chamada de Abba. Prefere Kattia — digo, revirando os olhos —, porque significa pureza, e ela pensa que é pura.

— Bem, é melhor guardar a foto nessa calça que eu vou tirar.

— Jared, eu estou "naqueles" dias — digo, rindo.

— Merda — reclama ele com uma carranca.

— Mas quero me divertir com uma parte do seu corpo — provoco, guardando a foto no bolso detrás da minha calça antes de começar a tirar sua camisa e abrir o zíper da calça.

— Ah, você...

— Sim, meu querido Jared, prepare-se — coloco a mão dentro da cueca dele, fazendo-o gemer quando começo a movimentá-la para cima e para baixo. — E depois da minha mão vem algo mais úmido.

— Mais... úmido? — pergunta com uma voz rouca enquanto eu continuo a mover a mão e a lamber o seu pescoço. Eu chego ao seu ouvido.

— Minha boca.

— Caralho.

— Deite e relaxe — ordeno antes de empurrá-lo para a cama.

Muito bem. Jared hoje será o brinquedo com o qual eu vou me divertir bastante.

Capítulo 24

Eu não quero brownies, quero você

Jared

— Ei, Jared. — Escuto Savannah me chamar. Continuo a escanear os códigos de uns CDs novos, definindo os preços.

— Diga.

Ela não responde. Eu olho para cima, curioso, apenas para encontrá-la brincando com uma mecha de seu cabelo e me observando com um olhar sonhador. Respiro pesadamente.

O único problema de Savannah é que ela é muito sonhadora e não esconde seu interesse. Na verdade ela pode até ser engraçada quando não está flertando ou tentando ir além.

— Savannah? — Eu espero uma resposta.

— Você viu? Meu aniversário está chegando…

— Ah… Que bom!

— E eu vou fazer uma superfesta.

— Uma superfesta, é? — pergunto, achando graça.

— Sim, eu já falei com Mark e Steven — conta com entusiasmo. — Então, eu queria convidar você também…

— Ah, tudo bem! Acho que se não houver nenhum compromisso, eu posso ir. — Dou de ombros.

— Você gostaria de ser meu par?

— Como em uma dança de formatura? — pergunto, intrigado.

— Algo assim…

— Sinto muito, mas duvido que minha namorada goste da ideia. Quer dizer, eu não gostaria nem um pouco que ela fosse o par de algum outro homem em uma festa.

— Ela não confia em você? — pergunta Savannah me desafiando. Em resposta, dou de ombros mais uma vez.

— Ela confia em mim. Mas acho que não em você.

— Jared tem um ponto — sussurra Mark baixinho, sorrindo. Savannah dá a ele um olhar atravessado.

— Bem… você também está convidado.

— Jared pode levar a boneca dele? — pergunta Mark. Eu rio. De alguma forma, Anabell conseguiu agradar a todos, e sempre a incluo nos meus planos.

— Por que Jared levaria uma boneca para a minha casa?

— Ele se refere à minha namorada.

— Ah, bem… Se você quiser levá-la… — responde ela por cortesia. É óbvio que não quer que eu convide Anabell.

— Então, já que você insiste, eu vou levar a minha namorada — respondo, rindo. Savannah aperta os lábios.

Ela se retira e vai em direção a um grupo de adolescentes que entra na loja e não hesita em admirá-la de um jeito sonhador. Eu termino de cadastrar os CDs e vou para o caixa em seguida. Um loiro para na minha frente.

— Pronto para registrar seu pedido?

— Sim — diz ele, tirando a carteira do bolso de trás. — Estes três.

Eu assobio ao ver as edições especiais e muito caras de certa banda famosíssima da qual também gosto.

— Minha namorada é doida por essa banda — comento, registrando o código de barras para marcar os preços. — Ela estava quase me trocando por dois dos membros quando os encontramos em um festival.

— Sim... Conheço uma menina que também é doida por esta banda, então eu vou dar este presente. — Ele solta uma risada estranha, o tipo de risada que você zombaria por ser tão aguda. — Eu pretendo conquistá-la... novamente.

— Muito bem. Você sabe que as edições especiais são mais caras, né?

— Sim, claro.

— Muito bem — digo, conferindo a conta e informando o preço final.

Ele me estende o seu cartão enquanto tamborila os dedos no balcão. Olho fixo para a sua mão e ele parece entender que não gosto do som. O desconhecido ajeita seu suéter e passa a mão pelo cabelo penteado.

— Você gostaria de colocar seu nome na fatura, para o caso troca ou devolução?

— Claro. Coloque em nome de Dylan Cambell — responde ele.

Eu digito o nome dele enquanto Mark coloca os CDs caros em uma bolsa. Entrego a fatura, e ele ri de novo daquela maneira estranha.

— Obrigado... — Olha rapidamente para a minha camisa. — Jared.

— Espero que aproveite os CDs.

— Sim, tenho certeza de que isso vai conseguir arrancar um sorriso dela e suavizar um pouco a situação, se você entende o que quero dizer.

— Se você está tentando recuperar a atenção de um tipo de garota que gosta da banda, sem dúvida vai funcionar — diz Mark, encolhendo os ombros.

Nós o vemos sair e só então Mark ri, imitando-o. Eu lhe dou um empurrão.

— Que risada estranha e afeminada — zomba. — Parecia uma criança rica e mimada, o mesmo olhar que você devia ter, Jared.

— Acha que com esses CDs ele conseguirá algo com a garota?

— Se você tem uma menina interessada em dinheiro, então pode ser capaz de chegar à segunda base. Agora, se ela é uma garota tão surpreendente quanto a sua namorada, com certeza ela o mandará ao inferno e jogará os CDs na cabeça dele, ou dirá para ele que os enfie...

— No rabo — completo.

— Eu ia dizer no cu, mas o rabo também funciona — assegura, rindo.

Eu balanço a cabeça enquanto cobro outro cliente. O amor não pode ser comprado, talvez eu devesse ter dito isso para aquele menino mimado.

— Uma festa? — pergunta, mordendo a pizza.

— Eu pensei que, enquanto tivesse aulas exclusivas com a Ditadora, ela forçaria você a comer pouco e apenas saladas.

— Você está certo. Só que eu não vou parar de comer só porque ela quer — responde. — Ela não precisa saber que estou comendo o que ela chama de lixo.

— O que acontece se você ganhar peso? Quero dizer, eu não me importaria, mas ela iria acabar com você.

— Eu tenho metabolismo rápido. Se eu engordar, nós podemos nos exercitar juntos. — Ela move as sobrancelhas sugestivamente. Eu rio e tomo um gole do meu suco.

— Posso te exercitar pelo tempo que você quiser — digo olhando para ela, lamentando que estejamos sentados sem que eu possa apreciar seu corpo. — Em suma, sim, a festa de uma funcionária da loja.

— Hoje?

— Sim, hoje. Você é surda? — brinco.

— Não, eu só estou distraída pela maneira que a camisa aperta seus braços. Quero rasgar a sua roupa.

— Não diga essas coisas em lugares públicos. Você me provoca.

Ela dá a última mordida em sua pizza enquanto vira os olhos. Percebo então uma leve marca rosa em seu pulso esquerdo, que eu seguro imediatamente. Ela parece confusa.

— E essa marca, boneca?

Ela se move desconfortavelmente, retirando o pulso das minhas mãos, fingindo vê-lo mais de perto. Eu não tiro os olhos dela.

— Eu tive um acidente.

— Que tipo de acidente?

— Meu ex-namorado veio me ver…

— Não é um bom começo para uma história — digo, apertando os olhos.

— Ele trouxe uns CDs do BG.5, edição especial, que são muito caros.

— Fala sério! — exclamo, sentindo que a história me parecia um pouco familiar.

— Acho que ele pensou que eu ia beijar seus pés ou puxar sua calça para baixo e fazer um boquete, como Kattia deve ter feito.

— Claro que não.

— Bem, ele me deu os CDs. Então eu os peguei e coloquei no micro-ondas. Obviamente eles ficaram destruídos. — Suspira. — Se você soubesse como foi doloroso… Sinto que queimei o próprio BG.5.

Eu rio um pouco da imagem de Anabell queimando uma de suas bandas favoritas.

— Bem, ele ficou um pouco enfurecido e segurou meu pulso com força, daí a marca. Mas então papai veio e pediu para ele sair. Acho que vi Kattia sorrir.

— Ele não deveria ter encostado um dedo em você — digo, agora irritado. — Onde eu posso encontrar esse cara? Vamos ver se ele fica histérico assim enquanto eu o faço engolir seus CDs.

— Eu não vou te dizer onde Dylan mora.

— Você falou Dylan? — pergunto em descrença.

— Sim.

— Você quer dizer um loiro com riso afeminado, roupas de criança rica e mimada?

— Como você sabe?

— Droga! Ele esteve na loja há três dias comprando os CDs para "reconquistar" você. Eu vendi alguns CDs para ele te reconquistar! Para reconquistar a minha namorada! Que porra é essa?

— Está brincando?

— De jeito nenhum! Aquele cretino arrogante… Ele tinha certeza de que ia conseguir voltar com você.

— Ele me dá pena — lamenta Anabell, cruzando os braços. — Dylan realmente não me conhece.

— Você namorou um cara que parece o personagem da *friendzone* de um filme romântico? Você sabe, o cara que a amiga sempre rejeita.

Anabell ri enquanto prende o cabelo em um rabo de cavalo alto, novamente expondo seu pescoço pálido, um pescoço que eu realmente gosto de beijar. Quase sinto a necessidade de me jogar na mesa e começar a beijá-la enquanto tiro sua roupa.

— Ele costumava ser doce. Foi algo momentâneo, e eu não sei, acho que gostei da ideia de sair com ele. Além do mais, Dylan nunca reclamava, e pode ser que tenha aquela pinta de criança rica e mimada, mas não é feio. Achei que daria certo.

— Eu não vejo você namorando um garoto assim.

— Ah, não? Que tipo de garoto você me vê namorando?

— Em primeiro lugar, não te vejo com um garoto, mas com um homem. — Anabell sorri para mim. — Um capaz de resistir a sua mente pervertida e a seus comentários sem filtro. Alguém que não se sinta ofuscado ao deixar você brilhar do jeito que você brilha.

— Ou seja, meu tipo de homem é um Jared — conclui Anabell enquanto peço a conta.

Depois de comer, vamos à academia, que fica a apenas um quarteirão de distância. Ela tagarela enquanto mantenho nossas mãos entrelaçadas. Anabell é realmente o tipo de pessoa que não consegue ficar quieta.

— Então, sobre essa festa que vamos...?

— Sim? — pergunto, parando do lado de fora da academia e a olhando de frente.

— Posso ficar com você mais tarde? Eu não quero ir pra casa. Vovó é uma cadela venenosa, e quero estar com você — pede, e envolve minha cintura com os braços.

— Minha cama sempre será sua cama.

— Eu gosto disso. — Ela me dá um beijo no queixo. — E nós ainda não transamos na sua cama.

— Você mantém uma lista dos lugares onde fazemos sexo?

— Talvez — responde ela, apertando os braços na minha cintura e pressionando o queixo no meu peito enquanto me observa.

— E você ainda diz que eu sou o romântico. O que é mais romântico do que contar quantas vezes seu namorado meteu em você?

— Claro, eu também conto quantas vezes você me chupou — conta, me fazendo rir. — Nós somos terríveis, Jared, um casal de pervertidos.

— Eu gosto disso. A rotina é um tédio, mas com você eu nunca sei o que esperar.

Abaixo o meu rosto, dando-lhe um selinho. Eu a vejo fechar os olhos, e faço a mesma coisa antes de começar a beijá-la de um jeito profundo e molhado. Com a minha língua ansiosa em sua boca, agarro seu traseiro com as mãos, trazendo-a para perto do meu corpo enquanto Anabell acaricia a parte inferior das minhas costas, sob a minha roupa.

— Meu Deus, vão foder em outro lugar! — grita uma voz. Eu me separo um pouco de Anabell para ver Jaime balançar negativamente com a cabeça. — Sério, Jared, não vá se queixar porque interrompi! E você, russa, não vá molhar a calcinha que usará na aula hoje.

Anabell ri enquanto me observa com olhos sonhadores. Eu aperto a mão de Jaime, que parece bem-humorado.

— Só não se esqueçam do preservativo. Recomendo que não transem em público se não quiserem ser gravados.

— Obrigado pelo conselho, Jaime.

— Não há de quê, Jared. Só espero que me devolva a russa em alguns minutos. Não quero que se atrase para a aula.

Nós o vemos entrar na academia. As mãos de Anabell ainda estão debaixo da minha camisa fazendo carícias.

— Você quer que eu vá para a festa?

— Claro.

— Beleza. Então vou para a aula. — Ela me dá um beijo rápido. — Eu te vejo mais tarde.

Eu paro o carro em frente a uma casa na qual a música ecoa através das paredes. O jardim está cheio de pessoas. Parece o tipo de festa que promete um desastre épico.

— O que estamos dando de presente para a aniversariante? — pergunta Anabell, olhando para a casa.

Eu a admiro novamente, porque amo o jeito que essa calça de couro abraça suas pernas firmes e delgadas e destaca a linda bunda que adoro apertar. Amo a camisa justa, mas só com um pequeno decote em V que não diminui em nada a sua sensualidade.

Raramente vejo Anabell maquiada. Não nego que adorei o contorno do lápis preto em seus olhos, que destacam seus olhos verdes. Está incrível.

— Jared? — Anabell me tira do transe.

— Ah, eu dei a ela uma cesta cheia de CDs e mais alguns ingressos para o show de uma banda nova em Londres.

— Parece um ótimo presente — parabeniza. Saio do carro e suspiro, pois Anabell desce antes que eu tenha a chance de abrir a porta para ela.

Sua mão não hesita em procurar a minha ao atravessarmos o jardim. Entramos na casa. A festa está digna daqueles filmes americanos, em estilo universitário.

Há fumaça de cigarro no ar, e até algo a mais. Há garotas de sutiã sobre o balcão da cozinha e um pobre bêbado caído no chão. As pessoas dançam, e está tão quente que fica difícil respirar.

Não solto a mão de Anabell enquanto tento localizar Mark, Steven ou Savannah, mas ela nos encontra primeiro.

— Jared! Você veio — exclama, dando-me um abraço caloroso. Sinto-me obrigado a soltar a mão de Anabell por isso.

— Sim. Feliz aniversário de novo — digo, desvencilhando-me dela e tomando a mão de Anabell novamente.

— Seu presente foi o melhor até agora! — exclama, com um grande sorriso. Anabell a observa com curiosidade. Savannah olha para ela e estala a língua. — Vejo que você conseguiu trazê-la…

— Sim. Esta é a minha namorada, Anabell. Boneca, esta é a Savannah.

— Feliz aniversário — cumprimenta Anabell, apertando a mão de Savannah. Por algum motivo, Savannah franze a testa quando solta a mão dela.

— Obrigada, Anabell…

— Savannah! Vem aqui ver isso! — grita alguém.

— Já volto. — Ela se desculpa conosco, desaparecendo entre as pessoas.

Anabell pede que me aproxime para que eu possa ouvir o que ela tem a dizer.

— Aquela garota me deu um aperto de morte — diz. — Acho que ela não queria que eu viesse.

— Bem, você já está aqui — respondo. Anabell franze a testa, mas sorri quando eu lhe dou um beijo. — Vamos dançar?

Anabell concorda efusivamente enquanto tentamos localizar um espaço no qual podemos dançar. Eu gosto do corpo de Anabell preso contra o meu, movendo-se ao ritmo da música. Ela não é uma boa cantora, mas é divertido vê-la fazer isso enquanto se move. Uma dançarina muito boa.

Estou contente por Anabell ter essa folga. Ela pode estar feliz e se divertindo agora, mas sei que não tem passado por seus melhores dias. Às vezes ela parece tensa e alerta, à espera de um ataque. Obviamente algo não está certo em sua família. Fora o fato de sua avó ser uma pessoa desagradável, parece que há um segredo escondido que Anabell está determinada a descobrir, assim como está determinada a viajarmos para a Rússia para recuperar seus documentos.

Um menino passa ao nosso lado com uma bandeja. Anabell pega o que parece ser um brownie. O garoto estende a bandeja para mim e eu nego com a cabeça.

— Boa sorte na sua noite, campeão — diz o menino, rindo e apontando para Anabell. Eu não entendo o que ele quer dizer, mas faço um sinal de compreensão.

Continuo a dançar com Anabell. Sentimos sede, então eu a deixo em um lugar em que posso encontrá-la facilmente enquanto vou buscar bebidas.

Tento não demorar. Na cozinha, procuro por duas cervejas. Há duas bandejas dos brownies sobre o balcão. Duas garotas e um menino as abastecem com mais.

— Essa foi uma ótima ideia. Todo mundo vai se divertir muito — diz uma das garotas. Então ela põe os olhos em mim e morde o lábio. — Quer um doce?

— Não, obrigado, eu não gosto de brownie.

— É uma pena. Nós nos divertiríamos muito.

— Como assim?

— Você sabe, com tudo que estes brownies têm.

— O que eles têm? — indago, segurando as duas cervejas na minha mão.

— Não me lembro do nome. Só sei que quem come pelo menos dois fica com fogo o suficiente para querer transar.

— Merda — digo, lembrando que Anabell comeu não um, mas quatro.

Saio rapidamente da cozinha procurando por ela. Percebo, frustrado, que Anabell já não está no lugar em que a deixei. Vasculho o ambiente, mas não a encontro. Começo a andar pelo local e, ao passar por trás das escadas, levo um susto quando alguém puxa meu braço e enfia as minhas costas na parede enquanto pressiona os lábios quentes e úmidos na minha garganta.

— O quê?

— Eu quero que você me coma gostoso, Jared — diz a voz rouca de Anabell.

— Gata, olha só…

— Cale a boca — ordena, pegando as cervejas das minhas mãos e deixando-as em algum lugar.

Céus, Anabell, neste momento, parece ter mais mãos do que um polvo tem tentáculos. Elas se dirigem para a frente da minha calça. Eu a seguro enquanto sinto sua mordida em meu pescoço.

— Jared, vamos lá, apenas um...

— Gata, os brownies...

— Eu não quero brownies, eu te amo. — Ela pega minhas mãos e coloca em seus peitos. Acho que minha testa começa a ficar suada.

— Nós estamos atrás das escadas com uma festa rolando, gata.

— Não me importo, vamos transar agora.

— Puta que pariu... — Respiro fundo quando a sua mão passa da minha cueca diretamente para o meu pau superexcitado — Espera, gata, vamos...

— Não, eu quero aqui e agora.

Antes que eu possa responder, Anabell começa a me beijar ávida e ansiosamente. Ela sempre foi ardente, mas essa paixão parece ter se multiplicado por cem, pois começa a desabotoar minha calça.

— Quero que me beije, quero que me beije — pede, seus lábios atacando os meus.

Eu não posso acreditar que estou prestes a transar com Anabell debaixo da escada no meio de uma festa. Merda.

Capítulo 25

Quebrando os limites

Anabell

Beijo Jared sofregamente. É mais do que estar excitada, é uma necessidade de querer ser preenchida. Meus músculos e minha virilha doem, latejam. Só quero que Jared os acalme.

Sinto tanto tesão que não me surpreende que, enquanto devoro os lábios de Jared, minha respiração se transforma em suspiros irritantes. O roçar da mão de Jared na minha cintura, ao tentar me afastar, só me deixa mais excitada.

Jared puxa minha mão de dentro de sua cueca. Eu resmungo em protesto. Entendo que sou uma garota que aparentemente não tem senso de vergonha, mas tenho limites. Não entendo como não me importa estar debaixo das escadas, em uma festa. Estou apenas tentando descobrir como posso ter Jared dentro de mim o mais rápido possível.

— Gata, pare. — Jared me olha fixamente, ofegante pelo meu ataque. É só isso que vejo.

— Está doendo muito — protesto com um gemido, envolvendo meus braços em volta do seu pescoço. — Por favor.

— Nós não podemos transar aqui...

— Então vamos, vamos, acalme este meu desejo, Jared. Dói muito.

— Ok, boneca. Fique tranquila, querida — sussurra e me abraça, deslizando sua mão pelas minhas costas com a intenção de me acalmar. Só que isso causa um efeito contrário: eu acabo ficando mais ligada. Gemo em seu ouvido e acho que ele murmura um "merda".

O que fizeram comigo? Não consigo parar de abraçá-lo enquanto Jared tenta caminhar. Ele, então, me suspende, fazendo minhas pernas se enroscarem em volta da sua cintura. Jared acaba me apertando contra ele, gerando um pouco de atrito. Eu enterro a minha cabeça em seu pescoço enquanto continuo gemendo.

— Caralho. Você está bem, gata?

— Eu só quero que você me leve para um lugar onde eu possa ter você nu e me dando prazer.

Eu o ouço rir enquanto atravessa a festa, ainda me segurando. Apoio minha cabeça em seu ombro, respirando ofegante e gemendo pela dor absurda de querer ser preenchida.

Apesar de estar imersa em uma nuvem de necessidade, enquanto passamos pela pista de dança improvisada, noto que há movimentos sexuais na parede e até em um dos sofás, onde uma menina está sentando em um menino. Que circo foi armado aqui!

Quando Jared chega quase na entrada, Savannah aparece com as bochechas coradas e a respiração agitada.

— Não vá, Jared! Nós podemos nos divertir! — ronrona.

Eu estou sofrendo o suficiente com as minhas próprias necessidades para chamá-la de puta, então apenas solto um grunhido enquanto aperto minhas pernas e braços ao redor de Jared.

— Sinto muito, não sei o que deram à minha namorada, mas vou ajudá-la a resolver um problema, né, gata?

— Sim, meu Jared — murmuro e beijo seu pescoço.

Novamente os hormônios soltos me pedem mais, e eu dou uma mordida nele antes de passar a minha língua. Eu amo Jared.

— Hmm... vai com calma, boneca — pede ele com sua voz rouca.

— Nós poderíamos nos divertir, eu posso até aceitar a participação dela — insiste Savannah, parecendo muito carente. Talvez ela sinta a mesma necessidade que eu estou experimentando. Eu rio dela.

— Eu só quero o pau de Jared, não quero vaginas e tetas. Só quero o meu Jared.

Eu ouço Jared rir. Parece que ele diz alguma coisa para Savannah antes de continuar a andar e nos tirar desta casa pecaminosa onde muitos dos convidados estão fazendo sexo em público, dançando ou usando drogas.

No jardim, algumas pessoas estão vomitando, e não me surpreendo ao ver dois garotos se masturbando encostados em uma árvore. O sexo é livre e desinibido nesta festa. Quando chegamos na frente do carro de Jared, ele tenta me botar no chão, mas eu apenas me agarro mais a ele.

— Quero um beijo — peço. — Um beijinho, que seja, mas me dê um beijo.

— Um beijo e você entra no carro? — pergunta, reclinando meu corpo ainda agarrado ao seu contra o carro e sem tirar os olhos de mim. Eu assinto lambendo meus lábios.

— Tudo bem.

Jared se inclina e pressiona sua boca na minha, então eu imediatamente envolvo minhas mãos em seu cabelo, empurrando minha língua em sua boca. Gemendo, eu me mexo contra ele, sou capaz de sentir seu pau pressionar minha barriga, prometendo e deixando claro que posso conseguir mais.

Acho que ele se compadece de mim, já que abaixa um pouco o meu corpo e me abraça com força suficiente para pressionar o pau duro entre as minhas coxas. Afasto seu cabelo gemendo.

— Mais — murmuro contra sua boca. Ele se move de novo, e faz isso uma e outra vez, se esfregando em mim, gerando um pouco de alívio para a minha dor.

Sinto meu corpo tremer com Jared me pressionando e beijando. Sem aviso, sou atacada por um orgasmo que me faz morder o lábio inferior enquanto eu respiro com força. Meu corpo treme.

— Você acabou de ter um orgasmo apenas se esfregando em mim? — pergunta Jared, olhando para mim com surpresa. — Quer dizer, não foram nem três minutos, gata.

— Sim... — respondo com a respiração irregular, sentindo ele me colocar no banco do carona. Jared dá a volta no carro e senta atrás do volante.

— Boa festa, não duramos nem quatro horas — murmura ele, ligando o carro.

O alívio momentâneo que recebi do orgasmo vai embora, dando lugar novamente à necessidade ardente de transar. Eu gemo em protesto.

— O que houve?

— Dói, dói muito. — Acho que até os meus olhos umedeceram. Quero chorar de necessidade. Não importa o quanto o faça, quero mais, muito mais.

— Estamos indo para casa, gata.

— Não, não, eu quero agora. Dói — Olho para ele com os lábios tremendo. — Por favor, por favor, Jared. Por favor, me dê o que quero.

Eu o sinto respirar fundo, sem dizer nada. Fecho meus olhos com força. Malditos sejam todos os convidados daquela festa ou pelo menos os culpados de fazer meu corpo exigir um alívio que não me acalma. Eu pressiono minhas mãos com força. Devo agradecer por ter um namorado. Pobre daquelas garotas que vão amanhecer com um estranho. Eu não as culpo por procurar alívio, é muito intenso.

Meus mamilos doem de uma maneira incrível, para não mencionar minha virilha. Apertar minhas pernas não ajuda em nada.

Tudo fica em silêncio. É por isso que me assusto quando Jared abre a porta e me levanta em seus braços. Tento olhar em volta, mas está tudo escuro. Não sei onde estamos. Ele abre a porta traseira do carro, e eu suspiro de surpresa quando, depois de me deixar deitada no banco, começa a abaixar minha calça de couro junto com a minha calcinha.

— Vamos acalmar um pouco dessa dor.

Olho para ele constrangida antes de sentir seus lábios começarem a beijar minha coxa, deixando mordidas suaves. Eu gemo e me agito.

Estou com tanto tesão que não posso deixar de levar minhas mãos aos seios para tocar meus mamilos, que não param de doer.

Quando sinto o hálito quente de Jared contra a minha boceta, fico ofegante com a expectativa de como será sentir a boca dele em mim. De fato, quando sinto seus lábios e sua língua fazerem sua magia em um lugar tão sensível, gemo com força, fechando meus olhos.

Eu não sei o que me deram, mas é muito intenso. Mesmo enquanto recebo prazer, continua a me machucar, e ainda quero mais.

Filhos da puta. Vou cortar todos os pênis e seios desses putos que me colocaram nesta situação.

Jared é implacável, lambe com capricho, suga e estende minhas pernas muito mais. Eu envolvo minhas mãos em seu cabelo e me arqueio quando sinto dois dedos dele trabalhando em mim. Realmente não sei o que acontece, mas rapidamente alcanço outro orgasmo que me deixa com espasmos e ainda querendo mais.

— Mais, Jared, mais.

— Certo.

Eu o vejo tirar um preservativo da carteira, abaixar a calça e a cueca. Jared rompe o pacote com os dentes. Estou tão longe da realidade que nem sequer paro para admirar seu pênis como sempre faço.

Rapidamente, ele puxa a minha camisa até o pescoço, abaixa os bojos do meu sutiã e lambe meus seios sensíveis enquanto penetra o meu corpo. Suas mãos terminam de tirar minha calça para permitir que eu envolva minhas pernas em sua cintura, recebendo-o tanto quanto posso.

Ele se move rapidamente, dentro e fora enquanto morde um dos meus mamilos. Eu afundo as minhas mãos em suas costas, arranhando com força.

— Sim, sim, mais — digo, deslizando minhas mãos até a sua bunda, para pressioná-lo mais para perto de mim.

— Porra — murmura ele, indo ainda mais rápido.

Não demora muito para gozarmos, especialmente quando o sinto tão forte e rápido. Então, quando chegamos ao clímax, confirmo a teoria de que o orgasmo pode ser alcançado ao mesmo tempo. Mas é preciso destacar que estou sob o efeito de alguma substância, e meu namorado é quem está realmente dando duro.

Sua respiração ressoa forte contra o meu peito enquanto eu ofego.

— Dói?

— Um pouco menos — digo, porque estou de certo modo saciada, mas sinto o eco da necessidade se reconstruir.

— Merda, é melhor eu te levar para a minha casa agora mesmo.

Jared volta a subir minha calça e calcinha, e me deixa deitada no banco de trás enquanto se livra do preservativo e volta a dirigir. Eu quero ir para sua casa agora mesmo, para o seu quarto.

Jared respira preguiçosamente em sua cama. Nu e me abraçando ao seu lado, eu me agito, inquieta. Ainda quero mais, então minha mão desce, pegando e acariciando. Ele geme em protesto.

— Gata, espere um pouco, por favor — pede. Jared realmente deve querer uma folga, afinal tenho usado suas mãos, boca e pênis para me satisfazer por horas.

Não importa quantos orgasmos eu tenha, sempre acabo querendo mais. A necessidade não desaparece.

— Jared, desculpe-me... mas dói.

Ele respira fundo me mostrando um sorriso preguiçoso, tira meu cabelo suado da testa e acena com a cabeça.

— Mas eu acho que você vai ter que subir em mim. Eu te dei muitos orgasmos seguidos. Inclusive, já vai amanhecer.

— Eu subo — aceito a proposta e subo em cima dele. Ele pode estar cansado de tantas horas tentando acalmar o meu fogo, mas seu pênis não está nada flácido. De fato, ele cresce novamente, e eu logo o faço se perder dentro de mim. — Ah...!

— Sente alívio? — pergunta, tenso, com as mãos nos meus quadris.

— Muito. — Isto vai constar em meus registros: acho que já cheguei a mais de dez orgasmos. Estou exausta, mas a necessidade de querer mais não me permitiu dormir. Pobre Jared, teve seis orgasmos ao longo de toda a noite. Dedicar-se a me dar prazer de qualquer maneira o deixa sonolento, mas ele ainda está disposto a me dar mais um.

Eu me movimento sobre ele gemendo e vendo as veias marcadas em seu pescoço, de tão tenso. Ele me dá um pequeno sorriso.

Eu amo esse homem.

Desço dele, sonolenta. Sinto um braço quente ao meu redor. Quando abro os olhos, encontro o rosto pacífico de Jared dormindo. Sorrio um pouco. Ele parece realmente exausto. Meu corpo nu está preso ao dele. Estou surpresa que Jared esteja vestindo uma calça larga. Não me lembro quando as colocou, afinal eu o mantive nu até um pouco depois do amanhecer.

Seu rosto está colado contra o meu pescoço. Aproximo meu corpo para mais perto dele. Minha perna está em volta da sua cintura e, quando ele me puxa para mais perto, pressionando minhas coxas, eu gemo novamente.

Merda, estou dolorida, parece que eu viajei no tempo e perdi minha virgindade novamente. Sinto desconforto e dor, mas valeu a pena.

Merecemos uma recompensa ou reconhecimento pela maratona sexual. Realmente, Jared merece um prêmio por aguentar tanto e me dar tantos orgasmos com a boca, mãos e pênis, tantas vezes quantas foram necessárias para me acalmar.

Eu respiro fundo e beijo seu cabelo antes de começar a me libertar do seu abraço. Tenho muita sede, demais. Minha garganta está seca e áspera, e tenho um desejo incrível de fazer xixi.

Quando consigo escapar de seus braços, ele se vira de bruços. Admiro suas costas por alguns segundos antes de me levantar. Quando me sento, solto um gemido.

— Cacete, dói — digo, de pé, fazendo uma careta.

Ando um pouco estranho, abrindo o armário de Jared para tirar uma camisa grande o suficiente e algumas cuecas que me servem de short. Isso vira uma cena bem engraçada. De jeito nenhum vou colocar a calça de couro e a calcinha que estava usando, justo agora quando minha virilha dói. Claro que não.

Uma vez vestida com as roupas de Jared, entro no banheiro do seu quarto, me lavo e faço xixi. Penteio meu cabelo, que está um pouco emaranhado. Sorte que é liso e não custa muito para deixá-lo apresentável. Por Deus, eu tenho olheiras e meus lábios estão incrivelmente inflamados. Tenho chupões pelo corpo. Evidências de uma noite selvagem.

Uma maldita festa cheia de pessoas malucas que fizeram coisas estranhas que me transformaram em uma selvagem que quase estuprou Jared. A única coisa que não faz parecer que o incidente foi uma violação é o fato de que Jared aproveitou cada momento, mas talvez tenha me odiado, pois em algum momento ele estava realmente lutando contra o sono e a fadiga enquanto eu exigia mais.

Pobre do meu Jared.

Quando saio do banheiro, ele continua dormindo. Deixo o quarto em busca de um pouco de água. Descer as escadas é um martírio, levando em conta o desconforto na minha vagina sensível, que protesta a cada movimento.

— Como essa merda dói — murmuro depois de dar o último passo.

Chego na cozinha e vou diretamente para a geladeira. Sirvo um pouco de suco de laranja, respirando aliviada ao sentir a queimação da minha garganta se acalmar. Agora me lembro, acho que fiz oral em Jared ontem.

Eu me assusto quando o pai de Jared entra na cozinha. Ele me observa com surpresa, depois franze a testa.

— Ei... olá — cumprimento, parando de beber o suco.

— Oi. Eu não sabia que Jared tinha visitas — diz. Nem sequer olha para mim ou tenta ser um pervertido. Apenas caminha até a cafeteira. — Quer café?

— Não, obrigada.

Olho para o relógio na parede. São três da tarde. Eu tomo o resto do suco. É estranho. Quando conheci o sr. Logan, ele estava flertando e me espiando um pouco, mas agora parece distraído e um pouco abatido. A curiosidade me vence.

— O senhor está bem?

Ele se vira e se senta em uma das cadeiras do balcão, parecendo muito focado em sua xícara de café. Acho que, fisicamente, Landon tem mais semelhança com o pai do que Jared.

— Eu me odeio muito — murmura ele. — Eu me odeio ao ponto de não fazer nada para me sentir um pouco melhor.

Bem, eu não esperava por essas palavras, então não sei bem o que dizer. Logan dá uma risada seca.

— Você sabia que as primeiras palavras de Landon foram "eu te amo"? Ele disse para mim, e isso me deixou louco por um mês. Jared se sentiu um tanto enciumado por não ter a minha atenção.

— Que fofo. — digo, estremecendo quando me sento em uma das cadeiras em frente ao balcão.

— Sim. Jared era mais independente, sempre brincando de ser o menino grande. No entanto, Landon era mais inocente, sempre precisando de proteção e um pouco chorão, mas sempre encantador. Eu amo meus filhos. É a única parte da essência de Janet que permanece, mas não consigo olhá-los sem me sentir culpado. Landon é tudo que meus pais disseram que era errado quando me criaram. Venho de uma família conservadora. Landon está errado dentro dos princípios e valores com os quais cresci. São meus paradigmas. Sinto falta do meu filho, mas não posso deixar de sentir rejeição pelo o que ele é. Não posso.

Meu lado sensível me faz sentir empatia. Não há justificativas para este homem ser um idiota, mas não é preciso ser um gênio para perceber que ele não está bem. Logan tem tanta merda e contradições dentro de si, que não sabe como lidar com o que sente.

— Landon é um grande homem, quero dizer, se ele não dissesse, eu nem saberia que é gay — digo, rindo. — Acho que ele é mais homem do que muitos são, e, sem querer ser desrespeitosa, mais até do que você. Gostar de meninos ou meninas não é o que define um homem. Landon tem sido homem o suficiente para encarar você e aceitar suas preferências sexuais. Tem sido homem para lidar com esse mundo cheio de merda, onde muitos sempre vão julgá-lo. Eu acho que ele é um homem quando o vejo lidar com a rejeição do próprio pai. O que mais um homem poderia ser? Na frente dele, acho que você seria um homem fraco e pequeno.

Bem, devo ser a primeira garota a chamar seu sogro de homofóbico, ou talvez questionar o seu caráter na sua frente. Sim, cada dia fico mais surpresa comigo mesma.

Logan não diz nada, apenas faz uma careta, levanta-se e deixa a xícara de café na pia. Está pronto para sair da cozinha, mas, antes, vira-se para mim. Ele não sorri, na verdade não há expressão em seu rosto.

— Não acho que você deveria ficar longe de Jared — murmura. — Eu não o vejo tão feliz há muito tempo. Você faz bem pra ele.

— Nem fodendo eu pretendia me afastar — aponto o óbvio, e ele sorri um pouco.

— Você não se parece em nada com a sua mãe.

— Espere! — exclamo e o sigo até a sala de estar. Ele abre a porta, pronto para ir, mas apenas me observa. — Você conhece a minha mãe?

— Acho que é o tipo de coisa que ela deveria te dizer. Mas, sim, muitas pessoas conhecem sua mãe.

Com essa resposta intrigante, ele sai de casa. Ótimo, outra peça para o quebra-cabeças sem fim que devo montar. Balanço minha cabeça e subo as escadas de volta ao quarto de Jared. Ele está saindo do banheiro e me dá um sorriso.

— Olá, gata selvagem. Dormiu bem? — pergunta, com o queixo cheio de creme de barbear. Jared volta para o banheiro, onde começa a raspar a trilha da barba. Eu me posto ao lado dele.

— Minha vagina dói — reclamo. Ele ri.

— Pelo menos não destruiu meu pênis — diz, traçando o barbeador no queixo. — Pensei que ia desmaiar de exaustão antes de você parar de pedir por mais.

Deixo um beijo em seu ombro, e ele me dá um sorriso.

— Obrigada, você é um namorado incrível — digo com sinceridade. — Você é tão bom que em nenhuma das vezes se esqueceu de usar camisinha.

— Sim. Agora eu tenho de repor todos os preservativos que usamos. Você quer sair pra comer e depois eu te levo pra casa?

— Sim. Mas, primeiro, quero tomar banho.

Ao sair do banheiro, ouço o celular dele tocar.

— Jared, acho que você recebeu uma mensagem — informo.

— Pode ler. Tenho certeza que é do Mark. Eu perguntei a ele o que tinha nos brownies, porque não era erva clássica.

— Tá, mas pede uma senha — digo, pegando seu celular.

— Zero, oito, seis, cinco, quatro, três — grita.

Digito a senha e abro a mensagem multimídia. Outra mensagem que eu suponho ser de Mark também chega, mas é texto.

Quando a imagem multimídia termina de carregar, todo o ar sai dos meus pulmões.

Você quer uma russa de verdade?

São as palavras do assunto. Eu engulo em seco ao ver a foto de uma garota nua, na cama, com o sorriso de cadela. É a minha prima russa. A maldita Kattia.

Eu aproximo meus olhos da tela. Sou sensata o suficiente para saber que não deveria suspeitar de Jared. Percebo que o número não está registrado e que esta deve ser a primeira foto que ela envia para ele.

Como Kattia conseguiu o número dele?

Sentindo a raiva ferver dentro de mim, apago a porra da foto do celular do meu namorado e bloqueio o número. Depois de excluir a mensagem, abro o texto de Mark.

Ioimbina, só um pouco. Mas era o que tinha nos brownies.

— O que ele disse? — pergunta Jared, me assustando da entrada do banheiro.

— Ele disse que era ioimbina — respondo, balançando a cabeça. — Acho melhor você me levar direto para casa, assim que terminar de se barbear. Parece que precisam de mim lá.

— De acordo.

Kattia passou dos limites.

Quando Jared estaciona na frente da minha casa, dou um sorriso sincero, porque ele merece. Eu me inclino e o beijo carinhosamente.

— Obrigada por tudo, ontem foi incrível.

— Aposto que sim — diz com um sorriso. — Vamos comer juntos amanhã?

— Eu vou me encontrar com Landon e Jessie, mas você pode vir com a gente.

— Certo. Eu posso até pegar Ian para tornar isso interessante.

— Acho uma boa. — Eu o beijo de novo rapidamente. — Te amo.

— Que linda, boneca. Eu também te amo, mesmo que você não tenha me deixado descansar.

Eu rio e saio do carro acenando. Quando o carro dele some de vista, apago o sorriso do rosto, sentindo a raiva brotar novamente.

Abro a porta de casa e a primeira coisa que encontro é o olhar desafiador da minha mãe, que olha as roupas de menino que estou usando.

— Que tipo de roupa é essa, Anabell? — pergunta com as mãos nos quadris.

— Agora não, Anastasia, caralho — rosno, fazendo-a ofegar. — Cadê aquela puta?

— Olha esse vocabulário de garota... — zomba a minha avó.

— Vá se foder, velha frustrada — disparo, sentindo a raiva crescer.

Minha tia me observa surpresa. Eu a adoro, então não digo nada. É um verdadeiro calvário ter uma puta oferecida como filha.

Justo nessa hora, Kattia sai da cozinha, conversando com Dylan. Era só o que me faltava, ele também está aqui. Não sei de que maneira olho para Kattia, mas suponho que tenha adivinhado minhas intenções, porque parece assustada.

— Seu pedaço de merda! — grito e corro em direção a ela. Dina se orgulharia do soco que desfiro direto no rosto de Kattia. Acho que ouço todos arfarem de surpresa, mas, sem lhe dar tempo para reagir, seguro seu cabelo exótico de merda tão forte que sinto alguns fios desprenderem. — Não basta você foder com meu ex, também precisa enviar fotos nuas para o meu namorado? Prostituta barata!

Ela me dá um golpe na bochecha que dói para caralho, mas tenho tanta adrenalina que não me importo. Com ambas as mãos, puxo o cabelo dela, dando voltas. Acho que ouço minha mãe e minha avó gritando meu nome.

Dylan tenta me segurar, mas solto Kattia tempo suficiente apenas para dar um soco no nariz dele. Caralho.

Então volto minha atenção para minha prima. Ela me acerta um tapa que, não nego, dói muito, mas eu a empurro para o chão.

Começo a bater e gritar bem alto a puta que ela é. Estou feliz em ver fios de cabelo dela em minhas mãos. Fico contente em ouvir Kattia choramingar. Sinto a glória de uma campeã.

Estou me dando um banquete ao esmurrá-la, quando sinto braços me segurando por trás, impedindo-me de continuar. Eu grito bem alto.

— Menina russa, acalme-se! — exclama papai, assustado. Eu a chuto.

— Sua puta de merda! Deixe meu namorado ou eu vou te matar — grito. — Diga, diga a todos como você é a maior puta da família. Diga a sua mãe como você tem investido seu tempo em Manchester, sua pequena vadia.

Tia Katerina olha para mim muito surpresa. Sinto muito, tia, mas vou quebrar a sua ilusão de que sua filha tem salvação. O lábio de Kattia está sangrando, e seu rosto começa a inchar enquanto ela chora. Dylan sangra pelo nariz. Eu esperei muito por este momento.

Eu não vou mais me calar.

— Anabell, já chega! — grita mamãe grita enfurecida, abraçando Kattia. Aquele gesto nem sequer doeu em mim.

— Pare você, Anastasia — grito novamente. — Quer saber por que eu deixei o inútil do Dylan?

Ele fica pálido, e eu lhe dirijo um grande sorriso.

— Você mesmo quer contar sobre como descobri o quão pequeno é o seu pênis, Dylan? — pergunto. Papai me solta, com surpresa.

— Ana, eu não acho… — começa Dylan.

— Em um dia normal e corriqueiro eu estava indo para casa do meu namorado. Animada, subi para o quarto dele e, oh, surpresa! Kattia estava nua, de pé, com o meu namorado perdido entre as suas pernas. Fazendo sexo oral nela!

Todo mundo fica em silêncio. Só se ouve a respiração ofegante da tia Katerina, que cobre a boca com as mãos. Deus, o que me magoa é partir o coração dela.

— Qual foi a desculpa de Kattia? "Prima, ele não é tão bom." — Olho para mamãe, que não diz nada. — Você quer mais detalhes, Anastasia? Eles fizeram isso por um bom tempo, não foi só aquela vez. Como você se sente quando a prostituta da família é sua protegida e não a filha que você odeia tanto?

— Acho que... — A chata da minha avó tenta falar.

— Espere, tem mais! — exclamo. — Esta manhã ela enviou uma foto nua para o meu namorado, para o meu namorado atual, uma foto nua. Ela não merece ser espancada? Pedaço de merda, você certamente vai morrer com uma doença venérea ou talvez com um pau engasgado nessa garganta chupadora de bolas que você tem.

— Anabell! — grita papai, saindo de seu torpor. Meus olhos se umedecem de raiva.

Eu me aproximo de Anastasia, que não deixa de me olhar.

— Eu te apresento a sua verdadeira Kattia, Anastasia, a mesma com a qual você tem me comparado, humilhado e desprezado. — Creio que pela primeira vez sinto desprezo pela minha mãe. — Eu li em uma foto que você me odeia, sei que sou sua filha indesejada, que, quando você me vê, não sente nada além de desprezo. Mas adivinha o que acabei de descobrir? Que sinto o mesmo desprezo em relação a você. Todos os insultos que me fez estão gravados e, para ser honesta, você não é a mãe que eu teria escolhido se tivesse a oportunidade. Eu te detesto, odeio que tenha feito eu me sentir miserável e não posso tolerar nem mesmo olhar para você. Fique com o que merece. Fique com a Kattia.

Anastasia começa a derramar lágrimas enquanto seus lábios tremem. Dói, é a minha mãe, mas não posso continuar a alimentar o seu desprezo, nem permanecer humilhada por ela e por sua maneira estúpida de me tratar.

— Estou deixando sua casa de merda, deixo você com toda a sua merda russa, seu desprezo e sua Kattia. Não suporto mais te ver.

— Menina russa — murmura papai, tentando segurar meu braço.

— Sinto muito, pai, mas não consigo vê-las. Eu as detesto.

Dito isso, vou para o meu quarto. Merda, parece um alívio tirar este peso de cima de mim, mas também dói demais. Porra, dói o fato de ter aceitado o que me recusei a admitir: Anastasia só me machuca. Se ela me ama, então esconde muito bem.

Pego uma mala e começo a jogar todas as minhas roupas dentro. Ouço meu pai entrar no quarto.

— Menina russa, por favor, não vá, querida — pede ele, derramando lágrimas. — Fale comigo. Por que você não me contou?

— Eu não quero ficar aqui. Ela me odeia. — Jogo mais roupas na mala enquanto começo a chorar.

— Tudo bem. Você não vai sozinha.

Eu olho para cima para mirar meu pai. Ele passa a mão pelo meu rosto limpando as lágrimas.

— Eu vou com você. Não posso tolerar por nem mais um segundo a maneira como ela te trata. Amo Anastasia, é o amor da minha vida, mas eu te amo mais ainda, filha, e no dia em que você nasceu, prometi protegê-la sempre. Não vou colocar minha esposa acima da coisa mais linda que já me aconteceu. Não vou deixar você sozinha, minha menina russa. Eu sou seu pai e não vou virar as costas para você.

Eu me jogo em seus braços e desato a chorar. Porque este sempre foi o meu pai, que não me censura por nada, que sempre foi meu alicerce e que sempre me amou.

Se eu o tenho, não preciso de mais ninguém na família.

Gael é o suficiente para preencher o papel de pai. É a única coisa que ninguém pode tirar de mim.

Capítulo 26

Você tem a mim

Jared

Landon abre a porta do apartamento onde mora desde que saiu de casa. Dou um tapinha em suas costas e entro.

— Está tudo bem, Lan?

— Tudo bem, Jared — responde ele me olhando acender um cigarro. — Claro, você pode fumar dentro do meu apartamento, obrigado por perguntar.

— Sinto muito, só estou fumando dois por dia, e às vezes nem isso, mas estou preocupado.

— Por quê? — Landon se senta no balcão com uma das mãos apoiando o queixo.

— Por Anabell. Não tenho notícias dela há três dias. Quer dizer, vocês deveriam ter se encontrado há dois dias, certo? — questiono, dando uma tragada e passando a mão pelo meu cabelo.

— Sim, mas eu já te disse que ela me enviou uma mensagem dizendo que estava indisposta. Você não a viu na academia?

— Não. Na verdade, a Ditadora me perguntou hoje se eu estava "entretendo demais" a sua futura estrela. Ela não foi para a academia. — Apago o cigarro, mesmo sem terminá-lo. — Quando ligo para o telefone dela, cai na caixa de mensagens. Algo não está certo e estou ficando preocupado.

— Talvez você tenha rasgado a vagina da Anabell de tanto que transaram — brinca Landon, o que lhe vale um tapa na cabeça. — Ai! Certo, você não rasgou a vagina dela.

— Acho que vou até a casa dela — pondero, caminhando em direção à porta.

— Espere. Eu vou com você. Agora também fiquei preocupado.

Então saímos do apartamento dele. O que há de errado com Anabell?

Landon e eu deixamos o carro em frente à casa dela. Nós nos dirigimos à porta e tocamos a campainha. Uma mulher com mais ou menos a idade da mãe de Anabell abre a porta. Estava claramente chorando.

— Com licença. Estamos procurando por Anabell — anuncio. A mulher emite um soluço que, por um momento, me assusta.

— Sinto muito, mas ela não está. — Ela funga com o mesmo sotaque que eu ouvi da mãe de Anabell. — Ela não está aqui.

— Mas quando volta? Eu posso passar aqui novamente quando ela voltar.

— Anabell não vai voltar! — A mulher chora, e eu estremeço. — Eu não sei o que há de errado com a minha filha. Por que Abba fez algo assim?

— Com quem você está falando? — grita uma voz autoritária com sotaque russo, de acordo com o que aprendi a identificar.

Uma mulher mais velha chega à porta. Pelo jeito que ela nos olha e pela sua careta de raiva e desagrado, intuo que seja a avó de quem minha boneca reclama tanto.

— Estamos procurando por Anabell — diz Landon.

— Quem são vocês? Um dos muitos com quem aquela degenerada com certeza se deita? Fora daqui! — grita a velha, sobressaltada. É muito difícil entender o que ela diz, já que não parece dominar o inglês.

— Mamãe, chega! Deixa...

— Fora daqui! Eu não preciso ver para quem aquela garota abre as pernas.

— Não fale assim da minha namorada — ameaço, começando a me irritar.

— Então foi para você que Abba mandou a foto? — pergunta a mulher mais jovem, com os lábios trêmulos. Eu não sei do que ela está falando. — O que eu fiz de errado? Por que minha filha é assim?

— Fora! — grita a avó de Anabell, em russo. Eu não entendo nada, só sei que ela está enfurecida.

— Maldita seja, mamãe, basta! — A mulher chorosa a repreende em inglês, antes de mudar novamente para o russo. As duas gritam, chateadas.

Landon me agarra pelo braço e me puxa para trás. Sinto pena quando a mais nova recomeça a chorar enquanto a avó de Anabell parece dizer-lhe alguma coisa. Que família disfuncional... E eu que pensava que a minha é que era fodida.

Volto para o carro sem tirar os olhos da discussão entre a senhora mais nova e a avó de Anabell.

— Aquela velha é uma grande puta — pragueja Landon. Eu continuo surpreso. — De que foto será que elas falam, Jar?

— Eu não sei — respondo, saindo do meu torpor. — O que ela quis dizer com "Anabell não vai voltar"? Se elas fizeram a merda de mandá-la para a Rússia, então vão descobrir quem eu sou!

— Calma, Jared — pede Landon. — Cristo! Você está apaixonado, apaixonado mesmo. Respire, vamos resolver isso.

Eu assinto, ligando o carro, mas ainda me sentindo muito preocupado.

As quatro horas seguintes passam sem qualquer notícia. Voltamos ao prédio de Landon. Pelo olhar perdido do meu irmão, sei que ele não sabe o que dizer para me fazer sentir menos preocupado. Ainda não passamos por nenhuma das empresas, e o mais surpreendente é que Logan não me ligou cobrando nada. De fato, desde a nossa discussão, ele não pediu mais a minha ajuda.

— Tenho certeza de que ela está bem, Jared. — Landon tenta me confortar.

— Ninguém sabe nada sobre ela, Landon — lembro.

Depois de ter ido à casa de Anabell, passamos pela casa de Dina e Jessie. Elas ficaram surpresas, porque achavam que a amiga estava apenas entretida o suficiente para não mandar mensagem para elas.

Pressiono minha testa contra o volante. Esta preocupação dá um nó no meu estômago e não me deixa nem comer. Merda, eu só preciso saber se ela está bem.

— Avise se você tiver notícias — pede Landon enquanto sai do carro.

— Eu te falo se ficar sabendo de algo. Não faça nenhuma loucura, Jared.

Eu assinto. Espero que ele entre no prédio e saio com o carro. Onde Anabell poderia estar? Embora a questão principal seja: por que ninguém sabe onde está Anabell?

Após quinze minutos, enquanto dirijo rumo ao restaurante da família, meu celular toca. O nome de Anabell aparece na tela.

— Nunca mais volte a desaparecer assim de novo, gata, você me assustou...

— Jared, não é Anabell. Aqui é a Dina. — Eu estremeço.

— Cadê Anabell?

— Ela está aqui. Mas vamos dizer que está indisposta. — Ouço vozes ao fundo. — Usando suas próprias palavras, ela "vai deixar que a vida passe por cima" dela. Acho que precisamos de sua ajuda por aqui.

— Onde vocês estão?

Dina diz o endereço, que memorizo. Não demoro nem vinte minutos para chegar. Felizmente o apartamento em que Anabell está fica no primeiro andar.

Jessie é quem abre a porta com um pequeno sorriso.

— Que bom que você veio — diz, com alívio.

— Eu estava realmente preocupado.

— Jared, você veio! — grita Dina me abraçando. — Obrigada por ter vindo. O pai dela está trabalhando, mas já vai chegar. Nós o avisamos que você é o namorado dela e que estava vindo.

— Sem problemas. O que houve?

— Ela mesma dirá a você. Temos que ir — diz Jessie, pegando sua bolsa. — Por favor, avise-nos se precisar de algo, tudo bem?

As duas saem. Sigo para o quarto em que Anabell está.

Eu a encontro encolhida sobre a cama, a respiração calma. Suspiro com alívio quando percebo que ela está bem.

— Eu disse que vou deixar a vida passar por cima de mim — murmura com a voz rouca.

— Porra, boneca, a vida é pesada demais para você deixá-la passar por cima você. Imagine como vai ficar depois.

Anabell ri baixinho antes de se sentar na cama e olhar para mim com olhos vermelhos, tão vermelhos que mal consegue mantê-los abertos. Seu nariz e bochechas estão rosados. Ela funga ao se sentar.

Ao olhar para mim, estende os braços. Imediatamente vou até ela e a abraço. Seu rosto se esconde em meu pescoço enquanto ela chora.

— Eu estava preocupado — digo, acariciando suas costas.

— Desculpa. Tanta merda aconteceu, Jared, que eu simplesmente não queria fazer nada.

Eu a abraço por tempo suficiente para que Anabell chore o quanto quiser. Quando ela se acalma, continua me abraçando.

— Kattia enviou uma foto para o seu telefone, uma foto dela nua. — Abro os olhos, surpreso. Anabell se afasta para me olhar. — Quero me desculpar por tê-la deletado sem a sua permissão, mas me incomodou muito.

— Gata, eu não fazia ideia. Quer dizer, não estou enviando fotos para sua prima ou...

— Eu sei, nunca desconfiei de você — diz, com um sorriso triste. — Nunca na minha vida espanquei alguém, mas, naquele dia em que você me deixou em casa, eu arrebentei aquela cadela.

— Que merda...

— Sim. Não sei o que aconteceu comigo, mas, de uma hora para a outra, eu não queria me calar. Gritei tudo, tudo o que ela fez com Dylan. Disse a Anastasia como me sentia, como ela fazia eu me sentir — Anabell enxuga os olhos molhados. — Eu a detesto, mas sinto saudade. Quero que ela me ame.

— Como ela não te amaria? Você é o tipo de pessoa que todo mundo quer conhecer, gata.

— Não, ela me odeia. Eu li as palavras dela no verso de uma foto. Ela me odeia, odeia da mesma maneira que a minha avó. Eu sei que isso tem a ver com a garota loira, mas não sei, não consigo entender. Ela me fez infeliz e me diminuiu durante toda a minha vida, eu estou tão cansada... — Anabell respira profundamente, os lábios trêmulos. — Saí de casa, e meu pai veio para cá comigo.

— Uau, aconteceu muita coisa...

— Agora também sinto que separei minha família. Eu me sinto mal, não quero fazer nada. Não quero viv...

— Não se atreva a dizer que não quer viver. — Eu a interrompo, tomando seu rosto em minhas mãos. — Sua família está passando por uma boa merda, é verdade, mas não será por isso que você vai ficar deitada aí até morrer. Você é Anabell Brown Kabakova, um mulherão da porra, cheia de brilho e tão forte que não leva desaforo de ninguém. Você não fez nada de errado, e se sua mãe não vê a grande mulher que trouxe ao mundo, pois que se foda, porque ela não tem a menor ideia de quem está perdendo. Você não precisa nem mesmo de um herói, boneca, é sua própria heroína, e não posso deixar você achar que sua vida não vale a pena, porque, se essa parte da família não se importa com você, há outra que, apesar de não ser de sangue, te quer bem.

Eu beijo a testa dela. A mãe de Anabell deve ser louca para fazer a própria filha se sentir assim.

— Você tem Jessie, Dina, Landon, até Ian... Meu Deus, todos os meus amigos são loucos por você! Até a Ditadora e Gretta. Todos na academia estão preocupados com as suas ausências nas aulas de dança. Jaime está ficando louco porque a russa dele não está mais indo às suas aulas.

Anabell ri, e isso me faz sorrir. Seus olhos me observam.

— Você tem a mim, esse homem louco de 22 anos tão apaixonado que deveria ter vergonha de não pensar em mais nada além de você.

— Jared... — murmura Anabell, emocionada.

— E ainda que todas essas pessoas que você tem te decepcionem, você sempre terá mim. Eu estarei aqui, apaixonado, amando você, roubando sorrisos. Anabell, eu amo toda a sua loucura e personalidade. Amo até o seu lado russo. Eu te amo. Isso não é suficiente para você querer continuar a seguir em frente?

Seus lábios tremem, ela envolve os braços no meu pescoço e me abraça com força.

— Vocês valem mais do que ela. — Soluça. — Você vale mais do que ela. Eu tenho papai, meus amigos e tenho você.

— Sim, você tem a mim.

— E você me ama.

— Loucamente — acrescento, fazendo-a rir.

— E eu te amo. — Ela me abraça apertado. Eu sorrio. — Você está certo, não vou me deixar abater por isso.

Anabell segura o meu rosto em suas mãos, ainda sorrindo para mim.

— Ela perdeu uma grande filha — diz. Sua modéstia me faz rir. — Eu também estou feliz que tenha perdido o meu pai. Ela não o merece.

— Essa é a boneca que eu conheço.

Anabell pressiona a boca na minha antes de se afastar, respirando profundamente.

— Ama mesmo depois de eu ter esgotado você há alguns dias?

— Isso só me faz te amar mais.

— Eu também te amo mais por ter deixado a minha vagina doendo por dois dias. — Anabell me beija outra vez. — Eu te amo.

— Eu também te amo, boneca. Lembre-se sempre de não deixar ninguém colocar você para baixo, porque o seu valor é imenso.

— Obrigada, Jared.

— E, caso se esqueça, eu estarei aqui para te lembrar.

— Você vai me fazer chorar de novo.

— Então vamos fazer algo que não te faça chorar.

— Ainda dói um pouco aqui embaixo — lembra Anabell, corando.

— Pervertida! Falei sobre cozinhar algo. Suas amigas disseram que você não tem comido.

— Verdade, então que seja comida. A propósito, meu desejo foi cumprido.

Eu a observo, confuso. Não entendo a que ela se refere.

— O desejo que eu pedi na fonte em Londres, com a moeda.

— Ah, certo! E que desejo foi esse?

— Que você me amasse pelo menos a metade do que eu já estava começando a te amar.

Eu sorrio, acariciando seu rosto. Anabell se inclina ao meu toque.

— Não devia ter gastado uma moeda com isso. Eu já estava apaixonado por você.

— Nesse caso, você me deve uma moeda para que eu peça outro desejo.

Eu me levanto, rindo. Em seguida, entrelaço os dedos das nossas mãos e a guio para a cozinha. A mãe de Anabell certamente não faz ideia da mulher incrível que está perdendo.

— Há mais uma coisa, Jared... — anuncia Anabell.

— Diga.

— Seu pai comentou que conhece a minha mãe.

Minha testa franze com a informação. Vou me recordar de perguntar a Logan de onde ele conhece a mãe de Anabell.

Isso eu gostaria de saber.

Capítulo 21
Peças de quebra-cabeças

Anabell

O silêncio não é desconfortável, mas posso sentir que papai está tenso. O olhar triste dele faz com que eu me sinta uma cadela que o levou para longe de sua esposa. Merda, não o afastei da mulher ideal, mas entendo que ele a ame.

Entendo que se sinta incompleto ou triste longe de Anastasia. Eu me sentiria assim sem o Jared.

— Sinto muito, papai. Sinto pelo que você está passando. — Puxo assunto, parando de comer. Seus olhos estão vermelhos de tanto chorar. — Se você quiser, pode voltar, e…

— Não, não importa o quanto doa, meu amor, tudo que me importa é dar um basta em Anastasia. Ela não pode simplesmente ignorar o que a sobrinha fez. Não pode passar por cima de você. Não importa o quanto o passado doa, não é sua culpa.

E aqui está o maldito mistério novamente. Respiro fundo, cansada. Checo o horário no meu celular: em duas horas preciso voltar à academia, especialmente por ter faltado durante tantos dias. A Ditadora e Jaime não terão muita clemência comigo para colocar as aulas em dia.

Olho para o papai, que continua a comer. Eu o observo tão fixamente que ele nota, provavelmente pelo desconforto.

— Algum problema, minha menina russa?

— Você mentiria para mim?

Gael apenas retribui o olhar. Parece que a minha pergunta o deixou muito surpreso.

— Tudo bem, vamos tornar isto mais fácil, papai — digo, gesticulando. — Você tem mentido para mim?

— Eu… — Silêncio. Eu balanço a cabeça. É claro que mentiras são ditas em algum momento da vida. Não vou julgá-lo.

— Está tudo bem, isso não vai me incomodar. Eu também já menti — tranquilizo, fingindo um sorriso. — Você contou mentiras benéficas ou grandes mentiras, pai?

— Por que está me fazendo essas perguntas, Anabell?

— Por que me chamou de Anabell e não de "menina russa"?

— Você está me confundindo.

— Você nunca mentiria para me machucar, certo?

— Você é tudo o que eu mais amo neste mundo — declara. Sorrio. Talvez eu não tenha a melhor mãe, mas tenho a sorte de ter um grande e maravilhoso pai.

— Você também é o que eu mais amo.

— Mais até do que aquele menino Jared? — brinca.

Respiro fundo, como se ponderasse. Meu pai e Jared não se falaram muito. Eu apenas os apresentei. Jared, em seguida, precisou ir.

Jared. Ainda me sinto tão boba em estar animada com o fato de ele dizer que me ama. Desta vez ele ganhou ao falar primeiro.

— Estou ofendido, minha menina russa.

— Não enche! Você vem em primeiro, eu te amo mais.

— Isso significa que você o ama. — Papai joga a cabeça para um lado, parece que seus olhos brilham. — Devo ter uma conversa com seu namorado sobre matá-lo caso ele te faça sofrer.

— Pai, você não mataria nem uma mosca. — Rio. Papai pisca para mim.

— Ele não precisa saber disso.

— Acho que você tem sorte de ainda se lembrar das técnicas — comenta Gretta. Ela terminou seu treino. Agora é a minha vez de ser torturada. — É bom que tenha escolhido esse *body*. Assim, ganha mais elasticidade e mobilidade.

Assinto com a cabeça. A verdade é que me sinto estranha vestindo um *body* branco com sapatos de balé. A sensação é que, se por acaso ele rasgar, ficarei muito exposta.

— Tenho boa memória — respondo. Melhorei neste lance de não julgar Gretta. Embora ela seja tranquila e amigável demais para o meu gosto, é agradável, mesmo quando seus olhos se transformam em corações ao ver Jared. Mas não posso culpá-la, afinal, é o Jared. — Você é muito boa no balé. Vai se dedicar profissionalmente?

— Eu gostaria. — Sorri abertamente. Em seguida, a Ditadora retorna para a sala. — Boa sorte, Anabell.

— Até mais, Gretta.

Gretta sai e fico com a minha carcereira. A Ditadora levanta as sobrancelhas ao notar que estou com o cabelo solto.

— Esqueci de trazer um elástico para prender meu cabelo. — Eu me desculpo com um gesto. Ela bufa, mas não diz nada.

— Você terminou de se aquecer?

Digo que sim. É o sinal para que comecemos a aula.

O balé não é o meu sonho de vida, ou pelo menos não era, mas não nego que gosto. A dança é a melhor maneira de liberar as emoções agora que estou tão irritada, magoada e ressentida com a mulher que me trouxe ao mundo.

Minha vontade é de gritar o quão filha da puta é a srta. Lara. Ela me obriga a estender a perna em linha reta na longa barra de metal presa à parede em frente ao espelho. Eu sei que é necessário, mas, porra, dói. Ela me mantém assim por alguns segundos, dizendo que devo durar mais a cada nova tentativa.

No entanto, isso me ajuda a não pensar no fato de que eu não sei como está a minha família. Temo por quanto tempo papai ainda poderá me ajudar, ou até quando posso fingir que os segredos deles não me assustam.

— Vamos lá, você pode segurar um pouco mais. — Srta. Lara me empurra. Eu fecho meus olhos, respirando profundamente. Filha da puta, talvez ela devesse se esticar dessa maneira para ver o quanto pode suportar. — Certo, abaixe a perna.

— Graças aos céus — murmuro com uma careta.

Ela deixa a música tocar enquanto dispara ordens. Mesmo que o exercício seja exigente e um pouco doloroso, acaba me relaxando, e gosto disso.

Em algum ponto, eu me coloco na ponta dos pés, com as costas arqueadas para trás e uma das mãos apoiada na barra. Dói, mas, de alguma forma, a sensação é libertadora. O silêncio da Ditadora me diz que não estou indo mal.

Sinto a mão dela pressionar o centro das minhas costas.

— Arqueie um pouco mais — pede, e eu obedeço, a dor aumenta um pouco. — Acomode o pé direito, você está colocando os dedos.

— Caralho — suspiro, e por incrível que pareça, acho que a ouço rir.

— Pronto, agora sim você tem a postura e a técnica — avalia, e acho que ela se afasta. — Quer uma foto?

— Eu já estou tirando uma — avisa uma voz cheia de sotaque russo bem familiar. Tia Katerina.

— Não se mexa — ordena a Ditadora. — E o que você faz na minha aula particular?

Elas começam a conversar. Quero lembrá-las de que estou em uma posição difícil de manter. Não sei o que estão falando.

— Merda! — exclamo, chamando a atenção das duas.

— Russa? O que você ainda está fazendo assim? Pretende distender um músculo? — pergunta a Ditadora.

Abandono a posição sentindo meus músculos retesados. Respiro fundo para ver minha tia Katerina, que me dá um sorriso tenso.

— Está liberada, Anabell — avisa a Ditadora, apesar de termos tido apenas trinta minutos de aula.

Exausta, aceito sua misericórdia. Visto rapidamente a calça de yoga sobre o *body* que me serve como camisa. Só espero não sentir frio. Não quero que meus mamilos cumprimentem a todos.

— Vamos almoçar, querida — propõe tia Katerina, colocando a mão sobre o meu ombro e engolindo seco.

— Só se você prometer responder a algumas perguntas.

— Todas as que eu puder, querida.

Hoje deve ser o dia das refeições desconfortáveis. Embora o hambúrguer que tia Katerina pediu pareça delicioso, não estou com fome. Estou mal o suficiente para não querer comer.

— Por que você não come? — pergunta. — Sua instrutora de dança está te passando alguma dieta?

— Eu não estou com muito apetite.

Ela respira profundamente. Agora, vendo-a bem de perto, noto grandes olheiras em seu rosto, minha tia parece terrivelmente cansada.

— Sinto muito, minha menina. Não sabia que Abba estava fazendo você passar por todas aquelas situações. — Tia Katerina engole em seco. — Quando falava com Anastasia, ela me dizia que Abba estava se comportando maravilhosamente bem. Eu estava animada, porque ela sempre foi um pouco preguiçosa para estudos e senti que, na Rússia, estava se desviando. Tinha a ideia absurda de arranjar um homem com dinheiro capaz de manter seus luxos. Eu não sei por quê. Quer dizer, eu sou mãe solteira. Ela viu como nunca precisei de um homem.

— Minha mãe a ama. Ela não vê seus erros, é a filha com a qual sempre sonhou — digo isso porque estou muito magoada, e porque é verdade.

Aqui estou eu. Já faz uma semana que saí de casa, e Anastasia não enviou uma mensagem para saber se estou bem.

— Mas ela tem você, uma garota fabulosa. Apesar de falar muitos palavrões, você é doce.

— Não preciso de consolo, tia. Eu vivi todo esse tempo como a sombra de Kattia.

— Por que você não me disse que ela fazia tudo aquilo com você?

— Eu não queria armar um drama. Dylan não era o amor da minha vida, mas o erro de Kattia foi fazer isso com a própria família. — Eu tamborilo os dedos na mesa em sinal de frustração. — Mamãe não teria acreditado em mim. Eu sou como uma filha bastarda em comparação a Kattia. Ela me detesta quase tanto quanto aquela senhora de 58 anos.

— Que senhora, Anabell?

— Sua mãe — respondo. — Minha avó.

— Primeiro, ela tem 63 anos. Gosta de dizer que é mais nova porque parece jovem. Nenhuma delas te odeia, só têm problemas com algumas coisas.

Este mistério todo está me fodendo. Agora minha chateação aumenta.

— Muito bem, é hora de responder às minhas perguntas — esbravejo com raiva, assustando-a. — Kattia é realmente sua filha?

— Claro que é. Eu sofri muito ao dar à luz. É minha filha.

— Eu sou adotada?

— Não. Acredite em mim, você era a alegria de Anastasia quando ela soube que estava grávida. Ela era muito jovem.

— Então eu sou mesmo filha da minha mãe. — Acho que esperava não ser. — Por que ela ama tanto a Kattia? Por que a coloca acima de mim?

— Você lembra que Abba é dois anos mais velha que você?

— Dois anos e meio. — Minha precisão a faz sorrir um pouco.

— Bem, muito antes de sua mãe conhecer Gael, havia um rapaz russo que saiu comigo. Ele era um céu. — Tia Katerina sorri com desgosto. — Eu estava enganada ao pensar que o amava. Um ano depois, porém, eu estava grávida. Infelizmente percebi que não o amava, mas ele não virou as costas para mim. Passava todo o tempo conosco e me acompanhou nas consultas, coisas básicas. No entanto, ele e sua mãe começaram a se aproximar, e parece que se apaixonaram. Ou foi o que disseram.

— Não é proibido se envolver com o ex de uma irmã? — Minha pergunta inteligente a faz rir.

— Não tive nenhum problema, Anabell. Na verdade, fiquei muito feliz por eles. Estavam loucamente apaixonados. Então Abba nasceu e, três meses depois, ele morreu.

— Ele foi assassinado?

— Sim, e isso foi muito doloroso para sua mãe. — Katerina balança a cabeça como se voltasse ao presente. — Não vou alongar a história. Abba é o que resta dele, e sua mãe se agarrou a ela. Um ano depois, ela conheceu seu pai e então você veio. Acredite em mim, Anastasia amou e ama Gael ainda mais. Loucamente. Seu pai é o grande amor da vida dela. Vladimir era mais como o seu primeiro amor, e Abba é a memória dele.

Assinto. Pouco a pouco, começo a juntar as peças do quebra-cabeça da minha vida.

— Então ela amava Kattia e a mim. — Sigo o raciocínio. — Kattia é sua única filha?

— Sim.

— Você não teve nenhuma filha perdida ou algo assim?

— Apenas Abba.

— Agora responda esta pergunta de uma forma muito sincera — peço, quase implorando. — Eu tenho uma irmã? Tive uma irmã? Por favor, me diga.

— Por que você pergunta isso?

Eu busco a fotografia enrugada dentro da mochila e mostro a Katerina.

— Por causa da garota loira!

— Onde você conseguiu isso, Anabell?

— Apenas me diga.

— De onde você tirou isso?

— Das coisas da mamãe — confesso. — Quem é essa garota?

— Analise.

— Isso eu sei, está escrito atrás da foto — reclamo. — Quem é ela?

Os olhos de tia Katerina ficam úmidos. Em que ponto eu viajei para outra dimensão? Dá a impressão de que estou sendo gravada para uma série de baixo orçamento, mas com muito drama, para ser transmitida pela MTV. Ao menos poderiam me pagar.

— É sua filha? — pergunto.

— Não.

— É minha irmã! — grito, chamando atenção. Katerina pede para que eu me acalme.

— Não, Anabell, não é a sua irmã.

— Que porra é essa? Eu não entendo mais nada!

Agarro meu cabelo com os dedos, muito frustrada. Minha família planejou me enlouquecer.

— Cadê Analise? — pergunto.

— Na Rússia — responde Katerina, imediatamente.

— Muito bem. Talvez ela possa me dar algumas respostas e…

— Está na Rússia, mas em um cemitério, querida. Analise está morta.

— Como assim?!

Eu me levanto. É totalmente insano. Pego a minha mochila e a fotografia.

— Você não vai me responder mais do que isso?

— Não posso. Não sinto que seja meu papel.

É muito drama para mim. Vivo fugindo de livros dramáticos, e justo a minha família me faz entrar em um deles.

— Uma última pergunta, e acho que você pode responder. — Katerina ouve. — Papai sabe disso? Ele também tem escondido coisas de mim?

— Para o seu bem.

— Então é ele quem vai me dar as respostas que procuro.

Isso é tudo o que digo antes de me virar e deixá-la sozinha. Ainda tenho muitas perguntas para fazer.

Capítulo 28
Outra dimensão

Jared

— Vá embora! — Estendo as minhas mãos. Droga, ninguém gosta de ser encurralado.

— Jar, por favor, bebê. — Os lábios de Jocelyn estão pressionados contra meu queixo. É contra as minhas convicções agredir uma mulher, por isso dou-lhe apenas um empurrão nada sutil.

Mas ela volta, e pressiona sua boca na minha. Desta vez eu a empurro com mais força.

— Por Cristo, pare! — grito, mas ela só abre os olhos e começa a tirar a camisa. Só pode ser uma piada. — Jocelyn, pare de tirar a roupa.

— Tenho certeza de que você só precisa se lembrar.

— Você está na academia, eu tenho uma namorada. Não quero nem preciso me lembrar de nada.

Minhas palavras evaporam no ar, ou Jocelyn não as entende, pois em seguida ela tira a calça de lycra. Desvio o olhar. Não estou interessado em vê-la nua. Se eu a olhasse apenas por um segundo seria o suficiente para incentivá-la a continuar com essa estupidez.

Seus passos se aproximam. As mãos de Jocelyn pousam no meu peito. Ela definitivamente viu muitos filmes.

— Jar…

— "Jar" coisa nenhuma! Caralho! — grito mais uma vez, assustando-a. Estou muito aborrecido. — Vista a sua roupa. Você não me interessa, eu não quero fazer sexo com você, você não me excita, e não quero lembrar de nada. Não consegue entender? Você está na porra da minha academia, uma que minha mãe criou com carinho, na qual você decide me assediar. Além de ter um pênis eu também tenho um cérebro, e não me esqueço de que tenho uma linda namorada que amo. Não preciso procurar mulheres em outro lugar. Porra! Você consegue entender isso? Respeite-se, valorize a si mesma. Entenda que não há nada entre nós, e sua insistência está apenas me fazendo perder minha sanidade.

— Não te entendo! Eu só dei uma espiada no seu maldito celular. Isso é motivo suficiente para terminar comigo?

— Está de sacanagem? Não foi só o celular! Você espantava as clientes da loja, você me vigiava e me espionava. Era uma louca paranoica. Até quando eu te beijava, dizia que eu estava pensando em outra! Você está doente! Supere isso!

— Acha que essa cadela não vai ficar com ciúmes? Acha que ela não vai sentir a pressão de você ser assim?

— Assim como?!

— Tem a mínima ideia de como é difícil manter um namorado como você? Quão difícil é ter um namorado que se pareça com você?

— Você tem alguma ideia do que significa confiança, Jocelyn?

— Você é meu! Eu te mereço! Por que não entende?

Cristo. Seus olhos estão arregalados, e ela está ofegante. Eu recuo, porque, agora sim, ele parece absolutamente louca.

— O show acabou! Você vai sair da academia. — Landon invade a sala com Gretta atrás dele e, quando veem Jocelyn apenas de calcinha, balançam a cabeça. — Você está expulsa.

— Você não pode me expulsar! Eu tenho o meu formulário.

— Queime esse formulário. Não estamos atrás de gente como você nesta academia — acusa Landon. — Devolveremos o seu dinheiro.

— Mas Jared está me assediando! Se me expulsarem, vou contar a todos como Jared tem me assediado! Ela é testemunha de como nos encontraram. — Jocelyn aponta para Gretta.

Respiro fundo. Isso só me dá mais dor de cabeça, não posso mais ter um único dia normal.

— Eu não sei que filme você assistiu, Jocelyn. Não sei se está lendo livros ou revistas sobre o que fazer para recuperar um garoto, mas ninguém aqui é idiota. É verdade que Gretta entrou, mas também é verdade que ela viu que estamos longe um do outro, e que a única pessoa sem roupas aqui é você. Fique na academia se quiser, mas o único que vai prestar queixa de assédio sexual serei eu se continuar a agir dessa maneira. Você me cansa. Estou quase admitindo que você tem mesmo algum problema, porque não quero pensar que se humilha dessa maneira e não se ama nem um pouco. Agora, por favor, vista-se e saia do meu escritório.

Jocelyn recoloca suas roupas com relutância antes de sair. Eu suspiro aliviado voltando-me para Gretta, que me observa com os olhos arregalados e bochechas coradas.

— Como posso te ajudar, Gretta? — pergunto.

— Vim deixar o comprovante dos dois meses adiantados que eu paguei, e o formulário do concurso em que representarei a academia — diz ela, tímida.

— É isso aí, campeã! Traga a taça para nós! — incentiva Landon, fazendo-a corar ainda mais.

Eu recolho os papéis. Parece que ela quer me dizer mais alguma coisa. Sorrio, encorajando-a. Gretta devia ser um pouco menos tímida.

— Só para que você saiba, eu sei o que vi, e vi que você não estava assediando Jocelyn... Na verdade, do lado de fora era possível ouvir o que estavam dizendo — garante. — Quero que fique claro que ela não havia combinado nada comigo.

— É bom saber, Gretta.

— Sim, ela é meio louca — atesta Landon, sentado sobre a mesa.

— Bom, estou indo. Tenham uma boa tarde.

— Você também, Gretta — despeço-me. Landon ri. — O que foi?

— Eu não sei se você percebe isso, mas Gretta, a dançarina, levanta o tutu quando fala com você. Ela gosta de você.

— Gretta é apenas gentil.

— Claro... Pobre Jared, tão acostumado a atrair pessoas loucas que mal percebe quando uma garota normal, tímida e quieta gosta de você.

— Você não é nada engraçado, Landon.

— Não, mas eu sou sexy, atraente e rico.

Nós dois rimos.

— Está bem narcisista hoje, não é? — zombo.

— Eu me levantei com um espelho na mão e a primeira coisa que vi foi o meu rosto, então disse a mim mesmo: "Que atraente, agora entendo porque as mulheres se desapontam por eu ser gay."

— Acho que você é bissexual, gosta de peitos.

— Você realmente quer ter a conversa sobre o que eu gosto no corpo de uma mulher?

— Diga-me depois de comermos alguma coisa.

— Fechado — aceita Landon, pulando da mesa.

— Como assim, morta? — pergunto a Anabell pelo telefone.

— Ela não respira, Jared. — Bufa. — Analise está morta.

— E não é sua irmã?

— Não, ao menos foi o que disse tia Katerina. — Suspira. — Queria perguntar ao papai, mas ontem ele chegou muito tarde do trabalho e me evitou pela manhã. Agora está falando com um senhor que nunca tinha visto. Acho que estão discutindo.

— Parece que sua família é cheia de segredos.

— Que estão me enlouquecendo. Eu estava mais feliz sem saber sobre Analise.

— Então, eu te vejo hoje ou não?

— Sinto muito, mas eu realmente quero respostas do papai. E só vou tê-las quando esse cavalheiro desconhecido partir.

— Você também pode amenizar minhas saudades enviando uma foto.

— Na verdade, tenho uma calcinha que amo e que você ainda não viu. Vou tirar uma foto.

— Isso é absolutamente excitante.

— É superesquisita, não sei se te excita.

— Bem, tenho que analisar para saber se é sexy ou não.

— Você já está em casa? Às vezes parece que não descansa o suficiente.

— Estou no meu carro, na frente de casa. Logan está lá dentro e não sei se vou encontrá-lo fodendo no sofá.

— Jared, eu te disse que falei com ele, que deveria procurar por algo, não sei. Acredito que seu pai não tenha superado a morte de sua mãe.

— Não vamos falar sobre isso agora. Continue falando sobre sua calcinha — insisto, fazendo-a rir. — De que cor é?

— Branca, e tem um desenho frontal divertido do sistema reprodutivo feminino.

— Por que você tem uma calcinha assim? Por que eu não a vi em você?

— Bem, você viu muitas das minhas calcinhas. Quer ver mais?

— Isso você nem deveria perguntar. Você se cansa de me ver de cueca?

— Depende. Fico cansada quando quero ver só o seu pênis grande.

— Nós ainda não encontramos o seu filtro.

— E ainda assim você me ama.

— É claro que sim. Acho até que é parte da razão porque eu te amo — digo, ousando ser um pouco cafona. Talvez Anabell tenha me forçado a ser o romântico brega do relacionamento.

— Você é um charme de namorado.

— Cadê o seu "eu também te amo"?

— Está aqui: eu te amo, gostoso, deus do sexo, sexy o suficiente para não se sair mal sendo brega.

— Estou lisonjeado.

— Acho que o homem já está indo embora — avisa Anabell. — Parece que ele trouxe alguns papéis. Está sorrindo para mim.

— Mostre-lhe o dedo. — Ouço a voz de Gael ao fundo.

— Por que eu faria isso? — pergunta Anabell, e solta uma risada. — É o Jared, pai. — Faz-se silêncio. — Jared, papai mandou dizer que vocês têm uma conversa pendente.

— Seu pai sabe que você me disse que ele é incapaz de matar uma mosca? Não tenho medo dele.

— Você pode fingir que está com medo quando ele te ameaçar. Deixe-o desempenhar o papel de pai e se sentir satisfeito. Não estrague tudo.

— Tudo bem, mas eu não sou um bom ator.

— Vou desligar. Preciso fazer algumas perguntas ao meu pai.

— Certo, gata.

— Estou nervosa.

— Estarei aqui se precisar. — Abro a porta do meu carro e desço. — Eu amo você.

— Eu também te amo. — Anabell ri. — Agora estamos sendo um casal doce que diz "eu te amo". É engraçado.

— Você mata qualquer tentativa de romantismo.

— Repito: ainda assim você me ama, Jared.

— Eu te amo.

— Certo, eu também te amo. Agora preciso desligar. Beijos quentes para você, meu Jared.

Desligo o telefone sorrindo. Caminho até a minha casa implorando para não encontrar Logan em uma situação comprometedora.

Abro a porta e, surpreendentemente, tudo está em silêncio. Meu celular vibra. Sorrio ao ver que é uma imagem multimídia de Anabell.

Achou que eu ia esquecer de te enviar a foto? O que acha? Sexy ou não?

A calcinha dela é muito engraçada. Realmente tem o desenho de um aparelho reprodutor na frente. Na foto, Anabell levanta uma camisola. Decido responder rapidamente com um texto, pois o meu telefone está quase descarregado.

Quero arrancá-la com os dentes. Gostosa!

Envio e vou até a cozinha. Eu me surpreendo ao encontrar Logan comendo em silêncio.

— Você parece surpreso, Jared.

— Eu só... não esperava encontrar você sozinho.

— Eu estive... estive sozinho por semanas — murmura, e dá um gole no que quer que esteja bebendo. Meu corpo estremece, inquieto.

Faz muito tempo que não sei o que é interagir com Logan sem discutir, sem ele exigir algo de mim ou reclamar de algo. Essa é a razão porque o silêncio se torna tão desconfortável. Não sabemos o que dizer.

Eu me questiono se Logan está finalmente deixando de ser um idiota, cuidando de si, ou se está apenas dando um tempo.

— Pare de me olhar assim, Jared. Não sou um experimento.

— Estou apenas surpreso, você não pode me culpar — rebato, sentando em uma das cadeiras altas da mesa.

— Você se lembra de quando Janet estava viva?

— Lembro-me dela toda noite — respondo, e ele faz uma careta. Não consigo evitar esse tipo de comentário.

— Esta casa é tão diferente sem ela. Parece vazia agora.

— Você não poderia definir melhor — digo, fazendo-o sorrir um pouco.

— A personalidade dela está em você, nessa responsabilidade, charme e inteligência.

— Isso significa, então, que Landon é encantador, lisonjeiro e às vezes narcisista, como você.

Logan ri um pouco, e eu também. Sinto saudade daquele dia a dia que tínhamos em nossas vidas anos atrás.

— Sua namorada...

— O que é que tem ela? — Coloco-me logo na defensiva.

— Parece uma boa menina. É bem direta, mas acho que é boa para você.

— Não preciso da sua aprovação.

— Eu sei, Jared. Sei que não tenho esse direito, só queria contar a você.

Assinto. Então, lembro de algo.

— Você conhece a mãe de Anabell?

— Anastasia Kabakova? — Logan aquiesce. — Sim, conheço.

— De onde você a conhece? Eu nunca a vi aqui em casa, nem me lembro dela ser amiga de mamãe.

— Eu a conheci na Rússia.

— Espere um momento... Você já esteve na Rússia? Quando? Como?

— Quando eu tinha 23 anos. Foi uma viagem que fiz meses antes de conhecer Janet. George e eu...

— Quem é George?

Você nunca o conheceu. Bem, você o conheceu quando era criança, mas ele era um pouco cretino, e sua mãe não o queria por perto.

— Certo, você viajou para a Rússia com seu amigo que eu não conheci. Onde a mãe de Anabell entra nisso?

— Nós a conhecemos em um festival, um grande festival. Ela estava com algumas amigas. Uma delas era realmente adorável. — Logan sorri. Estremeço novamente. — Ei, eu ainda não conhecia Janet. Era como qualquer garoto de vinte anos procurando pela menina certa.

— Continue a história.

— Anastasia tinha um namorado aqui de Manchester, que estava na Rússia. Eles não conseguiam manter suas mãos quietas. — Ele ri do comentário. — Quase transaram na rua, bêbados. George os conteve. Foram duas ótimas semanas, passamos muito tempo com elas. Anastasia era incrivelmente linda, você não conseguia tirar os olhos dela, era adorável.

— Só uma pausa — intervenho —, me diga que você não dormiu com a mãe da minha namorada.

— Não. Eu só tive uma aventura com uma de suas amigas. Não me envolveria com uma mulher comprometida, ainda mais quando o namorado dela estava sendo tão legal conosco. Ele nos deixou ficar com ele no apartamento onde estava hospedado.

— Bem, isso é um grande alívio.

— Mas George não tinha os mesmos princípios.

— Ele...?

— Sim, ele dormiu com Anastasia.

— Espere. Primeiro Anastasia estava loucamente apaixonada pelo namorado, que, aliás, se chamava Gael, e agora você me diz que ela dormiu com o amigo dele. Isso não cheira nada bem.

— Essa é a parte problemática — continua Logan. — Anastasia estava realmente bêbada, muito bêbada, e naquele dia tínhamos fumado alguma coisa...

— Isso não está soando bem, pai.

— Sim, bem, digamos que talvez o George tenha se aproveitado um pouco.

— Estupro? — pergunto, incrédulo.

— Não. Ela pensou que fosse Gael. Quer dizer, eu não sei. George não era um homem de muitos princípios, filho.

Olho para ele, incrédulo, entendendo porque mamãe nunca nos deixou saber desse homem. Era um lixo, e, honestamente, papai não parece o tipo de homem que se misturaria com esse tipo de pessoa.

— Por que então ele era seu amigo?

— George não tinha ninguém no mundo. Era um garoto solitário que eu conheci no ensino médio, não parecia um *bad boy*.

— Ele era um filho da puta. Um homem nunca deve se aproveitar de uma mulher.

— Eu reconheci sua namorada porque vi o sobrenome em sua ficha de inscrição. Além disso, ela tem os mesmos olhos claros de Anastasia. — Papai me olha fixamente. — Ela não se parece muito com Anastasia no geral, e talvez tenha alguns traços de Gael, mas...

— Não diga isso...

— Ela tem uma semelhança com George, Jared. Eu notei.

Merda. A campainha da casa toca neste momento e, desorientado, eu me dirijo à porta. Os braços de Anabell envolvem o meu pescoço quando abro.

— Era a minha tia.

— Quem, boneca? — pergunto enquanto a abraço. Anabell não está chorando, mas sua pele está fria.

— Analise. Era filha da minha avó. Minha tia. Quais merdas eu ainda tenho que descobrir?

Engulo em seco. Anabell ama seu pai loucamente. Isso não vai dar certo.

— Venha — peço, e a abraço novamente, desta vez com mais força. Eu beijo sua testa e entramos na casa.

— Não quero mais segredos.

— Jared — chama Logan. Eu e Anabell nos viramos para vê-lo. — Eu gostaria de falar com Landon, por favor.

Minha surpresa agora é ainda maior. São coisas demais para um só dia.

— Você pode ligar para ele.

— Não. Eu quero o seu endereço. Quero falar com ele.

— Prometa que você não irá machucá-lo.

— Eu prometo.

Assinto, ainda me questionando se entrei em outra dimensão. Talvez eu não devesse ter perguntado nada a Logan. Agora tenho todas essas informações presas em minha garganta e não sei como contar a Anabell.

Pelo menos sei o mais importante: não há segredos entre nós, e esse não será o primeiro. Não posso ficar quieto: eu vou contar.

Capítulo 21

Eu não deixo você cair

Anabell

Observo Jared quase sem piscar. Nego lentamente com a minha cabeça tudo que ele disse. Meu coração está partido, isso muda toda a minha vida, e não de um jeito bom. Sinto um nó angustiante em minha garganta. Não quero que seja real.

— Você está mentindo para mim. São bobagens sem sentido. Por que quer me machucar?

Digo isso mesmo sabendo que Jared nunca me machucaria com algo assim. Mas é melhor mentir para mim do que aceitar o que ele me diz.

— Boneca, papai me contou.

Olho para as minhas mãos sem acreditar.

— Isso não é verdade. Não faz sentido. Você é mais velho que eu, não tinha nascido ainda. Como eu poderia ter nascido antes?

— Eu não sei, gata…

Balanço a minha cabeça. Não acredito.

— Quero falar com seu pai — peço, e saio do quarto de Jared. Logan está na sala, sentado no sofá.

— Estava me perguntando quanto tempo levaria para Jared lhe contar — comenta. Eu me sento na frente dele.

— O que você diz não bate. Jared não havia nascido, e ele é mais velho que eu.

Logan respira profundamente. Sinto meu coração martelar em meu peito. Isso muda tudo. Admitir que não tenho o sangue de Gael não significa que ele não seja meu pai, mas dói muito só de pensar.

— Anabell, sua mãe veio com Gael para Manchester, acho que você sabe disso. — Eu afirmo. — Eles se casaram. Seu pai nunca soube o que havia acontecido, então continuamos a nos falar. Eles se casaram em um cartório. Acho que George desenvolveu uma obsessão pela sua mãe. Conheci Janet, ela engravidou e nos casamos. Amei-a intensamente e fiquei feliz por ter Jared. Nós não éramos amigos íntimos de seus pais, mas nos víamos algumas vezes. Acho que George estava sempre procurando meios para ver sua mãe, chegando até a se tornar amigo próximo de Gael. Quando comemoramos o segundo aniversário de Jared, fizemos uma festa para os adultos em seguida. Seus pais vieram. Olha, eu não sei o que aconteceu ou como, mas a última coisa que sei é que, no dia seguinte, George estava se gabando de ter algumas fotos nuas de sua mãe e uma fita de sexo.

— Ah, merda! — arquejo.

— Depois disso, sua mãe não se encontrou mais conosco e todos nos distanciamos. Não sei se seu pai sabe.

Calculo as datas mentalmente. Tudo o que Logan diz coincide. Sinto meus pulmões se contraírem enquanto meus lábios tremem.

— Você só pode estar de sacanagem. Gael é meu pai. Não me pareço muito com ele, mas...

— Seu nariz é igual ao do George. Demônios, até o seu cabelo...

— Não, não é verdade. Nada disso pode estar certo. Só pode ser coincidência. Eu também tenho cabelo castanho, como o meu pai. E todo mundo diz que eu tenho o sorriso dele!

Balanço a cabeça. Lágrimas estúpidas e irritantes descem pelo meu rosto. Não podem tirar isso de mim.

— É meu pai. Eu tenho o sangue dele, não o sangue de um molestador que talvez tenha estuprado minha mãe. Não pode ser!

— Gata...

— Minha vida não pode ser tão fodida — exclamo, ainda sacudindo a cabeça e subindo as escadas de volta ao quarto de Jared.

Ando de um lado para o outro. Eu me sinto impotente. O que acontece se ele a tiver estuprado? Cristo! Eu posso imaginar até porque ela me odeia. Eu não quero ser a filha de um estuprador.

— Boneca...

— É mentira, Jared, é uma grande mentira. Esse tal de George não fez isso com a mamãe! Ele não podia forçá-la a me odiar, eu não posso ter nascido disso. É repugnante, é degradante. Não há nada pior que possa acontecer a uma mulher.

— Anabell, escute, não importa o sangue, ele é seu pai.

— Não te entendo! Como você acha que ela se sentiu olhando para mim durante toda a sua vida? Sabendo que eu sou, talvez, o produto de um estupro?

— Nada indica que foi um estupro!

— Tudo indica que foi! Aquele homem ficou obcecado pela minha mãe! Ele era um doente de merda, ele a gravou! Tirou fotos! Você tem alguma ideia de quão degradante é isso? Eu sempre tive orgulho de carregar o sangue de Gael, e agora não tenho mais isso. Você não entende! Você não entende nada!

Meu choro dá lugar a um riso estranho, quase histérico.

— Acabo de me inteirar que minha mãe era a namorada do pai de Kattia, que minha avó tem uma filha morta, que Gael não é meu pai, que minha mãe foi humilhada como mulher. Que porra é essa?

— Não é sua culpa.

— Claro que não é minha culpa! Mas isso não significa que não doa. Dói aqui. — Aponto para o meu peito. — Toda a minha vida foi construída sobre mentiras, e isso dói, dói para caralho. Você não deveria nem me amar.

— Como eu poderia não te amar? Você é incrível, você é...

— Outra bomba para você, Jared. Além de ter a porra de uma família fodida, de não ter o sangue de Gael, de ser o produto de algo tão vil, também me dizem que Analise morreu por minha causa. — Minha risada estranha se intensifica. Estou enlouquecendo, com certeza. — A menina loira morreu por minha culpa. E eu não tenho ideia do que aconteceu! Não me lembro de nada!

— Merda...

— Exatamente isso: merda. Não sei mais quem eu sou.

Sinto meus braços tremerem. Nunca chorei assim antes, mas também ninguém nunca havia insinuado que o homem que mais amo na vida não é meu pai biológico.

— O que está acontecendo, Jared? Por que tudo isso está acontecendo?

— Eu não sei, mas você é forte.

— Preciso saber mais.

— Vamos procurar respostas, boneca, eu prometo.

— Juntos?

— Não duvide disso — garante Jared, beijando meus lábios e enxugando minhas lágrimas. — Gael é o homem que criou você para ser a grande mulher que é hoje, tendo seu sangue ou não.

— Eu sei, ele é meu tudo. Só dói não ter o seu sangue, dói muito.

— Vou te ajudar para que não doa — murmura me abraçando. — Fale o que você quer que eu faça.

— Diga que você não está escondendo segredos. Não sei quantos mais eu posso suportar por um dia.

— Sou honesto com você.

— Eu sei. Obrigada, Jared. Sinto que você não vai me deixar cair.

— Eu nunca deixaria você cair.

Origem Um
Eu disse não

Anastasia. Festival na Rússia: antes de Anabell.

— Eu te amo, eu te amo, eu te amo.

— Gael, você está me fazendo cócegas, querido. — Rio, tomando o rosto dele em minhas mãos.

— Mas você também me ama, certo?

— Loucamente.

— O suficiente para ir a Manchester comigo? — pergunta Gael mais uma vez, fazendo-me suspirar. Não é tão fácil como ele faz parecer.

Especialmente agora, com meu pai deixando minha mãe. Não acho que seja uma boa ideia. Tenho apenas dezenove anos.

— Eu disse que não posso fazer isso. Mamãe me mataria, e não posso simplesmente deixar Kattia e Analise. Elas são tão lindas.

— Como você — diz ele, me beijando novamente.

— Talvez vocês devessem parar. — Uma voz masculina nos interrompe e nos faz rir.

— Se você tivesse uma namorada tão linda, entenderia, George — assegura Gael, sem deixar de me abraçar. Ele se tornou o meu mundo em questão de meses, mas é compreensível, afinal é um homem maravilhoso.

— Claro… Quer outra bebida?

Aceitamos. É o último dia do festival. Em uns dois dias, os caras de Manchester que conhecemos, George e Logan, vão deixar a Rússia. Isso não me incomoda, eu até gosto deles, mas o problema é que, daqui a algumas semanas, Gael vai embora.

Se eu não tivesse minhas irmãs, mãe e sobrinha, talvez pudesse deixar tudo para trás e ir com ele, mas não é assim tão fácil.

Eu bebi tanto que não sei quando chegamos ao apartamento em que Gael está hospedado. Só sei que me incentivam a fumar algo que tenho na mão. Eu rio com minhas amigas. Tenho uma vaga ideia de que deveria estar em casa, ajudando minha mãe com Analise. Demônios, mamãe está tão deprimida com o abandono de papai, que posso facilmente me transformar na mãe da menina.

— Cadê Gael? — questiono ao notar que ele não está por perto.

— Desceu, rapidinho. — Não sei se quem responde é Logan ou outro, estou muito confusa e atordoada.

Eu me levanto e cambaleio enquanto, apoiando-me nas paredes, chego ao quarto de Gael. Deito em sua cama e meu estômago revira. Não me sinto bem, estou desorientada.

Cubro meu rosto com o braço. Acho que estou com sono agora… muito sono. Escuto a porta se fechar e sorrio.

— Eu estava te procurando, Gael. Não me sinto muito bem.

— Hmm…

Eu rio quando o sinto em cima de mim, beijando meu pescoço. Mas, quando suas mãos tentam passar por baixo da minha camisa, eu o detenho.

— Ei… não me sinto bem, podemos deixar isso para depois.

Mas ele não para. Eu estava rindo minutos antes, mas agora a sua insistência não é divertida. Eu me sinto cansada e desorientada. É por isso que não gosto de ingerir bebidas alcoólicas.

— Gael, eu disse que não quero. Deixe-me dormir.

— Só uma vez, meu céu. — Esta não é a voz de Gael. É a primeira coisa que penso.

— Você não é Gael.

— Sim, sou eu, meu céu.

— Não, não é, saia.

— Querida, por favor.

— Se você é o Gael… Então saia, por favor.

Justo agora meu corpo pesa. Continuo desorientada e, ao sentir suas mãos nos meus seios sob o sutiã, estou vagamente consciente de que deveria impor alguma resistência, mas me sinto cansada. Eu paro de dizer "não".

— Querida, não há vestígios de luta — diz a médica.

— Eu não lutei, mas disse "não", eu não queria.

— Não parece um estupro.

Uivo de frustração. Não traí o Gael, não poderia fazer isso. Eu disse que não, não me sentia capaz de parar, mas disse que não queria. Sinto meus olhos ficarem úmidos.

— Eu disse "não".

— Mas deixou ele continuar… Talvez você tenha pensado que era o seu namorado.

— Eu pensei que era o meu namorado. Ainda assim, pedi a ele que parasse. Eu disse "não"!

A médica não responde, mas seus olhos expressam que a culpa foi minha. Quase me diz a mesma coisa que George disse: que eu o queria.

— E… e se eu estiver grávida?

— Não encontrei nenhuma amostra de sêmen em você.

— Eu disse "não" — sussurro. Eles podem dizer que eu queria, que eu não o impedi. Mas lembro de dizer "não".

Eu não traí meu namorado, eu não fiz isso.

Dois dias depois do festival.

— Por que você anda tão quieta? — pergunta Gael, brincando com meus dedos.

— Se eu estivesse muito bêbada e drogada e você quisesse transar comigo, se eu dissesse que não queria, você pararia?

— Que tipo de pergunta é essa?

— Pararia?

— É claro que eu pararia, meu céu.

Aquiesço distraidamente. Por que eu sou a única que vê o que aconteceu como um abuso em relação ao meu corpo? George e a médica fizeram parecer que eu queria, como se fosse minha culpa. Estou até começando a me sentir culpada.

Eu deveria contar, deveria dizer ao Gael. Mas e se ele não acreditar em mim? Porra, eu não sou uma vadia.

— Ana?

— Sim?

— Você está bem?

— É apenas nostalgia porque o festival terminou…

— Sim, é uma pena que Logan e George tenham ido.

Engulo em seco. Entrelaço meus dedos aos dele. Perder Gael parece ainda mais doloroso do que perder Vladimir.

— Não quero que você vá…

— Eu também não, mas devo. Estou aqui há quatro meses, tenho de voltar.

— Eu sei…

— Venha comigo, por favor. Estou sendo gentil e pedindo por favor. Sua mãe pode visitar você. Toda a sua família, se quiserem. Entendo que sua mãe está deprimida, mas Analise não é sua filha, meu céu. Você não acha que é hora de parar de agir como a mãe dela? Sua mãe é quem deve assumir a responsabilidade.

Fecho meus olhos com força. Eu ouço o que Gael diz, mas sinto o eco da minha voz dizendo "não" há algumas noites. "Você teve sorte por ele ter usado proteção", foram as palavras da médica, como se houvesse sorte nisso tudo.

Pelo menos não vou mais ver o George.

— Está bem… — Eu me ouço dizer.

— "Está bem" o quê?

— Eu vou com você.

— E os seus estudos? — pergunta Gael, surpreso.

— Não quero te perder. Posso fazer esse sacrifício.

— Você é a mesma mulher que, quando me conheceu, disse que não abandonaria os sonhos por amor?

— Você é meu novo sonho.

— Está tudo bem, querida?

— Não quer que eu vá com você?

— É claro que sim, só quero saber o quanto você está ciente da decisão que está tomando.

— Apenas me leve com você.

Eu disse "não", eu disse "não". Não sou louca, eles não podem me confundir. Eu disse "não", e ele não me ouviu. George não queria ouvir.

Capítulo 30
Jared é felicidade

Anabell

— Tudo isso, Anbe? — pergunta Dina, surpresa.

— Tudo isso, Dina — confirmo com um suspiro.

Nunca me senti tão desanimada como me sinto agora. Nunca fiquei com os olhos tão vermelhos de chorar quanto agora.

— O mais difícil de acreditar é que a velha amaldiçoada tem 63 anos, e que tinha uma filha que atualmente estaria com 23 anos. Ou seja, a idosa engravidou aos quarenta anos. Por que eles não usaram camisinha? — pergunta Jessie, e eu rio. Depois de tudo que eu disse, isso é o que ela escolhe para reclamar. Acho que quer me fazer rir de propósito, e funciona.

— Não posso acreditar que sua prima prostituta tenha 22 anos. A desgraçada parece mais nova — surpreende-se Dina. — E você tem uma tia que já morreu.

— Eles dizem que eu a matei. — Suspiro. — Não sei se é a minha mente brincando comigo, mas desde que Gael me disse isso, há três dias, tenho sonhos sobre aquela garota loira. Eu me vejo brincando com ela, seguindo-a em todos os lugares, porque ela era maior, e com Kattia também. Parecem memórias, mas talvez seja apenas minha mente tentando buscar uma explicação.

— Por que você chama seu pai Gael? Não importa a verdade, esse charme de homem é seu pai, Anab — diz Jessie.

— Eu sei. Mas ele não me contou sobre Analise. Não sei quantas mentiras mais guardou.

— Às vezes as pessoas mentem, guardam segredos para não nos machucar. Acham que é melhor assim, Anbe.

— Espere um momento. Kattia tem 22 anos e não faz mais do que ser uma puta. Que tipo de vida é essa? Ser uma prostituta exige muito tempo e esforço? Pensei que bastava abrir as pernas e a boca — murmura Jessie, fazendo-me rir levemente.

— Vocês estão deixando passar o mais importante: Gael talvez não seja meu pai.

— Eu não acho que você não seja filha dele, Anbe. Vocês não têm os mesmos traços físicos, certo, mas têm o mesmo sorriso encantador e a gentileza. É impossível que você não seja filha dele. Você não é filha de um estuprador. Se fosse, seria feia.

— Que tipo de lógica é essa, Dina? — questiono, rindo — Isso não tem nada a ver.

— Você não pode achar que ele não é seu pai, Anbe. Não pode não ser.

E eu quero com todas as minhas forças acreditar nisso. Preciso ter o sangue dele nas minhas veias. Por favor, eu preciso ter!

— Gael sabe sobre essa possibilidade? — pergunta Jessie.

— Eu não queria ter que contar, isso me assusta. Temo que ele me olhe nos olhos e diga que não me gerou. Eu daria minha vida por ele, daria tudo por ele. Se ele confirmar toda essa história, vai partir meu coração.

— E se ele não souber?

— Então, eu não quero ser quem vai contar.

— Você esconderia, então, um segredo importante, sendo que ficou magoada por ele esconder Analise? — pondera Jessie. Sua lógica faz sentido. Mas eu não quero ser quem vai mudar a vida de papai, caso ele não saiba disso.

— Mas você é a filha de Gael — insiste Dina. — Ninguém pode tirar isso de você, Anbe, ninguém.

— Você é um doce, Dina. A doce amiga de uma assassina.

— Isso também deve ser esclarecido com a sua família — continua Jessie, dando uma de menina sábia. — Digo, deve ter sido um acidente, eu não acho que você acordou em um determinado dia e resolveu matar sua tia, a menos que seja a criança da profecia e a filha do mal, o que não é verdade.

— Não — concordo, rindo.

— Acho que você devia falar com sua mãe, Anab. Só Anastasia pode te dar essas respostas. — Jessie respira fundo. — Sua mãe sempre foi um pouco grossa conosco, e é verdade que não foi a melhor mãe para você, mas ela te ama. Sob toda essa atitude, ela esconde alguma coisa. Um estupro é algo muito forte, que marca e que, suponho, faz alguém murchar pouco a pouco. Eu não estou justificando, mas acho que ela está morrendo por dentro aos poucos. Apenas Anastasia pode te dar certas respostas.

— Se ela fosse uma mulher má, seu pai nunca teria se apaixonado, e não doeria tanto estar tão longe dela neste momento — acrescenta Dina.

Eu olho por um momento para as minhas mãos. Tenho tido pensamentos semelhantes em relação a Anastasia. Sei que só minha mãe pode me dar uma resposta, mas tenho esse medo absurdo de que ela me machuque com mais mentiras ou, ainda pior, com verdades que doem muito.

— Eu preciso falar com ela. Mas pode ser amanhã. Agora eu vou para a academia.

— Anbe, não deixe para amanhã o que você pode fazer hoje — aconselha Dina. — Sabe que pode contar comigo, certo? Não importa se matou sua a tia com uma faca ou em uma cerimônia de sacrifício em que você bebeu o sangue dela e...

— Direto ao ponto, Dina. — intervém Jessie.

— O ponto é que não importa o que aconteça, você é a minha Anbe, e eu não virarei as costas para você.

— Digo o mesmo. Seria estranho amar uma garota que fez tudo o que Dina falou, mas eu posso lidar com isso.

— Obrigada. — Então, digo três palavras que não uso com muita frequência com elas, mas que merecem ouvir. — Eu amo vocês.

— Viu, Dina? Eu te disse que Anab tinha um coração.

— Idiotas. — Rio enquanto saio da casa de Jessie.

— Isso é tudo por hoje, meninas — anuncia Jaime antes de ir beber água.

Estou ofegante e muito suada. Caminho em direção a minha mochila e tiro uma pequena toalha para me secar.

— Você está fumando maconha? — Melanie me assusta.

— Não, eu não estou fumando maconha. Se quer um traficante, procure em outro lugar.

— Não te perguntei pra pedir indicação. É que seus olhos estão muito vermelhos.

Eu não respondo. Apenas bebo água sob seu olhar atento. Melanie não é minha amiga, mas conversamos brevemente desde que cheguei à academia. Talvez seja por isso que ela queira saber por que meus olhos estão irritados ou, talvez, esteja apenas fofocando. As duas alternativas sempre são possíveis.

— Tenho tido dias ruins.

— Seu namorado te deixou? — pergunta curiosamente.

— Não, ele não me deixou. — Pego minha mochila, porque a outra turma de Jaime, a de iniciantes, entra na sala. — Até mais, Melanie.

— Até, russa. Espero que melhore do que quer que esteja acontecendo.

— Obrigada.

Melanie vai na frente e, quando estou prestes a sair, acabo trombando com a ex-namorada loira de Jared, que conversa com uma menina sardenta. Eu a ignoro, mas ela fica no meu caminho. Era só o que me faltava.

— Você tem Jared agora, mas não por muito tempo — ameaça Jocelyn, e eu me divirto por ser um pouco maior do que ela.

— Uau, estou tremendo de medo. Sua ameaça me tirou o fôlego — debocho, levando a mão ao peito, fingindo pânico, muito mal, afinal, não sou atriz. — Você acha que, no caso de Jared e eu terminarmos, ele voltará com você? Seja um pouco mais inteligente. Jared prefere ser celibatário do que voltar com você.

— Eu e ele nos divertimos muito na cama — retruca e, é claro, sinto raiva ao ouvir isso, mas essa menina não precisa saber que suas palavras me fazem querer arrancar seus olhos e queimá-los.

— Que ótimo que ainda se lembre, porque isso é tudo que terá do meu namorado: uma lembrança. Uma memória que, com o tempo, irá desaparecer até se tornar nada. Então o que você terá? Apenas amargura, descontentamento e desejo de alguém que nunca será seu. Afaste-se do meu namorado, sua cadela louca.

Ela estava prestes a responder, mas vejo Landon caminhando em direção à saída e a deixo falando sozinha. Eu o alcanço rapidamente. Landon me dirige um breve olhar.

— Livre para um café? — pergunta.

— Sim.

Não me incomoda que Jared tenha inteirado Landon do que está acontecendo. Eu sinto muita confiança nos irmãos Rochester.

Eu ouço atentamente o que Landon diz. Gosto do seu raciocínio e do jeito que ele consegue me fazer sorrir, mesmo sendo um assunto tão delicado do qual eu não faço ideia de como lidar.

— ...e acho que você deveria falar com sua mãe. Não pode haver lacunas em branco, Anabell. Você deve tirar essa história a limpo.

— Eu sei. Falarei com mamãe amanhã. Tenho medo.

— Normal. Estranho seria se você não tivesse medo de uma mudança.

Tomo um gole do meu suco de morango e devoro um dos biscoitos de chocolate que Landon comprou para mim.

— E você? Seu pai disse que queria falar com você.

— Nós conversamos. — Landon olha para o seu café. — Bem, não foi exatamente uma conversa, foram gaguejos e silêncios constrangedores. Mas Logan não me olhou com desprezo, parecia mais com medo e desorientado. Não durou mais de quinze minutos, e acho que dez foram apenas tagarelando sobre como meu apartamento está lindo. — Sorri, lembrando. — Mas não importa, não vou esquecer dos últimos dois minutos.

— Por quê?

— Ele perguntou se eu estava bem. Enquanto eu respondia, apenas olhou para mim, balançou a cabeça e começou a sair. Mas, antes, ele me disse "fique bem, filho". Soa como algo bobo, mas ele me chamou de "filho" e se preocupou com o que eu estava fazendo. Foi o que mais me marcou. O Logan que me criou está lutando para voltar, eu sei disso.

Sorrio, pegando a sua mão. Landon estampa um pequeno sorriso esperançoso. Algo me diz que Jared e Landon estão lentamente recuperando seu pai. Estou feliz por eles.

— Isso é um grande passo, Landon.

— Um grande passo. Logan colocou de lado suas crenças para isso. Sei que ele pode fazer muito mais. Tenho a sensação de que fará mais.

— Acredito que assim será.

Eu não me sinto culpada por ter pegado as chaves de casa do chaveiro do meu pai. Acho melhor entrar sozinha do que bater à porta. Quando entro, ouço o som da televisão, também percebo que alguém está na cozinha.

Isso se confirma quando Calena, minha avó, sai da cozinha com uma faca enorme na mão. Porra, meu primeiro instinto é recuar. Mesmo que meu lado racional me diga que ela segura uma faca porque está cozinhando, essa é a mulher que me vê como a assassina de sua filha mais nova. É melhor manter distância.

— O que faz aqui? — pergunta Calena, abaixando a faca. Ainda estou atenta.

— Esta é minha casa. Meu pai a comprou. A intrusa, neste caso, seria você, vó.

— Você nunca me agradou.

— Que ótimo, idem. — Olho para as escadas. — Vim ver minha mãe.

— Mas não a verá. Finalmente ela está longe do idiota do seu pai e de você.

— Nós somos sua família, sua verdadeira família. Você não vai me dizer se eu posso ou não ver minha mãe.

— Você não a odiava?

— Tenho certeza de que não a odeio e, ainda assim, não seria maior que o ódio que tenho por você.

As palavras saem por conta própria, não preciso nem pensar nisso. Calena e eu estamos finalmente desistindo da hipocrisia de fingir que nos toleramos.

Será que matei Analise só porque eu não gostava da minha avó? Isso não parece um motivo para me tornar uma assassina aos sete anos. Pelo menos, não um motivo válido.

— Você é um erro. Nunca deveria ter existido. Seu pai nunca deveria ter se metido com a minha filha.

— Eu tenho uma notícia para a senhora, vovó. Nós existimos — digo e sorrio apenas para irritá-la ainda mais. — Agora, vou ver a minha mãe.

— Não, você não vai.

— Vai me impedir? — questiono com ironia. — Eu sou mais jovem e corro mais rápido.

Antes que ela pudesse entender, corro para as escadas. Ao alcançar o sexto degrau, algo passa muito perto de mim. Calena olha para mim com surpresa, e leva as mãos à boca. Eu arregalo os olhos.

Minhas mãos tremem. Vejo, dois degraus abaixo, o que ela arremessou contra mim.

— Está louca?! — grito, com medo. — Você arremessou uma faca! Uma maldita faca!

— Ah, não, não — balbucia, com as mãos trêmulas. — Eu não sou como você. Não sou uma assassina!

Nem sei o que fazer. Não me importo que ela tenha me chamado de assassina, mas sim com o fato de que essa mulher me odeia o suficiente para, sem perceber, atirar uma faca contra mim.

Calena parece aterrorizada com o que acabou de fazer. No entanto, eu sei que uma parte dela queria fazer isso. Sua parte irracional.

Ainda com as mãos trêmulas, subo o resto da escada e me dirijo ao quarto dos meus pais. Entro e tranco a porta.

— Bell? — Ouço a voz de Anastasia. Eu me viro e a encontro sentada na cama.

Seus olhos estão vermelhos, as bochechas e o nariz, corados. Seu cabelo está desgrenhado, e ela usa um pijama ridículo. Apesar disso, nunca a vi tão bonita, real e autêntica.

Eu aceno com a cabeça, respiro fundo, caminho para a cama e me sento ao lado dela. Percebo que está cercada pelas fotografias que encontrei não faz muito tempo. Fotos minhas quando criança, da nossa família. Todas aquelas fotos.

A foto que roubei está no bolso traseiro da minha calça. Eu a trouxe com a esperança de que, talvez, pudesse obter mais respostas sobre Analise.

— Você está bem? — pergunto, afinal, ela está vivendo com uma cobra.

— Não, mas ninguém está. — Anastasia passa as mãos pelo cabelo. Acho que nem percebe que está misturando os idiomas. Algumas palavras saem em russo, outras em inglês. — Mamãe está me deixando louca.

— Parece algo que eu dizia muito — murmuro.

— Não posso te pedir desculpas. É estúpido dizer isso agora e não antes, não é justo.

Talvez toda a maquiagem, saltos e o resto a faziam ser... do jeito que ela era... eu não sei. Mas a atitude agora é diferente.

— Eu não vim aqui para aceitar seu pedido de desculpas, embora você não esteja disposta a me oferecer um — respondo. — Eu não vim para ter um momento de epifania e reunião entre mãe e filha. Eu vim por respostas.

— Eu não sabia que a Kattia não...

— Isso porque você nunca percebeu malícia em Kattia, já que todo o mal estava em mim. Sou tudo que você não esperava.

— Você era minha Bell. Não sei em que momento me convenci de que você havia deixado de ser.

— Acho que eu sei — digo, e pego uma das muitas fotos, uma em que estou com o papai. — Papai sente sua falta.

— Sinto que perdi minha outra metade.

— Não tirei isso de você.

— Eu sei. Minha metade me deixou porque eu não sou o que era quando nos apaixonamos.

Anastasia volta a olhar outras fotos. Não hesito em perguntar, mas não é fácil.

— Quero que me responda algumas perguntas, por favor. Se você já me amou e me considerou sua filha, precisa responder.

A mão dela pega a minha e a aperta. É estranho sentir seu toque, mas a garota dentro de mim, aquela garota fodida que só queria os abraços de sua mãe, sente nostalgia.

— Tudo bem. Isso não vai consertar nada. Não vai consertar o que eu fiz ou o que sou. Mas posso fazer isso. Vou te dar as respostas de que precisa.

Eu suspiro, com alívio. Esperava encontrar resistência, gritos e censuras, não uma mulher tão fraca. Eu ouço passos do outro lado da porta, mas logo recuam.

— Calena está te tratando bem? — pergunto, afinal agora sei que ela pode ser perigosa.

— Ela não trata ninguém bem. — Funga. — Minha mãe me censura por muitas coisas. Eu assumo a culpa, mereço isso.

— Você não respondeu a minha pergunta. Ela está te tratando bem? — insisto.

Consigo interpretar o seu silêncio. Não importa que ela se saia tão mal como mãe. Nem todos os momentos foram ruins. A rejeição sempre esteve lá, mas houve momentos bons, como no dia em que ela me deu as roupas que eu usei no primeiro encontro com Jared.

— Tire ela daqui, mãe. Você precisa fazer isso.

— Eu devo muito a ela.

— Dinheiro? — pergunto, surpresa.

— Não é esse tipo de dívida.

— Não importa. Ela é cheia de ódio. Tire-a daqui para o seu bem. Não me sentirei segura se você não estiver.

— Você se importa com a minha segurança?

— Talvez você nem sempre tenha me visto como sua filha, mas eu sempre te vi como minha mãe. Cresci amando você, não posso deixar de te amar de um dia para o outro.

Anastasia me fita. Não consigo interpretar o seu olhar, decifrar o que há por trás de seus olhos, tão iguais aos meus. Eu afasto alguns fios de cabelo loiro-claro para segurar seu rosto em minhas mãos. Preciso que me escute. Parece que ela não está nem comendo.

— Mamãe, olhe para mim. Tire-a daqui. Ela acabou de arremessar uma faca em mim. Você tem que tirá-la daqui. Ela está se perdendo, cheia de ressentimento, vai contaminar você.

— Não quero ficar só...

— Você tem a tia Katerina e a... — Engulo em seco com o que estou prestes a dizer. — Você tem a Kattia.

— Ainda assim, eu me sinto sozinha.

— São as consequências de suas ações — digo duramente. Ela concorda, assentindo. — Por favor, tire-a daqui.

— Quais são as suas perguntas, Bell?

Olho para minha mãe, preocupada. Acho que ela não percebe mesmo que muitas palavras saem em russo. A última coisa que eu quero é que enlouqueça perto de Calena.

— As perguntas, Bell — murmura ela baixinho.

— Gael é meu pai?

— Que tipo de pergunta é essa?

— Quero saber se ele é o meu verdadeiro pai.

— Por que me pergunta isso? — indaga defensivamente, e se põe de pé.

Agora, sim, esta é a mãe que conheci a minha vida toda. Prefiro esta mulher firme, capaz de se defender, do que a submissa diante da minha avó. Preciso trazer à tona a Anastasia absurda e superficial.

— Porque eu sei sobre George.

O pânico em seus olhos me faz repudiar aquele homem. George enraizou o medo dentro dela. Sinto um nó na garganta.

— Não, não, não — murmura ela, andando de um lado para o outro. — Quem te contaminou com ele? Quem te contou? Por que Gael te contou? Você não precisava saber!

— Papai não me disse nada — interrompo-a para que se acalme. — Fiz a minha própria pesquisa.

Evito mencionar o nome de Logan. Anastasia sustenta o seu olhar em mim por alguns segundos antes de balançar a cabeça. Eu a vejo esfregar a pele de seus braços, pescoço e rosto, deixando-os avermelhados. É como se sentisse nojo de si mesma.

— Gael é meu pai? Ou George? O que George fez a você? — pergunto calmamente, notando que ela parece vulnerável.

Temo que esteja ficando louca. O que Calena tem feito a ela? Dá a impressão de que a torturou emocionalmente.

— Eu disse "não", Bell, eu disse "não". Sempre disse "não".

— Sempre?

— É verdade, eu sempre disse "não". Você tem que acreditar em mim.

— Eu acredito em você. Mas me conte, por favor.

— Pedi que ele parasse desde o início. Ele disse que eu queria, mas eu disse "não". É verdade, por favor, acredite em mim.

Anastasia beira o desespero. Porra, sinto outro nó na garganta. Usaram o corpo desta mulher para humilhá-la.

— Eu acredito em você, mãe. Acredito em você.

— Eu não queria mais vê-lo, mas aí viemos e...

— Fale mais devagar — peço, porque, entre a mudança rápida de um idioma para outro, a fala dela fica confusa.

— Então ele… eu adormeci… Ele brincou com o meu corpo… Ele gravou tudo.

— Meu Deus… — sussurro com desgosto. Sinto meu estômago revirar.

— Eu engravidei.

Controlo a ânsia. Meus olhos estão marejados. O nó na minha garganta se torna insuportável. Sou a filha de um monstro. De um ser desprezível.

— Sou o produto do pior evento da sua vida — murmuro, sentada na cama, sentindo as lágrimas escorrerem. — Desculpe-me, desculpe-me.

— Não, não. — Mamãe olha para mim com os lábios trêmulos. — Eu perdi… perdi aquele bebê com um mês de gestação.

Levanto meus olhos para observá-la.

— Você não é um produto daquilo. — Balança a cabeça. — Você é Anabell Brown Kabakova, filha de Gael Brown. Você não é de George, não é dele.

— Mas… mas… eu não me pareço com Gael, e disseram que George e eu…

— Nunca! Você não tem nada daquele monstro! — exclama com força. — Eu não estou mentindo. Gael é seu pai, ele é!

Começo a chorar. Tudo é muito intenso. Limpo meu rosto.

Gael é meu pai, ele é. É meu verdadeiro pai.

— Graças a Deus — murmuro para o nada, grata. — Então… você me odeia por Analise, não é?

— Você sabe sobre Analise?

— Sim. — Retiro a foto do meu bolso e a estendo. Anastasia a recolhe e olha para ela, chorando.

— Ah, Analise, querida… Você se foi.

Seu lamento é suficiente para eu saber que o núcleo de todos estes anos está naquela garota.

— Eu não odeio você — continua, ainda olhando para a foto. — Nunca te odiei, Bell, só não senti… É complicado.

— Explique.

A porta do quarto se abre de repente. Calena entra. Ela, sim, me odeia. Abriu a porta com a chave reserva. Atrás dela está Kattia, pálida.

— Acho que é hora de você ir, Anabell. — sugere a velha, mas parece mais uma ordem.

— Por favor, vá embora — pede mamãe, apertando minha mão e olhando para mim.

Mordo o interior da minha bochecha. Eu a abraço, ainda está trêmula. Sei que está pensando naquele homem desprezível.

— Eu volto — sussurro para que só ela me ouça. — Voltarei pelas respostas. Tire sua mãe daqui.

— Tenha cuidado, Bell.

Eu a solto dos meus braços. Algo me diz que, a cada dia que passa aqui, Anastasia se perde mais. Eu me dirijo à porta do quarto e, então, olho nos olhos de Calena. De algum modo, matei sua filha.

— Sinto muito por Analise — digo, honestamente. Kattia se assusta. A reação daquela velha maldita é me empurrar com tanta força que perco o equilíbrio e caio, batendo com a minha bunda no chão.

Ah, merda, agora ela vai me matar.

— Como você se atreve a dizer o nome dela, garota maldita? — Calena aperta os lábios, e puxa meu cabelo com força. Porra, dói para caralho. Acho que ela vai me arrastar.

— Deixe-a ir! Deixe minha filha! — ordena Anastasia com seu tom autoritário característico, da mesma forma como dispara ordens ao papai. Eu olho para cima, sentindo a dor no ponto em que as mãos daquela bruxa ainda puxam meu cabelo.

A mão de Anastasia pousa no ombro daquela mulher desprezível. Ela solta o meu cabelo.

— Nunca mais diga o nome da minha filha novamente — adverte Calena em um russo claríssimo enquanto eu me levanto. Ela me dá as costas e vai para um dos quartos.

Kattia ainda está pálida. Percebo alguma coisa em seus olhos.

— Você sabe — conjecturo. — Você sabe de alguma coisa.

— Anabell, saia, por favor. — pede minha mãe mais uma vez, e obedeço só porque voltarei buscando mais respostas.

A faca ainda está no mesmo lugar em que foi arremessada. Sinto calafrios.

— Obrigado por vir me fazer companhia — digo, abraçando Jared.

— Você não precisa me agradecer.

Estamos na cama do apartamento que papai alugou. Ele me disse que não voltaria hoje. Minha cabeça descansa no peito de Jared enquanto sua mão acaricia minhas costas sobre a camisa.

— Quantas peças do quebra-cabeça estão faltando?

— Eu não sei, Jared. — Suspiro. — Mas ao menos descobri a verdade sobre George.

— Mesmo que você fosse filha dele, isso não a faria menos digna.

Não respondo, apenas pego sua mão e brinco com seus dedos. Se eu fosse tola e fatalista, associaria a chegada de Jared ao caos que minha vida se tornou, mas acho que sou sensata o suficiente para saber que, na verdade, ele me ajudou a desvendar alguns segredos e a me tornar mais forte para enfrentá-los.

Jared não é a fatalidade. Jared é a felicidade.

Acho que entendo minha mãe por chamar meu pai de sua outra metade e se sentir sozinha agora. Eu me sentiria assim se não tivesse o apoio de Jared.

Pensei que, no dia em que perdesse a cabeça por um homem, teria medo. Medo de me apaixonar.

Mas, na verdade, eu gosto disso. Gosto do meu coração batendo rápido, os suspiros tolos ao pensar nele. Gosto até que ele seja meio brega às vezes.

Sorrio, porque achei que Kattia havia tirado algo de mim, mas foi para conseguir alguém mais importante. Eu conheci Jared, meu Jared.

— Esse seu silêncio me assusta, boneca.

Eu me levanto e sento na cama.

— Você já fez amor? — pergunto olhando em seus olhos. Ele levanta as sobrancelhas em resposta. Ele se senta sobre os calcanhares, segurando os joelhos.

— Sim, já.

— Com quem ou para quem? — questiono, e imito a sua postura. Ele sorri.

— Com e para você.

— Ah...

Jared tira o cabelo do meu rosto e, com o dedo, acaricia minha bochecha. Eu viro o rosto e mordisco seu dedo. É o meu lado pervertido, apesar de tudo.

— Você não sabia que fiz amor com você?

— Até na noite dos brownies?

— Naquela noite nós fizemos sexo, com força. Para fazer amor, você só precisa amar, Anabell.

— Brega.

— Especialmente por você. — Ele ri.

Balanço a cabeça de um lado para o outro e tiro minha camisa. Jared olha para mim como se fosse a primeira vez que me vê assim. Ele sempre parece me querer, e a mesma coisa acontece a mim.

— Eu quero que você faça amor comigo mais uma vez, então.

— Não precisa pedir duas vezes.

Em poucos segundos, seus lábios cobrem os meus enquanto ele me beija lentamente. Jared tira a roupa devagar. As carícias sobre a minha pele me fazem estremecer com a sua ternura.

Tudo é lento. Parece que estamos recriando a cena romântica de algum filme, mas somos apenas nós. Em pouco tempo, me vejo nua sob seu corpo, sentindo seus lábios no meu pescoço e seus dedos acariciando entre as minhas pernas.

Minhas mãos agarram o cabelo dele, trazendo sua boca para a minha. Enquanto nos beijamos, ele penetra em meu corpo. É um alívio saber que ele colocou o preservativo antes. Tenho certeza de que, se ele não tivesse colocado, eu nem teria lembrado.

É a primeira vez que isso acontece tão devagar, tão delicadamente, no nosso próprio tempo. Eu sorrio quando ele murmura palavras no meu ouvido que variam de doces a perversas, a combinação perfeita da personalidade de Jared.

— Ei — chamo, enquanto ele entra e sai do meu corpo, devagar.

— Sim? — pergunta com voz rouca.

— Eu te amo.

— Eu te amo.

Em apenas mais algumas investidas, atinjo meu orgasmo e, depois de se mover com um pouco mais de insistência, Jared também alcança o seu. Ele se vira e me põe sobre o seu peito. Eu o abraço como a um ursinho de pelúcia, até fecho os olhos.

— Boneca…

— Diga?

— Você já fez amor? — Jared sorri, usando as minhas próprias palavras.

— Sim, contigo. Só contigo.

Capítulo 31
Noite das gravatas

Jared

— Você está com raiva de mim? — Eu me assusto ao ouvir a voz de Savannah. Olho para cima e a encontro na minha frente, na caixa registradora.

— Por que eu estaria com raiva de você?

— Pelo que aconteceu na minha festa de aniversário.

— Por terem drogado a minha namorada até que se tornasse uma máquina sexual incansável? — Savannah parece desconfortável. — Não estou com raiva, mas seria melhor se você tivesse avisado o que havia naqueles brownies. Anabell tem a mim, eu sou o seu namorado e cuido dela. Mas você pensou nas pessoas que poderiam acordar na casa de um estranho no dia seguinte? Eu não quero ser careta, mas sinto a necessidade de lhe dizer que você foi um pouco irresponsável.

— É, talvez você esteja certo. — Savannah faz uma careta. Mark ri ao nosso lado.

— Um exemplo disso é o nosso pobre Steven — conta Mark. Nós três olhamos o tímido Steven atender uma senhora que parece mais interessa nele do que nos CDs. — Ele acordou com duas estranhas e, por um momento, ficou louco.

Solto uma gargalhada. Pobre Steven, deve ter sido frenético. Volto meus olhos para Savannah e sorrio para ela.

— Eu não estou bravo, relaxe.

— Bem, então vou continuar trabalhando.

— Sim, é uma boa — concordo, observando-a se dirigir ao estoque.

Continuo o meu trabalho, acompanhando o movimento da loja. Maroon 5 toca nos alto-falantes. Eu cantarolo a música antes de ouvir um leve assobio de Mark para me chamar a atenção.

— Uma garota atraente — murmura, com um cutucão.

Noto a garota e respiro fundo em seguida. Não tenho ideia do que ela está fazendo aqui. Seus olhos cinzentos perscrutam o lugar. Quando me encontra, a menina sorri para mim.

— Jared! — exclama entusiasticamente. Mark me observa surpreso. — Eu *estar* procurando você.

Mark parece desapontado com o modo que ela fala, porque solta uma careta. Para ser justo, ela ainda não domina a língua, mas nota-se que está no país há um tempo.

A prima de Anabell está aqui.

— Hmm... Como posso ajudar? Está procurando por um CD? Steven pode ajudá-la, nesse caso.

Ela nega freneticamente com a cabeça fazendo seu cabelo bonito — não se pode negar — cair sobre os ombros. Olho com desconforto para ela, esperando que não diga que veio me ver.

— Eu vim te ver.

Meu desconforto aumenta. Sua mão encontra a minha sobre o balcão. Eu a retiro.

— O que você quer?

— Eu *ser* melhor que minha prima.

— Isso vai ser interessante — cochicha Mark despreocupadamente, observando-nos com uma das mãos sob o queixo, parecendo se divertir.

— Isso é muito discutível. De qualquer forma, eu prefiro Anabell — asseguro. Falo bem devagar, para que ela entenda. — Sei que você enviou uma foto para o meu celular.

— Você *gostar*?

— Eu não vi nem queria vê-la. Não faça coisas estúpidas. Não conheço você e não estou interessado.

Kattia fica em silêncio enquanto eu atendo a senhora que queria devorar Steven. Entrego a sua nota fiscal, e a mulher sai, piscando para ele. Volto minha atenção para a prima de Anabell.

— Então por que você está aqui?

— Eu… eu sei sobre Analise. — Kattia levanta o queixo.

Sinto as minhas costas se endireitarem. Ela guarda pedaços do quebra-cabeça que Anabell está montando. Kattia sabe. Eu olho para ela com desconfiança.

— Mas é claro que você não vai me dizer… Você tem um preço — pondero, estreitando os olhos. Ela sorri.

— Não… Eu não *querer*… dinheiro. Não, não *querer* isso.

— Certo. Você não quer dinheiro — repito.

— Eu *querer* você — declara. Acho que teria sido melhor ela me pedir dinheiro. — Você… em troca de tudo que sei.

Olho atentamente para ela antes de cair na gargalhada. Kattia deve estar me confundindo com um gigolô. Propôs que eu me vendesse por informações! Ela fica intrigada com o meu riso.

Esta garota está acostumada a ter sempre o que quer, posso perceber pela maneira como ela pacientemente espera que eu pare de rir.

— Eu não estou à venda.

— Eu *ter* informações… importantes — anuncia. — Uma noite…

— Peraí — pede Mark. — Uma noite de sexo?

Kattia desfere um olhar depreciativo a Mark antes de se concentrar novamente em mim.

— Uma pergunta importante — insiste Mark. — Você conhece a namorada de Jared? Porque eu não acho que ela vá gostar da sua proposta.

— Ela é prima da minha boneca.

— Caralho! O que você está fazendo é um lance de puta, com todo o respeito — diz Mark, mais interessado.

— Você não *poder* dizer "não". O que eu *saber* é importante — reitera Kattia. — Uma noite, nada mais.

Eu passo a mão sobre o meu rosto. É verdade que Anabell precisa saber mais do que sabe até agora. E eu faria qualquer coisa por ela.

— Sexta-feira, no hotel ao lado do Starbucks — proponho, e ela abre um enorme sorriso. Mark me observa, escandalizado.

— Marcado. Eu *dizer* tudo... tudo só para você.

— Que seja. Às oito horas da noite — aviso. Ela confirma, freneticamente. — Agora eu gostaria que você saísse da minha loja.

Com um sorriso e um leve carinho na mão, Kattia vai embora. Mark me dá um soco não muito amigável no ombro.

— Você é idiota? Como pode cornear sua namorada com a prima dela? Isso não faz sentido, Jared! Está cavando seu túmulo.

— Amo Anabell e faria qualquer coisa por ela...

— Merda, você está ficando louco!

— Mas eu nunca colocaria um chifre nela. Não faço com os outros o que não gostaria que fizessem comigo. Não pense que sou idiota. Não vou dormir com ela. Anabell vai se divertir um pouco torturando a prima.

— Ah, isso parece legal!

— Acredite em mim, Kattia não sabe o que a espera. Relaxe, não vai ser uma noite de sexo, não vou sacanear Anabell. Eu a respeito muito.

— Fico aliviado. Eu sou fã de "Janabell", como diria Landon — declara Mark, fazendo-me rir.

Kattia terá grandes surpresas.

— Você está um pouco mais magra — noto, enquanto comemos em uma pequena lanchonete antes de voltarmos à academia. — Mas continua gostosa.

— Obrigada, querido — agradece Anabell. — Então Kattia pensa que terá uma noite de sexo selvagem com você?

— É o que parece.

— Por que todas as garotas são amaldiçoadas com uma prima puta na família? Isso é tão injusto. — Ela balança a cabeça e morde seu taco. — Você vai me deixar fazer o plano?

— As honras são suas.

— Você é um fofo.

— Eu te amo ainda mais — diz, me fazendo sorrir.

— Chega de falar dessa cadela. Eu também conversei com Landon.

— E ele te contou.

— Sim. Ele me disse que vocês terão um jantar com o seu pai. Estou muito feliz, Jared. É realmente um grande passo. Você está redescobrindo a sua família.

— Não digo que tudo será como antes, como quando mamãe estava viva, mas pode ser melhor do que como estávamos.

— Eu sei, e estou feliz por você.

— Em algum momento sua família também estará de volta.

— Acredito que, na verdade, minha família nunca foi uma família. Sempre fui a ovelha negra. — A expressão de Anabell é de tristeza. — Mas agora eu entendo que a minha mãe foi se perdendo. Ela tem os seus traumas, e Calena talvez esteja bagunçando a sua mente.

— Sua avó é um pouco assustadora.

— Aquela senhora não é a minha avó. Tenho certeza de que uma avó não arremessa uma faca contra você.

Eu estalo a língua e bebo o último gole do meu café. Anabell me observa enquanto mastiga.

— Por que está me olhando assim?

— É que você é realmente o cara mais gostoso que já vi e com quem já estive. É todo doce e malandro. Não sei, parece um homem dos sonhos. O que acontece se você não for real?

— Se eu não sou real, então você devia se preocupar em estar com um fantasma. Não acha?

— A Ditadora contou que há uma vaga de tutora, porque Gretta participará de muitos concursos e apresentações. Ela me ofereceu um trabalho para ajudá-la em uma escola para meninas de cinco a oito anos. Como sua assistente.

— Isso é ótimo, boneca!

— Sim! O pagamento não é tão grande, mas vou ter meu dinheiro e serei independente. Eu queria entrar em um curso de Publicidade. Gosto da coisa toda de criar slogans e fazer minhas camisas geniais. Mas sem os meus documentos não posso me inscrever na faculdade, eles ainda estão na Rússia.

— Podemos planejar uma viagem...

— Só quando tudo se acalmar. Não podemos deixar o país e todo este mistério para trás.

— Quer saber, boneca? Sua mãe não é ruim. Ela foi machucada de uma maneira degradante, que pouco a pouco a consumiu. Em sua essência, ficaram apenas a tristeza e a amargura, e talvez sua avó tenha influência nisso.

— Eu sei. E ela se perderá ainda mais se continuar a morar com aquela mulher.

Na academia, eu a levo para a sala da Ditadora. Corro meus dedos pelo seu cabelo solto, muito suave e liso. Anabell fica na ponta dos pés e me dá um selinho.

— Depois me conte como foi o jantar com Landon e seu pai.

— Sim — respondo, e dou-lhe um longo beijo molhado. Sorrindo, ela se separa de mim e começa a se afastar. Mas eu a puxo de volta pelo braço. — Quero outro beijo, boneca.

Anabell envolve seus braços em volta do meu pescoço. Sinto sua língua se infiltrar em minha boca e se enredar na minha. Coloco minhas mãos sobre a sua bunda e a pressiono contra o meu corpo.

Tudo em Anabell é delicioso.

— Ah... Desculpe! — exclama uma voz feminina. Anabell para de me beijar. Nós dois olhamos para a porta da sala da Ditadora. Gretta está ali, incrivelmente corada. — Desculpe, é que a srta. Lara me mandou buscar Anabell, eu não sabia...

— Não se preocupe. Eu já ia entrar. — Anabell passa as mãos pelo meu cabelo como se tentasse penteá-lo, me dá outro selinho e, relutantemente, me solta. — Continue o seu trabalho.

— "Quebre a perna", boneca.

— Idiota, isso é o que dizem às atrizes — corrige, rindo.

— Também não dizem às bailarinas? — pergunto, confuso.

— Na verdade, eu não sei. Procura na internet. Talvez ela tire a sua dúvida.

Eu rio novamente. Anabell entra na sala ao lado de Gretta. Eu parto para cuidar da revisão de rotina administrativa da academia.

— Por que você está usando gravata? — pergunto a Landon, sem poder me conter. Estamos no restaurante da família, onde nos encontraremos com Logan.

Por que gastar dinheiro em um jantar quando você tem seu próprio restaurante?

Landon passa a mão despreocupada pelo cabelo, que só cresce. Ele usa uma gravata azul.

— Porque assim eu fico mais atraente. Esta gravata destaca os meus olhos. Você está com inveja porque pareço mais sexy que você, Jar.

Eu solto uma risada. Landon dá a impressão de que vai posar em uma sessão de fotos da Armani. Ao menos ele não veste uma paletó, apenas calça jeans preta, camisa branca e aquela gravata azul que, de fato, faz todo mundo notar os seus olhos.

— Às vezes eu acho que você caiu do berço quando bebê, Lan.

— Se caí, provavelmente foi porque você era um retardado que me derrubou. Sua culpa, não minha, irmão.

Rio mais uma vez. Saudamos os funcionários assim que entramos no restaurante. Jona, o antigo maître, nos cumprimenta com entusiasmo antes de nos guiar até a mesa onde Logan nos espera.

Não é necessário ser um gênio para perceber o nervosismo de Logan assim que nos vê, nem a ansiedade de Landon. Acho que sou o mais calmo da noite.

Quando chegamos a Logan, ele aperta a minha mão e, em seguida, a estende a Landon. É um bom começo para o longo caminho de confiança que temos pela frente para recuperarmos o que éramos: uma família.

Um silêncio constrangedor se instala após nos sentarmos. Apenas nos entreolhamos. Logan nota a gravata de Landon e levanta as sobrancelhas. Meu irmão estreita os olhos.

— Vocês agem como se nunca tivessem visto uma gravata antes — queixa-se Landon. — Eu quis usar uma, superem.

— Eu não estou reclamando — defende-se Logan com um dedo sobre a boca. Acho que ele esconde o desejo de rir. — Só não achei que a ocasião pedia uma gravata.

— Landon sendo Landon — digo, observando o garçom se aproximar.

— Vamos pedir salmão ao molho vinagrete com batatas assadas e salada caesar. Um suco de melão, outro de pêssego e um de melancia, por favor.

Landon e eu nos entreolhamos e sorrimos brevemente. O garçom se retira e, com um pigarreio, escondo minha risada. Logan nos observa, intrigado.

— Como nos velhos tempos, hein? Só faltou o cardápio infantil — comento, e é incrível ver Logan gaguejar.

— Eu só... eu não pude evitar... pedir, isto é...

— Ainda bem que é a minha comida favorita neste restaurante. — Landon o interrompe. — Eu senti falta de vir aqui. É estranho, agora que estou autorizado a entrar novamente.

Gosto que Landon não esteja cedendo tão facilmente, sem fingir que não estava ferido pela rejeição de Logan. Também é bom que Logan sinta vergonha de suas ações passadas, porque isso significa que ele admite que cometeu erros e quer consertá-los.

— Então... você está na Universidade de Manchester... — Logan puxa assunto e observa Landon após um novo momento de silêncio.

— Sim, mas ainda não comecei. Eu entro no próximo semestre. Quem contou?

— Beth. Ela continua me atualizando sobre o que você faz.

— Beth é um pequeno sol — comenta Landon, rindo. — Universidade de Manchester, assim como Jared. E algum dia ele voltará, certo, Jar? Você não pode morrer sem se formar como engenheiro.

Eu mostro um sorriso amarelo. Como toda vez que penso na universidade, sinto uma sensação especial de saudade, e já faz um ano e meio desde que tranquei o curso. Se ainda estivesse em andamento, provavelmente estaria a dois semestres de me formar, mas a realidade é que fiquei no começo do sétimo. Minha vaga na universidade ainda espera por mim, aguardando meu retorno.

Algum dia eu serei capaz de me formar como engenheiro.

— Você pode retornar... — A voz de Logan interrompe meu momento de lamentação particular. — Sei que não tenho feito minha parte com os negócios e que preciso de sua ajuda, mas, se eu cuidar de ao menos metade do trabalho, você terá tempo para estudar, Jared. A universidade fica a apenas trinta minutos de distância, e você é um garoto inteligente, que sabe administrar seu tempo. Eu não estou te impedindo de voltar, nunca fiz isso. Você mesmo internalizou a ideia de que precisa cuidar de nós, que deve estar conosco todos os dias. Não é algo ruim. Você sempre teve essa atitude de cuidar e proteger os outros, desde que era uma criança. Mas deveria voltar para a universidade.

— Nisso eu concordo muito. Caramba! É estranho concordar com Logan — diz Landon. — Sou muito grato pelo que você fez, mas nunca te pedi para cuidar de mim. Você é a pessoa que considero mais importante no mundo. Mas eu já sou grande, Jared, tenho dezenove anos. Não sou o garoto de dezessete anos que saiu de casa e precisou da sua ajuda. Você pode voltar aos estudos e ajudar nos negócios.

A refeição chega. Bem, parece que Logan e Landon, sem pretender, concordaram em um fato: eles não precisam de mim.

Desde a infância sinto a necessidade de cuidar do meu irmão mais novo. Ainda que brigássemos ou implicássemos um com o outro, sempre tratei de cuidar de Landon. Até mesmo de Ian, depois que o conheci, já que vivia se metendo em problemas.

Quando mamãe morreu, e Landon confessou sua sexualidade, minha necessidade de protegê-lo do mundo para evitar que fosse julgado e de tudo que envolve não ser aceito aumentou mil vezes. Assistir a Logan se perder e se deixar levar pelos vícios também acordou o meu instinto e, antes que eu percebesse, tudo se acumulou. Eu já havia desviado de minha carreira.

Então tomei a decisão de parar de estudar para me concentrar na família. Nunca me perguntaram, mas eu não precisava da resposta deles. Algo em mim me dizia que eu devia cuidar deles. Foi assim que comecei a crescer excessivamente rápido, assumindo responsabilidades que não eram minhas, mas que achava que deveria assumir.

Não me arrependo. Se eu não tivesse cuidado deles, talvez tudo fosse diferente. Não me arrependo das minhas ações.

Eu ainda me importaria com Landon mil vezes mais, estaria lá todas as vezes que precisasse de mim. No caso de Logan, apesar de sua idiotice, ele é meu pai e eu não poderia abandoná-lo. Estou feliz por nunca ter virado as costas para ele.

Não esqueço os erros que meu pai cometeu. Na verdade, eu o observo às vezes enquanto tudo o que me incomodou nos últimos dois anos e meio passa pela minha mente. Mas é bom dar-lhe outra chance. É bom vê-lo tentar se levantar. O processo pode demorar muito ou talvez pouco. Tudo de que preciso é que ele se levante.

— Sinto muito pelo atraso, família! — A voz de Ian se faz ouvir, fazendo-nos virar para ele. Eu o olho com descrença.

A primeira razão para a minha surpresa é que Ian move uma cadeira de outra mesa para a nossa. A segunda é que ele também está usando gravata. Eu balanço minha cabeça enquanto Landon sorri.

— Bela gravata, Ian.

— Idem, Landon — responde ele com um sorriso e olha para os nossos pratos. — Demônios! Vejo que começaram sem mim. Amigo — grita Ian para um garçom —, traga-me a mesma coisa que eles estão comendo.

— Você sabe que ninguém te convidou, não é? — indago, rindo.

— Não preciso de convite porque faço parte desta família. Certo, Logan?

— Treze anos aturando você deve te fazer um membro oficial, não? — diz Logan, ironicamente. Ian ri, deliciado.

— Só preciso mudar meu sobrenome, mas não acho que meu pai gostaria disso. Se o fizesse, eu não herdaria sua microempresa.

— Quando acho que você não pode ser mais idiota, eu me surpreendo, Ian — murmura Landon, perplexo.

— Sou eu, Ian, uma caixinha de surpresas.

— Ou Ian, um chute no traseiro — corrijo.

— Então, perdi a parte emotiva do jantar? Porque eu tenho um discurso muito bonito, que você vai amar.

— Viu? Você sempre surpreende — atesta Landon, e Logan ri.

Sim, levará tempo, mas não será impossível recuperar Logan.

Uma hora e meia depois, terminamos de comer. Acho que Logan, Landon e eu esperamos para ver qual dos três vai fechar a boca de Ian. Há um momento em que fico tonto entre tantas histórias.

Seu discurso piegas, como eu o classifico, consiste em traçar todas as lembranças que ele tem desde que nos conhecemos, e são muitas. Landon é particularmente propenso a calar a boca dele, porque, curiosamente, todas as lembranças de Ian que envolvem Landon são embaraçosas ou acabam com ele chorando.

— Jesus! Apenas fique quieto, Ian — clama Logan. — Ao menos tome um pouco de água.

— Tantas lembranças! — murmura Ian, seguindo o conselho de Logan. — Como a vez em que Jared e eu pensamos ter encontrado um cigarro, mas acontece que era maconha e...

— Melhor deixarmos essa lembrança para depois — interrompo, rindo.

Um homem alto, de constituição forte e cabelo castanho, um pouco grisalho, se aproxima da mesa. Logan se assusta quando o vê ao nosso lado.

— Boa noite, Logan! Quanto tempo! É uma reunião de família? — pergunta o homem, pousando a mão sobre o ombro de Logan. — Bem, sim, é de família, só que falta a sua linda esposa. Mas ela está morta.

— Filho da puta — exclama Landon, genuinamente ofendido.

— Este é o pequeno Landon? Como está enorme. E acho que este é Jared — aponta. — Sim, Jared é especial. Tenho memórias muito boas de seu segundo aniversário. Obrigado, Jared.

Minha boca se abre com surpresa. Eu olho para ele. Logan, tenso, se levanta.

— George? — pergunto, tentando adivinhar. Seus olhos castanhos me observam antes que ele sorria.

— Vejo que você se lembra do tio George.

Eu me levanto com calma. Aliso minha calça antes de me aproximar dele e observá-lo de perto. Não sei do que Logan estava falando, Anabell não tem nenhuma semelhança com este homem. Cabelo castanho, talvez, mas, fora isso, nada.

Satisfeito em não encontrar nenhum traço da minha namorada nele, respiro fundo. Flexiono meus dedos, fecho uma das mãos do mesmo jeito que faço quando estou praticando boxe. Em menos de dez segundos, o nariz de George está quebrado e o sangue começa a pingar.

— Isto é por mencionar minha mãe com a porra da sua boca. — Eu acerto outro golpe, dessa vez no olho dele. — E isto é por ser um filho da puta que não respeita mulheres.

Aquele lixo ainda desfere um soco na maçã do meu rosto. Não sinto agora, mas, quando a adrenalina passar, sei que vai doer para caralho. Os seguranças intervêm.

A mão de Ian segura o meu ombro. Ele me observa com surpresa.

— Você o conhece, Jared?

— Ele é um filho da puta! Um abusador de mulheres!

— Do que você está falando? Eu não vou tolerar esse tipo de acusação — protesta George, cobrindo o nariz com guardanapos. Ele sorri detestavelmente. É um doente. — Espere… Está falando de quem eu acho que está falando?

— Maldito doente.

— Você conhece o amor da minha vida? Conhece Anastasia? — pergunta, ansioso.

Dou alguns passos para trás. Este homem é realmente doente. Não há culpa em seu olhar, nem vergonha ou arrependimento. Há apenas ansiedade, saudade e desejo.

— É melhor irmos — aconselha Logan, guiando-o para a saída.

Agradeço pelos seguranças acompanharem Logan. Aquele homem não inspira nada de bom.

— O que foi tudo isso?! — pergunta Ian, ainda confuso.

— Caralho! Há uma gota de sangue na sua camisa, Jar. Que merda, esse cara estragou sua camisa, irmão.

Contra todas as probabilidades, a preocupação de Landon com a minha camisa me faz rir levemente, mas não me faz esquecer George e o perigo que ele representa.

Origem Dois
O lado obscuro

Anastasia. Segundo aniversário de Jared. Antes de Anabell.

— Eu não quero ir — queixo-me, agarrando a minha toalha.

Gael olha o meu reflexo no espelho antes de colocar sua camisa vermelha. Por um momento, eu sorrio. A camisa lhe cai perfeitamente.

— Mas eles são nossos amigos. O único casal de amigos que conhecemos e que são casados, como nós.

Olho para as minhas mãos. Logan e sua esposa me agradam, não há problema com eles. O problema é George. Ele sempre será o problema.

Fico muito assustada toda vez que ele está perto de Gael. Tenho o medo absurdo de perder meu marido, de machucá-lo.

Foi cruel a maneira como ele reapareceu em Manchester, quando pensei que poderia deixá-lo no passado. Já faz um ano.

Um ano de cartas, assédio e perseguição contínua que me levaram ao limite. Sempre penso em contar o que aconteceu há algum tempo atrás a Gael, no último dia do festival na Rússia. Contudo, de alguma forma, George invade minha cabeça.

Nela, ouço-o dizer que eu queria, que não lutei e não o impedi. Insiste que eu queria, que nunca disse "não", que todo "não" está apenas em minha cabeça. E às vezes, apenas às vezes, sinto-me culpada. Culpada pelo o que aconteceu.

Não quero que meu marido me veja como uma mulher suja, usada. Ainda pior: não quero que Gael pense que eu simplesmente me deixo seduzir e o enganar.

Gael é a minha metade. Meu complemento, um homem por quem eu daria mais que a minha vida. No passado eu acreditava que Vladimir seria o grande amor da minha vida. Quando ele se foi, doeu muito. Mas com o Gael tudo é mais forte. A simples ideia de perdê-lo dói mais.

Deixo meus pensamentos quando noto as mãos de Gael no meu rosto. Ele olha para mim com ternura. Às vezes sinto que o seu amor não merece isso. O amor dele não é para mim, porque deixei outro homem me tocar, não me esforcei o bastante para pará-lo.

Também há momentos em que mamãe me liga chorando e diz que eu nunca serei o suficiente para Gael, que, quando eu menos esperar, ele me deixará, porque sou apenas uma mulher russa que foi criada para ser uma verdadeira esposa.

Mamãe tem mais habilidades para entrar em minha mente do que George. Eles são mais fortes e me fazem menor, fazem com que eu me sinta pequena.

Minha mãe consegue me fazer acreditar que a abandonei por um homem. Que a abandonei com Analise, Kattia e Katerina. Sinto culpa, não posso evitar.

— O que você tem, amor?

— Não, eu não me sinto bem. Não quero ir.

— Você não quer ver a doçura que é Jared? Pensei que gostasse do garoto. Quer dizer, ele tem você nas mãos.

Sorrio. Jared é um menino bonito, embora raramente sorria e ache que é um homenzinho.

— Eu quero vê-lo, mas...

— Mas o quê?

Respiro fundo e, sem ser capaz de evitar, envolvo meus braços em volta do pescoço do meu marido. O homem que me reergue às vezes sem perceber. O homem que representa a única decisão da qual tenho a certeza de que nunca me arrependerei.

Vir com ele a este país significa estar com ele. Não posso me arrepender disso.

— Eu quero um bebê — murmuro ao pé de seu ouvido.

Surpreso, ele me observa. Sei o que deve estar pensando. Tenho apenas 22 anos, ele está a poucos meses de completar 25 anos, mas, quando vejo Janet brincar com seu filho, sinto vontade de ter o meu. Ainda mais agora que ela está grávida de novo, de algumas semanas.

— Eu quero que tenhamos um bebê.

— Você quer? Está pronta para isso?

— Quero alguém que seja nosso. Seu e meu, a mistura dos dois.

Gael olha para mim antes de sorrir daquele jeito que me cativou na primeira vez em que o vi em uma loja de antiguidades na Rússia.

— Você sabe que, para isso, temos que praticar, certo? — brinca Gael, deslizando o nariz pelo meu pescoço e me fazendo rir quando as mãos dele puxam minha toalha. — Sim, vamos fazer o dever de casa. Temos que fazer bem.

— Eu concordo — assinto antes que ele comece a me beijar. — Mas não agora. Vamos fazer algo especial esta noite.

— Tudo bem, esta noite — repete, enquanto me beija e se levanta. — Agora, vista-se, você não pode deixar de ver Jared. É o aniversário dele.

De alguma forma, ele me convence. Talvez tenha sido entre os beijos e palavras doces, mas, agora, estou sentada, um pouco tensa, observando as crianças brincando. Ouço a conversa entre Janet, Logan e Gael.

Não me dou muito bem com Janet. Talvez porque às vezes ela pareça perdida quando, sem querer, falo em russo, deixando o inglês para trás. Mas ela é legal e, até onde eu sei, uma ex-bailarina bastante conhecida.

Às vezes sinto que minha mãe está certa. Talvez eu sirva apenas como dona de casa, é a maneira como ela me criou. Uma menina que, um dia, se anularia para servir ao marido.

Sinto um calafrio quando, ao levantar o rosto, encontro o olhar de George. Particularmente hoje ele me assusta um pouco mais.

O pequeno aniversariante está sentado na grama do jardim, com as mãos sob o queixo, parecendo entediado. Dá a impressão de que é um homem que habita o corpo de uma criança pequena, mas é adorável.

Em algum momento, entre tantas bebidas, sinto vontade de ir ao banheiro. Peço desculpas e me retiro.

Olho para o meu reflexo no espelho depois de urinar. Meu cabelo é muito comprido, loiro e leve. Tento encontrar uma mudança de visual desde que vim da Rússia, mas não consigo. Talvez seja aquela careta que às vezes aparece em meu rosto.

De certa forma, desde aquela noite, eu tenho murchado. Gael, no entanto, consegue me renovar todos os dias. Sorrio para o espelho. Tenho o melhor homem ao meu lado.

Alguém bate à porta. O sorriso de Gael aparece ali.

— Eu vou comprar algo com o Logan. Volto rápido. Tudo bem?

— E se eu quiser ir com você? — pergunto. Ele faz uma cara engraçada.

— Receio que você deva ficar com todas aquelas mulheres fingindo fofocar. Não vou demorar.

— Tudo bem — digo e aceito o beijo que ele deixa em meus lábios. — Não demore.

— Não se preocupe.

Eu o vejo ir. Volto ao banheiro para apagar a luz. De volta ao corredor, paro ao perceber que George está no final, sorrindo com um copo de água em uma de suas mãos.

— Anastasia, querida. Quanto tempo sem ter um momento só para nós. — Ele se aproxima. Estou muito assustada para me mover. — É tão chato que Gael nunca se separe de você. Como se você fosse dele.

George faz uma careta e me dá um pequeno empurrão em direção à parede.

Eu reajo e o empurro de volta, mas ele apenas ri e tenta me beijar.

— Vá embora! — digo, empurrando-o novamente.

— Eu queria que fosse por bem, mas você quer que seja por mal, meu céu — murmura antes de tomar meu queixo e me forçar a abrir a boca. — Engole.

Eu tusso descontroladamente, sentindo a água com gosto alterado começar a entrar em minha boca. Cuspo um pouco sobre ele, mas o líquido desliza tão rápido pela minha garganta que eu poderia me afogar.

George se afasta com um sorriso enquanto eu levo a mão ao meu peito, tossindo.

— Afaste-se, seu maldito doente — grito, em russo.

— Você não sabe como eu fico excitado quando você fala russo. Você é a mulher da minha vida.

Eu me afasto, mas a falta de resistência à minha fuga me deixa desconfiada. Fico mais estranha a cada passo que dou. Paro abruptamente sentindo meu mundo girar.

Perco o equilíbrio e caio para trás, só que não chego ao chão.

— Eu te peguei — sussurra George no meu ouvido. Então, tudo fica preto.

— Anastasia! Deus! Eu estava com tanto medo que ia chamar a polícia! — grita Gael, chegando até mim. Eu dou um passo para trás. Sinto dor.

— Onde você estava?

— Eu que te pergunto, querida. Onde você estava?

Eu apenas o observo. Meus lábios tremem. Cada parte do meu corpo dói. Ele me deixou. Gael me deixou.

— Querida, o que há de errado?

— Você me deixou, você me deixou. Você me esqueceu.

Ele me olha, confuso.

— Voltei para a festa e Janet disse que você havia ido embora, que deixou um recado com George.

Estremeço com a menção do nome dele. Agora, além da dor física, sinto uma grande dor emocional. Sinto que deixaram um buraco em mim, um por onde cada parte de mim que um dia foi feliz, escapa.

Olho ao redor. As velas estão derretendo.

— Você disse que queria algo especial. Pensei que não ia demorar para chegar, mas, como você não chegava, comecei a me preocupar e... — Ele para abruptamente quando minhas lágrimas começam a cair. — O que aconteceu? Onde estava?

Em uma casa que não era a da festa. Nua, magoada e degradada como mulher. Essa pode ser a resposta. Talvez eu possa acrescentar que a pessoa responsável era mórbida e sádica o suficiente para me gravar e fotografar. Para fazer mais do que penetrar meu corpo, brincar com ele.

Uma parte de mim, não tão vulnerável, agradece por eu não ter acordado. Quando o fiz, tudo havia terminado. Mas, merda, dói.

Minha felicidade acabou.

— Amor, o que há de errado?

Dou um passo para trás quando ele vem em minha direção. Solto um gemido ao sentir uma dor forte na barriga e entre as pernas.

Os olhos de Gael se abrem com surpresa e me observam com horror.

— Você está sangrando... Anastasia... O que aconteceu?

Eu não aguento. Desato a chorar e luto contra os braços dele quando tentam me envolver. Não quero que ele me toque. Sinto que Gael me deixou sozinha. Sinto que ele me abandonou.

— Ele me usou... Gravou tudo... Eu... suja... — Soluço. Sinto o corpo dele tenso.

— Diga o nome dele — pede Gael. Há umidade em meu cabelo. São as lágrimas dele.

— George, mas...

— Eu vou matá-lo.

Gael me deixa no sofá. Aperta seus olhos, enxugando as lágrimas, e caminha em direção à porta. Eu não tenho tempo para pará-lo, porque uma parte obscura está crescendo em mim. Quer que George seja eliminado, que sofra pelo menos metade do dano que me causou.

Não sei o que Gael fez, só sei que não ouço mais falar de George. Três semanas depois, descubro que estou grávida.

Com um mês de gravidez, eu desço uma escada. Talvez não esteja prestando muita atenção. Só sei que caio pelos degraus e, então, não carrego mais um bebê.

E este meu lado obscuro, que começa a crescer, não sente culpa por isso. Por perder o bebê.

Talvez este seja o momento em que começo a mudar.

Capítulo 32

Anabell

— Por que você está de preto? — questiono Dina. Ela veste até um gorro preto.

— Porque é como se fosse uma missão secreta.

Reviro meus olhos, mas acho graça dela. Dina segura distraidamente a mão de Jack. Não vejo problemas no fato dele estar por aqui, o chupão no pescoço de Dina explica muita coisa. Ele, que veste uma regata, também tem marcas de arranhões visíveis nos ombros. Fofo e apaixonante.

— O que estamos esperando? — pergunta Jessie, impaciente, ignorando o olhar de cachorro abandonado que Ian sustenta.

— A nossa prima russa chegar — diz Landon, encostado na parede. — Somos muitos.

— Bem, eu só convidei você, mas olha como a notícia se espalha — cochicho.

— Lá vem a prostituta — anuncia Jessie.

Ela usa um vestido azul, o mesmo que mamãe deu a ela. Kattia chega ao local combinado. O cabelo está solto, e ela está sorrindo.

Eu a odeio. Eu a odeio com força e intensidade. Com tanta força que, se pudesse, reconstruiria um hímen superforte nela, que nenhum pênis poderia romper. Dessa forma, ela passaria pela dor de novo e de novo. E esse é o menor castigo que posso pensar. Ah, se eu tivesse poderes.

Kattia fala com a recepcionista do hotel. A moça diz o número do quarto em que Jared espera por ela. Sei que nada vai acontecer, mas apenas o pensamento dela estar em um quarto com Jared me deixa nauseada. Nós a vemos entrar no elevador e eu sinto meu corpo tremer.

— Calma, Anbe. Ela vai pagar o preço pela sua "putandade".

— "Putandade"? Essa palavra existe, Dina? — pergunta Jack. O cabelo dele, que vai até a altura do queixo e é loiro, está todo bagunçado.

— Cale a boca, Jack. É uma palavra, ponto final. Não me contradiga. É por isso que você é meu ex.

— Entendi... Você é um ex do tipo pau amigo. Que legal — diz Ian, levantando e abaixando as sobrancelhas para eles. Jessie ri, e acho que Ian se sente contente por isso. Coitado.

— Quanto tempo temos que esperar? — pergunta Dina, parecendo uma garotinha ansiosa por um doce.

— Até Jared enviar uma mensagem — respondo pela enésima vez. Talvez eu esteja um pouco irritada.

Minha irritação aumenta à medida que os minutos passam. E se Kattia o amarrou e está chupando seu pau contra a sua vontade? Porra, eu não confio nela nem um pouco.

— Não se desespere — murmura Jessie.

O celular de Landon toca, e ele sorri um lindo sorriso, enrolando uma corda em suas mãos.

— É hora de agir — avisa, e todos nós o seguimos.

Na entrada do hotel, o funcionário se opõe a nos deixar subir, mas Landon, de maneira muito discreta, deixa uma quantia bastante generosa de dinheiro. Eu sempre me esqueço de que eles são repulsivamente ricos. Mas acho que, mais do que o dinheiro, o gerente loiro teve uma queda por Landon, que se aproveita disso piscando para ele e caminhando em direção ao elevador.

Dentro do elevador, eu pergunto, rindo:

— Vai transar com ele? — Estou muito curiosa pela resposta. E não sou a única.

— Não gostei dele.

— Você parece um pouco seletivo em suas escolhas — comenta Ian. — É como uma vadia pretensiosa.

— Alguns têm classe e critérios para escolher, mas outros são apenas como você — argumenta Landon. Jessie franze a testa.

— Assim me sinto ofendida. Está dizendo que Ian dormiu comigo por falta de critério de seleção?

— É um caso à parte. Além disso, você é inteligente o suficiente para fazê-lo sofrer. — Landon a tranquiliza, acariciando seu ombro. — Muito bem, querida.

Saímos do elevador e vamos diretamente ao quarto que Jared reservou. Kattia, na verdade, é tão... tão "Kattia" que nem se incomodou em perguntar se ele pagaria por tudo.

Aquela vadia acha que vai se deitar com meu namorado. Dylan era fraco. Jared não é.

Landon bate na porta e Jared logo abre. Faço uma rápida inspeção. Sua camisa tem apenas uma pequena ruga, mas nada parece fora do lugar. Ele sorri para mim levantando uma das sobrancelhas.

— Verificando se eu não caí em tentação, gata?

— Estou garantindo que aquela cadela não infectou você — digo, sorrindo. — Onde ela está?

— Na varanda — murmura.

Sem o cuidado de fazer silêncio, entramos no quarto e trancamos a porta. Kattia não sairá sem dizer o que sabe.

Com um sorriso desenhado no rosto, Kattia sai da varanda. Assim que nos vê, ela se encolhe e olha para Jared. Eu sorrio.

— Oi, prima. É um prazer vê-la — cumprimento. Pego a cadeira em que está a sua bolsa e a coloco no centro do quarto. — Então, vamos por bem ou por mal?

— O que todos *fazer* aqui? — Kattia olha para Jared, que encolhe os ombros.

— Eu amo minha namorada. Não sou um Dylan, e não pensei, de forma alguma, em dormir com você. — É tudo o que Jared diz. Ela recua, horrorizada.

— Então será pelo jeito mais difícil — concluo. Ian caminha na direção dela.

Eu me sinto como a protagonista de um filme sobre a máfia. Landon amarra as mãos de Kattia atrás das costas. Os tornozelos dela também estão amarrados. Ela nos observa, assustada.

— Pronto, menina bonita. Daqui você não escapa — diz Landon, aplaudindo entusiasticamente. — Podemos começar o interrogatório?

— Acalme-se, Landon. — Ian ri. — Acalme-se, campeão.

— Sangue! Eu exijo ver sangue! — brada Landon. Kattia solta um grito de horror, mas ele ri. — Foi uma piada, linda. Eu não quero ver sangue.

— Você *estar* louco...

— É melhor guardar as suas palavras para as respostas que você tem para mim. — Eu me dirijo a ela em passos firmes. — Nome completo de Analise?

— Não *dizer* nada para você...

— Vamos tentar de novo. Nome completo de Analise?

Kattia aperta os lábios. Pela primeira vez em muito tempo ela para de tentar fingir ser a menina boa e calma para mostrar sua arrogância e desprezo por mim. Que linda esta minha prima.

— Jessie, a tesoura — sorrio. Kattia arregala os olhos.

Jessie tira uma tesoura média do bolso e anda despreocupadamente na direção de Kattia. É divertido ver minha prima esperando que Jessie a machuque, ou algo assim.

Jessie segura uma mecha do brilhante e espetacular cabelo laranja avermelhado. É claro que minha amiga está curtindo o momento.

— O nome dela — pede Jessie. Kattia aperta os lábios mais uma vez. — Certo. Diga adeus a esta bela mecha de cabelo.

Ela corta ao menos a metade, deixando o cabelo à altura do queixo e uma longa faixa de cor no chão.

— Vadia! — grita Kattia, em russo. — Puta maldita!

Jessie olha para mim com uma interrogação em seu rosto. Eu cruzo meus braços.

— Kattia está gritando que você é uma puta maldita — traduzo.

Jessie pega outra mecha de cabelo. — Nome completo?

Seu novo silêncio lhe custa outra mecha. Kattia volta a gritar "puta maldita" para Jessie.

— Estamos tendo aulas de palavrões em outra língua — murmura Jack. — Agora eu sei como dizer "puta maldita" em russo.

— Analise Liseth Kabakova — revela Kattia, finalmente, entredentes.

— Não foi tão difícil falar, menina bonita — diz Landon. — Talvez possamos recolher esse cabelo que cortamos e doá-lo. Faríamos uma criança necessitada feliz.

— Boa ideia! — exclama Dina, tirando as duas mechas de cabelo do chão. — Até que ela pode servir para alguma coisa.

— Conte sobre Analise.

Ela lança um olhar penetrante e nega com a cabeça. Então, outra mecha de cabelo cai.

— Não se lembra da tia Analise? — pergunta Kattia, rindo.

— O que ela está dizendo? Por que está falando tudo em russo?! — pergunta Ian.

Tive poucos sonhos com Analise nos últimos dias, mas nada revelador. Noto a satisfação nos olhos de Kattia.

— Você só precisa lembrar que a matou.

— Isso é simples, eu sei. Quero que você fale sobre ela — ordeno.

— Da minha idade. Linda e loira como a tia Anastasia. Doce e esperta. Sempre te defendia e cuidava de você — murmura Kattia. Sei que os outros estão ansiosos por não entenderem nada, mas prefiro ouvi-la falar em russo do que balbuciar em inglês. — Um lago, em uma reunião de família. Você a matou.

— Não, eu não fiz isso — digo, com muita segurança. Uma parte de mim afirma que não, mas a outra aceita o fato de que eu talvez tenha matado a pequena Analise. É muito confuso.

— Não fez o quê, boneca? — pergunta Jared. — Porra, mande ela falar em inglês. Ou colocar uma legenda no que diz.

— Você é uma assassina. Eu te odeio. Sempre te odiei. Acha que pode ser fofa e fingir que nada é importante para você. Acha que é a melhor — vocifera Kattia, finalmente tirando a máscara. — Não me importo de pegar tudo que é seu. Sua mãe, sua casa, seu ex-namorado inútil. Você acha que foi divertido dormir com ele? Não me deu nem um pouco de prazer. Seu pai é muito burro. Vovó tem razão, ele é um idiota estúpido que, por algum motivo, te idolatra.

Eu me aproximo dela e desfiro um tapa com força em seu rosto, assustando o resto do pessoal. Respiro fundo.

— Você, lixo maldito! Meu pai é muito mais que você. Lixo, você é uma vergonha para o seu país. É uma pena que você seja, de alguma forma, parte da minha família.

— A família que não te ama? — questiona Kattia com uma careta. Jessie, percebendo meu aborrecimento aumentar, corta mais duas mechas de cabelo. — Tudo, quero levar tudo. Mas você realmente tem algo que eu quero. Quero ele. — Olha para Jared, que parece frustrado por não entender. — Ele é lindo, forte, tem dinheiro, e aposto que é ótimo na cama.

— Sim, é muito bom na cama. Muito bom — digo, sorrindo. — E sua boceta nunca terá a chance de saber o quanto, vagabunda arrombada.

— Ponto para Anbe! — grita Dina. — Eu não sei o que a cadela disse, mas gostei dessa resposta.

— Como se sente, Kattia? Como se sente ao saber que não vai conseguir a única coisa que realmente quer? Você não tirou a minha mãe de mim, ela finalmente te enxerga como o que você é: uma prostituta comum. E para ser honesta, não acho que você tentaria tirá-la de mim por inveja. Faz isso, porque é uma decepção para a sua. Porque tia Katerina é tão boa, tão pura, que não merece um lixo como você. Você procurou por uma mãe na minha, e você a teve, mas não mais.

— Eu te odeio.

— Felizmente o seu ódio por mim não me deixa nem um pouco triste. — Estico minha mão para Dina, sorrindo, para pegar a cera e as tiras. — Que tal uma depilação de sobrancelha? Jessie, dê à minha prima um bom corte de cabelo.

Jessie obedece e, com muita satisfação, unta as sobrancelhas perfiladas dela com cera. Kattia olha para mim, aterrorizada.

— Eu posso dizer o que você quer, não faça isso.

— Sei que se você falar, só contará mentiras. Eu vou machucar onde dói mais: sua beleza — ameaço, colando as tiras nas sobrancelhas dela. — Considere isso como uma mudança de visual.

— Isso é tão divertido! — comenta Jack. Eu já disse que, por alguma razão, sempre gostei do ex de Dina. Ele tem a minha bênção para fazer horrores com minha amiga. Não que a falta dela o impedisse disso.

— Eu quero puxar um dos adesivos! — pede Dina, aproximando-se e jogando uma sacola plástica para Ian. — Recolha todo o cabelo cortado. Vamos doar.

— Por que eu faria isso? — pergunta Ian.

— Porque, se obedecer, terá um encontro com Jessie — afirma. Como Jessie não nega, Ian começa a recolher todo o cabelo imediatamente.

Dina pega a ponta de um adesivo sorrindo. Ela está claramente animada.

— Essa dor é por todo mundo que já teve que aguentar suas merdas — sussurra, puxando com força. Kattia grita. Deve doer para cacete.

Eu observo com interesse a área pálida ficar pontilhada por pequenas gotas vermelhas, sem pelos faciais.

— Isso, priminha, não vale nem a metade do que você me fez. — Seguro uma das extremidades do outro adesivo. — Não tenho como te mostrar toda a dor, mas ao menos posso te dar um gostinho.

Sem dizer mais nada, puxo a tira com força, e ela grita novamente. Jessie abaixa a tesoura.

Todos nós damos um passo para trás. Eu avalio os resultados. Seu cabelo está até o queixo e muito mal cortado. Kattia precisará ir a um cabeleireiro, porque Jessie claramente não leva jeito para isso. Suas sobrancelhas não existem mais, e a área raspada está vermelha.

Ela parece apenas estranha, mas de modo algum feia ou horrível. No entanto, quando se olhar no espelho, ficará traumatizada. Pelo menos por algum tempo ela não será a mulher mais bonita.

Já que a beleza é tudo para Kattia, então é justo que eu lhe tire um pouco. Dizem que a vingança não é algo bom, e é verdade. No entanto, sinto que, de alguma forma, descontei um pouco da frustração que ela me causou ao longo dos anos.

— Sim, está diferente — murmura Landon. — Não sei se posso mais chamá-la de menina bonita, querida. Você não parece tão bonita com esse novo visual.

— O que você fez?!

— Agora você resolve falar inglês! — reclama Jared. — Isso é muito injusto.

— Veja pelo lado positivo, você fez algo de bom — pondera Landon, pegando o saco plástico com o cabelo que Ian estende para ele. — Embora, na realidade, tenhamos forçado você a fazer algo de bom.

— Eu te odeio! Eu te odeio! — grita Kattia.

Eu dou de ombros e pego a mão de Jared. Todos nós começamos a sair do quarto. Fecho a porta atrás de nós.

— Isso não é sequestro, certo? — pergunta Jack, preocupado.

— Não, não é. Espero que demore um bom tempo para alguém vir ao quarto para soltá-la.

— Acho que ela vai passar a noite assim — opina Jared, envolvendo meus ombros com o braço e beijando minha cabeça. — Tem alguém com fome?

— Vamos comer pizza! — implora Dina, com entusiasmo. — Por favor!

— Apoiado, Dina — concorda Jessie, e todos nós aprovamos.

— Amanhã eu levo esse cabelo para a fundação. Aposto que eles ficarão felizes, acho que é o suficiente para fazer uma pequena peruca — murmura Landon, caminhando junto ao resto de nós.

Eu rio e sinto que Jared reduz um pouco os nossos passos até pararmos. Ele me olha fixamente.

— Quero te dizer uma coisa. Algo muito sério.

— Tudo bem, manda.

— Eu vi o tal do George. O mesmo homem que machucou sua mãe.

Sinto um calafrio. Estou tão exausta que apenas pressiono a testa contra o peito dele. Os braços de Jared me envolvem.

— Podemos comer pizza e conversar depois? Eu só quero alguns minutos de tranquilidade.

— De acordo.

— E agradeço por você não me esconder as coisas.

— Não há segredos entre nós — diz, dando-me um selinho. — Vamos comer pizza.

Origem Três
Anabell Brown Kabakova

Gael. Gestação de Anabell.

É estranho. Nesses cinco meses, Anastasia só ficou em silêncio, calada, submersa em si mesma. Eu não a culpo. Ela tenta sorrir para mim, tenta fazer parecer que nada aconteceu.

Mas eu a ouço chorar. Às vezes ela apenas olha para um ponto indefinido no horizonte. E, em outras, eu me assusto ao descobri-la encarando seu reflexo no espelho, como se desprezasse o que vê.

Talvez seja essa a razão por que cortou o cabelo. Ela continua linda com os fios à altura do queixo, mas acho que isso também a incomoda: continuar linda.

Só Deus sabe o quanto a presença de sua mãe nesta casa a está deixando louca. É como se aquela mulher gostasse de fazê-la se sentir mal, miserável e culpada, além da maneira depreciativa com que se dirige a mim.

Mas eu aguento. Aguento pela doçura da menina de cabelo loiro. Analise é muito parecida com a minha Anastasia. Ela não para de correr pela casa. Tem apenas quatro anos, mas fala muito e é muito inteligente.

Kattia também é charmosa, mas ao mesmo tempo mais chorona e tenta parecer bonita. Eu gosto da presença de ambas as meninas na casa, agora que estão de visita, vindas da Rússia. Anastasia é só sorrisos quando está com elas. A mesma mulher que conheci anos atrás.

Agora que estamos em nosso quarto, fico surpreso. Depois de tirar minha camisa após um dia no trabalho, vejo Anastasia sorrir.

Ela sustenta um grande sorriso. Até mesmo seus olhos brilham da mesma maneira que costumavam brilhar antes do que aconteceu há cinco meses e meio. Eu sorrio de volta.

— O que a faz tão feliz?

— Estou mais do que feliz. Estou muito... muito feliz — conta, abanando os pés com impaciência.

— Tudo bem. Deixe-me adivinhar: sua mãe vai finalmente voltar para a Rússia e Katerina e as garotas ficarão?

— Isso não é engraçado — repreende ela, mas ri brevemente. Meu sorriso cresce ainda mais. — Estou muito, muito feliz.

— Eu consigo notar.

Anastasia se aproxima de mim e me empurra, fazendo com que eu caia sentado na cama. Ela se senta sobre mim, o vestido subindo um pouco. Eu levanto minhas sobrancelhas para ela. Sim, ela está feliz.

— Quer saber o motivo porque estou feliz?

— Eu adoraria, minha linda russa.

— Estou feliz porque amo você. Você é a melhor coisa que aconteceu na minha vida. Sei que não tenho sido a mesma por um bom tempo, mas você me deu algo para me fazer acordar todas as manhãs e me motivar a continuar.

Removo o cabelo loiro que esconde parte do seu rosto para mostrar ainda mais o seu sorriso. Anastasia enfia uma das mãos no bolso da frente do vestido e sorri para mim. Do bolso, ela extrai algo que tem a forma de uma paleta.

— Parabéns, futuro pai — anuncia, com emoção.

Arregalo os olhos, surpreso. Eu não esperava, principalmente porque não planejamos, não depois da perda que ela sofreu cinco meses atrás.

Sendo honesto, não teria me importado se aquele bebê nascesse. Eu o teria criado como parte de mim, como alguém meu e de Anastasia.

Encaro o teste em sua mão, que ela não para de balançar, ainda surpreso. Ela envolve seus braços em meu pescoço e me abraça com força.

— Nós teremos um bebê! Nosso! Recuperei a alegria de viver, de continuar.

Eu sorrio e a abraço de volta. Um bebê, alguém nosso. Alguém para proteger e cuidar. Alguém que não veremos apenas algumas vezes, em férias ou viagens. Alguém que fará parte de nossas vidas.

— Parabéns, futura mamãe — sussurro, deslizando minha mão sobre sua barriga lisa. Anastasia se inclina e me beija.

— Eu quero uma princesa. Quero uma princesa chamada Anabell.

— Então já temos um nome? — brinco.

— Sim! Minha própria princesa. Anabell Brown Kabakova. Parece um ótimo nome.

— Posso então escolher o segundo nome da princesa? — pergunto, animado.

— Não, assim está bom. Ela não precisará de outro nome. Esse soa adorável.

— Então eu não escolho nomes?

— Se for um príncipe, pode escolher.

— Por que eu tenho a sensação de que será uma menina? Afinal, você sempre ganha de mim.

Anastasia ri e me beija mais uma vez. Seus olhos brilham.

— Eu te amo muito, muito.

— O suficiente para me ajudar a sufocar sua mãe enquanto ela dorme?

— Gael! — exclama ela, rindo.

— Bem, eu tentei. — Rio, beijando-a mais uma vez. — Também te amo. Ainda que você não me deixe escolher outro nome se for uma princesa.

— Ela será uma princesa. Minha princesa, nossa princesa.

Um bebê que trouxe de volta alegria à sua vida. Um bebê que nos faz seguir em frente e nos fortalece.

Claro que Anastasia ganharia. É claro que seria uma menina. E, claro, Anabell Brown Kabakova nasceu.

Capítulo 33
Os presentes de Landon

Jared

— Você disse que nunca mentiria para mim — acusa Anabell, do lado de fora da loja de CDs. Levanto as sobrancelhas para ela.

— E eu menti? — questiono, um pouco confuso, tirando meu boné para sentar sobre um muro. É meu intervalo.

— Sim. Você não me contou que sua ex-namorada tem te assediado — reclama, colocando as mãos nos quadris. Eu estalo a língua. É verdade, não contei. Nem sei o porquê, talvez não tenha dado importância ao assunto. Falha minha.

Estreito os olhos por causa claridade do sol e recoloco meu boné. Anabell aguarda minha resposta pacientemente.

— Não dei importância.

— Bem, talvez devesse dar um pouco de importância ao fato de a sua ex se despir para você em um escritório, oferecendo sexo.

— Mesmo que eu não tenha aceitado?

— Ainda assim!

— Então, neste caso, sinto muito não ter contado a você. Eu não achei que fosse importante. Sou um idiota.

— Sim, você é.

— Landon te disse, certo?

— Ele pensou que eu sabia.

— Tudo bem... — Conto tudo que aconteceu naquele dia.

— Será que ela realmente entendeu? — pergunta Anabell, caminhando em minha direção. Ela sobe no meu colo e fica ali, correndo as mãos pelo meu pescoço. Imediatamente envolvo sua cintura com meus braços. — Você tem uma ex-namorada terrível.

— Bem, um tempo atrás ela era normal e doce. Dizem que, de cada momento ruim, você ganha experiência ou algo parecido.

— Eu não vou dar uma de louca se você decidir terminar comigo, prometo.

— Mas nem penso em te deixar — digo, deixando um beijo suave em seu queixo. — Eu teria que estar louco. Você é como o que eu não esperava, mas precisava.

— Parece o trecho de uma música do BG.5, Jared. Não plagie.

— Você me pegou — admito, rindo.

— Jessie já está com o bolo de Landon.

— Meu irmão mais novo já tem vinte anos... Eles crescem tão rápido.

— E sua namorada também vai crescer daqui a cinco meses e meio... Você sabia que eu nasci nos primeiros dias dos oito meses de gestação?

— Não, eu não sabia. Na verdade, não sei nem qual é a sua comida favorita.

— Você.

— Não esse tipo de comida. — Rio. Ela mordisca meu queixo.

— Se eu posso te morder e saborear... Mas falando sério. — Anabell puxa os braços em volta do meu pescoço. — Minha comida favorita é frango à parmegiana, mas só porque mamãe raramente cozinhava, e eu adorava.

— Você está preocupada.

Anabell suspira e solta os braços do meu pescoço para mexer em seu cabelo. Eu espero pacientemente que ela comece a falar. Ainda tenho alguns minutos antes de voltar ao trabalho.

— Não falo com mamãe desde o dia em que fui visitá-la. Isso foi há uma semana e meia. — Respira profundamente. — Não sei se está tudo bem. E se ela estiver ficando louca? Se não a estiverem tratando bem?

— Sua mãe também está com a sua tia Katerina, e você diz que ela é um doce.

— É, mas Calena também é muito boa em manipular.

— O que mais está te preocupando?

— Minhas mãos.

— O que há de errado com suas mãos, gata?

Ela olha para mim com aqueles olhos verde-claros curiosos e bonitos. É uma das características físicas de Anabell que mais admiro.

— Sinto que acabei com a vida de Analise. Algo aqui — ela aponta para a própria cabeça —, em meus pensamentos, me diz que a possibilidade é enorme. Tenho tido sonhos vagos, que parecem mais memórias. Quando acordo, sinto culpa. Não acho que estejam mentindo. Acho que realmente matei Analise.

Eu olho para ela e puxo as suas mãos para as minhas. Talvez sua mente esteja brincando com isso, recriando cenas que ela acredita coincidirem com o que dizem que aconteceu. Ou talvez tenha realmente sido assim. Mas tenho certeza de que há alguma explicação.

Anabell é uma garota louca que xinga demais, mas que também tem um grande coração e se preocupa com as pessoas que ela gosta.

— Se for o caso, não creio que você tenha decidido, aos sete anos, acabar com a vida de alguém. Talvez tenha sido apenas um acidente, se for verdade.

— Não sei como me sentir sobre isso.

— Quero que você relaxe um pouco no aniversário de Landon, hoje. Deixe seu cérebro descansar. Sei que está remoendo tudo que sabe, tentando encontrar uma solução. Mas, apenas hoje, relaxe um pouco.

— Sim. — Anabell se aproxima para me beijar devagar. Sua língua entra na minha boca e, depois de alguns atritos e sucções, se afasta. — Agora você deve voltar ao trabalho. Tenho de me encontrar com o papai.

— Tudo bem. Passo pra te buscar?

— Não, eu vou chegar com Jessie, Dina e o bolo delicioso.

— Mais deliciosa é você.

— Isso fez você ganhar mais um beijo — diz antes de recomeçar a me beijar. Um beijo emenda em mais beijos, e... bem, parece que ainda posso demorar mais alguns minutos. Afinal, são os beijos de Anabell.

— Este é definitivamente um ótimo carro, Landon.

— Eu sei! Quer dizer, não é assim que Logan vai se desculpar por ter sido homofóbico esse tempo todo. Mas foda-se, eu não vou recusar. — Landon alisa o teto do automóvel. — Eu amei! É o verdadeiro amor da minha vida. Vou dar um nome e tudo!

— Logo vi — digo, rindo. — Ele não está comprando você. É um bom presente.

— Anabell está certa! Somos detestavelmente ricos, e, contra todas as probabilidades, não direi "não gosto de ter dinheiro". Eu adorei! — Landon saltita, muito entusiasmado. — Mas sinto que também venci. Não sou apenas um membro da família. Eu ajudo na academia, sou atraente, sexy e amigável, mesmo com as pessoas de merda que não merecem nem um meio sorriso.

— Sim, isso definitivamente faz de você uma boa pessoa.

— Sei como identificar sarcasmo, Jar — avisa, me fazendo rir. — Cadê o presente que você vai me dar?

— Que tal o clássico "sua presença é o melhor presente"?

— Você é meu irmão e não devemos mentir. Eu amo presentes, e você é o melhor em me presentear.

Eu retiro quatro ingressos do bolso detrás da calça e Landon os arranca de minhas mãos.

— Caralho! Quando você comprou?!

— Há alguns meses.

Landon me abraça com força e bate nas minhas costas abruptamente. Ele ri e pede desculpas.

— Eu vou ver todas estas bandas? — pergunta, incrédulo. — Porra, são ótimas bandas. Quase tudo que eu gosto.

— Ah, espere, eu quase me esqueci — pego mais dois ingressos do meu bolso. — Parece que você também tem um show para ir em Londres, do...

— BG.5! Para tudo! Neste momento estou amando mais todos esses ingressos do que o carro. Aliás, que carro? — pergunta, ironicamente. — Você me deu ingressos... espera. Anabell não ficará maluca se souber que vou a um show do BG.5, e ela não?

— Também comprei ingressos para nós. Vamos juntos. Você pode escolher com quem ir nos outros shows — asseguro, agora estendendo um envelope. — E este seria um presente que a mamãe teria dado a você.

Sem qualquer sutileza, Landon toma o envelope das minhas mãos e, quando o abre, passa a rir descontroladamente. Por um momento eu me pergunto se talvez Landon tenha tomado alguma droga, mas então me lembro do quão entusiasmado ele sempre fica em seu aniversário.

— Merda, merda, merda! — exclama. — Eu até choraria, mas isso me faria parecer um pouco afeminado e, embora eu goste de garotos, também gosto de manter as aparências. Deixe-me respirar, Jared.

— Você é louco, Landon.

— E você ama pessoas loucas! — Meu irmão respira fundo. — Grécia... Você está me dando uma passagem para a Grécia!

— Papai me ajudou a pagar por ela, é de nós dois. Bem, de nós três. Acho que mamãe também teria contribuído. Ela sabia o quanto a mitologia grega te enlouquece. Eu pensei que seria ótimo se, por uma semana, você conhecesse os templos e todas essas coisas.

— É... É incrível, parece mesmo um presente de mamãe — murmura Landon, piscando continuamente. — Apesar do nó na garganta, sinto como se ela estivesse aqui, agora, para me dar o presente perfeito.

— Ela estaria...

— Não, não diga que ela ficaria orgulhosa de mim porque, aí sim, você vai me fazer chorar. E hoje eu não quero chorar.

— Mas você sabe, né?

— Sei, porque ela nunca parou de me dizer. Também estaria de você, até de Logan, por deixar de lado suas crenças e fazer o esforço para me aceitar como eu sou.

— Não posso acreditar que meu irmãozinho já é um homem sábio.

— Eu cresci... — diz, parecendo surpreso. — Você sabe que presente Logan me deu além de um carro?

— Camisinhas?

— Não — diz. — Ele ainda não está pronto para isso.

— Certo. Nem a mim ele dá camisinhas, nunca deu — acrescento. — Então, qual foi o outro presente?

— Era mais importante do que o carro, e acho que ganha um pouco dos seus. — Respira fundo. — Ele me deu o tipo de abraço que me dava quando eu era um bebê chorão e tentava me ensinar as coisas da vida. Ele se sentiu da mesma maneira. Ele voltou.

— Está voltando. Logan terá retornado totalmente no dia em que você se sentir confortável o suficiente para chamá-lo de "papai" mais uma vez.

Ficamos em silêncio. Um grupo de meninos e meninas gritam "feliz aniversário, Landon" e o chamam para que suba ao apartamento.

— Quantos convidados?

— Vamos dizer que eu tenho muitos amigos...

— O suficiente para a polícia vir?

— Estamos pobres depois de todos esses presentes?

— Você está fugindo da minha pergunta e a resposta é "não". Ainda temos dinheiro.

— Que felicidade! — exclama. — E, respondendo a sua pergunta, depende do quão divertida ficará a festa.

— Imagino.

Landon não estava mentindo. Ele aparentemente tem muitos amigos. Muitos mesmo, embora alguns sejam amigos de amigos de seus amigos. Conclusão: alguns nem devem conhecer Landon.

O rap está tocando enquanto saboreio a cuba-libre que preparei. No canto do mesão, algumas pessoas participam de um concurso de shots, Landon está de pé na cozinha bebendo direto de uma garrafa de vodca.

A música está alta e, às vezes, alguém brada o nome de Landon como se fizesse uma ode a um herói. É uma loucura! Vejo Landon gritar e balançar a cabeça, rindo. Ele está se divertindo.

No sofá há três garotas cercando o pobre Steven enquanto Mark fala baixinho com uma loira que usa roupas muito curtas.

— Observando tudo? — Ian se aproxima, tomando um gole da sua cerveja.

— Por que você não está procurando alguém para foder? Isso é muito estranho. Estou acostumado a te ver de papinho.

— Eu gosto da amiga da sua namorada.

— Todos nós percebemos isso. — Tomo outro gole da minha bebida.

— Mas eu gosto muito. Quero afundar meu pau só nela.

— Sutileza definitivamente não é a sua virtude.

— Eu sei que ela me quer, só que é independente, seca, mal-humorada e ignora o que acontece entre nós.

— Ela disse isso?

— Às vezes nós… nos encontramos e, bem, as roupas voam.

— Espero que, enquanto as roupas voem, os preservativos aterrissem.

— Eu me excito com outras mulheres, mas eu a amo.

Olho para ele, incrédulo. O raciocínio de Ian é tão peculiar que eu não tento buscar lógica. Evidentemente o homem está louco por Jessie. Eu não sei qual o jogo que ela está fazendo, mas está realmente começando a fazer mal a Ian.

— Jessie virá à festa. Pergunte a ela o que quer: algo estável ou a oportunidade de tentar. Caso contrário, não tire as suas roupas novamente. Você não é um filhote ou escravo sexual.

— Concordo.

— Mas, se ela ceder, esteja disposto a tentar algo sério, só com ela. Desista da sua putaria.

— Eu posso tentar. Ela gosta de mim.

— Quem gosta de você? — A voz de Anabell surge e me assusta. Eu me viro e ela sorri. — Oi, meu Jared.

— Boneca… — Abaixo meu rosto, beijando-a brevemente. — Uau! Este bolo parece delicioso.

Landon vai adorar, tem dois andares e é de chocolate. Jessie estreita os olhos para Ian, que acena em sua direção, em seguida, ela me cumprimenta. Dina surge, enérgica e falando rapidamente.

— Esta festa é gigante! — grita Dina, soltando uma risada. — Cheira a erva.

Eu olho para a pequena varanda, de onde a fumaça está vindo. Sim, suponho que alguém esteja no ramo das ervas.

— Temos brownies? — pergunta Anabell maliciosamente e não posso deixar de rir.

— Não, não temos, mas você não precisa deles hoje à noite. — Pisco para Anabell, que belisca minha bunda.

— Não entendi a piada interna. Vou levar o bolo para longe de todas as pessoas selvagens que podem arruiná-lo e, depois, volto para cumprimentar Landon — anuncia Jessie.

— Eu vou parabenizar o meu melhor amigo — informa Anabell.

— Tenho a impressão de que é agora que a festa está começando — comenta Dina, pegando um biscoito.

— Dina, esse biscoito tem erva — informo, vendo-a comer um pedaço. — O menino ruivo ali que os trouxe.

— Parece inofensivo. Eu vou ficar bem — assegura, encolhendo os ombros e começando a dançar em torno de algumas meninas.

Já são pelo menos três horas da manhã. A festa está a todo vapor, e sob controle.

— Por que Steven sempre fica entediado quando uma garota tenta flertar com ele? — pergunto ao Mark. Estamos na varanda.

Mark toma um gole da garrafa de cerveja e ri.

— Você não sabe? Por que você acha que Steven ficou louco quando acordou com duas garotas em uma casa que ele não conhecia depois dos brownies?

— Ele tem algum trauma de infância ou algo assim?

Mark olha para mim com incredulidade e ri novamente.

— Não, ele simplesmente não gosta de buracos. Ele gosta de coisas cilíndricas. — Levanto as sobrancelhas, surpreso. — Ele é gay.

— Nunca suspeitei disso.

— Sim, ele não sai por aí colocando flores na cabeça. É um homem sério e tímido. Pensei que você soubesse.

— Não fazia ideia.

Eu sorrio, observando Steven beber uma cerveja e sorrir um pouco com o que uma garota parece dizer a ele. Volto minha atenção ao Mark.

— Landon sabe?

— Landon tem um gaydar ótimo. Claro que ele sabe — afirma. — Embora seu irmão talvez seja bissexual. Ele gosta de experimentar com mulheres.

— É o que eu tenho dito a ele.

— Mas, se ele sabe, o que você quer? Juntar eles?

— Não, eu só estava curioso para saber se Landon tinha noção. Steven é gay, que novidade, bom para ele, que sabe o que quer.

— Por Steven! — exclama Mark, batendo sua cerveja no meu copo. Tomamos um gole e observamos Anabell se aproximar rapidamente.

Parece que ela quer dizer alguma coisa. Está rindo e balança a cabeça.

— Eu fui ao quarto de Landon procurar uma coisa — conta. Mark balança a cabeça e sai, deixando-nos sozinhos na varanda. — Cheira a erva por aqui. Você fumou maconha?

— Não, esses são os resquícios dos fumantes da festa, que estiveram aqui por horas.

— Certo. — Anabell ri mais uma vez. — Eu fui ao quarto de Landon e abri sem bater. Jared, Landon está realmente se divertindo muito… Se você entende o que quero dizer.

Bebo mais um gole do meu copo para ouvir as fofocas que a louca da Anabell traz. Do jeito que ela fala, dá para ter uma ideia de como Landon do está se divertindo.

— Ele não só tem uma pessoa montada nele. Tem duas! Ele está em um ménage! — exclama Anabell, dando pequenos saltos. — Com o menino tatuado e a menina que tinha aquele lindo vestido florido.

— Um ménage?

— Sim, um ménage! — Anabell cobre a boca com as mãos. — E não é ele o passivo…

— Quanto você viu, boneca?

— Eu fiquei um pouco surpresa. — Ela se defende. — Ele estava… Bem, você sabe, metendo… Ele metia na garota, e a garota chupava o cara de tatuagem.

— Ah, Deus! Para, eu não quero saber da vida sexual do meu irmão!

— Eu pensava que Landon era passivo, mas isso era muito… Muito heterossexual. Talvez mudem de posição e…

— Boneca, eu já entendi.

— Tá, desculpe-me. Foi apenas como assistir a um pornô elegante.

— Existe pornô elegante?

— Você tem bons dotes — sussurra —, mas o de Landon é enorme.

— Uau, você tem um problema sério em guardar seus pensamentos.
— Não consigo ficar sério. — Então você ficou lá assistindo?

— Não! — Anabell estremece. — Saí do transe quando a garota me perguntou se eu queria me juntar a eles. Landon riu. Ele está bêbado.

— Ébrio e extasiado de felicidade, ele gosta de comemorar seus aniversários em grande estilo.

— Sim, ele está comemorando. Não posso acreditar que está em um ménage.

— Sim… Melhor deixarmos isso para lá, não quero ter essa imagem do meu irmão na cabeça.

— Pensei que ele e Steven poderiam…

— Você sabe que Steven é gay?

— Claro que sei! Nós todos sabemos disso.

— Eu não sabia.

— Você está um pouco devagar. No festival, ele conversou com dois caras. Não lembra? E então disse algo sobre as mulheres não serem seu tipo.

— Eu realmente não sabia. E pare de tentar ser casamenteira, Landon não está procurando por um namorado, e, se eles quisessem, já teriam ficado. Landon não é o tipo de cara que espera de braços cruzados.

— Certo. Landon está fazendo sexo com um menino e uma menina! Bem, agora ele está transando com a garota, mas talvez mais tarde ele dê para o garoto e...

— Boneca... — Eu a interrompo, cobrindo a boca dela com as mãos. Anabell aproveita para lamber meus dedos.

— Talvez devêssemos procurar um quarto para nós.

— A gente poderia fazer aqui nesta sacada — digo, apontando para a porta da varanda e as cortinas que Mark fechou ao sair.

— Ou eu poderia...

Anabell sorri me dando um beijo suave na boca antes de descer. Abro os olhos quando sinto a mão dela desabotoar minha calça e abaixar o zíper. Eu respiro fundo quando a minha cueca abaixa o suficiente. Ela sorri para mim, ajoelhada no chão. Não é difícil conhecer suas intenções e isso só torna a noite mais interessante.

Origem Quatro
Ciúmes

Anastasia. Cinco meses de Anabell.

— Ela é muito bonita — murmura Analise, observando o bebê dormir no berço. Finalmente conseguiram vir a Manchester para conhecê-la.

— O que você acha, Abba? — pergunto, escovando distraidamente o cabelo loiro de Analise. O mesmo loiro que o meu.

— Eu não gosto, é feia — diz ela. — E meu nome é Kattia, tia.

— Tudo bem, Kattia.

— Não é verdade, ela é muito bonita, como uma princesa — corrige Analise, passando a mão pequena e gorda pelas barras do berço e pegando a mão do anjinho adormecido.

Beijo a cabeça de uma Kattia ciumenta que bufa e corre para fora do quarto chamando minha irmã. Analise mostra a língua na direção em que Kattia saiu e depois vira o rosto para o berço.

— A linda Anabell é minha prima?

— Não, é sua sobrinha, porque você é minha irmã — digo, e ela abre os olhos em surpresa. — Você vai amá-la muito?

— Eu prometo! Vou amá-la mais do que a um amendoim.

— Isso é amor suficiente, Analise.

— Eu sei! — exclama, em meio a uma risada infantil.

Eu me inclino e a abraço, sorrindo. Minha pequena é como minha filha mais velha, uma luz brilhante e alegre que sempre me trouxe felicidade, como Kattia.

Sinto que meu coração está dividido em três: Analise, Abba e, claro, minha doce Anabell, meu precioso bebê.

O bebê que me motivou a deixar tudo para trás e a seguir em frente.

— Eu senti tanto a sua falta — murmuro para Analise. A última vez que viajei para a Rússia, estava grávida de sete meses.

— Eu senti sua falta também — repete conscientemente. — Você deveria dizer a mamãe para me deixar aqui com você. Quero ficar com você.

Eu sorrio, acariciando seu cabelo. Analise faz um beicinho. Como eu adoraria fazer isso, mas mamãe nunca a deixaria conosco. Ainda sinto sua reprovação. Não esqueço do jeito que ela olhou para minha filha, como se Anabell não fosse nada, uma decepção, um erro.

— Agora você não pode, amor, mas no futuro você virá e poderá estudar aqui e ficar conosco.

— Quando for maior?

— Sim, quando você tiver dezoito anos.

— Falta muito.

— Mas vai acontecer.

— Abba virá também? Ela vai chorar se você não a trouxer.

— Claro, então eu vou ter minhas três garotas.

— Você promete? — pergunta com os olhos azuis bem abertos.

— Eu prometo. Vocês virão para ficar conosco.

— As promessas não se quebram, Tasia — aponta. — Eu sou grande.

— Você tem cinco anos — respondo, rindo.

— Sim, e mamãe diz que, se uma promessa for quebrada, você irá para o inferno. — Eu estremeço. Não posso acreditar que mamãe falou algo assim para ela.

— Não vou quebrar minha promessa. Vou trazer as duas.

— Eu amo o tio Gael, ele está sempre nos ensinando inglês... Mas Abba não quer aprender, ela diz que o inglês é bobo.

— Se você quiser morar comigo daqui a alguns anos, terá que aprender inglês.

— Eu serei a melhor! E eu vou ajudar a Abba, prometo.

— Eu sei que sim, agora vamos sair para a Bell poder dormir.

— Bell? Eu gostei... Posso chamar de Bell também?

— Claro, Analise.

Dois anos de Anabell.

— Tasia! — grita minha pequena irmã de sete anos, correndo em nossa direção assim que saímos do carro. Mais uma vez estamos na Rússia.

Eu me abaixo e a envolvo em meus braços, notando quão grande e linda está a minha Analise. Quando ela sorri, noto seu "sorriso com uma janelinha". Ela, animada, me conta que a fada do dente a visitou.

— Tio, Gael! — grita, em inglês. — Você vê que estou praticando? Eu aprendo muito inglês.

Gael ri e se agacha até poder segurá-la, mesmo que esteja desconfortável com a garotinha de dois anos que se agarra à sua perna com desconfiança. Analise suspira.

— Bell está grande! Bell está andando! — cantarola Analise com entusiasmo, tentando segurá-la enquanto minha filha se agarra à perna de Gael.

— Diga olá para a sua tia, querida — peço, puxando-a da perna de Gael.

Minha Anabell só observa Analise, que dá um beijo estalado em sua bochecha, fazendo-a rir.

— Ele tem olhos iguais aos seus, Tasia.

— Eu sei.

— Tia! — Uma menina de cabelo alaranjado vem correndo em minha direção. Eu abraço Kattia, sorrindo. — Você veio.

— Sim, nós viemos, meu céu.

Kattia acena e dá um abraço rápido em Gael, depois se agacha ao lado de Analise para observar Anabell.

— Ela está um pouco mais bonita agora — analisa Kattia com o mesmo ciúme que sempre teve. Eu rio e beijo sua bochecha segurando Anabell, que se agarra ao meu pescoço, mas também sorri.

— É melhor entrarmos, há mais pessoas para dizer olá — anuncio.

— Sim, entre elas está a ogra da sua mãe — murmura Gael, pegando as malas. Eu lhe dou um cutucão. — Quero dizer, sua mãe adorável.

— Você vai me dar mais aulas de inglês, tio? — pergunta Analise, pegando a mão de Gael na dela, fazendo com que ele só consiga levar uma mala.

— É claro, e também para a Abba.

— Kattia — corrige minha sobrinha. — Eu não quero aprender inglês. Já falo russo, só quero falar russo. Inglês é para idiotas.

— Isso não é verdade. Você é idiota — xinga Analise, irritada. — E você sempre será uma boba, uma completa boba.

— E você sempre será feia! — grita Kattia. Anabell aponta para elas, franzindo a testa.

— Eu não vou ser feia! — Analise chora, aterrorizada. — Tasia, serei feia?

— Não querida, você não vai ser feia, e Kattia não vai ser boba.

Quatro anos de Anabell.

— O que está acontecendo? — pergunto, alarmada, ao ouvir o som de vidro se estilhaçando. Ao chegar ao local, encontro as três garotas em volta do vaso favorito da minha mãe.

— Ah, não! — exclamo. — Voltem, vocês podiam ter se cortado.

— Mamãe — diz Anabell com os olhos arregalados.

— O que fizeram? — grita Calena. — Meu vaso caro! O que elas fizeram com o meu vaso? Quem foi?

— Foi Anabell — acusa Kattia, e minha filha parece envergonhada no chão enquanto suas bochechas coram. Ela brinca com uma mecha de cabelo castanho escorrido.

Horrorizada, observo minha mãe se aproximar de Anabell e a beliscar. Sentindo a dor, Anabell grita e depois começa a chorar.

— O que há de errado com você? — grito, puxando-a para o lado e, abraçando minha menina, que chora. Mostro a marca avermelhada e inchada em seu braço. — Você não pode beliscar minha filha, mãe!

— Ela quebrou meu vaso.

— Sim, mas Gael e eu podemos pagar pelo seu vaso. Nunca mais coloque suas mãos na minha filha para beliscá-la — advirto, muito chateada.

Mamãe apenas bufa e se retira, ordenando que eu limpe a bagunça. Kattia a segue silenciosamente. Anabell chora contra o meu peito.

— Vem, querida, deixa a mamãe te dar um beijo. — Anabell estende o braço e sorri um pouco quando eu dou dois beijos no local do beliscão. — Vamos passar uma pomada. Não vai doer tanto. Mas você deve se afastar dos enfeites da avó. Certo?

— Mas, Tasia, foi Abba — diz Analise, olhando para o vaso quebrado. — Abba quebrou.

Eu suspiro. Enquanto abraço Anabell, penso que minha sobrinha é doce, e eu a amo, mas precisamos trabalhar os ciúmes dela.

Capítulo 34
Não está louca

Anabell

Faço uma careta, sentada no chão. Observo meus dedos dos pés. Eles estão um pouco inflamados. É difícil me acostumar a deixar meu peso sobre eles novamente. Talvez eu deva perder alguns quilos, apesar de achar que sou magra o suficiente. Não quero machucar meus pés, não quero ter pés feios.

A Ditadora me dá algumas breves instruções antes de sair da sala de aula. Flexiono os dedos dos pés e me queixo. Isso definitivamente dói.

— Caralho… — silvo.

Procuro minhas meias na mochila, mas decido que talvez o mais conveniente seja ficar com as sapatilhas de balé para não maltratar meus pés ainda mais.

Meu celular toca. Pelo toque, é uma mensagem de Jared. Sorrio: é uma mensagem multimídia. Espero receber uma imagem sensual. Mas, quando abro a foto, rio ao ler a legenda da imagem.

Divertindo-se com o aniversariante da festa? Vamos chamar esta foto de "Depois do *ménage* do Landon".

A foto é do aniversário de Landon, que foi há uma semana. Ela foi tirada três horas depois de eu tê-lo visto transando com aquelas pessoas. Landon, claro, estava bêbado. Nós parecemos bobos.

Na foto, nós dois colocamos nossas línguas para fora, com os olhos fechados, um de frente para o outro. Lembro-me de que ele estava tão bêbado que passou a língua no meu rosto. Eu não bati nele só porque era seu aniversário. Landon me fez cócegas e eu ri. Foi nojento, não quero que ninguém lamba o meu rosto, a menos que seja Jared. Para ficar ainda mais estranho, horas antes eu tinha feito sexo oral em Jared, e seu sêmen havia acabado na minha boca.

De uma maneira perversa, dá a impressão de que Landon poderia lamber o sêmen do irmão, embora meu rosto estivesse limpo. Não posso evitar o ridículo pensamento de quão depravado isso seria.

Envio a foto que tiramos no dia seguinte, quando acordamos em casa.

Eu me diverti muito com este cara gostoso também.

Gosto da imagem, é uma das poucas que temos juntas, porque parece que nunca lembramos de tirar uma foto. Estamos no banheiro do quarto dele e, enquanto eu o beijo, ele segura meu celular contra o espelho. Apaixonante.

Sua resposta não demorou a chegar.

Ele é um homem de sorte.

É o que eu digo a ele o tempo todo.

Com um sorriso, envio a mensagem e guardo o celular. Eu me levanto, ainda sentindo dor nos pés. Faço uma nova careta, pego minha mochila e saio da sala. Meu celular toca novamente, mas desta vez é uma mensagem de Landon.

Estou em um festival de bandas, e você não está!

Não posso deixar de revirar meus olhos, porque as mensagens de Landon estão chegando desde ontem.

Eu vi o seu pau. É pequeno, minúsculo. Um amendoim.

Essa é a minha resposta brilhante, porque estou com inveja dele por estar em Londres durante uma semana inteira, indo a grandes shows de várias bandas. É claro que Landon não o tem o pau do tamanho de um amendoim. Na verdade, fiquei uns trinta segundos paralisada de surpresa quando o vi. Ele é digno de ser irmão de Jared.

Meu celular toca.

Rá! Continue dizendo isso. Agora não me incomode, estou a instantes de assistir outra banda. Morra de inveja, melhor amiga.

Morra de overdose, melhor amigo gay, que eu não sei se é bi porque fode mulheres e também mete em homens (: #LandonMeteEmQualquerBuraco.

Guardo meu celular enquanto rio. Eu estou com muita inveja de Landon neste momento.

— Você falou com a mamãe? — pergunto, vendo o meu pai amarrar sua gravata.

Ele está elegante. Vai a uma importante reunião de negócios com alguns acionistas promissores para sua empresa de eletrodomésticos, que nem penso em herdar. Mas é claro que sua morte não passa pela minha cabeça.

— Aquela mulher ruiva vai estar lá? — pergunto.

— Violet? — pergunta Gael, passando a mão pelo cabelo castanho coberto apenas por um pouco de grisalho nas laterais.

— Sim, ela mesma.

— É a conselheira que está conseguindo os investidores. É claro que estará.

— É a cadela que quer que você tire a calcinha dela — murmuro baixinho, para que ele não ouça.

— O que você disse?

— Nada.

Eu não gosto de Violet, principalmente porque ela é uma mulher divorciada que toca muito nos braços de papai e pisca continuamente. Um dia eu a peguei praticamente esfregando as tetas nele, que estava focado em um contrato.

Faz um mês e meio que saímos de casa, e agora sou a filha ciumenta que quer as vadias bem longe, porque não importa o que aconteça, papai ainda é um homem casado. E, agora que estou conhecendo e compreendendo os problemas da minha mãe, também entendo que eles se completam e se amam.

Portanto, Violet, senhorita, se esfregar suas tetas nos braços do meu pai, é melhor fugir.

— Você não respondeu minha pergunta. Falou com a mamãe?

Papai suspira. Ele faz uma careta triste, e eu lembro de como ele é sensível. Suas narinas se expandem, anunciando que pode explodir em lágrimas. Acho que eles nunca estiveram separados desde que se conheceram.

— Não, eu não falo com ela desde que saímos de casa, há um mês e meio — diz, desanimado. — Tenho ligado, mas ela não responde...

— Sim, eu também tentei — resmungo, franzindo a testa.

Por um momento, pensei que a conversa e as palavras em seu quarto, há um mês, haviam sido deixadas para trás e que ela havia retornado à sua carapaça de proteção e esquecido as más experiências de sua vida.

Mas não responder ao papai quando ele chora por estar sozinho me faz suspeitar de que algo não esteja certo.

— Com certeza é apenas o orgulho dela.

Eu o observo. Parece que ele quer se convencer. Não quero preocupá-lo, então aceno com a cabeça para fazê-lo se sentir seguro.

— Eu estou indo. Você vai ficar em casa?

— Esta não é minha casa, pai, nem a sua. Nossa casa está em uma residência cara, com uma mulher russa que gosta de ser capitalista, mas afirma ser socialista. Com uma mulher narcisista que não pode suportar um palavrão, mas que te ama loucamente e também me ama — digo a ele. — Este é apenas um apartamento onde não nos demoraremos, certo?

— Nem você nem Anastasia percebem, mas, minha menina russa, você tem alguns trejeitos de sua mãe, e eu amo isso, porque amo vocês duas.

— Eu não odeio minha ascendência russa. Só disse isso porque senti que minha mãe estava frustrada com minha falta de tradicionalismo e essência russa. Quero dizer, é ótimo ter duas nacionalidades. E eu gosto que as pessoas se surpreendam quando me ouvem falar russo.

— Arrogante.

— Mas você não deve contar a ninguém que eu admiti isso — advirto, fazendo-o rir. Papai beija a minha testa e pega suas chaves.

— Eu te amo, minha menina russa. Eu moveria o céu e a terra por você.

— Eu também te amo muito. Agradeço com cada parte de mim que você seja meu pai.

— Vai ficar aqui?

— Acho que vou para a Jessie. Eu te aviso se for dormir por lá.

— Tudo bem.

Eu o vejo sair e estalo a minha língua. Não é legal mentir para ele, mas não vou para Jessie. Vou ver mamãe.

Visto um suéter rapidamente. Pego minha bolsa, as chaves e deixo o apartamento. Mas, assim que abro a porta, ofego, em choque. Estou cara a cara com um homem de terno, que me olha com intensidade.

Maldito seja. Quase me mijei, e olha que nem estou com vontade de ir ao banheiro.

— Caralho! Como você aparece assim? — exclamo com a mão no peito.

O homem me observa e depois inclina a cabeça para o lado, dando um passo para trás, mas não indo muito longe. Que sensação desconfortável.

— Eu ia tocar a campainha.

— Bem, acho que você procura pelo meu pai. Ele não está. Volte mais tarde.

— Claro... Você tem os olhos dela.

— Como?

— Você tem os olhos da sua mãe.

— É uma das poucas coisas que herdei dela. Meu namorado os adora, então não reclamo mais deles. Os meus são claros, mas os da minha mãe são lindos.

— Eu sei, mas você é linda também.

"Nunca fale com estranhos, Bell. Você por acaso quer que te levem para longe da mamãe?" Por alguma razão, a voz da minha mãe vem à minha cabeça, como uma velha memória turva que se manifesta em minha mente. Ela me repreendeu dessa forma há muito tempo, em um parque. Eu fiquei aterrorizada. Parece que, mais uma vez, minha mãe me alertou para não falar com um estranho.

— Desculpe-me. Volte depois que meu pai chegar. Qual é o seu nome?

— Diga a ele que sou um velho amigo. Volto mais tarde. — O homem balança a cabeça, começando a se afastar. — Foi um prazer, Anabell.

— Espere, como você sabe o meu nome?

— Anastasia sempre amou esse nome. — É a resposta dele.

Tenho a prudência de esperar tempo suficiente para que o homem desapareça para seguir meu caminho. Próxima parada: mamãe.

Ao chegar à rua, quase não encontro minha própria casa. Pintaram-na de rosa. As duas bandeiras na frente da casa desapareceram. Agora o local é tão insípido e comum quanto o resto do bairro.

Depois, noto que minha chave não abre a porta. Na terceira tentativa, penso que talvez tenham mudado a fechadura, precisamente para que eu não pudesse entrar.

Frustrada, observo a casa em silêncio. Uma casa de dois andares muito grande. Não poder entrar faz com que eu me preocupe ainda mais com a mamãe.

Não ter notícias dela por um mês é um sinal inequívoco de que algo não está certo. Eu não quero pensar que coisas ruins estejam acontecendo.

Ando ao redor da casa. A vizinha me vê, sorri e pergunta sobre mim. Ela diz que faz tempo que não nos vê. Eu tento ser legal. É bom que ela não tenha visto nada suspeito em minha casa. A última coisa que eu quero é uma vizinha histérica chamando a polícia.

Quando a mulher sacia a própria curiosidade, volto minha atenção para a casa. Decido entrar pela janela da cozinha.

"Só mantenha a sua bunda longe da ponta da faca", digo para mim mesma, passando primeiro a bolsa pela abertura e observando nervosamente o escorredor cheio de facas afiadas. Eu não me esqueço de que Calena arremessou uma em mim. É de dar calafrios.

Respiro fundo olhando para o escorredor de facas mais uma vez.

"Apenas mantenha sua bunda longe das facas, Anabell, apenas isso", repito para mim mesma mais uma vez, colocando meus braços primeiro e depois o meu torso.

Com muito cuidado, passo para dentro cada parte do meu corpo. Paro quando minha virilha está bem próxima da ponta das facas.

"Merda, eu não quero ser castrada, se isso for possível. Por favor, mantenha a vagina longe da ponta das facas", ordeno a mim mesma.

Eu respiro fundo novamente e atravesso a janela. Sinto uma queimação na coxa, mas não paro. Quando atravesso o balcão, caio no chão com um baque seco, mas não muito alto. Olho para a minha perna.

A princípio fico sem fôlego ao notar sangue na coxa, mas umedeço um guardanapo de papel e me limpo. A faca apenas me arranhou superficialmente. Se eu ignorar, não sentirei dor.

Eu me levanto, sentindo o silêncio da casa. Acho que não há ninguém aqui. Subo as escadas rapidamente e percebo que há música saindo do quarto de Kattia. Não sei qual é a canção, mas parece que é cantada com raiva.

Apesar de querer dar uma olhada em como ela se sente com seu novo visual, vou direto para o quarto da mamãe. Abro a porta lentamente, com medo do que posso encontrar lá dentro.

Ao entrar no quarto, noto que também está silencioso. Fecho a porta atrás de mim. Minha mãe não está em nenhum lugar visível.

Há muitas fotos espalhadas no chão e sobre a cama bagunçada. Mamãe nunca gostou de bagunça, é muito estranho ver o quarto dela assim.

Ando com cuidado e me ajoelho no chão, observando as fotos caídas. Não sei de onde eles vieram, mas percebo que nunca havia visto muitas delas.

Pego uma foto aleatoriamente, uma em que eu talvez tenha cinco anos e estou com a garota loira, Analise. Ela finge que uma mecha do meu cabelo é o seu bigode, e ao lado, Kattia, com seu cabelo alaranjado, manda um beijo enquanto eu rio e cubro meus olhos.

No verso da imagem, lê-se: "Meus três amores."

Sorrio. Sinto um desconforto em meu peito, talvez nostalgia. E, por um instante, posso ver Analise em minha mente de uma maneira embaçada, mas consigo ouvi-la rir ao me ver correr atrás dela.

Consigo visualizar Kattia brincando conosco e, às vezes, puxando meu cabelo. São pequenas lembranças, dessas que exalam nostalgia, sobre a linda menina loira, agora morta. Morta por minha causa.

Largo a foto no chão e pego outra, uma de Analise. Parece ter talvez onze ou doze anos. Ela está linda. É como olhar para uma versão miniatura de mamãe, com a diferença de que os olhos de Analise são muito azuis, e o cabelo loiro pálido é encaracolado. Ela tem pernas longas, peito achatado e cintura estreita, ainda com o corpo de menina em formação.

Outros vislumbres de lembranças, como Analise pintando as unhas da minha mão, me vêm à mente. Analise me empurrando no balanço e rindo. Até uma em que a descubro espiando um menino.

Não entendo como não consigo me lembrar de todos os momentos de alguém tão linda como Analise, apesar de a nostalgia e a tristeza me fazerem crer que ela era importante para mim. Sinto um desejo infinito de lamentar sua morte.

Desculpe-me. Não sei como fiz isso, como aconteceu, mas sinto muito por ter acabado com a sua vida. Dói muito. Acho que a amava.

— Ela era linda. — A voz rouca de minha mãe me assusta. Eu me viro e olho para cima. Seu cabelo está molhado e… curto, um pouco acima do queixo. Merda!

Eu só consigo olhar para ela. Anastasia está usando um vestido muito formal para estar em casa, além de largo, porque está mais magra. Até mesmo seu rosto parece mais fino pela magreza.

Posso observar os ossos protuberantes sob sua pele.

Seu corte de cabelo não é ruim, mas ele costumava ser tão comprido que não consigo acreditar.

— Ela te amou muito… Nunca pude cumprir a promessa. Eu vou para o inferno.

— Hein? — É tudo o que consigo dizer, sem deixar o meu impacto sobre a sua aparência física transparecer. Mamãe não está bem.

— Prometi que, quando ela fizesse dezoito anos, eu a traria para morar conosco, mas ela não conseguiu…

Pisco, notando como Anastasia começa a ficar fora de si, soluçar e chorar forte. Seus olhos passam de mim para o chão em uma velocidade assustadora.

Por favor, alguém me diga que ela não enlouqueceu. Por favor, que ela não esteja louca.

Anastasia se senta no meio da cama, abraçando os joelhos. Há hematomas em seus pulsos. Ela tem olheiras terríveis. Pela primeira vez, parece muito velha e infeliz.

— Mamãe?

— Eu não sou mamãe, não sou irmã. Não sou mamãe — balbucia. Vou até ela, não me importando com a dor na coxa causada pelo pequeno corte.

— Por favor, mamãe, por favor, não — imploro, sentando na sua frente e tomando seu rosto em minhas mãos. — Olhe para mim, sim, você é uma mãe, sim, você é uma irmã. Você é irmã da tia Katerina.

— Ele me tocou. Bebê morto. Analise. Lago. Ele me tocou. Anos — murmura, indo do russo para o inglês. Sinto um suor frio na minha testa. Não quero aceitar que isso esteja acontecendo.

— Mamãe, por favor, mamãe, fale comigo. Mamãe, eu preciso de você aqui, olhe para mim.

Não sei que efeito minhas palavras têm, mas mamãe olha para mim imediatamente. Seus olhos estão abertos, e seus lábios, trêmulos. As mãos acariciam meu rosto. Noto que também estão tremendo.

— Minha Bell.

— Sou eu, sua Bell. Sua garota desobediente, sua decepção russa. Sou eu.

— Ah, Bell!

Eu a abraço com força. Minha mãe ainda pode voltar. Ela não está louca, está bem. Repito isso de novo e de novo, porque preciso acreditar.

— Não diga que você me odeia — pede, chorando, em russo. — Não diga isso.

— Não te odeio.

— Não diga isso de novo, não faça isso — repete de novo e de novo. Eu quero chorar. Mamãe está apenas divagando, ela não voltou.

— Por favor, volte. Volte.

— Não vá com ele, não fale com estranhos, ele pode tirar você de mim. Mamãe faz isso para o seu próprio bem. Não vá com Analise.

— Mamãe, por favor...

Anastasia se separa de mim e me observa, mas é como se não me visse. Ela não está perdida, vai voltar. Vai fazer isso.

— Não vá para a água, Bell, você não pode entrar, querida, a menos que papai te veja — diz com seriedade. Eu quero pará-la, mas suas palavras soam familiares. — Sem fazer beicinho. Analise e Kattia também não irão. Sente-se e brinque.

— Mamãe… — Sinto que interpreto o diálogo de uma história que conheço, mas não consigo lembrar.

— Nada de mamãe. Apenas não faça isso.

Nós duas ficamos em silêncio. Ela brinca com os dedos, depois se inclina para mim.

— Não diga que você me odeia. Não fale com estranhos, Bell, ele pode te levar embora…

Minha mãe não está perdida, ela vai voltar. Está bem, não está louca.

Aperto meus lábios para não chorar. Não vou admitir isso, eu vou negar, ela está bem. Tem de estar.

— Eu cuido de vocês. Eu cuido das minhas garotas. Não desobedeça. Brinque, mas sempre aqui — murmura. — Não fale com estranhos, Bell, não vá com Analise.

Estou prestes a explodir em lágrimas, mas então a porta do quarto se abre e Kattia, com seu corte de cabelo horrível e sem sobrancelhas, aparece. Eu recuo, observando-a se aproximar de mim rapidamente.

— Saia daqui. Minha avó chegou. Saia — sussurra rapidamente, em russo.

Minha mãe olha para mim sem dizer nada.

— Não! Ela ficará perdida se sair.

— Pare de gritar, vovó vai te ouvir. Saia, Anabell, saia, agora. É para o seu próprio bem — adverte Kattia.

Ainda estou muito impressionada com a situação da minha mãe para perceber que Kattia está me ajudando ou me perguntar por quê.

Ela me guia até a porta dos fundos, saio e me viro para observá-la.

— Não volte nunca mais. Você não pertence a esta casa.

— Sua puta miserável! — vocifero, vendo seu sorriso aumentar.

— Nunca te ajudaria. Nunca.

Eu a observo de perto, com novos olhos. Vejo-a através de manchas na minha memória.

— Eu jamais te ajudaria.

— Você nunca o fez — murmuro. — Não me ajudou.

— Não ajudei.

Ao dizer isso, fecha a porta. Quero chorar, mas Kattia está certa sobre algo: Calena está de volta.

Percebo que minha bolsa ficou para trás. Minhas mãos passam pelo rosto molhado. Estive chorando e nem percebi.

Tenho de ir, mas preciso voltar. Mamãe está bem, ela não está louca.

— Bell! — Ouço alguém me chamar, baixinho. Olho para cima. Minha mãe joga minha bolsa de volta. Eu lhe dou um sorriso trêmulo. Ela está bem, não está louca.

— Não fale com estranhos, Bell, não vá com Analise.

Engulo meus soluços e me viro. Não posso mais demorar. É hora de acelerar as coisas.

Não se trata mais de saber do passado. Agora preciso salvar minha mãe e lembrar de Analise. Ela merece ser lembrada, é importante. Não merece ser um borrão na minha memória. Devo isso a ela.

Origem Cinco
Ruim como uma bruxa

Gael. Cinco anos de Anabell.

— Ah, minha menina russa, não chore — peço, vendo como Anabell franze a testa antes que lágrimas grossas comecem a rolar sobre suas bochechas e a boca se abra em um grito estrondoso.

— Meu peixinho! — grita, chorando.

Anastasia, com os olhos, me implora para fazer alguma coisa. Mas não há nada a fazer, o pequeno peixe laranja, que Anabell chamou de Pez, está flutuando na água, claramente morto.

— Meu peixinho — lamenta minha filhinha, olhando tristemente para o pequeno aquário.

— Podemos comprar outro… — Anastasia tenta acalmá-la.

— Não. Eu quero o Pez.

Apesar de ter cinco anos, Anabell parece ter personalidade e ser excessivamente falante, mesmo que a princípio pareça bastante tímida e quieta. Suas duas tranças balançam em sua cabeça enquanto ela continua a chorar.

— Quer sorvete?

— Não. Eu quero o Pez!

Eu me inclino e pego o peixinho com uma toalha úmida e o envolvo. Anabell apenas me observa.

— Menina russa, às vezes as coisas doem, mas não devemos deixar que isso nos afete. Agora Pez está em um lugar melhor.

— Mas eu quero ele...

— Tenho certeza de que Pez amava você, mas era hora de ele ir embora.

— Ele morreu. — Seu lábio inferior treme. Mais lágrimas parecem a caminho. — Você vai morrer?

— Não... Quero dizer, não agora... Não. — Eu calo a boca, percebendo que estou piorando a situação. Anastasia me lança um olhar que parece querer dizer "você está estragando tudo".

— Todos vamos morrer. Eu não quero morrer. Kattia disse que vou morrer primeiro. — Anabell chora, desolada, deixando-se cair no chão, com os pezinhos sob o traseiro.

Eu passo a mão pelo meu cabelo. Neste ritmo, serei o único pai na face da terra com uma filha de cinco anos deprimida com a morte.

— Kattia não quis dizer isso, querida. — Anastasia se ajoelha na frente dela e enxuga suas lágrimas. — Mamãe e papai estão aqui. Nós não vamos te deixar, e você não vai morrer.

— Mas o Pez morreu...

— Sim, mas ele ainda está aqui. — Anastasia pressiona a palma da mão no peito da pequena Anabell, onde seu coração bate. — E enquanto estiver aí, Pez vai viver.

— Pez está aqui dentro? — pergunta minha menina russa. Eu sorrio, Anastasia também.

— Não, você tem o amor por ele dentro de você. E esse amor vai mantê-lo vivo em suas memórias — diz Anastasia, beijando seu pequeno nariz arrebitado.

Anabell olha para as minhas mãos e estende as suas, pedindo o guardanapo com Pez. Eu dou a ela e vejo como ela o arrasta para o peito dramática e teatralmente, mas é encantador.

— Pez está melhor.

— Isso mesmo, minha menina russa.

— Aqui. — Gentilmente e com um sorriso, Anabell aponta para o próprio peito, no lado oposto de onde seu coração está, mas Anastasia a corrige.

Anabell é adorável. É a melhor coisa que poderia ter acontecido em nossas vidas.

Seis anos de Anabell.

— Estou melhor? — pergunta Analise, olhando para o dicionário.

— Claro, seu inglês está bom. Eu entendi tudo que você me disse — afirmo. Analise, que está completando exatamente onze anos hoje, sorri. — Você é uma expert.

— Graças a você, tio Gael! — agradece alegremente. Por algum motivo, Analise sempre me chamou de tio, mas eu adoro isso.

Ela se levanta e me abraça com seus braços longos ao redor do meu pescoço. É uma menina doce e adorável.

— Não quero voltar para a Rússia. Quero ficar aqui com você e Bell.

— Eu sei querida, mas você deve voltar para Kattia e para sua irmã, Katerina, para estudar.

— Mas mamãe às vezes é muito difícil.

Eu quero dizer "sua mãe é um ogro", mas apenas sorrio e removo o cabelo loiro do rosto dela.

Somente os céus e Anastasia sabem o quanto odeio minha sogra. Sei que esse é um estereótipo comum, mas, neste caso, Calena realmente merece.

Não me lembro de ela alguma vez ter dito algo bom ou não me lançar um olhar atravessado. A razão é simples: nunca aconteceu.

Acho que ao menos ela está deixando de lado a hipocrisia não vindo para cá e fingindo que tem o prazer de nos visitar. Embora Anastasia não goste dos meus comentários, sabe que não estou mentindo, que Calena é simplesmente uma pessoa indesejável.

Não é segredo que ela não cria Analise. A menina está praticamente se criando sozinha enquanto vive com a renda que Anastasia e Katerina lhe dão.

Sei que parte da razão pela qual Calena me odeia é porque fiz Anastasia parar de cumprir as obrigações que ela devia exercer. Quando conheci Anastasia, ela era o suporte de sua família e a "mãe" de Analise, inclusive de Calena. Com todas as responsabilidades e problemas que não eram seus.

Estava escrito que, desde o primeiro momento em que minha sogra soubesse da minha existência, ela me odiaria.

— Queria viver com vocês. Ninguém me ajuda a fazer a lição de casa, apenas quando Kat fica em casa com Kattia. Minha irmã ajuda Kattia. Eu não tenho ninguém para me ajudar.

— Algum dia você vai morar com a gente. Eu serei muito feliz quando puder fazer isso. Eu te amo como uma filha.

— Como a irmã mais velha de Bell?

— É o que você é, Analise.

Ela sorri e me abraça novamente. Deve se sentir sozinha, cuidando de suas tarefas sem uma mãe que lhe dê o amor e o carinho que uma garota tão maravilhosa quanto ela merece.

Kattia chega correndo na cozinha e atrás dela vem Anabell, chorando. Eu respiro profundamente. Aí vem outro problema.

— O que aconteceu agora?

— Kattia me beliscou. — Anabell se aproxima de mim e sobe pela minha perna para me abraçar, Analise se afasta. — Dói.

— Foi sem querer! — Parece que Kattia é capaz de entender quando falamos inglês, mas não de falar.

— Como se belisca alguém sem querer? — pergunta Analise. — Você é ruim, é uma pessoa má.

— Cale a boca, loira feia.

— Chega, garotas! — interrompo, acariciando as costas de Anabell para acalmá-la. — Por que Kattia te beliscou, querida?

— Não posso dizer. Se eu disser, ela vai me beliscar mais.

Eu franzo a testa porque amo Kattia porque ela é doce, apesar de ser uma criança particularmente ciumenta e mimada. Mas, por alguma razão, sempre faz Anabell chorar.

— Por que Anabell não pode me dizer o motivo de você a ter beliscado?

Kattia se agita desconfortavelmente em seus pés.

— Não é certo.

Anabell tira o rosto do meu pescoço, ainda banhado em lágrimas, e aponta com o dedo mindinho.

— Você é má! Ruim como uma bruxa. Você é uma bruxa — grita Anabell. Por um momento, sinto vontade de rir, porque isso soa como um xingamento para uma criança de seis anos, mas ela volta a chorar, esfregando o braço.

— Vamos encontrar a mamãe para que ela possa passar uma pomada e fazer você se sentir melhor. — Eu me levanto e olho para Kattia. — Nós vamos conversar sobre isso, você e eu, senhorita. Temos uma conversa pendente.

Eu me viro, mas não sem antes ouvir a voz de Analise.

— Você é muito ruim e invejosa, Kattia. Deveria ter vergonha.

— E você é uma garota abandonada que ninguém quer — responde Kattia. Não são palavras que uma garota de onze anos diria. Eu me viro, com uma expressão séria.

— Kattia, para o seu quarto, agora. Você não tem permissão para brincar — ordeno, e ela sai batendo os pés.

— Eu odeio este país, eu odeio inglês — esbraveja, antes de começar a chorar e correr para o andar de cima, para o quarto onde está hospedada.

— Kattia é ruim — murmura Anabell. — Ruim como uma bruxa.

Capítulo 35
Medos

Jared

— Foi alucinante, Jared — diz a voz de Landon pelo telefone. — Eu tive quatro dias incríveis em um festival de bandas e indo a shows aqui em Londres.

— Estou feliz por você ter se divertido tanto.

— Ai, que fofo! E agora estou a instantes de entrar em um avião para passar uma semana na Grécia. Eu me sinto o homem mais poderoso do mundo neste momento.

Não posso deixar de rir enquanto termino de fumar o cigarro e jogá-lo no lixo. Recosto na porta do meu carro.

— Espero que você esteja bem abastecido de preservativos. Depois daquele *ménage* no seu aniversário, eu preciso não só garantir que você não se infecte com alguma doença, como também que não engravide ninguém.

— Eu teria filhos lindos.

— Claro, ninguém disse o contrário. Mas guarde essas crianças por alguns anos. Mantenha-as no seu escroto.

— Elas ficarão aqui.

— Tenha cuidado na Grécia, Landon. Lembre-se de que uma mulher chamada Elena estará esperando por você no aeroporto. Não a perca de vista, ela é a sua guia.

— Tudo bem, não sou idiota. Não vou me perder na Grécia.

— Espero que sim. Sentirei sua falta. Esta será a segunda semana.

— Ah, que fofo! Você… — Ele ri. — Mas, sério, sinto sua falta, Jar. Não estou acostumado a estar tão longe de você.

— Este poderia ser o momento em que te digo: Landon, eu sou seu pai.

— E eu grito algo como um "não!" com muitos "o".

Nós dois rimos. Passo a mão no meu cabelo. Não sou seu pai, sou seu irmão mais velho, e devo confiar que ele ficará bem. Repito pelo menos várias vezes para não me preocupar.

— Ei, devo verificar minha bagagem, Jar. Ligo para você antes de embarcar. Prometo.

— Tudo bem, Lan. Cuide-se.

— Só vai demorar alguns minutos até eu ligar para você de novo — diz nervosamente. — Sinto que estou passando por um teste.

— Explique.

— É a primeira vez que estarei em outro país por conta própria, sem você. Parece um teste, que eu posso fazer por mim mesmo.

— Meu filho chorão amadureceu — provoco, fazendo-o bufar.

— Ligo de volta em poucos minutos.

Dito isso, desligamos. Acalme-se, Jared. Landon ficará bem.

— Landon já chegou na Grécia? — pergunta Anabell, no meu carro. Eu rio.

— Boneca, ainda faltam algumas horas para Landon chegar à Grécia. Talvez chegue ao amanhecer, ou horas depois.

Anabell balança a cabeça, distraída. Estou esperando que ela me diga o que está havendo. Não é preciso ser um gênio para perceber que esteve chorando.

Mantenho o carro estacionado em frente à minha casa. As luzes apagadas indicam que Logan não está. Tamborilo meus dedos no volante, dando a Anabell tempo para começar a tagarelar e parar de ser essa garota estranhamente quieta.

— Eu fui ver mamãe há quatro dias...

Fico quieto, esperando que ela continue. Anabell morde o lábio inferior e, com o dedo, traça a borda do assento de couro.

— Está louca. Ficou literalmente louca. — Suspira. — Falava em russo e inglês ao mesmo tempo, divagava, andava de um lado para outro. Eu não conseguia entender. Meu coração está apertado desde então. Como posso me divertir enquanto ela está se perdendo? Tive sonhos, e neles posso ver como minha mãe era doce comigo, como limpava minhas lágrimas. Também consigo me ver brincando com Analise, e não foram alucinações. São memórias.

— Boneca, você não é a heroína de um desenho animado. Não é uma ficção. Não tente resgatar sua mãe sozinha. Diga ao seu pai o que está acontecendo.

— Eu sei, mas é que...

— O quê?

— Naquele dia em que fiquei na casa de Jessie, conversei com ele pelo telefone. No dia seguinte, fui para Dina. Também conversamos lá, mas ontem voltei para o apartamento, e ele não estava...

— Assuntos da empresa, certamente.

— Sim, mas ele não ligou. Não chegou a dormir em casa. Estou começando a me preocupar, porque hoje ele também não me ligou nem foi para o apartamento. Papai sempre me avisa, é o nosso acordo. Sempre dá um sinal.

Olho para a frente, pensando no que Anabell acabou de me dizer. Gael parece um homem responsável e sensato. Um bom homem. É estranho que ele não tenha mandado uma mensagem, mas não significa que algo esteja indo mal ou bem.

— São três da tarde, ele pode estar ocupado ainda, trabalhando ou se encontrando com um amigo.

— Ou com a tal "eu esfrego meus seios em seu braço" — completa Anabell, com uma carranca.

— Não sei quem é, mas não parece que você gosta disso.

— É uma mulher que tem conseguido alguns investidores para o meu pai, ela o ajuda nisso. Gosta do papai. — Anabell franze a testa ainda mais. — E se ele estiver se encontrando com essa cadela?

— Como você sabe que é uma cadela? — pergunto, e ganho um olhar mortal que ela nunca havia dado a mim. Porra, não quero que me olhe assim de novo, é aterrorizante.

— Porque se ela quer foder com um homem casado, então é uma puta. Esfregar os peitos no braço de um homem casado faz dela uma vadia.

— Bem, não fique brava comigo.

— Não quero que ele esteja com essa cadela.

— Mas se estiver com… ela, quer dizer que está bem.

— Se meu pai estiver com aquela mulher, quando me contar, não vai ficar tudo bem — diz Anabell, passando a mão na cabeça. — Você acha que eu tenho um problema mental por dizer que minha mãe não merecia papai quase dois meses atrás, quando saí de casa, e agora querer que eles fiquem juntos?

— Quando você saiu da sua casa, tinha uma perspectiva muito diferente de quem era sua mãe. Agora descobriu coisas que te fazem entender, memórias de bons momentos. Está se reencontrando com a sua mãe, e isso te faz ver como ela e seu pai se completam. É bom mudar de perspectiva em relação às suas opiniões, isso não significa que você tenha problemas mentais. É apenas sensata em admitir que estava errada sobre o juízo de valor que emitiu sobre ela.

— Que horror, Jared. Todas essas palavras intelectuais te fazem parecer erudito: "juízo de valor que emitiu sobre ela" — repete, tentando imitar a minha voz. — Você é muito inteligente. Assim vai longe.

— Estou lisonjeado. — Rio. — Você é uma namorada muito amável. "Jared, você tem um pênis incrível e enorme", "Jared, você sabe como se mover", "Jared, você beija como um deus", "Jared, você é tão inteligente", "Jared..."

— Eu entendi seu ponto.

— Com você, minha autoestima nunca cai no chão — digo, pegando a mão dela e beijando seus dedos. — Mas você é muito mais incrível. É o tipo de pessoa que se tem a sorte de conhecer. Quem te conhece é sortudo, e eu estou feliz por ter essa sorte.

— Você só diz isso porque quer transar.

— Gata, se eu quisesse, era só fazer isto — deslizo minha mão sob sua saia e para o meio de suas pernas, dando-lhe um susto. — Se digo estas coisas é porque acredito nisso. E como agora, sim, quero transar, vou te excitar para fazermos aqui.

— Eu gosto disso — murmura, mordendo o lábio inferior quando meus dedos deslizam sob o tecido de algodão de sua calcinha. — É uma excelente ideia.

Seguro a lateral de sua roupa íntima porque não há necessidade de preliminares. Eu já estou duro, e Anabell já está molhada. Precisamos chegar ao ponto, sem rodeios.

Abaixo a calcinha por suas pernas, solto o seu cinto de segurança e a encaixo sobre o meu corpo. Gosto da ideia de ela usar saia. Isso facilita as coisas.

Anabell começa a me beijar enquanto se mantém um pouco suspensa, me dando a oportunidade de desabotoar e abrir minha calça. Eu levanto um pouco para puxá-la junto com a minha cueca, mas acabo batendo a cabeça no teto, fazendo-a rir.

— Sem se machucar, Jared — sussurra, mordendo meu lábio.

— Que doce — respondo ironicamente. — Abra o porta-luvas, tem um preservativo aí.

Anabell se estica, e aproveito a oportunidade para levantar sua camisa e abaixar os bojos do sutiã, deixando seus seios livres. Os seios que tanto amo e gosto de admirar, lamber, chupar e tudo o que estiver ao meu alcance.

— Deixa eu colocar — pede, e eu dou de ombros, brincando com meus dedos em seus seios — Isto é bom.

— Ah, é?

— Muito, muito bom — ri, levando minha boca para o peito esquerdo e mantendo minha mão no direito. — Ótimo.

Não me preocupo em ser visto por dois motivos: a rua está vazia e as janelas do meu carro nos protegem.

Meu manuseio em Anabell, porque não há outra maneira de chamá-lo, dura longos minutos. Durante este tempo, ela sussurra coisas muito sujas, gemendo e se esfregando contra meu pênis.

— Chega de joguinhos, Jared — diz, beliscando meu queixo. — Ou eu vou me chatear.

— Mas que personalidade adorável.

— Cale a boca e enfia seu pau em mim.

Rio dessas palavras. Só Anabell poderia me dar uma ordem assim. Para agradar a ambos, flexiono meus quadris, e ela abaixa o suficiente para encaixar meu pau em seu corpo. Eu me perco nela.

— Agora vai me dizer como você quer? — brinco, com a voz rouca e sem me mexer.

— Forte e rápido — pede. Isso quase me faz gozar imediatamente.

Faço uma pausa aqui para esclarecer um fato: não sei como nem onde ela aprendeu, mas as palavras de Anabell nestes momentos só os fazem mais intensos. Ela culpa os livros e, se for o caso, benditos sejam os livros.

Não demora muito para o carro se encher de gemidos e suspiros quando Anabell começa a subir e descer sobre o meu corpo.

Não importa quantos problemas temos, sempre arrumamos um tempo para nós.

— Como está a mulher mais linda desta academia? — cumprimento Beth estalando um beijo em sua bochecha, como sempre faço. Ela ri.

Em seguida dou tapinhas nas costas de Logan, que entrega alguns papéis para ela.

— Olá, linda Beth! Há quanto tempo não te honro com a minha presença nem você a mim com a sua — galanteia Ian, beijando sua mão com tanta gentileza que faz Logan e eu revirarmos os olhos.

— Landon já falou com você? — pergunta Logan, observando alguns documentos. Acho que ele tenta fingir indiferença. Beth e eu nos entreolhamos com um sorriso.

— Sim, ele está visitando algumas escolas — respondi. — Chegou ontem ao meio-dia. Está eufórico.

— Esse Landon vai fazer uma bagunça por lá — comenta Ian com um grande sorriso. Logan olha para ele, perplexo, e eu dou um chute nada sutil em Ian. — Porra, Jared!

— Você deve aprender a calar a boca.

— Boa tarde — cumprimenta-nos uma voz suave. Todos nos viramos para observar Gretta, que, ante tanta atenção, cora.

— Olá para você, moça bonita. — Ian sorri. Eu reviro meus olhos mais uma vez.

A rejeição de Jessie jogou Ian no mundo da putaria mais uma vez. Não é como se obrigasse as garotas a ficar com ele, elas sabem com quem estão se envolvendo quando dizem "sim". Ouso dizer que, pela primeira vez na minha vida, estou na presença de um Ian ressentido.

— Como podemos ajudá-la, Gretta? Srta. Lara não pode atender você ainda, está ocupada com Anabell.

— Eu sei. Só vim atualizar meu cadastro e trazer o formulário para a competição no próximo mês.

— Ah, claro! É verdade, você precisa do carimbo. Eu tinha esquecido completamente, minha jovem — diz Logan, balançando a cabeça. — Jared, pode cuidar disso enquanto termino de falar com Beth?

— Claro. Siga-me, Ian, você não pode ficar sozinho por um segundo.

Nós três vamos ao escritório de Logan que, durante um tempo, foi mais meu. Passamos pela sala onde a Ditadora dá instruções para Anabell. Eu sorrio, porque ela parece chateada enquanto a mulher a encoraja a levantar a perna ainda mais.

Continuo a caminhar e, ao chegar, fico assustado e suspiro, exasperado. Merda.

— E mais uma vez encontramos a louca — murmura Ian atrás de mim.

— Aconteceu alguma coisa? — pergunta Gretta. Eu apenas olho para Jocelyn.

— O que caralhos você está fazendo aqui? Porra, está se tornando um verdadeiro pé no saco — exclamo, frustrado. Jocelyn apenas me devolve o olhar.

Certo, isso está ficando desconfortável e estranho. Acho que Jocelyn inspira medo, então endireito minhas costas e assumo uma postura segura, mas o silêncio dela começa a me assustar.

— Vamos sair, Jared.

— Não vou deixar você sair com o meu melhor amigo. Não me esqueço de que você é louca — diz Ian, como se estivesse apontando o óbvio.

— Estou falando com Jared, não com você.

— Eu não vou a lugar algum com você, Jocelyn, já deixei isso claro muitas vezes — respondo. Ela olha para trás de mim. Percebo que observa Gretta, que parece perdida nesta conversa. Pobre Gretta, agora está envolvida.

— Agora você está traindo a vadia da sua namorada com essa prostituta que parece ter classe? — pergunta chateada, de um momento para outro. O alarme contra loucos começa a soar dentro de mim.

— Não me chame assim, tenha mais respeito — exige Gretta, e eu quero rir da sua educação. Acho que ela não diz palavrões, o que é bom.

— Vou repetir, Jared: vamos sair.

— Vou repetir, Jocelyn: não vamos sair.

— Eu me cansei. — É a última coisa que ela diz antes de levar sua mão para trás e me surpreender.

Posso jurar que, durante os poucos meses que saímos e flertamos, Jocelyn nunca me assombrou tanto quanto faz agora.

Ian xinga, e acho que Gretta engasga e começa a chorar. Eu apenas observo.

As advertências de Mark, as piadas de Ian e até mesmo os avisos de Landon passam pela minha cabeça. O pesadelo que aterrorizou minha mente tanto quanto uma pilhéria acontece agora, e não é nada engraçado.

Mesmo que por dentro eu esteja incrivelmente assustado, por fora me controlo. Não quero demonstrar meu medo ou, de qualquer forma, medo de sua saúde mental.

Eu passo discretamente as mãos pela minha calça, observando de perto a arma que Jocelyn aponta para mim. Não sei se seu pai lhe ensinou a atirar, mas, se sim, que merda. O pai de Jocelyn é policial. Essa arma claramente pertence a ele.

— Está falando sério, Jocelyn? — pergunto, atuando para esconder meu medo. Coloco as mãos nos quadris, fingindo descrença. — Você está cumprindo as previsões que todo mundo me avisou!

— Cale a boca, Jared. Não quero mais desprezo. Eu te amo, é tão difícil para você entender meus sentimentos?

— Bem, com uma arma apontada para a minha testa, não vou conseguir entender nada — digo com ironia. Não altere a voz, Jared. — Isto é realmente uma merda, não me sinto confortável com uma arma apontada para mim.

— Cale a boca, Jared — sussurra Ian, assustado o suficiente. Gretta chora.

— Sim, cale a boca. Estou cansada, se você não é meu…

— E se eu não sou seu, não sou de ninguém. Já conheço esse diálogo, Jocelyn, você poderia ao menos recriar uma história melhor. Eu não sei, talvez você me atropele ou me envenene, mande alguém me estuprar ou corte meu pau. Mas esta novela toda é bastante cafona. Depois de atirar em mim, planeja atirar nos meus amigos? Para não deixar testemunhas?

— Filho da puta, cale a boca — implora Ian, e a única razão pela qual eu não estou ofendido é porque sei que ele realmente não quer chamar minha mãe de puta. Ele está com medo.

— Eu não sei… — diz Jocelyn, desnorteada. Não sei se tenho mais medo de que ela tenha boa pontaria ou do fato que a mão dela treme.

— Bem, se você fizer isso, todas as pessoas que estão na academia vão perceber. O som de tiros não é muito discreto. — Respiro fundo. — Estou presumindo, então, que você vai atirar em mim, atirar em meus amigos e depois atirar em si mesma, porque não tem balas suficientes para fazer um massacre.

— Cale a boca! — Consigo confundi-la com minhas suposições. É o que eu espero.

— Vai se matar porque é bonita e jovem. Deve saber o que acontece com garotas como você na cadeia. Não acho que queira ser presa. Estou errado? Mas aposto que não quer acabar com a sua vida também. Muito menos com a minha, porque você diz que me ama. E como você me ama, apesar de estar absolutamente chateada, não quer me matar, porque perderia suas esperanças loucas de que, em um mundo paralelo, você e eu estaremos juntos novamente.

— Feche a porra da boca! — grita Jocelyn novamente com voz trêmula.

Sinto pena de Jocelyn, mas não culpa. Eu não a obriguei a chegar a esta situação. Nem entendo por que ela é tão obcecada por mim.

Bem, esta é minha última jogada. Espero não acabar com uma bala no meio da testa. Se assim for, estou feliz por ter transado com Anabell dois dias atrás e dito a ela que a amo antes que fosse para a aula com a Ditadora. De ter brincado com Ian, de ter falado com Landon ao telefone, pedindo que cuide de si, e ter dado um tapinha no ombro de Logan.

Parece que não deixo pontas soltas. Exceto pelo fato de Anabell não ter resolvido seus problemas. Gael ainda não apareceu. Ela precisa de mim.

É, eu não posso morrer, ainda mais pelas mãos da minha ex-namorada maluca.

Passo minhas mãos pelo cabelo. Jocelyn segura a arma com mais firmeza.

— Muito bem, estou pronto para o fim trágico do que você considera nossa história de amor. Que, do meu ponto de vista, não é uma história de amor — reflito —, mas, antes de morrer, quero dizer algumas palavras.

— Jared, caralho, por favor, cale a boca — pede Ian. Acho que ele está a poucos instantes de se juntar ao choro de Gretta. Eu também choraria de medo se não estivesse me obrigando a agir com calma.

— Não te amo, nunca te amei. Nunca vou te amar e, quando eu morrer, se tiver de encontrar alguém ou falar aquela merda de "vamos nos ver em um lugar melhor", não será você quem eu vou esperar. Será minha namorada, Anabell — digo em voz alta. — Isso é loucura. O bom de morrer é que não vou precisar mais aturar esse tipo de infantilidade. Eu não sou seu, não pertenço a você. Quando você atirar, olhe diretamente nos meus olhos e perceba que, mesmo no meu último suspiro, eu não estarei pensando em você. Porque você não vale a pena.

— Ela vai te matar — murmura Gretta, horrorizada.

— Agora, atire. Certifique-se de que o buraco na minha testa não seja grande demais. Não quero ser velado com o caixão fechado.

Jocelyn segura a arma com força, e eu respiro fundo.

— Atire, mulher, acabe com isto de uma vez por todas — insisto.

— Cale a boca, Jared! — grita Ian para mim desesperadamente e, para meu espanto, parece que primeiro ouço o tiro antes mesmo de assimilar o fato de que Jocelyn puxou o gatilho.

O som é seco, alto e ressoa nas paredes. Então, tudo é silêncio. Parece que o mundo está em câmera lenta.

Dizem que, ao levar um tiro, a adrenalina inibe a dor, ou não faz você perceber que se machucou. Talvez isso esteja acontecendo agora, porque, enquanto Jocelyn deixa a arma cair, chorando, e Ian grita meu nome, eu não sinto dor. Nada, nem umidade.

Apalpo meu rosto, meu peito, tudo, em busca de sangue. Acho que as mãos de Ian também estão procurando onde o buraco está.

— Porra, Jared, você é um idiota — repreende com a voz trêmula, tocando meu torso, procurando qualquer dano.

Depois de alguns segundos, ainda não sinto nada. No entanto, ao ouvir o grito vindo de Gretta, percebo.

Não fui eu que levei um tiro. Não sou eu quem está ferido.

Com um olhar de horror, Ian e eu nos viramos para Gretta, que segura o braço. Merda!

A doce Gretta está ferida.

Ela choraminga e grita. Acho que está tendo um ataque de histeria. Não é para menos.

Gretta cai no chão. Sem pensar duas vezes, eu me ajoelho na frente dela, pegando seu braço.

— Respire, Gretta, respire — peço, e abro sua camisa. Sua histeria não a deixa ciente do fato de que está de sutiã. Sangue flui de seu braço.

Uma quantidade exorbitante de ruído invade o ar. Gritos, passos de pessoas correndo. Talvez o barulho tenha começado antes, mas eu só os noto agora, enquanto rezo a qualquer entidade superior que habite ou não habite este mundo para que Gretta não esteja mal por minha causa.

Logan e outras pessoas vêm até nós. Alguém grita. Outra pessoa pega a arma, enquanto Jocelyn parece muito assustada.

— Olhe para mim, Gretta, você vai ficar bem — tranquilizo-a antes de me concentrar em seu braço. Com a camisa nas mãos, limpo o sangue.

— É profundo? — pergunta Logan, ajoelhado ao meu lado.

— Eu não sei, não sei de nada — grito.

— Chega para o lado, Jared — pede Logan, tomando a frente. — Gretta, isso vai doer um pouco, mas é para saber que você está bem.

Gretta apenas chora e assente. Minhas mãos estão cheias de sangue. Tudo é caos.

Logan sente seu braço e sua pausa de alívio me tranquiliza.

— Só pegou de raspão. Você vai ficar bem, Gretta. A ambulância já está a caminho. — Em seguida, olha para mim. — E a polícia também.

Volto a ficar na frente de Gretta, que ainda chora. Está incrivelmente assustada. Pego uma de suas mãos, dando-lhe um aperto suave.

— Você é corajosa, vai ficar bem. Pegou só de raspão, eu prometo — asseguro. Ela assente com o rosto em lágrimas. Acho que Anabell grita meu nome, mas Gretta está prestes a entrar em histeria novamente. Preciso distraí-la. — Quando isso acabar, colocaremos o carimbo no formulário para que você ponha no rabo de todas as bailarinas na competição.

— E... e se não... E se eu não puder compe... competir? — gagueja, soluçando. Logan acena para mim, pedindo que eu continue a distraí-la.

— Claro que vai poder. Você é forte, nada vai impedi-la de representar esta academia. Foi só de raspão, tenho certeza de que farão um curativo e, então, em uma semana, talvez, você esteja nova.

— Não, não sei.

— Acredite em mim, você irá para a competição.

— Estou com muito medo — diz. Ian ao meu lado enxuga suas lágrimas com os dedos. Se eu fizer isso, vou encher seu rosto de sangue, traumatizando-a ainda mais.

— Tudo bem estar com medo, isso não é ruim. Mas você está bem.

Eu continuo falando junto com Ian por longos minutos, até que a ambulância finalmente chega com a polícia.

E, surpresa! O pai de Jocelyn é um dos policiais. Sinto pena do pobre homem que se espanta ao ver que toda esta bagunça envolve sua filha; que, na verdade, a culpa é dela.

Permito que os paramédicos me chequem, mesmo sabendo que estou bem, que nada está errado. A única ferida é Gretta.

— Vou com ela na ambulância — anuncia Logan. — A srta. Lara já ligou para seus pais. Vou entrar em contato com os advogados, porque os pais de Gretta podem nos processar, e eu não os culpo.

— É minha culpa. Se eles nos processarem, é minha culpa.

— De jeito nenhum, Jared. Eu aceitei aquela jovem nesta academia. Você me disse que não estava certo. — Logan respira profundamente. — Sou parcialmente culpado, não nego isso. Mas ninguém a forçou a fazer o que fez, sem mencionar que ela não tinha a intenção de machucar Gretta. Queria atirar em você. Não assuma as ações de outras pessoas. Ela é a responsável.

Concordo com a cabeça. Logan me dá um abraço que finge ser leve, mas não consigo evitar abraçá-lo com força. Tinha uma arma apontada para a porra da minha testa. Eu poderia ter morrido e nem sequer teria dado a Logan a porra de um abraço.

— Tudo bem, filho.

— Obrigado — murmuro de volta.

Ele dá um tapinha nas minhas costas e segue o paramédico que remove Gretta. Agora eu tenho que dar declarações, mas, antes disso, caminho até Anabell. Quando chego perto dela, porém, recebo um tapa bem forte.

— Você é idiota, merda?! — grita. — Ian me contou tudo que você disse! Você pretendia que essa louca de merda te matasse? Pretendia me deixar sozinha neste mundo inútil, sem meu maldito namorado?

— Boneca…

Anabell me bate de novo, sem me deixar terminar a frase. Parece furiosa, mas seus olhos estão úmidos e seus lábios tremem.

— Você é um idiota! — xinga antes de se jogar em meus braços. — Fiquei muito assustada quando ouvi aquele tiro e os sussurros e as suposições. Tivemos que correr, e eu ouvi que tinha sido uma menina neste escritório. Pensei no pior, Jared.

— Eu sei, agora parece loucura o que fiz. Mas eu não podia simplesmente entrar em pânico — digo, abraçando-a. — Eu estou bem. Perdão.

— Sinto que neste momento eu te odeio tanto quanto te amo — murmura Anabell contra a minha camisa, que começa a umedecer com suas lágrimas e se misturam ao meu suor. — Pobre Gretta. Ela vai ficar bem?

— Vai, sim.

— Desculpe, mas é necessário que você nos dê a sua declaração agora. — Um oficial nos interrompe. Vejo Jocelyn ser algemada pelo próprio pai. A cena é muito forte.

— É claro, mas também quero fazer uma denúncia.

— A queixa relativa à srta. Stone já…

— Não. — Eu o interrompo agora. Essa queixa é mais que óbvia. Anabell ainda abraça meu corpo. — Quero denunciar o desaparecimento de alguém.

Anabell me abraça com mais força, e sinto seu corpo estremecer.

— Há quanto tempo a pessoa está desaparecida? Precisamos saber para iniciarmos as buscas.

— Quatro dias — respondo.

— Muito bem. Nome? De qualquer forma, você deve nos acompanhar para fazer uma reclamação formal, bem como o seu testemunho do que aconteceu aqui.

— Claro — afirmo ao vê-lo pegar um pequeno caderno.

— Diga-me o nome da pessoa desaparecida, por favor.

— Gael Brown — responde Anabell por mim, afinal é o seu pai que está desaparecido. Eu a abraço mais forte. Gael tem que estar bem.

Origem Seis
O Lago

Seis anos de Anabell.

— Anabell! — grita Anastasia, observando sua filhinha sobre o balcão, prestes a pular. — Ah meu Deus, desça daí agora.

A garotinha de cabelo castanho sorri antes de abrir os braços e tomar impulso para se jogar, fazendo a mulher loira de olhos verde-claros dar um grito de pavor.

— Peguei! — diz a voz de Gael, pegando a menininha que ri em seus braços. — Você não pode subir e se jogar do balcão.

— Por quê? — pergunta Anabell, franzindo a testa ligeiramente.

— Porque fará com que sua mãe tenha um ataque cardíaco, e porque pode se machucar. — Ele beija sua testa antes de deixá-la no chão. — Promete não se jogar de novo?

— Não.

— Como não? — pergunta Anastasia, com as mãos nos quadris. Anabell encolhe os ombros.

— Porque eu vou pular de novo algum dia.

— Eu não ouvi isso — diz Anastasia, surpresa. Gael nega com a cabeça.

— Se você subir, vou me chatear de verdade com a minha menina russa, e papai não gosta de ficar chateado com você.

— Tá bom, papai.

Gael bagunça o cabelo de Anabell e a deixa correr para a sala de estar. Ele balança a cabeça, rindo, enquanto Anastasia franze a testa.

— É inteligente demais para ter apenas seis anos.

— É uma garota astuta e inteligente, amor.

— Uma garota que quase se jogou de um balcão — lembra Anastasia, então sorri. — Eu a amo, ela é a minha vida.

— Eu sei, e vocês são a minha.

Os lábios de Anabell tremem ao segurar a boneca que agora não tem mais cabelo loiro. Seus olhos começam a derramar lágrimas enquanto observa a garota na frente dela.

— Não seja chorona.

— É minha boneca — lamenta Anabell. — O cabelo da minha boneca.

— Uma boneca feia como você. — grita Kattia. — Feia, feia, Anabell é muito feia.

Anabell retorce sua pequena boca antes de jogar a boneca na prima, acertando em cheio a sua testa. Anabell sorri.

— Vovó! — grita Kattia.

— Não, não, a bruxa não.

Os passos de Calena, a mulher que Anabell chamou de bruxa durante sua infância, são ouvidos, e seu pequeno corpo se encolhe enquanto seus olhos se mantêm abertos.

— O que foi agora? — pergunta Calena, em seu russo áspero. Analise segue seus passos.

— Anabell jogou a boneca em mim.

— Novamente fazendo coisas estúpidas, garota inglesa? — reclama a avó.

Anabell arregala os olhos.

— Não, Kattia…

Um golpe firme cai sobre o braço de Anabell, que imediatamente começa a chorar.

— Eu vou contar ao papai.

— Seu pai não fará nada, esta é a minha casa e são as minhas regras. Você é um desastre total.

— Eu vou contar ao papai — repete Anabell, correndo em direção ao jardim da grande casa enquanto chora.

Quando encontra Gael, puxa a barra de sua calça, ansiando por atenção. Ao consegui-la, aponta para a casa enquanto continua a chorar.

— A bruxa me bateu.

— Quem é a bruxa? — pergunta Anastasia.

— Como se fosse muito difícil adivinhar. Acabou, Anastasia, sua mãe excedeu seu limite. Ninguém toca na minha filha. Estamos saindo desta casa agora. Eu tentei, mas este lugar não é para Anabell nem para mim.

Sete anos de Anabell.

— O que garante que sua mãe tenha reconsiderado? — pergunta Gael, tirando a camisa do corpo depois de chegar do trabalho em sua pequena empresa.

— Katerina diz que ela reconsiderou. Gael, já são oito meses sem ver Kattia e Analise. Eu sinto falta delas. Também sinto falta da minha irmã Katerina. Sei que mamãe não tem sido gentil, mas é a minha família. Também é a família de Anabell. Quero manter as duas famílias, por favor.

Gael suspira, passando as mãos pelo cabelo castanho e olhando sua esposa fixamente. Ele assente.

— Tudo bem. Mas se algo der errado nesta viagem, ou se ela tratar nossa filha mal mais uma vez, Anabell e eu não iremos mais. Não deixarei minha filha ser maltratada.

— Obrigada, meu amor, eu sei. Vamos apenas dar a ela esta oportunidade.

— Se esta viagem à Rússia der errado, não tentarei novamente. O bem-estar de Anabell está acima do de sua mãe.

— E por que temos fome? — pergunta Anabell enquanto ela, a prima e a pequena tia estão sentadas no banco de trás do carro. Seus pais estão na frente.

— Porque é uma necessidade — responde Gael.

— E por que é uma necessidade?

— Porque é necessário viver, Bell — responde Anastasia agora, passando batom na boca.

— Por que é necessário viver? Não podemos todos morrer? — pergunta Anabell, franzindo a testa ligeiramente, brincando com as bordas de seu vestido azul. — Mamãe! Eu não quero usar esse vestido. Pareço um bolinho.

— Os bolinhos são deliciosos — diz Gael, estacionando o carro do lado de fora da grande casa, onde uma festa acontece.

— Se você tirar o vestido, vai ficar feia — diz Kattia. — Mais feia.

— Não tão feia quanto você.

— Por favor, meninas, sem discussões. Vamos nos divertir hoje. De acordo? Agora vamos para a festa.

— Por que você está triste, linda Ana? — pergunta Anabell a sua tia, movendo os pés de um lado para o outro enquanto se sentam no jardim observando os adultos conversando.

Analise, aos doze anos, suspira de maneira melancólica antes de observar Anabell, que olha para ela com olhos muito curiosos por uma resposta.

— Abba é mais bonita.

— Não, as duas são lindas. Mas você é muito, muito mais bonita — diz Anabell com entusiasmo. Analise abraça as pernas dela.

— Ela beijou o Karl. Eu gosto do Karl. Ela sabia. — Suspira. — Kattia sabia que eu gostava do Karl.

— O garoto que sempre arrota? — Anabell faz uma careta de desgosto. Analise ri.

— Ele é fofo e me deu uma carta. — Suspira novamente. — Mas Kattia se declarou, e ele concordou em ser o namorado dela.

— E você quer um namorado? — pergunta Anabell com a inocência de seus sete anos.

— Eu gosto de Karl... e Kattia o beijou.

Elas permanecem em silêncio, lentamente a pequena mão de Anabell toma a de Analise.

— Você é a minha russa favorita.

— Ah, Bell, e você é a minha inglesa favorita.

— Mas eu também sou russa, como você.

— Você também é russa como eu — concorda Analise com um sorriso.

— Se você quiser, também pode ser inglesa. Você fala inglês, posso pedir ao papai e à mamãe que deixem você ser inglesa como nós.

— Eu gostaria disso.

— Quero nadar, quero nadar! — grita Anabell, dando pequenos pulos de novo e de novo. Anastasia balança a cabeça.

— Querida, pare de pular, por favor.

— Eu quero nadar, mamãe, por favor.

— Certo, mas espere eu terminar de pegar nossas coisas.

Anabell acena com entusiasmo antes de se virar para olhar o belo lago diante deles. Talvez o mais cativante seja a pequena cachoeira, de onde a água desce de algumas pedras, não muito longe, no fim do lago.

Kattia rapidamente tira a roupa, ficando em trajes de banho, enquanto Analise se senta em uma pequena pedra com um livro para ler.

— Kattia, não vá para longe. Sei que você sabe nadar, filha, mas, por favor, tenha cuidado — pede Katerina, sentada em uma cadeira dobrável com óculos de sol cobrindo os olhos. — Eu estarei aqui, vigiando você.

— Agora, mamãe? — pergunta Anabell, impaciente. Gael ri enquanto coloca as coisas no lugar.

— Tenha um pouco de paciência, menina russa.

— Já passou uma eternidade, mamãe. Agora?

— Tá bom, tá bom, vai — diz Anastasia, ajudando-a a tirar as roupas, deixando-a em trajes de banho. — Mas me dê sua mão.

Quando entram na água, Anabell ri com Anastasia, que a segura. Logo Gael e Analise se juntam à diversão.

— O que você está fazendo?

— O que faz aqui? — grita Kattia, assustada. Anabell, acostumada ao russo de sua prima, começa a falar em russo também.

— Queria ver o que você estava fazendo. É muito alto.

— Você precisa me seguir em tudo? Vá embora!

— Não.

— Você pode cair, desça. Não é para meninas pequenas.

— Você também é pequena.

— Mas não sou feia — responde Kattia, levantando o queixo. — Agora, desça.

Anabell se inclina para frente tendo apenas um pequeno vislumbre da grande queda. De cima, ela pode ver seus pais bem pequenos.

— É muito alto.

— Está com medo, Anabell?

— Você vai pular?

— Eu só queria observar a vista daqui, mas você sempre estraga tudo. Sua inútil!

— Está muito alto, estou com medo.

Kattia abre os olhos e a cerca até colocá-la de costas para a queda. Anabell dá um passo para trás.

— Eu disse que garotinhas não podem estar aqui.

— Para, estou com medo.

Kattia dá mais alguns passos à frente, fazendo-a recuar.

Os lábios de Anabell tremem.

— Está com medo, doce Anabell?

— Eu vou contar...

— Bu! — exclama Kattia, segurando seus ombros e fingindo empurrá-la. Imediatamente, Anabell começa a chorar. — Menina boba, você acreditou, pensou que eu fosse te jogar.

— Eu vou te dedurar, deixe-me ir. — Anabell faz uma pausa, recuando.

— Pare, Anabell — pede Kattia, dando um passo à frente. Anabell recua ainda mais. — Anabell, estou falando muito sério. Volte aqui!

— Não, deixe-me, você é ruim.

— Anabell, de verdade, volte aqui. — A voz de Kattia treme. — Não dê mais nenhum passo.

— O quê? — pergunta Anabell, enxugando as lágrimas.

— Não olhe para trás, Anabell, volte aqui.

Mas é exatamente o que Anabell faz: olha para trás. No mesmo instante, sua pele empalidece e, ao dar um passo para a frente, escorrega no lodo sob seus pés. Kattia dá um pequeno grito enquanto o corpo de Anabell começa a deslizar até a curva da ponta. A pedra está coberta por lodo.

— Anabell! — grita Analise, chegando ao local.

— Socorro! — pede Anabell, choramingando e se agarrando à pedra com as mãos enquanto metade de seu pequeno corpo se projeta para a queda. Seus pais e a tia permanecem alheios ao que acontece.

Analise corre e se ajoelha para pegar a mão de Anabell e puxar seu corpo.

— Não chore. Olhe para mim. Espere um pouco, calma.

— Socorro!

Analise puxa com mais força, mas seus joelhos também afundam no lodo, e ela escorrega. Anabell chora mais alto.

— Abba, ajude-nos, puxe — grita Analise. — Estou deslizando, puxe-me para que eu possa trazer Bell.

O corpo de Anabell e os joelhos de Analise deslizam ainda mais para a queda.

— Papai! — grita alto Anabell. — Papai!

— Abba! Segure-me, por favor! — reclama Analise com a voz trêmula, sendo arrastada. Agora apenas o pescoço e a cabeça de Anabell estão à vista. — Você não vai cair, Bell, olhe para mim. Abba, ajude-me!

Kattia apenas observa a cena, com o rosto pálido, sem se mexer.

Os joelhos cansados de Analise começam a ceder facilmente. Seu corpo é deslocado para a frente.

— Abba, ajude aqui! — grita.

— Socorro, Kattia! — exclama Anabell, mas o corpo de Analise se rende. Em segundos, as meninas deixam de sentir o lodo para serem abraçadas pelo vazio da queda, acompanhadas por seus gritos, antes de sentirem o impacto duro e frio da superfície do lago. A profundidade da água ameaça absorvê-las. Neste momento, Gael chega ao topo.

Anastasia não tem tempo nem de pensar. Ela apenas se joga na água, ordenando-se a não chorar. Não pode se distrair.

Não é difícil encontrar o corpo de sua filhinha emergindo e submergindo enquanto grita. Ela está se afogando.

Anastasia nada tanto quanto pode. Ela toma o corpo quase lânguido de Anabell. Pegando-a pelo peito, nada de volta para a beira, onde Anabell começa a tossir e a tremer, enquanto Katerina a envolve em uma toalha.

— Eu disse para não entrar na água! — grita Anastasia, histericamente. — Ah, meu Deus! Meu amor, você está bem?

Anabell fica em silêncio com os olhos bem abertos, começando a balançar de um lado para o outro.

— Bell, meu amor, diga algo para mamãe — pede Anastasia, notando como o rosto de Anabell começa a inchar com o impacto da água. — Bell, diga alguma coisa.

Gael chega correndo trazendo Kattia em seus braços. Ele a deixa no chão e abraça Anabell com força. A menina não diz nada, apenas se balança.

— Minha garota, ah, minha garota!

— Cadê Analise, Gael? — pergunta Katerina, abraçando Kattia.

— Como... Gael, cadê Analise? — O silêncio reina ante a pergunta de Anastasia, que se volta para Anabell. — Anabell, cadê Analise?

Silêncio.

— Diga, Anabell Brown! Onde está Analise?

Ignorando os gritos de sua esposa, Gael se joga na água e se põe a nadar. Procura na superfície, submerge nas profundezas. Ele não para até encontrá-la.

O corpo de Analise está muito frio. Sua pele está pálida, seus lábios estão quebrados e roxos. Enquanto Gael nada em direção à beirada com o corpo de Analise agarrado ao seu, gotas de cor carmesim são deixadas para trás. Sangue emana da cabeça da menina.

Ao chegar na beirada, Gael a deita, ignorando os gritos e perguntas de Anastasia.

— Apenas cale a boca! Droga, cale a boca, Anastasia — grita antes de começar a pressionar o peito de Analise, pronto para executar tantas técnicas de primeiros socorros quanto possível. — Vamos lá, Analise, vamos lá. Porra, droga. Acorde, querida!

— Não, não... — murmura Katerina.

Gael continua a manobra até seu olhar embaçar por conta das lágrimas.

— Vamos lá, menina doce, abra esses lindos olhos — implora Gael, apertando sua boca mais uma vez contra a dela para soprar ar. — Analise, não faça isso conosco.

Por um momento o corpo de Analise treme. Todos a observam, mas apenas vômito sai de sua boca. Seus olhos permanecem fechados.

— Analise — sussurra Gael, desistindo.

— Não, não, não pare. Ela ainda está aqui! — grita Anastasia, empurrando-o para o lado e freneticamente pressionando o peito de sua irmã mais nova de novo e de novo.

— Mamãe…

— Agora não, Anabell! — ruge, pressionando o peito de Analise com desespero. — Eu só te pedi uma coisa! Que você não entrasse na água! Que ficasse ao meu lado! Só isso, Anabell!

— Mamãe…

— Não, não, não! Analise, abra os olhos, por favor! — implora, ainda pressionando seu peito.

— Anastasia, ela se foi… — sussurra Gael.

Anastasia respira rapidamente antes de gritar e trazer o corpo de Analise contra o seu peito. Ela o abraça, chorando.

— Irmãzinha, por favor, volte — pede, sentindo vômito em seu torso. O corpo se mantém frio. Anastasia recosta a cabeça de Analise. Há uma abertura de onde escorre sangue, manchando sua bochecha. Seu cabelo loiro agora é carmesim. — Analise! Por favor, não faça isso comigo!

Anastasia a segura por um longo tempo, chorando, sustentando a esperança de que ela retornará. Mas não retorna.

— Mamãe…

— Agora não! — repete Anastasia. — Quem fez isso?

Ambas as meninas permanecem em silêncio, então Kattia levanta a mão tremendo.

— Foi você, Kattia? — pergunta Katerina, chorando.

— Não, foi Anabell.

Anastasia observa sua filhinha, que não nega, apenas treme nos braços de Gael.

— Tire ela daqui. — É tudo que Anastasia diz, agarrando-se ao corpo de Analise.

Capítulo 36
Sempre aqui

Anabell

— Como se sente? — pergunto a Gretta. Não posso nem acreditar que tive a audácia de ir à sua casa.

— Bem. Foi apenas um susto. Vão tirar meu curativo em alguns dias.

— Fico feliz. Jared ficou muito preocupado com você.

— Eu sei, eu disse a ele que estou bem — garante, sorrindo um pouco. — Pedi aos meus pais que não processassem a academia. Não é culpa deles.

— É compreensível que tenham se assustado.

— Suponho que sim. Mas não vão processá-los.

— Que bom.

Meu celular toca. É uma mensagem de Jared.

Adivinha quem está perdido? Porra, começa com "Lan" e termina com "don". Perdido. Landon se perdeu.

— Ah, merda — murmuro, levantando-me. — Eu tenho que ir, Gretta. Volto para visitá-la depois.

— Não se preocupe. Daqui a dois dias poderei voltar à academia. A competição começa em uma semana, e não posso perder.

— Vejo que você é mais competitiva do que parece. — Pego um dos biscoitos servidos sobre a bandeja enquanto me levando. — A propósito, diga à sua mãe que ela faz biscoitos deliciosos.

— Obrigada, Anabell.

Dou-lhe outro sorriso antes de sair do seu quarto. Onde Landon se meteu?

Assim que chego na casa de Jared, ele me recebe com um beijo e um breve abraço enquanto continua falando ao telefone.

— Tudo bem, Elena, não é sua culpa. Landon é muito curioso e inventivo. — Jared revira os olhos. — Calma, apenas dê-lhe um café quando ele acordar da ressaca e mande ele me ligar. Não se sinta culpada. Elena, eu não preciso de detalhes. Apenas peça a ele para me ligar.

Jared desliga o telefone e balança a cabeça, estressado. Caminha até a cozinha e eu o sigo.

— Então, como ele está?

— Na Grécia, com uma ressaca de matar, depois de ter ido a não sei aonde, com não sei quem. Vale a pena mencionar que ele ajudou Elena a explorar sua sexualidade, e que ela está muito grata.

— Sério? — questiono, divertida.

— Sim. Graças a Landon, ela descobriu que gosta de praticar certas coisas. Meu irmão parece ser uma má influência.

— Landon é muito charmoso. Se você não fosse meu namorado, eu também teria pedido ajuda a ele com a desculpa de explorar minha sexualidade.

Jared ri enquanto me passa um refrigerante e pega outro para si.

— Você é louca, mulher.

Dou de ombros enquanto bebo meu refrigerante e olho em volta. Talvez a casa de Jared seja grande demais para apenas duas pessoas, mas entendo que é a casa que sua mãe construiu e que eles queiram mantê-la.

— Entraram em contato com você? — indago Jared, que imediatamente apaga seu sorriso do rosto. Olho em volta, pensando em todos os tipos de coisas legais para não ficar deprimida.

Sete dias. Já faz sete dias.

— Se ele não aparecer ou não estiver bem, eu morro, Jared. Não há ninguém que eu ame mais no mundo. Não posso nem imaginar minha vida sem ele.

Jared me examina com os olhos. Estou sendo honesta. É a maior certeza da minha vida. Sinto um amor tão grande por Gael que eu daria a minha vida por ele sem nem pensar se isso garantiria que tudo ficaria bem. É o amor mais puro que já conheci na vida, o mais sincero e o mais leal.

— Eu me lembrei, sabe? Estar sozinha no apartamento esperando por ele teve seus efeitos — murmuro, brincando com a garrafa de plástico em minhas mãos. — Não sei se é o medo de perdê-lo que está desbloqueando algumas lembranças, mas me lembrei daquele dia no lago. Analise estava tentando me salvar. Não posso nem culpar Kattia, ela era apenas uma menina que entrou em pânico e não pôde nos ajudar. Não tenho certeza se ela se afogou ou se foi por causa da pancada em sua cabeça. Talvez os dois, mas, seja como for, acho que ela sofreu, Jared. Não me sinto culpada, apenas magoada. Magoada por alguém tão incrível e maravilhosa ir de uma maneira tão merda. Ela era apenas uma menina.

— Ela não decidiu morrer, você não decidiu fazer isso também. Muitas vezes as pessoas sofrem mesmo quando não merecem, boneca. Quando eu tinha dezenove anos, a última vez que falei com minha mãe foi para contar uma piada dizendo que engravidei uma menina. Quando eu disse que estava brincando, ela jogou uma sandália em mim. Eu me lembro de beijar sua testa e me desculpar, e depois voltar para a faculdade. Ninguém me disse que seria a última vez que veria minha mãe. Ela foi fazer compras no supermercado como em qualquer outro dia. Estava atravessando a rua, como de costume, só que alguém estava com pressa o suficiente para trombar com ela e fazê-la cair, sem nem sequer parar para ajudar. — Jared faz uma careta. — Eu sei disso, porque algumas pessoas testemunharam. Ela não se levantou, começou a pegar as compras no chão. Dizem que o carro não a viu quando a acertou. Gostaria de dizer que minha mãe não sofreu, mas ela ficou lá, consciente por quinze minutos, sentindo seu sangue escapar por todas aquelas horríveis feridas, tão horríveis que nem sequer nos permitiram dar uma olhada na linda mulher que ela sempre foi. Era uma mulher incrível e impressionante, mas isso não a impediu de ter uma morte dolorosa. Isso não lhe tira o mérito, boneca. Eu não sei onde ela está neste momento, mas quero acreditar que se sente em paz e tenho certeza de que, para onde quer que as pessoas maravilhosas e puras vão, Analise está lá.

Fico em silêncio. Apesar de ser uma pessoa curiosa, nunca pensei em pressioná-lo para saber a causa da morte de sua mãe. Jared se aproxima e pega minha mão.

— Quando pessoas maravilhosas morrem, a melhor maneira de honrá-las e homenageá-las é recordar tudo que foi bom, sorrir para todas as lembranças que a pessoa deixou em nossas vidas.

— Então eu não fui boa nisso. Minhas memórias estavam bloqueadas. Ainda preciso de muitas delas.

— Bem, sem drama. Você ainda não tem vinte anos, tem muitos anos de sua vida para reviver cada memória.

— Verdade. Viu como você é muito sábio?

— Você sai com um sábio gostoso, eu saio com uma pervertida sexy com seios maravilhosos.

— Talvez você ame meus seios e não a mim.

— Bobagem, meu coração está dividido entre seus seios e você.

Eu não posso deixar de rir. Percebo que isso me distrai, mas não esqueço o problema.

— Sinto falta do meu pai. Preciso saber se ele está bem, Jared. Eu deveria saber o que está acontecendo com a mamãe. E se eu perder os dois?

— Faremos isso, boneca. Eu não sou Gael, mas posso acompanhar você até a sua mãe ou correr com a velha louca de lá. Aquela é sua casa, não a dela.

— E papai?

— Primeiro vamos ao apartamento. Talvez ele já esteja lá. Depois vamos ver sua mãe e tiramos a peste russa da sua casa.

Eu o observo antes de me jogar em cima dele e envolver meus braços em volta do seu pescoço. Jared ri.

— Obrigada, obrigada por tudo. Sei que às vezes te trato como um objeto sexual, mas isso é uma piada. Nunca senti que conheceria alguém que me completasse e me fizesse dizer coisas tão grosseiras quanto você. Eu sempre estarei aqui para você e para Landon, e, bem, se seu pai também precisar, porque é a sua família.

— Ah, minha gata é tão linda quando mostra seu lado fofo — diz antes de tomar meu rosto e me beijar lentamente.

— E você é um idiota às vezes — comento.

Jared revira os olhos, mas sorri, percebendo a minha ansiedade.

— Muito bem, vamos ao apartamento.

Mantenho meus olhos no telefone do apartamento, esperando que toque. Por favor, toque! Papai, ligue para cá!

— Vai tocar — murmuro para Jared, que suspira. — Jared, ele vai ligar, vamos esperar.

— Por que não resolvemos o problema com a sua mãe primeiro, gata? A polícia está procurando por ele. Ainda não tivemos notícias, mas não significa que algo ruim tenha acontecido.

— Sua lógica é uma merda! — grito, pegando-o de surpresa. — Isso é o pior que você pode me dizer. Que não se tem notícias, que não há garantia de que ele esteja bem!

— Tudo bem, está certa. Desculpe-me por dizer isso.

— Agora estou com raiva de você.

— Você tem motivos para estar. Pode ficar com raiva de mim, mas isso não nos impede de ir até sua casa, procurar a sua mãe.

Eu assinto. Não que ele tenha dito algo terrível, talvez eu esteja apenas descontando a minha frustração nele.

— Certo, vamos lá. — Mordo meu lábio superior. — Mas o que acontece se ele ligar e não estivermos aqui?

— O que acha de ativarmos o encaminhamento de chamadas? Dessa forma, as chamadas que tocarem aqui vão cair no seu celular.

Gosto que, em situações como esta, quando não consigo pensar com clareza, Jared tenha boas ideias.

Quando tudo está pronto, abro a porta para sair enquanto Jared fala ao telefone com Landon. O homem desconhecido de cabelo castanho está ali mais uma vez.

— Vai se tornar um hábito que esteja aí, "gargulando", sem bater à porta? Papai não está aqui, volte outro dia ou ligue antes de vir.

— "Gargulando" não é uma palavra. — observa o homem, o que me faz franzir o cenho, porque eu não sou estúpida. — Eu passaria horas observando seus olhos, são como os dela.

— Digo isso como uma estranha atenciosa, mas esses comentários fazem você parecer suspeito. Sugiro que volte depois.

— E com esse caráter, é mais parecida com a sua mãe do que eu imaginava. Você pode falar russo para mim?

— Por favor, vá embora. Saia agora mesmo.

— Quero que...

— Gata, vamos lá, eu já conversei com Landon e... Anabell, para trás! — avisa Jared, alarmado ao ver o homem parado na minha frente e me bloqueando com seu corpo. — Saia agora antes que eu quebre sua cara de novo, seu lixo de merda.

— Você não tem a educação do seu pai. Talvez o pequeno Landon seja mais cortês, o que é uma pena, Jared. Graças a você, tenho boas lembranças.

— Jared?

— Vá agora, tire seu rabo pervertido e doente daqui. E nunca mais chegue perto dela...

— Jared é seu namorado?

— Saia agora — ruge Jared, dando-lhe um forte empurrão.

— Jared? — repito.

Jared se vira para mim, abrindo um sorriso totalmente tenso.

— Este, Anabell, é o George.

Passo alguns segundos assimilando suas palavras enquanto observo o homem na minha frente. Ele nem parece um homem mau. Poderia enganar qualquer pessoa, não aparenta ser alguém que faria aquela atrocidade com a mamãe.

É George na minha frente.

— Você é o George? — pergunto casualmente, olhando de cima a baixo.

— Sim. É um prazer. — O homem estende a mão e eu a aperto.

Essa é a mão com a qual ele brincou com minha mãe, com a qual ele a insultou. Talvez o fato de eu não a soltar faz com que ele pense coisas erradas, mas, muito devagar, começo a fazer seus dedos virarem. Dobro o mindinho dele com tanta força que George grita.

Então eu solto sua mão. Antes que ele possa se recuperar, fecho meu punho e reúno força suficiente para acertá-lo. O golpe resvala contra o lado de sua cabeça, deixando-o visivelmente atordoado.

— Escroto, escória! Pedaço de merda — grito, e Jared me puxa de volta. — Saia, saia daqui.

Jared o empurra. George apenas me observa. Por um momento, a ideia desse indivíduo estar com meu pai passa pela minha cabeça.

— Vá antes que Gael venha com a polícia — ameaça Jared enquanto George recua. Esse é o sinal de que ele não sabe que papai está desaparecido. — E não volte.

— Eu vou arrancar seus olhos. Eu vou matar você, canalha. Saia!

Eu o vejo ir. Gostaria que ele sentisse um pouco da dor que Anastasia sente desde aquele dia em que foi tão humilhada e usada. Mandá-lo para a cadeia nem parece ser uma punição justa. Ainda que eu não seja ninguém para aplicar punições, tenho sentimentos incontroláveis que demandam o sofrimento dele.

— Eu o odeio, odeio, odeio — murmuro repetidamente. Então, congelo. — Já vi esse homem antes, Jared. Não sei onde, mas já vi.

Pesquiso em minha mente. Preciso lembrar onde eu o vi. Estou muito frustrada.

— Boneca, vamos nos concentrar nos objetivos. Sei que você está chateada agora, mas precisa resolver as prioridades. Gael é o principal, mas já estão procurando por ele. Então, qual é sua segunda?

— Minha mãe.

— Então vamos para a casa de sua mãe.

Eu concordo, devagar. Não acredito em palpites ou pressentimentos. Mas justo agora sinto algo amargo no estômago que não consigo definir. Isso me deixa insegura.

— Esta merda só piora — praguejo. Os dedos da mão de Jared se entrelaçam aos meus.

— Ainda estou aqui e sempre estarei. Talvez isso resulte em mais merda. Mas vou continuar aqui, boneca, sempre estarei aqui.

Origem Sete

O silêncio e os desenhos de Anabell

Anastacia. Sete anos de Anabell.

— Você não quer dizer alguma coisa para mamãe? — pergunto, tentando mais uma vez.

Minha filha apenas me observa, nem balança a cabeça. Anabell sempre foi uma garota faladora e com muitas perguntas para fazer, mas agora é apenas silêncio. Muito silêncio.

Ela abaixa os olhos para as minhas roupas manchadas e estremece antes de abraçar a si mesma.

— Por favor, querida, fale com a mamãe — imploro.

Anabell olha para os pés. Eu respiro fundo, me forçando a não chorar. Perdi minha irmã mais nova e agora estou perdendo minha filha. Não posso passar por duas perdas em tão pouco tempo.

Anabell não fala há duas semanas, desde que Analise morreu naquele lago. Eu me recuso a perdê-la também.

— Você sabe que pode falar com a mamãe, certo? Eu não estou zangada com você, por favor, diga alguma coisa, Bell.

O grito da minha mãe nos assusta. Não é a primeira vez, eu sei o que vem a seguir. Ela começa a chorar e a gritar, e sinto meu coração ficar cada vez mais apertado ao pegar Anabell e abraçá-la. Ela não se move, mas me deixa segurá-la.

— Mamãe está sempre aqui, Bell.

— Minha menina! Por favor! Traga Analise. — Os gritos de minha mãe continuam. — Por que salvaram aquela garota inglesa? Por que não salvaram a minha Analise? Por quê?! Eu a quero fora daqui! Eu a odeio!

Anabell estremece em meus braços. Neste momento eu gostaria de nunca ter ensinado russo a minha filha. Gostaria que ela nunca tivesse ouvido isso, porque agora a vejo reagir pela primeira vez em duas semanas. Suas lágrimas molham a minha camisa enquanto ela chora em silêncio.

— Não é sua culpa, Bell — murmuro, abraçando-a com força.

Gael aparece e vem até nós. Meu marido sempre foi um homem expressivo e sensível. Não é difícil perceber que está chorando há muito tempo. Acho que todos nós temos a nossa parcela de culpa. Sei que Gael acha que poderia ter feito mais.

Ele se inclina em nossa direção, beija minha testa e depois a cabeça de Anabell, que se enrola em mim.

— Acho que é hora de ir para casa, Anastasia.

— Eu sei — concordo, derramando minhas próprias lágrimas.

— Mas eu quero deixar algo claro — murmura ele. — Anabell e eu não vamos mais voltar aqui.

Eu respiro profundamente abraçando minha filha com mais força.

— Isso eu também sei. Nós não vamos voltar.

— O que o psicólogo disse? — pergunta Gael, beijando minha bochecha brevemente e olhando de soslaio para Anabell, que pinta um livro de desenhos.

— Esta foi apenas a primeira sessão, não dá para saber ainda o que acontece com Anabell. Mas isso, de acordo com o que expliquei, pode ser um trauma do que testemunhou — respondo, cortando alguns legumes. — Durante a hora e meia que esteve no consultório, o psicólogo disse que ela não falou, mas que fez dois desenhos especialmente para ele.

— Ela é doce — murmura Gael, sorrindo para Anabell. — Gostaria que nunca tivesse passado por algo assim.

— Já são dois meses sem falar, Gael, isso não é normal. Estou muito preocupada.

Ele suspira e passa a mão pelo cabelo. Toda noite eu choro. Lamento a perda da minha irmã, a separação da minha família e sinto que minha filha não é mais feliz.

Em questão de minutos, naquele lago, perdi a metade da minha vida que havia sobrado desde George. Agora sinto um grande vazio, que me consome pouco a pouco.

Às vezes me odeio quando não tenho paciência para lidar com o silêncio de Anabell, quando me sinto exasperada por ela não me dar respostas e grito, fazendo-a chorar. Nesses momentos eu me sinto como um monstro, porque uma parte de mim gosta disso, como se essa parte se apegasse à culpa pelo que aconteceu.

Esses sentimentos me assustam, porque é minha filha, alguém que amo. Eu não quero me sentir assim.

Mas sei que, mesmo que não queira, pouco a pouco tudo está mudando.

— Sua mãe ainda não fala com você?

— Minha mãe me odeia. Ela me odeia por não ter salvado Analise. — Respiro fundo. — Para ela, eu salvei a garota errada.

— Você acredita nisso? — pergunta Gael, buscando meus olhos. Eu não olho para ele, sinto meus lábios tremerem. — Você acredita nisso, Anastasia?

— Eu só... só queria poder ter salvado as duas. Se Bell tivesse mencionado que ela não era a única a cair no lago, talvez houvesse tempo de voltar para buscar Analise e salvá-la.

— Ou talvez não, Anastasia. Nada garante que os resultados não seriam os mesmos.

— Eu só quero ouvi-la de novo me chamando de Tasia. Quero vê-la crescer, quero ver aquele doce sorriso. — Sinto uma lágrima cair. — Quero cumprir minha promessa, Gael. Prometi que, quando ela crescesse, viria morar comigo, mas agora ela não está aqui. Não posso concretizar o seu sonho. Isso me mata.

Quando começo a chorar, Gael me abraça com força enquanto murmura algumas palavras para mim. Analise tinha um mundo cheio de futuros, de felicidade, de memórias e, talvez, de desgraças, mas tinha uma vida. Algo que agora não tem mais.

— Não vai parar de doer, Anastasia, mas devemos continuar.

— Eu não posso... Não quero.

Gael continua me abraçando por um longo tempo, até tomar meu rosto em suas mãos, pressionando seus lábios brevemente nos meus.

— Eu te amo, você é minha metade. Enquanto eu tiver você e Anabell, posso seguir em frente. Espero que nós também sejamos suficientes para você.

— Eu também te amo.

Gael me dá outro beijo e se vira para Anabell com um grande sorriso.

— Menina russa! Mostre ao papai o que você está desenhando.

Anabell sorri e estende seu caderno de desenhos para Gael, que finge se impressionar.

— Bem, este deve ser o cachorro mais legal que eu já vi alguém desenhar — elogia. Anabell nega com a cabeça. — Não é um cachorro?

Anabell volta a negar com a cabeça e aponta. Gael ri com gosto.

— Oh, me desculpe, minha menina russa, que bobo. Tem razão! Este não é um cachorro, esse é o meu retrato. Você é uma artista! É o papai, certo?

Anabell acena com entusiasmo antes que Gael a pegue em seus braços e estale um beijo em sua bochecha.

— Essa é minha menina russa.,

Paro de folhear minha revista no sofá para perceber que Anabell, no chão, parece muito focada em seu desenho. Eu fecho a revista para me concentrar nela.

— O que você está desenhando, querida?

Anabell não se mexe nem olha para mim. Durante quatro meses, pelo menos, ela não falou, mas geralmente responde de forma expressiva. Desta vez, continua a desenhar. Franzindo a testa, levanto-me para ver o que desenha, mas ela esconde o caderno com o seu pequeno corpo.

— Deixe-me ver esse desenho, Anabell.

Anabell nem me olha, então eu me imponho e pego o caderno. Ela reclama, se levanta e começa a chutar.

Anabell nunca faz birras, pelo menos não com frequência. Teve esses rompantes pelo menos cinco vezes desde o acidente, e são sempre comigo. E então vem o olhar que ela me dá agora. Aquele com os olhos semicerrados em lágrimas, como se me detestasse, como se odiasse o que eu faço e não quisesse ficar comigo.

Esse olhar parte meu coração.

— Não faça birra, Anabell — exijo com minha voz de mãe autoritária. Seu rosto fica vermelho enquanto seu olhar se intensifica. — Não olhe assim para mim.

Eu olho para o caderno e imediatamente o solto, em choque.

— Por que você desenhou isso? — Anabell apenas me observa. — Anabell Brown Kabakova! Diga agora por que você desenhou isso.

Ela continua me observando, sem tirar os olhos de mim, e esse olhar de desprezo desperta em mim o que lutei tanto, por meses, para esconder: o desconforto em relação a minha filha.

— Escute aqui! Você não pode nunca desenhar isso. É atroz, cruel e desnecessário — grito. — Você quer me machucar? O que está acontecendo com você? Meu Deus, fale!

Recolho o caderno, analisando o desenho assustador de uma boneca com cabelo loiro no chão. A folha inteira está cheia de vermelho, como sangue. Não é preciso ser um gênio para perceber quem é a boneca loira.

Eu arranco a folha e rasgo. Anabell assiste.

— Não volte a desenhar algo assim! — grito novamente, eu me aproximo e seguro seus braços, sacudindo-a. Seu silêncio só me deixa louca. — Diga alguma coisa! O que você quer?

Jogo o caderno em algum lugar e agito Anabell mais uma vez. Seu pequeno corpo começa a tremer e lágrimas caem. Eu a solto e levo alguns segundos para me recompor.

Horrorizada, olho para as minhas mãos e busco rapidamente o seu caderno. Ao encontrá-lo, estendo para ela. Sua pequena mão trêmula o recolhe enquanto chora.

— Sinto muito, amor. Desculpe-me, eu sinto muito — lamento, começando a chorar também. — Eu não queria... Ah, Deus! Sinto muito.

Subo apressadamente as escadas e me tranco no meu quarto, apesar de algo me lembrar que tenho uma filha sozinha no andar de baixo, chorando e com dificuldades para falar.

Eu estremeço. Por favor, não me deixe levar por maus sentimentos. É meu bebê, é minha filha.

Sei que Anabell nem sempre me vê com amor, com aquele olhar que às vezes me dá. Eu não sei o que acontece. O que há de errado com minha família?

Eu me dirijo à gaveta com fotos e pego uma em que Anabell está em um canto, chorando.

Ela estava sorrindo. Tinha sido dois meses após partida de Analise. Assim que peguei a câmera, ela caiu no chão abraçando os joelhos. Eu viro a foto e começo a chorar lendo o que escrevi em um momento sombrio, em que me senti um perfeito monstro.

Hoje você tirou a minha felicidade. Você não é mais a minha Bell, não é mais a minha filha. Você tomou parte do meu coração. Eu não posso te ver com os mesmos olhos.

Por que você? Por quê, Anabell?

Você devia ser luz, não escuridão.

Você não é o que eu queria, nunca será o que eu quero.

Não posso te ver do mesmo jeito que via antes. Tiro a venda e enquadro esta cena em que suas lágrimas não representam nem um pouco da dor que eu carrego.

Você não é minha menina russa, você não é minha Bell.

— O que há de errado comigo? — murmuro, lendo o que eu mesma escrevi.

Talvez eu deva contar a Gael que não consigo evitar me sentir dessa maneira sobre Anabell. É como se algo tomasse conta dos meus pensamentos. Não posso controlá-los. Tenho medo de enlouquecer, e um desses medos começa a machucar a pessoa que trouxe felicidade para minha vida.

— Por favor, não me deixe enlouquecer — imploro ao nada. — Não me deixe fazer coisas ruins com minha filha. Por favor!

Capítulo 31
Não se vá

Anabell

— Estou nervosa com o que pode acontecer — comento. Jared desliga o carro.

— Bem, estamos juntos nisso. Talvez devêssemos ter trazido uma pá para bater na sua avó.

— Isso contaria como maus-tratos a alguém da terceira idade. Você poderia ser preso.

— Como a vida é injusta — murmura e sai do carro. Eu o sigo e me alongo. — Ei! Você parece tensa, talvez precise de uma rodada de sexo.

— Boa tentativa, Jared — digo, acariciando seu peito. Ele ri e toca a minha bunda.

— Você me deixa tão louco que, mesmo em um momento como este, penso em te despir.

— Vai começar a falar sacanagem comigo?

— Quer que eu fale sacanagem com você? — propõe, e aperta minha bunda novamente. Eu rio e retiro sua mão.

— Pervertido. Vamos nos concentrar em nossa missão.

Jared faz uma careta engraçada antes de se inclinar e me beijar.

— Muito bem, mãos à obra — anuncia, caminhando em direção ao jardim. — Por onde você entrou na última vez que veio?

— Pela janela da cozinha.

Ele balança a cabeça e me segue. Ao chegar na janela, solto um palavrão: está fechada. Calena só dificulta minha vida.

— Não tem outra janela?

— Tem, mas, se ela fechou esta, provavelmente as outras também. Faz sentido que, desde pequena, eu a chame de bruxa. Ela é uma bruxa completa. E uma cadela completa também.

— Minha namorada é tão carinhosa com a avó. Tão singela.

— Está procurando alguma coisa, Anabell? — pergunta uma voz seca com sotaque conhecido.

Jared e eu nos viramos para encontrar Calena. Eu levanto minhas sobrancelhas. Ela está vestida elegantemente, até mesmo usando um colar de pérolas. Talvez minha mãe não seja a única a enlouquecer.

— Querida avó — saúdo com um grande sorriso. Ela retribui.

— Que bom você ter vindo nos visitar, querida. Mas não entre como uma intrusa. Use a porta.

— Claro, vovó. Especialmente considerando que é a minha casa, não a sua — ouso dizer. Seu sorriso falha por um segundo, mas ela o mantém. Louca.

Calena perscruta Jared com seus olhos verde-claros, assim como os de mamãe e os meus. Ele abre um sorriso que parece dizer "sou cem por cento confiável" que quase me faz rir.

— Boa tarde, sra. Calena. Não pudemos nos apresentar adequadamente da última vez. Eu sou Jared, namorado de Anabell. É um prazer conhecê-la.

— Eu não gosto de ingleses. — É tudo que ela diz, com o queixo erguido. Ao menos o que ela sabe de inglês ajudou-a a entender e respondê-lo grosseiramente. Então, volta a olhar para mim. — Sigam em frente.

Calena se vira e caminha para a entrada da casa. Jared e eu nos entreolhamos. Aceno com a cabeça e a sigo. Talvez eu esteja entrando na boca do lobo.

Assim que coloco um pé dentro da minha casa, um calafrio me percorre. Percebo um cheiro não muito forte, mas um pouco desagradável. Não consigo me sentir muito bem, é como um leve cheiro que vem pouco a pouco, mas revira o estômago.

Eu a sigo até a cozinha. Jared observa tudo ao redor. Nunca imaginei que a primeira vez que Jared entraria em minha casa formalmente, e não escondido para fazer sexo, seria seguindo a louca da minha avó para resgatar minha mãe. Pode me chamar de a namorada menos normal que Jared certamente já teve. Não, melhor não, esse título deixo para Jocelyn.

Eu a vejo se aproximar do bule. Todos os seus movimentos parecem controlados. O silêncio que abunda na casa é arrepiante.

— Onde estão Kattia e tia Katerina? — pergunto, quebrando o silêncio.

— Você quer chá? Eu odeio costumes ingleses, mas o chá não é tão desagradável.

— Não, nós não queremos. Fiz uma pergunta.

— Eu não mando na vida dos outros, Anabell. — É tudo que Calena me responde, pegando uma xícara da bebida para ela e sentando à minha frente.

Esta mulher é linda. Nem sequer parece ter 62 ou 63 anos, não sei exatamente. Calena parece jovem, forte e com vitalidade. E me detesta. O desconforto com a minha presença transparece em seus olhos.

Eu me volto para Jared.

— Eu havia me esquecido de que você precisa ir ao banheiro, Jared. Pode ir enquanto falo com a minha avó.

— Ah, claro. Já volto.

Jared é um homem inteligente. Acho que ele entende que eu quero que ele verifique a casa e leve minha mãe para fora. Volto meus olhos para Calena, que me observa atentamente.

— Tão estúpida quanto sua mãe para se apaixonar por um homem inglês.

— Em minha defesa, Jared tem um pau muito grande.

— Criança vulgar — sibila, perdendo os nervos. Eu sorrio.

— Bem, todo mundo sabe como os bebês são feitos e, como você teve três, acho que sabe muito sobre sexo.

— Eu tive três filhas, e você tirou uma de mim...

Respiro fundo. Deve ser a primeira vez que Calena me diz isso diretamente. Pelo menos é a primeira vez em que me lembro.

— Não tirei sua filha de você. Apesar de tudo que você pensa de mim, eu não sou uma assassina.

— Você é. Minha pequena morreu por você.

— Eu não a matei! — exclamo. — Foi um acidente, porra. Não a empurrei ou o que quer que você pense para me culpar. Eu lamento, tá bom? Não consigo imaginar como é perder uma filha, não posso dizer que entendo sua dor. Mas eu não a matei. Eu a amava.

— O primeiro erro da sua mãe se chama Gael e o segundo tem o seu nome. Você só serviu para arruinar a minha vida, minha felicidade. Perdi Anastasia para o seu pai, e você tirou Analise de mim.

— Você nunca cuidou dela. Nunca foi gentil com ela. Será que todo o ódio que reflete em mim é o ódio que sente de si mesma por ter sido uma mãe ruim?

— Cale a boca!

— É isso, não é? Você se arrepende porque era uma mãe ruim que nunca cuidou dela. Nunca se preocupou, não era carinhosa. Papai não tirou a mamãe de você. Ele a amava e a ajudava a ser livre, a quebrar as correntes que a prendiam. Você quer que todos ao seu redor sejam tão infelizes e miseráveis quanto você.

— Não consigo olhar para a sua cara. Você é um demônio.

Eu me levanto, ela também. Seu rosto é sério e inescrutável.

— Eu vou até a minha mãe. Você só tem algumas horas para sair da minha casa ou eu vou te expulsar.

Dito isso, começo a andar em direção às escadas, mas o riso dela me faz parar e virar. Parece alguma piada interna.

— Você teve seu pai, mas não tinha a sua mãe. A ironia é que agora você terá sua mãe, e não seu pai.

— O que você fez? — pergunto com os olhos estreitados em direção a ela.

— Nunca gostei de você. Você não tirou uma filha de mim, Anabell, você tirou duas delas. Você é o erro desta família, uma desgraça.

— Ah Jesus! O que você fez?! — grito antes de subir as escadas.

Paro abruptamente no início do corredor porque o cheiro é horrível. É um odor forte que faz meus olhos lacrimejarem. Cheira a carne... Carne decomposta.

— Ah, Deus, não! — grito mais uma vez, começando a abrir as portas uma a uma.

Primeiro abro o quarto de visitas. Está um caos, mas não há nada. Continuo pelo meu quarto e paro quando o cheiro fica mais forte, vindo do quarto de Kattia. Deus, não. Eu a detesto, mas não quero pensar no pior.

Abro a porta devagar. Os lençóis estão desfeitos, o chão, sujo. O cheiro é fortíssimo, mas não há vestígios. Não entendo de onde ele vem. Dou um passo à frente e depois mais alguns até entrar no quarto.

Meus olhos lacrimejam. Cubro meu nariz com a parte de baixo da minha camisa, o cheiro é insuportável.

— Não — murmuro para mim mesma e viro para o lado. Então vejo dois pés e olho para cima. Solto um grito como nunca antes em minha vida. — Não, não, não!

Eu me sinto enjoada, não sei se pelo que vejo ou pelo cheiro. Talvez os dois. Lágrimas descem no meu rosto ao olhar em volta.

— Não, não, não! Por quê?!

Pego um banquinho e subo nele tremendo, tentando alcançar a corda feita com o lençol. Choro ainda mais quando meu rosto está na altura do seu pescoço. Um pescoço pálido. Cheira a putrefação total.

Está morta. Agora entendo o que Calena quis dizer sobre eu não ter tirado apenas Analise dela. Levanto minhas mãos, tentando alcançar o nó em volta do seu pescoço. Tento me forçar a não vomitar, a me segurar para libertá-la.

— Maldita seja! Merda! — grito, frustrada.

Começo a rasgar o lençol em volta do seu pescoço com as minhas unhas. Sinto-as quebrar, mas não consigo nem sentir dor. Sangue flui da carne maltratada dos meus dedos, mas não paro.

Quando consigo rasgar o lençol, o corpo cai sobre mim, tirando o meu equilíbrio e me fazendo estatelar no chão. Fico desorientada por breve momento com a queda. Sinto um peso sobre mim.

Olho para cima e grito outra vez. O corpo frio está sobre mim.

— Não! Não! Não! — grita minha mãe com a voz rouca, parada na porta. Atrás dela está Jared, que cobre o rosto com parte de sua camisa. Seus olhos estão arregalados, e ele está pálido. — Não, por favor, não!

Não posso me mover para retirar o corpo de cima de mim. Eu só consigo derramar lágrimas enquanto minha mãe entra descalça no quarto.

Mamãe pega o corpo e remove o cabelo do seu rosto. Ela não dá sinal de perceber o cheiro ou a roxidão que certas áreas do corpo têm.

Parece que a cena já aconteceu. É como reviver a morte de Analise.

— Não, por favor. Eu já perdi Analise, não quero perder você também. — murmura mamãe e abraça o corpo. — Abra seus olhos, por favor, abra seus olhos.

Jared entra no quarto, observando o lençol rasgado no chão, e fica próximo a mim. É impressionante demais.

— Por favor, irmã, abra seus olhos. Por favor — implora mamãe. — Katerina, abra! Por favor, não me deixe!

Sei que os pedidos da mamãe não surtirão efeito. O cheiro e a aparência de seu corpo dão a entender que faz um tempo que ela se enforcou.

Eu não posso acreditar que o corpo que mamãe agora abraça com força enquanto balança para frente e para trás é o de tia Katerina.

— Anabell, já temos sua mãe. Isso parece mais sério do que imaginamos. Temos que ir — diz Jared, de pé. Quando ele se aproxima da minha mãe, ela grita.

— Não! Não me toque! Eu não vou sair daqui! Ela está bem, minha irmã está apenas dormindo.

— Mãe, levante-se! — ordeno e, como ela não obedece, eu a seguro pelos braços, forçando-a a se levantar.

Suas unhas arranham meus braços enquanto ela grita, pedindo para ser solta. Um tapa atinge meu rosto e, em seguida, as unhas se cravam no meu pescoço.

Isto é um pesadelo. O pior dos pesadelos.

Estou atordoada. Mamãe volta ao chão para pegar o corpo de tia Katerina. É horrível, seus olhos estão abertos e vazios, seus lábios, roxos. Eu viro para o lado. Não posso vê-la, não assim.

— Eu não vou perder outra irmã. Ela está viva!

— Ponha-se de pé agora mesmo, Anastasia — ordeno, gritando.

— Não está morta! — grita ela, parecendo enlouquecer. — Merda! Gael! Gael!

Jared e eu nos entreolhamos. Eu corro minhas mãos pelo meu rosto.

— Gael não está aqui. Levante-se! — ordeno mais uma vez.

— Gael está. Ele sempre está. Ele veio por mim. Ele está aqui. Gael! Gael!

Estou prestes a gritar com ela novamente, mas noto algo enrolado em seu pulso. Uma gravata, a gravata que papai usou na última vez que o vi.

Curvo-me e tento remover a gravata do pulso dela, que me empurra com força, cravando as unhas em meus braços. Acho que não me reconhece mais.

— De onde tirou isso?

— Gael, Gael deu para mim. Ele veio por mim, ele vai me levar com a minha Bell, com minha filhinha. Com a minha filha.

Dizer a ela que eu sou sua filha não vai ajudar. Sinto uma dor no peito. Ela enlouqueceu.

— Onde está o Gael? Onde ele está esperando por você?

— Chá, ele está tomando chá com a senhora que cuida de nós. Ela é uma boa russa.

— Calena — murmuro e me levanto. — Temos que encontrar o papai.

— Anabell, vou procurá-lo...

— Não, Jared, eu conheço a casa. Fique com a mamãe, tente separá-la do corpo. — Engulo em seco, tentando ignorar o cheiro. — Vou procurá-lo.

— Não mesmo, eu…

Antes que ele termine a frase, deixo o quarto. De repente me detenho diante de uma pergunta. Onde está Kattia?

Balanço minha cabeça procurando por ambos. Entro no quarto dos meus pais, está tudo em ordem. Olho ao meu redor e verifico o banheiro.

Saio do quarto e noto algo no carpete. Sangue.

— Em que mundo minha avó se tornou uma psicopata? — sussurro em uma voz trêmula. — Pai! — grito, andando pelo longo corredor. Ouço o que parece ser um grito que me faz parar em frente a um banheiro que nunca usávamos. — Papai!

— Uh! — Alguém parece gritar.

Tento abrir a porta, mas, claro, está trancada. Eu chuto a maldita porta, e é óbvio que não tenho forças para derrubá-la.

Tateio o meu cabelo despenteado, mas descubro que não tenho um grampo. Então eu tiro um dos meus brincos.

Só quando tento inserir a ponta do brinco na fenda da fechadura noto que meus dedos estão tremendo. Não vou mentir, estou aterrorizada, atormentada e alerta.

— Anabell… Venha com a vovó…

Sinto um calafrio. O brinco cai da minha mão. Porra, essa velha é louca. Eu me inclino para pegar o brinco novamente. Por favor, porta, abra.

— Anabell, não deixe a vovó esperando.

— Ah, merda! Por favor, abra! — choramingo.

Nós não estamos falando de uma mulher idosa indefesa. É uma mulher enlouquecida, com força e jovialidade, e que me odeia. Presto atenção aos passos de Calena na escada e em sua voz me chamando. Quando consigo abrir a porta, quase grito de felicidade.

Adentro a escuridão do banheiro. Tiro meu celular do bolso e me deparo com meu pai rosnando com um lenço dentro da boca.

Parece fora de si. Ele tem sangue seco ao redor da testa, um olho machucado e está incrivelmente pálido. Há quanto tempo ele deve estar preso aqui?

— Papai — digo. Eu me ajoelho e tiro o lenço de sua boca.

— Ela é louca, Calena é louca. — É a primeira coisa que ele diz quando começo a desamarrar as suas mãos e depois os tornozelos. Quando está livre, ele me abraça, bem fraco. — Pensei que nunca mais veria você.

— Ah, pai! — choramingo. — Precisamos ir.

Papai acena com a cabeça, mas, quando tenta se levantar, cai. Ele está muito fraco.

— Não, eu não comi e nem bebi nada — diz. Ele não pode andar, não tem forças.

— Há quanto tempo está aqui? — questiono, enchendo um recipiente com água da pia.

— Desde... desde o dia em que estava indo para a reunião. Queria ver se Anastasia estava bem. Calena agiu normalmente. A última coisa que sei é que eu abracei sua... sua mãe, e alguém bateu na minha cabeça.

— Você não tem forças para andar — digo, exasperada. — Eu vou procurar Jared, fique aqui.

Eu estendo meu celular para ele com as mãos trêmulas.

— Ligue para a emergência e para a polícia.

— Diga que Anastasia está bem, por favor. Diga que sua mãe está bem.

— Ela está viva. — Isso é tudo que digo. Não posso dizer que ela está bem. Mentalmente ela não está.

Eu acho que meu pai está desorientado o suficiente para não perceber que está me deixando ir sozinha. Pelo menos ele parece seguir minhas instruções e liga para a polícia.

Deixo o banheiro, apavorada com o silêncio. É arrepiante.

Cada passo que dou é vacilante. Eu olho ao meu redor, talvez esperando que ela pule em mim a qualquer momento.

Não quero mais mortes. Nunca mais poderei ver esta casa, na qual vivi toda a minha vida, da mesma maneira.

Volto ao quarto de Kattia, onde deixei Jared e minha mãe. Parece uma eternidade. Ao chegar, meu sangue congela diante da visão que tenho.

— Jared! — grito, tentando avisá-lo. Ele se vira e seus olhos se arregalam. Sua boca se abre em um grito silencioso quando minha avó o acerta.

— Eu não gosto de ingleses — sussurra e o empurra para trás, fazendo-o cair no chão. Uma mancha avermelhada surge e se expande na lateral de sua camisa.

Este é o pior pesadelo. Mamãe não percebe nada, apenas balança de um lado para o outro. Calena levanta a faca e limpa o sangue em sua elegante saia. Depois, sorri para mim.

— Viu como você faz todos ao seu redor morrerem? Agora é a vez do seu namorado.

Acho que poderia desmaiar. Jared nem sequer está se movendo. A mancha de sangue em sua camisa aumenta ainda mais.

— Você tirou duas filhas de mim, Anabell. Duas. Você precisa ser punida.

Eu a vejo se aproximar de mim. Meu instinto de sobrevivência ainda está desperto, pois começo a recuar. No entanto, meus nervos, o choque e o horror me fazem cair enquanto ela se aproxima.

Ah, meu Deus, Jared! Por favor, aguente firme!

Rastejo para trás. Poderia ser um maldito filme de terror clássico, exceto que não está chovendo, não é noite e o assassino louco é a minha avó.

— Você não quer fazer isso — digo, levantando e dando passos para trás.

— Está errada. Eu quero muito fazer isso.

Calena corre na minha direção gritando. Eu seguro seus braços. Se eu sair desta viva, espero nunca, mas nunca mais ver uma faca tão perto da minha garganta.

Não sei se estou fraca por conta de tudo que vi, mas a força dela é impressionante. Avós não deveriam ter essa força, especialmente uma assassina como a minha.

— Você esfaqueou meu namorado — murmuro.

— Na verdade, o correto é "você matou meu namorado".

— Deus, você está louca!

A ponta da faca resvala sob o meu queixo. Sinto um líquido escorrer e uma sensação de ardência percorre o meu pescoço. Não deve ser uma ferida grave. Ela me empurra de volta.

Eu só posso pensar que, se esta mulher me matar, irá atrás do papai e as chances de Jared sobreviver serão reduzidas a zero. Calena poderia matar até a própria filha. Afinal, ela é louca.

— Você matou minha filha.

— Não a matei! Acredite em mim!

— Não quero acreditar em você. Eu te odeio tanto que só vou me sentir em paz te matando.

— E você ainda diz que a endemoniada sou eu — insisto, empurrando-a para longe e tentando escapar, mas eu a sinto puxar o meu cabelo.

Calena se agarra ao meu corpo pelas costas mas, antes que possa cortar meu pescoço, eu derrubo a faca e consigo chutá-la para longe. Seu braço sobe até a altura do meu pescoço e começa a pressioná-lo para me sufocar.

O pior dia da minha vida.

Pressiono meus cotovelos para trás e a empurro com força. Sinto que me libertei quando ouço seu grito. Eu me viro a tempo de ver seu corpo cair no piso inferior.

Eu a fiz passar pelo corrimão.

Estou horrorizada ao ver seu corpo em um ângulo estranho no chão. Há sangue ao redor dela.

— Merda. — É tudo que eu digo. Passo a mão sob o meu queixo, onde o sangue escorre.

Não sei se ela está morta, mas uma parte de mim se sente aliviada com a ideia.

— Jared — lembro, correndo de volta para o quarto de Kattia.

Mamãe ainda abraça o corpo de Katerina. Eu me inclino para Jared. Sua camisa está mais vermelha que azul.

— Ah, querido! — sussurro, levantando sua camisa. Seu torso está coberto de sangue. Seus olhos estão fechados. Ele apresenta uma palidez desumana e seus lábios estão roxos. — Jared, desculpe, desculpe. Não faça isso comigo. Abra os seus lindos olhos azuis.

— Gael virá e...

— Maldita seja! Cale a boca, cale a maldita boca, Anastasia — grito. Sei que ela está mal, mas seu divagar só me deixa doente. Dos lábios de Jared surge um fio de sangue. — Não, não.

Não pareço muito diferente da minha mãe ao abraçar o corpo de Jared contra o meu. Até mesmo o calor do seu corpo é fraco. Eu tomo seu pulso na região do pescoço: quase nulo.

Eu sei que papai ligou para a polícia e para a emergência, mas quanto tempo vai demorar?

Pode ser tarde demais quando chegarem.

— Eu amo você, eu amo você... Abra seus olhos Jared, abra-os... Você sobreviveu a sua ex-namorada louca, por favor, sobreviva a minha avó louca. Não me deixe, não somos casados, mas você me faria viúva. Por favor, não quero perder mais ninguém. Não quero te perder, amor. Abra seus lindos olhos. Vou tirar todas as fotos que você quiser. Vou te mandar uma a cada hora, seja qual for. Mas não se vá.

Nada acontece, exceto que o corpo de Jared fica cada vez menos quente. Alguns minutos depois, ouço as sirenes da polícia e da ambulância. Eu quero silenciar esta voz na minha cabeça que diz que, para Jared, já é tarde demais.

Capítulo 38
Tempo

Anabell

Eu sei que sempre desejei que Kattia passasse por uma grande dor, que, de certa forma, compensaria o dano que me causou. Mas este não era meu desejo, não era isto que quero.

Era demais.

Nem sequer consigo manter meus olhos nela pelos trinta segundos em que ela chora, no chão. Se meu pai não a segurasse, tenho certeza de que se afundaria no mesmo buraco onde o ataúde desceu. O caixão da tia Katerina.

Eu me abraço. Ela era minha tia. Não a via com a mesma frequência de quando era pequena, mas agora todas estas lembranças me vêm à mente. Sinto mais dor.

A dor de não poder mais vê-la sorrir, ou dizer-lhe que a atitude de Kattia não é culpa dela, de não poder mais pentear seu cabelo alaranjado como eu fazia quando era pequena. Tudo vai ser apenas isto: memórias.

Eu não quero nunca saber o que é perder uma mãe, independentemente de ser boa ou não. Mas só preciso fechar meus olhos e lembrar que já perdi alguém.

Sinto os braços de Dina em volta de mim. Sei que é ela porque sinto seu cheiro de baunilha, e Jessie está do meu outro lado. São minhas irmãs. Não de sangue, mas irmãs, afinal.

— Kattia está realmente sofrendo — digo com voz rouca. Minha garganta está tão irritada que minha voz falha. — Ela perdeu a mãe.

— Isto é tão triste, Anbe — murmura Dina e me abraça mais forte.

Eu olho ao redor. Há apenas dez pessoas. Ninguém conhecia tia Katerina neste país. Gostaria que houvesse mais pessoas que, assim como eu, guardariam memórias dela. Espero que as nossas memórias sejam suficientes para honrá-la.

Dina deposita uma linda flor na minha mão, que eu jogo sobre o caixão. Papai continua sussurrando palavras para Kattia, mas ela apenas balança a cabeça enquanto seu corpo treme. Eu sei o que sente: culpa.

Sente-se culpada por não ter sido uma filha amorosa, atenciosa e compreensiva. Kattia sempre censurava Katerina por não ter pai. Suas duas maiores culpas devem ser, em primeiro lugar, ter seguido as ideias de Calena e, em segundo, não estar com a sua mãe para impedi-la de acabar com sua vida.

Kattia não diz onde esteve, mas o que deve lhe corroer é o fato de que não estava lá, que não pôde evitar. Talvez passe pela sua cabeça que tia Katerina não gostava dela.

Eu não a culpo por esses pensamentos. Tenho empatia, na verdade. Pela primeira vez, sinto a necessidade de não querer vê-la sofrer dessa maneira. Não quero dizer que esqueci toda a merda que ela jogou em mim. Só estou vendo seu lado humano em um momento ruim, que ninguém deveria passar.

Hoje dou uma trégua para não fazê-la se sentir mais infeliz do que já é. Porque uma coisa é certa: se dói hoje, dois dias após a sua partida, amanhã vai doer ainda mais, quando finalmente perceber que é verdade, que sua mãe não está mais aqui.

Quando o padre termina a pequena cerimônia, eu me retiro com Dina e Jessie. Papai ainda tenta consolar Kattia. Gael é um bom homem, ele a ama e ainda enxerga em Kattia a garota ciumenta que só queria atenção.

Mesmo que o sol não esteja totalmente exposto, sinto que os raios de luz machucam meus olhos irritados. Estou chorando há muito tempo. Há exatamente dois dias.

— Odeio toda essa merda — reclamo, derramando lágrimas. Este deve ser o ano em que mais chorei na minha vida. — Preciso do abraço dele, preciso que esteja comigo para me dizer que vou ficar bem. Mas ele não pode, porque não está aqui.

Jessie e Dina me deixaram dizer o que eu estava segurando com tanta força. Dói muito. Sinto que estou me afogando.

— Não queria ter arruinado a sua vida, Jared...

— Você não arruinou a vida dele, Anab.

— Não, mas é assim que me sinto agora que ele não está comigo. Eu só espero que aquela velha desgraçada apodreça.

Limpo minhas lágrimas, por mais que eu queira continuar chorando. Há tanto acontecendo que posso chorar por toda a vida se não parar agora.

— Você não perdeu tudo, Anbe.

— Então por que me sinto assim? — questiono.

Um cara loiro se aproxima de mim.

Eu não tenho ânimo de lembrar por que odeio Dylan, mas sou inteligente o suficiente para reagir quando ele me abraça e me puxa para si. Além de meus amigos e meu pai, há apenas uma pessoa de quem eu preciso de um abraço agora, e ele não está aqui. E isso está me matando.

— Posso estar ferrada, com muitos problemas e uma tristeza maior do que você pode imaginar, mas não me abrace, Dylan. Você está na lista de pessoas que eu não quero abraçar agora ou em qualquer outro dia.

— Ana...

— Por que não vai confortar Kattia? — pergunta Jessie, levantando o queixo. — É ela quem você fode. Ao menos uma vez mostre alguma compaixão pela vagina onde você coloca a sua miséria.

Se fosse em outra ocasião, estou certa de que teria rido das palavras de Jessie. Ela parece se tornar mais criativa a cada dia que passa.

— Jessie, gostaria de falar com a Ana, não com você.

— As pessoas querem muitas coisas, Dylan. Você não vai falar com Anabell. Para você é Anabell — intervém Dina, estreitando os olhos. É difícil para Dina parecer intimidadora, mas ela tenta. — Vá embora. Não é um bom momento, e parece absurdo querer falar com ela justo agora.

— Você acha que, só por que eu estou vulnerável, vou ser uma idiota e ficar caidinha por você novamente? Não importa o que aconteça, mesmo que Jared não esteja aqui. — Eu respiro fundo. — Nunca voltarei com você. Eu me respeito e me amo o suficiente para não estar com alguém que uma vez traiu a confiança que eu lhe dei. Fique longe. Por favor, apenas me deixe em paz. Tenho muitos problemas para resolver e não quero acumular outro.

— Além de outro funeral para preparar... certo? — pergunta Dylan.

Eu quero bater nele com força. Abrir um buraco e enterrar seu corpo vivo até ele sufocar com toda a areia que eu vou usar para enterrá-lo. Fecho meus olhos para deixar esses pensamentos sombrios irem embora. Não preciso deles agora.

— Podemos ir agora, menina russa... Dylan? — Papai aperta os lábios. Eu acho que, depois da minha revelação do que aconteceu entre Dylan e eu, papai não é mais tão sensível ou doce em certos aspectos. — Fique longe da minha filha e da minha família. Mesmo de Kattia. Essas garotas fazem parte da minha vida e homens como você não as merecem.

Minha vontade é de dizer que Kattia merece. Falei que sentia pena da dor dela, não que magicamente esqueci tudo o que me fez. Mas eu entendo que papai não consiga ver tudo que há de errado com Kattia, afinal é a garota que ele viu crescer.

Dylan dá um passo para trás, sendo o covarde que ele é. Eu me volto para Jessie e Dina para abraçá-las ao mesmo tempo.

— Obrigada por estarem sempre comigo.

— Você vai ficar bem, Anbe?

— Eu vou seguir em frente, prometo — garanto a Dina.

— Nós ligaremos para você todo dia — avisa Jessie. — E iremos ao apartamento para incomodá-la mais tarde. Você não estará sozinha.

Eu sorrio enquanto papai beija suas testas com carinho. Então entro no carro. Só quando ele dá a partida é que eu me lembro de algo ou, em todo caso, alguém.

— Kattia não vem?

— Kattia quer ficar sozinha. — É a resposta dele. — Ela está em fase de negação. Sinto-me feliz por não ter perdido sua mãe.

Fico em silêncio para não contar a triste verdade de que, de certo modo e medida, nós a perdemos.

É o quinto dia depois de toda a loucura, de todo o inferno. Do meu próprio filme de terror.

Ouço papai falar docemente com a minha mãe, que acena com a cabeça às vezes. Eu apenas os observo, sentada na frente deles.

Detalhando mamãe: cabelo curto, além de ser evidente que, durante o que eu chamarei de "período Calena", tenha perdido peso. Pelo menos agora ela parece fisicamente saudável, embora ainda esteja, talvez, um pouco pálida.

— E Katerina? Ela virá?

Aqui está o problema. Mamãe tem feito esse tipo de pergunta desde que a polícia chegou lá em casa, mesmo mantendo o corpo de tia Katerina contra o dela. Sinto meus dedos tremerem enquanto limpo minhas mãos suadas na calça.

Papai pode sorrir, tentar ser forte, mas sabe que não seremos a mesma família disfuncional. Nem sequer parecemos uma família. Agora parece mais Anabell e Gael contra o mundo. Eu gostaria de poder incluir a mamãe nesta luta, mas ela está despedaçada.

Despedaçada, e não conseguimos encontrar todas as peças que ela perdeu ao longo dos anos.

— Katerina se foi, amor...

— Ela voltou para a Rússia? Nós podemos visitá-la.

— Está morta, mãe, você sabe disso — digo secamente. Estou com raiva dela, mas não pelas razões esperadas.

Estou chateada por se entregar, por desistir, por abandonar a si mesma e nos deixar lidar com sua recente loucura. Sei que não é sua culpa, as pessoas não decidem quando enlouquecer, pelo menos ela não fez isso, mas, com tudo o que aconteceu, parece lógico que eu esteja chateada com ela por não me permitir salvá-la a tempo.

Talvez eu esteja mais zangada comigo do que com ela, e isso é porque estou me sentindo culpada. Mas a culpa me consome tanto que minha mente só consegue pensar que ela e tia Katerina deveriam ter esperado um pouco mais.

Talvez essa seja a razão para a empatia que tenho com Kattia. Ambas sentimos que poderíamos ter feito mais.

Os olhos de mamãe começam a lacrimejar, e ela balança a cabeça.

— Não é verdade. Não seja uma menina mentirosa, Bell.

— Eu não sou uma menina, sou uma mulher. Não tenho mais seis anos, e sua irmã não está mais aqui.

— Anabell — adverte papai. E quando ele me chama pelo nome é sinal para não forçar a barra.

Mamãe aperta os lábios. Não quero vê-la dessa maneira. É realmente difícil acreditar que a visito em uma clínica. Não sei como papai pode estar tão sereno. Mentira. Sim, eu sei porque ele está tão calmo. Apesar de ser sensível, papai é mais forte do que qualquer um.

Ele caiu, sem querer, em uma família problemática, com uma mulher desequilibrada que tentou nos matar. Gael, um homem com uma pequena família amorosa comum e típica, não planejava entrar em uma família russa não convencional com tantos problemas.

Mas ele ama Anastasia, posso notar como ainda a ama. Percebo como seus olhos brilham aliviados ao vê-la respirar, mesmo que ela esteja com problemas. Papai se sente sortudo porque mamãe ainda está aqui. Não se arrepende de suas decisões, e é exatamente o que eu quero aprender com ele: não me arrepender, mesmo quando as decisões são dolorosas.

— Minha filha me odeia, Gael, ela me odeia — murmura Anastasia.

— Ela não te odeia.

— Eu não te odeio.

Tenho certeza, porque é a verdade, eu não a odeio. Na verdade, eu a amo tanto que dói demais vê-la nessa situação. Claro que a amo, arrisquei minha vida por ela e por outra pessoa importante. Mas eu não devia pensar nisso agora, ou então começarei a chorar.

— Viu, querida? Como nossa menina russa poderia nos odiar?

— Você disse isso, você disse isso — acusa.

Olho para ela, desnorteada.

— Mamãe, eu não te odeio. Eu te amo.

— Você me odeia, você me odeia. Você disse isso! Você disse isso muitas vezes — grita mamãe antes de cobrir o rosto com as mãos e começar a chorar.

Eu não sei do que ela está falando, mas a sua dor me deixa com um nó na garganta.

Quão perdida ela está?

Estará perdida para sempre?

Posso me lembrar de quando ela esteve bem?

Eu achava que minha mãe sempre fora a Anastasia fria e correta, que me pedia mais do que eu podia dar. Mas minhas memórias, aquelas que voltaram com mais força, me fazem ver como era amorosa e carinhosa.

Então a pergunta correta seria: desde quando ela está perdida? Talvez um pouco de sanidade desaparecesse a cada dia, mas nós não percebíamos.

Mamãe chora muito alto. Eu levanto da cadeira para me agachar à sua frente. Respiro profundamente, me forçando a não chorar.

Sempre odiei mulheres choronas, mas agora sou uma delas. De alguma maneira perversa, você pode pensar que eu me odeio, mas não, não estou me odiando. Por ora, enquanto tento resolver e consertar toda a minha merda, não odiarei as mulheres choronas, ou, bem, nós, as mulheres choronas.

— Não sei se alguma vez te disse ou se pensei. Se fiz, peço desculpas. Não importam os anos ruins, eu aprendi a te compreender e tentar entender por que você fez tudo aquilo. — Anastasia tira as mãos do rosto, e eu limpo suas lágrimas com meus polegares, embora elas continuem caindo. — Você não teve uma vida fácil. Eu costumava pensar que você era apenas uma russa mimada, que sempre tinha tudo e que não gostava desse país. Peço desculpas por te julgar. Não esqueço, mãe. Talvez eu sempre me lembre da dor no peito toda vez que você me desprezou ou exigiu mais do que eu poderia lhe dar. Mas a memória de que te amo é mais forte. Eu não te odeio, não te odeio e não te odeio. Você é parte de mim. Bem, na verdade, eu sou parte de você, mas entende o que quero dizer, certo? Sou ruim nisso — declaro. Papai coloca a mão sobre o meu ombro e o aperta suavemente. — Odiar você seria odiar também uma parte de mim. Lamento nunca ter estado interessada em descobrir por que você agia daquela maneira. Lamento que não tenha sido honesta comigo, para me contar sobre minhas memórias perdidas e algumas das coisas pelas quais você passou. Sinto muito ter te desobedecido naquele dia em que pediu para eu não sair do seu lado. Não é minha culpa, mãe, sei que você sabe disso. Não é minha culpa que Analise tenha morrido, mas eu gostaria muito de ter me mantido no lugar que você mandou, assim ela não teria ido me ajudar. Eu me arrependo de muitas coisas, mas lamentar não melhorará nossas vidas. Devo seguir em frente. Não sei se isso é necessário para você decidir continuar, mas eu te amo. Eu não odeio você, e não vou odiar.

Permanecemos em silêncio, trocando olhares. Há reconhecimento em seus olhos e, por alguns instantes, sei que a tenho comigo. Mas apenas por um momento.

— Cadê Katerina? — pergunta mais uma vez. Eu fecho os olhos com força.

Talvez seja assim agora. Estar conosco por alguns minutos antes de se perder mais uma vez.

Entramos no carro do papai em absoluto silêncio. Posso ver lágrimas em seus olhos, enquanto ele mantém suas mãos contra o volante. Não gostaria de ler seus pensamentos, porque então sentiria sua dor, e a minha já é grande o suficiente.

Reviso passo a passo a visita à minha mãe em minha mente. Sinto-me mal com a ideia de não querer voltar lá com frequência, porque vê-la significa sentir esta dor novamente. Mas vou fazê-lo, porque tenho fé de que um dia, algum ano ou momento, ela retornará. Vai voltar.

— Eu nunca disse que a odeio, pai — digo. Preciso que ele acredite em mim.

Ele não diz nada durante vários segundos. Então se vira e limpa a garganta.

— Na verdade, você disse. — Abro meus lábios, pronta para negá-lo imediatamente. — Você tinha acabado de completar oito anos. Anastasia levou você para um parque, como ela sempre fazia, com a intenção de que você falasse de novo...

Depois do que aconteceu, papai tem consciência de que eu sei de tudo, incluindo George.

— Ela levou você até lá todos os dias, esperando que você dissesse alguma coisa — continua. — Mas com ela, às vezes, você tinha momentos de birra muito fortes. Às vezes ela chorava dizendo que você não a amava. Em uma daquelas tardes no parque, Anastasia não conseguiu te encontrar. Pouco depois viu que você conversava com um homem, brincando com ele. — Ele aperta as mãos no volante. — Era George, que quase a deixou louca. Anastasia diz que gritou, bateu nele e pediu para você ficar longe, mas você não queria. Na verdade, você agarrou a perna daquele homem.

— Merda...

— Não fale palavrões, querida... — adverte ele, balançando a cabeça. — Quando ela te puxou para voltar com ela e fugir, você se agarrou a ele. Eu não lhe peço que entenda a maneira como sua mãe se sente em relação àquele homem, porque agradeço a tudo que é mais sagrado que nunca tenha passado por isso. Mas foi um choque para ela, que você estivesse agarrada ao monstro que a machucou. Anastasia puxou você tantas vezes que começou a fazer isso com força. Deixou até mesmo marcas de dedos em seu braço. Quando ela conseguiu te separar daquele homem, você a olhou e falou pela primeira vez em um ano.

— Por que me parece que eu não disse a coisa certa? — murmuro, horrorizada. Talvez seja essa a razão pela qual ver George fosse tão familiar para mim.

— Você gritou que a odiava. Disse a ela muitas vezes que a odiava e que George era seu melhor amigo no parque.

Respiro fundo, trêmula. Quero bater em mim mesma, mesmo que eu fosse apenas uma garota.

— Ela fez você voltar e, como George tinha uma ordem para não se aproximar, fugiu. — Ele respira profundamente, parecendo cansado. — Lembro que você chegou em casa chorando e chutando. Quando Anastasia dizia que você tinha grandes birras com ela, pensei que estava exagerando, porque nunca as testemunhei. Mas naquele dia eu vi. Você puxava seu vestido florido e, quando pensei que não poderia mais me surpreender, gritou repetidas vezes que a odiava. Pude ver a mudança em seu olhar. Eu a vi correr e se trancar no quarto.

Papai permanece em silêncio. Em seguida, retoma a história.

— Eu me sentei para conversar. Você disse que George era seu "amigo desde sempre", ou, em outras palavras, desde que Anastasia começou a te levar ao parque. Disse também que ela não devia afastar seus amigos, que isso fazia dela uma bruxa e que você deveria odiá-la. Não sei onde você aprendeu o conceito de ódio, mas falava que talvez a odiaria por três semanas. Todos os dias que você percebia que ela não te levaria ao parque, reafirmava seu ódio. Foi difícil fazer com que parasse de falar isso, mas, quando por fim conseguimos, você nunca voltou a dizer que a amava.

— Isso é horrível.

— Não estou tentando justificar. Mas acho que foi o choque, talvez ela tenha se sentido uma péssima mãe e então começou a ser rigorosa. Pensei que a ideia de querer ser perfeita fosse apenas uma fase. Eu errei em não perceber que Anastasia passava por problemas e que essa foi a forma que ela encontrou de compensar o quão mal se sentia.

— Não se sinta culpado, pai.

— Só quero que ela volte, Anabell. Sinto muito a falta dela.

— Eu sei pai. Quero que ela volte também.

Sexto dia desde o desastre. Já se passaram seis dias, e finalmente estou aqui.

Eu me movo devagar pelo quarto. Os olhos de Calena me seguem. Só isso, só os olhos dela.

— Então, de alguma forma, existe carma — comento, aproximando-me. Estico meu dedo indicador e o movimento de um lado para o outro. Seus olhos seguem o movimento, sua cabeça, não. Sinto um calafrio. — Você causou muito dano. Muito dano, Calena. Não devo explicações, mas quero que saiba que eu não matei sua filha mais nova. Foi um acidente, do qual não sou culpada e, caso você pense isso, Kattia também não é. Nós éramos apenas garotas que não mediam o perigo. Eu não vi para onde estava indo, Analise quis me salvar e Kattia estava em estado de choque. O erro de Kattia foi me culpar. Eu não a matei, e me desculpe por ter tido medo o bastante para não dizer que ela ainda estava na água. Não sei se isso a salvaria, e acho que nunca vou saber.

Eu olho em volta. O quarto é todo branco, e a máquina que mede os batimentos cardíacos ameaça me enlouquecer.

— Você odeia este país, odeia ingleses, mas, ironicamente, está condenada a ficar aqui e ser atendida por ingleses. — Mordo meu lábio. — Sorte sua ter muito dinheiro. Mas sabe o que vai acontecer quando o dinheiro acabar? Vão tirar você da clínica e transferi-la para um hospital público. Os hospitais daqui são bons, mas suponho que, para sua alteza, um hospital público seja simplesmente um abismo, por melhor que seja. Devo sentir culpa por não sentir pena de você? Nunca saberei o que você fez para que uma de suas filhas se sentisse mal o suficiente para acabar com a própria vida. Não vou saber o que fez para enlouquecer mamãe de vez. Mas agradeço que não possa mais nos destruir.

Eu me inclino sobre ela. Seus olhos não me perdem de vista.

Este deve ser seu pior castigo: aprisionada em um corpo imóvel, um corpo vegetal, sem funções motoras. Condenada ao cuidado de estranhos, porque a família que tanto machucou não está disposta a esquecer.

Não sei se é rancor, má atitude ou se não tenho coração, mas não estou disposta a ajudá-la. Eu não quero perdoá-la.

Parece fácil para muita gente aconselhar o perdão, mas, quando se está muito ferido, é difícil perdoar quem te machucou. Não sei se podem me culpar por não querer tornar seu castigo mais suportável.

Dou passos para trás, ainda sob o seu olhar.

— Você me tirou muito, Calena, mas não vai mais me tirar nada. — É tudo o que eu digo antes de sair do quarto.

Espero que esta seja a última vez que a veja. Esta é a minha liberdade. O quebra-cabeças está completo, mas a pessoa que me ajudou a montá-lo não está aqui.

Não posso acreditar que faz uma semana. Sete dias desde que tudo ficou louco.

Eu me sinto estranha em minha própria casa. Não é muito difícil entender o porquê. Não quero voltar a viver neste lugar, e pela expressão de papai, ele também não quer.

Ficamos em silêncio observando a mancha odiosa no local onde Calena desabou. Não importa o quanto as pessoas contratadas tentem limpar, a marca persiste.

— Ela não vai sair. Esta mancha não vai desaparecer — murmura papai.

— Se esta não some, então a de Jared... — Minha voz desaparece.

— Anabell...

Eu balanço minha cabeça começando a subir as escadas de dois em dois degraus, indo direto ao quarto de Kattia.

Tudo está em ordem. Não há ninguém enforcado. Os lençóis estão estendidos sobre a cama. Olho para o chão. Ali está, um foco muito maior que o do andar de baixo. Lá, exatamente onde Jared caiu, está a marca.

Corro rapidamente para o banheiro e pego uma esponja e um balde de água com sabão. Volto para o quarto e me deixo cair no chão.

Sei que tentaram limpar, mas eu me recuso a deixar o sangue seco ali. Não quero ver o local onde o sangue de Jared começou a esvair-se.

Esfrego com força. Quero que saia. Jared merece mais que isso. Jared não merecia isso. Sinto que as lágrimas começam a brotar. Estou frustrada. Quero limpar a mancha por ele, mas ela não sai.

— Maldita seja! Desapareça, mancha de merda, desapareça! — grito. Chuto o balde e choro de vez. — Só desapareça, por favor.

Papai se ajoelha ao meu lado. Nada que ele possa dizer vai me fazer sentir melhor, e ele sabe disso. Suas mãos tocam as minhas. Então tira a esponja das minhas mãos e começa a esfregar, mesmo sabendo que não vai adiantar.

— Eu sempre vou te ajudar, menina russa.

— Só quero que esta mancha desapareça.

— Esteve chorando — nota ele.

— Você não?

— Quando minha esposa morreu, não tive esperanças. Mas agora é diferente. Ele está respirando.

— Está em tratamento intensivo — digo. Logan fecha os olhos.

— Eu tenho um filho forte, sei disso. Não importa que me digam que ele está em tratamento intensivo há sete dias. Não importa que seu coração tenha parado por três vezes, ele continua lutando. Enquanto estiver lutando, vou acompanhá-lo na batalha.

— Eu também o acompanharei — declaro, fungando.

— Jared é um lutador que encontrou uma namorada lutadora. Acho que, depois disso, qualquer obstáculo deve ser fácil para você.

Dou-lhe um sorriso amigável. Nestes sete dias, o pai de Jared tem sido bom em me dar esperanças. A primeira vez que o coração de Jared parou foi ainda na ambulância. Foi a pior sensação do mundo. Na segunda, meu mundo quase desmoronou. Minha pressão baixou, mas lembro de Logan dizendo que o filho dele sairia disso.

Então, ontem, quando Landon finalmente conseguiu chegar a Manchester, o coração de Jared parou pela terceira vez, e por mais tempo. Landon e eu nos abraçamos, e naquela hora fui eu quem disse a ele que Jared sairia dessa.

Landon teve dificuldade em encontrar um voo e, enquanto esperava, foi torturado pela ideia de chegar tarde demais. Agora é torturado pela ideia de ter chegado a tempo de vê-lo partir.

O olhar perdido de Landon me aterroriza. É como se ele não soubesse para onde se virar. Como se Jared fosse sua bússola e ele se sentisse perdido, sem saber para onde ir.

Eu olho para cima. Landon se senta ao meu lado, voltando do banheiro. Seu cabelo está tão molhado quanto o meu, pois fomos buscar algo em seu carro embaixo da chuva. Seus olhos estão vermelhos e ele tem grandes olheiras, assim como eu. Se Landon não fosse homem, tenho certeza de que seria como ver meu próprio reflexo.

— Jared me disse que um dia vocês iriam se casar, e eu lhe disse que o padrinho obviamente seria eu e que vestiria um terno vermelho.

— Vermelho é ótimo.

— Sim, mas o idiota do Ian disse que vermelho não era a cor dele. — Landon revira os olhos. — Mas eu sou o padrinho mais importante, então é a minha opinião que conta, certo?

— Acho que sim. — Sorrio um pouco. — Você está inventando isso para nos fazer sentir melhor?

— Não, estou dizendo a verdade. Ele falou isso. Três vezes. Eu contei para que você veja que essa é uma boa razão para ele continuar lutando.

— Podemos listar as razões que Jared tem para viver — digo, brincando.

— Para que Logan não perca negócios — começa Landon. Logan ri antes de se levantar e ir, suponho, para o refeitório.

— Para se formar e ser o engenheiro sempre sonhou — continuo.

— Para te levar àquela viagem à Rússia que ele prometeu.

— Para ver o BG.5.

— Para te foder com força contra a parede... Merda, foder você em qualquer superfície e em todas as posições do *Kama Sutra*.

Nós dois rimos. Eu penso no que dizer em seguida.

— Para continuar sendo a pessoa que lhe dá mais apoio neste mundo.

— Para tornar nossas vidas mais completas — diz Landon colocando sua mão na minha.

— Para continuar nos amando e nos deixando amá-lo.

— Para me dar os melhores presentes do mundo! — Seu entusiasmo me faz rir, mas em algum momento o riso traz lágrimas, e logo começo a chorar.

Imediatamente Landon me abraça.

— Ele tem muitas razões para continuar. Não é egoísta. Antes de pensar nele, vai pensar em nós e saberá que, se ele se for, vai partir nossos corações — murmura Landon.

— Ele pode crer e querer, Landon, mas seus órgãos também precisam acreditar nisso. Não é apenas a luta de Jared. É a luta da sua mente, corpo e alma.

— Então devemos animá-lo. Algo como: "Viva o Jar, viva o céu, quando aquele cara acordar vai foder a Anabell!" — canta ele como uma líder de torcida, e eu não posso deixar de rir.

— Quero vê-lo.

— Eu também, mas ainda não é a hora.

— Quando será a hora, Landon?

— Não sei.

Não dizemos em voz alta, mas ambos esperamos que não seja tarde demais. A última coisa que queremos é que o coração de Jared pare de novo, porque sabemos que não haverá volta.

Capítulo 31
O efeito Jared

Anabell

Eu apenas continuo assistindo a Kattia enquanto a ouço falar em russo. Estou inexpressiva. Este é o pedido de desculpas mais estranho que alguém já dirigiu a mim. De certo modo dá a impressão de que ela me culpa por suas ações.

— Você precisa entender que se prestou a isso, e me desculpe — diz, e eu continuo olhando.

— Eu não sei se isso faz de mim uma escrota, mas não aceito o seu pedido de desculpas. Talvez leve muito tempo até aceitá-lo, honestamente — digo, sem ter que pensar muito. — Suas palavras não compensam em nada o dano que venho sofrendo. Elas não são nada, e não posso fingir que estou comovida para facilitar a sua vida. Eu não te odeio, mas te detesto. Não tenho nenhuma lembrança agradável com você, não sinto nenhum laço afetivo. Se não tivesse o mesmo sangue que eu talvez eu nem sequer falaria com você.

— Ana, se for por Analise…

— Não é por ela. Eu sei que éramos meninas. Qualquer um pode entrar em choque. Entendo que você não pôde se mover. Não culpo você como fez comigo. Mas é por tudo que fez depois. Você me humilhou, traiu e me fez infeliz. Se eu não tivesse uma autoestima tão forte, certamente teria entrado em depressão por tudo que você fez. Suas desculpas não me inspiram nada. Eu não as aceito.

Não vou mentir. Essa é a parte em que as pessoas dizem que todos merecemos perdão, que não se pode viver com rancor e merdas assim. Mas não eu. Sou uma pessoa de carne e osso que até sente empatia por Kattia, mas não mais do que isso. Sou uma pessoa que de forma alguma esqueceu o quanto ela fodeu a minha vida, porque, de acordo com seu raciocínio, a culpa foi minha por despertar esses sentimentos nela.

Não posso apenas sorrir e aceitar a bandeira branca que ela me oferece porque, então, seria falsa. Não seria eu.

Talvez eu seja uma pessoa rancorosa, mas não vou me sentir mal com isso. Acho que tenho razão em me sentir assim, e talvez nem tenha a ver com Dylan. É sobre tudo que ela fez ao longo dos anos.

Kattia tentou até seduzir Jared, e isso foi apenas mais uma gota. Sendo honesta, fico feliz que, em uma semana, ela esteja voltando para a Rússia. Talvez tenha sido a única boa decisão que tomou em sua vida: morar com alguns primos paternos em Moscou.

Por mim, não voltaria a vê-la. Mas sei que papai vai tentar com todas as forças que a encontremos novamente. Ele é um homem perseverante, que ainda a vê como uma garota que precisa de mais atenção do que tem.

Na minha opinião, Kattia é apenas uma cadela amaldiçoada com muito carma acumulado. Lamento e me dói que tenha perdido a mãe, mas, além disso, não tenho nada para ela. Não lhe desejo mal. Lá no fundo, não tão fundo, embora eu não queira perdoá-la, desejo que encontre a sua felicidade, porque todos nós merecemos ser felizes. Mesmo uma vadia como ela.

— Você não vai aceitar meu pedido de desculpas?

— Não. Vamos ser honestas, você nem queria se desculpar. Só quer se sentir melhor porque, neste momento, você se sente uma merda.

Eu não sei o que é perder uma mãe, mas eu amava tia Katerina. Não posso dar a paz que você está procurando, Kattia. Mas espero que dê tudo certo.

— Ela era a minha mãe.

— Eu sei — digo em um sussurro. Não posso dizer a ela nada que a faça se sentir melhor, porque não acho que isso seja possível.

— Não disse a ela que a amava. Fui embora e a deixei aqui. Com a louca... Dói muito. Não há nada que tire esta dor no meu peito.

Limpo com os dedos as lágrimas que brotam em meus olhos. Realmente, não desejo isso a ninguém. Ela demonstra sentir muita dor. Nem está cuidando das grandes olheiras que se formaram.

Eu fecho meus olhos com força quando ela começa a soluçar. Não posso perdoá-la ainda, mas posso dar-lhe um abraço. Um abraço não vai reunir cada pedaço de seu coração, mas é um abraço, depois de tudo.

Acho que é a primeira vez em muito tempo que abraço Kattia por vontade própria e não por compromisso. Estou surpresa com a força com que ela se agarra a mim. Acho que tenta juntar os pedaços quebrados dela, e não conseguir a faz chorar mais.

Esta é a empatia de que estou falando. Se pudesse, faria todo o possível para evitar esta dor, de modo que tia Katerina estaria aqui ainda.

— Por que ela fez isso? Por quê?

— Não sei.

Eu me separo dela e limpo as suas lágrimas. Sou uma pessoa horrível por querer rir da sua falta de sobrancelhas?

— Não estou sendo compassiva. Mas continue sua vida, Kattia. Faça algo produtivo. Estude moda, se é isso que você ama, ou o que for. Mas não fique estagnada, não use a morte de sua mãe como pretexto para afundar. Use essa experiência como uma maneira de deixar toda a sua merda para trás e se tornar uma pessoa melhor. Você tem sido uma pessoa horrível, mas ainda pode mudar, se quiser.

Aperto seus ombros e me afasto. Talvez, depois de tudo isso, não seja a última vez que a verei. Se ela se tornar uma pessoa melhor, então estarei disposta a aceitar seu pedido de desculpas.

— Você não é minha pessoa favorita. Mas desejo que em algum momento você seja melhor.

— Obrigada, Ana.

— Despeça-se de mamãe. Ela te ama. Tenho certeza que ver você vai fazê-la feliz.

— Eu vou. Também a amo.

Eu sei. Mesmo com todo o ciúme, sou capaz de perceber que mamãe e ela têm um vínculo. Entre elas há amor, e não vou repudiar esse sentimento. Mamãe tem um coração no qual espero que todos possamos nos encaixar. Só espero que ela volte.

— Por que você está me dando isso, Landon? — pergunto, enquanto recebo o celular de Jared.

— Está bloqueado. Acho que ninguém sabe a senha. — Eu sorrio. — Bem, talvez você e eu sejamos os únicos.

— Eu me sinto especial! — tento brincar.

— Mas eu não quero correr o risco de alguém encontrá-lo e fazer coisas erradas. Sei que Jared tem uma galeria especial com as suas fotos. Vocês têm tanto tesão, que elas não devem ser nada inocentes.

— Verdade.

— Vocês são uns tarados — diz, me fazendo rir. — Como são suas fotos, é melhor que, até que Jared retorne, o telefone fique contigo. Cuide dele. Faça isso por ele.

— Eu faria qualquer coisa por ele. — Pressiono o celular contra o meu peito. — Nunca amei um homem do jeito que o amo.

— Eu sei. Vocês têm uma história de amor intensa e épica. Parece que se apaixonaram rápida e fortemente.

— Quero que ele volte. — O já habitual nó na minha garganta retorna. — Não consigo nem me tocar pensando nele.

— Ah, bem, Jared deixou a frustração sexual em você — brinca Landon para aliviar a tristeza. — É estranho né? Um mês sem ouvi-lo falar, sem sua inteligência, sem ele ser o super Jared.

— Sinto culpa. Eu trocaria de lugar com ele, mas apenas porque sou egoísta. Se fosse eu naquela cama, então não teria que sofrer. Estaria inconsciente e não me sentiria tão mal.

— Não é ser egoísta, Anabell.

Ficamos em silêncio no pequeno apartamento onde papai e eu continuamos morando. Nós venderemos a nossa casa, o lugar em que eu cresci e para onde não quero voltar.

— Como seu pai está lidando com tudo?

— Ele é forte. Todo dia vai visitar minha mãe e toca a empresa, além de cuidar do meu bem-estar. Sem ele, não sei o que faria.

— Isso é bom. Você tem um ótimo pai.

— Logan também. Ele esteve dormindo por um longo tempo, mas ele é. Como vão as coisas?

— Estamos muito mais próximos. Acho que estou me sentindo um pouco como Jared. — Landon ri. — Sempre tentando ter certeza de que ele está comendo e ajudando-o com o que posso nos negócios. Nós nos unimos. Mesmo inconsciente, Jared continua fazendo o seu trabalho para nos tornar pessoas melhores.

— O efeito Jared.

— Por que você não voltou para a academia, Anabell?

Eu olho para os meus dedos enquanto os movimento. Talvez ele e Jessie tenham sido as únicas pessoas a me fazer essa pergunta de uma maneira tão direta.

— Não sinto vontade de dançar. Quero que, da próxima vez em que eu dançar, Jared esteja lá para me ver e fazer um comentário inteligente. Quero que mamãe me veja pela primeira vez. Quero que tudo esteja bem quando eu voltar. Dançar não é uma fuga. É algo de que eu gosto e que aumenta a minha felicidade. Enquanto estiver triste, não quero fazer isso.

— Você poderia ser uma bailarina profissional. É boa o suficiente e aplicada para que a academia te ajude a obter uma bolsa de estudos. Talvez você tenha nascido para dançar.

Eu o observo com os olhos bem abertos. Landon ri e passa a mão pelo cabelo.

— Está falando sério?

— Muito sério. — Ele me lança um sorriso misterioso. — Aqui entre nós, Jared e eu apostamos quanto tempo levaria para você perceber que ama a dança o suficiente para trilhar uma carreira profissional.

— Quem ganhou a aposta?

— Jared. Ele é muito inteligente e te conhece bem, ele falou que sua luxúria a distrairia o suficiente para só perceber quando um de nós dissesse isso. Agora devo dinheiro ao meu irmão.

— É melhor que ele acorde para você pagar.

— Sim. Nunca fiquei tão ansioso para pagar uma dívida.

Uma hora após Landon ir embora, continuo olhando o celular de Jared no meu quarto. Mordo meu lábio inferior. Sei a senha dele, mas não vou fuxicar.

Sorrio. Acho que amo o celular de Jared com a minha vida. Ele é parte da razão por que as coisas começaram entre nós. Pego meu celular e retiro minha camisa, ficando apenas com meu sutiã de algodão rosa. Solto meu cabelo e olho para a câmera, apertando meus lábios.

Quando a foto está pronta, avalio e sorrio.

Você está perdendo isto, querido. Sua namorada está muito frustrada. Vou esperar por você, sr. Gostoso.

Envio a mensagem. Imediatamente o celular de Jared toca. Sei que ele verá a mensagem em algum momento. Por favor, ele precisa ver.

— É chocolate! — exclamo, animada, ao ver meu bolo de aniversário.

— O melhor bolo para a cadela russa — anuncia Jessie, presunçosamente.

— Eu espero ganhar um pedaço grande de bolo — comenta Ian.

Jessie olha para ele, mas surpreendentemente é Ian quem a ignora, o que é interessante. Até eu estou chateada com Jessie por ser caprichosa demais. Agora que Ian a superou, ela parece interessada. Fico feliz que Ian tenha dignidade, ainda que Jessie seja a minha melhor amiga.

— Anbe, você tem que me dar o melhor pedaço de bolo — implora Dina, juntando as mãos em um apelo infantil.

— Poderíamos te encher de bolo de chocolate — sussurra Jack, apreciando o corpo de Dina, como se não o conhecesse o suficiente. Jessie e eu reviramos os olhos.

— Bem, devemos nos apressar. Anabell tem um tour: sua mãe e Jared. Então, vamos cantar parabéns, pessoas promíscuas — reclama Landon.

— Falou o rei dos trios — provoca Ian, rindo, e ganha um empurrão de Landon.

Gretta permanece em silêncio, apenas sorrindo, enquanto Mark aprecia sua beleza, interessado. Ele não diz nada, apenas a observa. Tenho a impressão de que tudo será um clichê entre amigos, com exceção de Landon, embora ele possa se juntar ao tímido, inteligente, mas encantador, Steven, que continua tomando sua água com gás.

Eu me recordo de Jared me aconselhando a não tentar ser casamenteira e rio.

A loja de CDs está fechada especialmente para cantar os parabéns. Este é um dos lugares preferidos de Jared, o que torna a ocasião mais especial.

— Muito bem, vamos cantar os parabéns — anuncia Dina.

Imediatamente eles começam a cantar de uma maneira bem confusa. Parece que Jack canta uma música do Queen e não uma canção de aniversário. Rio batendo palmas com eles.

Vinte anos. Tenho vinte anos. Estou um ano mais próxima da morte, mas também um ano mais sábia.

Já faz dois meses desde tudo aquilo. Mamãe ainda está internada, apesar de um pouco mais calma. Às vezes passa mais tempo conosco quando conversamos. Jared ainda está em coma.

Três vezes por semana eu tiro uma nova foto e envio para o seu telefone com uma mensagem. Receio encher a memória de seu celular, mas fiquei feliz quando percebi que o celular do desgraçado tem memória de 32GB. Quem precisa de tanta memória?! Jared, evidentemente.

— Faça um desejo! Peça! Peça! — grita Dina.

— Dina! Acalme-se! Jack, talvez ela precise de um pouco de sexo — sugere Jessie.

— Eu faria sexo — garante Dina e, para confirmar as suas palavras, salta sobre Jack e começa a beijá-lo de uma forma que poderia ser descrita como pornográfica, além de as mãos de Jack segurarem imediatamente o seu traseiro.

— Cara, eu estou assistindo a um filme pornô ao vivo — comenta Landon, inclinando a cabeça. — Está faltando apenas a penetração, a maneira como ele aperta sua bunda parece que eles vão fazer um...

— Landon... — Eu o interrompo, rindo.

— De qualquer forma, sopre a vela e faça um pedido — pede ele.

Eu me inclino sobre o bolo e sinto como eles batem na minha bunda. Viro a cabeça e Jessie sorri.

— Sinto muito, mas pela maneira que você se inclinou, parecia querer uns tapas.

Eu rio e fecho os olhos. Só tem uma coisa que eu quero: conhecer o BG.5.

Certo, estou brincando. Não é que eu não queira conhecer aqueles lindos. Apesar de já ter conhecido o Ethan, meu verdadeiro desejo é mais real e menos egoísta.

A volta de Jared.

Abro os olhos e sopro a vela solitária. Em seguida, sinto o dedo de Landon cheio de creme de chocolate no meu rosto.

— Maldito! — grito, rindo.

Savannah, a garota que trabalha na loja, nos observa e sorri. Acho que gostamos uma da outra agora. Afinal, graças a ela, eu tive a festa dos brownies.

— Como está seu aniversário?

— Poderia ser melhor. Mas eu estive com as pessoas que amo — conto ao meu pai. Não é mentira.

Eu estava com meus amigos. Então visitei a mamãe e conseguimos conversar por dez minutos. No fim da tarde, passei uma hora com Jared. Foi um monólogo, mas entre nós nunca houve silêncio, e de modo algum eu deixaria que houvesse agora. Posso muito bem preencher o silêncio por nós dois.

Papai mostra uma pequena caixa de veludo. Eu levo minhas mãos à boca dramaticamente.

— Ah, por Deus, Gael! Sim! Claro que sim! Eu quero casar com você! Você não precisava nem perguntar.

Papai me olha confuso por alguns segundos antes de começar a gargalhar. Eu sorrio. Fico feliz em fazê-lo rir. Há muito tempo não ouvia sua risada.

— Filha, eu não sei o que faço com você. Você e suas loucuras fazem minha barriga doer de tanto rir — diz ele antes de beijar minha testa.

— Bem, eu pensei que você estava me dando uma aliança. Agora me dê o meu presente — peço, estendendo minha mão. Papai ri mais uma vez, depositando a caixa na minha mão.

Eu a tomo com entusiasmo. Nisso Landon e eu somos iguais: amamos presentes.

Ao abri-la, encontro uma chave. Murcho por alguns segundos, triste por não ser um colar ou uma pulseira, mas depois percebo o que é.

— Ah, meu Deus! Ah, meu Deus! É o que eu acho que é? — grito, pulando aos risos.

— Sua mãe e eu planejamos por quase um ano. Economizamos e investimos. Não é um supercarro, mas é bem legal…

— Obrigada! Obrigada! — Eu o abraço com força. Não importa como é. É um carro! Meu automóvel!

— Estou feliz que tenha gostado. Você merece muito, minha menina russa.

— Cadê?

— Temos que buscar neste sábado. É novo.

— Ah, Deus, vou me mijar de tanta emoção.

— Então limpe a sua própria urina do chão.

Eu rio e levanto a chave do carro. Meus pais planejaram isso antes que tudo acontecesse, antes de eu sair de casa, antes de conhecer Jared. Desde antes, minha mãe pensava em mim, só em mim, em me dar um carro que eu nem pedi. Sinto a alegria borbulhar em meu corpo.

— Você guardou um pedaço do bolo para mim, certo?

— Claro. A melhor parte do bolo é sua.

Papai sorri e beija minha testa mais uma vez antes de nos abraçarmos com força.

— Obrigada, papai.

— Agradeço pela sua chegada todos os dias da minha vida. No dia em que você nasceu, sua mãe e eu nos sentimos as pessoas mais sortudas do mundo. Ainda sentimos isso.

Conversamos por um longo tempo enquanto ele come seu pedaço de bolo. Eu rio quando ele conta sobre as minhas brincadeiras quando criança.

— Por que não me lembro de tudo da minha infância? Por que ainda estou me lembrando de Analise?

— Querida, você teve um trauma. Caiu de um penhasco e viu o corpo de sua tia. Calena gritou para você muitas coisas que te fizeram emudecer. Sua mãe e eu fizemos de tudo para você voltar. Nós nunca te culpamos.

— Eu gostaria de poder visitá-la. Levar flores para ela.

Papai fica em silêncio. Eu o observo com curiosidade. Parece arrumar suas ideias antes de limpar a garganta.

— O que aconteceu com a sua vaga na universidade?

— Na Rússia? — pergunto.

— Sim. Sei que você acha que Anastasia fez isso de má-fé, mas é realmente uma boa universidade. Ela pensou que você gostaria, estava animada. Eu disse que deveria te consultar, sei como você se sente sobre a Rússia, mas acho que parte da sua rejeição ao país se deve a tudo que aconteceu. Ao menos foi o que seu psicólogo disse.

— Talvez… De qualquer maneira, qual foi o curso que mamãe escolheu?

— Publicidade e Marketing. Ela odiava suas camisas. Eu também não sou fã de algumas delas, honestamente. — Sinto minhas bochechas corarem ao lembrar de que algumas realmente têm mensagens sexuais explícitas. — Mas nós dois concordamos que você tem uma criatividade incrível para esse tipo de coisa.

— Essa foi a minha opção quando pensei em buscar meus documentos na Rússia — comento, surpresa. — Mas também gosto de dançar. Amo dançar.

— Existem excelentes escolas de dança na Rússia.

— Em Londres também — respondo, e ele sorri. — Você quer que eu vá para a Rússia?

— Acho que você tem a oportunidade de explorar parte de suas raízes. Não deixe que lembranças ruins façam você odiar um país belo, à sua maneira, e onde você pode aprender bastante. Estou falando sério quando digo que as escolas de dança são incríveis.

— Como você sabe?

— Não é segredo que você gosta de dançar. Eu fiz minhas pesquisas.

— Você acha que a Rússia seria um bom lugar para mim?

— Eu não sei, querida, mas é sempre bom explorar suas opções. Sei que você ama Jared e não quer ir por causa dele, mas só quero que você avalie suas opções, tudo bem? Não estou te mandando para a Rússia ou para longe de mim. Você já está mais velha. Às vezes eu me sinto culpado por ter te levado para longe do seu lado russo, por não permitir que Anastasia te levasse para lá. Não quero continuar fazendo isso. Mesmo que isso signifique ter você longe e te ver apenas algumas vezes por ano.

Sorrio para ele. Eu também nunca demonstrei interesse em conhecer parte da minha cultura, do país, da minha nacionalidade. Talvez seja mesmo porque tenha memórias muito ruins.

Estudar na Rússia não parece loucura, mas ainda não me decidi. Preciso avaliar os prós e contras. Sentar e pensar no que eu quero. Não sou mais uma menina e não posso postergar as minhas decisões. Preciso ser firme e pensar em mim mesma.

Nos meus desejos, no que eu quero. No que espero alcançar na vida.

— Nem toda a sua família russa é louca. Você tem seus primos de segundo e terceiro graus, e o seu avô.

— Meu avô?

— Sim. Um avô que sua mãe não permitiu que você conhecesse por influência de Calena.

— Aquele que fugiu com uma ginasta?

— Sim — confirma, rindo.

— Bem, então, afinal, posso visitar meu avô russo, mas isso me lembra que preciso visitar os seus pais, meus avós.

— Podemos visitá-los neste fim de semana.

— Parece um bom plano, pai.

Ele sorri para mim e se alonga ao levantar.

— Vou tomar um banho e dormir — anuncia, beijando minha cabeça. — Mais uma vez, feliz aniversário, minha menina russa.

— Mais uma vez, obrigada por tudo, pai. Incluindo por estar com tesão o suficiente para me deixar escapar do seu órgão reprodutivo.

— Você é bem estranha — diz ele, batendo no meu ombro e indo para o quarto.

Pego as chaves do meu carro novo e corro para o meu quarto. Pego meu celular e faço algo que nunca fiz para Jared: gravar um vídeo.

— Olá, namorado. Já se passaram dois meses e meio sem ouvir a sua voz, mas espero que, em breve, eu possa te ouvir de novo. — Respiro fundo. — Hoje é o meu aniversário. Feliz aniversário para mim!

É bom ter uma câmera frontal no meu celular. Não é um iPhone como o de Jared-repugnantemente-rico, mas é um celular muito bom.

— Não pense que se livrou desta, só porque está em coma. Quando você acordar, precisará me dar alguns presentes, porque você é um dos melhores em dar presentes. O principal está dentro da sua cueca. Sim, o seu pênis enorme. — Rio. — Mas, por enquanto, mamãe e papai ganharam de você. Olha... — Agito a chave e sorrio, realmente animada. — Agora podemos transar no meu carro também! Nossos amigos prepararam um bolo de chocolate divino para mim. Queria guardar um pedaço para você, mas eles comeram tudo. Jessie agora está atrás de um Ian orgulhoso. Acho que Mark gosta de Gretta, e eu ainda estou tentando ser casamenteira para Steven e Landon. Foi um ótimo aniversário, mesmo que você não tenha falado comigo. Gostei de segurar sua mão por uma hora e conversar. Você é como o sonho de toda garota, um namorado que ouve tudo o que tenho a dizer. — Sinto as lágrimas descerem e um nó na garganta. — Desculpe-me por ser uma chorona, mas sinto tanto a sua falta. Eu lamento, de verdade, por começar a chorar. Toda tarde coloco seu celular para carregar, porque tenho enviado algumas fotos, então você tem muito o que fazer quando voltar. Até agora são 176 fotos e, bem, este vídeo, obviamente. Eu sinto sua falta, você é um maldito por me fazer apaixonada até os ossos. Eu te amo tanto. Espero pelos meus presentes quando você acordar. Eu te amo.

Termino de gravar o vídeo o envio sem nem ao menos vê-lo. O celular de Jared toca e anuncia que o vídeo chegou.

— Estes são os folhetos da universidade na Rússia? — pergunta Jessie. Eu assinto, mantenho meus olhos nas ruas de Manchester enquanto dirijo. — E tem escolas de dança?

— Eu gosto de Publicidade e Marketing, mas também gosto de dança.

— Na Rússia... — enfatiza Jessie. Eu respiro profundamente.

— Também tenho em vista Londres, ou mesmo aqui, em Manchester.

— Você está avaliando a possibilidade de ir para a Rússia?

— Os cursos são muito bons.

— Mas é a Rússia. Tão longe.

— Eu nunca me dei a oportunidade de conhecer o país. Não sei, nada é certo. Estou apenas avaliando as minhas possibilidades.

— Tem a ver com o fato de que Jared não acordar?

— Não, é sobre mim. Sobre tomar as rédeas da minha vida. Eu não quero perder mais tempo, Jessie, quero estudar, quero aprender mais.

— Claro, sinto muito. Fiquei surpresa, mas estou feliz por você. Tome a decisão que quiser, eu vou apoiar você. Seria ótimo visitá-la na Rússia, caso você vá.

Eu sorrio e estaciono o carro na clínica. Respiro fundo. Qualquer um acreditaria que, depois de cinco meses, vir aqui seria mais fácil, mas só fica mais complicado.

— Não é fácil, Anab. Mas você é forte, assim como ele.

— Pensei que seria como em um romance em que ele acordaria apenas alguns dias depois. Mas já faz cinco meses. Está ficando cada vez mais difícil.

Jessie aperta minha mão. Eu balanço minha cabeça e saio do carro ao lado dela.

Chegamos ao conhecido corredor. Landon e Ian já estão aqui com balões e um bolo de morango com creme. Eu troco sorrisos com Landon.

— Então nosso Jared está completando 23 anos! — exclama ele, com alegria.

— Está ficando velho. Talvez eu devesse procurar um namorado mais jovem.

— Até parece! Nem você acredita no que diz — afirma Ian, com um sorriso. Seus olhos estão vermelhos. Parece que andou chorando, e que vai chorar novamente. Ian não chorou durante todo esse tempo, mas está finalmente cedendo. — Desculpem-me, é só que... Merda, eu não quero mais que ele fique naquela cama. Quero que meu melhor amigo abra os olhos. É o maldito aniversário dele, eu só quero que acorde.

Landon coloca um braço em torno de seus ombros. É raro ver Ian chorar, porque ele tem sido o mais otimista durante estes meses.

— Ele vai acordar, Ian. Temos de acreditar que ele vai — encoraja Landon.

— Posso ir primeiro para ter um momento a sós com ele? — pergunto.

— Espere que Logan saia antes — informa Landon.

Assinto e espero pacientemente. Ele acena para nós assim que passa pela porta, e se afasta do corredor.

— Acho que estes dias são os mais difíceis para ele — murmura Landon. — Está perdendo a fé. E os médicos dizendo merda, como se tivéssemos a opção de desconectá-lo, não ajudam. Fazem com que ele se sinta pressionado.

— Desconectá-lo? — pergunto. Nunca considerei essa opção. Landon apenas assente.

— Entre para ver Jar, Anabell.

Atordoada, entro no quarto de Jared mais uma vez. Como sempre, não gosto de vê-lo com tantos aparelhos, tão pálido e abatido.

Os cinco meses neste lugar deixaram sua marca. Jared vem perdendo peso, seu cabelo cresceu e parece mais frágil, mas ainda é o meu Jared.

Sento-me na cama removendo o cabelo escuro que cai em sua testa, escondendo as sobrancelhas. Beijo os seus lábios ressecados e rachados. É apenas um leve toque.

Jared não estaria assim se não tivesse sangrado quase até a morte. A faca, em mau estado, gerou ainda uma infecção, sem esquecer que aquela bruxa perfurou órgãos do seu corpo.

Eu vou ao ouvido dele e deixo um beijo no lóbulo.

— Feliz aniversário, grande Jared, você cresceu muito — sussurro antes de sentar e observá-lo. — Eu não acho que você ficará muito feliz quando acordar e perceber que perdeu peso. Mas acho que a corrida e seu fascínio com o boxe vão colocá-lo em forma.

Pego a sua mão cheia de fios conectando-o aos aparelhos, mas os ignoro e me concentrando apenas em sua pele.

— Não importa que você esteja dormindo agora. Nós vamos dar a sua festinha porque você merece. Queria que comprassem um bolo de chocolate, mas Ian comprou o que ele gosta. Ah, você fez seu melhor amigo chorar. Eu nunca menti para você. Tenho olhado folhetos de escolas de dança e universidades na Rússia, e daqui também. Mas o ponto é que os programas parecem incríveis, as instalações são lindas. Eu gosto da ideia de ir, mas ao mesmo tempo, não. Estou um pouco confusa. É difícil tomar decisões como essa. Ah, espere um momento!

Levanto-me e vou ao arranjo de rosas que mandei esta manhã para ele. Pego uma delas e a coloco na outra mão. Sorrio.

— Estou um pouco indignada por ser quem manda rosas, mas, por enquanto, eu te perdoo.

Tomo a mão de Jared e beijo seus dedos. Odeio que sua mão pareça frágil. Posso sentir um pouco dos seus ossos. Quero o meu Jared forte. Ele vai ficar chateado quando acordar e notar a mudança.

De repente, começo a chorar em grandes soluços.

— Preciso que você acorde. Eu não sabia que havia a possibilidade de eles desconectarem seus aparelhos, Jared. Por favor, não vá, não os force a fazer isso. Por que está demorando tanto? Por favor, abra esses olhos azuis. Eu preciso que você acorde, com todo o meu coração. Por favor. Eu sei que este é um mundo de merda, que você pode querer ver a sua mãe. Mas sou egoísta e te quero aqui comigo. Por favor, acorde.

Nada do que acontece nos livros ou nos filmes ocorre agora. Seus dedos não se movem magicamente, ele não aperta a minha mão, muito menos murmura "Anabell?". Tudo continua o mesmo, e isso só me faz chorar mais.

— Você está me matando, você está me matando aos poucos. — Sei que isso também soa egoísta, mas eu estou muito triste.

Não quero perder a esperança. Por favor, eu não quero perdê-la. Ao perdê-la, também perco Jared.

— Este é o segundo vídeo que eu gravo para você, e é pelo seu aniversário! — exclamo, então rio. — Você gosta do que eu uso? Ou melhor, você gosta do que eu não uso? — Abaixo a câmera pelo meu corpo e depois a coloco de cima para baixo, para que ela possa me observar falar e também olhar o meu corpo. — Eu comprei esta lingerie cara para nós. Quando você acordar e quiser recuperar todo o tempo perdido, e já faz um bom tempo, temo que você não me deixará andar. Espere, é mentira. Estou ansiosa para isso acontecer! Certo, eu confesso que estou trapaceando. Seu aniversário foi há dois dias, o vídeo deveria ser do dia oficial, mas eu estava triste, Jared. — Suspiro. — Mas hoje senti o desejo de pegar a lingerie e te mostrar. O que você acha? Aposto que quer tirar isto de mim, tigrão. — Eu rio. — Eu não posso acreditar que acabei de chamá-lo de "tigrão". Tenho algo para te contar. Mandei várias solicitações para a Rússia, e a universidade que minha mãe me inscreveu quer me entrevistar pelo Skype. Eu ainda não respondi, papai e todo mundo dizem que não perco nada por fazer uma simples entrevista, mas estou nervosa. Bem, além disso, feliz aniversário de novo! Não posso acreditar que meu namorado tem 23 anos. Você é tão bom em todos os sentidos. Eu te amo muito e espero que volte logo para que possa ver esta lingerie linda ao vivo e em cores. Agora vou terminar o vídeo. Tenho uma entrevista para aceitar dessa universidade. Deseje-me sorte. Eu te amo mais do que ontem. Um beijo, meu Jared.

Termino o vídeo e o envio. O celular de Jared toca e acende. Eu sorrio. Ele terá muito o que fazer quando acordar. Jared precisa acordar.

Capítulo 10
Rússia

Anabell

— Ele vai acordar, sr. Rochester. Olhe para mim, por favor. Eu prometo, ele vai acordar.

Logan está imóvel sentado no sofá da casa onde, sete meses atrás, conversava com Jared. Não posso acreditar que já se passaram sete meses.

— Por favor, acredite em mim. Ele vai acordar. Você não pode deixar que desconectem seus aparelhos, por favor. Vai me matar se fizer isso. — A esta altura, acho justo usar de manipulação.

Landon permanece em silêncio ao meu lado. Talvez porque esteja exausto depois de ter passado a noite inteira chorando. Não é difícil perceber que, para Logan, também não tem sido fácil. Eu vi suas esperanças murcharem dia após dia.

— Por favor, por favor, não faça isso. — Eu me sento ao seu lado, pegando sua mão.

Finalmente ele olha para cima, com os olhos vermelhos e cansados. Parece mais velho, como um pai exausto. Nem mesmo reencontrar com meu pai causou a expressão de tristeza que ele tem agora. Por favor, não faça isso.

— Sete meses. Há sete meses vejo meu filho em uma cama de hospital. Seu coração parou quatro vezes. Ele não está bem, sinto que estou torturando e forçando meu filho a permanecer em um mundo no qual ele não quer ficar. Eu estou o condenando a uma agonia quando não o deixo descansar. Não quero que ele se vá, mas não quero que sofra mais.

Sinto vontade de chorar porque também pensei nisso. Cheguei a pensar que somos egoístas o suficiente para não o deixar partir, para não lhe darmos descanso. Estamos apegados a querer ele conosco. Eu me recuso a acreditar que Jared não queira voltar.

— Por favor, apenas mais uns meses, por favor, apenas isso. Eu não peço mais, vamos esperar um pouco.

— Não vou deixar Jared celebrar um ano daquele sofrimento — diz Logan. — Mais dois meses, apenas isso. Não farei meu filho sofrer.

Ele aperta minha mão e se levanta, subindo as escadas. Limpo as minhas lágrimas e olho para Landon, que balança a cabeça.

— Jared não vai voltar, Anabell. Não vai.

Não quero acreditar nele. E é por isso que, pela primeira vez, Landon e eu paramos de falar um com o outro.

— Não posso acreditar que Landon e você estão… distanciados.

— Landon parou de acreditar, Jessie — digo, enquanto penteio o cabelo de Jared. Durante estes sete meses e meio, adaptamos o quarto para ser um lugar mais aconchegante. — Acho que estamos um pouco tensos.

— Eu não achei que ia demorar tanto tempo, Anab.

— Não importa que demore. O importante é que ele volte.

Passo a mão pelo queixo dele, sentindo a aspereza de sua barba por fazer. Precisam barbeá-lo mais uma vez. Eu suspiro.

— Landon é meu melhor amigo, ninguém entende melhor que eu como é para ele não ter Jared. Dói em mim que ele tenha deixado de acreditar.

— É o irmão dele, Anab. Não deve ser fácil passar sete meses e meio vendo o irmão nessas condições, como uma espécie de sombra do que ele era. Landon não quer vê-lo sofrer, quer que Jared descanse. Isso não pode ser visto como algo ruim.

— Eu sou egoísta. Não me importo em ser. Não quero que o deixem partir. Eu o quero aqui. Se essa coisa de alma gêmea realmente existe, então Jared é a minha. Como superar não ter Jared? Posso continuar com a minha vida, talvez conhecer alguém, mas Jared sempre estará lá. Eu sempre vou imaginar como seria a nossa vida juntos.

Beijo a testa de Jared e caminho até o pequeno sofá para me sentar ao lado de Jessie. Não gosto do olhar que ela me dá.

— Sabe que pode continuar porque é uma mulher forte. Você não iria se estagnar, e se lembraria dele com todo o amor que você tem. Não minta para si mesma. Uma parte sua quer deixá-lo descansar e, assim como Landon, está esgotada. Mas a ideia de se entregar te faz mal. Se ele não voltar, Anabell, deixe-o ir. Não é sua culpa, não é uma desistência. Estará apenas deixando que Jared descanse.

Eu olho para a cama. Dói não poder negar as palavras de Jessie. Sinto que meus sentimentos estão divididos.

Não estou chateada com Landon, ele também não está chateado comigo. Estamos apenas tensos com o destino de Jared.

— Vou viajar para a Rússia — conto para Jessie — em duas semanas.

— Vai embora? — pergunta ela, incrédula.

— Não seja idiota — digo, revirando os olhos. — Serão apenas duas semanas. Tenho três entrevistas em universidades e vou conhecer meu avô.

— Aquele que fugiu com uma ginasta?

— Sim. — Rio. — Talvez eu também conheça a famosa ginasta que conseguiu fisgar meu avô.

— E a maldita psicopata? O que aconteceu com ela?

— Está internada na clínica. Ainda tem dinheiro para alguns meses antes de ser transferida para um hospital público. Papai foi bom demais. Se ele não contasse o número da conta da velha, Calena estaria passando por maus bocados. Espero nunca mais vê-la.

— Apenas duas semanas?

— Duas semanas, Jessie. Se eu decidisse ir embora definitivamente, forçaria vocês a preparar a melhor despedida do mundo. Com strippers, caras gostosos, BG.5 com poucas roupas, modelos, tudo sexy e espetacular para uma gostosa como eu.

Jessie ri e coloca o braço em volta dos meus ombros.

— Essa é minha cadela russa. Por um momento senti como se estivesse te perdendo.

— Você nunca vai me perder. Eu estarei contigo a vida toda.

Não posso acreditar que estou em Moscou. Olho para o céu um pouco ensolarado e depois para o chão.

A primeira coisa que peço é para não me perder, não importa o que aconteça.

É difícil não se distrair com a arquitetura, estruturas e pessoas. Não é muito diferente de uma cidade com a sua efervescência, mas é a Rússia, e isso me surpreende.

Cheguei há dois dias e, desde então, não consigo parar de me maravilhar com tudo. Parece até mais divertido falar russo neste país do que em qualquer outro.

Finalmente chego à pequena universidade onde farei a entrevista. Olho para o folheto e depois para o prédio. O livreto pode ter exagerado em tudo, mas ainda é uma boa universidade para se admirar.

Aliso meu vestido florido e passo a mão pelo meu cabelo. Não sei se este é o lugar onde vou passar minha vida universitária, mas, se sou boa em alguma coisa, são com as primeiras impressões.

A entrevista é tranquila, até um pouco chata. Às vezes me vejo distraída ou querendo bocejar. É claro que ainda estou entusiasmada com a ideia de estudar aqui, mas eu só quero que o reitor se cale por um momento. Está me deixando tonta.

No entanto, faço a coisa certa: sorrio, aceno com a cabeça nos momentos certos e respondo quando uma pergunta é direcionada a mim.

Quando o reitor anuncia que a entrevista acabou, suspiro de alívio.

— Enviaremos uma resposta por e-mail. Foi um prazer conhecê-la — assegura, e aperta minha mão.

— Muito obrigada pelo seu tempo, sr. Petrov.

Eu me retiro da saleta e ando pelos corredores repletos de alunos. Conversas, risadas e outras coisas me fazem, por um momento, realmente sentir falta do inglês e de Manchester.

— Ei, ninguém te disse que não pode ficar aqui no terraço? — adverte uma voz atrás de mim.

Eu me viro e encontro um cara loiro, loiro demais. Na verdade, o cabelo dele é tudo que eu consigo ver. Nem mesmo seus olhos azul-claros chamam a minha atenção. Apenas o cabelo dele.

— Eu só queria observar a cidade daqui.

— Eu sou Dimitri...

— Anabell. — Ele acena com a cabeça para mim. — Fala inglês?

— Sim...

— Podemos conversar em inglês? Estou enlouquecendo de só falar russo, por favor. Posso até te pagar para ter uma conversa comigo.

Ele ri e para ao meu lado, observando a cidade, assim como eu. Sinto um pouco de nostalgia. Estou longe de Manchester há quase uma semana e me sentindo sozinha, sem conseguir parar de pensar em como anda Jared.

— Tudo bem, você não precisa me pagar. Falemos em inglês.

— Agora eu não sei se você me deprime. Seu inglês soa como o da minha mãe, seco, mas compreensível.

— Isso é ruim?

— Bem, pelo menos você não está falando igual a um homem das cavernas como Kattia.

— Esse é um sinal de que não é ruim falar como a sua mãe.

— Só não surte. — Calo a boca rapidamente. — Merda! Isso foi algo cruel para dizer. É bom que você não entenda, porque é cruel.

— Você é inglesa? Não consigo identificar seu sotaque.

— Metade inglesa, metade russa. Você, por outro lado, é bem russo. Seu cabelo é mais loiro que o da minha mãe! Passou cloro? Descoloriu? É quase branco!

— Este é o meu cabelo — diz ele, rindo, e passa a mão pelos fios. — Não é minha culpa que esteja mais perto do branco que do amarelo.

— Você poderia fazer um *casting* para um filme de desenho animado ou algo estranho assim.

— É uma maneira indireta de chamar a minha beleza de "estranha"?

— Que tipo de pessoa atribui a si mesma a existência de uma beleza?

— O que você está fazendo na Rússia, se sente tanta falta do inglês?

— Vim para entrevistas em universidades e escolas. Talvez eu venha estudar aqui.

— Design, literatura? Você tem um rosto de romancista.

— Não sei se quis me ofender, mas devo dizer, Dimitri, que foi um grande elogio. Você sabe como os romancistas são espertos? Imagine, eu não sou boa em inventar bagunças e dramas, a menos que eu escrevesse sobre a minha vida.

— Quanto drama você poderia ter?

— Minha tia morreu quando caímos de um penhasco. Conversei com o homem que minha mãe mais odeia, chamando-o de "melhor amigo". Emudeci aos oito anos. Tenho uma prima puta que dormiu com um ex-namorado meu. Minha mãe era como uma madrasta ruim para mim. Minha outra tia cometeu suicídio. Conheci um cara incrível, mas a porra da minha avó tentou matar nós dois. Esfaqueou o rapaz incrível, e agora ele está em coma. Ah! Já ia esquecendo: agora minha mãe está confinada em uma clínica psiquiátrica.

Eu respiro fundo enquanto ele apenas me observa com seus olhos azuis, muito surpreso.

— Você só pode estar brincando.

— Sem russo comigo. Só inglês.

— Você só pode estar brincando — repete, agora em inglês, embora eu tenha entendido perfeitamente antes.

— Não. Minha família é bem peculiar e, como você pode perceber, muito desunida. De fato, amanhã encontrarei meu avô, que trocou a velha louca da minha avó por uma ginasta antes de eu nascer.

— Você tem uma vida... peculiar...

— Eu brinco que ao menos nunca fico entediada. E você? É só um fofoqueiro que veio me expulsar do terraço?

— Eu não consegui dormir. Tenho uma prova importante amanhã. Estudo Biologia Molecular, e não vim te expulsar. Estou tão aturdido pelo cansaço que, por um momento, pensei que você fosse se matar.

— Continue assim e a próxima coisa que você imaginará será ver o... esqueça.

— Quantos anos você tem?

— Vinte, e meu namorado está em coma, mas é o meu namorado.

— Calma, perguntei a sua idade, não seu status de relacionamento. Você tem um ego grande o suficiente para pensar que quero flertar.

— Bem, não quero partir seu coração. Preciso esclarecer logo.

O menino se inclina sorrindo para mim, perto demais. É atraente, mas não precisa estar tão perto do meu rosto. Abro a minha boca para pedir que se afaste, mas ele fala primeiro.

— Você não é meu tipo.

— Isso é rude.

— Bem, você é metade do meu tipo... A outra metade pode parecer um pouco mais com seu namorado.

— Um Landon russo! — grito, dando um pequeno salto. Ele se afasta assustado.

— O que é um "Landon"?

— Ah, Landon é uma criatura sexy de sangue quente que gosta de vaginas e pênis. Um ser que coloca em qualquer buraco. Landon coloca em qualquer buraco.

— Suponho que eu seja um Landon.

— Você ganhou parte do meu coração agora.

— Muito bem... É meia-noite, e eu não consigo dormir porque estou com medo da minha prova. Quer tomar um café na rua? Está sempre aberto.

— Claro, claro — aceito animadamente. Deus! Afinal não estou me sentindo mais tão sozinha neste país.

O senhor de cabelo grisalho ondulado e constituição forte se senta à minha frente. Mexo meu corpo desconfortavelmente, intimidada. Se ele decidisse me abraçar, me faria em pedaços.

— Bem, você vai dizer alguma coisa? — pergunta com um russo forte que só me deixa mais intimidada.

— Meu Deus, eu estava esperando por um velho decrépito, não um possível ditador militar — digo.

— Nada de inglês. Aqui se fala russo. Eu não falo inglês.

— Sim, senhor! — exclamo e, estranhamente, ele sorri. Eu me sinto mais aliviada.

— Você tem meus olhos verdes.

— Correção: tenho os olhos verdes da mamãe. Ela que tem os seus olhos verdes.

— Tecnicismos — murmura ele, encolhendo os ombros. — Sempre tive curiosidade em conhecê-la, assim como a sua prima.

— E Analise?

O velho suspira de uma maneira barulhenta, abaixa os olhos para a xícara de café, na qual adiciona licor. Este homem me surpreende. Este homem é o meu avô.

— Calena nunca me contou sobre Analise, nem me deixou ver sua mãe e Katerina. Tenho certeza de que nunca entregou minhas cartas, e eu admito que desisti com muita facilidade e rapidez. — Ele balança a cabeça. — Quando ouvi falar de Analise, ela já não estava entre nós. Soube disso quando conheci Katerina. Minha filha guardou muito rancor de mim. Tenho certeza de que sua mãe também, e eu não as culpo.

— Tia Katerina faleceu há quase oito meses.

— Eu sei. Nada dói mais do que não ter reencontrado duas das minhas filhas. Sei que Anastasia não vai querer me ver, foi por isso que fiquei surpreso que seu pai tenha me contatado. Nunca soube que eu estava deixando minhas filhas nas mãos de uma mulher como Calena. Pensei que ela era apenas uma maníaca e controladora que estava me deixando louco.

— Nunca se deve se divorciar dos filhos.

— Eu sei, e esse foi o pior erro da minha vida. — Ele me dá um sorriso. — Sinto que, ao olhar para você, vejo a bondade que minha Anastasia tinha, aqueles olhos doces, determinados a mostrar ao mundo que consegue fazer de tudo.

Eu não posso deixar de sorrir.

— Eu não sabia que você estava vivo. Achava que só tinha avós por parte de pai e a russa maluca.

— Não sou o melhor homem, mas sei que nós, idosos, estamos mais perto da morte. Fico feliz em conhecer minha neta.

— Ei, e afinal, qual é o seu nome? Para mim, sempre foi "o avô que fugiu". Não sei o seu nome.

— Difano Kabakov. Mas me chame de "vô".

— Ou "velho perto da morte".

— Ou vô.

— Ou vô — concordo, e ele sorri.

Obrigada. Um avô relativamente normal. Um parente relativamente normal.

— Como está Jared? — pergunto, quando Ian atende o telefone.

— Você e Landon ainda não estão se falando?

— Não mude de assunto. Eu escrevi para o Logan, e ele não me respondeu. O que estão escondendo?

Ian permanece em silêncio. Não gosto disso.

— Ian, o que está acontecendo? Diga-me ou eu pego o primeiro voo para casa. Não me importo que ainda falte uma entrevista.

— Por que você não liga para Landon e fala com ele? Não acho que eu deva ser a pessoa a te contar.

— Deixe de mistério! Só... Ian? Maldito, desligou — grito ao telefone.

Procuro rapidamente o contato de Landon. Não importa que estejamos há semanas sem conversar. Sinto meu coração bater com força e muito rápido.

A ligação cai, e isso me incomoda, mas, então, meu celular toca e eu ofego ao ver o número de Jared e o link de uma mensagem multimídia.

Abro a imagem, trêmula. É apenas uma foto de olhos azuis, um olhar vazio. Não há mensagem.

Ligo para o número de Jared. Nem sei se estou respirando por prazer ou necessidade.

— Anabell...

— Cadê o Jared? — pergunto a Landon.

— Anabell, escute...

— Cadê o Jared? Que tipo de foto é essa? O que está acontecendo?

— Anabell, ele não está...

— Diga-me que Jared ainda está vivo. Diga!

— Eu não posso te dizer.

— Ah, meu Deus... Como você deixou eles fazerem isso?!

— Por favor, escute. Por favor. Sei que deve me odiar, mas...

— Como você pôde fazer isso? Como pôde fazer isso comigo?! Nunca vou te perdoar! Nem você, nem o seu maldito pai — grito, jogando meu telefone sobre a cama, porque nele ainda há muitas fotos de Jared.

Minhas mãos tremem, e as lágrimas caem. Ah, Deus, eles o desconectaram! Fizeram isso. Não me deixaram dizer adeus, fazer alguma coisa. Agiram na minha ausência.

Sinto uma dor no peito enquanto meu corpo treme em soluços. É meu Jared, meu namorado. Alguém que se arriscou por mim.

Saio do apartamento em que estou hospedada e desço as escadas rapidamente. Paro no terceiro andar e bato na porta.

— O que aconteceu? Vai derrubar minha porta? — pergunta Dimitri. — O que aconteceu? Por que você está chorando?

Eu não digo nada. Apenas me jogo sobre ele e começo a chorar. Dói muito, dói demais. Preferiria mil vezes ser egoísta em querer ele comigo do que sentir este vazio doloroso de perdê-lo, de tê-lo perdido.

— Desligaram, desligaram os aparelhos do meu namorado — digo entre soluços. — Levaram Jared… Não… Eu não… Adeus… Eu não estava lá… Dói muito.

— Ah, querida, sinto muito — murmura Dimitri, abraçando-me com força.

— Quero ir para casa, quero ir para casa.

— Não acredito que…

— Ajude-me a ir para casa, por favor — choramingo. — Por favor, quero ir para casa.

— Certo, vamos conseguir um voo para você, mas preciso que respire. Por favor.

— Meu Jared…

Nunca pensei que daria um tapa em Landon em minha vida, mas é a primeira coisa que faço assim que o vejo no corredor da clínica.

Ele me observa com surpresa.

— Traidor sujo! Você disse que, enquanto eu estivesse na Rússia, não iam desconectar os aparelhos de Jared! Você prometeu!

— Anabell, escute…

— Deus, como você pôde fazer isso comigo?

Eu me jogo em uma das cadeiras cobrindo meu rosto com as mãos enquanto choro. Landon se senta ao meu lado.

— Lamento, por favor. Sinto muito.

— Pedidos de desculpas não consertam nada, não o trarão de volta — digo entre as lágrimas.

— Não é por isso que estou me desculpando — murmura.

— Vá embora, Landon, não fale comigo, não me toque. Nada. Apenas me deixe.

— Por favor, escute. Anabell, por favor.

Landon retira as mãos do meu rosto e tenta limpar as lágrimas, que estão fora de controle. Ele parece cansado e exausto.

— Prometi não fazer nada enquanto você estivesse fora, mas nem todas as decisões estavam em minhas mãos.

— Mas Logan…

— Nem nas de Logan. As decisões dependiam de Jared.

— Por favor, pare, dói.

— Eu não quebro minhas promessas, Anabell. Mas não posso controlar as decisões de Jared. Consciente e inconscientemente.

— Eu não estava aqui. Quando isso aconteceu?

— Há quatro dias.

— E você não me contou…

— Preciso que você me escute, querida. Preciso que a boneca de Jared me ouça bem.

— Não… Eu não quero te perdoar.

— Por que ainda estamos em um hospital? — indaga, e eu balanço minha cabeça. — Por que ainda estamos no andar de emergência? Anabell, ele não se foi, são decisões dele.

— Mas…

— Ele não está mais conectado mesmo, seu estado é delicado, mas agora está consciente e desorientado. Está sedado, mas abriu os olhos e falou um pouco. A foto que te enviei foi a minha maneira de dizer que ele voltou.

— Seu maldito, maldito! — grito, batendo nele. — Você! Ah, meu Deus, você tem alguma porra de ideia do quanto eu chorei?

— Você não me deixou explicar!

— Você não tem que ser dramático! Só precisava dizer que voltou! — Eu me levanto rapidamente, limpando o rosto. — Cadê ele? Eu preciso vê-lo.

Landon aponta para um quarto. Acho que está prestes a me dizer alguma coisa, mas eu o ignoro e sigo em frente.

Entro e fecho a porta atrás de mim. É um quarto insípido. Há cabos conectados à pessoa reclinada na cama. A cena me lembra a que eu tenho vivido nestes últimos quase oito meses da minha vida, exceto que, desta vez, seus olhos azuis me observam.

— Merda, ah, merda, esses olhos — murmuro.

Jared está magro e abatido, além de ter grandes olheiras. Ele não diz nada. Seus olhos apenas me seguem, não há a mínima expressão em seu rosto. Percebo que o celular dele está ao lado da cama. Aposto que Landon conseguiu tirá-lo do meu quarto com a ajuda do meu pai.

— Jared… — Suspiro, aproximando-me devagar. Ele continua olhando para mim até que sua voz rouca e quebrada faz uma pergunta que me faz parar.

— Quem… Você deveria… Quem é você?

Este deve ser o momento em que alguém entra e diz: "Sua vida inteira foi um filme muito ruim com grandes reviravoltas que em breve receberá nove estatuetas do Oscar, incluindo o de Melhor Atriz para você. Parabéns, a sua vida é uma merda." Fecho os olhos e respiro fundo. Isto dói.

— Jared…

— Por favor… saia.

Por um momento cruel, sinto falta do silêncio dele, porque era menos doloroso do que ouvi-lo me pedindo para sair. No entanto, sinto que devo isso a ele, e me viro muito devagar para sair.

Quando toco a maçaneta da porta, meu celular toca. É uma mensagem multimídia do número de Jared. Eu o observo com descrença. Jared olha para mim com o celular na mão.

Minha curiosidade é maior do que a sua crueldade. Abro a mensagem e é uma imagem das minhas costas com a frase:

Aonde você está indo, boneca?

— Que porra é essa?

— Já... — Jared limpa a garganta tomando um pouco de água. — Você já não é mais tão boa... para entender... uma piada... Eu fui esfaqueado... não foi um golpe na cabeça... boneca.

Eu olho para ele. Agora, além de olhar para mim, ele sorri um pouco. Está pálido, magro e parece cansado, mas ainda é lindo. Meu Jared.

— Você é um merda. Isso é cruel! Muito cruel!

— É uma boa... piada. Eu fiz... isso... com todo mundo... Só faltava... você.

Ando até ele com as mãos nos quadris, mas sorrio enquanto as lágrimas caem. Jared levanta o celular, mas faz uma careta com o movimento.

— Eu me atualizei... gosto... dos vídeos. — Ele respira fundo. — Meu aniversário... é o melhor.

— Você é o melhor — declaro antes de abraçá-lo com força. Ele geme de dor, e eu me afasto rapidamente.

— Meus músculos... ossos... estão duros... Eu tenho que fazer fisioterapia. Foram... meses.

— E faz mal falar?

Jared balança a cabeça, os olhos arregalados. Desta vez sou mais delicada quando o abraço enquanto ainda choro.

— Pensei que você tivesse partido — digo, beijando sua testa.

— Eu pensei... que você... estava na Rússia.

— Foda-se a Rússia. Foi bom ter umas férias, mas este é o meu lugar. Eu obrigava meu vizinho a falar inglês.

Jared tenta rir, mas se queixa da dor. Não há problema em sentir dor, porque significa que ele vive e continua comigo.

— Eu te amo muito. Muito. Deus, eu senti sua falta.

— Sinto muito… pela demora.

— Não importa. O que importa é que você voltou.

— E eu… não vou mais partir — promete ele. — Também… eu te amo… E a piada? Eu… jamais… poderia te esquecer.

— Foi uma piada cruel, mas eu te perdoo porque você está acordado e não entende o que é divertido e o que não é.

— E se… eu esqueci… como foder?

— Querido, é impossível. E, se acontecer, vou te ensinar de novo assim que eles deixarem você fazer isso.

— Foi um teste… Eu queria saber… se você me amava… pelo meu corpo. Claro que eu lembro… porra. Agora mesmo… eu estou tendo… uma ereção.

Este é o meu Jared.

Capítulo 41
Futuro engenheiro

Jared

— Porra, não estou mentindo, dói — reclamo com o fisioterapeuta que flexiona minha perna. Eu lanço um olhar enviesado para ele, que só revira os olhos. Cara, eu estava há oito meses sem se me mexer, acredite quando digo que está doendo.

— Se dói, então estamos bem.

— É isso que você diz às garotas quando tira a virgindade delas? — pergunto. O fisioterapeuta ri.

Não estou exagerando ou algo assim. Acordei há duas semanas, e há uma ele vêm me torturando, porque essa fisioterapia é tortura pura.

Sei que as sessões são necessárias, que preciso me recuperar, mas como todos os seres vivos, quero evitar a maldita dor que queima todos os músculos do meu corpo. A dor muscular não é a pior, mas a dor de cabeça. Porra, é como se a perfurassem com uma furadeira.

Ainda estou tentando assimilar que estive ausente por oito meses. É muito, muito tempo. É quase o tempo de uma gestação. Gostaria de saber onde minha mente e pensamentos estavam o tempo todo, mas é como se eu tivesse dormido muito e mal. Lembro apenas de alguns detalhes que aconteceram naquele dia.

— Você tem que se recompor. Sua namorada gostosa me ameaçou caso você não se recupere.

— Vou esquecer a parte em que você chama minha namorada de gostosa — digo, respirando profundamente. O fisioterapeuta me faz ir para cima e para baixo, como se eu estivesse fazendo abdominais. Dói. — Eu tenho de melhorar, tenho muito o que colocar em dia.

— Pelo menos você está falando muito bem.

Isso é verdade. Há cinco dias eu gaguejava, minha garganta arranhava e eu falava muito lentamente, tudo porque minhas cordas vocais doíam. Eu me adaptei pouco a pouco. Ao menos agora estou acordado e posso ver tudo que Anabell me enviou, o que faço todo maldito segundo do dia.

Meus favoritos são os vídeos. Com eles, percebo que Anabell sempre esteve lá, esperando por mim. Embora as fotos variem de inocentes a nudes, os vídeos são meus favoritos. Claro que eu amo as fotos também.

— Aí vem a Judith para fazer a massagem nos músculos da perna. Pode descansar um pouco.

Quase peço que, por favor, continue com a tortura. No entanto, Judith, a carinhosa e jovem enfermeira, já está na minha frente com um grande sorriso no rosto.

Anabell me disse pelo menos três vezes o quanto gostaria de cortar as mãos amorosas de Judith. É como um maldito polvo me tocando demais.

— Aqui está meu paciente favorito.

— Eu não sou realmente seu paciente — digo, e ela sorri.

— Bobagem, você é meu favorito.

— Eu também sou o favorito da minha namorada. — Enfatizo a palavra "namorada" para ver se consigo fazer as mãos dela ficarem menos carinhosas em relação ao meu corpo.

Perdi peso. Ainda tenho alguma coisa, mas definitivamente não é o corpo que eu tinha quando corria e praticava boxe. Quero voltar a isso, mas entendo que preciso ter paciência.

Como diz Logan, a primeira coisa é agradecer que estou vivo, que estou de volta e sem sequelas sérias. A enfermeira começa a massagear minhas pernas. Eu me sinto tenso no começo, mas relaxo em seguida com o alívio.

Preciso me recuperar rápido.

— Você está mentindo — digo para Anabell enquanto ela abotoa minha camisa. Sou capaz de fazer isso, mas ela insiste em fazê-lo.

— Não, estou falando muito sério. A monarquia caiu e agora a Inglaterra é uma república.

— Isso não poderia ter acontecido em oito meses. Derrubar uma monarquia de séculos não seria assim tão fácil assim. Quanto tempo isso levou na França?

— Por que você não acredita em mim?

— Tudo bem, onde está a rainha agora? Harry e William? — Anabell alisa a camisa sobre os meus ombros e sorri. — Viu? Você está mentindo.

— Você ainda é um sabe-tudo. — Anabell cola o seu rosto no meu, e eu sorrio — E eu ainda amo você.

— Que bom — murmuro antes de sentir sua boca pressionar a minha.

Esse é o único tipo de beijo que tenho recebido de Anabell. Sem beijos profundos, línguas entrelaçadas ou paixão. Estou ficando desesperado. Meu corpo lembra muito bem do de Anabell e parece ansioso para colocar-se em dia.

Anabell afasta sua boca da minha e passa os dedos pelo meu cabelo. Preciso cortá-lo, está tão grande que quase não consigo enxergar. Até mesmo a fricção sobre os meus cílios é irritante.

— Está certo, ainda somos súditos, não cidadãos. Nós não somos uma república. Você é um estraga-prazeres.

— Você não me engana tão facilmente. — Eu pressiono minha testa sobre seu peito. Não posso acreditar que perdi seu aniversário, o meu, o primeiro ano desde que nos conhecemos e até mesmo o nosso primeiro aniversário de namoro. É realmente uma porcaria ter estado em coma.

— Nós podemos recuperar esse tempo. — Ela me tranquiliza, sorrindo. — Sei que você ainda está um pouco desorientado, mas podemos colocar tudo em dia.

— Já está indo, meu paciente favorito? — pergunta Judith ao entrar no quarto. Imediatamente Anabell revira os olhos e me envolve em seus braços. Eu aproveito a oportunidade para tocar a sua bunda. Minhas mãos se sentem em casa.

— Sim, meu Jared recebeu alta. Vai para casa com a sua família, seus amigos e sua namorada, quero dizer, eu.

— Finalmente estou indo para casa — murmuro, deixando um beijo em seu queixo. — Para casa com a minha boneca.

As mãos de Anabell seguram imediatamente o meu rosto. Seus olhos brilham e seu sorriso é lindo. Acho que eu poderia babar agora.

— Você não sabe como meu coração enlouquece toda vez que eu ouço você me chamar de "boneca". Merda, eu senti muita falta disso. Não pare de me chamar assim.

— Boneca, boneca, boneca...

— Desculpe interromper a breguice, mas é hora de tirar a sua bunda desta clínica, Jar. Não vamos pagar outra libra sequer por você — brinca Landon, entrando e pegando alguns dos meus pertences.

— Ainda somos ricos? — questiono, rindo.

— E sexy... Irmão, não esqueça a palavra "sexy".

Solto uma gargalhada e me levanto com uma pequena careta de dor. Respiro fundo e sorrio. Volto-me para a enfermeira.

— Tenha um ótimo dia, Judith.

É realmente um alívio deixar esta clínica.

— Como se sente?

Essa é a pergunta que Logan tem feito a mim várias vezes desde a semana passada, quando recebi alta.

Eu me sinto melhor, não dói muito para me movimentar. Até mesmo Landon vem e me ajuda a praticar um pouco de boxe e a fazer caminhadas rápidas. Quero retomar minha rotina, voltar para a minha vida.

— Eu me sinto bem — digo sem tirar os olhos da janela. Então me viro para ele. — Só que estou morrendo de tédio, pai. Vou ficar louco se não fizer algo.

— Você precisa se recuperar. Às vezes sente câimbras e parece perdido por alguns segundos.

— Estou desorientado, mas vou ficar bem em algum momento.

— Não estou dizendo que você não vai melhorar — atenua, sentando-se ao meu lado. — O que acha de cuidar de algumas planilhas da academia? Isso é suficiente?

Não, não é suficiente. Eu costumava fazer mais pelos negócios, cuidar de algumas planilhas não é nem metade do que eu fazia. De qualquer forma aceito, porque é melhor que nada.

— Você é um bom pai, Logan. Perdeu-se por um tempo, mas finalmente voltou. Estou feliz por isso.

Logan abre um sorriso e larga um tapinha no meu ombro antes de se levantar e sair do meu quarto. Meu celular toca. É Ian.

— Ian.

— É tão estranho que eu possa te ligar de novo. — Ele ri. — Você estava em coma, Jared.

— Sim, tenho ouvido isso com frequência — murmuro com ironia.

— Você está chateado ou algo assim?

— Não, estou cansado deste confinamento. Não me dão as chaves do meu carro, não me deixam sair. Isso é tortura.

— Quer que eu passe por aí para fazermos alguma coisa?

— Se fizer isso, ganha o meu amor e faço de você o meu melhor amigo.

— Jared, eu já sou seu melhor amigo.

— É? — pergunto para irritá-lo, mas ele ri. — Por falar nisso, um passarinho me contou que Jessie anda atrás de você, mas você nem dá bola.

— Um passarinho? Sua namorada é muito fofoqueira, sem querer ofender. Eu amo a Anabell, ela é megalegal, mas é uma fofoqueira.

— É bom que compartilhe informações. Ela também me disse que Mark e Gretta estão se "conhecendo". Francamente, eu não esperava por isso.

— Landon diz que ela está deixando seu tutu de lado por causa de Mark.

— Então, sim, seria ótimo se você viesse me procurar e me tirasse dessa tortura.

— Tudo bem, estarei aí em vinte minutos.

Anabell me observa bater no saco de pancadas no meu quarto. Um pouco devagar, mas estou me esforçando.

É a minha terceira semana fora da clínica. Sinto que, pouco a pouco, retomo a minha mobilidade, e nem tenho mais os breves momentos de desorientação com frequência.

Logan me forçou, mesmo antes de eu sair da clínica, a me consultar com um psicólogo. Eu não recusei, era a coisa certa a se fazer. Não estou me sentindo louco, mas é claro que ser esfaqueado causou um impacto. Além disso, carrego aquela estranha cicatriz rosada na lateral do meu corpo, o local onde a faca me perfurou. Eu me lembro de sentir alguma dor, mas o pior não foi a perfuração.

O que mais machucou foi sangrar, sentir meus órgãos se enfraquecerem lentamente. Doía quando eu tentava respirar, meu peito queimava, senti até a impotência de não ser capaz de me mover. Doía não saber se Anabell e sua mãe estavam bem enquanto eu estava no chão.

— Por que não me contou?

— Porque era para ser uma surpresa, boneca. Ser esfaqueado não estava nos meus planos.

— Você é um idiota. Devia ter me contado.

— Eu pensei, quando falei com Landon, há uma semana, que ele havia lhe contado.

— Não me disse nada! Talvez eu não tivesse ido sem você, mas gostaria de ter sabido.

Eu encolho meus ombros batendo no saco. Sinto os braços de Anabell me cercando por trás, enquanto as palmas das mãos estão pressionadas no meu abdômen. Eu respiro profundamente.

A essa altura, eu me sinto como um adolescente que descobriu o que é sexo. Cada toque, cada olhar dela me excitam, e que o fato de ela me dar apenas selinhos não ajuda.

— O que aconteceu com esses ingressos?

— Quase um ano se passou e eles não foram trocados. Então nós perdemos o show.

— Mas é o BG.5! Não é justo, você conseguiu os ingressos para nós no aniversário de Landon.

— Você irá a um show deles algum dia, boneca.

Eu a sinto pressionar a testa nas minhas costas, coberta pela camisa. Meu corpo tensiona um pouco quando a pressão habitual começa a se manifestar na minha virilha. É evidente que meu pau já começa a acordar.

— Sinto muito, Jared. Eu não te pedi desculpas do jeito certo. Coloquei você naquela bagunça, não imaginei que Calena fosse louca àquele ponto. Eu me senti muito culpada, ver você naquela cama era horrível. Tudo isso era para mim, não era você quem devia se machucar.

Eu acaricio as costas de suas mãos. Em nenhum momento passou pela minha cabeça culpá-la. Não foi culpa dela que aquela mulher tenha enlouquecido a ponto de querer ferir alguém mortalmente. Não faz nenhum sentido atribuir a responsabilidade disso a Anabell. Ela perdeu a tia e, de certa maneira, também perdeu a mãe.

— Não é sua culpa. Mas se você se sente melhor por eu aceitar as suas desculpas, tudo bem. Eu te desculpo.

— Eu me senti horrível quando achei que tivessem desconectado seus aparelhos. Queria descobrir se a Rússia era uma opção para mim. É um país lindo, gostei de passar as férias por lá e conhecer parte da minha cultura, mas não é minha casa. Não é minha casa.

Eu me viro, enroscando meus braços ao redor de sua cintura. Anabell me observa com aqueles olhos verdes pálidos que eu amo.

— Estou feliz que você tenha feito essa viagem. Não vou sentir que te segurei. Agora você pode ter certeza de que avaliou suas opções.

— Eu sei...

— E eu sei que ganhei a aposta sobre você descobrir que a dança é a sua vocação, porque Landon, ou eu, diria a você.

— Landon já te pagou?

— Não, ele disse que você me pagaria.

— Eu não vou te dar dinheiro!

— Nao, você não vai fazer isso — sorrio para ela —, mas vai me dar um beijo de verdade, longo e duradouro. Não aqueles selinhos miseráveis e frustrantes.

Anabell olha para mim e ri antes de colocar as mãos debaixo da minha camisa, acariciando minhas costas.

— Achei que não fosse pedir! Não queria que você pensasse que sou dominada por meus hormônios e que não me importo com seu bem-estar. É uma tortura me controlar.

— Não pedi para você se controlar! Gata, eu dormi por meses, é óbvio que agora que acordei e vi suas fotos e vídeos, só penso em te tocar, lamber e foder. Tudo isso, e não necessariamente nessa ordem.

— Acho que você ainda não pode praticar certas atividades físicas... — Eu miro seus olhos. Talvez ela esteja certa.

— Tudo bem, mas eu ainda posso beijar, lamber, morder e tocar.

Anabell dá dois passos para trás e abre os braços com um sorriso.

— Certo. Toque, lamba e beije o que você quiser.

— O céu ouviu minhas orações — exclamo e, sem hesitar, pressiono seus seios, mesmo sobre a camisa e o sutiã. Eu os aperto, e ela solta um leve gemido. — Minhas mãos estavam tão carentes sem esses peitos.

— Vai falar sacanagem para mim?

— Pode ser.

Eu aproximo minha língua do seu pescoço. As unhas de Anabell pressionam a pele das minhas costas. Sem rodeios, eu tiro a sua camisa e, em seguida, o seu sutiã de algodão.

— Aqui estão eles. — Suspiro, olhando para os seios dela, tocando levemente os mamilos com os dedos. — Essa é a melhor coisa que aconteceu comigo desde que acordei.

— Não me surpreende que você diga algo assim.

Beijo suavemente o pescoço dela, descendo até alcançar seu seio esquerdo e lambê-lo. O próximo passo é beijar, beliscar e lamber o máximo que eu puder das belezas que eu vi por engano há tanto tempo em meu celular pela primeira vez.

Eu me entretenho com seus seios por muito tempo enquanto a ouço ofegar e murmurar as coisas sujas das quais eu senti tanta falta. Deixo um rastro de beijos até voltar a sua boca e dar-lhe o beijo pelo qual estive esperando desde que acordei.

Não posso dizer que estou sendo doce e amável. Na verdade, quero tudo de Anabell. Para não perder tempo, coloco minha língua em sua boca e posso finalmente saboreá-la. Fico feliz que ela me beije com igual intensidade antes de se afastar para tirar minha camisa.

Sem a camisa, suas mãos tocam e acariciam, fazendo-me querer esquecer que ainda tenho câimbras. Foda-se! Quero arrancar essas roupas inúteis e transar com ela em qualquer superfície que seja capaz de resistir às fortes investidas que eu quero dar nela.

Só para ter uma ideia do quanto estou excitado e ansioso.

Uma de suas mãos agarra o meu cabelo e a outra invade a minha calça, debaixo da minha cueca. O contato de seus dedos com meu pau faz parecer que ele rosna, enquanto, sem poder evitar, ela me pressiona com a mão.

Anabell começa a me acariciar. Minhas mãos se emaranham em seu cabelo. Mordisco seu queixo e desço novamente para beijar seus seios.

— Jared... — geme ela. Eu amo esse som. Sempre amei e sempre amarei.

— Quero tanto meter em você, gata. Porra, eu quero muito, muito transar contigo. — Sua mão aperta meu pau ainda mais e eu fecho meus olhos com força. — Eu vou lamber você, sim, é o que eu vou fazer.

Gentilmente a empurro até ela cair na cama. Sorrio e abaixo seu short junto com a sua calcinha.

— Isso vai ser intenso, boneca. Não tenho a intenção de ser delicado.

— Por que tenho a impressão de que você vai me fazer gritar?

— É isso que eu quero ouvir — digo, passando sua perna em volta do meu ombro e levando minha boca para mais perto do meu objetivo.

Gosto de torturá-la com os ataques da minha língua, as carícias e todas aquelas coisas que a faz se contorcer.

Continuo mais e mais até que eu a tenha despedaçado em uma espiral de um grande orgasmo.

— Bendita seja sua boca!

— Amém! — rio e me inclino sobre ela. — Estou suado, vou tomar banho.

— Hmm...

Vou direto ao banheiro. Estou suado por causa do boxe. Preciso de uma ducha, não que vá melhorar muito a minha ereção notável.

Rapidamente termino. Anabell ainda está deitada na cama. Amarro a toalha nos quadris e saio.

— Jared, vem cá um momento.

— O que foi? — pergunto, entretido com a visão do seu corpo nu. Ótima visão.

Anabell se senta abrindo as pernas antes de se enganchar ao meu redor. Sinto a pressão de suas mãos na minha bunda e, em seguida, uma mordida no meu quadril seguido pelo arrastar de sua língua.

— Ah, merda!

— Eu também quero atender seus desejos — murmura dando beijos curtos embaixo do meu umbigo. — Quero te dar muito carinho.

Ela puxa a toalha e, ainda com as mãos na minha bunda, me aproxima do seu rosto. Com um sorriso travesso, leva uma das mãos ao meu pênis. Eu respiro fundo.

— Prepare-se, Jared Rochester. Vou lembrar você de como se sentiu meses atrás. Vai se sentir ainda melhor.

Não é mentira. Sua boca faz todas aquelas coisas maravilhosas em mim, mas isso não apenas me lembra como me senti meses atrás, mas também como me sinto ainda melhor agora.

Solto um longo suspiro. Landon sorri para mim.

É a quarta semana fora da clínica e estou fazendo o que devia ter feito há muito tempo. Olho para as estruturas. As pessoas vêm e vão.

— Estou realmente fazendo isso de novo, Landon.

— Demorou muito. Você pode cuidar daqueles que você ama, cumprir seus deveres e ser feliz.

— Porra, estou nervoso.

Ele ri e desliga o carro, mas nós permanecemos sem sair.

— Você gosta de estar aqui, Landon?

— Eu adoro, gosto desta experiência. Gosto de aprender.

— Não posso acreditar que vou retomar meus estudos — digo, sorrindo. — Eu serei um engenheiro.

— Tenho certeza de que sim, Jar. Falta muito pouco.

— É tão estranho estar na frente da universidade — reflito, observando a Universidade de Manchester, o lugar em que estudei por muito tempo.

Universidade da qual eu me sentia orgulhoso em pertencer. Espero mais uma vez sentir esse orgulho.

Passar um período em casa, com todo aquele tempo para mim, me fez pensar sobre como é hora de retomar o meu sonho, adiado para cuidar da minha família. É bom que a universidade esteja a apenas vinte minutos de casa, isso é ótimo.

Eu não sei para qual escola de dança Anabell irá. Também não sei ainda se ela escolherá dança ou Propaganda e Marketing. Mas ainda estou em Manchester.

— Desde que me entendo por gente, quero ser engenheiro, Lan. Sempre fazendo cálculos, maníaco por números. Não sabia que sentia tanta falta disso até agora.

— Eu sei. É hora de terminar o que começou, Jared. Hora de o futuro engenheiro da família se formar.

— Então vamos sair deste carro. Tenho uma matrícula para renovar.

— Que genial. Como engenheiro, você se tornará ainda mais rico. Mais dinheiro para a família.

Saio do carro, rindo. Entrego meu celular a Landon.

— Tira uma foto minha.

Eu aponto para a entrada da universidade, que está atrás de mim. Arregalo os olhos fingindo surpresa. Landon devolve meu celular e rapidamente envio a imagem para Anabell.

Futuro engenheiro retornando.

Guardo o celular no bolso e, com a pasta contendo os documentos necessários, caminho ao lado de Landon.

Sei que os colegas e amigos com quem comecei minha carreira universitária já se formaram, mas isso não faz com que eu me sinta mal. Estou tão feliz por estar de volta, que não me incomoda. Estou feliz por eles terem alcançado seus objetivos. Agora é a minha vez.

Nós nos encaminhamos para um grande escritório, onde esperamos para sermos atendidos. Olho ao redor quando meu celular vibra. Sei que é a resposta de Anabell.

Eu abro a foto e respiro fundo. Porra, é incrível!

Parabéns, futuro engenheiro.

As palavras são acompanhadas por uma foto dela nua, de costas. Seu cabelo cai até o meio de costas. A única parte completamente à mostra é a sua bunda, e isso torna a foto, de certo modo, erótica e insinuante.

Secretamente anseio para que ela se vire para eu dar uma boa olhada de frente.

— Não quero te alarmar, mas uma barraca está se se armando em sua calça — sussurra Landon.

Eu olho para baixo. Preciso recuperar o controle do meu corpo, não posso ter uma ereção ante a tudo que Anabell faz.

— Vá ao banheiro para abaixar isso, Jar — aconselha Landon.

— Não posso simplesmente me masturbar na universidade para a qual pretendo voltar.

— Suas opções são fazer isso ou dizer "olá" ao reitor com o pau assim.

Coloco meu celular no bolso da calça e me levanto.

— Não conte isso a ninguém.

— A única pessoa a quem eu quero contar é a que causou isso.

Ando apressado para o banheiro. Quando chego, fico feliz pela sugestão de Landon, pois logo recebo outra imagem, agora de frente.

— Merda, maldita seja.

"Para o meu engenheiro."

Seu rosto não está visível. Corro para procurar o seu contato e ligar para ela.

— O que foi, Jared? — pergunta Anabell, rindo.

— Eu quero fazer amor com você. Vou explodir, não posso só me masturbar. Você me provoca.

— Só queria te parabenizar.

— Vou foder com você em todas as posições, lugares e jeitos possíveis. A noite dos brownies não será nada com tudo o que vou fazer com você. Não tenho mais câibras, meus músculos estão bem. Então, assim que vir você, boneca, não espere que sua calcinha saia intacta. Será intenso, muito intenso.

— Merda...

— Será ainda melhor do que parece. Confie em mim. Você vai se lembrar para sempre.

— Você está me deixando excitada, Jared...

— Somos dois. Eu estou de pau duro a minutos de uma reunião importante. Sabe onde está minha mão? Sim, exatamente onde você imagina, porque eu me masturbei mais durante este tempo do que em toda a minha vida.

— Está falando comigo enquanto faz isso? Que ousado.

— Aposto que você está adorando.

— Claro que sim. Posso riscar isso da minha lista. — Então ela abaixa a voz. — Nós poderíamos fazer sexo por telefone.

Eu paro a minha mão e fico em silêncio. Em seguida, sorrio.

— Tire essa calcinha, vamos riscar isso da sua lista também.

— Já estou sem calcinha faz um tempo. Lembre-se, eu estou nua.

— Você será minha perdição, gata.

— Estou tão feliz por você estar de volta.

— Eu também.

Capítulo 12
A notícia de Logan

Jared

— Você é o sr. Jared Rochester? — É tudo que Anabell pergunta assim que eu abro a porta da minha casa. Não posso deixar de levantar as sobrancelhas para ela.

— Parece que sim — cruzo meus braços.

— Enviaram um presente para você.

— É?

— Sim. Fui enviada para ser a melhor stripper que você viu em sua vida de estudante universitário.

Não posso deixar de rir, mas deixo-a passar. Sua bunda está coberta por um short de couro preto. A camisa é um top também de couro apertado, além de vestir meia-calça e botas de salto impressionantes. Quando Anabell sorri para mim, percebo que seus lábios estão pintados de vermelho e que mantém um olhar bastante entusiasmado.

Isto será bem interessante.

Sete semanas fora do hospital, a nona depois de ter acordado e já me sinto como o velho Jared.

— Onde você quer que eu faça isto, sr. Rochester?

— Onde você quiser, contanto que você faça muitas coisas...

Anabell nunca deixa de me surpreender. De alguma forma, ela sempre encontra algo novo para me desconcertar por alguns segundos. Tento imaginar de onde vêm todas essas ideias que me pegam desprevenido.

Ela leva as mãos ao cabelo, passando os dedos pelos fios castanhos. Eu sorrio, fazendo um sinal com a mão para continuar, mas ela nega com o dedo indicador.

— Preciso de música. Se vou fazer o meu trabalho, então tenho de fazer direito.

Rio baixinho. Pego meu celular, procuro por qualquer música. "Moves like Jagger" é a que começa a tocar.

— Sente-se.

— Você deve ser a stripper mais exigente e mandona da sua agência.

— Eu te garanto que sou a melhor em minha agência.

Olho para o seu corpo naquelas roupas de couro apertadas, ansioso para tirá-las.

— Acredito em você. Agora, dance.

Anabell começa a se mover ao ritmo da música. Eu estico e abro minhas pernas, porque sei que meu pau em breve estará duro. A última coisa que quero é estrangular meu grande amigo.

Não estou surpreso que ela seja desinibida em passar as mãos sobre seu corpo, afinal, é Anabell. Uma Anabell stripper, contratada para mim.

O fecho do seu top está na frente, então minha atenção está em seus dedos puxando o zíper. Eu molho meus lábios, ansioso para ver o que eu já conheço muito bem.

Sorrio enquanto ela me provoca, subindo e descendo o fecho.

— Vamos, deixe-me ver você — peço, juntando minhas mãos em súplica. Anabell ri e abaixa completamente o zíper.

Respiro devagar e profundamente. Não há sutiã. Tudo está em seu esplendor. Não importa quantas vezes eu tenha visto os seios nus de Anabell, sempre gostarei de admirá-los outra vez, ainda mais se ela estiver dançando para mim.

Eu a deixo dançar enquanto se despe e nós dois rimos quando ela enrosca o short nos tornozelos, quase caindo. Também rimos quando ela se desespera tentando remover as meias.

Na verdade, eu rio muito, e ela xinga, dizendo que não suporta essas botas de merda. Suas palavras, não minhas. E é ainda mais divertido quando a música termina e começa a tocar "Forever young", só que naquela que deve ser a versão mais lenta da história.

Quando Anabell já está totalmente nua na minha frente, meus olhos estão meio fechados devido ao riso. Ela cobre o rosto com as mãos.

— Porra, isso parecia mais fácil. Esqueça tudo sobre eu ser a melhor da agência.

— Mas essa foi a dança mais sexy que já recebi em minha vida.

— Havia muitas falhas técnicas.

— Vem aqui, gata.

Ela caminha em minha direção e eu a forço a sentar-se em cima de mim. Não posso me contentar apenas em tocar e lamber. Preciso de mais, ir até o final, para o fundo.

Acaricio suas costas com a minha mão. Anabell estremece. Com a outra, puxo alguns fios de cabelo.

— Você fica muito sexy quando é criativa.

— Tinha de ser melhor, mas é bom o suficiente para saber que eu ainda estou te animando. — Ela se inclina em meu ouvido. — Posso sentir você.

Para dar credibilidade às suas palavras, ela balança e assobia baixinho. Agora sou eu quem me inclino em seu ouvido.

— Eu também posso te sentir. Na verdade, você está arruinando minha calça — murmuro. — Não acho que tanta umidade saia do nada.

Nós rimos. Em seguida eu a beijo do jeito que gosto de fazer e me afasto um pouco, puxando seu lábio superior com os meus dentes.

— Eu vou fazer amor com você agora. Neste instante. Não vou mais me segurar. Estou muito bem recuperado para fazer isso.

— Agora?

— Agora e depois, depois e depois.

Ainda sobre mim, Anabell envolve minha cintura com as suas pernas enquanto subo as escadas.

Sei que Logan não virá até a noite. Poderíamos transar no sofá, mas ainda tenho consciência o suficiente para saber que os preservativos estão no meu quarto.

— Faz muito tempo — sussurra ela beijando meu pescoço. — Estou emocionada, parece que vou perder minha virgindade. Quase um ano!

Abro a porta do meu quarto e a fecho com o pé. Jogo Anabell não muito gentilmente na cama e tiro minha camisa, calça e cueca. Por um breve momento não me lembro onde guardo os preservativos.

Eu odeio momentos como estes, em que, por segundos, fico desorientado.

— O que há de errado, Jared?

— Não... Eu não me lembro de onde os preservativos deveriam estar.

— Depende, você os guarda em várias partes, mas...

— Mas?

— Você não pode usar preservativos velhos, querido. Landon disse que os jogou fora e comprou novos. — Ela sorri para mim, levantando-se e abrindo uma gaveta que eu nunca uso para pegar uma cartela com cinco preservativos. Aqui estão eles.

— Só cinco?

— Eu quero andar amanhã, Jared. Preciso fazer algumas coisas, você não pode me deixar aleijada.

— Suponho que possamos começar com quatro rodadas — pondero, pensativo. Ela ri e se aproxima de mim.

Anabell fica na ponta dos pés para beijar meu queixo. Sinto suas mãos em mim e acho que rosno, ou pelo menos algum som está saindo de mim.

— Nós não precisamos de preliminares — murmura contra a minha boca. Eu a vejo abrir a embalagem com os dentes. Sim, isso é quente. — Deixe-me fazer isso.

— Você está muito ansiosa para me mimar.

— O que for necessário para você se sentir como um rei — diz, deslizando o preservativo em mim com uma carícia leve.

Anabell pega minhas mãos nas suas e me puxa para a cama. Ela estende as pernas e me afasta um pouco, proporcionando-me uma visão completa de todo o seu corpo. Eu logo subo sobre ela, e a sensação de suas pernas entrelaçadas na parte inferior das minhas costas, ao levantar os quadris, me faz fechar os olhos por um momento.

Estive ausente por meses, quase morto, e agora estou aqui. A instantes de transar com Anabell, e parecemos muito bem.

— Jared...

— Eu te peguei, boneca. Aqui vamos nós — digo, empinando o corpo para trás e, em seguida, deixando-me deslizar para dentro dela. — Vale dizer que me sinto em casa?

— Eu também senti sua falta. — Suas mãos descem pelas minhas costas antes de parar na minha bunda e pressioná-la, enquanto se mexe sob o meu corpo. — Agora se mexa, temos muito o que conversar.

— Mandona como sempre — comento, antes de sair e entrar novamente.

Não vou mentir dizendo que foi lento, duradouro ou algo assim. A realidade é que somos muito ardentes, como dois coelhos no cio que só querem alcançar o que estão procurando. Eu passo a me movimentar muito rápido, e Anabell só pede mais.

Acho que foi a nossa transa mais rápida, porque, quando ela atinge o orgasmo, um tempo depois alcanço o meu.

Estávamos desesperados pelo que ansiamos e sentimos falta.

Caio sobre o seu corpo enquanto controlo minha respiração.

— Tudo bem, isso foi como uma inauguração, gata. Agora vamos fazer durar — anuncio. — Deixe-me colocar a minha roupa de pênis.

— Roupa de pênis? — Ela ri e engasga quando eu deixo seu corpo.

— É só o início, boneca. Não posso garantir que você andará muito bem amanhã.

— Prometa que poderei ao menos andar.

Eu lhe dou um sorriso, não contesto. Tiro a camisinha, amarro e vou ao banheiro, onde a jogo fora.

Não vou prometer algo que não sei se posso cumprir.

Olho para cima. Savannah me encara. Ela fez isso durante as quatro horas em que trabalhei na loja.

— Hmm, é um pouco desconfortável que você fique aí me olhando.

— Lamento, Jared, mas foram muitos meses. É estranho ter você de volta na loja.

Rio do comentário. Salvo a planilha e levanto os olhos para Savannah, que continua olhando para mim.

— Eu não voltei do submundo, Savannah. Não acho que passei pelo túnel, pelo menos não que eu me lembre — asseguro, e ela sorri. — Estou muito feliz por estar de volta.

— Estou feliz por você estar bem, Jared. Senti sua falta aqui.

— Eu também senti falta — digo, olhando em volta. — Será que você pode esperar do lado de fora a entrega dos novos CDs? Eles estão chegando.

— Sem problema — obedece, saindo.

Landon entra no momento em que Savannah sai. Antes de chegar a mim, troca a música que está tocando para um rap bastante obsceno. Sei que a única razão pela qual ele fez isso foi para aborrecer uma senhora idosa, que parece horrorizada com o que ouve. Eu não posso deixar de rir.

Ele pisca para a senhora e caminha até mim, senta ao lado do computador e sorri.

— O rei da loja voltou.

— Eu realmente acredito que deixei você cair quando era criança.

— Maldito. Com certeza eu seria mais sexy e mais inteligente — xinga, pegando um dos CDs. — Anabell estava andando estranho. Por que será?

— Eu não faço a menor ideia — desconverso, sem deixar de sorrir.

— Será que ela se sentirá estranha enquanto faz a entrevista na faculdade? Você é um garanhão. Pobre vagina.

— E você é o defensor das vaginas? — pergunto com ironia.

— Não, eu não vou defender algo de que vocês tanto gostam. — Landon encolhe os ombros. — Jar, há uma pergunta que eu queria fazer desde que você acordou, mas não queria parecer um idiota insensível.

— Pergunte.

Eu vejo meu irmão passar a mão pelo cabelo antes de pegar outro CD, respirar fundo e me observar.

— Não aconteceu nada enquanto você estava em coma?

Eu o fito. Luto entre desapontá-lo com a verdade de que eu não sei de nada ou fazer uma piada.

— Não diga isso a ninguém, Landon. Não quero que as pessoas pensem que sou louco ou que façam reportagens sobre mim.

— De acordo.

— Prometa, Lan.

— Porra, eu prometo. Fala... — Ele parece muito sério. Eu tenho vontade de rir.

— Certo. — Respiro e olho para ele, seriamente. — Primeiro, tudo estava escuro, mas, mesmo no escuro, eu podia ouvir algumas palavras. Não identificava as vozes, elas estavam alteradas. Podia ouvir os médicos falando sobre diagnósticos, como eu estava mal. Foi angustiante.

— Merda.

— Então, pouco a pouco, uma luz surgiu. No começo era fraca, mas depois ficou ofuscante. — Faço uma pausa. — Acho que talvez tenham sido horas. Mas então a luz se tornou fraca de novo, e era como estar em um campo aberto, com árvores finas, folhas avermelhadas e alguns galhos.

— Vá em frente, não pare.

— Eu estava andando pelo nada. Cada vez que os sussurros ficavam mais distantes, percebia que estava indo embora. Foi quando me assustei, isso me fez saber que eu estava morrendo. Pensei em voltar, mas eu a vi…

— Quem?

Eu olho para Landon por longos segundos. Ele parece ansioso. Percebo que Mark chegou há alguns minutos e também ouve a minha história.

— Nossa mãe, Landon — digo, finalmente. — Ela estendeu a mão para mim, falou que queria me levar…

— Merda — diz ele, alongando as vogais, passando as mãos pelos braços tentando abaixar os pelos eriçados.

— Ela me viu. Olhou nos meus olhos e disse que, antes de eu ir, eu tinha que voltar e te advertir de algo…

— O quê? — pergunta ele, ainda mais ansioso. Até Mark se inclina mais para poder escutar.

Aperto meus lábios. Pareço apreensivo em dizer minhas próximas palavras, mas, na verdade, estou com muita vontade de rir.

— Ela disse, sem parar de olhar para mim. — Landon respira fundo. — "Diga a Landon que, quando for se enfiar em algum buraco, use camisinha, por favor."

Por um momento, Landon não diz nada, só olha para mim com a boca e os olhos abertos. Mark contém o riso.

— Droga! — grita ele finalmente, e eu rio, depois bate no meu braço. — Eu não posso acreditar que você brincou que viu a nossa mãe morta. Como você é maldito!

— O que você esperava, Landon? Como diabos eu ia lembrar se a tivesse visto?

— Você poderia dizer que não se lembrava de nada. — Ele cruza os braços, mas parece lutar contra um sorriso.

— Aí não teria sido tão divertido.

— Sério, você voltou com algumas piadas de merda, mas incluir a mamãe foi demais.

Eu rio enquanto dou de ombros, em uma tentativa patética de parecer inocente.

— Mamãe sempre gostou das minhas piadas. Aposto que ela estaria rindo.

— Sim… ou jogando algo em você.

— Eu quase acreditei em você — diz Mark, também rindo. — Parecia tão sério sobre a história que poderia escrever um romance. Afinal, você escreve bem.

Eu rio de novo enquanto Landon balança a cabeça e me dá outro soco.

— Sério, foi um pouco demais. Mas você me fez rir, acho que nunca vou esquecer essa história. Devia contar ao Logan.

— O que você vai dizer ao Logan? — pergunta Ian, que acaba de chegar e me dá um abraço.

— Sério, Ian, pare com isso. Estou acordado há três meses, vivo. Não precisa me tocar para verificar isso.

— Você se sente sortudo por receber um abraço meu — responde Ian. Mark se retira para atender um cliente, que pede ajuda. — Soube que você está oficialmente na universidade de novo. Parabéns!

— Obrigado.

— Soube que Anabell também vai. Vocês formam um casal divertido.

— Parece que encontrei a mulher da minha vida.

— Disso ninguém duvida — assegura Landon.

Landon entra na sala segurando um copo de suco. Logan brinca com uma caneta na mão. Parece nervoso.

Não sei o que houve nesses oito meses de ausência, ao menos não tudo. No entanto, Landon não parece mais andar desconfortável pela casa ou ao redor de Logan. De fato, eles parecem muito mais unidos. Tenho a impressão de que viajei no tempo e vejo o pequeno Landon, que, com um único olhar, poderia se comunicar com Logan, enquanto mamãe me pedia para não ter ciúmes. Landon sempre o monopolizava.

— Logan, é divertido que o estresse tenha deixado o seu cabelo em pé, mas estou curioso sobre o que você quer nos dizer — comenta Landon, sentando-se ao meu lado e bebendo seu suco.

— Sim, pare de enrolar. Solte logo o que quer dizer, pai.

— Acho que isso vai surpreender vocês. Mas esperem... não é fácil para mim.

— Você é gay? — arrisca Landon, rindo. Também não posso deixar de rir. Logan cora e puxa o nó da gravata. Percebo que ele voltou para casa muito elegante.

— Por que você parece um enfeite de bolo? — questiono. Ele olha para mim, confuso. — Pai, estou falando do seu traje formal.

— Eu estava fazendo algo importante...

— De acordo. Eu me divirto com seu nervosismo. Isso me faz lembrar que um ano e meio atrás, ou talvez há mais tempo, você era um idiota incontrolável. Agora, parece um pequeno urso nervoso.

— Mais respeito, Jared — pede, e Landon ri. Acho que o estamos lembrando da época em que Landon e eu fazíamos exatamente isso quando ele queria dizer algo importante.

— Fale de uma vez — pede Landon, impaciente.

— Vou me casar.

— Eu acho que ouvi ou interpretei mal suas palavras, pai.

— Vou me casar, Jared. — repete Logan.

— O quê? — exclama Landon.

— Sim, exatamente... O quê?!

— Vou me casar.

— Espere, espere... Você vai se casar? — indaga Landon.

— Foi o que eu disse, Landon.

— É possível se casar com a própria mão? — pergunto com uma careta.

— Jared! — repreende-me Logan novamente.

— Não estou entendendo merda nenhuma. Acho que estou ouvindo muito mal, pai.

— É bem simples: vou me casar.

— Estamos em uma novela? É um casamento por conveniência? Eu não sei, fusão de negócios, ou algo assim — conjectura Landon.

— Por que é tão difícil acreditar? Eu me sinto jovem…

— E você é o tipo de homem que toda jovem gostaria de ter: desimpedido, rico, atraente e experiente — pondero. — Por favor, diga que não é nenhuma garota da nossa idade.

— Jared, eu sei que fui um idiota. Tenho vergonha de tudo que fiz. Mas não pretendo passar por isso novamente.

— Tudo bem — concordo. — Você vai se casar. Porra, você vai se casar.

— Isso já está claro! — diz Landon, batendo levemente na minha nuca. — E com quem você vai se casar?

Logan se mexe desconfortavelmente. Sei que a resposta vai ser ainda mais surpreendente e chocante. Ele olha para nós dois e fala lenta e cautelosamente.

— Eu vou me casar com Beth.

— O quê? — Fico de pé.

— Que Beth? — pergunta Landon. — Você não pode estar falando da Beth, nossa Beth.

Logan permanece em silêncio. Volto a me jogar no sofá. Isso é loucura.

— Beth? — indago. Logan assente.

Beth é como um sol quente e doce para nós. Uma segunda mãe. Tento entender como tudo aconteceu. Pensei que eles se tratavam apenas cordialmente. Ela era uma grande amiga da mamãe, e, para ser honesto, nunca foi tão próxima de Logan.

E agora eles vão se casar!

— Você a ama? — questiono. Logan balança a cabeça, cauteloso. — Como e quando isso aconteceu?

— Nós passamos um tempo juntos. Beth me ajudou a lidar com a sua situação, Jared. Ela me ajuda muito, e preencheu o vazio.

Landon olha para ele fixamente. Derrama algumas lágrimas, que limpa com as costas da mão.

— Você não vai mais ser viúvo… Está deixando mamãe para trás — observa Landon, enxugando as lágrimas. — Beth é uma boa mulher, não posso culpá-la por nada.

— Landon…

— Não estou fazendo drama. Eu me sinto estranho sobre isso. Estou feliz por você, mas triste porque sinto que deixamos a mamãe para trás.

Eu envolvo os ombros de Landon, notando o olhar culpado de Logan.

— Não se sinta culpado, Logan. Não há nada de errado nisso. É estranho para nós. Você não preparou a gente, sei lá. Podia ter dito que estavam namorando há um tempo, mas, porra, você jogou a bomba de uma vez. Mas ela é uma mulher incrível, eu nem sei como não pensei nisso antes.

— Estou feliz por você, de verdade...

— Landon, sua mãe sempre será importante para mim. Nós não vamos deixá-la para trás.

— Eu sei. Foi o meu momento idiota. — Landon respira fundo, fecha os olhos e os abre novamente. — Você encontrou o amor em uma mulher que vale muito a pena. Se a machucar, vou acabar com você, papai. Cuide dela.

Logan e eu nos detemos ante ao fato de que, depois de muitos anos, Landon disse "papai". Ele não dizia isso desde o funeral de mamãe, quando tinha dezessete anos.

— O que foi? — pergunta ele.

— Você disse "papai".

— Você me chamou de "papai".

— Chamei? — Landon franze a testa. Eu confirmo, balançando a cabeça ligeiramente. Ele parece considerar, depois encolhe os ombros. — Bem, você é meu pai, certo? Eu deveria te chamar assim.

— Claro, claro — diz Logan rapidamente, com um sorriso.

— Você está vestido assim porque foi se encontrar com a Beth?

— Porque eu pedi a mão dela hoje.

— Merda, eu ainda não consigo acreditar — murmura Landon. — Você vai se casar com Beth. Minha Beth. Nossa Beth.

Eu também não esperava por isso. A doce Beth com o novo Logan. Meu pai vai se casar.

Nesse momento, a campainha toca. Eu me levanto para abrir a porta. Assim que o faço, levo um susto enorme.

— Jar...

— Você só pode estar brincando. — É tudo que eu digo ao ver a loira na minha frente. Jocelyn.

Capítulo 13
Censurado

Anabell

— Por que você está tão nervosa? — pergunta papai quando, pela enésima vez, passo as minhas mãos pela calça, enxugando o suor.

— Você acha mesmo que ela está bem? — Eu me atrevo a perguntar mais uma vez.

Quero que a mamãe venha ao novo apartamento para morar conosco. Quero que ela volte, um ano depois do que aconteceu. Um ano depois de tê-la internado. Mas também quero que ela fique bem.

Passamos este tempo todo acompanhando sua recuperação. Não quero que tenha qualquer recaída quando a tirarmos da clínica, nem que se perca novamente entre lembranças difusas e más experiências.

Embora o meu medo talvez seja de que tudo fique como antes, quando nos víamos com máscaras, entre mentiras e péssima comunicação. Não quero que seja assim. Quero seguir em frente.

Papai me conhece incrivelmente bem. Ele pega as minhas mãos e dá aquele sorriso que devia garantir a ele um emprego como instrutor motivacional. Um sorriso que me faz esquecer do que eu tenho medo.

— Ela está bem. Você viu, melhorou muito. É hora de levá-la para casa.

— Concordo. Que soltem a louca.

— Anabell!

— Eu só estava brincando.

Papai balança a cabeça negativamente. Mamãe caminha em nossa direção, mostrando seu cabelo loiro perfeitamente penteado à altura do ombro. Ela sorri, acompanhada por duas enfermeiras que carregam seus pertences.

Não vou negar, a mudança, física e emocional, é perceptível. Não está mais quebrada, em pedaços impossíveis de juntar. Ainda há peças soltas, mas tenho certeza de que, pouco a pouco, avançaremos mais.

Anastasia abraça papai. Parece querer se derreter nele, da mesma forma que ele gruda nela. Eu sorrio. Ainda que diga a mim mesma que entendo a conexão entre os dois, a verdade é que só eles são capazes de saber o nível de seu amor, a força de lutar contra o mal para chegar a este momento.

— Bem, acho que estou sobrando — comento.

Mamãe me dá um novo sorriso, tímido e um pouco inseguro. Acho que é difícil para ela acreditar que deixei tudo para trás e estou disposta a seguir em frente, sem ressentimentos. Aprendi a entender que a vida dela não foi fácil. Isso pode não ser suficiente para justificar suas ações, mas eu também nunca me interessei em saber mais sobre ela, em procurar entender o porquê de sua tristeza e vazio.

Agradeço por nunca ter passado pelas coisas que ela passou. Ser uma prisioneira de memórias ruins e distorções mentais foi suficiente para fazê-la querer escapar de uma realidade que tentava modificar sem perceber quanto dano era causado.

Eu posso vê-la com novos olhos. Lembro de tudo que ela fez, mas também me lembro das coisas boas. Posso enxergar a Anastasia de quem ela me privou por tanto tempo. Em um ano, descobri a mãe que pensei que nunca teria, uma que estava escondida entre teias de más lembranças e tristeza.

Desvio o olhar para dissipar a tensão e caminho para abraçá-la. Fico feliz que sua mente esteja aqui. Mesmo que às vezes ela pareça estagnar e retornar ao passado por alguns minutos, já melhorou muito. Sei que ainda falta um pouco para que ela fique bem, mas podemos chegar lá.

Há dois meses, quando pela primeira vez esteve consciente da realidade por umas dez horas, mamãe passou o dia chorando e lembrando de seu passado. De Analise, de como ela me tratou. Chorou por Kattia, por tia Katerina e, acima de tudo, pelo monstro que Calena se tornou.

Delirou durante noites sobre a tia Katerina, dizia que não conseguia lidar com a tristeza, queria morrer. Mamãe finalmente se tranquilizou depois de uma dose de abraços do papai, que sussurrava que tia Katerina havia se despedido. Que ela não sabia, mas havia ido embora.

Pediu para ver Kattia, porque havia uma promessa: a de cuidar dela. Para ser honesta, a preocupação com Kattia me aliviou, porque isso significava que mamãe estava realmente conosco novamente.

Eu a solto do meu abraço e sorrio para ela.

— Estou feliz que esteja de volta.

— Eu também.

Acho graça de sua surpresa quando chegamos à casinha que papai comprou. A diferença no espaço é notável. Viemos de uma casa que parecia um sonho para outra pitoresca e simples.

No entanto, ela se recompõe e mostra um sorriso que me faz querer rir. Mamãe tenta ser gentil com o papai. Tive exatamente a mesma reação quando vi a casa que ele comprou, já que poderia ter encontrado algo muito melhor.

— É uma casa muito bonita — murmura ela, finalmente saindo do carro.

Papai não percebe que, como eu, mamãe não encontrou um bom adjetivo para definir a fachada da casa. Ele abre um sorriso orgulhoso.

Papai conta sobre como decidiu que este era o lugar certo para morarmos, enquanto eu separo a bagagem. Guio mamãe até a entrada e aperto a sua mão.

— Prometo que você vai gostar. Você se sentirá em casa — garanto, enquanto abro a porta.

Insegura, ela entra e observa tudo ao seu redor. Quando mamãe percebe o desenho que papai mandou pintar na parede principal, engasga, levando as mãos à boca.

Eu estava curiosa para saber o porquê de papai ter encomendado a pintura de uma loja de antiguidades. Não consigo reconhecer a paisagem, mas, pelo nome do local, parece ser na Rússia.

Anastasia olha para papai, que está sorrindo.

— Você fez. Manteve a promessa.

— Prometi que poria o momento exato em que nos conhecemos em uma parede, se não me falha a memória. Tudo se tornou mais brilhante depois que conheci você, Anastasia. Este desenho deve chegar perto daquele momento, não? — pergunta ele com um sorriso nos lábios.

— É perfeito — sussurra, derramando lágrimas. — Estou em casa.

— Está — diz papai.

Eu só desejo que Jared e eu possamos nos enxergar da mesma forma daqui a alguns anos: sem censura, sem rancor, mas com amor, como se fôssemos parte um do outro. Almas gêmeas.

— Então você é o Jared? — pergunta Anastasia em um tom baixo.

— Bem, eu sou Jared Rochester.

Mamãe olha para ele atentamente. Um espasmo surge de repente, mas depois de alguns segundos ela se recompõe, como se quisesse afastar maus pensamentos, e volta a olhar para ele.

— Você ainda tem esses grandes olhos azuis...

— Felizmente não tentei pintá-los — comenta Jared, balançando-se sobre seus pés, com as mãos enfiadas nos bolsos da calça, embora sorria gentilmente.

— E ela esfaqueou você — sussurra mamãe antes de seus lábios começarem a tremer.

— Não foi sua culpa, sra. Anastasia. Com todo o respeito, sua mãe deve ser uma sociopata, ou psicopata, e isso não estava sob seu alcance, a senhora também foi vítima. Agora estou bem, todos estamos.

— Mas a Katerina não... — murmura antes de começar a chorar. Papai, que assiste a tudo, logo se aproxima para abraçá-la. Ele consola mamãe, que não para de dizer o nome da minha tia.

Neste momento, eu pego a mão de Jared e o conduzo para fora, ao pequeno "jardim", que mais parece um local para sujar os sapatos, todo lamacento. Mas, por respeito ao papai, eu o chamo de jardim.

— Ela ainda precisa se recuperar, mas está tentando.

— Apesar de tudo que fez no passado, ela tem mérito por sua força — comenta Jared. — Sua mãe passou por muita coisa, e ainda deseja seguir adiante.

— Isso porque ela ama meu pai. Ele sempre foi uma de suas maiores motivações para seguir adiante. Mamãe não está totalmente sã, mas ele é o que a mantém com os pés no chão.

— Seu pai merece muito, boneca. Nunca conheci um homem tão lutador e dedicado a cuidar daqueles que ama.

Concordo, movendo a cabeça ligeiramente. Não fui abençoada com uma família tradicionalmente amorosa, mas agradeço por ter o melhor pai.

Jared entrelaça nossos dedos e sorri.

— Eu disse há dois meses que Logan vai se casar.

Por alguma razão, talvez por costume, Jared e Landon ainda o chamam de Logan quando se referem ao pai, mas, para se dirigir diretamente a ele, o chamam de "papai".

— Sim, com Beth.

— Landon descobriu algo muito interessante — conta. — Parece que alguém amava Logan secretamente, e não acredita que ele vai se casar.

— Quem? — Meu lado fofoqueiro chora por mais informações.

— A Ditadora, srta. Lara.

— Ela? — grito.

A Ditadora tornou-se minha instrutora oficial de balé. Ela incentiva que eu me inscreva em competições, além de delegar a mim a tarefa de instruir pequenas meninas no mundo do balé em aulas de reforço. Trabalho que pertencia a Gretta, antes que ela se tornasse a estrela da academia e a namorada do Mark, sem ter mais tempo para dar aula.

Em suma, a Ditadora faz os meus músculos queimarem, e quero morrer quando pratico, mas, no fim das contas, sou grata a ela por tirar o melhor de mim.

— Sim, eu não esperava por isso — diz Jared. — Landon a ouviu falar ao telefone, depois de chorar um pouco. Agora não sei como me sentir. Meu pai é um destruidor de corações, mas talvez nem soubesse o que ela sentia por ele.

— Que babado! Mas o mais surpreendente é o casamento dele com Beth.

— Sim!

— Vocês, os Rochester, deixam as mulheres loucas — brinco. — Especialmente as que se chamam Jocelyn.

Jared finge um arrepio. Ou talvez seja real.

Há dois meses, Jocelyn bateu na porta de Jared. Fez isso por duas semanas, até que ele decidiu parar de correr e ouvir o que tinha a dizer. Jocelyn estranhamente quis pedir desculpas, as quais Jared se recusou a aceitar.

Ele a mandou lamber o traseiro de outro, segundo o que disse, e nunca mais se aproximar. Para se prevenir, conseguiu uma ordem de restrição contra Jocelyn, da mesma forma que papai conseguiu contra George há anos.

Eu não sabia de nada. De fato, desconhecia a existência de George até cavar no passado. Às vezes desejo que nunca tivesse feito isso, porque não saberia a dor pela qual mamãe passou.

Há muito tempo, numa tarde de confissões, quando contei ao meu pai que sabia tudo sobre George, ele me revelou muitas coisas. A sua perspectiva me fez considerá-lo mais forte e enxergá-lo como um herói ainda maior para mim pelo simples fato de permanecer e defender o amor de sua vida. Ele confessou ter dado uma surra em George anos atrás, quando soube o que havia feito com minha mãe, no aniversário de Jared.

Ele contou que, ano após ano, renovou a ordem de restrição para nós, para que George nunca mais voltasse a procurar a mamãe nem a mim, pois ela temia que sua mente doente um dia se interessaria por mim, da mesma forma que fez quando eu era apenas uma criança que pensava nele como o meu melhor amigo.

Às vezes percebo que muitos anos da minha vida foram passados na escuridão, vivendo metade de uma história. Eu vivia em uma espécie de sombra, uma sombra que escondia uma parte do que era minha vida realmente.

— Você vai contar ao Logan?

— Não sei. Acho que ele devia perceber sozinho, mas também sinto a necessidade de dizer a ele.

— Acho que você pode deixar as coisas acontecerem. Se acha que deve intervir e revelar o que a Ditadora sente, então faça. Mas, por enquanto, deixe fluir.

— Você é sábia.

— Não sou eu quem gosta de todas aquelas matérias malucas, arrombadoras de cérebros de Engenharia.

— Já vai começar a me chamar de *nerd* — reclama Jared, semicerrando os olhos para mim e envolvendo seus braços em minha cintura. — Sou um *nerd* muito gostoso.

— Excessivamente gostoso. Você não sabe como me excita o meu namorado estar a dois semestres de se tornar o engenheiro que ele sempre sonhou ser.

— Eu te amo, boneca.

— Não posso culpá-lo, todo mundo me ama — brinco, deixando um beijo suave e úmido em sua boca. — Mas, por alguma razão, sabemos muito bem que isso não envolve somente o seu pênis. Eu também te amo.

Jared ri antes de me beijar intensamente, com as mãos sobre a minha bunda, me puxando para mais perto.

Eu não fui para a faculdade, principalmente porque, na última hora, preferi um instituto universitário. Lá, serão três anos de estudo com uma grade que me permite continuar dançando. Então, acabei não tendo que decidir entre publicidade ou dança. De uma forma, consegui os dois.

Além de trabalhar para a Ditadora instruindo meninas no balé, Landon, sendo o puta gênio que é, decidiu se associar a mim para produzirmos minhas camisas. Ian, que me surpreendeu com sua capacidade de projetar e construir sites, criou uma página para nós onde, surpreendentemente, já vendemos vinte camisas. Isso só no último mês.

Agora Landon jura que seremos milionários, já que as camisetas se tornaram virais na internet e as encomendas são muitas. A primeira camisa feita para o nosso negócio trazia a frase "Landon enfia em qualquer buraco". Landon a veste com orgulho sempre que pode.

Eu deixo, é claro, as melhores camisas para mim. Todos sabemos como funciono: não sou altruísta nem essencialmente boa, então reservo as melhores ideias de camisas. Assim, posso chocar o mundo e, ainda melhor, escandalizar mamãe, porque costumes antigos nunca morrem. Ela sempre odiará essas camisas.

— Ei… — murmura Jared contra a minha boca.

— Hmm? — respondo, deixando um beijo no canto esquerdo da sua boca.

— Vamos morar juntos.

Paro de beijá-lo e me afasto. Jared parece surpreso.

— Nós poderíamos morar juntos, em um apartamento. Quero dizer, não parece uma má ideia, certo? Você trabalha, eu trabalho. Você estuda, eu também. Você me ama, eu te amo. Ou será que primeiro devo colocar um anel no seu dedo?

— Ah! Não vou deixar você colocar um anel no meu dedo até que eu tenha um diploma, e você seja um engenheiro com contrato fixo e, pelo menos, dois trabalhos feitos.

— Então… daqui a alguns anos?

— Acho que dois ou três — digo sem desgrudar do seu pescoço.

Jared toca o meu queixo com uma das mãos. A outra permanece sobre a minha bunda.

— Confio em você. Eu te amo mesmo quando discutimos. Podemos tentar morar juntos em um apartamento.

— Acho que isso resultará em muito sexo.

— Sexo insaciável.

— Eu poderia andar nua sem temer que meu pai me visse.

— Nós poderíamos ter uma política de nudez em casa — propõe Jared. Eu rio.

— Mas você não pode deixar a tampa do vaso sanitário para cima.

— E você não pode deixar seus sapatos largados ao entrar. Isso me tira do sério.

— Quer realmente morar comigo? Minha bagunça te enlouquece.

— E te enlouquece que eu fale da sua bagunça. Mas é nisso que consiste a coexistência, aceitar o bem e o mal.

— Parece um anúncio motivacional barato.

— Sempre transformando minhas palavras em merda, boneca — brinca.

— Temos que procurar um apartamento?

— Quando você quiser.

Eu enrolo meus dedos em seu cabelo e peço-lhe para abaixar a cabeça para me beijar. Minha língua invade sua boca. Eu o beijo avidamente, excitada demais com a ideia.

— É melhor procurar pelo apartamento o mais rápido possível. Você me convenceu ao prometer sexo insaciável.

— Sabia que isso te convenceria.

— Porque você me conhece.

— Porque eu te amo com essa mente pornográfica que você tem.

— Você vai morar com Jared? — pergunta Dina, sem parar de saborear seu creme de avelã. Sua boca está cheia de chocolate. Sempre amei esse jeito infantil dela.

— Sim. Temos um relacionamento estável, não podemos ficar longe um do outro e, com os nossos horários de estudo, ultimamente não nos vemos com tanta frequência.

— Ela vai ter um marido. — Jessie aponta para Dina. — Querida, limpe essa boca. Parece um bebê.

— Isso soa estranho, ter um marido. — Eu rio. — Só vou morar com meu namorado.

— Vocês terão que se revezar na limpeza e na cozinha.

— Já sabemos, Jessie, avaliamos os prós e contras. Queremos fazer isso.

— Bem, eu posso te dar um quadro bonito para a parede — brinca Dina. — Ontem à noite eu descobri uma coisa.

— O quê? — perguntamos eu e Jessie ao mesmo tempo.

— Estou muito apaixonada por Jack. Eu amo esse idiota.

— Essa é sua grande descoberta, Dina? — Reviro meus olhos. — Disso todos nós sabemos. Você está há mais de dois anos fodendo e passando tempo com seu ex-namorado sem sair com outra pessoa.

— Não é justo que você diga isso.

— Sem birra, Dina, Anab diz a verdade.

— Claro, por que você não nos conta um pouco sobre seus suspiros por Ian? — rebate Dina. Eu gosto da situação. Coloco minhas mãos sob o queixo.

— Sim, Jessie, conte-me sobre seus suspiros por Ian, o mesmo Ian que você rejeitou um tempo atrás.

Para minha surpresa, ela olha para as próprias mãos. Não quero ser insensível, mas ela o fez voar sozinho. Agora, surpreendentemente, Ian conheceu Melanie, a menina que faz aulas com Jaime. Eles estão muito ligados, namorando ou algo parecido.

— Ian não presta atenção em mim e está namorando aquela morena insossa.

— Não é insossa, sua ciumenta — protesto. — Melanie é intrusiva e muito paqueradora, mas não é uma pessoa ruim. Seu problema é que você preferiu ser uma cadela fria e rejeitar Ian pensando que ele ficaria atrás de você, mas ele não é idiota e seguiu a vida. Agora você quer o que não pode ter.

— Mulher caprichosa — resmunga Dina.

— Ei, eu gostava dele, tá? Se não estivesse interessada, não teria dormido com ele — defende-se Jessie. — Só que Ian é muito... Parece que tudo é brincadeira para ele!

— Não pareceu brincadeira quando ele se declarou. — Dina a interrompe, a boca ainda cheia de creme de avelã.

— Bem, é isso! Ele está com Melanie, e eu estou esperando para receber a flecha do amor. Além disso, estou cada vez mais certa de que vou estudar na Irlanda.

— Você já recebeu. Tão forte que está ignorando — provoco, com o desejo de ser uma sabichona, mas minhas frases não soam tão motivacionais como as de papai ou Jared. No que diz respeito à Irlanda, Jessie vai para lá estudar com o seu supercérebro. Eu sei que vou sentir falta dela.

— Que triste! Então eu vou ser uma cadela de coração partido que vai morrer sozinha enquanto suas amigas transam e vivem um amor apaixonado e louco.

— Eu posso te dar um cachorro se você quiser — propõe Dina, e nós três rimos. — Você pode seduzi-lo, Jessie. Eu gosto de Melanie, mas você é a minha cadela, e estou do seu lado. Se você costumava deixá-lo louco, não entendo como não conseguiria agora.

— Quer que Ian fique louco por você de novo? — questiono. Jessie encolhe os ombros. — Mas desta vez você tem de estar disposta a ser legal e aceitar o pobre rapaz. Você o tratou muito mal antes.

— É o meu jeito de ser. Mas também não faz sentido, vou embora por um tempo. Talvez Ian e eu não tenhamos futuro juntos.

— Olá, cara gostoso que mete em tudo — saúdo Landon ao entrar no meu quarto.

— Acho que minha presença ainda deixa sua mãe desconfortável, mas ela está tentando ser legal comigo.

— A passos de bebê, mas está evoluindo.

Landon acena e joga um folheto para mim. Eu o pego antes que caia no chão.

— Tem um pequeno espaço à venda. Devíamos comprá-lo para ter um lugar próprio e produzirmos nós mesmos as camisas. Poderíamos contratar alguém para nos ajudar. O negócio está crescendo, coração, então você tem que mexer esse rabo que deixa o Jared louco.

Espantada, fito o folheto. Sei que o nosso pequeno negócio está crescendo. Nós encomendamos as camisas e as estampamos e bordamos em outro lugar. Seria ótimo, no entanto, ter a nossa própria confecção.

— Estamos lucrando. Talvez devêssemos investir em instalações, pois, segundo os meus cálculos, os ganhos serão maiores e seremos capazes de produzir mais.

— Parece até que você não estuda literatura, mas finanças ou algo assim.

— Aprendi muito cuidando da academia, querida sócia. Mas, mesmo sem um diploma, Jared é o melhor nisso. Basta perceber como ele gerencia a contabilidade dos negócios.

— Verdade, você aprendeu com o melhor.

— Como você gosta de bajular seu namorado…

— Gosto de enfatizar que ganhei na loteria com um namorado que nem sonhei em ter.

— Talvez você deva agradecer ao seu ex-namorado e a sua prima russa.

Eu rio porque, em parte, realmente agradeço. Sou grata que tudo tenha acontecido daquela maneira, ainda que tenha sido a traição do século.

Para ser honesta, minha relação com Dylan nunca fez sentido, mesmo no início. Mas eu estava determinada a encontrar o cara certo e, bem, todos pensavam que isso era impossível por eu ser tão aloprada.

Quis desafiar todo mundo e conquistar o prodígio, o menino rico, filhinho da mamãe e do papai. Não nego que Dylan me atraiu muito e, com o tempo, caímos em uma rotina confortável. Dylan era um pouco chato, sujeito às convenções sociais, mas era inteligente e conversava sobre temas interessantes, como literatura, além de ter me deixado no controle da relação.

Sob essa perspectiva, parece que eu era uma namorada ruim e um pouco escrota. Mas achei que estávamos bem nesse comodismo agradável. Se não tivéssemos caído na rotina e Dylan fosse um bom rapaz, talvez eu não terminasse a relação, a menos, claro, que tivesse encontrado com Jared de novo.

A primeira vez que vi Jared, eu o imaginei nu e depois pensei em como seus olhos eram lindos. O terceiro pensamento, mas não menos importante, foi que a mulher que conseguisse ter um homem como aquele seria a mais sortuda, porque ele parecia ter saído de um sonho.

Depois, enquanto caminhava em direção à casa de Dylan, pensava em que defeito Jared teria. Algo não se encaixava, ele não poderia ser assim tão incrivelmente atraente, com uma voz sexy e agradável, ainda que tivéssemos trocado poucas palavras. Mas, então, flagrei Dylan com a mão na massa e todos nós sabemos como tudo andou a partir daí.

— Falando de Kattia — conto —, ontem à noite ela ligou. Falou durante muito tempo com mamãe. Ela riu, chorou e assim por diante.

— Você conversou com ela?

— Não quis. Quero deixar tudo completamente para trás, mas ainda me sinto um pouco estranha em relação a ela. No entanto, meu pai conversou. — Mordo o lábio, girando em minha cadeira de rodinhas. — Você consegue adivinhar onde ela estava nos últimos dias da tia Katerina?

— Acho que posso ter uma ideia.

— Com Dylan — respondo. Landon assente. — Não pensou na mãe. Claro que não poderia adivinhar, mas sabia que as coisas estavam indo mal. Papai diz que Kattia ainda sente muita culpa, mesmo depois de um ano e dois meses, mas, sendo sincera, não acho que vai superar. É difícil.

— Não foi culpa dela, mas ela não enxerga assim. Como vão as coisas na Rússia?

— Olha, está morando com um homem que ela diz ser seu namorado. Então acho que não está mal.

— Kattia realmente acha que um homem vai lhe dar tudo.

— É o jeito que aprendeu a ver o mundo, sua ideia de vida perfeita. Esse namorado tem 36 anos, dinheiro, e Kattia certamente se sente como uma rainha. Gosta de depender dos outros.

— É triste que essa seja a sua concepção de vida. — Landon sacode a cabeça. — Mas vamos voltar aos negócios. O que acha de comprar o espaço?

— Tenho algumas economias. Podemos investir parte dos lucros até agora e dividimos o valor.

— Você concorda em comprá-lo?

— Totalmente de acordo.

Landon sorri e, de uma maneira irritante, aperta minha bochecha direita.

— E se eu te disser que você é a puta mais adorável do mundo? Estou muito feliz em conhecê-la. Jared tem sorte.

— Você fará o meu ego inflar.

— Bem, garota, você é uma ótima mulher. Então, por que não ajudar a levantar seu ego um pouco?

— Você é o melhor amigo gay, mas bissexual, do mundo.

— Vamos dizer que seja bissexual — pisca para mim.

— Eu sabia!

Landon sorri e me abraça, como faz quando se sente afetivo. Isso geralmente acontece quando está muito bêbado, mas, por algum motivo, agora ele demonstra seu carinho. Bom, como eu gosto de abraçar Landon, não reclamo.

— Minha irmã — lamenta mamãe, deslizando a mão pela lápide. Eu coloco uma das mãos em seu ombro. — Perdi minha irmãzinha e a minha irmã mais velha.

Mamãe se ajoelha enquanto acaricia a lápide. É uma cena muito triste. É a primeira vez que vem ao túmulo de tia Katerina.

— Querida, você não devia ter partido — continua. — Deixou um vazio em mim. Não é justo, não é justo se encontrar com Analise e me deixar sozinha aqui. Desculpe-me, eu não ouvi quando disse que era o fim, que não aguentava mais. Desculpe por não ter percebido o quão mal você estava, porque estava enlouquecendo. Eu não sei por que nossa mãe era daquele jeito, não sei por que nós a amamos. Mas sei que você foi uma das melhores pessoas que conheci em minha vida, e agora você não está aqui.

Ela começa a chorar. Eu me ajoelho ao seu lado e a abraço. Ouço tudo o que ela tem a dizer. Não sei como é perder uma irmã, espero nunca saber, porque, se perdesse Jessie ou Dina, nem sei como poderia viver.

Achei que o mais difícil seria levá-la para visitar Calena, hoje de manhã. Embora eu desejasse nunca mais vê-la, concordei em acompanhá-la.

Calena estava do mesmo jeito, prostrada sem mover mais do que seus olhos, que seguiram cada movimento de mamãe. Derramou algumas lágrimas, mas não me causaram lástima. Na verdade, apenas alimentaram o ressentimento que tenho por ela.

Percebi o desconforto de mamãe em falar com ela, especialmente quando, às vezes, fazia perguntas sobre o porquê e, evidentemente, não obtinha respostas.

Fiquei apavorada quando mamãe pareceu se perder em um momento de delírio entre o passado e o presente, mas ela voltou a si, e senti alívio acompanhado de bem-estar quando concordou que era hora de deixar Calena para trás. Acho que, dizer tudo a Calena sem receber reprovações ou reclamações, ajudou mamãe a quebrar as correntes que sempre a prenderam, a se livrar daquele fardo de culpa que a censurava.

— Nós queríamos que você e Kattia fossem como irmãs.

— O que está muito longe da realidade — respondo, acariciando seu cabelo.

— Você me odeia por amar Kattia?

— Não. Esses são seus sentimentos, e eu os respeito. Entendo que você tem um vínculo com ela, mas deve entender que eu e ela não nascemos para ser irmãs.

Mamãe assente distraidamente, acaricia a lápide mais uma vez e volta a chorar.

— Minha família não está...

— Está errada. Papai e eu ainda estamos com você. Você ainda nos tem e nos terá. Dói, é verdade, mas não se esqueça de que ainda estamos aqui para mostrar que nem tudo na vida é tristeza.

— Eu sempre terei alguns cacos, Bell. Sei que você acha que posso enlouquecer, eu também.

Permanecemos em silêncio. Não é um assunto fácil. Talvez eu deva mostrar mais fé em sua recuperação, em vez de esperar o momento de sua recaída.

— Se você cair, vamos ajudá-la a se levantar novamente.

— Não mereço isso.

— A vida te deu outra chance. Aceite.

— Eu não te vi crescer. Sinto que perdi todo o tempo em que você se tornou uma mulher sábia. — Ela balança a cabeça. — Eu estava muito ocupada tentando te tornar perfeita para perceber que você já era maravilhosa.

— Nós não podemos mudar o passado, mas podemos avançar para o futuro. O que está feito, feito está. Não quero viver dessas memórias, mãe. Quero que sigamos em frente.

— Eu te amo, Bell.

— Eu também te amo, mãe.

— Agora coloque essa mão aqui — ordena Jared. Eu rio enquanto coloco minha mão sobre a cabeça. Seus dedos estão no meu cabelo. — Não se mexa.

— Você é chato. Quero sexo, não bater uma foto.

— Eu quero tirar uma foto sua.

Ele ri e flexiona uma das minhas pernas. Não posso deixar de rir também.

— Jared!

— Um minuto, boneca, prometo que vou te dar muitos orgasmos, mas deixe-me guardar este momento. Eu gosto da calcinha que você está vestindo.

— Eu gostaria mais de estar nua.

— Calma, sua viciada em sexo — repreende, ainda de pé na cama, com nada mais que uma cueca. Ele não pode me pedir calma estando provocante desse jeito.

Jared segura seu supercelular enquanto me observa. Com um de seus pés, ele me pede para flexionar mais ainda minha perna.

— Você é um idiota — digo, inclinando a cabeça para o lado.

Por um momento, me sinto um pouco tímida.

Uma coisa é tirar fotos para enviá-las, mas é diferente que ele as tire e me veja assim enquanto faz isso.

— Sorria, gata.

Eu rio e o flash, por um momento, me cega. Jared olha para a foto e depois sorri para mim.

— Perfeita.

— Você é um bom fotógrafo?

— Eu disse que você é perfeita, não a foto.

Jared se ajoelha na cama e me estende o celular. É uma imagem erótica, visto apenas roupa íntima, mas pareço muito feliz. Talvez porque eu esteja.

— Você vai se masturbar com esta foto?

— Sutil como sempre — diz, pegando o telefone e jogando-o de lado.

Jared se aninha entre as minhas pernas e beija meu pescoço, passando lentamente sua língua sobre ele. Minha respiração está devagar e cadenciada, mas sei que, em poucos minutos, estarei ofegante.

Suas mãos vão para baixo de mim, até pararem na tira da minha calcinha enquanto seus beijos também descem, chegando aos meus seios. Suas mãos agora abaixam as alças do meu sutiã.

— Eu quero comer você — murmura, abaixando o bojo e passando a língua sobre o bico de um dos meus seios.

— Isso seria canibalismo.

Jared detém sua língua antes de começar a rir.

— Você sabe como fazer minhas palavras perderem o tom. Agora eu entendo por que te amo e não me canso de fazer isso.

— Hmm... — É tudo que eu digo, contorcendo-me enquanto ele chupa meu peito e coloca a mão na minha calcinha.

De uma forma sedutora e experiente, Jared me faz atingir o orgasmo em poucos minutos. Respiro fundo enquanto ele me observa, sorrindo. Meu corpo transpira. Nem tive que tirar a calcinha para ele me fazer gozar. Super Jared.

— Pronta pra mais?

— Mais que pronta — informo, tirando minha calcinha. Suas mãos estão debaixo do meu corpo, nas minhas costas, para abrir o fecho do sutiã e me deixar nua.

Minhas mãos, então, tiram sua cueca. Seus lábios molhados estão pressionados nos meus, beijando-me lentamente.

Cravo as minhas unhas em suas costas, enquanto me movo para cima e para baixo, esfregando minha virilha contra a dele, produzindo atrito.

— Gosto que sua boceta seja bem apertada — murmura contra os meus lábios, levantando os quadris e movendo-se para a frente para entrar no meu corpo. Eu solto um gemido. — Assim eu te sinto por completo.

— Agora é a hora em que você começa a falar sacanagem para mim.

— Não, gata, chegou o momento em que eu meto até o fundo.

Ele não mente. Jared chega ao fundo e, com os movimentos corretos, me faz gemer ainda mais.

— Vamos ver o apartamento amanhã? — pergunto, fechando meu sutiã e procurando minha camisa no chão.

— Sim, assim que você sair da aula de dança, e eu, da faculdade. — Jared ainda está deitado na cama, cobrindo-se de maneira precária, deixando o lençol sobre a virilha. Seu braço está atrás da cabeça, e ele me observa enquanto me visto. — Queria que você ficasse.

— Você sabe que estamos nessa de um momento familiar por semana. Eu queria que você viesse, mas sei que tem de estudar, então não vou distraí-lo.

— Você é bem-vinda para ser minha distração sempre que quiser.

Rio enquanto calço meus sapatos. Ao terminar de me vestir, eu me aproximo e me sento ao seu lado, passando meus dedos pelo seu cabelo.

Há oito meses, Jared acordou quando pensava que iria perdê-lo. Às vezes eu me pego olhando pra ele, tentando imaginar como teria sido se ele não tivesse voltado para nós. Mas não consigo ver nada. Não consigo imaginar a possibilidade de ficar sem Jared.

Ele toma a mão que acaricia seu cabelo e beija meus dedos, com um sorriso.

— Quando vivermos juntos, terei você só para mim.

— Você já me tem só para você, senhor exclusivista. — Eu me inclino em sua direção e o beijo. — Tenho que ir. Cuide bem da minha foto.

— Da mesma maneira que cuido de todas elas.

— Espero uma em troca — peço, tentando me levantar, mas ele me traz de volta puxando a minha camisa para beijá-lo. — Eu te amo.

— Eu te amo — repete ele. Depois boceja, muito confortável.

— Levanta e vai estudar. Deixe de preguiça.

— Quando eu recuperar as forças que você tirou de mim, boneca, eu vou.

— Ligo mais tarde para saber se você estudou mesmo, futuro engenheiro.

— E o que eu ganho se fizer isso? Vai me deixar colocar por trás? — pergunta Jared, levantando e abaixando as sobrancelhas e me fazendo rir. — Espere, eu já fiz isso.

— Pervertido. — Eu lhe dou outro beijo e me levanto. — Vou ligar mesmo para ver se você estudou.

— Tá bom, gata. Avise quando chegar casa. A propósito, gostei da sua camisa. "Censurado". Isso é novo.

— Digamos que eu goste da palavra — asseguro.

Saio do quarto e desço as escadas. Pego minha bolsa no sofá.

— Ah, olá, não sabia que você estava aqui — cumprimenta Logan, calmamente, sentado em um dos sofás enquanto lê um jornal.

— Olá! Sim, estou de saída, na verdade eu estava... Estava ajudando o Jared a estudar.

— Pensei que você estudasse Dança ou Publicidade, não Engenharia. — Eu rio, engolindo em seco. Fui pega.

— Eu sou boa em números.

— Que bom.

— Sim, mas já estou de saída. Até mais, sr. Rochester.

— Sua camisa hoje tem menos palavras. "Censurado". Interessante.

Olho para a minha camisa, observando as grandes letras maiúsculas, em negrito.

Por muito tempo, talvez tempo demais, bloqueei lembranças importantes da minha vida. Memórias que, se eu as mantivesse, talvez significassem uma vida diferente.

Eu estava cercava por mentiras. Mesmo sem saber, elas construíram a minha existência como pequenas peças de quebra-cabeça. Não é justo culpar alguém, foram as circunstâncias que me fizeram testemunhar como um lago engoliu uma menina loira que me protegeu até o seu último suspiro.

Kattia mentia para mim e dormia com o meu ex-namorado. Meus pais esconderam coisas de mim. Minha tia e, é claro, Calena, também.

De alguma forma tudo na minha vida estava censurado. As memórias, as experiências, a família.

Mas nem tudo é ruim. Minha camisa também é uma homenagem ao que Landon chama de "Janabell", e a todas as fotos que Jared e eu trocamos desde que nos conhecemos. Fotos que, entre nós, não sofrem nenhum tipo de censura, mas que, de outra perspectiva, é censurada para outros, as pessoas que não têm ideia da loucura fotográfica que Jared e eu compartilhamos.

Um belo dia pensei que era uma boa palavra para definir certos aspectos da minha vida. Esta deve ser a minha camisa favorita, talvez a mais especial, que, com uma palavra, me define muito bem.

Não há mais memórias censuradas. Não há mais esquecimento.

— É a minha nova camisa favorita, sr. Rochester.

— Algum significado especial?

— Muitos.

— Boneca! Ainda bem que você não saiu — grita Jared. Logan e eu olhamos para cima. Jared desce as escadas vestindo apenas uma cueca, a que eu tirei horas atrás.

Logan parece esconder um sorriso enquanto bebe uma xícara de chá. Eu olho para Jared sem entender, mas ele chega até mim e me levanta, jogando-me por cima do ombro. Eu dou um grito de surpresa.

— Mas o que você está fazendo?

— Decidi que quero que você fique e me ajude a estudar.

Ele sobe as escadas comigo por cima do ombro. Logan continua segurando seu jornal, olhando para nós.

— Bom, espero que estudem bastante.

— Não duvide, pai. Graças a ela, vou me tornar um gênio.

Jared me leva de volta para o quarto e me põe no chão. Ele sorri para mim.

— Não saia deste quarto.

Não posso deixar de rir, sem entender o que aconteceu.

— Vamos tirar essa blusa legal e voltar ao que estávamos fazendo antes.

— Pensei que ia te ajudar a estudar algo que eu não sei.

— Nós podemos deixar o estudo com a palavra que sua camisa diz.

— Censurado?

— Exatamente. Agora você e eu vamos estudar nosso assunto favorito.

— O corpo humano? — pergunto, e tiro minha camisa. Acho que passo mais tempo nua do que vestida nesta casa.

— Não, boneca, educação sexual.

Ele me empurra para a cama.

— Sabe a que eu agradeço todas as noites antes de ir dormir?

— Ao Lorde das Trevas? — brinco.

— Não, ao bendito zero que você trocou pelo oito, para que seus lindos seios abençoassem meu celular solitário. Eu deixei de fazer uma planilha inteira de cálculo para bater uma punheta pensando em você.

— O seu nível de romantismo me surpreende mais e mais.

— E você ainda nem viu o quão romântico eu posso ser.

— Pode haver algo mais romântico que isso?

— Claro que sim. E nós temos muito tempo para que você conheça mais palavras românticas.

— Como "meter por trás"?

— Muito mais romântico, gata — sussurra Jared em meu ouvido. — Louvados sejam seus seios, boneca, os protagonistas da nossa história.

— Acho que você está ficando louco.

— E eu acho que te amo loucamente.

— E eu também acho que amo você loucamente. E que estamos sendo bregas.

Jared ri e me beija. As emoções ainda estão lá, continuam me enlouquecendo com cada beijo e cada toque. Jared Rochester é parte da razão por que a vida se tornou melhor.

Epílogo

Jared

— Olá, gostoso… Você pode recomendar um CD para mim? — pergunta uma voz sedutora. Eu olho para cima, e depois para as pernas expostas pela saia solta que a menina usa.

— Depende do seu tipo de música.

— Gosto de ouvir caras gostosos tocando.

— Aposto que você gostaria do BG.5, então.

— Eu gostaria de tudo o que você recomendasse — flerta, inclinando-se sobre a prateleira que nos separa, oferecendo uma visão de seu sutiã de renda através do decote. Eu começo a me sentir excitado.

Eu olho em volta. Estamos sozinhos na loja. A menina me observa.

— Acho que vou gostar desse BG.5. Confio em você.

Sorrio, deixando o balcão para me dirigir à seção de CDs correspondente. Antes, abro caminho para que ela passe primeiro.

— Que cavalheiro.

— Posso ser um homem romântico.

— Aposto que sim — responde ela, com um sorriso.

Eu inclino minha cabeça para o lado, apreciando a vista antes de andar atrás dela e indicando para onde ir. Paramos na frente dos CDs. Pego um deles e estendo a ela.

— Hmm... Se eu comprar, vem com algum benefício?

— Um benefício, tipo...?

A menina se aproxima muito de mim. Colocando-se nas pontas dos pés, fita profundamente meus olhos.

— Algo que envolva você.

Merda, minha cueca está ficando apertada. É óbvio que estou excitado, pensando em coisas pouco profissionais para fazer com alguém a quem eu deveria vender um CD.

— Esta loja fica assim tão vazia normalmente?

— Você é assim tão curiosa?

— Apenas quando vejo algo que gosto e sobre o que eu quero saber mais.

— Eu não sou algo, sou alguém.

— Eu não estava falando sobre você, Jared — murmura ela, lendo meu nome na camisa.

— Então a minha dedução estava errada?

— Você parece muito seguro de si, Jared.

— Eu me sinto seguro agora.

A garota me olha intensamente, e eu devolvo o olhar. Sua língua umedece o lábio inferior, sedutora.

— Você vai querer o CD?

— Eu já tenho este. Precisa se esforçar mais.

— O que eu ganho vendendo um CD?

— Descubra.

Analiso seu corpo de cima a baixo. O que eu vejo me excita. Volto a mirar seus olhos. Ela sorri.

Trocamos olhares por longos segundos antes de começarmos a rir. Ela coloca a mão em seu quadril, e eu cruzo meus braços.

— Estava tentando adivinhar quando faria a cliente desconhecida, boneca. Suas ideias engraçadas me surpreendem.

— Você tem que fazer melhor. Seguir o fluxo. — Anabell recoloca o CD na prateleira e me envolve com seus braços. — Oi, namorado que fingiu ser um estranho.

— Eu sou um namorado que segue o fluxo da sua namorada. — Coloco minhas mãos debaixo da sua saia para segurar a bunda dela com as mãos. — Eu gosto dessa saia. Veio me seduzir?

— Sim, ontem à noite eu nem vi quando você chegou em casa — murmura ela com um beicinho infantil.

— Eu disse que chegaria tarde, estava no grupo de estudos.

— Sim, mas eu ainda queria esperar para te ajudar a relaxar. Sei como você fica estressado quando está em períodos de provas e projetos.

— Mas hoje eu tive o último do semestre.

O título de engenheiro se aproxima cada vez mais. Já estou até fazendo estágios nos finais de semana em uma boa empresa. Quero me destacar para ser contratado.

— Aonde você vai tão elegante? — pergunto, abraçando-a novamente.

— Landon e eu temos uma entrevista com um blogueiro. Ele quer falar sobre as nossas camisas famosas.

— Você é amada por muitos.

— Mas o seu amor é o mais importante.

— Brega — asseguro antes de beijá-la da maneira que eu gosto, longa e profundamente.

Vivemos juntos há seis meses. Às vezes quero sacudi-la com toda a bagunça que deixa pelo apartamento, ou quando faz o pior café do mundo, ou quando deixa o sabão em qualquer lugar. Mas, então, só quero devorá-la com beijos quando me canso da faculdade ou do trabalho. Anabell espera por mim com um grande sorriso e piadas engraçadas. Ela é a última imagem que vejo quando durmo, e a primeira quando acordo.

Às vezes Anabell joga um garfo em mim, jurando que quer me estrangular quando eu critico seu café ou a chamo de bagunceira. Mas ficamos bem quando eu a lembro do quanto a amo loucamente.

Como qualquer relacionamento, parece que às vezes não é tão fácil, mas somos especialistas em reconciliação. Amamos essa parte, apesar de nossas discussões serem incomuns e sempre por besteiras.

— Quis ver você antes de ir para a entrevista. Landon disse que viria me buscar aqui.

— Estou feliz que veio. Como estão as aulas de dança?

— A Ditadora parecia um pouco triste hoje. Acho que é porque seu pai vai se casar em breve.

— Eu não sei. Papai e Beth parecem estressados. Landon diz que eles estão discutindo.

— É normal estarem estressados.

Aceno enquanto brinco com os dedos da sua mão direita, e olho para ela novamente.

— Como está a sua mãe em relação a Calena?

— É normal que doa, é sua mãe. Tem chorado um pouco à noite. Diz que espera que os erros dela sejam perdoados, que queria entendê-la. Mamãe se sente magoada por estar aqui, acha que a família está reunida, mas sem ela, mas só se sente assim quando parece fora da realidade, o que acontece apenas por alguns minutos.

— E como você se sente?

— Não sei, Calena já estava morta para mim. Agora que está mesmo, simplesmente não penso nisso.

Há um mês, Calena teve uma parada respiratória no meio da noite e morreu.

— Não sei se foi por causa de sua morte, mas sonhei com muitas outras memórias de Analise — comenta. Então, surpreendentemente, suas bochechas coram. — Eu lhe escrevi uma carta.

— Para Analise?

— Sim. Já que eu nunca visitei o túmulo dela, nem sei quando poderei ir à Rússia para fazer isso, senti a necessidade de dizer alguma coisa, de alguma forma. Eu sei que é bobo, porque ela não vai ler, mas é minha maneira de dizer que me lembro dela, que não a esqueci.

— Não é boba. É algo bom de se fazer.

— Eu li que é preciso queimar a carta logo depois de escrever. Mas eu prefiro guardar, para um dia levar até onde ela descansa. Não quero que seja consumida pelo fogo. Quero que esteja com ela.

— Esse é um pensamento muito doce, boneca.

— Chegou quem vocês esperavam! — A voz de Landon invade o recinto. — Você já está pronta ou devo esperar que Jared abaixe a sua ereção?

Reviro os olhos e entrelaço meus dedos com os de Anabell, indo até Landon.

— Vocês são bons sócios.

Landon sorri para Anabell. Qualquer um pensaria que misturar amizade com negócios não daria certo, mas não é o caso deles. Na verdade, eles parecem se divertir falando merda um pro outro, e rindo depois. Realmente, talvez estejam destinados a ser melhores amigos.

— Bem, precisamos ir agora, Anabell.

Ela assente, fica na ponta dos pés e beija minha boca. Depois, sorri.

— Nós nos vemos em casa.

— Tudo bem, boneca.

— Quem diria que, aos 24 anos, meu irmão já seria um marido — comenta Landon, e então olha para Anabell. — Deixe-me dizer que, aos 21 anos, você é jovem demais para viver em pecado.

— Você fica muito idiota fingindo ser moralista. Até mais, Jared. Eu te amo. Faça o jantar.

— Eu também te amo — grito, vendo-a sair. Sorrio e volto para trás do caixa para cuidar da loja.

Você vem?

Eu envio a mensagem para Anabell sentado no sofá, esperando que ela venha jantar, embora seja quase meia-noite.

Espero pacientemente por sua resposta, mas os minutos passam sem nenhuma notícia. Começo a me assustar um pouco. Anabell geralmente avisa quando vai se atrasar.

Estou prestes a ligar para a casa de seus pais, considerando que ela poderia estar por lá, quando meu celular toca. É uma mensagem no WhatsApp de Anabell, uma imagem. Depois de brincar por tanto tempo, decidimos que éramos idiotas por não usar o aplicativo para nossas fotos indecentes, então as fotos multimídia avançaram no quesito tecnologia.

Abro a mensagem e espero pacientemente que a imagem carregue. Agradeço por estar sentado, porque logo vejo seus seios na frente de um espelho. Ela sustenta um sorriso travesso no rosto.

Leio o texto.

Tenho certeza de que ninguém te deixa com tanto tesão quanto eu. Você não está perdendo isso. Gosta do que vê, Jared?

Fico surpreso, e só então solto uma gargalhada. A mensagem soa familiar. Palavras e situações diferentes, mas parecem as mesmas do começo. Olhando para a foto, percebo que o espelho é do elevador. Fico feliz que não haja outra pessoa ali.

Eu respondo rapidamente enquanto me levanto, caminho até a porta e a abro esperando que chegue ao 16º andar.

Ninguém é como você, estou feliz em não perder isso. Eu gosto do que vejo, boneca.

Coloco o celular no bolso da minha calça e sorrio quando as portas do elevador no final do corredor se abrem. Anabell segura o seu telefone enquanto caminha na minha direção, ainda com o seu sorriso travesso.

Já na minha frente, seu sorriso aumenta. Ela envolve seus braços em meu pescoço.

— Olá — murmura, dando-me um beijo.

— Hmm... Você bebeu? — pergunto. Ela não está bêbada, mas um pouco alegre.

— Estava comemorando com Landon — conta ela. — Adivinha o que eu bebi.

— Surpreenda-me. — Eu me divirto com seu entusiasmo.

— Vodca. Eu não bebo vodca desde que te enviei a foto dos meus peitos pela primeira vez.

— Sei... Então, quando beber vodca, vai me mandar fotos dos seus peitos?

— Sim? — E me dá um beijo.

— Então deixe-me comprar algumas garrafas. Quero muitas dessas fotos.

— Bobo — diz ela, rindo, antes de me empurrar e enrolar suas pernas em volta da minha cintura. — Faça amor comigo.

— Adoraria — murmuro, beijando o seu queixo.

— Vão para um quarto, depravados. — Nossa vizinha excessivamente cristã exclama.

— É para onde estamos indo — asseguro, para irritá-la, como sempre fazemos. Ela deve nos considerar os piores vizinhos.

Anabell vira a cabeça, dando-lhe um sorriso e olhando através dos cílios com aparente inocência.

— E olha que você não viu quando ele mete em mim, não tem ideia de como eu invoco seu Senhor quando faz isso — provoca Anabell, dando uma piscadela. Então, começa a se esfregar em mim. Eu seguro a sua bunda. — Ah, Deus, quero que me coma. Ah, Deus, preciso de mais. Ah, Deus, Jared, quero que me coma por trás! Tire minhas roupas, ah, Deus!

A senhora nos observa horrorizada. Entramos em nosso apartamento, às gargalhadas.

— Você a traumatizou.

— Para que ela não fique se metendo... Agora faça amor comigo.

— Eu vou, boneca.

— Fico com tesão quando você me chama de "boneca".

— Eu sempre te chamo de "boneca".

— Então estou sempre com tesão.

— Sim, como se eu precisasse comprar algumas garrafas de vodca — murmuro antes de ela me beijar.

É por coisas assim que digo o clichê: "Não me arrependo de minhas decisões porque elas me trouxeram até aqui."

Esta é a melhor hora, quando, no final de um dia bom ou ruim, Anabell está aqui comigo. A primeira vez que a vi, fui fisgado, mas, quando me apaixonei, descobri que a amaria para sempre, com toda a certeza.

É assim que me sinto com Anabell. Com ela tudo é intenso. É minha boneca, afinal de contas. Com ela, tudo é especial.

Tenho a sensação de que, com Anabell, nunca ficarei entediado. Que a vida é boa.

Enquanto a beijo, nos despimos e, finalmente, nos unimos. Percebo que encontrei a pessoa que sei que sempre amarei, não importa o que aconteça. Podemos brigar, discutir, sermos idiotas, mas sempre contando um com o outro.

Sinto que o amor me mordeu com força. Foi um sentimento contra o qual eu nunca pretendi lutar.

Às vezes me pergunto "algum dia me cansarei desses sentimentos?". E a resposta é sempre "não". Com Anabell, tudo parece novo, correto e adequado.

Isso me cativa, e me apaixono ainda mais. Ela me envolve até que eu tenha pensado que tudo vai ficar bem enquanto estivermos juntos.

— Você é o amor da minha vida, Jared.

Sorrio, parando meus movimentos, retirando fios de cabelo de seu rosto atordoado pela bebida.

— Você é minha, boneca.

— Eu te amo muito.

— Vai chorar?

— Não. — Anabell balança a cabeça, sorrindo, mas as lágrimas caem. — Choro porque é a sensação mais linda. Saber que você faz parte da minha vida me faz feliz. Você me faz feliz.

— Bendito zero que você trocou pelo oito.

Anabell ri fazendo-me estremecer, pois ainda estou dentro dela. Olho em seus olhos.

— Um dia vamos nos casar, teremos bebês. Se tivermos uma garota, ela se chamará Isabell.

— E, se for um menino, será Aaron.

— Eu gosto.

— E nós nunca vamos manter memórias censuradas para eles.

— Estamos falando de bebês enquanto fazemos isso?

Anabell ri, e eu também.

— Somos um casal nada convencional.

— Um casal especial.

— Somos pura dinamite.

— Isso eu já ouvi.

Volto a investir contra o seu corpo para continuamos fazendo amor entre palavras sujas e muitos "eu te amo".

Adoro ter minha a minha boneca. Adoro estar apaixonado. E amo estar ao seu lado.

Minha vida está plena.

Sucessos

UBK
Publishing House

Metades Imperfeitas

Marcada por uma perda na família, Annabelle Jones decide começar a viver intensamente e ousar mais. E o novo emprego na Brown Infrastructure Operator parece a maneira perfeita para iniciar esse plano. Ainda mais quando conhece Peter Brown, o sensual e poderoso dono da empresa, conhecido por nunca se apegar às mulheres com quem transa. A atração entre os dois é instantânea, e vai levá-los a um perigoso jogo de sedução e conquista, em que sentimentos devem ser negados e apenas o desejo comanda.

No entanto, quando as noites de prazer vão aos poucos se tornando algo especial, e velhas feridas do passado ressurgem, Annabelle e Peter precisam se decidir: eles devem continuar metades imperfeitas ou dar uma chance ao amor?

Prazeres Violentos

Enquanto as outras crianças se divertiam com balões, Hell Ivankov brincava com isqueiros. Suas tatuagens escondem suas cicatrizes, e ele não tem medo da morte: já a desafiou tantas vezes que se tornaram bons amigos. Mas, com diz o ditado, quem brinca com fogo acaba se queimando.

A máfia em que Hell foi criado não para de crescer, e o som das balas que passam raspando por seus ouvidos é a melodia de sua vida. Para Hell, não existe esperança no inferno... Até o dia em que ele conhece Hope, uma jovem órfã vendida à rede de prostituição de seu pai, o maior mafioso dos Estados Unidos.